VdN

Dieter
Lattmann

DIE BRÜDER

Roman

Verlag der Nation
Berlin

Die Ereignisse
des Romans sind Zeitgeschichte.
Die Personen und Namen sind aus der Vorstellung
des Erzählers entstanden und nicht zu verwechseln
mit Menschen, die tatsächlich leben
oder gelebt haben.

D.L.

ISBN 3-373-00055-6

3. Auflage im Verlag der Nation 1997
Verlag der Nation Berlin 1986
Einband: Klaus Herrmann

Für
meine Söhne
Andreas
und Till

1

1976
Familientag

Friedhof

Der General a. D. Ristenpart, der an einem regenkalten Tag im Mai gegen Mittag in Goslar aus dem Zug stieg, war seit vierunddreißig Jahren nicht in dieser Stadt gewesen. Früh am Morgen war er aus der Leipziger Straße in Berlin aufgebrochen, mit leichtem Gepäck und zu Fuß. Zum erstenmal hatte er mit einem Rentnervisum die Grenzkontrolle am Bahnhof Friedrichstraße passiert. Der Uniformierte hatte kurz die vielen Einreisestempel östlicher Länder in seinem Paß durchgesehen und ihm dann die Sperre geöffnet.

Johannes Ristenpart fuhr mit dem D-Zug Warschau–Köln nach Westen. Im dritten Kriegsjahr war er hier zuletzt unterwegs gewesen. Die alte Strecke – früher hatte sie ihn oft nach Hause gebracht. Er hörte noch das Klopfen der Schienennähte von damals, als er 1936 zum erstenmal mit Gertrud zum Familientag gefahren war. Heute lief der Zug ruhig auf nahtlosen Gleisen.

Nach dem Umsteigen in Braunschweig, als der Personenzug zu den Harzorten den neuen Bahnhof verlassen hatte, wurde ihm die Gegend vertrauter. Zwischen Wolfenbüttel und Vienenburg dehnte sich die Landschaft blaustichig hinter dem Wagenfenster, Fachwerk und Backstein zwischen Hügeln, holzverschalte Gehöfte, Rapsfelder im Dunst. Auf den Straßen fuhren die meisten Autos mit Licht, die Reifen zogen helle Streifen durch die Pfützen. Ein paarmal wünschte Johannes sich, umzukehren – so unwirklich erschien ihm diese Rückkehr in den Kreis der Menschen, die ihm verwandt und fremd in einem waren.

Ein junges Mädchen war zugestiegen. Sie trug Jeans und Tennisschuhe, auf dem Bauch hielt sie einen Transistor in beiden Händen. Der Kopf war gerahmt von einem Plastikbogen mit den Hörkissen aus Schaumstoff, von denen das Kabel herabhing. Eine Weile betrachtete er sie, dann konnte er ein Lächeln nicht mehr unterdrücken – aus ihrer Versunkenheit kam eine winzige Antwort, die ihr die Lippen kräuselte und anzudeuten schien, daß sie ihn für ungefährlich hielt. Dann wandte sich ihr Blick wieder ab und ging hinaus. Nichts regte sich an ihr, kaum der Atem. Ab und zu kam durch das Fahrtrauschen das metallische Klirren der Musik an sein Ohr.

Mit seinen achtzig Jahren war Johannes ruhig geworden, er schaute zu und fragte nicht. Hinter der beschlagenen Scheibe, zwischen Bergschemen, Mischwald und Fichten, erschienen ihm Kinderbilder, Rodelschlittenwinter, als er sehr klein gewesen war und bei der Abfahrt gerufen hatte: «Hilfe, ich verlier mich!» So stand es in dem Album, das seine Mutter für ihn geführt hatte. Der Schulhof tauchte auf, wo der große Bruder ihn bei Raufereien verteidigte, der Laden an der Ecke, wo er sich oft Lakritz kaufte, bevor er heimrannte, den süßen Kleister zwischen den Zähnen. Ochsenblut sei darin, hatte ihm einer weisgemacht. Essigbaum und Lärche standen am Tor vor dem Haus unter dem Rammelsberg, die Tanne im Hintergarten überragte das Dach, sie wuchs kerzengerade, einzeln vor dem in die Weite gezogenen Hintergrund des Waldes. Johannes erinnerte sich an den Bienenschwarm, der eines Tages im Gebüsch hing, an das Dröhnen im Küchenschacht, wenn Luise die Klappe öffnete, an das Schlafzimmer, das er mit Julius teilte, und den Geruch der Winteräpfel, an das Eingemachte der Jahreszeit in den

Regalen. Im Hause Ristenpart waren sie als Kinder stolz gewesen, ohne recht zu wissen, worauf.

Deutlich hatte er die Eltern vor Augen, den Vater im Gehrock, die Mutter im Rüschenkleid. Manchmal im Übermut trug der Hausherr seine Frau fort vom Klavier, wo sie Chopin spielte, trug sie quer durchs Parterre und setzte sie auf den Küchenschrank, als gehöre sie dorthin. Sie zappelte dann, und er reichte ihr den Arm und half ihr herunter. Doch niemals hatte das Rollenspiel darüber hinwegtäuschen können, daß die kleine energische Frau eher ihn durchs Leben trug, wenn auch nicht auf Händen. Sie errichtete sein Denkmal im Kinderzimmer, führte uns seine Bedeutung vor Augen – Amtsrichter war er und angehender Reichstagsabgeordneter der Deutschsozialen Partei. Aber sie mäßigte ihn, sobald ihr das notwendig erschien. Wer mit Georg Ristenpart zu tun bekam, hatte mit seiner Frau Caroline zu rechnen.

Sie war seinem Vater oft ins Wort gefallen, wenn er seine politische Meinung zu scharf oder zu laut vertrat. Hatte er Parteifreunde zu Gast, redete er sich oft in Erregung hinein. Aus dem Rauchzimmer drang die Debatte, die Stimme seines Vaters stieg auf Obertöne. Wenn seine Mutter dann zu den Herren hineinging, wurde es drinnen bald stiller. Kam sie wieder heraus, brachte sie im Kleid den Geruch von Zigarren mit. Danach ging sie ins Schlafzimmer und wandelte kurz darauf in einer Wolke aus Eau de Cologne.

In seinem letzten Urlaub, bevor er in russische Gefangenschaft geriet, hatte Johannes seine Mutter besucht. Zu der Zeit war sie schon sieben Jahre Witwe, und die Sorge um ihre Söhne beherrschte ihr Leben. Damals hatte er den Eindruck, daß sie nicht nur ihn meinte, wenn sie mit ihm sprach – sie hatte alle zu bedenken, er war nur einer, der auch die anderen vertrat. In ihrer Vorstellung waren sie ständig bei ihr, manchmal verwechselte sie die Namen.

Er sah ihr weißes Gesicht mit den großen Augen vor sich. Alles an ihr nahm ab, nur das Gesicht legte zu, wurde weiträumiger, eine Landschaft. An einem Abend hatte er sie zum Restaurant nahe der Kaiserpfalz begleitet, wo sie gern ihr Schlafbier trank. Das Bier war dünn geworden im Krieg, markenfrei wurde Sauerkrautsuppe angeboten. Es war Ende April, und sie setzten sich in ihre Mäntel gehüllt ins Freie.

Hier hatte Hitler seinen Reichsbauerntag abgehalten. Johannes hatte einmal von der Tribüne zugesehen, wie der Führer und Reichskanzler im offenen Mercedes stehend die Auffahrt zur Pfalz hinaufgefahren wurde. Den Arm hielt er abgestreckt, waagrecht, sein Schatten fuhr seitlich mit. Es war ein Bild, das damals überall gezeigt wurde. Erst viel später war Johannes bewußt geworden, daß der Mann dort in seiner braunen Uniform mit dem abgewinkelten Gruß die Figur eines Galgens bildete.

«Fünf Söhne habe ich und eine Tochter», hatte seine Mutter gesagt. «Julius ist mit der Artillerie auf dem Transport nach Sewastopol. Du bist unterwegs zu deinen Panzern Richtung Don. Theodor wird mit dem Afrikakorps durch die Wüste gehetzt. Wenigstens ist Ernst einigermaßen sicher beim Reichsnährstand auf seinem Posten in der Steiermark. Wo Karl steckt, weiß ich nicht. Zuletzt war er in einem Luftwaffenlazarett bei Lille stationiert, aber schon wieder auf Abruf. Und Marie pflegt Schwerverwundete im Nothospital in der Schule. Sag mir, was daraus werden soll!»

«Dieses Jahr fällt die Entscheidung.»

Es war das Jahr von Stalingrad, und es war das Jahr, in dem er sich in der Gefangenschaft mit anderen Generalen gegen Hitler stellte. Anfang Oktober 1943 sprach er zum erstenmal über den Sender des Nationalkomitees Freies Deutschland zu den deutschen Soldaten an der Ostfront und der Bevölkerung im Reich, so weit man ihn hören konnte. Er gab seiner Ansprache die Form eines Briefes an seine Frau: «Als ich am 23. August voriges Jahr mit als erster nördlich von Stalingrad die Wolga sah und hinüberblickte über das breite Wasser, hoffte ich, daß wir dem Frieden ein Stück näher gekommen wären. Aber wir waren in der endlosen Weite ein verlorener Haufen. In dieser Stadt endete mein Soldatenschicksal. Irgendwann schrieb ich Dir den letzten Brief. Ich legte meinen Ehering bei und bat Dich, ihn zu verwahren. Noch bis zum Ende hörten wir die Rundfunksendungen aus der Heimat. Das waren die schlimmsten Stunden unseres Daseins, als wir die Schilderungen unseres letzten Kampfes, als wir unsere Grabreden mit anhören mußten, verkrochen im Eis, Hunger und dem Krepieren der Menschen. Monate sind seitdem vergangen. Nach unaufhörlichem Nachdenken und Nachprüfen bin ich nun zu meiner Entscheidung gekommen wie andere auch. So haben wir uns von Hitler getrennt. Wir sind Deutschland treu geblieben. Hitler aber ist uns untreu geworden, viel früher, als wir es ahnen konnten. Ich weiß nicht, was Euch durch Goebbels über uns gesagt wird. Aber in den letzten Stunden in Stalingrad, damals konnten wir Soldaten, die wir vor Euch, vor unserem Volk und der Geschichte zu bestehen hoffen, uns für immer lossagen von den Machthabern eines Regimes, das selbstlose Pflichterfüllung forderte, aber damit Verrat beging. Das Deutschland Hitlers wird zusammenbrechen. Die Welt ist gegen ihn, denn seine Sache ist ungerecht. Wartet nicht auf die letzten Beweise, sie wären die Katastrophe unseres Vaterlandes. Wir wissen die Wahrheit über Hitlers Wahnsinnspläne. Glaubt uns. Verliert nicht den Glauben an unser Land und habt Vertrauen, daß wir das Richtige zu tun versuchen.»

Den Bahnhof von Goslar fand er wenig verändert. Da war noch die alte Unterführung, durch die der Hauch einer Gruft wehte. In das verrußte Gebäude hatte man einen Zeitungsladen mit Büchern und Fahrkartenschalter mit Computern eingebaut wie ein neues Gebiß. Draußen wartete der Bus nach Hahnenklee an der alten Stelle. Johannes blickte zum Hotel Achtermann hinüber und entdeckte die Weinranken wieder. Das Läutwerk der Schranke klang wie früher durch den Lärm, der über der Stadt lag.

Am Kiosk kaufte er die «Goslarsche Zeitung». Unabhängig und überparteilich, versicherte die Unterzeile, gegründet

1783. Das Blatt und der Verlag hatten einmal den Ristenparts gehört, anderen Zweigen der Familie die Farbenfabrik in Oker, die Skatkartenfabrik und die Brauerei. Das alles war ihnen wieder abhanden gekommen. Seine Generation hatte sich in Etagenwohnungen einrichten müssen, ihr einziger Grundbesitz war die Familiengrabstätte.

«Streit um Terrorismus», verkündete die Schlagzeile. Im Bundestag, soviel ersah er aus dem Fettgedruckten, hatten Koalition und Opposition sich wechselseitig laue oder übertriebene Reaktion auf Gewaltakte vorgeworfen. Bundeskanzler Schmidt hatte versichert: «Der Staat wird sich nie erpressen lassen, nicht unter dieser Bundesregierung.»

Johannes zählte nach, was der Zeitungsverkäufer ihm herausgegeben hatte. Die Markstücke und Groschen wogen schwerer in seiner Hand als die Münzen zu Hause. Er war noch nie in Westdeutschland gewesen. Das Ministerium für Schwermaschinenbau der Deutschen Demokratischen Republik hatte ihn in viele Länder geschickt – in Ägypten hatte er den Export einer Industrieanlage eingeleitet und in Afrika und Asien mit den Regierungen von Entwicklungsländern verhandelt –, nur der europäische Westen, vor allem die Bundesrepublik, hatte außerhalb seiner Reichweite gelegen, bis er pensioniert wurde. Aber auch dann konnte er sich nicht dazu entschließen, hinüberzufahren und sich der Überheblichkeit des Westens auszusetzen, die er in seiner Arbeit oft erfahren hatte. Was sollte er dort? Was er im Fernsehen von diesem Staat mitbekam, reichte ihm. Außerdem wußte er nicht, wie er sich nach so vielen Jahren mit den anderen Deutschen verständigen sollte. Dann war vor drei Monaten die Einladung gekommen. Sein Bruder Julius und Vetter Heinrich, der Familienälteste, schrieben, sie wollten versuchen, die Ristenparts und die Angeheirateten wieder einmal zusammenzubringen. Da auf einmal hatte es ihn hergezogen: jetzt oder nie mehr.

Die Ristenparts nahmen eine Tradition wieder auf. Bei den Familientagen seiner Kindheit, an die Johannes sich erinnerte, und auch später, als er mit seiner Frau Gertrud zu festlichen Treffen hierher nach Goslar gereist war, hatte die Zusammenkunft immer mit dem Gang zum Friedhof begonnen. Wer später kam, holte das für sich nach. So ging Johannes auch jetzt dorthin, als folgte er einer inneren Aufforderung.

Die Reisetasche hatte er in einem Schließfach untergestellt. Wie oft war er durch die geöffnete Schranke über die Gleise gegangen und hatte die Gräber besucht. Die Toten der Familie waren in seiner Jugend immer gegenwärtig gewesen. Für sie wurde gebetet, und von ihnen wurde gesprochen, sie gehörten weiter dazu. Als kleines Kind hatte er gemeint, sie wären nur verreist.

An der Hildesheimer Straße stand ein neuer Plattenbau, Harzkauf, durch den Eingang bewegten sich Menschen mit Einkaufswagen. Daneben wehten an einer Tankstelle Fahnen, SB-Multiwäsche. Er kam vorüber an der Werkstatt R. Plateo KG, Grabmale. Hier hatte er als Halbwüchsiger oft gestanden und daran gedacht, wie die Mutter seines Vaters auf dem Sterbebett gesagt hatte: «Stellt mir bloß keinen so schweren Stein aufs Grab, sonst krieg ich Schwierigkeiten mit der Auferstehung.»

Die Bäume auf dem Friedhof waren Riesenschirme, von deren Rändern es herabtropfte. Er atmete den Geruch feuchter Erde, vermischt mit dem von Wasserlinsen, Kompost und Schnittblumen. Kastanienblüten lagen auf Tulpenbeeten und Efeu. Er fand das Mausoleum sofort. Über dem blaugrauen Eisentor mit Gußrauten stand in die Mauer gemeißelt: *Ruhestätte Familie Ristenpart*. Da lagen sie auf dem Gräberfeld, Urgroßväter und Tanten mit den Jahreszahlen seit 1824. Unter einem Stein fand er den Platz seiner Eltern, Georg und Caroline, begraben in zwanzigjährigem Abstand. Damals, 1935, war in der Nacht der Telegrammbote mit dem Motorrad vorgefahren und hatte ihn aus der Potsdamer Wohnung hergerufen. Von der Beerdigung seiner Mutter hatte er durch Marie erst Monate später ein Foto erhalten und in der Trauergesellschaft kaum die engsten Verwandten wiedererkannt. Seitlich der Kapelle entdeckte er jetzt die Tafeln, die an die gefallenen Vettern erinnerten: Rudolf 1915 bei Kuchoczka-Wola, Hans 1918 in Flandern.

Eine Weile saß Johannes neben dem Brunnen. Die Grabsteine, Heidefindlinge und Harzbrocken, ragten vor ihm auf. Die Toten hatten viel Platz gelassen. Es hörte auf zu regnen, und die Vögel begannen zu singen.

Als er sich beim Verwalter im Schwedenhaus gegenüber dem Eingang erkundigte, führte der ihn vor den Lageplan, der gerahmt an der Wand hing, und erklärte mit ausgreifenden Gesten mehr, als Johannes wissen wollte: «Das Mausoleum steht unter Denkmalschutz. Früher galt das ewig. Aber jetzt bleibt die Grabstätte nur noch bis zum Jahr 2000 erhalten. Wer will dann noch etwas von den alten Namen wissen?»

«Kümmert sich jemand um die Gruft?»

«Ab und zu kommt eine Frau und schließt auf. Dann wird gelüftet und saubergemacht. Sie bleibt nie lang, soweit ich das verfolge. Jedenfalls hat sie ihren eigenen Schlüssel.»

«Ich bin ein Ristenpart», sagte Johannes. «Aber ich komme aus der DDR, also gehöre ich nicht hierher.»

Der Verwalter hatte ihn wohl nicht richtig verstanden. Er schien anzunehmen, daß sich Johannes wie die meisten alten Leute für die Gefallenen interessierte. Er deutete auf den Plan. «Wenn Sie da lang gehen, in den hinteren Teil, kommen Sie erst zur Heldengedenkstätte 1914/18, danach zu der anderen von 1939/45.»

«Helden?»

«Na ja. So sagt man doch.»

Johannes ging den Weg entlang. Von früh an hatten Friedhöfe es ihm angetan. Er verglich sie miteinander wie die Kirchen, die er kennengelernt hatte. Jede war anders, und alle zusammen waren sie wie die Friedhöfe der Ort, an dem sein Unbegreifen stillstand, so empfand er das. An das Fortleben nach dem Tod – außer im Gedächtnis von Menschen – konnte er nicht glauben. Er wollte sich nichts vormachen. Sosehr soldatische Vorstellungen für ihn der Vergangenheit angehörten, da war noch ein Rest der anerzogenen Haltung, die von ihm forderte, ohne Illusion seine Strecke zu leben und dann abzutreten. Lange hatte er überschätzt, was durch Disziplin zu erreichen war. Früher hatte er sogar behauptet, man könne alles auf einen sachlichen Kern zurückführen, Menschen und Dinge. Es kam vor, daß er sich selbst so unpersönlich betrachtete wie einen Fremden, so daß er vor sich erschrak. Vielleicht, wenigstens hoffte er das, hatte er sich in den letzten Jahren ein wenig verändert.

Johannes las die Namen auf vielen Gräbern. Die Wolken waren aufgerissen. In den Sonnenflecken, die zwischen den Baumschatten leuchteten, dampften Pfützen. Der Mai roch nach Erde, Wurzelwerk und Flieder. Ein Totengräber stand bis zur Hüfte in einem Grab und warf Spaten voll Lehm und Humus heraus.

Als er seinen Rundgang zwischen Tujahecken fortsetzte, sah Johannes zwei Männer, die in beinahe strammer Haltung vor einem Stein standen. Als er näher kam, konnte er die Inschrift lesen:

Heinz-Wilhelm Guderian
17. Juni 1888–14. Mai 1954
Generaloberst a. D.

Während des Krieges hatte er Guderian ein paarmal getroffen, dieser war für ihn vieles in einer Person gewesen: Draufgänger, Taktiker und Durchhaltegeneral, einer, der die Mannschaften mitriß, solange es auf ganzer Linie vorwärts ging. Dann erst erkannte er die beiden, die nebeneinander aufrecht und still dastanden, als hielten sie bei der Vergangenheit Wache.

«Julius, Heinrich!» rief er. Sie wandten sich um. «Johannes!» – «Wie kommst du hierher?» Sie umarmten einander – drei alte Herren, deren Köpfe ungeschickt zusammenstießen und deren Hände an den Mänteln haltlos herunterglitten.

«Ich habe es gewagt und mich aufgemacht», sagte Johannes. Er betrachtete die Veränderungen in den Gesichtern seines Bruders und Vetters und schloß daraus, wie er ihnen nach so langer Zeit erscheinen mußte – es war, als stünde er den Großvätern von früher gegenüber, nur war auch er jetzt einer von ihnen.

Sie machten auf der Stelle kehrt. Als hätten die beiden eine Eroberung gemacht, so fühlte Johannes sich im Geleit eingebracht. Langsam und steif gingen sie über den Kiesweg, keiner brauchte einen Stock. Drei Achtzigjährige, fast gleich groß und einander auch in den Bewegungen ähnlich, schritten zum Familientag. Heinrich sagte vorwurfsvoll: «Aber angemeldet hast du dich nicht.»

Schwarzer Adler

«Johannes ist da!» Die Ristenparts umringten ihn. Erst allmählich löste sich der Schwall aus Begrüßen und Fragen in einzelne Konturen auf, und die Verwandtschaft bekam Gesichter. Eine Weile stand man mit dem Sherry herum, bis zu Tisch gerufen wurde.

Mehr als fünfzig Menschen aus vier Generationen saßen im Festsaal des Hotels Schwarzer Adler beisammen. Die Tafel bildete ein offenes Rechteck. Diejenigen, die noch im vorigen Jahrhundert geboren waren, nahmen am Kopfende Platz. Johannes erhielt den Eckstuhl neben Cläre, der neunzigjährigen Urtante, sie war die Älteste. Da sie als Frau in dieser Familie nicht gut das erste Wort führen konnte und außerdem schwerhörig war, so daß sie die Gespräche meist zu versäumen schien und nur vor sich hin lächelte, hatte Heinrich die Rolle des Sprechers übernommen. Er war fünfundachtzig. Brillenlos, mit dem Findlingsgesicht und großen Ohren, saß er hart am Tischlaken und löffelte noch in der

Suppe, als die meisten schon in leere Teller blickten. Er sprach mit niemandem und wirkte wie einer, der inwendig seine Rede aufsagt und nichts anderes wahrnimmt.

«Hallo, Fünf! Hier ist für dich gedeckt», rief eine Mädchenstimme aus der Reihe der Enkel. Alle blickten auf einen jungen Mann, der zu spät kam und mit Entschuldigungsgesten durch den Raum ruderte. Er ging hinter einem Nelkenstrauß in Deckung, aber sein frischgewaschener Schopf ragte darüber hinaus, sosehr er auch den langen Rücken krümmte. Er war dünn, hatte aber breite Schultern. Sein Gesicht war von einem Schifferbart umrahmt. Zur Kordjacke trug er einen Schlips, den er fest zusammengewürgt hatte, mehrfach reckte er den Kehlkopf aus der Schlinge. Sonst schien er sich auf sein trotzig verlegenes Lächeln zu verlassen, mit dem er in das Stimmengewirr der Familie eintauchte. Von zwei Seiten kümmerten sich inzwischen Kusinen um ihn, damit er etwas von der Hühnerbrühe bekam.

Das muß Tönnies sein, der zweite Sohn von Jonas und Lisa, sagte sich Johannes. Ein Blick auf die Mutter, die ihm schräg gegenüber saß, bestätigte ihm das. Es gab zwischen beiden nicht nur eine ablesbare Ähnlichkeit, sondern ihre Augen ruhten jetzt auch mit einem Ausdruck besitzergreifender Vorsicht auf ihm. Tönnies, ja. Aber wieso hatte das Mädchen «Fünf» gerufen? Den älteren, Valentin, kannte er, seit der eines Tages in der Leipziger Straße erschienen war. Er saß auf der anderen Seite der Tafel und winkte herüber, als sich ihre Blicke trafen.

Frauen, Männer, Kinder saßen rechts und links nebeneinander. Sein Blick schweifte über festliche Kleider, die wie die hellen Tasten eines Flügels aufgereiht waren, während Halbtonschwarz die Männer hervorhob. Die Kinder saßen so niedrig, daß ihre Gesichter zum Teil durch das Blumenarrangement verdeckt wurden. Johannes war der einzige, der sich mit einem grauen Anzug begnügt hatte.

Den Nachmittag hatte er, nach der ersten kurzen Begrüßung im Schwarzen Adler, damit verbracht, sich eine Unterkunft zu suchen, denn hier im Haus war alles besetzt. Schließlich hatte er nach einigen Umwegen nur ein paar hundert Meter entfernt im Hamburger Hof ein Zimmer gefunden, das auf einen ummauerten Garten und eine verfallene Werkstatt hinausging. Dort war es ruhig. Er hatte sich erfrischt und war seinen alten Schulweg gegangen, bis es Zeit für das Familienfest wurde. Draußen war es noch hell, während nun hier auf der Tafel viele Kerzen leuchteten. Die schweren Vorhänge, die von Messingstangen unter der Stuckdecke herabhingen, waren geschlossen.

Von Johannes' fünf Geschwistern lebten nur noch zwei. Es waren Julius, der als Pensionär in Tübingen wohnte, und Karl, der in Wolfenbüttel noch als Arzt praktizierte. Von Maries Seite war ihr Mann Röttger Grotefend übriggeblieben. Er saß jetzt neben Theodors Witwe Antonie. An Ernst erinnerte Hannelore Soltau, die dieser mit einundvierzig geheiratet hatte, als sie erst neunzehn Jahre alt war, dreißig Jahre hatte die Ehe überdauert. Die Kinder und Kindeskinder seiner Schwester und der Brüder mußte sich Johannes von Cläre zeigen lassen, die sich auskannte. Viele der männlichen Ristenparts sahen dachgiebelsteif und niedersächsisch aus, knochige Gestalten mit langen, ernsten Gesichtern. Zugvögel waren die meisten in jungen Jahren gewesen und hatten sich, wenn es anging, aus der Ferne ihre Frauen mitgebracht.

Als Heinrich die Serviette zusammenlegte und sich umständlich erhob, ging ein Seufzen durch die Reihen. Es war nicht eindeutig auszumachen, ob die Zuhörer eher besorgt oder erleichtert seiner Festrede entgegensahen. Jedenfalls war das Ritual vorgezeichnet. Der Senior erhob sich, richtete sich gerade auf und schloß umständlich sein Jackett.

«Liebe Familie», setzte er an und mußte sich räuspern, um die Stimme zu befreien. «Wir haben uns hier versammelt, um uns wieder einmal kennenzulernen. Vollzählig sind wir lange nicht, aber ihr seid in großer Zahl gekommen, zum Teil von weither, dafür danke ich euch. Wir sind eine Familie mit

einer langen Tradition. Es ist gut, wenn das allen
bewußt wird. Viele der Jungen treffen einander heute
erstenmal. Goslar ist unser Stammsitz, weil die meisten unserer Vorfahren hier gelebt haben, in dieser schönen Stadt. Ich freue mich deswegen, daß auch die Zeitung uns ein Willkommen geboten hat.»

Er schwenkte ein Blatt in der Rechten, setzte die Brille auf und begann vorzulesen: «Familientag der Ristenparts. An diesem Wochenende trifft sich in unseren Mauern eine der ältesten Goslarschen Familien. Sie läßt sich bis vor den Dreißigjährigen Krieg zurückverfolgen und sogar bis vor die Reformation. Der erste dieses Namens, der in unserer Stadt Wohnung nahm, war der Provisor des Klosters Neuwerk, Ditericus Henrich Ristenpart, eine Inschrift nennt ihn im Jahr 1523. Die Familie stellte zumeist Kaufleute und Ratsherren, Richter, Pastoren und später auch Offiziere. Einer ihrer Söhne verheiratete sich 1759 mit einer Tochter des Kämmerers und späteren Regierenden Bürgermeisters von Goslar, Johann Georg Hirsch. Ein anderer Zweig reichte nach Braunschweig zu den Verlegern Vieweg und Westermann, von dort auch zum Verlagshaus Oldenbourg. Carl August Ristenpart besaß mehrere der hiesigen Branntweinbrennereien...»

«Das mußte kommen», rief Karl. Sie nannten ihn Hiob, weil er meist voll beklemmender Nachrichten steckte. Schon als Junge hatte er seine Geschwister damit erschreckt. Seit dreißig Jahren lebte er mit seiner kranken Frau, von der es immer hieß, sie werde das nächste Jahr nicht mehr erleben.

Heinrich atmete tief und wölbte den Brustkorb, wie Johannes es früher oft an ihm gesehen hatte. «Laß nur, Karl. Die Jugend soll das ruhig erfahren.» Er zitierte weiter aus dem Artikel: «Am bekanntesten wurde bei uns am Harz Julius Ristenpart, geboren am 4. März 1808 in Goslar. Er war Theologe und Philologe und wurde Direktor des Gymnasiums in Clausthal. Berühmt waren seine Schulbücher, aus denen Generationen gelernt haben, besonders die Griechische Grammatik, aber auch die ‹Verirrungen des deutschen und lateinischen Elementarunterrichts›, Göttingen 1872. Hochgeehrt starb er mit dem Charakter eines Geheimen Rats.»

Diesmal unterbrach ihn Lorenz, der mit seiner Frau Henny und den drei Söhnen für die Schmalfilmaufnahmen, den Plattenspieler und den Ausflug am nächsten Tag zuständig war. «Aber Heinrich, das ist aus dem Stammbaum abgeschrieben!» Er war unter den Teilnehmern in mittlerem Alter offenbar der einzige, der sich für die Familiengeschichte interessierte. Die Ahnenforschung im Dritten Reich hatte den anderen wohl den Familiensinn ausgetrieben. Johannes erinnerte sich noch gut an die Zeit, als Lorenz bei ihm Fahnenjunker und er Kommandeur der Offiziersausbildung auf der Artillerieschule in Jüterbog gewesen war. Einmal hatte er ihm gehörig den Kopf gewaschen, als Lorenz über den Zapfen gehauen und er ihn unter vier Augen bei ihrem Namen gepackt hatte: «Du blamierst mich!» Mitte der fünfziger Jahre hatten sie eine Zeitlang korrespondiert. Das war nicht gut gegangen. Lorenz stellte ihm Fragen, die auf Vorwürfe hinausliefen. Es ging immer um Stalingrad, das Nationalkomitee und seinen Standort danach. Dann hatte dieser älteste Neffe ihm mitgeteilt, er sei der CDU beigetreten und werde nun auch Reservehauptmann bei der Bundeswehr. Damit war ihr Meinungsaustausch beendet.

«Natürlich», triumphierte der Senior. «Den hab ich ihm nämlich gegeben, dem Lehrer Schünnecke, der das für die Goslarsche geschrieben hat.»

«Mach nur weiter», ermunterte ihn Karl.

Heinrich ließ den Zeitungsausschnitt sinken und ergriff ein handbeschriebenes Papier. «Aber auch in fernen Ländern haben wir uns herumgetrieben», das *Wir* war umfassend, als schlösse es alle und besonders ihn selber ein. «Johannes August Ristenpart, 1858 in Hamburg geboren, wurde Kaufmann in Spanien, Portugal und Lateinamerika. Seit 1886 war er Mitinhaber der Firma G. Amsinck & Co. in

New York, Import und Export. Von der Jahrhundertwende an lebte er wieder in seiner väterlichen Hansestadt und war dort iele Jahre Senator. Er gründete die Gesellschaft für Wohltätigkeit und war lange deren Vorsitzender. 1920 bestellte man ihn zum Direktor und Vorstandsmitglied der Deutschen Treuhand-Waren AG, die in den schweren Jahren nach dem ersten Weltkrieg deutschen und ausländischen Stellen für die Absicherung ihrer kommerziellen Transaktionen diente. Die Gründung der Sozialen Frauenschule und des Sozialpädagogischen Instituts geht auf seine Initiative zurück. An seinem hundertsten Geburtstag widmeten ihm Hamburger Zeitungen ein ehrendes Gedenken unter der Überschrift ‹Ein hochverdienter Senator›.»

Als Heinrich mit dem Lobpreis kein Ende fand, hörte Johannes nur noch halb hin. Das Bedürfnis, sich zu feiern, hatte in der Familie also nicht nachgelassen, das galt zumindest für die Ältesten. Abende hatten sie immer schon damit verbringen können, die Zweige des Stammbaums zu schütteln und wieder einmal vorzuführen, welche Früchte da gewachsen waren. Die Frauen dieser Generation hatten es aufgegeben, ihre Männer in diesem Ritus zu stören. Vor 1914 hatten einige Unverbesserliche unter ihren Vätern tatsächlich gehofft, der Kaiser werde sie adeln. Das hätte den Söhnen zur Kavallerie verholfen. So reichte es nur zur bespannten Artillerie.

Johannes sah sich in dem Saal aus der Plüschzeit um. Die Wahl der Hotels entsprach dem Kompromiß, den die unterschiedlichen Einkommen erzwangen. Wie er sie jetzt vor sich sah, seine Verwandtschaft, empfand er beides zugleich: ich kann sie nicht ausstehen, und ich gehöre dazu.

«Niemand ist, was er ist, ohne seine Vorfahren», hörte er Heinrich sagen. «An dieser alten Einsicht ist viel Wahres.»

Johannes überlegte, wie viele Jahre hier beisammensaßen. Die Ältesten waren noch in der Zeit aufgewachsen, in der Telegrafie und Otto-Motoren Raritäten waren und Bismarcks Sozialistengesetze gerade erst abgeschafft. Sie waren unter Alldeutschen zu Hause, im Nationalismus des Tirpitzschen Flottenprogramms und der Hottentottenwahl nach der Eroberung der Kolonien. Im Kaiserreich waren sie Kinder und in zwei Weltkriegen Soldaten gewesen, dazwischen widerwillige Bürger der Weimarer Republik und nach zwölf Jahren des Nationalsozialismus geschlagen, noch einmal davongekommen zu Anfang der zweiten Demokratie. Ihre Söhne waren in der Hitlerjugend erzogen und auf den Diktator vereidigt worden. Sie lernten vom Sterben mehr als zum Leben gut war. Nach dem Krieg gab das Wiederaufbauen ihrem Dasein einen Sinn. Die Enkel besaßen kaum mehr öffentliche Erfahrung als die außerparlamentarische Opposition und die sozialliberale Regierung. Die Urenkel lebten in einer Johannes unbekannten Welt.

Nur die einzelnen Jahrgangsgruppen konnten sich ein Stück weit verständigen. Da waren gemeinsame äußere Erfahrungen, und manchmal gab es auch eine innere Gleichung, die sie miteinander verband. Hatten sie sich darauf geeinigt, genügte das Reden in Kürzeln. Johannes spürte, daß er davon ausgenommen war. Doch einbezogen war er in die Annahme, man sei verwandt, das regele vieles oder fast alles, was hier benötigt werde. Darin stimmten sie überein. Und in der Tat: am Äußeren gemessen, gab es viele Ähnlichkeiten und Spiegelungen – das war abwechselnd lachhaft und traurig bei soviel Bedürfnis, jeweils ein Original zu sein.

Woher nahmen sie ihre Selbstzufriedenheit? Johannes stellte sich vor, wie es sein würde, wenn er als der Familienälteste in der DDR zu einem Familientag einlüde. Wenn sie alle kämen, die Familien seiner drei Töchter und Cordt Ristenpart mit seiner Frau Karin und den Kindern – zwanzig wären sie auch. Vielleicht konnte er Cordt bitten, das Pfarrhaus in Luckau dafür zu öffnen, dort gab es am meisten Platz. Wer aus dem Westen dazu kommen wollte, wäre herzlich eingeladen: Wie viele würden das sein?

«Es grüne die Tanne...», sagte Heinrich. «Nein, o nein», riefen einige dazwischen. «Heinrich, erspar's uns!» Der aber war um sein Ende gebracht und schaute drein wie ein Junge, dem man das Geburtstagsspielzeug weggenommen hat. Trotzig und mit durchgedrückten Knien wie einst in der Schule deklamierte er den Harzer Vers: «Es grüne die Tanne, es wachse das Erz, Gott schenke uns allen ein fröhliches Herz.» Lachen und Beifall belohnten ihn mehrdeutig. Im Haus unter dem Rammelsberg hatte der Reim im Flur gehangen, eingraviert in eine Holzscheibe, sie war der Sägeschnitt durch eine Fichte.

Julius beglückwünschte Heinrich, damit nachher Heinrich ihm gratulieren konnte. Johannes beobachtete das Klopfen auf Schulter und Handrücken. Jedesmal, wenn ihm auffiel, daß alte Leute wie Kinder sein konnten, wurde ihm bewußt, daß er dazugehörte.

Nun wurde Filetbraten zu jungen Gemüsen und Ahrwein gereicht. Eine Kinderstimme sagte klar: «Ich möchte lieber arme Ritter.» Das löste ein befreiendes Lachen aus. Während des Essens, zwischen Messerschaben und Gläserklingen, liefen die Gespräche gedämpft weiter, manchmal erhob sich ein Lachen oder ein lauter Ausruf über das Stimmengewirr. Der Widerschein der Kerzen verbreitete sich auf Gesichtern, die sich langsam erhitzten. Ringsum liefen die Kellner, die einander Wörter aus den Sprachen vom Mittelmeer zuwarfen.

Tönnies stand auf, ging zu seiner Mutter und flüsterte ihr etwas ins Ohr. Er drückte ihr einen Kuß auf die Schläfe und griff gleichzeitig nach der Hand seines Vaters, der neben ihr saß. Er war wohl allein angereist und begrüßte jetzt erst seine Eltern. Für einen Augenblick waren sie zu einem Dreieck verschlungen. Johannes nahm sich vor, später mit Lisa und Jonas zu reden – er hatte ihn ein paarmal bei Parlamentsberichten im Fernsehen erkannt.

«Kandidiert Jonas wieder zum Bundestag?» fragte er Henny zu seiner Rechten. Im Herbst war die Wahl.

«Das nehm ich aber doch an. Er ist erst vier Jahre dabei.» Sie fügte hinzu: «Man sieht's den beiden richtig an, wie gut ihnen das tut, wieder mal zusammen zu sein. Sie sehen sich viel zu selten. Entweder ist Jonas im Wahlkreis oder in Bonn. Er sagt manchmal: ‹Ich bin ein Fliegender Holländer für Politik.› Da hat Lorenz es leichter in der Bürgerschaft.»

«Holländer?» fragte Cläre auf der Linken und lächelte.

Johannes wandte sich ihr zu. «Darf ich?» Er schenkte ihr nach. Dann wollte er von Henny wissen: «Wie geht das mit den Brüdern – CDU und SPD?»

«Das ist gar nicht so schwierig. Wenn Jonas bei uns in Hamburg auftaucht, diskutieren sie stundenlang. Ich hab das gern. Lorenz sagt oft: ‹Wir einigen uns darauf, daß wir verschiedener Meinung sind.› Manchmal allerdings muß ich die Hand dazwischenhalten. Ich stell ihnen dann Krebssuppe hin oder Matjes, sie haben den gleichen Geschmack.»

«Prost, mein Alter!» Lorenz hatte zugehört, er trank Jonas und Lisa zu, die auf der anderen Seite der Tafel saßen.

Als für die Erwachsenen Obstsalat und für die Kleinen Karamelpudding gebracht wurde, klopfte Julius, der Vater von Lorenz und Jonas, an sein Glas. Neben ihm war seine zweite Frau, Anna, geborene Kupfer, in das leichte Vibrieren einbezogen, mit dem seine Hand den Teelöffel ans Glas schlug. Sie trug ein Seidenkleid mit Halskrause. Aus dem gefältelten Stoff blickte sie wie aus einem alten Rahmen. Sie verfolgte jede Nuance seiner Bewegungen, als er seinen Part übernahm. Nicht nur bei Festlichkeiten, sondern auch bei der Hausmusik hatte er gegenüber Vetter Heinrich oft die zweite Geige gespielt. Es hatte zwischen ihnen immer eine Konkurrenz gegeben. Heinrich war Oberstkriegsgerichtsrat beim Oberkommando des Heeres gewesen, zuletzt Generalrichter und durch seine Wiedereinsetzung, bis zu der er sich still verhalten mußte, schon ab Januar 1948 wieder Amtsrichter in Clausthal-Zellerfeld.

Wie er trug auch Julius das EK I auf dem schwarzen Anzug in Höhe der Milz. Seine höchste Auszeichnung aus dem Krieg, das Deutsche Kreuz in Gold, hatte er nicht angelegt. Soviel konnte sich Johannes denken, daß die Friedensversion des Ordens ohne Hakenkreuz seinem Bruder unehrlich erschien. Sie hatten nun einmal beide diesem Symbol gedient, wenn Julius es auch immer verabscheut hatte. Er war einer jener Offiziere gewesen, die untereinander offen aussprachen, was sie von Hitler hielten: «Wenn die Wehrmacht den Krieg gewonnen hat, schicken wir ihn nach Hause, den hergelaufenen Gefreiten.»

Zuletzt hatte Julius als Oberst die Stellung des Waffengenerals der Artillerie im Stab der Heeresgruppe West eingenommen. Zu der erwarteten Beförderung zum Generalmajor hatte es nicht mehr gereicht. Eine Zeitlang hatte Julius auch ihn, Johannes, beinahe wie einen Rivalen gesehen. Julius, der ältere, diente drei Feldmarschällen, die ihrem Leben selbst das Ende setzten, Rommel, von Kluge und Model. Für ihn mußte es ein Schlag gewesen sein, als Johannes sich in russischer Kriegsgefangenschaft am Waffenstillstandsaufruf beteiligte und in Lunjowo den Bund deutscher Offiziere mitbegründet hatte. Erst viel später hatte er durch seine Mutter erfahren, daß Julius damals seine Orden abgelegt und sie Marschall Rommel gebracht hatte. Aber der hatte zu der Zeit anderes als solche Ehrbegriffe im Kopf. Er hatte ihm wohl klargemacht, daß niemand das begreifen würde und Julius nicht die Verantwortung für seinen Bruder trüge. So hatte der die Orden wieder angelegt. Wenig später war Rommel an seinem Wohnort Herrlingen bei Ulm von der Gestapo gezwungen worden, sich zu vergiften, weil er Mitwisser der Widerstandsoffiziere des 20. Juli 1944 war. Mit allem Pomp eines Staatsbegräbnisses hatten die Nazis ihn fortgeschafft.

Von dieser letzten Zeit wußte Johannes nur vom Hörensagen. Was er im Gefangenenlager darüber erfahren hatte, war ihm unbegreiflich erschienen und auch später immer geblieben: dieser Gehorsam bis zum Schluß. Die Zeit, in der Hitler und sein Stab im Führerbunker ein paar Wochen ihres Lebens höher schätzten als das Überleben der Bevölkerung. Dresden wurde ihnen geopfert wie andere Städte, unzählige

Frauen und Kinder auf den Flüchtlingstrecks. Andere Kinder wurden Soldaten im letzten Aufgebot. Die Deutschen waren dem Gehorsamkeitswahn verfallen, eine andere Erklärung gab es nicht. Daß ihre Regierung verbrecherisch handelte, konnte sich die Mehrzahl offenbar nicht vorstellen. Jeden Quadratkilometer deutschen Bodens mußten Russen und Amerikaner, Engländer und Franzosen besetzen, bis Hitler sich umbrachte und sein «Tausendjähriges Reich» ein Ende in Trümmern fand. Fassungslos hatten sie im Nationalkomitee die Vernichtung aus der Ferne verfolgt. 1918 hatte die oberste Heeresleitung wenigstens die Kapitulation eingeleitet, als das Reich noch unbesetzt war. 1945 wurde Deutschland von der eigenen Regierung hingerichtet. Mit Julius über das alles zu sprechen, hatte er nie Gelegenheit gehabt. Die Distanz zwischen ihnen nahm zu. Der eine wurde Westdeutscher, der andere Ostdeutscher. Die Behauptung, das sei eins, ging keinem Politiker glaubwürdig über die Zunge; auch durch eine Absichtserklärung im Grundgesetz konnte niemand eine andere Wirklichkeit herbeirufen. Seit mehr als fünfunddreißig Jahren hatten die Brüder einander nicht gesehen.

Als Julius ihn jetzt vor der Familie direkt ansprach, wurde Johannes unruhig. In den Briefen, die sie gewechselt hatten, waren Unverständnis und Anklagen immer in einer Richtung über die Grenze gegangen. Schließlich hatte Johannes vorgeschlagen, daß sie sich auf das Familiäre beschränken sollten. Von da an enthielt ihre Post vor allem Schilderungen und Fotos der Enkel. Johannes befürchtete, daß sie sich auch Auge in Auge nur familiär verständigen könnten und alles Politische ausgrenzen mußten.

«Sosehr wir uns freuen, daß du gekommen bist», hörte er ihn jetzt sagen, «sosehr bedauern wir natürlich, daß Gertrud dich nicht begleiten konnte und auch eure Töchter mit den Familien nicht zu uns reisen können. Hauptsache, Johannes, wir sehen uns einmal wieder. Ich habe dich zwar nicht verstanden, aber im Persönlichen nie etwas auf dich kommen lassen. Wir sind nun einmal Brüder. Auch im ersten Weltkrieg haben wir meist an verschiedenen Fronten gefochten. Hinterher stellten wir fest, daß wir dieselben Anschauungen hatten, vor allem über die traurige Republik von damals. Erinnerst du dich, wie wir die Silvesternacht 1918 in der Niederzwehrener Kaserne miteinander verbracht haben?»

Johannes war erleichtert, daß Julius einen versöhnlichen Ton anschlug, aber innerlich blieb er angespannt. Während sein Bruder die Vergangenheit beschwor, ihre Gemeinsamkeit in den zwanziger Jahren, die Reichswehrzeit und die Erinnerung daran, wie er, Julius, sich als Kaufmann durchschlagen mußte – während all das wieder herbeigeholt wurde, fühlte Johannes sich weit entfernt. Die Kriegsgefangenschaft und das Leben, das er danach geführt hatte, ein Leben in einem anderen Land, hatte ihn abgerückt von dem Menschen, der er einmal gewesen war. Julius konnte ihn nicht zurückholen, niemand konnte das, und doch saß er hier mitten in der Welt, die sein halbes Dasein ausgemacht hatte.

Er hörte, daß Julius in die Gegenwart zurückgekehrt war und sich an die ganze Familie wandte. «Eins werdet ihr verstehen: am meisten schmerzt es mich in diesem Augenblick um meinen Sohn Cordt, unseren Pastor, der freiwillig nach drüben ging und dort eine Familie hat, die ich gar nicht kenne. Karin, seine Frau, und die Kinder Philipp und Christiane, meine Enkel. Aus Amerika kommt Franziska einmal im Jahr zu uns. Aber Luckau liegt in der Zone. Unsere Familie ist zerrissen wie unser Vaterland.»

Daß er *Zone* gesagt hatte, war ihm offenbar nicht einmal bewußt geworden. Einige in der Runde hatten ihn daraufhin fragend angesehen. Bei dem Wort *Vaterland* aber hatten Tönnies und Valentin wie auch einige andere unter den Enkeln die Augenbrauen hochgezogen. Julius hatte es bemerkt und griff es auf: «Ich weiß wohl, daß euch Jungen der Begriff fremd geworden ist. Aber ich spreche es aus, das Wort Vaterland. Selbst Gustav Heinemann, gewiß nicht mein

Mann, hat als Bundespräsident vom Vaterland gesprochen, wenn auch vom schwierigen. Jedenfalls war ihm das Wort nicht abhanden gekommen. Für uns hat es vielleicht zuviel bedeutet. Aber es gibt auch ein Zuwenig. Meine Generation tritt bald ab. Es war nicht alles falsch, was wir gemacht und was wir gedacht haben, laßt euch das sagen.»

Da stand er und stützte die Hände auf die Stuhllehne. An der Linken trug er den Siegelring mit dem Baum im Wappen und der fünfzackigen Krone. Es gab davon viele Ausführungen in der Familie, doch dieses eine Stück mit der alten Fassung wurde in der Linie Georg Ristenparts immer auf den Ältesten vererbt. Julius stand sehr aufrecht. Sein Gesicht sah jetzt schmal und sehr weiß aus. Für einen Moment waren seine Lippen zusammengekniffen, man spürte den Widerstreit seiner Empfindungen. Er konnte übergangslos starr und abweisend werden. Johannes hatte ein paarmal erlebt, daß sein Bruder unter Bekannten, im Beruf, beim Militär freundlich bis zum äußersten sein konnte, immer um Harmonie bemüht. Aber er konnte auch plötzlich unzugänglich, ja schroff werden, wenn jemand sich in einer Weise aufführte, die seinen Überzeugungen zuwiderlief.

Julius blickte wieder auf ihn, als er weitersprach: «Das Vaterland ist geteilt, und niemand weiß, wie es weitergehen soll. Ich möchte, daß wir das hier nicht vergessen. Ich erhebe mein Glas auf die Familie, wie sie einmal war. Laßt uns auch auf unser Land trinken, darauf, daß es eines Tages wieder eins wird, wenn wir es auch nicht mehr erleben.»

Beifall und Zurufe. Außer Johannes standen die alten Herren auf, die Frauen und die Jungen blieben sitzen. Für einen Augenblick wirkten alle an der Tafel unschlüssig. Einige der Älteren meinten wohl, es müsse etwas folgen, was ihre Gemeinsamkeit bekräftige. Johannes sah, wie Tönnies die Augen zur Decke richtete. Es wird doch niemand, dachte er und hatte plötzlich das Gefühl, einer könnte auf die Idee kommen, sie sollten miteinander singen. Doch nicht etwa die Nationalhymne? Beinahe lag so etwas in der Luft, aber nichts dergleichen geschah. Sie stießen miteinander an und setzten sich nieder. Julius hatte wieder drei Sitze von Johannes entfernt Platz genommen und beugte sich vor. Johannes sagte zu ihm hinüber: «Da bin ich aber froh, daß du noch einige Gemeinsamkeiten zwischen uns festgestellt hast. Im Grunde gehören wir ja doch zusammen, ob wir's wollen oder nicht.»

Julius erwiderte sein Lächeln nicht. «Es hat eine Zeit gegeben, Johannes, in der ich geglaubt habe, du seist für uns verloren. Wir wußten nicht, was dir zugestoßen war. Aber was wir von dir hörten, klang für mich unglaublich. Wenn unser Vater das erlebt hätte, er wäre entsetzt gewesen.»

«Also doch. Das hab ich erwartet», sagte Johannes.

Wenn sie auch am Tisch saßen und über die Gläser hinweg sprachen, immer mehr aus der Familie hörten ihnen zu. Julius wurde so laut, daß er die anderen in der Nähe übertönte und sie zum Verstummen brachte. «Natürlich nahm ich an, man habe dir das untergeschoben, und vielleicht lebtest du gar nicht mehr. Als ich dann bei der Heeresgruppe Einzelheiten über dich und das Nationalkomitee erfuhr, konnte ich es immer noch nicht glauben. Erst als man mir über deine Reden vom Sender Moskau berichtete...»

Johannes unterbrach ihn: «Sag mal, wollen wir das hier nicht lieber ruhen lassen?» Er hatte sich zurückgelehnt und die Arme über der Brust verschränkt. Um seine Mundwinkel zuckte es ein paarmal spöttisch. Er war seinem Bruder ähnlich, nur war sein Gesicht im Alter weniger männlich. In seinen Zügen hatte sich etwas von seiner Mutter durchgesetzt. Immer schon hatte er ein weiches, fliehendes Kinn gehabt.

Aber Julius war nicht aufzuhalten: «Du bist aus dem anderen Staat zu uns gekommen, der sich auch demokratisch nennt. Du wirst nicht erwarten, daß wir gutheißen, was dort geschieht. Da ist die Mauer. Du hast sie nicht gebaut und ich nicht, aber sie steht zwischen uns. Davor kann auch die Familie nicht haltmachen. Woher soll ich wissen, ob ich überhaupt sagen kann: Du bist zu uns zurückgekehrt?»

«Julius!» Nun wurde es seiner Frau zuviel, sie griff nach seiner Hand. Die Familie saß wie eingefroren. Es war körperlich greifbar: die meisten wären am liebsten aufgestanden. Wenn er jetzt nicht aufhört, stand in ihren Gesichtern geschrieben, wird etwas Unwiderrufliches geschehen, etwas, was zum Bruch in der Familie führt. Nur wußte offenbar keiner von ihnen, wie er Julius davon abbringen sollte. Sie kannten ihn. Wenn er sich einmal verstiegen hatte, war er schwer aus der Wand zu holen. Außerdem wirkte er nun tatsächlich, als sei er nicht ganz bei sich. Er sprach weiter, als müsse er seine Gedanken zu Ende bringen, was immer geschähe. «Du bist doch Kommunist!»

Daraufhin war zunächst nur ein Laut zu hören, nämlich das Scharren, mit dem Karl seinen Stuhl zurückschob, als wolle er aufspringen. «Das ist doch», rief er, aber er kam nicht weiter. Es entstand eine Stille, die alle lähmte.

«Großvater», sagte Tönnies in das Schweigen, er sagte es bittend und ratlos.

Julius versuchte sich zu orientieren. Auf einmal sah er erschrocken aus. «Es tut mir leid», er atmete tief auf. «Ich will ja nicht in den alten Sachen kramen. Aber es ist so viel geschehen. Du mußt verstehen, Johannes, wie schwer das alles für mich ist.» Er lehnte sich zurück.

«Muß ich? Und wieso war das alles nur schwer für dich?» Johannes zwang sich zur Ruhe. Nein, er war nicht einmal überrascht. Es war beinahe eine Befreiung. Jetzt war es heraus.

«Julius, was weißt du von uns?» sagte er. «Ich gehöre dahin, woher ich komme. Ja, ich bin Sozialist und hoffe, daß wir auf dem Weg zum Kommunismus sind.» Er blickte sich um und meinte zu erkennen, daß zumindest einige nun eine Antwort von ihm hören wollten, jedenfalls schwiegen sie und sahen ihn an. Deswegen fuhr er fort: «Aber was Feudalismus und Kapitalismus in Jahrhunderten nicht zuwege gebracht haben, könnt ihr von unserer Gesellschaftsordnung nicht in zwei Generationen erwarten. Hast du einmal darüber nachgedacht, daß die Idee des Kommunismus unter anderem deswegen notwendig wurde, weil das Christentum versagt hat? Wenn die abendländische Welt, die sich christlich nennt, eine gerechte Verteilung der Güter erreicht hätte, gleiche Rechte für alle, Frieden, Nächstenliebe, dann sähe es wohl anders aus. Hast du jemals darüber nachgedacht, daß der Nationalsozialismus in Wahrheit ein Nationalkapitalismus war und was seitdem historisch alles verdreht wird? Da wurde nichts vergesellschaftet, die Arbeiter übernahmen nicht die Betriebe, die Wirtschaft, die Banken, der Grundbesitz, das blieb doch alles in denselben Händen, außer daß Juden und Demokraten enteignet wurden, umgebracht oder verbannt. Muß ich dir sagen, wieviel Industrielle Hitler unterstützten und finanzierten? Als Gegenleistung erhielten sie gehorsame Arbeitskräfte, billig und ohne gewerkschaftlichen Schutz. Und glaubst du tatsächlich, der Westen hätte die Diktatur der Nazis so lange hingenommen, wenn es sich um eine sozialistische Revolution gehandelt hätte?»

Johannes unterbrach sich. Die meisten in den Tischreihen schauten gequält drein. Soweit er ihre Gesichter sehen konnte, spiegelten sie halb Verwunderung, halb Widerwillen.

«Dazu sind wir nicht hergekommen, daß du uns hier agitierst», sagte Lorenz.

«Du wirst schon erlauben müssen, daß ich deinem Vater eine Antwort gebe», erwiderte Johannes. «Natürlich weiß ich, wir können das hier nicht austragen, obwohl wir es einmal tun sollten. Es hat keinen Sinn, daß jeder nur immer in seiner Verschanzung bleibt und die Schwierigkeiten, die wir miteinander haben, dem anderen auflastet. Wirklich, es wäre gut, wir versuchten das einmal bis auf den Grund zu klären. Wenn du willst, Julius, reden wir morgen. Oder später. Wenn du nicht willst, kann ich auch schweigen. Nur zwei Dinge noch: Was die Mauer angeht, das ist doch nicht nur die Mauer zwischen den beiden deutschen Staaten, sondern auch die Mauer entlang der ideologischen Halbierung der Welt. Es ist die militärische Grenze zwischen der Sowjetunion und den Vereinigten Staaten, den Großmächten und ihren Machtbereichen. Ich verabscheue die Mauer wie du, wie ihr alle. Aber es konnte auch nicht so weitergehen, daß man die DDR mit Westgeld und Agenten ausleerte und umdrehte wie eine Hosentasche. Da ging zuviel auf unsere Kosten, es drohte, daß wir aufgekauft wurden. Das waren auch nicht nur alles politische Grenzgänger, die zu euch herüberkamen. Vorherrschend war der Wohlstand oder was man dafür hält. Dahinter steht etwas anderes: Wie können wir überhaupt annehmen, daß bei den bestehenden Gegensätzen, den unvereinbaren Systemen und der Furcht voreinander, die auf beiden Seiten tief ins Irrationale reicht, wie können wir hoffen, daß die Trennungslinie zwischen Ost und West eines Tages nicht mehr schwerbewaffnet sein wird?»

Er hatte lauter gesprochen, als nötig war. Jetzt nahm er sich zurück. Er wußte, daß sie ihm nur noch einen Augenblick zuhören würden, aber er versuchte es und sprach leiser: «Das zweite ist eine Bitte an dich und an euch. Ich bitte mir aus, daß niemand mir stellvertretend eine Schuld zuweist, und zwar mir allein, die wir alle miteinander abzutragen haben, beiderseitig. Wir haben das meiste davon beiseite geschoben und stehen immer noch vor unserer unerledigten Vergangenheit. Wir Alten jedenfalls, und das gilt wohl auch noch für die mittlere Generation, nicht für euch Junge. Sollten wir nicht in unserer Familie einen Anfang machen? Ich bin hergekommen, weil ich euch wiedersehen wollte. Ohne Vorbehalte oder, wenn ich ehrlich bin, nur mit wenigen. Ihr habt mich angehört. Julius, jetzt sind wir es den anderen wohl schuldig, daß wir eine Weile still sind.»

Ein Aufatmen ging durch die Familie. Johannes rückte den Rest des Obstsalats vor sich auf die Seite, die Bewegung fiel zu heftig aus, eine Kirsche schwappte im Saft über und zeichnete eine Spur auf die Decke.

«Um Himmels willen», rief Cläre, die Urtante, mit einer

Stimme, als habe sie alles verstanden. «Laßt endlich die Politik draußen und den Krieg. Das ist nicht auszuhalten.»

«Laß nur, Cläre, es ist überstanden», sagte Karl in das aufkommende Stimmengeschwirr.

Tönnies stand auf und ging hinaus. Julius nahm sein Glas und machte ein paar Schritte auf Johannes zu. Der kam ihm entgegen und sagte: «Wir sind unverbesserlich – in unserem Alter.» Julius schwieg. Sie stießen an. Einige, die es sahen, klatschten Beifall.

Als kurz danach Georg Staerke auf der Bildfläche erschien, hob er zugleich die Tafel auf. Er war der bestellte Fotograf, ein kleiner Mann mit den Bewegungen eines Kistenteufels. Sein Stativ und den Lichtbildkasten schleppte er gebückt herein. In jungen Jahren hatte Herr Staerke nicht wenige der Ristenparts auf Tanzstundenfotos gebannt. So behandelten sie ihn wie ein Familienstück. Nie hatte er anderes als uraltes Gerät benutzt. Für seine Gruppenbilder gebrauchte er nur Platten.

Es war Magie, die Familie folgte ihm aufs Wort. Er beorderte sie alle an die zurückliegende Wand und stellte sie in vier Reihen auf. Gestikulierend wie der Mann mit den Kellen auf dem Flughafen winkte er sie ein. Bald waren sie zusammengedrängt, bereit für das Ereignis, vorn auf dem Boden die Kinder, die Jungen in weißen Hemden, die Mädchen in Rosa oder Weiß. Seitlich lagerten die Halbwüchsigen in ihren zu klein gewordenen Konfirmandenanzügen. Dahinter, auf Stühlen sitzend, eine Girlande von älteren Damen mit Kleidern und Ketten, einander zum Verwechseln ähnelnd. In der dritten Reihe standen die alten Herren und hinter ihnen auf Bänken die Ehepaare in mittleren Jahren. Im Ernst ihrer Schöpfungskraft blickten manche Männer auf ihre Sprößlinge herab. Lisa legte ihren Kopf an Jonas und tat, als könnte sie nur noch schmachtend um sich schauen.

Gegenüber hüpfte Herr Staerke um seinen Apparat. Er brachte es fertig, fast gleichzeitig auf beiden Seiten zu erscheinen. Zur Probe warf er das schwarze Tuch über den

Kopf, beugte sich unter die Haube und blickte durchs Glasauge. «Zusammen, mehr zusammen», dirigierte er, «die Herren außen heben bitte mal den Arm.»

Da rief aus dem Knäuel wieder eine Mädchenstimme: «Wir können noch nicht anfangen, Fünf ist noch nicht da.» Nach kurzem Murren wurden zwei Hamburger Vettern zur Suche ausgeschickt.

In das Warten fragte Jonas: «Sagt mal, habt ihr auch alle das Goslarer Wasser wiederentdeckt? Es schäumt und schäumt, die Seife geht nicht von den Händen.» – «Wie in der Kindheit.» Alle redeten durcheinander. «Das weiche Harzwasser, du hast recht.»

Dann ging die Tür auf, flankiert von Conrad und Peter wurde Tönnies hereingebracht. Er machte Dampf aus einer Selbstgedrehten, die er zwischen den Lippen hielt. Obwohl er vorankam, sah es eher aus, als ginge er rückwärts wie ein störrischer Esel. Mit seinen ein Meter dreiundneunzig taugte er als Schlußmann. Einer brummte: «Der Fünf macht mal wieder, was er will.»

«Achtung!» Herr Staerke brannte das Blitzlichtpulver noch wie früher auf der Glasplatte ab, es zischte. Viermal stand die Familie im Lichtgewitter, die Kinder und Frauen mit geweiteten Augen, die Männer eher grimmig entschlossen zur Fröhlichkeit. Die zusammengewürfelte Verwandtschaft war ins Bild gebracht. Die Gesichter sahen erinnerungsträchtig und vergänglich aus, reif für die Schublade.

Später fand die Polonaise der Ristenparts statt. Als sie lange genug angefaßt herumgezogen waren, wurde daraus eine Mischung aus Kaiserwalzer und Rock 'n' Roll.

«Fünf»

«Ich bin ganz schön sauer», sagte Tönnies. Er saß am Biertresen, als Johannes im Mantel dort vorüberkam. «Deinetwegen. Wie sie dich behandelt haben.»

«Komm», sagte Johannes. «Da drin ist doch bald Schluß. Laß uns woanders hingehen.»

«Okay.»

Als sie aus dem Schwarzen Adler kamen, wandten sie sich rechts und gingen am Stift Neuwerk vorüber ins Innere der tausendjährigen Stadt. Im zweiten Weltkrieg war sie zur Lazarettstadt erklärt worden und unversehrt geblieben. Nach 1945 hatte sie Ströme von Flüchtlingen aufgenommen. In der Rosentorstraße wurde gerade an der Fußgängerzone gebaut, rote Lampen sicherten die Gruben. Die Jakobikirche war ein zweitürmiger Schatten, der die Straßenbeleuchtung überragte und in der Nacht verschwand.

Es hatte wieder geregnet, doch inzwischen aufgehört, ein feuchtkalter Wind wehte. Das sollte eine Mainacht sein – für das Klima konnte man die Menschen nur bedauern. Johannes und Tönnies blieben in den Gassen fast allein, nur ab und zu begegneten ihnen Gestalten mit hochgeschlossenem Mantelkragen. Wie sie da nebeneinander schritten und aufeinander einsprachen, beugte sich der eine zum anderen. Tönnies ging immer mit etwas gekrümmtem Rücken, als wollte er sich um ein paar Zentimeter kleiner machen. Johannes war siebenundfünfzig Jahre älter.

«Eure Städte riechen anders», sagte der Großonkel zum Neffen.

«Ich bin noch nie in der DDR gewesen, nur im Transit durchgefahren. Ein paarmal haben wir Cordt und seine Familie in Ungarn getroffen, am Plattensee. Mit der Abiturklasse sind wir in Berlin gewesen. Man hat uns über die Mauer schauen lassen und erklärt, was wir schon wußten. Von drüben sieht sie wohl nicht anders aus.»

«Die Mauer nicht», sagte Johannes. «Aber die Gründe dafür, das hab ich vorhin zu sagen versucht. In den Köpfen war sie längst fertig, bevor sie gebaut wurde, auf beiden Seiten. Ulbricht hat sie angekündigt, Bonn und die Amerikaner haben vorher Bescheid gewußt. Es ist schon technisch unmöglich, einen Mauerbau vorzubereiten, ohne daß die andere

Seite durch ihre Beobachter davon erfährt. Was der Bevölkerung der BRD dann offiziell gesagt wurde, hatte wenig mit der Wirklichkeit zu tun oder mit dem, was sich im Hintergrund ereignete. So ist das immer. Ich will nicht behaupten, wir hätten nicht auch unsere Tabus.»

«Ich hab davon kaum etwas mitbekommen», sagte Tönnies. «Ich war erst acht Jahre alt.»

Auf der Linken spiegelten die Ladenfenster einer Woolworth-Filiale das Nachtlicht der Einhorn-Apotheke gegenüber. Der brutale Quader eines Kaufhauses ragte mit Zylindern und Betonkanten in die Straße hinein. Neben Pförtners Kindermoden hatte sich Eduscho eingerichtet. Sie kamen am Rathaus und Hotel Kaiserworth vorbei. Alle Gebäude am Marktplatz waren renoviert, sie sahen aus wie Filmkulissen. Johannes entdeckte die Zunftgassen wieder, Piepmäker, Knochenhauer, Glockengießer. Überall an den Rändern der autofreien Zone parkte Blech, Blech, Blech. Sie hörten das Wasser durch die Mühlkaskaden der Unterstadt rauschen. In einer Auslage schimmerte eine Lord-Extra-Reklame neben einer aufgebrochenen Schaumstoffpackung für Sektflaschen Marke MM.

Sie waren im Kreis gegangen. In der Petersilienstraße angelangt, sahen sie Licht in einer Bar und gingen hinein. Auf dem Tanzboden bewegten sich umschlungene Paare. Der Ober zündete die Kerze auf ihrem Tisch an und legte die Karte hin. Sie bestellten Bier, und Johannes ergänzte: «Sto Gramm Wodka.» Weil der Ober ihn fragend ansah, sagte er: «Dazu einen doppelten Klaren. Du auch, Tönnies?» Der nickte.

Als sie einander in dem Halbdunkel gegenübersaßen, fragte Johannes: «Kannst du mir mal verraten, wieso sie dich Fünf nennen?»

Tönnies drehte zwischen den Fingern eine seiner dünnen Zigaretten. Jetzt schaute er von der Krümelarbeit auf. «Eigentlich mußt du das die anderen fragen.» Er lachte. «Also, ich erzähl dir die Kurzfassung. Früher, mit den Hamburgern zum Beispiel, da haben wir Gleichaltrigen natürlich immer zusammengehockt. Vor allem, als wir so fünfzehn waren und langsam anfingen, selber zu denken. Da hab ich halt manchmal gesagt, was ich davon halte, von der ganzen Freiheit und Selbständigkeit, von der sie uns soviel erzählen, als könntest du wunder was für dich bestimmen.»

«So wenig ist das auch wieder nicht», warf Johannes ein, während Tönnies einen Ring blies. Das Gewölk schwebte eine Weile zwischen ihnen.

Tönnies sagte: «Das kommt darauf an. Das meiste ist doch vorherbestimmt, durch Eltern und Schule und was du so vorfindest da um dich herum. Mindestens ebenso durch das politische System, das du dir nicht aussuchen kannst. Wenn du nicht gerade in eine Katastrophe hineingeboren bist oder in sonst eine große Veränderung, ist das alles vorhanden und hat nicht auf dich gewartet. Die öffentliche Meinung, die Psychologie der Leute, unter denen du aufwächst. Mensch, eben alles, was von vornherein feststeht oder sich außerhalb deiner Einwirkung bewegt: Technik, Wirtschaft, Naturwissenschaft, die Gesetze und zuallererst der Zufall, der dich dahin oder dorthin stellt, ehe du dich versiehst. Und dann verlangen sie von dir, daß du das auch noch schön findest.»

Er machte ein Gesicht, als habe er bei einer Tüftelei etwas herausgefunden und wolle sagen: Na, siehst du. «Aber wenigstens fünf Prozent, glaub ich, die gehören mir selber. Das bin ich. Die nehm ich mir heraus. Damit will ich leben, was sie nur hergeben, meine fünf Prozent Unverwechselbarkeit.» Mit einer zu groß geratenen Bewegung stieß er ans Glas, in dem nun das Bier schwappte. «Also, von daher hab ich meinen Spitznamen weg.»

«Mir gefällt er», sagte Johannes. Ihm fiel Tönnies' Heftigkeit auf. Wenn der zuhörte, tat er nichts als das. Wenn er redete, war es, als wäre er nur in diesem eben entstehenden Satz zu erkennen. «Unheimlich viel», das war ein Ausdruck, den er oft gebrauchte. «Ich habe damit unheimlich viel zu tun.»

Was er auch mitteilte, es schien immer eines zu sein: dringend. Manchmal lachte er, aber in seinen Augen, dem blassen Gesicht und den dann ratlosen Bewegungen lag etwas Trauriges.

«Was machst du?» fragte ihn Johannes. «Studierst du noch?»

Nur das nicht, schien Tönnies mit einer Handbewegung sagen zu wollen. «Ich hab mit Physik angefangen und nach einem Semester gewechselt, jetzt mach ich Biologie. Aber ich weiß noch nicht. Einiges hat nicht so geklappt, wie ich mir das vorstellte. Mit Achtzehn, aus der zwölften Klasse, bin ich von der Penne runter, weil die mir stank. Als ich den Zivildienst im Krankenhaus hinter mir hatte, da hat mein Vater mich doch noch dazu gebracht, daß ich das Abitur nachholte. Er hatte recht, nur wollte er gern, daß ich Medizin studierte – die alte Geschichte: weil er das damals nicht konnte. Ich hab aber nur eine Zwei Komma zwei im Schnitt, Numerus clausus für bayerische Landeskinder. Mit dieser verrückten Zählerei wirst du dich nicht auskennen. Außerdem, ich will nicht.»

«Und was sagt er jetzt?»

«Er fragt nicht. Zwingen würd er mich nie. Kann er auch gar nicht. Es hat mir sowieso geschmeckt.» Tönnies machte den Eindruck, daß er von dem Thema endgültig loskommen wollte. «Ich bin zu Hause ausgezogen und wohne mit einer Gruppe zusammen. Ein bißchen jobbe ich am Ausschank in einer Kneipe oder auch mal zur Aushilfe als Briefträger, was so läuft.»

«Du mußt uns mal besuchen», sagte Johannes. «In Berlin kommst du ohne weiteres rüber. Früher hatten wir eine schöne große Wohnung am Treptower Park. Jetzt hat die Leipziger Straße den Vorteil, daß wir im Zentrum fast überall zu Fuß hinkommen.»

Tönnies sagte: «Wenn bei uns in der Familie über dich geredet wird, dann entstehen lauter Pausen. Manchmal ist das richtig komisch. Ich denk mir, das ist beinah wie früher bei einem Mädchen, das vorzeitig die Unschuld verlor. Die verschwand auch so aus dem Gespräch bei Tisch.»

Johannes lachte.

«Ein Gutes hat der Familientag», sagte Tönnies. «Daß wir einander kennenlernen. Sonst lauf ich meist davon – Familie, dieser ganze Klettenwald!»

Johannes wußte nicht mehr, wann er zuletzt mit Kletten zu tun gehabt hatte. Aber er erinnerte sich, wie sie einander als Kinder damit beworfen hatten. Manchmal hing alles, was sie anhatten, voller Kletten. In einem alten Graben am Waldrand gab es ganze Büsche davon. Für einen Augenblick spürte er die klebrigen Kugeln in der Hand und roch die sommergedörrten Halme. Am schwersten waren sie aus dem Haar zu ziehen – deswegen schrien die Mädchen, wenn die Jungen ihnen mit Kletten nachrannten.

Der Ober war mit Blick auf die leeren Gläser an den Tisch herangetreten. «Noch mal dasselbe», sagte Johannes und dann zu Tönnies: «Wir waren zu Hause noch eine richtige Familie. Ich weiß nicht, ob du dir das vorstellen kannst. Natürlich haben wir eine Wilhelminische Kindheit gehabt. Mit einer Strenge zum Fürchten sind wir erzogen worden, aber merkwürdig: wir haben das damals gar nicht empfunden. Wir kannten es nicht anders. Und die Eltern haben wir sehr geliebt. Auf ihre Art haben sie alles für uns getan, auch wenn der Rohrstock hinter der Tür stand. Es war die Vatermörderzeit, in der die Erwachsenen alle gesteift herumliefen, besonders die Männer. Ich erinnere mich, wenn mein Vater mit der Droschke vorfuhr, brachte er immer diese Unnahbarkeit mit und roch nach Zigarren. Aber wenn er dann am Samstagnachmittag im Garten in der Hängematte lag, konnten wir Kinder an ihn herankommen. Dann gab es oft ein Gebalge. Am meisten kümmerte er sich um Marie.»

Johannes hatte jede Einzelheit vor Augen. «Es gab viele Verbote in unserer Kindheit», sagte er. «Aber wir hatten auch vieles, was allein uns gehörte, zum Beispiel das Spielzimmer. Über allem stand Gehorsam, dafür sorgte auch die

Schule. Und natürlich die Kirche. Trotzdem war es ein fröhliches Haus da unter dem Rammelsberg. Ich bin heute dort vorbeigegangen, es sieht fast noch wie früher aus. Immerzu gab es damals bei uns Musik und Feste. Wenn die Gäste kamen, sah unsere Mutter wie eine große Dame aus. Wir Geschwister hatten eine Kinderfrau und Dienstboten, die noch die Hintertreppe benutzten. Wie privilegiert wir waren, kam uns nicht in den Sinn. Über so etwas wurde nicht gesprochen. Auch nicht über Geld. Ich weiß noch, wie ich einmal erschrak, als ich Fleisch vom Schlachter holte und er mir das Buch mitgab, in dem er unser Monatskonto führte. Da stand eine Summe drin, die mich schwindlig machte.»

Johannes schwieg eine Weile und sagte dann abschließend: «Jedenfalls war ich meinen Eltern immer dankbar für die Jugend, die wir hatten.»

Tönnies fragte: «Die Deutschsozialen, für die dein Vater im Reichstag war, waren die nicht eine schlimme Partei? Ich hab mal nachgeschlagen. Selbst im Brockhaus steht, sie gehörten zur extremen Rechten.»

Johannes fühlte sich zurückversetzt an den Punkt, an dem seine Jugend zusammengebrochen war. Er sah, daß die Augen seines Neffen vom Rauch gerötet waren, und sagte erst einmal: «Daß du zuviel rauchst, weißt du ja wohl selber.» Dann bemühte er sich, genau zu antworten. «Sie waren deutschnational bis auf die Knochen, das stimmt. Außerdem dachten sie obrigkeitsstaatlich und kaisertreu. Aber wer tat das damals nicht? Die Sozialdemokraten überboten bei manchen Gelegenheiten im Nationalstolz noch die anderen, wenn sie auch oft von ihrer Internationale redeten. Aber die Deutschsozialen waren auch antisemitisch. Das war eine verbreitete Haltung in Deutschland, die trat zu Anfang nicht gewalttätig auf, aber Hitler konnte später darauf bauen.»

«Ich hab das immer geahnt», sagte Tönnies zornig. «Da stamme ich also aus einer Familie, die heute auch zur NPD gehören könnte.»

«Das kannst du nicht vergleichen.» Johannes fühlte sich

plötzlich für eine Erklärung verantwortlich, die doch nicht in wenigen Worten zu geben war. «Du kannst das nur aus der damaligen Zeit heraus erklären. Beinahe die gesamte bürgerliche Tradition im Kaiserreich war nationalstaatlich auf eine Obrigkeit ausgerichtet, die sich noch als von Gottes Gnaden verstand. Nicht die achtundvierziger Paulskirche war für uns das große Datum, sondern Sedan. Die gebildeten Juden waren Konkurrenten, die anderen kannten wir kaum. Mein Vater sagte wohl manchmal: ‹Der ist Jude.› Aber das löste in mir nicht Verachtung aus, eher Unsicherheit. Es war das Kennzeichen für Menschen, die anders waren. Ich hatte immer den Eindruck, sie waren gefährlich, weil sie überlegen waren. Das merkten wir auch an jüdischen Mitschülern, fast immer gehörten sie zu den Besten. Meine Mutter sprach gelegentlich davon, wer alles jüdisch war. Sie erwähnte Komponisten, Schriftsteller, Ärzte, so viele Wissenschaftler und natürlich Marx. Du wirst nicht glauben, daß ich meine, ich könnte dir das in Kürze verständlich machen. Ich versuche nur herauszufinden, wie ich den Antisemitismus als Kind erlebt habe. Mein Vater zitierte oft Gobineau und seine Rassenlehre. Vorherrschend war wohl das uneingestandene Unterlegenheitsgefühl. Ich begriff damals nicht, wie sich das ins Gegenteil verkehren konnte: in den Wahn der Herrenrasse. Außerdem kannte ich deutschnationale Juden, die waren wie wir. Viele von ihnen wären nichts lieber geworden als Offiziere. Im Krieg erhielten sie hohe Auszeichnungen.»

Tönnies sagte: «Wenn ich mir vorstelle, was davon heute noch alles in den Köpfen steckt, auch in unserer Familie.»

«Nun mach sie mal nicht schlechter, als sie ist», antwortete Johannes. «Zum Beispiel dein Vater.»

«Ach, der läßt auch mehr mit sich machen, als ihm guttut. Sag mir lieber, was sozial war an den Deutschsozialen.» Tönnies hatte die Arme aufgestützt und den Bart in die Hände genommen.

«Sie wollten die Arbeiter an die Betriebe binden», sagte Johannes. «Also waren sie sozial auf eine patriarchalische

Weise, wie Krupp das zum Beispiel mit seinen Leuten machte. Manche Kapitalisten hatten damals herausgefunden, daß das am besten ging, wenn man den Arbeitern Häuser baute, die Eigentum der Fabriken blieben, und wenn man ihre Familien dazuholte. Es gab regelrechte Betriebsehen, und die Kinder wuchsen rings um die Fabrik auf, der geborene Nachwuchs. Es war die Gründerzeit vieler sozialer Einrichtungen, auch bei den Kirchen. Aber im Grunde war es eine soziale Einstellung wie ein Zufallsprodukt. Sie begnügte sich mit dem, was von der Entwicklung der Wirtschaft für die kleinen Leute abfiel.»

«Heute haben wir wenigstens alles in der Familie», meinte Tönnies. «Alle Parteien. Wir sind echt pluralistisch. Aber ich wollte dich noch etwas anderes fragen, Johannes – du hast wohl nichts dagegen, daß ich mit dem ‹Onkel› nichts anfangen kann.»

«Na klar.»

Tönnies hob die Schultern, als wollte er mal eben den Kopf zwischen den Schlüsselbeinen versenken. Immer wieder brachen bei ihm diese eckigen Bewegungen aus. Manchmal schüttelte er dazu selber den Kopf und sah den anderen an, als wolle er ausdrücken: Wir haben gemeinsam schon unsere Not mit mir, ich weiß. «Ehrlich», sagte er, «ich hab oft darüber nachgedacht. Aber ich konnte dich nie direkt fragen: Warum hast du bis Stalingrad mitgemacht?»

Johannes brauchte erst einmal einen langen Atemzug. Er lehnte sich zurück und machte ein Gesicht wie ein Arzt, der einem Patienten eine Operation erklären soll, aber aus Erfahrung weiß, daß Verständnis seine Grenzen hat. «Dann mußt du mir schon eine Weile zuhören», sagte er. «Wenn wir überhaupt darüber reden, läßt sich das nicht in wenigen Sätzen abtun. Zuerst will ich dir mal eingestehen, wie schwierig es für mich ist, hier zu sein. Eigentlich kann ich darüber gar nichts sagen, wenigstens nicht so rasch. Wenn du wüßtest, wie oft ich mich gefragt habe, ob ich das tun soll – hierherfahren und alles wiedersehen.» Er wischte sich mit der Hand über die Stirn. «Nimm mal 'n bißchen Rücksicht auf mich alten Mann, Fünf», sagte er.

«Tu ich ja», sagte Tönnies. «Weißt du, daß ich das toll fand, wie du vorhin reagiert hast, als dein Bruder so geredet hat? Zuerst hast du geschwiegen, aber dann klargemacht, wo du stehst.»

«Ich gehöre zur Langemarck-Generation», sagte Johannes. «Von der Schule vor die Maschinengewehre – mit dem Deutschlandlied auf den Lippen. Wir Kriegsfreiwilligen von 1914, unser Opfertrieb war viel stärker als unser Verlangen, andere zu töten. Von frühester Kindheit an hatte man uns dafür erzogen. Aber es war nicht das Heldische, das bei den meisten von uns herauskam, nicht auf die anderen richtete sich unser Vernichtungswille. Es war dieses Hinsterbenwollen, das sich dem nationalen Ethos unterwarf und massenweise zusammendrängte auf den Schlachtfeldern, ein Sog, ein Fallen. Soviel Selbstaufgabe lag darin. Fatalismus ist ein zu passives Wort. Wir waren ungeheuer aktiv, stürmten und glaubten, nur überlegt handelten wir nicht. Wenigstens in den ersten Monaten gab es unendlich viele unnötige Opfer. Manche waren gar nicht zu halten in dem Um-die-Wette-Sterben, als käme es nur darauf an. Erst später begannen die Kommandierenden damit, Menschen zu sparen. Zu Anfang war alles ein Überfluß. Auch der einzelne, wenn er so lange durchgekommen war, lernte allmählich, die Deckung für wichtiger zu halten als das Draufgängertum.»

Johannes machte eine Pause und trank einen Schluck Bier. Er sah seinen Neffen fragend an, um sich zu vergewissern, ob der ihm noch folgte. «Ich habe oft versucht, mir darüber Rechenschaft abzulegen», sagte er dann. «Für mich liegt der Bruch mit dem, was vorher war, nicht nach dem ersten Weltkrieg, sondern nach dem zweiten. Dazwischen war alles eine Fortsetzung. Darin liegt auch die Antwort auf deine Frage. In den zwanziger Jahren ging zunächst einmal alles weiter, nur daß wir geschlagen und verbittert waren. Unser Bestreben war, uns wiederaufzurichten. Du kannst doch einen

Menschen nicht einfach ändern, wenn er längst erwachsen ist. Heute wird alles psychologisiert, hier bei euch jedenfalls. Wenn es danach ginge, könntest du bestimmt herausfinden, was für eine Rolle mein Vater für mich gespielt hat, übrigens genauso für meine Brüder – bis auf den Jüngsten, Karl. Jedenfalls hatten wir alle in dieser Familie, aber auch unsere Freunde, alle Leute, die wir näher kannten, und später natürlich auch unsere Frauen, denn andere kamen für uns gar nicht in Frage – wir hatten alle in erster Linie gelernt, was es heißt, dem Staat zu dienen. Für mich bedeutete das, eine Uniform zu tragen, die Verantwortung als Offizier.»

Tönnies schwieg, und Johannes fuhr fort: «Die Weimarer Republik habe ich im Bewußtsein durchtaucht. Ich war bei der Reichswehr und lebte nur zwischen der Kaserne und unserer Wohnung in Potsdam. Du kannst dir nicht vorstellen, wie weit unser Dienst und unsere Auffassung von der damaligen Parteienpolitik entfernt waren. Als Hindenburg Hitler in der Garnisonkirche zum Staatsakt empfing, war das für uns die Anerkennung dieses neuen Kanzlers, vor allem aber die Garantie, daß es mit dem Reich weiterging. Hitler brachte die Arbeitslosen von der Straße – das hörst du sicher von allen in der Familie, die damals älter waren als du heute.»

«Nein», sagte Tönnies, «nichts höre ich. Sie sprechen nicht davon. Wovon sie reden, das hört 1933 auf und fängt 1945 wieder an.»

«Ich gebe zu, ich war Nationalsozialist. Zwar war ich nicht in der Partei, das konnten Berufssoldaten damals auch gar nicht sein. Aber bis mitten im Krieg war ich mit Hitler und seiner Regierung im wesentlichen einverstanden. Über die Randerscheinungen, wie wir das nannten, habe ich nie gründlich nachgedacht. Natürlich war uns vieles unangenehm, zum Beispiel die Brutalität, mit der manche SA-Leute auftraten, oder ihre Ausdrucksweise, die unglaublich roh sein konnte, und später vor allem das Elitegebaren der Waffen-SS. Darüber haben wir uns im Kasino und an der Front aufgeregt. Es schadete der Sache, die wir für gut hielten. Doch der Reichstagsbrand, die Ermordung Röhms und so vieler anderer, das Verschwinden von Menschen, die ersten Konzentrationslager und die Kristallnacht – Tönnies, es ist die Wahrheit: damals waren das für mich nicht die wichtigen Stationen und die sichtbaren Zeichen. Wir waren eingehüllt in Propaganda, manches erfuhren wir auch tatsächlich erst viel später. Und dann kamen die Siege. Sie erschienen den meisten Deutschen zu Anfang phantastisch. Nur den Krieg gegen das riesige Rußland habe ich aus rein militärischen Gründen für falsch gehalten.»

Johannes merkte, wie das Sprechen ihn anzustrengen begann. Seine achtzig Jahre konnte er oft vergessen. Aber dann mußte er hinnehmen, daß er keine Ausdauer mehr besaß, vor allem nicht im Gespräch. Er glaubte zu spüren, daß sich sein Gesicht zusammenzog, kleiner wurde und nach innen kehrte. In Tönnies' Augen las er, daß der das auch beobachtete.

«Selbständiges Denken gerade von hohen Offizieren der Wehrmacht wurde natürlich vom Generalstab und besonders von Hitler nicht gewünscht. Ihm fühlte ich mich in erster Linie verpflichtet. Als Adolf Hitler im Februar 1938 – zufällig war es an meinem Geburtstag – uns Kommandeure in einer Aussprache aufrief, ihm und der Idee des Nationalsozialismus die Treue zu halten, auch wenn in schweren Zeiten alles wanken würde, da hatte ich mich ihm tatsächlich verschworen. Wie viele waren davon erfaßt! Unserem anerzogenen Verlangen, uns etwas Größerem unterzuordnen, kam die Forderung machtvoll entgegen. So habe ich mir später erklärt, was ich nicht mehr begreifen konnte, nämlich daß ich mich immer wieder gegen aufkommende Bedenken wehrte und sogar bis zum Ende der 6. Armee in Stalingrad jeden, der Hitler anklagte, schroff zurückgewiesen habe.»

Tönnies fragte: «Erinnerst du dich daran, daß du meinem Vater damals zu seiner Konfirmation eine Karte geschrieben hast, auf der stand: ‹Heil Hitler! Dein Onkel Johannes›? Er hat mir das einmal erzählt.»

«Nein», sagte Johannes, «das hab ich vergessen. Schlimm genug. Ich war damals so. Weißt du, wir waren nicht nur auf Volk und Vaterland vereidigt, sondern auf Hitler persönlich. Versuch einmal, dir das vorzustellen. Für uns bedeutete der Eid etwas. Er war der höchste Ausdruck aller Vorstellungen von Gehorsam. Heute im Rückblick erscheint mir das unverständlich, aber Tatsache ist, daß wir uns noch im Durchgangslager Krasnogorsk, wo viele Überlebende von Stalingrad versammelt wurden, wochenlang darüber gestritten haben. Die einen meinten, wir seien weiter an diesen Eid gebunden. Die anderen hielten nur noch das Gegenteil für gerechtfertigt. Ich gehörte zu denen, die endlich davon loskamen. Einige von uns glaubten, Yorck von Wartenburg wäre unser Vorbild. Weißt du was vom Tauroggenpakt?»

«So etwa», antwortete Tönnies. «Freiherr vom Stein und Yorck. Welcher Friedrich Wilhelm war es, über den hinweg sie zur Volksbewaffnung gegen Napoleon aufgerufen haben – war es der Dritte?»

Johannes lächelte. «Ja», sagte er, «der war's. In den ersten Monaten der Gefangenschaft haben wir uns damals vor allem gefragt: Wo lag die Grenze zwischen den Betrogenen und den Mitschuldigen? Hinter uns lagen die Durchhalteparolen, die Lügen, alle Opfer und Entbehrungen, Hitlers gebrochenes Versprechen, man würde uns da herausholen – das alles zusammen hatte den elenden Rest von zweiundzwanzig Divisionen, die geschlagene 6. Armee, die mal dreihunderttausend Mann gehabt hatte, bis zum 2. Februar 1943 in der zerschossenen Stadt an der Wolga festgehalten.»

Johannes brach ab und überlegte, was noch hinzuzufügen wäre. Nach einer Weile sagte er: «Wir als Generale waren jedenfalls mitschuldig. Daß Hitler als unser oberster Befehlshaber nicht nur wahnsinnig handelte, sondern auch einer der größten Verbrecher der deutschen Geschichte war, das überschritt lange meine Vorstellungskraft. Ich habe dann versucht, wenigstens einiges wiedergutzumachen. So wie ich es verstand, und soweit ich es konnte. Heute, am Ende meines Lebens, habe ich den Eindruck, ich habe das meiste falsch gemacht. Aber ein paar Dinge haben gestimmt, und ein paar Menschen zählen.»

Tönnies begleitete ihn zum Hamburger Hof. Es war nur ein kurzes Stück. Das Pflaster glänzte naß und schwarz unter der Straßenbeleuchtung. Die Luft schmeckte nach dem Harz. Vor dem Hotel umarmte Tönnies ihn zum Abschied.

2

Julius

Im Gästebuch meines Elternhauses entdeckte ich einmal folgende Eintragung von der Hand meiner Mutter: «Am 17. Februar 1895 Taufe unseres Julius. Pathen: Papa Ristenpart, Tante Henriette, Bruder Hans. Prediger Superintendent Krüger – vortrefflich.» Danach sind die Gäste aufgeführt, eine stattliche Zahl.

Papa Ristenpart, das war mein Großvater Julius, nach dem ich getauft wurde. Er war damals längst pensioniert. Zwanzig Jahre lang war er Direktor des Königlichen Gymnasiums in Clausthal gewesen und wohnte nun in Göttingen. Ich bewahre an ihn eine flüchtige Erinnerung. Als meine Eltern ihn mit meinem Bruder Johannes und mir im Sommer 1898 besuchten, setzte er mich in der Straße vor dem Haus in eine geschlossene Droschke und strich mir über den Kopf. Das war sein Abschied für immer.

Tante Henriette, eine ältere Verwandte meiner Mutter, nannten wir die Musiktante. Sie leitete ein musikpädagogisches Institut in Berlin. Von ihr erhielt ich meine erste Geige – bis dahin hatte meine Mutter mich nur am Klavier unterrichtet. Sie hatte eine Zeitlang bei Henriette Bursch Musik studiert. So war über die Verwandtschaft hinaus die Freundschaft zwischen Lehrerin und Schülerin entstanden. Für eine

Patentante war sie eigentlich ein bißchen zu alt, doch sie nahm das auf sich wie eine Pflicht.

Ihr ergrautes Haar trug sie hochgesteckt, sie sah sehr streng aus. Ihre Gesichtsfalten bekämpfte sie mit einer elfenbeinernen Runzelrolle, die immer in einer seidengefütterten Schachtel auf dem Nachttisch lag, wenn sie bei uns wohnte. Ich habe sie oft aus dem Etui genommen und das Zackenrad über meine Hand laufen lassen. Heimlich ging ich ins Besuchszimmer, wenn die Tante ausgegangen war oder unten im Haus mit meiner Mutter sprach. Die Rolle zog mich magisch an. Wenn ich sie in der Hand hielt, klopfte mir das Herz. Ich hatte den Eindruck, sie sei von rätselhafter Herkunft.

Meine Tante liebte Elfenbein. Als ich sie 1910 zum erstenmal in Berlin besuchen durfte, lernte ich bei ihr ein chinesisches Spiel kennen. Es bestand aus Stäben und vielen Steinen aus Elfenbein mit schwarzen und weißen Augen, die man aneinanderlegte und auf eine bestimmte Weise zählte. Man konnte damit eine Mauer bauen. Aufbewahrt wurde die Kostbarkeit in einem Kasten mit vielen Fächern – wie aus Schiffsholz gezimmert.

Auf ihrem Sekretär stand eine Elfenbeinschnitzerei, die den jungen Mozart in einer höfisch dienernden Haltung darstellte. Und im Flur ragte über dem Garderobenspiegel der Stoßzahn eines Elefanten auf. Sie war einmal in Deutsch-Südwestafrika gewesen, und ein Großwildjäger hatte ihr die Trophäe geschenkt. Mein Gefühl sagte mir, daß es mit jenem Herrn noch etwas anderes auf sich hatte. Tante Henriette war unverheiratet geblieben.

Ich liebte sie, aber sie beunruhigte mich auch, weil sie so anders war als die Menschen, die ich bis dahin kennengelernt hatte. Die Reise nach Berlin war damals die Belohnung dafür, daß ich – wenn auch mit Mühe – in die Obersekunda versetzt worden war. Damit erwarb man die Berechtigung zum Einjährigen-Dienst in der königlich-preußischen Armee. Ein Jahr später blieb ich sitzen, weil ich verliebt und ganz damit beschäftigt war. Tante Henriettes Musikinstitut am Wittenbergplatz war Internat und beherbergte im vierten Stock auch ihre Wohnung. Das ganze Haus war durchsummt von Musik. Die Studenten lehnten oft aus den Fenstern, Trauben junger Leute, die Mädchen mit Schleifen im Haar.

Wir gingen zusammen in die Königliche Oper Unter den Linden. In Gegenwart von Prinzessin Viktoria Luise wurde der «Lohengrin» gegeben – meine erste Wagner-Oper. Viel mehr als die Musik und die Stimmen beeindruckte mich das gesellschaftliche Ereignis. Die Oper war der Ort, an dem Berlin seine Pracht entfaltete. Es war ein einziges Fest. Als die Tochter des Kaisers, begleitet von Hofdamen, ihre Loge betrat, ging ein Raunen durch die Reihen, in den Rängen und im Parkett erhoben sich die Herren und Damen. Ich glaubte, daß unter der Kuppel und den Lüstern die Menschen versammelt waren, die im Reich etwas bedeuteten, die Männer in hohen Stellungen, und ihre Frauen waren ausersehen, neben ihnen zu glänzen. Eines Tages zu erreichen, daß ich ein wenig dazugehörte, das war ein Traum.

Besonders lebhaft ist mir die «Jungfrau von Orleans» im Schillertheater im Gedächtnis. Ich war versunken. Wie die Darstellerin der Johanna hieß, die damals eine Berühmtheit war, weiß ich nicht mehr. Aber wie sie vor den geistlichen und weltlichen Richtern stand, eine Frau, die ihrer Sendung folgte und allem trotzte, als sie die letzten Worte rief: «Der schwere Panzer wird zum Flügelkleide. Hinauf, hinauf – die Erde flieht zurück. Kurz ist der Schmerz und ewig ist die Freude!», da erfaßte mich eine wilde Sehnsucht. Den Ideen, zu denen ein Genius fähig war, wollte ich wenigstens mit einem Funken in meinem Inneren entsprechen.

Die Tante nahm mich unter ihre Fittiche. Wenn jemand sie mit «Fräulein» ansprach, bat sie sich die Anrede «Frau» aus. Für damalige Verhältnisse lebte sie ziemlich freizügig. Auch mit beinahe siebzig bewältigte sie mit mir ein strammes Programm. Abends spielten wir Schubert-Sonaten.

Wenn ich es auf der Geige ein Stück weit gebracht habe, verdanke ich das vor allem ihr.

Wir besuchten den Reichstag. Die Abgeordneten waren in den Osterferien, aber die Büros arbeiteten, und meine Tante hatte für uns die Erlaubnis zur Besichtigung erhalten. Durch den Haupteingang betraten wir den Parlamentspalast aus der Gründerzeit. Im Foyer, das sich domhoch über uns wölbte, hallten die Schritte der Bediensteten. Selbst unser Flüstern schwoll in der Akustik an. Hier ging mein Vater aus und ein. Im Plenarsaal, in dem ich andächtig stand, hatte er manche Rede gehalten. Der Raum schien mir von der Größe des Reichs zu sprechen.

Als wir später in Tante Henriettes Zimmer unsere Eindrücke austauschten, glaubte sie wohl, mein Hochgefühl dämpfen zu müssen. Jedenfalls erzählte sie mir von einer Reichstagssitzung, bei der mein Vater nun gar keine rühmliche Rolle gespielt hatte. Das war an einem Herbsttag 1908 gewesen, niemand hatte den Vorfall bei uns zu Hause auch nur erwähnt.

Tante Henriette zog einen Zeitungsausschnitt aus der Schublade ihres Sekretärs und sagte: «Dein Vater ist ein guter Redner, eigentlich braucht man bei ihm nie eine Entgleisung zu befürchten. Aber in dieser Debatte unterlief ihm ein Fehler. Es ging um die Zustimmung der Deutschsozialen zur Monarchie. Er wollte sagen, sie sei rückhaltlos. Doch was herauskam, war dies» – jetzt las sie vor: «‹Wir glauben›, erklärte der Abgeordnete Ristenpart, ‹daß der einheitliche Gedanke und der Wunsch des deutschen Volkes dahin geht, eine einheitliche Kundgebung auch in dieser Angelegenheit zu bekräftigen, und wenn wir das in einer Form tun können, die den monarchischen Gefühlen durchaus Rechnung trägt, so sollen wir das auch *rückgratlos* tun.› Das Reichstagsprotokoll verzeichnete an dieser Stelle: *stürmische Heiterkeit, die minutenlang anhält.*»

Mich traf das tief. Ich nahm ihr den Ausschnitt aus der Hand und überzeugte mich. Es war eine Glosse aus dem

«Vorwärts». Mein Vater hatte da im Hohngelächter gestanden, und das rote Blatt strich das auch noch dick heraus! Ich stellte mir vor, wie nahe ihm das gegangen sein mußte. Ich bekam einen roten Kopf, und Tante Henriette sagte: «Junge, das ist doch komisch. Nun nimm dir das mal nicht so zu Herzen. Ich habe das doch nur als Spaß verstanden.» Aber mir ging die Sache lange nach. Wieso las sie den «Vorwärts»? War sie bei den Sozis? Ich war ihr nicht gewachsen.

Als ich in den Mobilmachungstagen 1914 als Fahnenjunker-Unteroffizier mit einem Trupp Soldaten in Berlin einen Ersatztransport von Reservisten für unser Regiment in Mainz abholte, besuchte ich Tante Henriette wieder. In Feldgrau stand ich vor ihr, gestiefelt und gespornt, mit dem Karabiner in der Hand. Es war nur ein Aufenthalt von ein paar Stunden. Sie aber bewirtete mich wie für drei Tage und sagte zum Abschied: «Nun steck den Kopf immer schön weg, wenn die blauen Bohnen fliegen. Und paß auf dich auf, Junge, vor allem auch auf deine Hände, sonst kannst du nicht mehr Geige spielen.» Solche Vorstellungen hatten wir damals. Henriette Bursch habe ich nicht wiedergesehen. Sie starb 1917, während einer Grippeepidemie.

Wenn ich an die Jahre bis zum Krieg denke, wird mir klar, wie behütet wir aufgewachsen sind. Zuerst waren wir vier Brüder. Unsere Schwester Marie wurde im August 1900 geboren, 1908 kam Karl als Nachzügler hinzu. Wir Kinder haben miterlebt, wie unser Haus entstand. Es lag in einem Obstgarten mit Blick auf die Straße im Tal. Im Winter fuhren da Pferdeschlitten. Auch unsere Baustelle überwinterte. Obwohl es uns streng verboten war, kletterten wir im Inneren auf den Bohlen herum, teilten spielend die Zimmer nach unseren Wünschen ein und warfen manchmal auf Vorübergehende Schneebälle aus den Fensterhöhlen.

Es wurde ein zweistöckiges geräumiges Bürgerhaus. Die Mädchenzimmer befanden sich in der Mansarde. Im letzten Augenblick hatten die Eltern sich entschlossen, eine Warmwasserheizung einbauen zu lassen. In den oberen Zimmern wurde Linoleum ausgelegt, in den unteren Parkett. Unser besonderer Stolz war das Badezimmer, das neben dem Elternschlafzimmer lag und nach hinten hinausging, es wurde später noch einmal erweitert. Die Hauptküche war im Souterrain eingerichtet, doch im Parterre gab es noch eine Anrichteküche. Wenn wir im Garten spielten, konnten wir Luise, unsere älteste Haushilfe, hinter den Gitterstäben halb unter uns arbeiten sehen. Es gab sogar – damals war das etwas ganz Neues – einen handbetriebenen Aufzug, der bis zum Eßzimmer im Erdgeschoß führte. Aus dem Schacht kamen immer die Gerüche, die uns anzeigten, was es gab. Luise stammte aus Thüringen, niemand konnte rohe Kartoffelklöße besser machen als sie.

Als wir eingezogen waren, ließ unser Vater am Tor eine Lärche und einen Essigbaum pflanzen. Von dort führte ein gepflasterter Weg zum Hauseingang, der erhöht über wenigen Treppenstufen lag. Zu beiden Seiten blühte im Sommer wochenlang Phlox. Meine Mutter zitierte mit Vorliebe den Staudengärtner und Gartenbauschriftsteller Karl Foerster mit dem Satz: «Das Leben ohne Phlox ist ein Irrtum.» Wie sie das betonte, werde ich nie vergessen. Als Kind weiß man nicht, was Ironie ist, aber ich merkte, daß sie übertrieb. Überhaupt hielt sie es mit diesem Autor. Es gab noch einen anderen Satz, den sie ihm zuschrieb, und sie liebte es, ihn im Gehen vor sich hin zu sprechen: «Das Enzianblau der Iris erinnert mich an den ebenholzfarbenen Schreibtisch einer mißverstandenen Frau.»

Sie stilisierte gern einzelne Äußerungen, die ihre Erfindung waren, oder sie entnahm sie dem Werk bedeutender Geister. Häufig bedrohte sie uns in halbem Ernst mit Martin Luthers Spruch: «Wenn Kinder zärtlich und herrlich erzogen werden, so schadet es ihnen ihr Leben lang.» Das entsprach der Haltung meiner Eltern. Sie waren davon durchdrungen, daß Erziehung das Gegenteil von Verwöhnen sein mußte.

Sie selbst verlangten sich viel ab und lebten sparsam, preußisch und gottesfürchtig. Ein bestimmter Rahmen war allerdings notwendig. Dazu gehörten das Haus und die Dienstboten. Es gab bei uns mehr Gebete als Geschenke, aber ich habe das kein einziges Mal als ungerechtfertigte Strenge empfunden. Wir hatten keinen Vergleich mit Elternhäusern, in denen es anders zuging. Unter denen, die wir nach und nach durch unsere Schulfreunde kennenlernten, erschien uns das unsere geradezu großzügig und weltoffen. In meiner Erinnerung bewahre ich lauter Bilder einer glücklichen Kindheit und Jugend.

Während der Tanzstunde war ich bis über die Ohren verliebt in Gerda Nordemann, ein stilles und schüchternes Mädchen, das sich mir jedoch mit einem festen Vertrauen angeschlossen hatte. Wir trafen uns zu Spaziergängen um den Wall. Ich war in dem hingerissenen und schmerzvollen Verliebtsein eines Ahnungslosen versunken. Als ich eines Abends sehr spät heimkam, erwartete mich meine Mutter im Wohnzimmer hinter der Tür, die einen Spalt offenstand.

«Julius», rief sie und deutete, als ich eintrat, auf den Stuhl ihr gegenüber. «Ich muß mit dir reden. So geht das nicht. Dieses Mädchen verdreht dir vollkommen den Kopf.»

«Wie willst du über sie etwas sagen», verteidigte ich Gerda und mich. «Du kennst sie gar nicht. Ein einziges Mal hast du sie auf dem Ball in der Tanzschule von fern gesehen.»

Meine Mutter aber hatte ihr unerbittliches Gesicht aufgesetzt. «Es geht mir nicht um das Mädchen», sagte sie, «es geht um dich. Wenn du das Gymnasium weiter so vernachlässigst, wirst du alles gefährden, nicht nur die Versetzung, sondern auch das Abitur und deine beruflichen Aussichten. Nimm doch Vernunft an! Außerdem, du bist einfach zu jung, um dich so an ein Mädchen zu hängen. Schlag dir das aus dem Kopf. Lauter Flausen sind das.»

Ich rannte hinaus und knallte so mit der Tür, daß die Wand zitterte. In unserem Zimmer hatte Johannes sein Bett an der gegenüberliegenden Wand. Ich saß auf meinem und rauchte eine Zigarette nach der anderen, den Qualm blies ich zum offenen Fenster hinaus. Ich weckte meinen Bruder, erzählte ihm von Gerda und unserer unmöglichen Mutter. Er aber drehte sich nur auf die andere Seite und brummte vor sich hin.

Jetzt erst recht, dachte ich. Die Schule schwänzte ich, sooft ich konnte, hörte nicht hin und tat nur das Nötigste. Gerda wußte sich vor mir nicht zu retten. Jetzt wurde ich ihr unheimlich. Stand immer mit Blumen vor der Tür. Es fehlte nur, daß ich jaulte. Ostern kam. Ich blieb so schmetternd sitzen, daß es schon wieder eine Lust war. Da erst folgte ich meiner Mutter und teilte ihr das auch mit. Sie sagte «Na, endlich!» und ließ mir fortan alle Hilfe zukommen. Ich erhielt Nachhilfestunden, und sie unterstützte mich seelisch, darauf verstand sie sich.

So schwer es mir fiel, ich brach mit meiner ersten Liebe. Als ich nach einiger Zeit ein Mädchen namens Toni gut leiden mochte, hielt ich Abstand. Zu Anfang hat sie meine Blicke wohl gar nicht bemerkt. Als ich dann doch ein paar schüchterne Annäherungsversuche machte, muß ich ihr linkisch erschienen sein. Sie sprach ein paarmal mit mir, aber es wurde nichts daraus. Mein Verhältnis zu Mädchen bestand aus schwärmerischer Unkenntnis. Marie konnte mir auch nicht helfen, sie war zu jung.

Ich geigte im Schulorchester und spielte in einer Schüleraufführung den Ersten Jäger in «Wallensteins Lager». Zu Hause hatten wir viel Besuch. Mutter verfügte über ihren eigenen Anhang, fast immer waren das Menschen von Geist, es wurde viel musiziert. Zu Vater kamen seine Bundesbrüder – er war Tübinger Normanne. Noch mehr füllte sich das Haus, nachdem er 1903 Reichstagsabgeordneter geworden war und seine Parteifreunde zu nächtlichen Sitzungen anrückten.

Ich habe mir als Junge nie recht vorstellen können, was er da in Berlin machte. Die Deutschsoziale Partei war verhältnismäßig klein, ihr Vorsitzender war zu Anfang der Abgeordnete Liebermann von Sonnenberg. Später trat Vater an seine Stelle. Es ging jetzt etwas Gebieterisches von ihm aus. Meist hatte er keine Zeit für uns und entschied nur mit knappen Worten, was seiner Meinung nach von ihm in der Familie zu bestimmen war. Der Reichstag war damals in der Hauptsache eine Ständevertretung zu seiten der Krone, so jedenfalls verstanden ihn die Bürgerlichen. Mein Vater war dem Kaiser persönlich begegnet, das machte mir Eindruck.

Nach meinem ersten Besuch bei Tante Henriette sah ich manches anders an. In der Reichstagswahl 1912 unterlag mein Vater in der Stichwahl in seinem Wahlkreis Kassel-Melsungen, den er seinerzeit den «Roten» abgenommen hatte, gegen den SPD-Kandidaten Scheidemann, dem sich die Gunst der freisinnigen Wähler zugewandt hatte. Die Niederlage im politischen Kampf veränderte unser Leben. Vater wurde nun ältester Amtsrichter in Goslar. Wir Kinder fühlten uns betroffen, daß er verloren hatte, doch endlich gehörte er zu einem Teil wieder uns. Ich erinnere mich, daß er in jenen Wochen eine Beherrschung zeigte, die mir übertrieben erschien.

«Neun Jahre sind genug», sagte er und brütete wieder wie früher über seinen Schriftsätzen. Für uns blieb zu ihm immer eine Distanz wie zu einem höheren Wesen.

Wir Geschwister kamen in der Regel gut miteinander aus. Daß Marie ein Mädchen war, vergaßen wir manchmal. Sie konnte rennen wie wir, nur wenn wir rauften, unterlag sie. Dann rief sie: «Gnade!» und hatte sofort Brüder an ihrer Seite, die alle Rittersagen gelesen hatten und sich danach zu betragen wußten. Da wir so viele waren, lernte jeder, sich einzuordnen. Ich marschierte sowohl im Alter als auch in der Länge voran.

Die Eltern waren nach wie vor mit ihren eigenen Dingen beschäftigt. So blieben wir meist auf uns gestellt oder schütteten unser Herz bei Luise aus, die für uns wie eine Amme war. Das Haus war wie ein Taubenschlag. Die da lärmend aus und ein flogen, waren wir, durch Fenster und Türen, die nach meiner Erinnerung fast immer offenstanden. Jeden

Winkel besetzten wir mit unseren Spielen, unserer Neugier und später unserem gläubigen Ernst. Wir glaubten an Deutschland, an das Kaiserreich, an die Vorbilder unserer Erziehung und auch ein wenig an uns.

Luise bestärkte uns darin auf ihre Art. Wir waren für sie Herrenkinder, aber sie hatte uns von klein auf in den Armen gehalten, dann unsere aufgeschlagenen Knie verbunden und schließlich Schlips und Kragen an uns begutachtet. Wie oft habe ich bei ihr in der Küche gesessen. Sie wurde bei uns alt. Ihr Mann war als Eisenbahner verunglückt. Kinder hatte sie keine. Außer uns. Es muß auch 1912 gewesen sein, daß sie mich manchmal auf die Seite nahm und ernsthaft mit mir sprach. «Wenn das mal gut geht», sagte sie und meinte das unruhige Europa, das in Waffen starrte.

Wenn ich dann behauptete: «Uns kann nichts passieren, wir sind auf alles gerüstet», antwortete sie: «Das ist es ja. Und du willst zu den Soldaten!» Sie hatte ein rundes Gesicht, in dem so viel Güte lag, daß die Welt für sie ein ständiger Kummer sein mußte.

Im März 1914 legte ich das Abitur ab. Das geschah, ohne daß ich darum zittern mußte, denn inzwischen verstand ich es, planmäßig zu arbeiten, und hatte sogar Freude daran. Vor allem interessierten mich Geschichte und Deutsch. Wir lernten seitenlang Klassiker auswendig. Noch mehr als dreißig Jahre später, als ich in Attichy bei Soissons hinter dem Stacheldraht des amerikanischen Gefangenenlagers auf und ab ging und den täglichen Löffel Trockenerbsen lange weichkaute, habe ich mich damit aufrecht gehalten, daß ich mir Gedichte und Dramentexte aufsagte. Ich hatte meinen Goethe und Schiller im Kopf, und noch heute kann ich mich darauf verlassen.

Im Februar 1913 war mein Vater mit mir nach Mainz gefahren und hatte mich dem Kommandeur des Thüringischen Fußartillerie-Regiments Nummer 18 vorgestellt. Nach einer kurzen Musterung durch Oberstleutnant Mummenhoff, der meinen Vater als Politiker kannte, war ich angenommen worden. Nun reiste ich zwei Tage nach dem Abitur wieder nach Mainz, diesmal um den Beruf zu ergreifen, den ich mir für mein Leben ausgesucht hatte.

Daß ich Soldat werden wollte, hatte für mich seit der Konfirmation festgestanden. Unter allem, was mir erreichbar erschien, gab es in meiner Vorstellung nichts Höheres, als für Kaiser und Vaterland die Pflicht zu erfüllen und in Uniform zu dienen. Ich war durchdrungen von der Idee, daß ich als einzelner niemals bedeutend werden konnte, daß mir aber die Zugehörigkeit zum Offiziersstand, wenn ich meiner Pflicht nachkam und mich dadurch auszeichnete, einen festen Umriß in der Gemeinsamkeit mit Gleichdenkenden geben könnte – sie würde mich ausfüllen. Meine ganze Erziehung war auf Pflicht angelegt, in mir gab es, solange ich denken konnte, dazu eine bejahende Entsprechung: Pflichterfüllung war das Wichtigste. Der Auftrag, den der Soldatenberuf mir gab, und das Ziel, das ich mir setzte, entsprachen einander wie Form und Inhalt einer Handlung. In meinen Augen vollzog sich das alles nach dem Gesetz, nach dem ich angetreten war.

Es gab auch einfachere Gründe: Ich zweifelte nicht daran, daß höchstens zwei oder drei von uns studieren könnten, weiter würde das Geld nicht reichen. Als der Älteste hatte ich den Ehrgeiz, meinen Eltern möglichst bald nicht mehr auf der Tasche zu liegen. Und dann hatte mich die gesellschaftliche Stellung, die Offiziere damals genossen, wie selbstverständlich angezogen – nicht zuletzt die Uniform: ich wollte des Kaisers Rock tragen.

Nun war ich Soldat und betrachtete das Leben mit neuen Augen. Zunächst forderte der Dienst uns Fahnenjunkern nur körperliche Anstrengungen ab. Der Verstand wurde nicht bemüht. «Das Denken überlassen Sie den Pferden», erklärte der Feldwebel, der unsere Grundausbildung übernommen hatte, «die haben größere Köpfe.» Der preußische Schliff hielt uns in Atem. Doch von vornherein bestand damals der Unterschied zwischen Mannschaften und den künftigen Offizieren. Manchmal wurden wir ins Kasino befohlen und erhielten die erste Einweisung in den Komment.

Wenn der Oberstleutnant rief: «Auf Ihr Spezielles, Ristenpart!», durfte ich keinesfalls mittrinken, sondern mußte aufspringen, Haltung annehmen und das erhobene Glas an die Brust ziehen. Wenn er dann getrunken hatte und mir zunickte, setzte ich den Wein wieder vor mich hin und wartete, bis mich ein anderer Vorgesetzter ansprach.

Zuerst lernte ich einmal reiten und hörte vom Rittmeister, der als unser Lehrer zum Regiment kommandiert war, immer denselben Satz, wenn ich mich schwankend im Sattel zu halten versuchte: «Das Pferd ist ein Tier, das dem Menschen nach dem Leben trachtet.» Tatsächlich bin ich zum Pferdeputzen manchmal durch die Futterraufe gekrochen, weil ich mich vor der Hinterhand eines berüchtigten Schlägers fürchtete, und das mit Recht. Doch allmählich kannte ich jeden der Gäule und lernte, mit ihnen zu reden. Bei unserem Regiment waren die Offiziere beritten, die Kanonen bespannt, die Mannschaften mußten laufen.

Was machte der Drill der ersten Zeit schon aus, gemessen an dem Übermut, mit dem ich nach drei Wochen in den ersten Urlaub fuhr! Das war zu Ostern. Wenn ich daran dachte, wie ich vor drei Jahren sitzengeblieben war – und jetzt! In der kleidsamen Uniform mit dem schwarzen Kragen fiel ich in meiner Heimatstadt natürlich auf. Ich tanzte mit Toni, meiner von fern Angebeteten, diesmal ließ sie mich nicht stehen. Wir drehten uns auf dem Osterball im Kaiserworth, ich sehe uns noch in der Quadrille. Zwar stellte ein Leutnant, Verlobter einer Fabrikantentochter, der mittanzte, mich Fahnenjunker in den Schatten, aber mir blieb in meinem Hochgefühl noch genug Licht. Alles glänzte um mich herum, und ich befand mich wie in einem Taumel. Auch Tonis Augen glänzten. Auf dem Heimweg traute ich mich, gab ihr den ersten Kuß und schloß gleich ein Dutzend andere an. Die Uniform machte mutig.

Sie kann aber nicht ganz so versunken gewesen sein. Jedenfalls wand sie sich nach einer Weile in meinen Armen und stöhnte: «Ich bekomme überhaupt keine Luft.» Ich behauptete: «Braucht man beim Küssen auch nicht.» Auf einmal wirkte Toni auf mich, als sei sie nur eine Leihgabe. Sie wollte mir wohl die Freude nicht verderben. Wahrscheinlich hatte sie auch einen anderen im Kopf. Ich aber war glücklich und dankbar.

In Mainz besuchte ich Onkel Robert Ristenpart und Tante Dagmar – er war ein Vetter meines Vater. In dem Haus nahe der Universität gab es drei Töchter, eine hübscher als die andere. Die mittlere, Hansi, gefiel mir am besten. «Cousinen sind zum Üben da», hatte ich zu Hause immer gehört, und weil ich vom Osterball her einmal in Schwung war, übte ich gleich weiter. Bei Hansi habe ich das Küssen wohl ganz gut gelernt. Es war ein Austausch auf Gegenseitigkeit, denn sie hatte, wie sie mir gleich gestand, zuallererst einen Assistenten ihres Vaters im Sinn. Der schien ziemlich schüchtern zu sein, so daß sie sich wiederum bei mir Mut machte, um ihn zu stärken. So ging's reihum.

Mit unseren Mörsern – 21 cm, ein beachtliches Geschütz – fuhren wir mit einem Bahntransport den Rhein entlang zum Schießplatz Wahn bei Köln. Kaum waren wir dort eingetroffen, lief die Nachricht durchs Quartier, daß der österreichisch-ungarische Thronfolger Franz Ferdinand in Sarajewo durch serbische Nationalisten ermordet worden war.

Das damalige Bündnissystem band einerseits Rußland, Frankreich und England, andererseits Österreich und Deutschland aneinander. Als die Österreicher am 28. Juli Serbien den Krieg erklärten und daraufhin Rußland die Gesamtmobilmachung verkündete, um Serbien zu unterstützen, vor allem aber eigene Balkaninteressen durchzusetzen, erschienen die Folgen auf unserer Seite jedermann unaufhaltsam. Am 1. August erklärte der Kaiser Rußland den Krieg und zwei Tage später auch Frankreich. Großbritannien kam am 4. August dazu. Damals konnten es sich die Nationen leisten, mit dem Kriegsbeginn nicht zu warten, bis die Ernte eingebracht war. Hitler tat das 1939, als er die Zeit bis zum 1. September verstreichen ließ.

Damals, 1914, wurden wir jungen Soldaten sofort vom Kriegstaumel erfaßt, der das ganze Volk elektrisierte. Wer sich davon ausschloß, hielt sich besser im verborgenen auf, sonst lief er Gefahr, daß man über ihn herfiel oder ihn jedenfalls als Verräter an der großen Sache brandmarkte. Die Fahrt nach Berlin im überfüllten D-Zug dauerte einen Tag und eine Nacht. Die allgemeine Mobilmachung war ausgerufen worden. Fieber lag in der Luft. Die Atmosphäre war erfüllt von Gerüchten, Ängsten und Hoffnungen. Fremde Menschen umarmten einander. Auf allen Bahnhöfen strömte die Bevölkerung zusammen, bejubelte die Kriegsfreiwilligen, die von ersten Rotkreuzdiensten verpflegt wurden, und überschüttete die Feldgrauen mit Blumen.

Überall wollte man Spione gesehen haben. Die Fahndung nach einem Goldtransport, der angeblich mit einem Auto von Frankreich nach Rußland unterwegs war, wurde zur aberwitzigen Jagd – Tausende beteiligten sich daran. Im Zug fühlten wir uns als Bewacher der vielen vornehmen Russen, die ihre Kur in Wiesbaden oder Baden-Baden abgebrochen hatten und nun verängstigt in Erster-Klasse-Abteilen ihr Land zu erreichen suchten.

Es war später Abend, als wir mit unserem Transportzug voller Reservisten wieder in Mainz-Kastel eintrafen. Tiefes Dunkel lag über der Stadt, die zur Festung erklärt war. Einzelne Scheinwerfer geisterten über den Rhein. Jedenfalls erhellte nur eine spärliche Beleuchtung die Brücke, über die wir mit unserer Kolonne marschierten. Da hörte ich plötzlich meinen Namen. «Julius, Julius!» rief eine Frauenstimme aus der schwarzen Menge, die unseren Weg säumte. Es war meine Mutter. Für mich kaum faßbar, flog die kleine Gestalt auf mich zu. Sie umarmte mich da zu seiten der Mannschaft, hakte sich bei mir ein und ging ein Stück mit.

In unserer «Goslarschen Zeitung» hat sie wenig später darüber berichtet. Der vergilbte Ausschnitt befindet sich bei meinen Briefen aus dem Krieg, die vollzählig erhalten sind. «Weiterschreitend faßte er mich mit starkem Arm», lese ich in dem Dokument mütterlicher Energie, «und mehr getragen als gehend, eng an meinen Sohn geschmiegt, zog ich mit durch die Dunkelheit bis zur Kaserne und stimmte mit ein in das Lied von der ‹Wacht am Rhein›.» Alles hatte sie in Bewegung gesetzt, um nach Mainz zu gelangen, und mich tatsächlich an diesem Abend aufgespürt.

Zwei Tage später nahmen wir Abschied vor der Domtür. Mutter schenkte mir eine Flasche Carmol («tut wohl, auf alle Fälle!») und eine Pulle Rotspon für meine Satteltasche. Sie wollte nicht, daß ich sie zum Bahnhof brachte, sondern hatte den Dom zum Ort unserer Trennung gewählt. Da hatte sie mich wortlos Gott auf jede Ungewißheit empfohlen. Nur einmal habe ich mich noch umgedreht. Ich sah die kleine Frau vor dem Portal. Sie bewegte ihre Hand, den Arm halb erhoben, langsam auf und ab, während sie mir bis zur nächsten Ecke nachblickte. «Gott befohlen», waren auch ihre letzten Worte, die mit mir gingen. Mir war, als sei ich mit einem Schlag erwachsen geworden.

Mit der 5. Batterie unter Hauptmann Pieper rückten wir aus. Ich war Richtkreisunteroffizier und gehörte zum Batterietrupp. Ich ritt in den Krieg hinein und auch wieder heraus. Dazwischen lagen vier Jahre und hundertzwölf Tage.

Wenn ich zu erklären versuche, was ich damals empfand, und im Rückblick nichts verfälsche, war es wohl dies: Früher als erwartet führte der Soldatenberuf mich in den Krieg. Als Freiwilliger wäre ich auch bald an die Front gekommen. Aber so war es etwas anderes. Ich war auf die Monarchie vereidigt und fraglos bereit, einer Sache zu dienen und dafür Opfer zu bringen. Was meine Jugend bestimmt hatte, wurde jetzt eingefordert und mußte sich bewähren. Ich war nur ein Teil des Stroms aus Gehorsam und Opfermut. Wie ich im einzelnen handeln würde, ob tapfer oder feige, wußte ich nicht. Aber ich hoffte, da draußen zu bestehen.

Wir waren guten Mutes. Wir vertrauten auf unsere Waffen

und unsere Führung. Vor allem waren wir Soldaten, wie in meiner Vorstellung alle Deutschen jener Zeit, von unserer guten Sache, dem Recht auf Notwehr, überzeugt. Wir zogen mit dem Segen der Kirche ins Feld und dachten nicht daran, daß die anderen, die uns entgegenrückten, das mit umgekehrten Vorzeichen genauso taten. Noch glaubten wir, Weihnachten wieder zu Hause zu sein. Deutschland war in Gefahr. Der Tod fürs Vaterland, wenn er denn kommen sollte, war hart und bitter. Aber er war ehrenvoll und für die meisten von uns etwas, auf das wir vorbereitet waren. Wir fühlten uns einer großen Tradition verbunden und waren stolz darauf. Es gab jetzt nichts Wichtigeres, als daß jeder an dem Platz, auf den er gestellt war, seine Pflicht erfüllte. Wer daran zweifelte, behielt das für sich. Sollten die Franzosen nur kommen, wir wollten es ihnen heimzahlen, schließlich hatten unsere Großväter sie auch in die Flucht geschlagen – vor vierundvierzig Jahren.

Der Krieg wurde anders als alles, was Menschen bis dahin erlebt hatten. Bald war es vorbei, daß wir bei Gondrexange vor dem Sperrfort Manonviller in offener Feldschlacht mit unseren 21-cm-Langgranaten mit Stahlspitze und Bodenzünder auf französische Infanterie schossen, die in langen Reihen über den Acker anrückte und in roten Hosen und Blaujacken weithin zu erkennen war. Plötzlich erschienen die Gegner in lehmfarbenen Uniformen und gruben sich ein. Wir trugen zu Anfang noch feldgraue Überzüge über unseren Pickelhauben. Jede blitzende Kokarde wurde verdeckt. Wir entwickelten uns zu Maulwürfen. Im Herbst erstarrte die Front zum Grabenkrieg. Die Stahlwalze der Feuergürtel umpflügte jeden Quadratmeter und verschluckte Soldaten, die niemand mehr begraben mußte, Freund oder Feind. Alles versank im Schlamm. Auf dem Vormarsch hatten wir spurlose Schlachtfelder, aber auch manchen Soldatenfriedhof von 1870/71 wieder aufgefunden. Im Kopf hatten wir Mars-la-Tour, Gravelotte und Sedan. Was wir erlebten, war Verdun.

Wenn ich heute daran zurückdenke, steht mir niemand deutlicher vor Augen als Karl Ruloff. Mit keinem war ich länger zusammen, er wurde mein bester Freund. Ja, er hieß Karl wie mein jüngster Bruder, der noch ein Kind war und sicher nicht mehr hinaus mußte. Ruloff war Pastorensohn aus dem Dorf Jeggau unweit der Kreisstadt Gardelegen im Regierungsbezirk Magdeburg. Er kam erst 1915 als Kriegsfreiwilliger zu uns. Ich war durch Kabinettsorder zum Leutnant befördert. Für einige Zeit lagen wir in einem ruhigeren Abschnitt im Cheppywald am Rande der Argonnen. Bei der Zusammenfassung einzelner schwerer Batterien zum Fußartillerie-Bataillon 208 wurde ich Adjutant des Kommandeurs Major Weisbach.

Karl traf mit einer Gruppe von frischem Ersatz ein. Zum erstenmal sah ich ihn morgens beim Waschen an der Pumpe. Er stand da halbnackt. Mir fiel sein knabenhafter Körper auf. Ich weiß noch, daß ich dachte: Mein Gott, jetzt schikken sie uns schon Kinder. Den Kopf hatte er sich wegen der Läuse fast kahl scheren lassen. Das Haar begann nachzuwachsen, es stand in dichten Borsten ab wie bei einem jungen Igel. Als ich vorbeiging, machte er einen ungelenken Versuch, mich militärisch zu grüßen.

«Lassen Sie nur», sagte ich und fragte nach seinem Woher. Seine braunen Augen schauten verträumt, als er mir Auskunft gab.

«Einziger Sohn?» wollte ich wissen.

«Jawohl», sagte er. «Ich habe eine Schwester.»

«Na, Sie werden sich bei uns eingewöhnen.»

«Das will ich hoffen, Herr Leutnant!»

Am Abend trafen wir uns im Biwak wieder, ich rief ihn zu mir. Zuerst fragte ich ihn, wie es in der Heimat aussähe. Er erzählte mir, daß noch alle zu essen hatten und daß es kaum ein anderes Gespräch gab als über die Front. Von Anfang an fühlten wir uns zueinander hingezogen – vielleicht gerade, weil wir sehr unterschiedlich waren, doch beide sehr zurückhaltend. Ich hatte Schulfreunde gehabt, aber keinen wie ihn. Karl war ein Einzelgänger, und ich war es nicht. Nie zeigte er mir etwas von dem, was er täglich in eine seiner schwarzen Kladden schrieb.

Ich erinnere mich, er brachte die Nachricht mit, daß wir bald mit neuen Helmen ausgerüstet werden sollten. An jenem ersten Abend berichtete er: «Auf dem Transport sprachen alle davon. Sie werden aus Stahl gemacht und sollen aussehen wie ein umgedrehter Topf.»

«Wenn sie nur bald damit herausrücken», sagte ich. Soviel wußte ich, daß die fürchterlichen Kopfverletzungen, die unsere Soldaten durch Granatsplitter erhielten, schon lange der Grund waren, daß die Truppe andere Helme forderte.

«Als Junge hab ich mir immer gern im Museum Ritterrüstungen angesehen», meinte Karl. «Aber ich dachte nicht, daß wir einmal so herumlaufen würden.»

Er gab sich Mühe, frohgemut zu wirken, aber natürlich hatte auch er Angst wie alle, die zum erstenmal von hinten kamen. Er hatte diese runden braunen Augen und das kleine Gesicht, das oft zusammengezogen wirkte und überschattet von seinen Gedanken. Ich war nur drei Jahre älter, aber ich empfand etwas Schutzbedürftiges an ihm. Mich betrachtete er wie einen, der Erfahrung hat.

«Es ist alles ganz anders, als man es uns beigebracht hat», versuchte ich ihm zu erklären. «Das werden Sie bald herausfinden. Die ersten Tage, wenn es wieder nach vorn geht, da muß man erst lernen, daß der aufrechte Gang nicht die richtige Art ist, sich zu bewegen. Achten Sie auf die alten Hasen, die gehen meist gebückt und sind immer auf dem Sprung. Hinschmeißen, wenn es kracht, das hat nichts mit Furcht zu tun. Jede Rinne kann die Rettung bedeuten. Sie werden die Erde noch lieben. Wenn ich mir die Briefe von zu Hause ansehe, ich glaub, die denken immer noch, es sei hier wie zu Anfang, als alles in Bewegung war.»

«Aber sie melden sich immer noch alle freiwillig», sagte er und war stolz darauf. «Unsere ganze Abiturklasse wie ein Mann.» Er unterbrach sich und fügte nach einer Weile hinzu: «Eben denke ich, was denn mit einem geschehen wäre, der da nicht mitgemacht hätte. Der hätte keine Chance gehabt, als Mann zu gelten. Weder bei uns noch bei den Mädchen. Dieser ungeheure Druck, der darin liegt.»

Ich besitze einen Brief von Karl. Seine Eltern haben ihn mir später gegeben, als ich sie in Jeggau besuchte. Das Schreiben stammt aus dem Juni des zweiten Kriegsjahrs. In Sütterlinschrift mit schwarzer Tinte auf Kriegspapier drückt es eine flehentliche Bitte an die Eltern aus.

«Laßt Euch nicht durch Eure Sorge um mich bewegen, mir die Einwilligung zu verweigern», hatte Karl damals an sie geschrieben, «und zögert die Sache nur ja nicht hinaus, bis es zu spät ist, es handelt sich um Tage. Ihr wißt, wie sich alles hinausdrängt, ich kann es hier im Lande nicht mehr aushalten. Glaubt nur ja nicht, daß ich aus lauter Unverstand und Unkenntnis der Dinge, die einen da draußen erwarten, so dächte. Das mag zu Anfang so gewesen sein, aber nicht mehr heute. Ich weiß doch wahrhaftig genug aus den Zeitungen und aus dem Mund der Leute, die draußen gewesen sind und das Morden übersatt haben. Aber trotzdem kann ich es hier nicht mehr aushalten.»

In großen Sätzen eilt die Schrift über das karierte Papier. Auf jeder Seite sind Wörter durchgestrichen und Verbesserungen eingefügt. Alles ist dringend wie in einem Urteilsspruch: «Wenn ich zurückbleiben müßte, würde ich mein ganzes Leben als verfehlt ansehen. Wenn später die Soldaten zurückkehren, viele wohl ohne Arme oder Beine, so können sie doch wenigstens sagen, daß sie ihre Pflicht getan haben, während ich mich dann in der Ecke herumdrücken und faule Entschuldigungen suchen muß. Zu jung bin ich ja doch wahrhaftig nicht mehr, um das als Grund gelten zu lassen, und solche Not herrscht bei uns zu Hause auch nicht, daß ich sonst eine größere Pflicht hätte. Also schickt mir recht bald die Einwilligung.»

Der Brief endet: «Ich habe sicher manches nicht richtig ausgedrückt. Wenn Ihr mich irgendwie widerlegen wollt, so wird es Euch ein leichtes sein. Die Sätze sehen auf dem Papier immer anders aus, als ich's denke. Ich kann mich nicht so richtig schriftlich ausdrücken. Aber die Überzeugung, daß ich hinaus muß, steht in mir fest. Bitte versucht nicht, mir durch langes Schreiben eine andere Überzeugung beizubringen, sondern sagt ja. Nun noch an Euch alle einen herzlichen Gruß von Eurem Karl.»

Da saß er vor mir und hatte es erreicht. Karl, der Freiwillige, der sich Zwang antat wie alle seinesgleichen. Doch als er mit mir sprach und von seinem festen Willen erfüllt war, der ihn bis hierher gebracht hatte, fiel es mir schwer, ihm darauf etwas zu sagen. Zu viele hatte ich so kommen sehen, zu wenige waren geblieben.

«Es mußte sein, Herr Leutnant», sagte er und sah auf mein Knopfband. «Sie haben schon das Eiserne Kreuz. Ob ich mir das auch verdienen kann?»

«Sicher.» Ich kannte das: Zu Anfang stellte sich wohl jeder etwas Persönliches vor. Er wollte seine Eltern und Geschwister, seine Frau, die eigenen Kinder verteidigen. «Es ist für die zu Hause unvorstellbar, was hier vom einzelnen verlangt wird», sagte ich zu Karl, ich wollte ihn nicht entmutigen, aber ernüchtern. «Noch unausdenkbarer ist, daß die meisten es ertragen. Wissen Sie, Heldentum, das ist ein Wort, das einem hier vergeht. Es taugt für die Heimat oder für die Etappe. Aber was sie da vorn aushalten, unsere Soldaten und die Franzosen drüben genauso, mit diesen Kräften könnte man etwas Großes anfangen. Etwas davon muß doch bleiben.»

Er sagte: «Jawohl, Herr Leutnant», als wäre das ein Befehl.

Wir befreundeten uns wie aus Notwehr. Karl wurde ebenfalls Fahnenjunker, er wollte im Frieden jedoch nur Reserveoffizier bleiben. Wir ermutigten uns aneinander, zwei junge Männer mit einem Zögern vor Worten, aber miteinander konnten wir reden. Er war ein Neunzehnjähriger, auf den es zutraf, wenn man sagte: von tiefem Ernst. Selten habe ich ihn lachen sehen. Übermäßig gefühlvolle Leute konnte er erst recht nicht leiden.

Es gab bei uns einen Gefreiten, der von Beruf Opernsänger war. Er hatte als Tenor an mittelmäßigen Bühnen das Repertoire durchgesungen und trällerte nun auch manchmal, wenn es an der Front ruhig war, sein Liebeswerben à la Puccini in die Luft. Karl gab ihm den Spitznamen «unser Schmalzamor».

Trocken konnte er auch sein, und zwar manchmal blitzschnell. Als sich in unserem Unterstand einmal ein Oberleutnant, der angetrunken war, an den Tisch setzen wollte, aber danebenlandete, sagte Karl: «Hoppla. Zwischen den Stühlen ist der Boden der Tatsachen.»

Sich Wissen anzueignen, war ihm anscheinend immer leichtgefallen. Vor wenigen Monaten hatte er das Abitur abgelegt und war dann in die Grundausbildung gegangen. Er las und lernte auch jetzt in jeder freien Stunde, hatte immer einige Bücher im Gepäck. Er wollte einmal Theologie studieren. Allerdings wußte er noch nicht, ob er sich zutrauen würde, wie sein Vater Pfarrer zu werden.

«Religionsgeschichte», sagte er einmal. «Ich möchte die vergleichende Geschichte der großen Religionen studieren und vielleicht eines Tages auch lehren. Judentum und Christentum, das ist ein Anfang. Der Islam als Lebensregel ist mir zu gewalttätig. Ich stelle mir vor, daß man im Hinduglauben Frieden finden kann, vielleicht noch eher im Buddhismus, diese Religion ist nicht so angstgeboren wie andere Glaubensarten, sie ist sehr durchdacht, klar und sehr still. Sie verwehrt nie, und sie verzeiht viel, weil sie die Persönlichkeit nicht kennt, sondern nur Dukkha und Skandha – Nirwana.»

Ich konnte ihn mir durchaus als Mönch vorstellen. Beim Geschützreinigen im Drillichzeug, das die Mannschaften trugen, solange wir in der Etappe aufgefrischt wurden, sah er freilich eher wie ein Sträfling aus, einer mit fragenden

Augen. Tatsächlich sagte er einmal: «Der Dienst ist ein Gitter – zum Festhalten.» Das hat sich mir eingeprägt.

In ihm war dieses Vorwissen. Was er anfing, schien vorherbestimmt, als zöge ihn eine Schnur. Aber es war nicht so, daß wir immer nur Schweres miteinander beredet hätten. Ich freute mich einfach, wenn ich ihn sah. Bald verbrachten wir soviel Zeit miteinander, wie wir nur konnten.

Äußerlich fiel Karl nicht besonders auf in dem Haufen, doch er war einer, in dessen Gegenwart den meisten das Fluchen verging und auch keiner Zoten reißen mochte. Es kam vor, daß es den rüdesten Burschen die Sprache verschlug, wenn er zwei von ihnen trennte, die sich im Zorn verkeilt hatten, und nur sagte: «Hört auf.»

Seine Mutter, erzählte er, stammte aus Singen am Hohentwiel. Von ihr hatte er wohl den Verstand und das Empfinden, sicher aber das schwarze Haar und die dunkel getönte Haut. Seinen Vater beschrieb er als einen niedersächsisch sperrigen Mann, der sonntags mit der Gemeinde ins Gericht ging, fürs Vaterland betete und streng auf die Kollekte achtete. Zum Mißfallen des Küsters läutete er die Kirchenglocke gern selber.

Wir haben uns gegenseitig unsere Jugend erzählt. Am meisten hing Karl an seiner Schwester, die zwei Jahre jünger war als er. Wenn er von ihr sprach, hatte ich immer den Eindruck, als Kinder seien sie eins miteinander gewesen. Auf den Fotografien, die er von ihr mit sich herumtrug wie von einer Geliebten, sah sie schön, aber schwermütig aus – ein Mädchen im Schatten. Sie schrieb ihm viele Briefe. Als wir einander besser kannten, durfte ich darin lesen. Viel später, als ich sie in Jeggau traf, mochte ich ihr das nicht sagen. Ich wußte zuviel von ihr. Im Scherz redete Karl manchmal, als wollte er mich durch seine Schwester fürs Leben an sich binden. Wenn wir in Ruhe lagen, erwachten die Lebensgeister.

«Herr Leutnant», sagte er, er redete mich oft so an. «Du wirst es erleben: Sobald du uns einmal besuchst, ist es um dich geschehen. Du brauchst sie nur kennenzulernen.»

«Du solltest Hochzeitmacher werden.»

Daraufhin schlug er vor: «Laß uns tauschen. Wenn der Krieg vorüber ist, heirate ich deine Schwester Marie, und du heiratest meine Schwester Konstanze. Eine Doppelhochzeit machen wir. Wenn wir die bei uns feiern, bringen die Bauern Bienenstich und Streuselkuchen, bis sich die Tische biegen.»

«Woher willst du wissen, daß sie noch frei sind?»

Karl wurde ernst und sagte: «So ist das. Wir sind Männer genug, um zu kämpfen und uns vielleicht totschießen zu lassen, aber viele von uns wissen nicht einmal, wie es ist, eine Frau zu lieben. Ich jedenfalls nicht. Oder du?»

Ich schüttelte den Kopf. Jenes Mädchen Toni in Goslar war die Adresse meiner Feldpostsehnsucht geworden. Unzählige Briefe schrieb ich ihr, bis sie mir mitteilte, sie habe sich mit einem anderen verlobt. So hatte ich all meine Gedanken an sie vergeblich auf den Weg gebracht und fühlte mich betrogen.

Bei unserem großen Angriff im Februar 1916 zwischen dem Markierungspunkt Toter Mann und Vauquois warfen wir den Gegner auf Verdun zurück. Gleich am ersten Abend konnten wir unsere Geschützstellung vorverlegen. Die Erde war nicht tief gefroren, nur eben die Krume fest genug. Bald setzte Tauwetter ein. Die Offensive war vielleicht eine Woche im Gang, da machten wir eine unvergeßliche Entdekkung. Wir wollten uns bei einer alten Kasematte eingraben, die völlig zertrümmert war. Bei den ersten Spatenstichen stießen unsere Leute auf die Köpfe von Franzosen. Die standen da tatsächlich als Tote noch dicht nebeneinander und waren verschüttet. Eine Erdscholle war eingebrochen und hatte sie freigegeben. Ich sehe noch ihre verzerrten Gesichter. Karl sagte: «Sie sehen aus wie wir.» Tatsächlich waren wir genauso lehmverschmiert. Wir deckten die Franzosen wieder zu.

Karl war als Melder in unser Bataillon gekommen. Er lief durch die Linien und stellte in der Nacht die abgerissene Telefonverbindung zum vorgeschobenen Beobachter wieder her. Er war nicht furchtlos, das sind nur Dummköpfe. «Wenn es mich trifft», sagte er, «dann hoffentlich mit einem Schlag.»

Wir Artilleristen waren nicht mehr wie früher weit vom Schuß. Es waren nur wenige Kilometer, auf denen der Kampf wochenlang, monatelang hin und her ging. Wir verbissen uns in die Erde. Bei gutem Wetter schossen wir jetzt mit einem Flugzeugbeobachter. Es bestand nur eine primitive Verbindung zu dem Leutnant, der da über uns herumkurvte. Er schoß aus seinem Doppeldecker Leuchtpatronen in verschiedenen Farben ab, um unser Feuer zu lenken. Fast immer erschien bald ein feindlicher Jäger, um ihn herunterzuholen. Dann tauchten einige unserer Fokker auf. Wir beobachteten die Doppeldecker und die neuen Eindecker, die mit Maschinengewehren durch den Propellerdrehkreis schossen. Die Luftkämpfe waren noch eine Sache des einzelnen. Manchmal ging eine der Maschinen rauchend ab und schlug drüben hinter den Linien oder bei uns auf. Zu Anfang hatten die Beobachter auf beiden Seiten noch die Bomben mit bloßen Händen auf die Stellungen herabgeworfen. Inzwischen klinkten sie ihre Ladung mit einem Hebel unter den Tragflächen aus. Die Infanterie steckte noch tiefer drin, aber wie oft lagen wir im Sperrfeuer und sahen den Feind mit bloßem Auge.

Verdun! Wir kannten das Fort von drei Seiten. Doch wir kamen nicht durch. Erst im Sommer, als Hindenburg mit Ludendorff als Generalquartiermeister unseren Oberbefehlshaber Falkenhayn im Kommando über die 3. Oberste Heeresgruppe ablöste, wurde der Angriff auf die Festung als aussichtslos erkannt und abgebrochen. Wir wurden an die Somme geworfen, wo es inzwischen brannte.

Karl blieb immer in meiner Nähe. Nur manchmal verloren wir einander für ein paar Tage aus den Augen, weil er zur Nachbarbatterie gehörte und wir oft weit auseinandergezogen die Infanterie unterstützen mußten. Wenn ich dann Gelegenheit erhielt, nach ihm zu suchen, fragte ich mich immer: Lebst du noch?

Einmal traf ich ihn nach einem Gasunfall. Eine Batterie mit Feldhaubitzen, die seitlich hinter ihnen lag, hatte zu tief gehalten. Einige ihrer Gelbkreuzgranaten waren in die Baumkronen über Karls Stellung gefahren und zerborsten. Die Leute hatten die Gasmasken herausgerissen. Für einige war es zu spät gewesen, sie verbrannten innerlich unter Qualen.

Als ich Karl an diesem Abend unter einem Baum kauernd fand, saß er nur da und keuchte. Er hatte ein gelbes spitzes Gesicht und sah in sich verkrochen aus. Der Stahlhelm lag neben ihm. Mit dem kahlen Kopf und den verengten Augen war er da schutzlos ins Moos gekrümmt, mit einer Hand strich er immerzu über den Boden. Ich beugte mich über ihn und nahm ihn in meine Arme. Seinen Blick werde ich nicht vergessen.

Er brachte nur einen Satz heraus: «Wenn das alles einen Sinn hat, dann nur, wenn dies der letzte Krieg ist.»

Sie holten ihn ins Feldlazarett, er war davongekommen. Von dem Gas, stellte sich heraus, hatte er zum Glück nur wenig abbekommen und deswegen auch keine großen Schmerzen. Aber mit seinen Kräften war er am Ende. Sie behielten ihn eine Zeitlang da und schickten ihn dann in Urlaub. Wir trafen uns zwei Monate später in der Champagne wieder. Unterwegs hatte er eine Flasche Kognak aufgegabelt, die tranken wir zusammen aus. Karl erzählte von Steckrüben und davon, daß sie zu Hause jetzt Kirchenglocken aus den Türmen holten und sie in der Rüstungsindustrie einschmolzen. Von seiner Schwester brachte er mir ein kleines besticktes Kissen mit. Ich habe meinen Kopf oft darauf gelegt.

Karl war sehr still geworden. Seine Augen schauten immer fragender. Aber er lief weiter, wie von einer unsichtbaren Schnur gezogen.

Mein Bruder Johannes hatte sich aus einem Nachbarabschnitt gemeldet. Auch Theo war Soldat, er war Infanterist an der Ostfront. Aus Briefen meiner Mutter erfuhr ich, daß

Vater beim Ersatz in Belgien Dienst tat, er war Reservehauptmann. Selbst Ernst hatte sich mit siebzehn Jahren noch freiwillig gemeldet und wartete auf die Einberufung. Meine Mutter schickte Päckchen an alle, aber sie hatte immer größere Schwierigkeiten, sie zu füllen.

Die Verluste auf unserer Seite waren nicht mehr auszugleichen. Die Front geriet ins Wanken. Ich war jetzt Oberleutnant und befehligte nicht eine Batterie, sondern ein Bataillon. Es war die Zeit, in der Regimenter nur noch Kompanien glichen oder einem Zug. Die Abwehrschlacht bei Reims und an der Aisne, schließlich der Transport über Lille nach Flandern, das waren unsere Stationen. Den Franzosen ging es nicht anders als uns. Wir hörten erst verspätet von der Meuterei verschiedener Verbände, die rücksichtslos niedergeschlagen wurde. Die Briten in Flandern waren ausgeruhter. Jetzt tauchten auch Australier auf und vor allem Amerikaner mit Gummistiefeln und ihrer Verpflegung wie aus der Hotelküche. Als wir einmal einen Lastwagen voll davon erbeuteten, wurde uns schlecht.

Auf beiden Seiten wurden jetzt Tanks eingesetzt. Nach der Schlacht bei Cambrai, wo uns die Engländer mit dieser neuen Waffe überrascht hatten, war es unserer Heeresleitung gelungen, in wenigen Monaten ebenfalls Panzerfahrzeuge herbeizuschaffen. Sie waren noch ungelenke Ungetüme, aber der Schrecken der Infanterie.

Doch bei allem Opfermut war es nur eine Frage der Zeit, bis wir die Front nicht mehr halten konnten. Aus Flandern, wo wir bis zum Sommer 1918 die Schlacht um den Kemmelberg – eine Anhöhe von nur hundertfünfzig Metern – mitgemacht hatten, wurden wir noch einmal verlegt, und zwar in den Raum von St. Quentin. Dort wurden die Truppen und auch unsere Batterien in pausenlosen, schweren Abwehrkämpfen hoffnungslos zusammengeschlagen. Die Überlegenheit des Gegners an Artillerie und in der Luft lähmte unseren Widerstand. Immer wieder ging es zurück, schließlich gab es kein Halten mehr. Anfang Oktober wurden die ersten Anzeichen der Auflehnung und der Revolte spürbar. Die Truppen, die noch zur Verstärkung eintrafen, wurden zum Entsetzen von uns Offizieren aus den Reihen unserer Mannschaften mit dem Ruf «Streikbrecher!» empfangen.

Am 9. Oktober wurde unser Bataillon aus der Front gezogen, weil es schwer getroffen war. In langen, mühseligen Märschen erreichten wir Maubeuge. Eigentlich sollten wir in Belgien neu zusammengestellt werden, aber die Front holte uns ein. Wir erhielten Befehl, uns mit den restlichen Geschützen noch einmal dem Gegner zu stellen. Es war der 23. Oktober, als Karl dabei schwer verwundet wurde. Sein Batterieführer berichtete mir, daß er an diesem Tag mit ihm zunächst einen Aufklärungsgang in das Gelände unternommen hatte. Dabei glückte es ihnen sogar noch, einen englischen Unteroffizier gefangenzunehmen. Am Nachmittag begann der Feind mit heftigen Feuerüberfällen. Ein Schuß schlug unmittelbar vor der Batterie ein, die dicht hinter der Infanterie aufgefahren war. Die Granate hatte verheerende Wirkung.

Karl erhielt durch einen Splitter, vor dem der Stahlhelm ihn nicht ausreichend schützte, eine Wunde am Hinterkopf. Als ich ihn kurz darauf beim Lazarett-Transport noch einmal sah, war er bei Bewußtsein, konnte aber nicht sprechen. Sein Kopf war bis auf einen Spalt um Augen und Mund umwickelt. Ich glaube, er hat mich noch erkannt. Sie schoben ihn neben andere in den Wagen, aus dem dünnes Gewimmer drang. Am 31. Oktober starb er und wurde am 5. November begraben, sechs Tage vor dem Waffenstillstand. Die Nachricht erhielt ich bei Namur, wo wir das Kriegsende erlebten.

Anfang Dezember erreichten wir nach langen, anstrengenden Märschen durch die Eifel auf vereisten Straßen endlich den Rhein. Sobald wir die Grenze überschritten hatten, half die Bevölkerung uns, so gut sie nur konnte. Die Leute gaben das Letzte für ihre Soldaten her, die immerhin den

Krieg vom eigenen Land ferngehalten hatten. Mit schwarzweißroten Fahnen an den hohen Lafetten unserer letzten Geschütze, deren Rohre ausgeleiert waren, kehrten wir heim. In Köln standen die Menschen überall auf den Bürgersteigen, sie säumten unseren vorüberrollenden Zug. Man reichte uns heiße Kartoffelpuffer aufs Pferd. Ein kleiner Junge rief begeistert: «Was is dat ne schöne Gaul!» Ich ritt einen Rappen mit langem Schweif.

Auf der Rheinbrücke sah ich an einer Feldküche ein rotes Tuch. Ich lenkte mein Pferd dahin, riß im Vorrüberreiten die Fahne ab und warf sie in den Dreck. Sofort gab es um mich einen Aufruhr. Ein Haufen Landser und Matrosen, die die Brücke besetzt hielten und nur eine verengte Fahrbahn freigaben, stürzte sich auf mich, ich wurde eingezwängt. Ich hörte Rufe: «Holt ihn vom Pferd runter!» – «Was ist denn mit dem los?» – «Schmeißt ihn übers Geländer!» – «Zu den Fischen mit ihm.» Mein Rappe bäumte sich auf, ich konnte mich kaum noch im Sattel halten, der Ausweg war mir versperrt. Während ich nur schreiende, aufgerissene Gesichter um mich sah und Haß in vielen Augen, durchzuckte mich der Gedanke: Soll das nach vier Kriegsjahren das Ende sein? Ich hatte die Übersicht verloren und wußte nur, wenn ich vom Pferd fiel, war ich verloren. Da kamen meine Leute und befreiten mich. Sie packten energisch zu und drängten die Rädelsführer ab. Einer nahm meinen Rappen, der herumwirbelte, am Zügel und bändigte ihn. So brachten sie mich im Geleitschutz über die Brücke. Flüche wurden hinter uns hergebrüllt.

Als wir drüben waren, ritt der Feldwebel, der den Befreiungstrupp angeführt hatte, an meine Seite. Er war fast den ganzen Krieg bei mir gewesen. «Ich würde Ihnen aber nicht raten, so was noch einmal zu machen», sagte er. «Wir haben Sie nämlich nicht da herausgeholt, weil wir Ihrer Meinung waren, sondern weil Sie uns immer anständig behandelt haben. Von so etwas, Herr Oberleutnant, verstehen Sie wohl nicht viel. Da ist es besser, Sie halten sich zurück.»

«Was sind das für Leute?» fragte ich.

Der Feldwebel war nicht zu Erklärungen aufgelegt. Er antwortete nur: «Es steckt eine Menge Unruhe in denen. Sie haben zuviel mitgemacht, ich kann es ihnen nicht verdenken.»

«Danke», sagte ich. «Werd mir's merken.» Ich war noch außer Atem, konnte es aber nicht unterlassen zu bemerken: «Sollen wir solchen Kerlen das Reich überlassen?»

Der Feldwebel sah mich an, als sei ich ein aussichtsloser Fall. «Der Kaiser ist geflohen», erklärte er, «der kommt auch nicht wieder.» Er gab seinem Braunen die Sporen und trabte wieder zu seinem Trupp.

«Woher wollen Sie das wissen?» rief ich ihm nach.

Wir erreichten das Sennelager bei Paderborn und stellten am Abend dort unsere Geschütze und Fahrzeuge ab. Die Unterbringung in den Baracken eines Übungsplatzes fanden wir feudal. Im Kasino, wohin wir Offiziere gleich befohlen wurden, gab der Soldatenrat den Ton an. Diese Figuren sollten unsere neuen Heilsbringer sein!

An nächsten Morgen türmten sich um unsere Fahrzeuge Berge von Karabinern, Gasmasken, Artilleriegerät und sonstiger Ausrüstung. An eine ordnungsgemäße Übergabe dachte niemand. Unser Haufen platzte auseinander. Ich kann mich nicht erinnern, daß ich überhaupt dazu gekommen wäre, mich von meinen Soldaten zu verabschieden. Nur einige aus meiner engsten Umgebung, darunter der Feldwebel, gaben mir die Hand. Das war das Ende der königlich-preußischen Armee. Am 15. Dezember nahm meine Mutter mich langen Kerl auf der Schwelle unseres Goslarer Hauses in die Arme. «Ihr lebt alle», sagte sie. «Ich bin so dankbar. Mein Gott, was habe ich für Ängste um euch ausgestanden!»

Luise stand auf der Treppe und weinte.

Natürlich beherrschte uns das Gefühl: Der Krieg ist aus, wir haben ihn überstanden. Aber alles, was um mich herum vorging, erfüllte mich mit Bitterkeit. Derselbe Philipp Scheidemann, der in der Reichstagswahl 1912 meinem Vater den

Wahlkreis Kassel-Melsungen abgenommen hatte, rief am 9. November 1918 in Berlin die Republik aus. Der Sozialdemokrat Ebert übernahm die Geschäfte des Reichskanzlers, dann den Vorsitz im neuen Rat der Volksbeauftragten. Daß der Kaiser keine Anstalten machte, aus den Niederlanden in sein Reich zurückzukehren, daß er die Parteien ihrem Streit überließ und die Sieger den Frieden diktierten, während es in den deutschen Städten von Kiel bis München drunter und drüber ging, das alles empfanden wir als Schmach. Fast gleichzeitig mit mir war Johannes nach Hause zurückgekehrt. Im Unterschied zu mir war er abwechselnd im Westen und an der Ostfront gewesen. Er hatte in der Bukowina gekämpft und die Eroberung Rigas erlebt. 1914 war er ein achtzehnjähriger Kriegsfreiwilliger gewesen. Nur einmal hatten wir uns kurz in einer Ruhestellung in der Champagne getroffen. Nun standen wir uns aufs neue gegenüber. Zu unserem Verdruß mußten wir uns beide schon nach wenigen Tagen in Kassel bei der Einheit melden, der wir nun zugeteilt waren, der Dienst war keineswegs zu Ende. Als wir dort eintrafen, konnte in der Niederzwehrener Kaserne von militärischen Regeln kaum die Rede sein. Es herrschten schwer erträgliche Zustände. Die zurückkehrenden Verbände befanden sich in voller Auflösung. Wir aktiven Offiziere hielten zusammen, doch besonders unsere älteren Vorgesetzten konnten sich nur schwer in die neuen Verhältnisse finden. Erst als die Kriegsjahrgänge die Kaserne verließen, konnte die alte Ordnung wiederhergestellt werden. Die neuen Freiwilligen, die zu uns kamen, stammten zumeist vom Lande. Sie waren unvoreingenommen und fügten sich in den Dienst, wie das bei Bauernsöhnen immer der Fall gewesen war. Viele von ihnen, die zu Hause nicht mehr gebraucht wurden, weil es heranwachsende Kinder genug gab, waren froh, ein Unterkommen zu haben. Dieser Gehorsam wurde dringend gebraucht, sollte nicht das Chaos über uns hereinbrechen.

Ich sehe uns noch am Jahreswechsel in der fast leeren Kaserne, Johannes und mich. Die Fronttruppen waren entlassen, die Neuen erst angekündigt, und die meisten Offiziere hatten Urlaub. Uns Junge und Unverheiratete hatte der Kommandeur ausgesucht, wir sollten die Stellung halten. Weihnachten ging trübselig vorüber. Zu Silvester wollten wir das nicht wiederholen. Wir organisierten uns im Kasino ein paar Pullen Rotspon, sogar Rumverschnitt und Zucker hatten wir aufgetrieben, und schütteten unsere Vorräte zusammen. Weil Johannes im dritten Stock das größere Zimmer hatte, feierten wir bei ihm. Es war ein langer, unnötig hoher Raum. Neben der Tür bullerte der Kanonenofen, auf dem ein ausgeliehener Topf mit unserem zum Punsch aufgebesserten Glühwein stand. Am Fenster schlaffte auf einer Seite ein Vorhang, der ehemals beige ausgesehen haben mochte, er war so nikotinbraun verraucht und gealtert, daß keiner von uns ihn anrühren mochte. Hinter dem Fensterkreuz ragten die Quader der Kaserne lichtlos in die Nacht. Es hätte sich auch um eine Schule handeln können. Im Hof krakeelte eine Zeitlang die Freiwache. Irgendwo im Dunkel schoß einer das Magazin seiner Pistole leer und schrie verfrüht: «Prost Neujahr!»

Zumindest waren wir nicht allein. Einer war dünner als der andere, mit den Windhunden des Alten Fritz hätten wir konkurrieren können. Als uns warm wurde, knöpften wir die Jacken auf und zogen uns gegenseitig die Reitstiefel aus. Wir waren zwei junge Krieger mit grauen Gesichtern. Der Pächter der Friseurstube hatte nicht viele Haare an uns gelassen.

Johannes schenkte nach und sagte: «Was das für ein Jahr wird, dieses 1919, davor kann einem nur grausen. Was meinst du?»

Als hätte ich darin schon Erfahrung, antwortete ich: «Es gibt Zeiten, in denen kannst du nur abwarten. Was jetzt draußen los ist, das geht vorüber. So etwas hat es in Deutschland noch nicht gegeben, so eine Herrenlosigkeit. Aber das wird wieder anders, verlaß dich drauf. Die Befürchtung, daß alles umsonst war, dürfen wir in uns nicht groß werden lassen. Das darf nicht umsonst gewesen sein. Was unsere Soldaten geleistet haben, das soll uns erst einmal einer nachmachen. Wie viele da draußen ihren Mann gestanden haben, darauf können wir stolz sein. Wir dürfen uns nicht unterkriegen lassen, Johannes.»

Er griff in die Schachtel, die auf einem Hocker zwischen uns lag. Unsere Mutter hatte uns ein Paket mit Weihnachtsgebäck, Äpfeln und Kerzen, warmem Unterzeug und sogar Zigaretten geschickt. Johannes zündete zwei davon an und gab mir eine. «Aber die Opfer waren zu groß», sagte er. «Ich habe unsere Soldaten auch bewundert, am meisten die einfachen Leute, denen es noch dreckiger ging als uns. Wenn wir im Schlamassel steckten, hatten sie die Hölle.»

«Die Unterschiede wurden doch immer geringer. Fast alles haben wir gemeinsam durchgestanden. Wenn dieser Krieg eins gebracht hat, dann war es die Gemeinschaft aller, die an der Front waren. Davon muß etwas bleiben.»

«Du meinst, daß wir uns überhaupt näherkamen», sagte Johannes. «Arbeiter zum Beispiel gab es in unserer Jugend doch gar nicht. Zwischen der Grundschule und dem Militär sind wir mit Kindern aus Arbeiterfamilien praktisch nie zusammengekommen. An der Front waren sie plötzlich die Mehrheit – Arbeiter, Handwerker, Bauernsöhne. Ich hab von ihnen viel gelernt.»

«Ich will nur sagen», schränkte ich ein, «früher gab es das nicht, daß Offiziere und Mannschaften so beieinander standen.»

«Früher? Womit willst du das vergleichen, Julius? Wir sind noch mit dem Bewußtsein von 1870/71 aufgewachsen. Dies war der erste Massenkrieg der Neuzeit. Alles hat er verändert, vor allem unseren Soldatenberuf – das werden wir noch merken. Als es losging, hatten wir keine Ahnung von der Wirkung der Waffen. Der Mensch kann sich das einfach nicht vorstellen. Wenn wir in ein paar Jahren Jüngeren davon erzählen, werden die es auch nicht wirklich verstehen.

Ich hab das nicht für möglich gehalten, was Männer aushalten können, um ihre Pflicht zu tun.»

«Die Frauen zu Hause nicht weniger», sagte ich, ohne nachzudenken. Wir hatten das immer für selbstverständlich gehalten.

«Das haben sie bewiesen.» Johannes überlegte eine Weile und sagte dann: «Aber ich bleibe dabei, daß viele Opfer unnötig waren. Zu Anfang ist unsere Heeresleitung mit den Truppen umgegangen, als hätte sie zuviel davon. Solange es Menschen im Überfluß gab, und alle freiwillig, hat man sie manchmal sinnlos ins Feuer geschickt.»

«Gewollt hat das keiner. Es geschieht nicht nach Plan, Johannes. Eine Seite weiß nicht, was die andere vorhat. Jeder hat nur den Willen, den Gegner zu vernichten. Am Generalstabstisch sieht man die Leute nicht fallen, nur Zahlen legen sie dir auf das Meßtischblatt. Deswegen war ich auch immer dafür, daß die Frontoffiziere draußen mehr Entscheidungsfreiheit haben müßten.»

«Es ist vorüber», sagte er. «Gott sei Dank. Wir werden lange brauchen, bis wir uns aus dem Schlimmsten herausgearbeitet haben. Was glaubst du, wieviel Reparationen wir zahlen müssen! Weil sie es im Feld nicht geschafft haben, uns kleinzukriegen, werden sie uns einen Frieden aufzwingen, der den Namen nicht verdient.»

«Solange Revolution im Land herrscht, können sie mit uns machen, was sie wollen.»

«Die Räte sind noch keine Revolution», sagte Johannes. Der Punsch auf dem Ofen siedete, mein Bruder stand auf und stellte den Topf auf eine Zeitung, die auf dem Tisch lag. Dann setzte er sich auf das Bett, lehnte den Rücken an die Wand und streckte die Füße auf einen Stuhl.

«Wir sind nicht in Frankreich oder Rußland», sagte er. «In unserer Geschichte gab es nie eine richtige Revolution. Aber weißt du, was ich nicht begreifen kann? Daß unsere oberste Heeresleitung im dritten Kriegsjahr Lenin mit anderen russischen Revolutionären längs durch Deutschland reisen ließ, ganz offiziell in einem Waggon, aus der Schweiz nach Dänemark und Schweden.»

«Das sollte den Krieg im Osten verkürzen», wandte ich ein, doch während ich es aussprach, wurde mir klar, daß mich das auch nicht mehr überzeugte.

«So hat unsere Regierung gedacht, das weiß ich. Tatsächlich aber ist dadurch etwas geschehen, was wir wohl nie wieder rückgängig machen können. Wenn Lenin nicht voriges Jahr im März über Finnland nach Petrograd gekommen wäre – wie wäre dann alles verlaufen? Rußland stand ohnehin vor dem Ende. Frieden hätten wir auch mit dem Zaren schließen können.»

«Solche Wenn haben doch keinen Sinn, Johannes.»

«Natürlich hatte Lenin nichts Eiligeres zu tun, als die Revolution auszurufen. Die Auswirkungen spüren wir heute bei uns. Vor allem können wir nie mehr sagen, wir hätten mit dem kommunistischen Umsturz in Rußland nichts zu tun gehabt.»

«Es war ein hoher Preis für den Waffenstillstand und für den Friedensvertrag von Brest-Litowsk, du hast recht.» Ich mußte daran denken, was wir aus Rußland von den Kämpfen zwischen den Bolschewiki und Menschewiki hörten. «Es muß verhindert werden, daß der Bürgerkrieg auch über uns zusammenschlägt», sagte ich. «So weit darf es nicht kommen.»

«Dagegen werden sie notfalls uns einsetzen, die Armee.»

Im Grunde dachten wir ähnlich. Wenn ich Johannes betrachtete, der meinen Blick aus seinem erhitzten Gesicht erwiderte, fühlte ich mich ihm nah, und wenn ich ihm zuhörte, fand ich mich bestätigt. Zum erstenmal nach dem Krieg lernten wir einander wieder kennen. Wir gehören zusammen, dachte ich und war froh, diesen Bruder zu haben. Ich war mir sicher, daß er ebenso empfand.

«Hast du schon entschieden, was du tun wirst?» fragte er. «Wir sollen ja eine Reichswehr erhalten. Nur ob sie uns beide in das stark verkleinerte Heer übernehmen werden, das bezweifle ich. Wie wichtig ist es dir? Du bist der Ältere. Sollen wir losen?»

«Bloß das nicht!» Ich hatte darüber noch nicht genügend nachgedacht. In mir spürte ich den Widerwillen, in Uniform weiterzumachen. Was ich mir vor dem Krieg darunter vorgestellt hatte, war so nicht mehr fortsetzbar. Aber sein Vorschlag erheiterte mich. «Wie kommst du darauf, daß der Älteste mehr Rechte hat? Wir stammen doch nicht von einem Bauernhof. Laß uns abwarten. Vermutlich wird das durch die Beurteilung entschieden, die über jeden von uns beim Oberkommando liegt. Ich weiß nicht, was darin steht.»

«Eins ist gewiß», sagte Johannes. «Nach Hause können wir nicht zurück. Du willst das sicher ebensowenig wie ich. Erstens sind wir zu alt dafür. Zweitens haben die Eltern mit Marie und Karl genug zu tun. Natürlich auch mit Ernst, er will ja neu anfangen und Landwirtschaft studieren.»

«Vater überlegt anscheinend, ob er noch einmal in den Reichstag kommen kann», sagte ich. «Ich finde, das sollte er lassen und lieber seine Zeit als Richter zu Ende bringen.»

Johannes sagte: «Ich kann mich schwer in ihn hineinversetzen. Als wir ausrückten, waren die Eltern noch Leute in mittleren Jahren. Inzwischen nähert sich Vater der Pensionierung.»

«Er ist sehr gealtert.»

Ich spürte, wie der Alkohol wirkte – wir waren nicht mehr viel gewohnt. Wenn ich die Augen schloß, begannen die Gegenstände um mich zu kreisen, und wenn ich sie wieder aufmachte, dauerte es eine Weile, bis das Zimmer geradestand. Eine merkwürdige Stille hatte sich auf uns gelegt. Ich beobachtete, wie Johannes an der Wand tiefer rutschte, er näherte sich den Kissen, von drüben kam seine Stimme: «Aber von einem hab ich die Nase voll, das sag ich dir. Von dem Leben nur mit Männern.» Daraufhin muß ich ihn verdutzt angesehen haben, denn er sagte: «Esel, ich meine nicht dich, sondern unsere Frauenlosigkeit. Damit muß es ein Ende haben. Der Krieg hat Mönche aus uns gemacht – das wollten wir nie. Mir kannst du nicht erzählen, daß es dir anders ergeht. Oder?»

Ich mußte an meinen Freund Karl denken und auf einmal auch an seine Schwester Konstanze. Ich erinnerte mich an das Foto und an vieles, was er mir von ihr erzählt hatte. Mit den Ruloffs in Jeggau hatte ich inzwischen korrespondiert, ich wollte sie besuchen, sobald es ging. «Nein», sagte ich, «natürlich nicht.»

«Natürlich ist das gerade nicht», sagte Johannes. «Dir brauche ich nichts vorzumachen. Ich hab es einmal in einem Bordell versucht, ich kann dich nur warnen. Ich habe nie etwas so Freudloses erlebt wie dies Freudenhaus. Du kommst dir verloren vor, überhaupt nicht mehr wie ein Mensch. Außerdem wußte ich nicht, wie ich mich verhalten sollte. Es war schon wieder komisch. Ich ging über den Flur und betrachtete die Frauen. Schließlich zog mich eine, die ich gar nicht wollte, in ihr Zimmer. Eigentlich wollte ich keine.»

«Du hast dich wenigstens getraut», sagte ich. Ein wenig bewunderte ich ihn.

Johannes sann der Sache nach. «Wie sollst du dich einstellen zu dem Menschen», fragte er eher sich als mich, «zu der Frau, die du bezahlst? Die will doch nur das Geld, ihr gutes Recht, und dich möglichst schnell wieder los sein.»

«Wir sind einfach zu anständig erzogen worden», sagte ich und wußte nicht mehr weiter.

Johannes war mit seinen Gedanken wieder in Goslar. «Ich glaube, unsere Eltern waren ziemlich lebensfroh», sagte er. «Mit sechs Kindern!»

Auf einmal läuteten die Glocken. Mein Bruder öffnete das Fenster. Frost kam herein. Über der Stadt dröhnte es aus allen Kirchtürmen. «Dann wünschen wir uns was», sagte ich. Wir stießen mit den letzten Tropfen in den Gläsern an. Eine Zeitlang standen wir nebeneinander, schwankten und sahen in die Nacht. Nur ein paar Böllerschüsse krachten. Der Krieg war noch zu nah und lähmte die Menschen.

Im März meldeten Johannes und ich uns zur Freikorpsbatterie des Regiments. Wir wurden bald dem Hessisch-Thüringisch-Waldeckschen Freikorps zugeteilt und nach München beordert. Ich folgte der Einheit mit einem Nachkommando. Es waren zwei Unteroffiziere und sechs Mann, die ich bei mir hatte.

In Eisenach hatten wir Station gemacht, um auf weitere Nachzügler zu warten, doch es blieb bei unserer Zahl. Als wir den Zug besteigen wollten, warnte uns ein Eisenbahner vor Spartakisten. Er riet uns dringend, unsere Waffen in einem abgestellten Waggon zu verstecken und später einen anderen Zug zu nehmen. Wir folgten seinem Rat und verstauten unsere Karabiner mit Munition in mehreren Abteilen unter den Bänken. Dann gingen wir den Bahnsteig entlang in Richtung auf den Wartesaal.

Plötzlich stürmte eine Rotte der Aufständischen auf uns zu. Mit Geheul und gezogenen Pistolen umringten sie uns. Sie verlangten, wir sollten unsere Waffen herausgeben. Zum Glück behielt ich die Fassung und erklärte ihnen, wir seien nur ein Nachkommando und folgten unbewaffnet unserer Abteilung. Inzwischen rissen uns die Männer die Koppel und die Mäntel vom Leib. Einer bemühte sich vergeblich, mir auch das EK I abzureißen. Das veranlaßte den Obermaat, der ihren Anführer abgab, einzugreifen. «Das laß ihm», sagte er. «Das hat er sich tapfer verdient!»

Als wir noch über diesen Wandel staunten, verschwanden sie so plötzlich, wie sie aufgetaucht waren. Nur unsere Mäntel und Leibriemen waren wir los. In diesem Augenblick lief ein Zug ein. Er trennte uns von der Horde, die nun einen anderen Bahnsteig unsicher machte. Natürlich mußte ich an den Vorfall auf der Rheinbrücke denken und hörte wieder den Feldwebel sagen: «Von so etwas verstehen Sie wohl nicht viel, Herr Oberleutnant.» Nein, davon wollte ich auch nichts verstehen. In der Nacht brachte uns der Eisenbahner über die Gleise zu einem Güterzug, dessen Lokomotive unter Dampf stand. Rasch holten wir unsere Waffen und waren froh, davongekommen zu sein.

In München wurde die Batterie in einer Schule untergebracht. Es war schwer, sich einen Überblick über die Lage zu verschaffen. In der Stadt flackerten immer wieder Unruhen auf. Am 21. Februar war Kurt Eisner, der sich als Pazifist bezeichnete, von dem jungen Graf Arco Valley auf dem Weg zur Eröffnung des Landtags erschossen worden. Eisner gehörte zur USPD, den Unabhängigen, die sich von den Sozialdemokraten getrennt hatten, als wären die ihnen noch nicht links genug. Im Januar 1918 hatte er beim Streik der Munitionsarbeiter eine Rolle gespielt und war das Jahr in Haft gehalten worden. Er wurde zur führenden Figur der November-Unruhen, rief den «Freistaat Bayern» aus und war sein erster Ministerpräsident. Nach seinem Tod ging es dann drunter und drüber.

Wir wurden bald außerhalb der Stadt nach Aubing und dann nach Riem verlegt. Einige Wochen hatten wir die unrühmliche Aufgabe, die Häuser und Gehöfte nach Waffen zu durchsuchen. Dadurch wurden wir nicht in die Kämpfe verwickelt, die in München ausgetragen wurden. Es waren bayerische Freikorps, die dort dem Gesetz wieder Respekt verschafften, voran das des Generals Ritter von Epp. Mit Grauen hörten wir von dem Gemetzel am Schlachthof, wo in der Nacht zum 3. Mai damals 576 Männer und Frauen, die man als Revolutionäre verhaftet hatte, an der Viehrampe gegenüber der Tumblingerstraße mit Maschinengewehren niedergemacht wurden. Das war das Ende des Aufruhrs.

Bevor unsere Einheit ein Kommando in Oberschlesien übernahm, kam ich um Urlaub ein und erhielt ihn auch für zwei Wochen. Ich sagte mich bei Karls Eltern zum Besuch an und war willkommen. Über Braunschweig und Gardelegen fuhr ich nach Mieste und wurde an der kleinen Bahnstation von dem Kutscher Henkmann abgeholt. Er war ein alter Mann, der auf dem Bock der Kalesche saß und Pfarrer Ruloff schon lange gedient hatte.

Zu Weihnachten hatten mir die Ruloffs eine Abschrift des letzten Briefs von Karl geschickt. Ich hatte ihn mir eingesteckt und las ihn unterwegs noch einmal. Er trägt das Datum vom 17. Oktober 1918. Ich las: «Wie es uns bei unserem Einsatz ergangen ist, will ich erst gar nicht schreiben. Wer das nicht selbst mitgemacht hat, kann es doch nicht verstehen. Von unseren neun Batterien bestehen noch drei, die aus den anderen zusammengeworfen sind. Die gesamte Infanterie der Division besteht noch aus einem schwachen Bataillon. Aber einen Trost haben wir: Wir haben unsere Pflicht getan.»

Der Brief endet: «Hauptsache, es gibt Frieden. Es muß Frieden geben. Unsere Truppen halten nicht mehr. Sie schrumpfen immer mehr zusammen, während drüben immer neue auftauchen. Wir blieben vier Wochen im Kampf und kamen acht Tage in Ruhe, während jene acht Tage im Kampf liegen, um für vier Wochen nach hinten zu ziehen. Mit zwei Mann am Geschütz tagaus, tagein bei Frost und Regen aushalten im wahnsinnigen Feuer, das können die Stärksten nicht ertragen. Aber wir werden wieder unsere Pflicht tun, wenn es noch einmal so kommen sollte – was Gott verhüten möge.»

Das EK I für ihn und die Beförderung zum Leutnant trafen ein, als er nicht mehr lebte. Seiner Familie bedeutete das noch etwas, wenn sie auch keinen Trost finden konnte. Ich traf sie mitten in der Trauer an.

Es war einer dieser Maitage, die den Sommer vorwegnehmen. Als wir auf dem Kopfsteinpflaster durchs Land fuhren und dann über sandige Wege, leuchtete alles ringsum. Die Landschaft ähnelte der Mark Brandenburg. Kiefern, Hügel unterm Heidekraut und überall mehliger Sand. Am Dorfrand blühten die Wiesen vor dem ersten Schnitt, übersät von Dotterblumen und Margeriten. Der Pfarrhof und die Kirche waren Fachwerkbauten mit rohen Backsteinen zwischen den Balken. Der Kirchturm sah aus wie ein grob zugespitztes Bleistiftende, kurz und dick. Gänse liefen schnatternd auseinander, als wir auf der Dorfstraße einfuhren. Henkmann machte einen Bogen und hielt vor dem Tor.

Es war ein einstöckiges Haus mit einem breiten Dach. Ein gerader Weg führte an einem Brunnen vorüber zum Eingang. Zuerst lief mir ein Hund entgegen, dann trat die Familie gemeinsam aus der Tür.

«Schön, daß Sie einmal zu uns kommen», sagte Frau Ruloff. «Karl hat so viel von Ihnen gesprochen, besonders in seinem letzten Urlaub.»

Der Hausherr sagte: «Hoffentlich hat Henkmann Sie nicht zu sehr durchgeschüttelt.» Als der Hund stürmisch an mir hochsprang, holte er ihn mit dem Ruf «Lux, gib Ruhe. Fuß!» an seine Seite. Konstanze gab mir wortlos die Hand. Sie trug ein schwarzes Kleid ohne Schmuck. Mir war, als hätte ich sie alle drei schon früher getroffen, so genau hatte Karl sie mir beschrieben. Jetzt lebten um mich herum die Bilder, die er mir gezeigt hatte. Nur er fehlte.

An diesem Nachmittag saßen wir im Garten hinter dem Haus. Der Flieder blühte. Die Sonne flirrte durch die Büsche, die von Bienen umsummt waren. Gehwege mit Platten führten um die Rabatten. Es war eine gebändigte Wildnis, die sich bis unter riesige Linden erstreckte. Dahinter lag ein Kartoffelacker, der Pfarrhof war ein halber Bauernhof. Seit Menschengedenken hatten hier die geistlichen Herren des Dorfes mit ihren Familien ihr Dasein durch Lebensmittel und Bauernarbeit gefristet, die sie von allen Höfen erhielten. Es gab wenig Geld und viel Gottesfurcht. Pfarrer Ruloff erzählte, daß er zuerst in Blankenburg Vikar gewesen war und dann auf Lebenszeit diese Pfarre erhalten hatte.

Auf dem Tisch in der Sitzecke war eine gewürfelte Baumwolldecke ausgebreitet, sie hatte einen umgesteppten Saum. Kaffee stand unter einer Mütze bereit. Es gab Streuselkuchen. Pastor Ruloff hatte einen Klaren aus dem Haus geholt, den schenkte er, ohne zu fragen, nur uns Männern ein und sagte: «Darauf trinken wir erst mal einen.»

Er war ein stiller Mann mit einem schmalen, bekümmerten Gesicht, in dem Schnurrbart und Kinnbart wie geschnitzt hingen. Neben ihm wirkte Konstanze eher wie seine Enkelin denn als seine Tochter. Frau Ruloff erinnerte mich sehr an Karl. Von ihr hatte er also die Augen und die Stirn. Sie war lebhaft und führte das Gespräch. Lux wich nicht von ihrer Seite, ein mittelgroßer Hund, schwarzweiß geflecktes Kurzhaar, wohl eine Dorfmischung. Er versuchte unablässig, seine Schlappohren aufzustellen, doch sie fielen immer um.

«Was sagen Sie nun zu diesen Zeiten?» fragte Karls Mutter. Ich erzählte aus München und gestand ihr ein, daß ich mich nach dem Krieg überhaupt noch nicht wieder zurechtgefunden hatte. «Alles ist wie umgestülpt», sagte ich, «ein großes Durcheinander. Bei Ihnen hier auf dem Dorf mag das anders sein. In den Städten, wo die Menschen zusammenströmen, schlagen sie sich die Köpfe ein.»

«Der Herrgott läßt nicht darin nach, uns zu prüfen», sagte Pfarrer Ruloff. «Allmählich könnte er damit aufhören. Er weiß doch, es ist zuviel für uns. Jeggau ist eine Trauergemeinde. Kein Haus und kein Hof, wo nicht einer im Feld geblieben ist oder mehrere. Die Menschen sprechen nicht viel davon, aber man sieht es ihnen an.»

Aus dem Garten, vom Tisch, aus den Wiesen kamen Düfte, die ganze Zeit saß ich in dem Geruch dieses Maitages, den Dorf und Land zusammenbrauten, Honig, Moos und Kräuter und trockenes Ried. Das Atmen war wie trinken.

Als wir eine Weile so gesessen und uns nach einander erkundigt hatten, entstand plötzlich ein Schweigen, das zu lang dauerte – jedenfalls empfand ich es so. Natürlich war ich gekommen, um von Karl zu erzählen und von manchem, das mir aus unseren gemeinsamen Erlebnissen berichtenswert erschien. Aber jetzt, vor diesem Gegenüber, war das gar nicht leicht. Denn sie sprachen von ihm in einem Ton, der mich unsicher machte, zumal offenbar von mir erwartet wurde, daß ich darauf einging.

«Unser Karl», sagte seine Mutter. «Sie sind immer mit ihm zusammengewesen, das berührt mich sehr. Als er das letzte Mal fortmußte, nie vorher ist ihm der Abschied so schwergefallen. Er stand oben in der Kammer, wo Sie heute nacht schlafen werden, und konnte sich nicht trennen. Immer gab es noch etwas, was er in die Hand nehmen wollte. Er konnte den Zug versäumen. Henkmann wartete längst mit dem Wagen. Schließlich mußten wir ihn drängen: Karl, du mußt runter, fahr doch jetzt, es hilft ja nichts. Da hat er sich losgerissen.»

Wenn ich Konstanze betrachtete, mußte ich daran denken, daß Karl uns als ein Paar gesehen hatte. Sie hörte zu und ergänzte nur manchmal ihre Mutter. An Einzelheiten erinnerte sie sich oft genauer als die Eltern. «Nein, das war am vorletzten Tag», sagte sie zum Beispiel, «als wir alle zum Einkaufen nach Gardelegen fuhren und froh waren, daß wir noch etwas Ordentliches für ihn bekamen, vor allem die Taschenuhr.»

Sie hatte dunkles, hochgestecktes Haar, den Kopf hielt sie gebeugt und schaute manchmal fragend auf mich. Dennoch saß sie abgerückt, es erschien mir wie eine innere Entfernung, sie wirkte wie in ein Medaillon gefaßt. Beiden Frauen kamen rasch die Tränen in die Augen. Ich schaute in die Buchsbaumstauden. Wahrhaftig, ich trauerte doch auch um meinen Freund, aber das war etwas, was ich in mir verschloß.

Ich hatte den Eindruck, daß diese drei Menschen sich jeder auf seine Weise weigerten, sich dem Endgültigen zu stellen. Aus allem war spürbar, wie sie Karl entbehrten, aber nicht nur wie andere Familien ihre Gefallenen vermißten und ihnen die Erinnerung bewahrten, es war noch mehr. Alles in dieser Umgebung wirkte wie zu seinem Gedächtnis hergerichtet, als könne jeder Weg die Inschrift tragen: Hier ist Karl gegangen. Im Haus hingen in jedem Zimmer Bilder von ihm, alle zusammen ergaben eine Galerie von Aufnahmen aus seinen einundzwanzig Jahren. Hier war sein Leben konserviert. Das wäre noch verständlich gewesen und hätte sich wohl mit der Zeit gemildert. Aber sie hatten für ihn überall Platz gelassen, als könne er eines Tages doch wiederkehren. Den Abschied verweigerten sie ihm, hatten eine Art, mit Worten Gedenktafeln aufzustellen, als fände alles in der Kirche statt, im geweihten Raum, und nicht hier draußen im Licht dieses Nachmittags.

Der Pastor sagte: «Am letzten Abend hat er kaum gesprochen. Doch dann sagte er etwas, das geht seitdem immer mit uns herum. Er hat alles geahnt. ‹Ich darf mich nicht zu sehr freuen›, hat er gesagt, ‹ich gehe in die Nacht.›»

Während meines ganzes Besuchs hatte ich das Gefühl, als dürfte man nur leise auftreten und müßte den Atem anhalten. Es wurde nur gedämpft über Karl gesprochen. Natürlich tranken wir am Abend eine Flasche Wein, die Pfarrer Ruloff aufgespart hatte. Gewiß gab es viel zu erzählen. Doch der Abstand zwischen dem, was ich erlebte, und dem Dasein hier war für mich unüberbrückbar.

Vor allem Konstanze war für mich – eine Enttäuschung. Aber das ist nicht das richtige Wort. Sie erschien mir verschwommen. Das Schwarz trug sie, als wäre ihr Bräutigam gefallen. Wenn ich von Karl erzählte, war sie vollkommen da. Aber nichts anderes schien sie zu interessieren. Es war eben nicht dieselbe Trauer, wie sie in Millionen Häusern in diesen Monaten in Deutschland gelebt wurde. Nein, hier und besonders am Verhalten Konstanzes konnte ich ermessen, daß sich die Ruloffs für immer in ihrer Trauer eingerichtet hatten, sie war ein Gelöbnis, das sie miteinander verband. Es war, als hätten sie sich verschworen, niemals darin nachzulassen.

Während ich von ihm erzählte und ihnen die Wahrheit berichtete, daß Karl viele an der Front beeindruckt hatte, mehr durch sein Wesen als durch seine Taten, während ich spürte, wie sie jedes Wort nicht nur hörten, sondern zum Aufbewahren in sich aufnahmen, begriff ich immer deutlicher, was uns trennte: Sie hatten mit diesem Heldenbild gelebt, das 1914 die gemeinsame Vorstellung fast aller gewesen war. Sie hatten es eher gesteigert, von Jahr zu Jahr vervollkommnet, während wir da draußen gelegen hatten. Für sie war es eine

Verklärung geworden, für uns die letzte Ernüchterung, die Menschen möglich war, greifbar, ein abgeschossenes Bein, ein zerschmetterter Kopf. Sie schmückten Gräber und Gedenktafeln, wir sahen die lebendig Begrabenen. Ich hatte nicht den Mut zu versuchen, ihnen den Unterschied klarzumachen, und ich hätte es wohl auch nicht gekonnt.

Als ich spät in das Dachzimmer hinaufging, fand ich auf dem Nachttisch eine Kerze und eine Fotografie aus dem Feld, die Karl und mich zeigte. Ich wußte noch, wo sie aufgenommen worden war: vor einem Unterstand in der Champagne. Es war ein Tag gewesen, an dem auf beiden Seiten Ruhe herrschte. Die Erde war von Granattrichtern aufgebrochen. Wir hatten uns, verführt durch das Schweigen, einen Tisch ins Freie gestellt und hielten unsere Gesichter in die Sonne.

Auf dem Nachtkasten lag auch ein Heft mit einem Pappumschlag und einem aufgeklebten schwarzen Kreuz mit dünnem weißem Rand darauf, darum war ein Dornenkranz gewunden, ausgeschnitten aus dunkelrotem Papier. Mit einer Kordel war die Trauerrede eingeheftet, die Pfarrer Pflanz aus dem Nachbarort Breitenfelde, ein Freund des Hauses, im Januar in der Jeggauer Kirche gehalten hatte, sie war handschriftlich aufgezeichnet. Da fand ich sie wieder, die Worte: «Ich gehe in die Nacht.»

Ich lag in Karls Bett und las: «Über der Epiphaniaszeit, in die wir gestern eingetreten sind, liegt noch der Weihnachts-Lichterglanz. Dunkler als je war diesmal die Zeit der heiligen zwölf Nächte für uns, äußerlich und innerlich. Selbst in den Familien, in die nun die Krieger aus dem blutigen Krieg haben heimkehren können, war es doch wohl an diesem Weihnachtsfest nicht so leicht, wie man sich das wohl im Dunkel der Kriegszeit vorher gedacht hatte. Des Vaterlandes Not und Schmach liegt doch auch auf den meisten von diesen Kriegerfamilien wie ein dunkler Schatten, wenigstens sofern in ihrem Herzen noch ein Funken deutscher Ehre und Treue glüht. Aber nun gar in den Familien, in denen ein lieber

Krieger nicht heimgekehrt ist, nie mehr heimkehren wird, ach, da saßen an diesem Weihnachtsfest Witwen und Waisen, Väter und Mütter, Schwestern und Bräute so recht ‹in Finsternis und Schatten des Todes›. Da tauchte aus dem Dunkel vergangener glücklicher Zeiten vor den Augen der Mutter wohl das Bild auf, wie das Weihnachtslicht geleuchtet hat in den glänzenden Augen und auf dem lockigen Haar des einzigen Sohnes, als er noch ein Kind war im Elternhaus, von des Vaters Hand treu geführt, von der Mutter Hand treu gepflegt – er, der nun da draußen ist in ferner, fremder Welt, von Feindeshand dahingestreckt, ins dunkle Grab gesunken! Ja, wie dunkel solche Weihnacht ist, das weiß außer denen, die selbst in diesem Dunkel sitzen, nur Gott allein. Und er, ‹der Vater des Lichts, bei welchem ist keine Veränderung noch Wechsel des Lichts und der Finsternis›, er will gerade allen denen, die so in Finsternis und Schatten des Todes sitzen, sein heiliges, seliges Licht leuchten lassen.»

Danach folgte vieles, was Karl und ich gemeinsam erlebt hatten, nachgeschildert aus seinen Briefen. Ich stand auf und trat ans Fenster. Der Fliederstrauch direkt unter mir verströmte jetzt fast beklemmenden Duft, dazu kam aus der Küche der Nachgeruch von Holzasche und dem Auflauf, den wir zu Abend gegessen hatten. Aus einem Zimmer fiel noch Licht in den Garten. War da Konstanze mit sich allein? Ich stand dort lange, sah in die Nacht mit Halbmond und ziehenden Wolken und dachte an meinen Freund.

Der nächste Tag war ein Sonntag. Ich saß auf der Empore und beobachtete den Dorflehrer, der die Orgel spielte. Wie oft mochte Karl hier als Junge den Blasebalg getreten haben, bevor sein Vater predigte?

Nach dem Essen verabschiedete ich mich. Wieder kamen alle drei vor das Haus. Konstanze sagte: «Wir danken Ihnen für alles, was Sie für Karl getan haben.» Ihre Mutter sagte: «Leben Sie wohl.» Dann brachte mich Henkmann zurück nach Mieste.

Ich hatte noch ein paar Tage Urlaub und fuhr nach Goslar.

In meinem Elternhaus fand ich Nachricht vom Regiment vor. Unser Freikorps hatte seine Aufgabe in Oberschlesien erfüllt und war zurückbeordert worden. So traf ich Johannes und die anderen in Kassel wieder. Der alltägliche Dienst begann aufs neue.

Zu dieser Zeit versuchte mein Vater tatsächlich, noch einmal in den Reichstag zu kommen. Er kandidierte jetzt für die Deutschnationale Volkspartei. Bei der Reichstagswahl schlug ihn erneut Philipp Scheidemann, der bald auch Bürgermeister von Kassel wurde. Wir respektierten jetzt seine Haltung, weil er kürzlich, im Juni 1919, vom Amt des Ministerpräsidenten der Koalition aus Sozialdemokraten, Deutschen Demokraten und Zentrum zurückgetreten war. Scheidemann hatte das so begründet: Er hielt den Versailler Friedensvertrag für unannehmbar und wollte ihn nicht unterzeichnen, aber er blieb Abgeordneter des Reichstages. Nun, trotzdem wurden die Plakate geklebt, auf denen stand: «Wählt Ristenpart.» Mein Vater gehörte 1919 und 1920 für die DNVP dann wenigstens noch der Weimarer Nationalversammlung an.

Wegen seiner politischen Ambition hatte er sich wie früher wieder eine kleine Wohnung in Wilhelmshöhe eingerichtet. Dort wohnten aber, weil er nur selten da war, hauptsächlich Johannes und ich. Frau von Winterstein, eine Bekannte meines Vaters, hatte eine Gruppe junger Offiziere zu einem Tanztee gebeten. Martha Brakebusch war mit ihrem Bruder, einem Oberleutnant der Marine, zuletzt erschienen. Sie war groß, schlank und trug ein halblanges Seidenkleid in einem warmen Ton zwischen Beige und Goldbraun. Es war hochgeschlossen und umgab mit einem im Nacken verknüpften Aufschlag auch den Hals, um den eine Perlenkette hing. Ihr Gesicht war sehr ausgeglichen, es drückte eine innere Ruhe aus, sie hatte einen freien Blick und war in ihren Bewegungen und wie sie sprach vor allem eines: selbstbewußt, aber darin lag, schien mir, nichts von einem vordergründigen Stolz, vielmehr eine Verhaltenheit, die alles in ihrer Umgebung erkennen und verstehen wollte. Sie war ernst wie wir alle damals.

Ich verliebte mich in sie mit einer Art von Ausweglosigkeit. Die oder keine, durchfuhr es mich, aber auch der Gedanke: die ist dir über. Ich spürte, daß ich mich anstrengen mußte, wollte ich auch nur in ihrer Nähe bleiben. Offensichtlich war Martha der Mittelpunkt in einem Kreis von Freundinnen, die alle hier eingeladen waren und unter den anwesenden Offizieren ziemlich kühl Umschau hielten. Sie schienen eine Auswahl zu treffen, wer bei ihnen zugelassen werden sollte. Wir tanzten ausgiebig. Bei der ersten Berührung mit Martha war es vollends um mich geschehen. Ich war damals fast sechsundzwanzig und sie, das fand ich bald heraus, knapp zwei Jahre jünger.

«Der lange Ristenpart und die Martha», hörte ich Frau von Winterstein sagen, als wir vorbeitanzten, mehr konnte ich nicht verstehen, doch sie hatte offenbar eine Verbindung zwischen uns gesehen. Mich störte es nicht, daß dieses Haus unverhohlen ein Heiratstreffpunkt bestimmter Kreise war. Die Wintersteins empfingen immer mittwochs. Dort Zugang zu haben, begehrten viele aus den Familien der Wirtschaft, des Militärs und des akademischen Beamtentums. Martha aber verachtete es wohl, zur Schau gestellt zu werden. Ich hatte den Eindruck, daß sie nur widerstrebend gekommen war und alles mit Abstand sah, als gehöre sie nicht hierher. Sie war mir gegenüber zurückhaltend, wenn sie sich meinen Namen auch gleich gemerkt hatte.

«Sie sind aber nicht in Kassel zu Hause, Herr Ristenpart», sagte sie feststellend. Ich beschrieb ihr Goslar, das sie nicht kannte. Alle Geschwister zählte ich auf und erfuhr, daß sie noch eine ältere Schwester hatte, die in Freiburg Medizin studierte, so tasteten wir uns durch unsere erste Unterhaltung.

Es gelang mir, ihren Bruder abzukoppeln und sie heimzubegleiten. Es war ein sommerlicher Abend und noch hell, als wir das Wintersteinsche Haus am Hang über dem Aue-Park verließen und unter den Alleebäumen auf Wilhelmshöhe zugingen. Schnurgerade lief die Straße zum Schloß, das in halber Höhe lag, dort hatte Jérôme Bonaparte, der Bruder Napoleons, verschwenderisch residiert. Darüber, zu Häupten der Stadt, ragte der Herkules auf, das Ungetüm auf dem Sokkelbau, von dem Kaskaden mit vielen Stufen herabführten. Ich wünschte mich mit Martha jetzt da hinauf, doch unser erster gemeinsamer Weg war nur kurz.

«Was haben Sie vor?» fragte sie unterwegs, wobei sie neben mir ging, ohne meinen Arm zu nehmen. «Werden Sie bei Ihrer militärischen Laufbahn bleiben?»

Ich wußte selber noch immer nicht, was aus mir werden sollte. Ich hatte mir nun einmal nichts anderes vorgestellt. «Die Voraussetzungen, unter denen ich den Soldatenberuf ergriffen habe, stimmen heute nicht mehr», versuchte ich ihr zu erklären. «Ich überlege mir schon längere Zeit, ob es für mich überhaupt noch einen Grund gibt, dabeizubleiben.»

Vor dem Haus verabschiedete sie sich rasch. Ich aber wollte wiederkehren. Daß bei Martha anscheinend nicht gleich dasselbe eingetreten war wie bei mir, beunruhigte mich nur wenig. Ich umwarb sie mit stürmischer Entschlossenheit. Es wurde eine regelrechte Belagerung. Schließlich öffnete sich mir ihr elterliches Haus an der Wilhelmshöher Allee, eine herrschaftliche Villa mit Reitstall.

Georg Brakebusch, ihr Vater, besaß eine Fabrik chirurgischer Instrumente in Niederzwehren. Ihre Mutter stammte aus einer Familie von Tuchfabrikanten aus Lennep. Martha kam damals vom Rappenhof bei Weinsberg, wo sie die Gärtnerei beaufsichtigte. Oft fuhr ich nun dahin. Oder sie kam zum verlängerten Wochenende nach Hause. Mein erster Eindruck bestätigte sich: sie war Zentrum eines Freundeskreises von lauter gleichaltrigen jungen Frauen, die alle mehr oder weniger auf die Ehe warteten, aber doch zögerten – sie wirkten auf mich sehr selbständig, jede einzelne von ihnen hatte ihren eigenen Kopf. Sie hielten mich in Atem. Ich hatte ständig Theaterkarten zu besorgen, Ausflüge zu arrangieren, und manchmal war ich gleich für drei auf einmal Übermittler gefühlvoller Post.

Martha konnte mit meinem Soldatenberuf nicht allzuviel anfangen. Sie selber las viel, nicht nur die großen Romane, sondern auch Philosophie. Sie schrieb mir wunderbare Briefe. Es kostete mich Mühe, ihr zu entsprechen. Wenn sie an meiner Seite ging, wurde ich beneidet. Das auffallendste an ihr waren die vor Leben blitzenden Augen. Nie hatte ich mich so erlebt, ich war erfüllt von ihr und von uns, alles hatte ich nachzuholen. Jetzt erst merkte ich, welche Leere in mir gewesen war. Alles, was mit Martha zu tun hatte, erfüllte mich mit einer Heftigkeit, die ich vorher nicht an mir gekannt hatte.

An einem Sonntag im Spätsommer fuhren wir im Wagen ihres Vaters in den Reinhardswald und wanderten nach Lippoldsberg. Ich zeigte Martha das Kloster. Ihr Vetter Willi, der uns anstandshalber begleitete, verzog sich in ein Wirtshaus und ließ uns in Ruhe. Der Marktflecken mit den schwarzweißen Fachwerkhäusern und den norddeutschen Backsteinhöfen liegt an der Weserfurt, die seit alters Kaufleute, Krieger und Mönche passierten. Ich hatte mich vorbereitet und konnte damit aufwarten, daß ein Erzbischof namens Ruthard das Kloster im elften Jahrhundert für Benediktinerinnen gegründet hatte.

«Nach der Reformation», spielte ich den Führer, «starb das Kloster aus. Als letzte Benediktinerin starb hier die Äbtissin Lutrut von Boyneburg. Das war im Jahr 1566. Die Überlieferung will wissen, diese Lutrut sei eine energische und streitbare Dame gewesen.»

«Julius», sagte Martha, «so kenne ich Sie gar nicht.»

Von einem Gärtner erfuhren wir, daß vor kurzem ein ehemaliger Südafrika-Kaufmann das Hauptgebäude erworben hatte. Er hieß Hans Grimm und hatte zum Schriftsteller umgesattelt.

Wie wir da umhergingen, war zwischen uns eine Übereinstimmung, die sich mir durch unsere verschlungenen Hände mitteilte – nie hatte ich das so stark empfunden. Martha trug einen langen schwarzen Rock und eine weiße Bluse, dazu eine bernsteinfarbene Schleife. Ich wußte längst, daß sie Töne zwischen Beige und Orange als Kontrast bevorzugte. Sie war schlank. Das Haar wurde im Nacken mit einer Schildpattspange zusammengehalten. Ihr schönes ruhiges Gesicht war jetzt belebt durch unseren Spaziergang, den Wind und die Sonne. Wir setzten uns im Klostergarten auf den Brunnenrand. Es war ein Augenblick, in dem ich zu spüren meinte, daß sogar unser Atem gemeinsam ging. «Martha», sagte ich, «werden Sie meine Frau. Nichts wünsche ich mir mehr auf der Welt.»

Sie kehrte sich zu mir. «Sie haben mir Zeit gelassen, Julius. Dafür bin ich Ihnen dankbar.» Nach einem Zögern fügte sie hinzu: «Lassen Sie uns gemeinsam mit meinen Eltern sprechen. Ich möchte nicht, daß es bloß durch euch Männer geschieht.» Ich hielt sie in meinen Armen und war glücklich wie nie vorher in meinem Leben.

Wir feierten in ihrem Elternhaus mit allen Freundinnen die Verlobung und zwei Jahre darauf eine Hochzeit, die mir noch heute wie ein Traum erscheint.

In der Zwischenzeit quittierte ich den Dienst. Ich hatte das reiflich mit Martha, vor allem auch mit den Eltern und künftigen Schwiegereltern erwogen. Zunächst war ich für drei Monate beurlaubt worden. Der Abschied von der Armee wurde mir sogleich zugesichert. Es drängten viele zur Reichswehr, die nach dem Versailler Diktat nur wenigen eine Laufbahn eröffnen konnte. Ich war damals noch zu kaisertreu, um der unerwünschten Republik weiter in Uniform zu dienen.

Diese arbeitsreichen katastrophalen Jahre! Wir lebten eng, aber nicht zu eng. Nach einigen Versuchen, mich mit Unterstützung meines Schwiegervaters selbständig zu machen, zunächst als Landwirt, dann als Mitbesitzer einer Druckerei mit einem Partner, der mich unerfahrenen Teilhaber jedoch grausam übervorteilte, versuchte ich mein Glück allein. Georg Brakebusch war eine zu herrische Figur. Er war vor dem Krieg noch als Königlicher Kaufmann mit dem Pferdeschlitten durch Rußland gefahren und hatte Vorstellungen aus der Goldmarkzeit. Einen Großteil seines Vermögens hatte er in Kriegsanleihen gezeichnet. Er wurde starrsinnig und verspekulierte sich in der Inflation immer weiter, obendrein verkaufte er seine Fabrik im ungeeignetsten Augenblick. Wir überwarfen uns mit ihm. Für Martha war das viel schwerer als für mich, aber sie hielt zu mir, mochte kommen, was da wollte.

Ich lernte um und machte eine Grundausbildung bei einem Steuerberater. Jahrelang habe ich mir morgens auf dem Weg ins Büro drei Zigaretten in der Tüte gekauft. Aber ein Hausmädchen hatten wir, das gehörte zum Standard und kostete damals nicht viel. Wir wohnten in einer Etagenwohnung in der Uhlandstraße und später in der Landaustraße an der Aue. Im Vergleich zu meiner Kindheit und erst recht für Martha waren das bescheidene Verhältnisse. Doch wer mußte sich nach dem verlorenen Krieg nicht einschränken?

Erst allmählich ging es uns besser. Ich hatte eine bewundernswerte Frau. Lorenz und Jonas wuchsen in ihrer Liebe auf. Die Kinder entbehrten nichts. Das einzige, was mir zu Hause fehlte, war, daß Martha kein Instrument spielte. Wenn Musikbesuch kam und wir uns abends lange an Triosonaten vom Blatt versuchten – ich hatte immer noch die Geige meiner Patentante Henriette –, saß sie gern bei uns und dachte nach. Die Kinder wünschten sich immer, daß die Tür einen Spalt geöffnet blieb, wie wir früher in unserem Haus unter dem Rammelsberg. Da lebte nun mein Vater im Ruhestand, und meine Mutter betreute ihn, der mit den Jahren etwas komisch wurde. Lorenz war 1923 und Jonas 1926 geboren. Draußen gingen die Stürme der Weimarer Republik vorüber.

Einmal hörte ich in einem Zelt bei der Fuldabrücke, die von der Aue aus zum anderen Stadtteil hinüberführte, Adolf Hitler reden. Er schrie mir zu laut und hatte zu rüpelhafte

Leute um sich, aber vieles von dem, was er sagte, leuchtete mir ein. Ich wählte ihn damals, wie so viele andere ihn auch wählten.

Unser Leben hatte jetzt wenig mit Politik zu tun. Auch mein Vater, der erste der beiden Großväter Georg für die Kinder, hatte sich ganz davon zurückgezogen. Zum Sonntag kaufte ich mir die «Frankfurter Zeitung». Nachrichten von den Wahlschlachten, die die Parteien schlugen, kamen über Kopfhörer aus dem Detektorradio zu uns, so auch die vom Machtwechsel am 30. Januar 1933. Ob man sich davon die Abschaffung des Elends erhoffen konnte, das Millionen getroffen hatte? Viele dachten: Schlimmer kann es nicht mehr kommen, soll der auch mal zeigen, was er kann, der Hitler.

Auf mein Betreiben wurde ich mehrfach versetzt, wir zogen um. Etliche Jahre war ich Bilanzbuchhalter im Zeitungsverlag der «Kasseler Post» gewesen. Im Frühjahr 1934 übernahm ich die Aufgaben des Personalchefs bei den Vereinigten Leichtmetallwerken in Bonn. Marthas Schwager, der in Berlin Kinderarzt war und über Beziehungen verfügte, hatte für mich die Verbindung über einen Fliegerkameraden aus dem Krieg angeknüpft. Schon ein Jahr später wurde das Hauptwerk des Unternehmens ins Reichsinnere verlegt. Das geschah damals bereits aus Vorsorge gegen Luftangriffe. Wir wechselten wieder die Stadt. 1932 war Cordt geboren, 1935 kam Franziska zu uns, die Wunschtochter.

Ich leistete, was von mir erwartet wurde. Im Grunde aber sehnte ich mich in den Soldatenberuf zurück. Dafür gab es jetzt neue Möglichkeiten. Martha willigte ein. So wurde ich am 1. Oktober 1938 mit einem Offizierspatent vom 1. Januar 1934, das man damals zurückdatierte, um meine Ansprüche zu verbessern, nach einigen Reserveübungen als Hauptmann und Batteriechef beim Artillerieregiment 67 in Braunschweig reaktiviert. Bald darauf war ich Major. *Nach dem Gesetz, wonach du angetreten*, das war immer mein Wahlspruch.

3

Johannes

Die Wahrheit ist: über Stalingrad bin ich nie hinweggekommen. Noch irre ich in Tagträumen durch die Ruinen der Stadt. Da war ich ein Befehlshaber, der seine Soldaten suchte, zuletzt ein General ohne Division. Für mich wird aus Stalingrad nie ganz Wolgograd werden, obwohl ich es unter diesem Namen wiedergesehen habe, meine Kameraden von einst und jetzt.

Es sind nicht die ersten Monate jenes Sommers, es ist nicht der Herbst mit dem Vorrücken zur Wolga, das sich festfraß, es sind die letzten Wochen, an die ich mich wieder und wieder erinnere: Am 10. Januar 1943 begann das Ende, aber schon zuvor, Mitte November, war alles vorgezeichnet, der befohlene Untergang.

Das war der Zeitpunkt, zu dem ich den Befehl erhielt, die 14. Panzerdivision zu übernehmen. Warum gerade ich? Unter denen, die dafür in Betracht kamen, war ich einer der Jüngsten und außerdem erst ein halbes Jahr an der Front. Ich fühle mich verpflichtet, Ihnen, meine Kameraden, zu sagen, was ich gesehen habe. Das heißt auch: woher ich kam, was ich dachte und was daraus folgte. Wenn ich hier Rechenschaft ablege, spät, mit neunundsechzig Jahren, im Ruhestand, doch tätig, gehört dazu das Eingeständnis: Man hielt mich höheren Orts für politisch besonders zuverlässig. Hitlers Partei hat in der Wehrmacht ziemlich lange keine Rolle gespielt. Doch inzwischen waren wir alle in einem bestimmten politisiert, die ganze Armee, der Krieg, jeder einzelne Gehorsam oder Ungehorsam.

Ich weiß, daß ich bei den Fahnenjunkern, die auf der Artillerieschule in Jüterbog meinem Kommando unterstanden, als strammer Nationalsozialist galt. Das ist nur die halbe Wahrheit. Ich kam von Friedrich Naumanns christlich-sozialen Vorstellungen her, war national gesinnt wie wir alle und habe mich von den Anfangserfolgen blenden lassen. Im übrigen war ich immer nur Soldat gewesen und wußte viel zuwenig von Politik. «Mein Kampf» hatte ich gelesen, aber nicht in seiner menschenverachtenden Voraussage begriffen. Ich war einer wie andere.

Ich schreibe diese Erinnerung für unsere Zeitschrift der Arbeitsgemeinschaft ehemaliger Offiziere und hoffe, sie kann dort als Folge erscheinen. Diejenigen unter Ihnen, die sie dann lesen werden, finden darin wohl auch etwas von sich. Ich jedenfalls kann nicht trennen zwischen dem, was damals mit allen, und dem, was mit mir im einzelnen geschah.

Wenn ich so lange, in unserer Soldatensprache so «stur», nämlich bis nach Krasnogorsk und beinahe auch Lunjowo, am Nationalsozialismus festgehalten habe, dann war der Grund auch negative Treue. Weil ich vorher nicht dagegen aufgestanden war, meinte ich, auch im Unglück nicht berechtigt zu sein, nun alles umzukehren. Ich wollte auch nicht opportunistisch wirken. Ich habe reiflich nachgedacht, vor allem mußte ich mich erst einmal mit den Grundlagen antifaschistischen Handelns auseinandersetzen. Doch als ich mich dann entschloß, unseren Offiziersbund mitzugründen und dem Nationalkomitee Freies Deutschland beizutreten, habe ich es – obwohl kriegsgefangen – aus freiem Entschluß getan.

Dazu brachte mich die Erkenntnis, daß es einen gerechten

Eroberungskrieg nicht gibt. Wir hatten den Nichtangriffspakt gebrochen und die Sowjetunion überfallen, nicht umgekehrt. Wenn auch die Propaganda uns die Notwendigkeit eines Präventivkrieges einhämmerte, unsere Truppen erlebten ja, daß es anders war. Wäre der Gegner auf Verteidigung vorbereitet gewesen, schwerlich hätten unsere Armeen so schnell und so tief in sein Land eindringen können.

Außerdem hatte ich erfahren, welch ungeheurer Dilettantismus der obersten Führung die Katastrophe von Stalingrad verschuldete. Hitler war ein Überraschungssieger, kein Feldherr und schon gar nicht «der größte aller Zeiten». Man läßt eine Armee nicht verkommen, um eine andere zu dekken, die sich ebenfalls zu weit vorgewagt hat. Der Führer unterschätzte die Reserven und die wachsende Überlegenheit der Alliierten in West und Ost total. Seine Beurteilung der militärischen Lage wurde immer phantastischer. Er kannte weder Amerika noch Rußland. Und er war in seiner engsten Umgebung beraten von einer Generalität, die unters Hakenkreuz kroch.

Ich erinnere mich genau: Es war der 19. November 1942, als zum erstenmal das Summen durch unseren Unterstand ging. Wir traten ins Freie und hörten nun deutlicher das schwere Brummen in der Luft. Schnell wurde mir klar, ich kannte das aus dem ersten Weltkrieg: Es war das berüchtigte Trommelfeuer von weit her. Es konnte hundert Kilometer entfernt sein, jedenfalls war es schwerstes Artilleriefeuer. Welche Seite trommelte dort? Wären wir es gewesen, hätte man uns an den Vorbereitungen beteiligt, also waren es die Russen. Gewiß aber lag das Feuer nicht im Bereich unserer Armee, vielmehr weiter nördlich, wo die Rumänen mit viel zu schwacher Ausrüstung eine lange Front halten mußten.

«Die armen Kerle, die das aushalten müssen», sagte einer der jungen Offiziere. So sagten wir auch im Krieg 14/18. Wir hatten das mitgemacht. Vor Verdun war ich als Leutnant vorgeschobener Beobachter, um mich herum nur Sterben. Doch damals wurde der französische Gegenangriff abgewiesen. Entscheidend dafür war, daß unsere Artillerie ihm mit Sperrfeuer Einhalt gebieten konnte.

Niemals konnte aus Stalingrad ein zweites Verdun werden. Wir waren zu schwach. Hitlers Behauptung vor dem deutschen Volk, die Stadt werde bald endgültig fallen, eigentlich befände sie sich schon in unserer Hand, hatten wir mit Verwunderung quittiert. Sie bewies nur, er wurde falsch unterrichtet und wollte die Wahrheit nicht wissen. Ein Zeichen dafür waren die verlogenen OKW-Berichte. Das Oberkommando der Wehrmacht gab eben nicht bekannt, was sich wirklich zutrug.

Damals erreichte mich in der Steppe ein Anruf meines Adjutanten. Besonders dringend rief er mich diesmal während meines Aufenthalts in einer Außenstellung an den Apparat. Am anderen Ende meldete sich ein Offizier des XIV. Panzerkorps. Das konnte in dieser Lage nicht wahr sein, daß ich mein Regiment verlassen sollte! Doch er teilte mir im Auftrag von General Hube mit: «Sie sind zum Führer der 14. Panzerdivision bestimmt. Deren Kommandeur, General Baeßler, ist erkrankt. Ihr Chef ist unterrichtet, er erwartet, daß Sie noch heute nacht den dienstältesten Abteilungskommandeur mit Ihrer Vertretung beauftragen. Hier beim Korps werden Sie um vier Uhr morgen früh erwartet. Noch Fragen?» – «Nein, mir langt's», ich machte Schluß.

Um zwei Uhr dreißig fuhr ich also mit Pluhm und Vogelsang los. Unteroffizier Pluhm war seit Juli 1940 mein Fahrer in Jüterbog, er blieb es an der Ostfront. Der andere, Gefreiter Vogelsang, war ebenso lang mein Bursche. Die Kinder liebten ihn, sie nannten ihn «Vögelein», er ließ es sich gefallen. Inzwischen hatten wir zu dritt eine Menge durchgestanden. Nun kam die Fahrt ins Ungewisse. Draußen blitzte der Sternenhimmel.

Beim Panzerkorps war der ganze Stab auf den Beinen. Ich meldete mich beim Kommandierenden, wir respektierten ihn als «Durchhaltegeneral». «Das hat ja gut geklappt, Ristenpart. Trotz Nacht und Glatteis.» Nach kurzer persönlicher Unterhaltung erklärte er mir an der Karte, was geschehen war. Vorbereitet durch ein in diesem Krieg noch nicht erlebtes Trommelfeuer, hatten die Russen tief in unserer linken Flanke die Front der 3. rumänischen Armee auf ganzer Breite durchbrochen. Unser ostwärts anschließendes XI. Korps hatte seinen linken Flügel erheblich zurückziehen müssen.

«Da steht die 14. Division und ist mit ihren Panzern und der Artillerie in schwere Kämpfe verwickelt», sagte Hube. «Sie braucht einen neuen Kommandeur, das sind Sie, Ristenpart.» Als er merkte, daß ich etwas einwenden wollte, fuhr er fort: «Sie können das. Sie haben es bewiesen, als Sie im Sommer mit Ihrer Kampfgruppe hinter den feindlichen Linien operierten. Auf sich gestellt, haben Sie als erster den Don bei Kalatsch erreicht. Sie erinnern sich, daß ich Ihre Meldung über die Vernichtung so vieler Feindpanzer kaum glauben mochte und per Funk zurückfragte. Ihre Antwort kam ziemlich selbstbewußt in dem Augenblick, in dem unsere Flieger den Erfolg bestätigten.»

«Da haben wir auch gedacht: Entweder die oder wir.» Ich hatte gut im Gedächtnis, wie sich bei jenem Vorstoß durch eine Auffangstellung des Gegners, die nur schwach, aber von tapferen Männern verteidigt wurde, mein Befehlspanzer plötzlich unter einem mächtigen Knall in die Luft erhoben hatte und mein Kopf gegen den Stahldeckel stieß. Ich dachte, das sei mein letzter Augenblick. Doch nach wenigen Minuten kletterten wir heraus und gingen vorsichtig auf unserer Spur zurück. Nur ein Panzer war bewegungsunfähig, meiner! Alle anderen hatten hinter uns angehalten. Inzwischen suchten Spezialisten die Gegend nach Minen ab. Das ging erstaunlich rasch, weil sie herausgefunden hatten, daß die durch zusammengebundene Steppengräser für die eigene Truppe gekennzeichnet waren. Bald saß ich in einem anderen Panzer. Es ging vorwärts, vorwärts.

«Die Division, die Sie übernehmen», sagte Hube, «hat nicht mehr die Kampfkraft, die Sie damals zur Verfügung hatten. Die Zeiten haben sich geändert. Das Wichtigste ist, den Gegner überhaupt erst einmal aufzuhalten. Also Hals- und Beinbruch! Sie sollen sich gleich beim AOK einfinden, Paulus persönlich will mit Ihnen sprechen. Sie wissen, wo der Führungsstab liegt?»

«Jawohl, Herr General, in Golubinskaja.»

Schon war ich wieder draußen und rief Pluhm zu: «Also weiter. Die Kilometer bis zur Donbrücke kennen Sie. Auf dem anderen Ufer franse ich nach der Karte zum Armeestab. Ein Schlamassel, was da passiert ist!»

Um acht Uhr beim Oberkommando der Armee. Während ich wartete, hörte ich ein Ferngespräch mit, das General Schmidt, der Chef des Generalstabs, gerade mit dem Oberkommando des Heeres führte. Mit Schrecken erfuhr ich, daß der Gegner auch südlich von Stalingrad die Front eingedrückt hatte. Zwei dicke rote Pfeile auf der Wandkarte kündigten die Einkesselung an.

«Die Armee ist nicht in der Lage, die Einbrüche aus eigener Kraft zu bereinigen», rief Schmidt. Er meldete dem OKH die Lage von heute. «Wir brauchen starke Unterstützung, und zwar rasch! Der Russe ist drauf und dran, unsere rückwärtigen Verbindungen bei Kalatsch abzuschneiden!»

Paulus sah die Situation nicht anders. «Es ist gut, daß Sie jetzt wissen, wie ernst es aussieht», sagte er. Ihm stand ich zum erstenmal gegenüber. Schmidt kannte ich aus der Reichswehrzeit. Ich hielt ihn damals für einen fähigen Generalstabsoffizier, obwohl wir solche Leute nach dem Versailler Diktat gar nicht haben durften.

Hätte ich geahnt, wie bedingungslos sich Paulus in den kommenden Wochen dem Führerbefehl zum Kampf bis auf den letzten Mann beugen würde, ich hätte ihn in diesem Augenblick anders angesehen. Hitler beförderte ihn zum Lohn dafür und als Verpflichtung Ende Januar noch zum Generalfeldmarschall. Damals war er für mich in erster Linie die Verkörperung des Oberbefehls an dieser Front, eher eine Funktion als ein Gesicht. Wir waren es gewohnt, Uniformen zu gehorchen, und erwarteten dasselbe von unseren Untergebenen. Dem versuchte ich möglichst durch einen persönlicheren Umgang mit den einzelnen zu begegnen, die in diesen Uniformen steckten. Ich hatte schon Gleichrangige über mich spotten hören: «Bei dem menschelt es.»

«Sie treten die Kommandeursstelle in einem besonders widrigen Augenblick an», gab Paulus zu. «Ich kann Ihnen nicht einmal genau sagen, wo Ihre Regimenter jetzt stehen. Das erfahren Sie, wenn Sie sich beim XI. Korps melden. Grüßen Sie Strecker von mir. Kennen Sie ihn?»

«Vom Westwall her, Herr General», antwortete ich. «Ich wurde damals vom Oberkommando der Armee auch zu seiner Division geschickt, um Umgruppierungen der Artillerie für den Angriff auf Frankreich vorzuschlagen. Da hatten wir miteinander zu tun.»

«Das ist gut. Man versteht sich dann schneller, und das haben wir jetzt nötig. Sehen Sie zu, daß Sie bald hinkommen. Daß Sie bei Bewährung Generalmajor werden, versteht sich von selbst.»

Ich war damals noch Oberst und hatte ein Regiment in der 16. Panzerdivision kommandiert. Bei Strecker erfuhr ich nichts Besseres. Zwar meinte er, die Lage habe sich bei der Division für den Augenblick stabilisiert, aber ich müßte mich an der Front selber davon überzeugen.

Der Kommandierende des Korps hatte noch die Nerven, mich nach meinem Bruder Julius zu fragen, den er auch schon lange kannte. Von dem konnte ich berichten, daß er sich gegenwärtig viel weiter im Süden mit seinen Batterien mit dem Gegner herumschoß. Von Strecker stammte der Ausspruch: «Ein Ristenpart kommt selten allein.» Wie früher schon manchmal stimmte er ein kleines Loblied auf uns Artillerie-Brüder an. Julius hätte sich darüber gefreut. Dann sagte er: «Gott befohlen!» Schon als Neunzehnjähriger im ersten Weltkrieg hatte ich verlernt, Gott in unsere Schlachten einzubeziehen.

Wie, meine Kameraden, übernimmt man in solcher Lage

eine Division? Ich habe die 14. Panzerdivision in dem Zustand, in dem sie sich damals befand, nie vollständig kennengelernt. Natürlich fuhr ich mit Pluhm unsere Verteidigungslinie ab. Natürlich sprach ich der Reihe nach mit den Kommandeuren und ihren Offizieren. Gewiß suchte ich Kompanien in vorderster Front auf und redete mit den Mannschaften, die erstaunlich durchhielten. Aber das, was jeder Truppenführer braucht, um sich auf seine Leute verlassen zu können und sie auf ihn, die Kenntnis der Personen, der Fähigkeiten und Schwächen des einzelnen, der unterschwelligen Situation in jeder Einheit, die immer verschieden und jedesmal der psychologische Angelpunkt war, gerade in extremer Lage – nichts von dem konnte ich mir aneignen, während das, was sich meine Division nannte, zugrunde ging.

Hinter allem stand: «Der Führer hat entschieden, daß die 6. Armee die Front in Stalingrad und an der Wolga zu halten hat. Gegen West hat sie sich erforderlichenfalls einzuigeln.»

Meine Zweifel mußte ich gewaltsam beiseite schieben. Und wie mußte ich mich zusammennehmen, um mich vom Gefühl der Hilflosigkeit nicht überwältigen zu lassen! So war ich beinahe froh, als die Front verkürzt wurde und die in der Steppe operierenden Verbände näher an die Stadt heranrückten. Die zur Division gehörenden motorisierten Schützenregimenter waren überhaupt in Stalingrad geblieben, sie unterstanden zeitweilig anderen Kommandeuren an der neuen Kesselfront. Das Panzerregiment und das erheblich geschwächte Artillerieregiment blieben unter meinem Befehl zunächst hinter der Front im Westteil des Kessels. Wir waren dort als «Feuerwehr» gegen Einbrüche des Gegners stationiert.

In dem für mich neuen Stab des Korps blieb ich isoliert, ich habe da keine einzige menschliche Beziehung zu irgend jemand gefunden. Bei meinem bisherigen Regiment hätte ich mich offen über die Frage aussprechen können: Weshalb treiben wir kopflos in die Niederlage? Zwischen Befehl und Gehorsam gab es diese Einsamkeit für jeden. Man überspielte sie, so gut man konnte.

Wenigstens kam ich mit meinem Ia einigermaßen aus. Er war einer dieser Techniker mit dem Meßtischblatt. Seine Ansicht, der Russe verstehe es doch nicht, nach einem Durchbruch Truppen straff in die Tiefe zu führen, wunderte mich wenig. Das war die alte Überheblichkeit unserer Leute mit den roten Streifen an den Hosen.

Noch im Oktober hatte mir ein anderer Generalstäbler einen Führerbefehl gezeigt, der vom Generalstabschef des Heeres ausgearbeitet war. Da stand doch wahrhaftig, die Russen seien zu größeren Angriffsoperationen nicht mehr fähig, ihre Verluste seien zu schwer gewesen. Mich packte der Zorn: «Können Sie als Generalstabsmann denn die verdammte Fehleinschätzung nicht endlich stoppen! Welchen Krieg führen die eigentlich da oben? Das kann uns alles kosten. Schon die verlorene Winterschlacht vor Moskau hat man so zur Station auf dem Weg zum Endsieg umgedichtet.»

«Lesen Sie erst mal zu Ende», sagte er. Es folgte der Befehl, niemand, kein Kommandeur und auch kein höherer Befehlshaber, dürfe von sich aus vorderste Stellungen zurücknehmen, also selbst dann nicht, wenn es darauf ankam, Geländevorteile zu berücksichtigen. Die am grünen Tisch machten blaue und rote Striche, ohne etwas von den Menschen zu ahnen, die dabei draufgingen. Als ich dann noch las, im Vergleich zum ersten Weltkrieg sei unsere Truppe der feindlichen Artillerie gegenüber zu empfindlich, konnte ich mich kaum noch beherrschen. Das war Zynismus mit Schreibstubenverstand! Ich dachte an die Soldaten, für die ich Verantwortung trug. Was bedeutete das noch unter diesen Voraussetzungen?

Zum selben Zeitpunkt hatten wir an der Nordfront im Wolgadreieck erstmals Umgruppierungen bei den Russen beobachtet. Ein vorgeschobener Posten berichtete, wie für kurze Zeit bei denen da drüben ein Transparent mit deutschen Buchstaben aufgetaucht war, weithin sichtbar über den Schützenlöchern. «Wir gehen zu den Federbüschen», stand darauf. Damit waren die Italiener gemeint.

Die militärische Führung der Sowjets handelte nur konsequent, als sie ihre Gegenoffensive dort ansetzte, wo sie uns am nachhaltigsten treffen konnte. Einen solchen Plan zu entwickeln, seine Ausführung vorzubereiten und schließlich alle Kräfte für das Losschlagen zu sammeln, dazu braucht es viele Wochen. Also mußten die Maßnahmen längst eingeleitet worden sein, als der Kampf um Stalingrad noch hin und her tobte. Wo blieb unsere Aufklärung?

Die Vierzehnte, unsere Feuerwehr, wurde pausenlos gebraucht. Gemeinsam mit den örtlichen Truppen konnten wir das Schlimmste eine Zeitlang verhüten. Doch gemessen an der Stärke, die der Gegner inzwischen besitzen mußte, waren das Vorgefechte. Mit derartigen Einzelangriffen wollten die Russen natürlich erreichen, daß wir unsere Munition verschossen. Sie fügten uns Verluste zu, die wir nie mehr ersetzen konnten. Außerdem fanden sie bald heraus, daß es nicht mehr viel war, was wir im Kessel noch an Reserven aufbieten konnten. Alles arbeitete für sie: die Zeit, der Winter, unsere immer unzureichendere Versorgung aus der Luft.

Wie hätten wir sie daran hindern sollen, in Ruhe abzuwarten? Sie zählten, wie wir, die Flugzeuge, die noch landeten und uns nicht einmal mehr das Dringendste heranbringen konnten: genügend Munition und Benzin, gar nicht zu reden von Verpflegung und Verbandsmaterial.

Zu Anfang der zweiten Dezemberwoche befahl General Hube mich wieder zu sich. Er legte gleich los: «Ristenpart, ein neuer Auftrag! Eine starke Gruppe unter General Hoth ist aufgebrochen, um uns herauszuholen. Sie kommen ganz gut voran, scheint es. Wir wollen ihm entgegenstoßen, damit der Gegner uns nicht den Ausweg versperrt.»

Mich durchzuckte Hoffnung. Also doch.

Hube: «Unser Korps soll das Unternehmen vorbereiten, insbesondere Ihre Division. Paulus ist einverstanden, daß Sie die Panzerspitze führen.»

Meine Antwort: «Etwas Besseres hätten Herr General mir in diesem verfluchten Kessel nicht befehlen können.»

Fieberhaft liefen die Vorkehrungen an. Wir brauchten mehr Sprit für die Panzer. Der Armeestab vertröstete uns von Tag zu Tag. Es sei noch nicht soweit. Als mir gemeldet wurde, Hoth sei bis auf etwa sechzig Kilometer an uns herangekommen, dann aber von den Russen aufgehalten worden, eilte ich zum Kommandierenden. Hube hörte mich sofort an. Da stand ich und beschwor ihn: «Jetzt müssen wir dem Gegner in den Rücken fallen, jetzt unbedingt. Wenn die Russen Hoth stellen konnten, müssen sie ziemlich viele Kräfte versammelt haben. Sie können noch mehr Truppen vom Kessel abziehen, solange wir ihnen nicht dazwischenkommen.»

Der General verstand mich nur zu gut. «Stimmt alles», sagte er. «Was Sie noch nicht wissen können, Ristenpart: wir haben zuwenig Benzin. Die sechzig Kilometer bringen wir kämpfend nicht hinter uns. Man hat mir mit dem Nachschub alle Hoffnungen gemacht. Jetzt höre ich, es reicht höchstens für die Hälfte der Strecke. Das ist die Lage. Wenn wir Glück haben, bringt die Luftwaffe mehr Sprit heran. Dann werden wir ausbrechen. Wer will das nicht?»

Ich stand wie verdonnert. «In zwei, drei Wochen sind wir endgültig zu schwach», sagte ich. «Was jetzt nicht geschieht, wird nie mehr gelingen, Herr General.»

«Wem sagen Sie das?» Er war machtlos wie wir anderen.

Nur in der Truppe kreisten noch die wildesten Gerüchte über unsere baldige Befreiung. Zusammen mit der Panikmache, die Russen brächten jeden um, der sich gefangen gäbe, wurden sie von Propagandakadern geschürt. Wir Truppenoffiziere durchschauten das nur begrenzt. Natürlich war ich damals für unbedingten Gehorsam. Wenn der nicht mehr galt, mußte das militärische System zusammenbrechen.

Aber ich war dagegen, daß der Gehorsam durch Angst erpreßt wurde.

Dies Leben, dieser Kampf, dieses Sterben. Hatten wir uns wirklich schon aufgegeben? Nicht wenige Soldaten und vereinzelt auch Offiziere suchten sich jetzt in den Trümmern zu verbergen. Sie waren entkräftet, krank, ohne Hoffnung und hatten nur noch einen schwachen Willen zum Überleben. Manche kamen durch. Die meisten von ihnen verhungerten, sie erfroren, irgendwann verschwanden sie irgendwo in einem Keller und wurden nie wieder gesehen.

Doch auch Hunger war nicht gleich Hunger: Wer ungeschützt gegen den Schneesturm vorn im Graben stand und zurückschießen mußte, hungerte anders als wir in den Unterständen. Die Pferde der rumänischen Schwadronen waren geschlachtet und verzehrt. An manchen Tagen erhielten wir nichts als eine Scheibe Brot, manchmal eine Suppe mit ein paar Linsen. Selten stand einer, der im Schnee zusammenbrach, wieder auf.

Mit dem Ende kamen die Standgerichte. Sie waren die letzte Befehlsgewalt. Soldaten wurden zu Opfern und Henkern. Auch durch meine Hand gingen Todesurteile. Was half es mir, daß der Oberbefehlshaber über die Vollstrekkung entschied? Wie viele von Ihnen, meine Kameraden, haben solche Urteile mitverantworten müssen? Wie sind Sie damit fertig geworden? Darüber schweigen wir uns aus. Ich jedenfalls war überfordert. Dazu war ich nicht Soldat geworden. Niemals habe ich es gutgeheißen, daß Soldaten auf Befehl eines Offiziers auf wehrlose Menschen schossen. Zweimal konnte ich es dadurch verhindern, daß ich die Urteilsbestätigung verschleppte. Mehrmals aber geschah es auch in meinem Abschnitt. Ich habe vermieden, es mit eigenen Augen zu sehen.

Es war der 9. Januar, als der Ic meiner Division, der für Feindaufklärung und das Vernehmen von Gefangenen zuständige Oberleutnant der Reserve Gerlach, zu mir in den Unterstand hereingestürzt kam und mir ein feuchtes blaues

Papier auf den Tisch legte. «Ein Flugblatt der Russen, Herr Oberst. Es wurde an einer Gulaschkanone gefunden, als man Schnee einschöpfte. Lesen Sie!»

Es handelte sich um ein Angebot zur Kapitulation, gerichtet an Generaloberst Paulus. Die Stichworte, soweit ich mich sinngemäß noch erinnere: «Hoffnungslose Lage. Keine Aussicht, dem Kessel zu entrinnen. Unnützes Blutvergießen vermeiden. Gesicherte Gefangennahme.» Bei Ablehnung werde die Vernichtung der Armee ausgelöst.

«Aber das ist abgelaufen», sagte Gerlach. «Der 9. Januar ist in fünf Stunden vorüber. Das Ultimatum war heute mittag.» Alle, die das mit anhörten, hielten den Atem an. Nichts hatte sich auf unserer Seite gerührt, also hatte Paulus es abgelehnt, überhaupt darüber zu verhandeln.

Wenn wir es auch für sicher hielten, daß der Gegner alles versuchen würde, seine Ankündigung wahrzumachen, rechneten wir doch nicht damit, daß er schon am nächsten Tag losschlug. Aber das tat er. Mit einer Wucht, die uns vor Schrecken fast erstarren ließ. Bei uns an der verletzbarsten Front war schon nach kurzer Zeit das Verteidigungssystem mit dem Netz aller Nachrichtenverbindungen, die zur Führung der Truppe unentbehrlich waren, durch das Artilleriefeuer zerschlagen. Es reichte nicht ganz an unseren Gefechtsstand heran, lag aber um so stärker auf dem Raum, wo unser Panzerregiment seine Bereitschaftsstellung hatte.

Niemals beim Zurückdenken an die Katastrophe fand und finde ich in meiner Erinnerung den geringsten Anhalt, was alles passierte, was wir unternahmen und was ich tat. Ich weiß nicht, meine Kameraden, ob unter Ihnen einer ist, dem es in vergleichbarer Lage anders erging. Die Ausfälle des Erinnerungsvermögens kann ich nur durch die Schockwirkung erklären. Jedenfalls überspringt mein Gedächtnis mehrere Stunden, bis ich mich mit einigen Leuten meines Stabes etwas weiter hinten auf einem leichten Höhenzug bei unserem Flugplatz Pitomnik wiederfinde.

Funker und Fernsprecher suchen Verbindungen aufzunehmen. Das gelingt nicht nach vorn, doch offensichtlich bald in Richtung Stalingrad. Immer noch liegen wir draußen vor der Stadt. Verwundete, Versprengte weichen überall zurück, besonders in unserer linken Flanke. Da, auf dem abschüssigen Gelände, müßte dem Gegner Halt geboten werden. Vorläufig versuchen das kleine Gruppen von Männern, die wenigstens noch Gewehre oder Maschinenpistolen haben. Der Wille weiterzukämpfen muß erst wieder geweckt werden. Zu führen, zu organisieren gibt es da noch nichts. So buddele ich mich erst einmal in den Schnee ein. In den hartgefrorenen Boden kommt man ohne Sprengung nicht hinein.

Etwa dreißig Meter neben mir liegen andere dichter beieinander. Dort entdecke ich auch General Hube, er ruft mir zu: «Ristenpart, hier wird es wohl mit uns zu Ende gehen!» Ich antworte ebenso laut: «Wer weiß das, bevor es soweit ist, Herr General? Aber das Ganze ist ja nur Feindpropaganda!» Ich kann mir das nicht verkneifen. Ich sehe ihn gestikulieren und beobachte, wie eine Ordonnanz ihm etwas meldet. Der General erhebt sich und besteigt einen Kübelwagen, der wie im Manöver angerollt kommt und ihn abholt. Später erfahre ich, er wurde zu Paulus befohlen.

In diesem Augenblick erreicht auch mich ein Kommando. Ich soll die Vierzehnte zum Einsatz bereithalten. Aber die Vierzehnte gibt es nicht mehr. Ich irre durch den Aufstellungsraum und finde nur Trümmer. Zerrissene Panzer, verborgene Geschütze. Verwundete liegen unversorgt herum und wimmern. Kaum einer, mit dem ich sprechen kann.

Beim Armeestab will das niemand begreifen. Sie bewegen Phantomtruppen auf der Generalstabskarte. Niemand ist mehr Herr der Lage. Es gibt auch keine Lage mehr.

Dennoch erreicht mich der Befehl, ich soll mich auf dem Gefechtsstand von General Pfeffer melden. Dort ist der Gegner eingebrochen, eine neue Front muß her! Was soll ich da? Die beiden Panzer, die aus dem Feuer herausgekommen sein sollen, habe ich nicht gefunden. Dennoch, ich fahre hin.

Irgendwie ist Pluhm mit dem Wagen durchgekommen. Von den Offizieren, die sich bei mir gesammelt haben, nehme ich Gerlach mit. Nach Westen. Wir kennen die Gegend von der Erkundung aus jenen Tagen, als wir noch hofften, Hoths Panzerspitze entgegenzurücken. Vier Wochen ist das her.

Pfeffer und einige Offiziere seines Stabs begrüßen mich freudig. «Wann können Ihre Panzer dasein?» fragt der General, er ist alt und grau geworden.

«Ich bringe nichts mit. Die Division existiert nicht mehr.»

«Wie können die Sie dann herschicken!» schreit er.

Absurd.

Dies ist das Ende, dachte ich. Aber die Armee starb noch lange. Noch einmal wurde ich zu Paulus gerufen. Ich nahm Vogelsang und das mir verbliebene Gepäck mit. Wo sich noch Reste der Vierzehnten einfanden, wurden sie Sofortkommandos zugeteilt.

Unterwegs gerieten wir in Truppen, die alle zur Stadt zurückwichen, als gäbe es da ein Halten. Der Schnee war tief. Tausende strebten den Ruinen von Stalingrad zu. Lastwagen fuhren durch die Massen, überfüllt mit Männern. Andere versuchten sich anzuhängen, fuhren als Trauben mit, fielen herunter, blieben liegen. Um sie herum schleppten sich Gestalten. Ich höre noch die Schüsse, die den Zug begleiteten. Aus den eigenen Waffen kamen sie. Immer wieder ging einer auf die Seite und richtete die Pistole gegen sich. *Die Russen machen keine Gefangenen*, das saß tief in den Köpfen.

Als Paulus mich empfing, sah er wie sein eigener Schatten aus. Der Kommandeur der 389. Infanteriedivision sei mit den Nerven am Ende: «Kesselkrank. Sie müssen ihn ersetzen, Ristenpart.»

Ja, ich habe noch einmal eine Division übernommen. So kam ich zum LI. Armeekorps unter General von Seydlitz. Besser den Untergang mit ihm erleben als mit einem anderen, dachte ich.

Es dauerte zweieinhalb Wochen.

Am 18. Januar, Tag der Reichsgründung, wurde ich zum

Generalmajor befördert. Das gab es noch. Ich trug meine Oberstenuniform weiter, die Panzerjacke. Woher wohl jetzt die Tressen nehmen! Ich dachte an zu Hause und fragte mich, ob sie überhaupt noch etwas davon erfuhren. Nun hoffte keiner mehr.

Unfähig, unser Schicksal aufzuhalten, waren wir jedem Angriff ausgeliefert. Die Russen sparten Menschen, aber sie wollten bald Schluß machen, das spürten wir überall. Es war der letzte Augenblick für eine Kapitulation, die noch Menschenleben hätte retten können. Doch Hitler verbot sie, und Paulus gehorchte ihm. Der Führer wollte nicht unser Überleben, er brauchte uns als Opfer. Der 30. Januar 1943 wurde im Reich als zehnter Jahrestag der Machtübernahme gefeiert – über dies Datum hinaus durchzuhalten wurde den Soldaten in Stalingrad zur Pflicht gemacht. Tatsächlich verbannte Reichsmarschall Göring uns dann noch an diesem Tag als Tote nach Thermopylä. Das hörten wir in den Kellern, mancher zerschlug den Apparat.

Ob die letzte Kugel dem eigenen Kopf gelten sollte, das machte jeder mit sich aus. Eines Nachts stellte ich mir vor, wie es sein mußte, wenn der Gegner entgegen meiner Erwartung doch kein Pardon gab. Falls sich der Haß der siegreichen Truppen gegen uns Kommandeure richten sollte, nur dann wollte ich mir das Leben nehmen.

Um das mit raschem Griff auch fertigzubringen, probierte ich das Ziehen der Waffe aus. Ich stand in dem Verlies, das mein letztes Quartier im Kessel war, und entsicherte die Pistole. Als ich gerade die Mündung an die Schläfe setzte, kam Vogelsang herein. «Aber, Herr General, doch nicht Sie!» Ich erklärte ihm, weshalb ich das tat. Er ging hinaus, trieb wahrhaftig irgendwo einen Teller Suppe auf und stellte den wortlos vor mich hin. Er war ein Bauernsohn aus der Lüneburger Heide.

Unter den Offizieren im Stab sprachen einige nun offen darüber, daß uns nichts anderes übrigbliebe, als uns zu erschießen. Gefangenschaft komme nicht in Frage. «Wir werden uns nicht den Russen ausliefern, damit die uns an die Wand stellen. Sie werden uns für die Zerstörung von Stalingrad zur Rechenschaft ziehen.»

Wenn ich dann sagte: «Ich werde mich nicht umbringen», sahen mich manche nur verständnislos an. Ich hatte mich entschieden, es darauf ankommen zu lassen.

Meine Infanteriedivision kämpfte weit auseinandergezogen in allen Himmelsrichtungen. So fuhr ich immer noch kreuz und quer durch die Stadt. Ich sehe mich da, meine Kameraden, wie den Unglücksboten vom letzten Aufgebot. Überall in den Kellern, wo ich meine Soldaten suchte, lagen Verwundete, Sterbende, Tote. Die wenigen Ärzte, die noch lebten, vollbrachten Unglaubliches. Einige hörte ich mit letzter Kraft auf Hitler fluchen. Da und dort fielen Schüsse, die keinem Feind galten. Ich beschwor meine Leute, das nicht zu tun. Noch Stunden nach der Kapitulation krachten in den Ruinen von Stalingrad die Waffen der Selbstmörder. Goebbels' totaler Krieg reichte bis hierher.

Am 2. Februar übergaben wir gemeinsam mit den Resten der Division des Generals von Lenski unsere Stellung im zerstörten Traktorenwerk. Plötzlich standen sowjetische Soldaten um uns herum. Offiziere und Soldaten unseres Korpsgefechtsstands sahen sich von ihnen umzingelt. Unsere Leute waren verängstigt. Aber die anderen nahmen sie gefangen, einige redeten ihnen mit ein paar deutschen Brokken zu: «Ihr Fritze gefangen. Gitler bald tot.»

Das war das Ende eines Kampfes, in dem der Führer und oberste Befehlshaber keine Gnade mit den eigenen Soldaten kannte. In Stalingrad scheiterte preußischer Gehorsam endgültig. Es gab keine Rechtfertigung mehr für den Dienst unter dem Diktator. Alles, was in Generationen seit Scharnhorst und Gneisenau geübt worden war – der Geist der Befreiungskriege, der Stolz von Sedan und die Opfer vor Verdun – kehrte unseren Gehorsam um und ließ sich mißbrauchen. Es war die Katastrophe unserer ruhmreichen Tradition, danach konnte nichts mehr sein wie vorher.

Das war es, was mir klar wurde, in den folgenden Jahren immer unerbittlicher. Ich habe Wolgograd gesehen, meine Kameraden, dreiundzwanzig Jahre später. Mit meiner Frau stand ich in dem wiederaufgebauten Traktorenwerk an dem Ort, wo ich damals einem russischen Offizier meine Pistole übergeben habe. Von Stalingrad war nicht mehr viel zu finden. Nur die alte Mühle, bei der so viele Kämpfe tobten, blieb als Kriegsruine erhalten. Im Stadtzentrum hielten Junge Pioniere Ehrenwache an der Ewigen Flamme.

Im Oktober 1965, vor drei Monaten, schlossen wir uns einer Delegation der Gesellschaft für Deutsch-Sowjetische Freundschaft zu einer Reise nach Moskau und Wolgograd an. Ich wollte sehen, was aus dem Schauplatz unseres Untergangs geworden war. Viele Soldaten kehren an die Orte geschlagener Schlachten zurück, aber die meisten suchen sich die Stätten ihrer vermeintlichen Triumphe aus.

Unsere Reise fiel mit den Feierlichkeiten zum Gedenken an die Gründung der Deutschen Demokratischen Republik zusammen. Wenn es eine Bitterkeit in mir gibt, dann die, daß ich erst 1949 aus der Kriegsgefangenschaft nach Hause zurückkehren konnte, unmittelbar vor dem Entstehen der DDR. Der Grund wurde mir gegenüber nie ausgesprochen, aber ich kenne ihn: Unter den ersten Offizieren des Nationalkomitees Freies Deutschland, die man bald nach Kriegsende aus der Gefangenschaft entließ, hatten einige nichts Eiligeres zu tun, als sich nach dem Westen abzusetzen. Das wollte man bei anderen verhindern. Für mich war es aber keine Frage, wohin ich gehörte.

Später hat mir ein Regierungsbeauftragter vorgeschlagen, General in der Nationalen Volksarmee zu werden. Ich habe das abgelehnt. Zwei Weltkriege hatte ich mitgemacht. Jetzt wollte ich nur noch Zivilist sein. Zu meiner Freude hat mein Bruder Julius im Westen für sich dieselbe Entscheidung getroffen. Wir wären noch nicht zu alt gewesen. Aber wir hatten zuviel erlebt.

Die Wiederbegegnung mit dem ehemaligen Stalingrad

war für mich erregend. Auf dem Flugplatz empfing man unsere Delegation herzlich. Niemals hätte ich von den Bürgern dieser Stadt erwartet, daß sie Deutschen meiner Generation so unvoreingenommen begegnen würden. Meine Frau und ich waren ständig von Jugendlichen umgeben, die mit uns sprechen wollten.

Am dritten Tag des Besuchs machten wir eine Fahrt auf der Wolga. Wir kamen fast bis an jene Stelle, wo ich Ende August 1942 als einer der ersten deutschen Soldaten gestanden habe. Natürlich gingen meine Gedanken zurück. Damals hatte ich Artilleriefeuer auf die Stadt gelenkt.

Plötzlich rief mir der Betreuer unserer Delegation zu: «Genosse General, hier sind Sie früher wohl mit anderen Gedanken gefahren!» Ich erschrak. Dann sagte er: «Feind von gestern – Freund von heute.» Er sah mich nicht an wie einer, dem man das beigebracht hatte, sondern er meinte es so. Darüber, meine Kameraden, habe ich noch nicht zu staunen verlernt.

Ich werde bald siebzig. Wolgograd war eine lärmende Millionenstadt. Unter ihr stand für mich Stalingrad wieder auf. Ich kann es nie vergessen. Immer noch irre ich in Tagträumen durch die Ruinen. Da war ich ein General, der seine Division suchte.

4

1943–1945
Als der Krieg verloren war

Lunjowo

An einem Septembermorgen 1943 ging der Fliegerleutnant Siedler mit dem Obergefreiten Ibach in aller Frühe ordnend durch den Saal im ehemaligen Erholungsheim Lunjowo. Sie stellten Topfblumen und Wodkaflaschen, die gestern aus Moskau angeliefert waren, auf die weißgedeckten Tische. Die Generale und übrigen Offiziere im Haus des Nationalkomitees Freies Deutschland waren noch auf ihren Zimmern. Nur einige Frühaufsteher sah Siedler durchs Fenster draußen, sie gingen am Steilufer der Kljasma entlang, die der Moskwa entgegenfloß. Es war gerade hell geworden in dieser verlassenen Gegend. Die Front entfernte sich immer weiter nach Westen.

«Alles dreht sich immer noch um die Generale», sagte der Leutnant. «Seit sie da sind, klappen die Türen und die Hacken. Ich dachte, wir sind nicht mehr in Preußen!» Er hatte eines dieser postkartenreifen Gesichter für die Unterschrift: «Ein junger Held» – das wußte er selber. Ibach, meinte er, wirke neben ihm wie ein Tonklumpen neben einem Schnitzmesser.

Siedler war mit der Organisation des Treffens beauftragt, das zur Gründung des Bundes deutscher Offiziere führen sollte. Er war einundzwanzig Jahre alt und über Stalingrad mit seiner Me 109 abgeschossen worden. Den Obergefreiten, der beinahe doppelt so alt war, hatte er im Durchgangslager Krasnogorsk kennengelernt. Siedler hatte erfahren, daß Ibach aus einem Strafbataillon im Mittelabschnitt zu den Sowjets übergelaufen war. Sie hatten sich angefreundet und waren zusammengeblieben, er, das Fliegeras mit Ritterkreuz, und der Metallarbeiter aus dem kommunistischen Widerstand.

«Seydlitz hat getobt», sagte der Obergefreite. «Meinetwegen. Wie fühle ich mich denn da?»

«Er wird sich schon noch an dich gewöhnen. Komm, faß mal an!» Sie wuchteten das Rednerpult neben den Vorstandstisch, an dem der Vorsitzende und die Redner sitzen sollten. Ibach hatte dem Leutnant das Leben gerettet. Danach waren sie Freunde geworden. Beide waren Gründungsmitglieder des Nationalkomitees, das vor zwei Monaten in Krasnogorsk erstmals zusammengetreten war. Siedler gehörte auch dem Präsidium an.

Die Generale, es waren sechs, waren von den Bewachern mit den blauen Mützen erst vor drei Tagen aus dem Generalslager Woikowo herangefahren worden. Warum die Sowjets gerade dieses halbe Dutzend ausgesucht hatten, darüber gab es in Lunjowo nur Gerüchte. Der einzige unter ihnen, den alle dem Namen nach kannten, war der Kommandierende General Walther von Seydlitz, in Stalingrad Befehlshaber des LI. Armeekorps. Er hatte, bevor es zu spät war, Generaloberst Paulus in einer Denkschrift zum Ausbruch der 6. Armee aus dem Kessel gedrängt. Seitdem galt er als General der Soldaten und nicht nur als der des Führers. Dennoch hatte er nach der Ankunft im Haus des Nationalkomitees herumgebrüllt, nie werde er sich mit einem Deserteur wie Ibach an einen Tisch setzen. Der jüngste und unauffälligste unter den Neuankömmlingen war Generalmajor Ristenpart. Er trug nicht einmal Generalsuniform, sondern nur die schwarze Panzerjacke.

«Ristenpart soll auch reden», sagte Siedler. «Er scheint ganz vernünftig zu sein. Nicht so ein Herrenmensch.»

Er sah sich im Saal um und war zufrieden. An den Wänden hatten sie Fahnentücher angebracht, die auch in Moskau genäht waren, nicht schwarzrotgoldene wie in Weimarer Zeit, vielmehr schwarzweißrote wie im Kaiserreich. Darüber hatte es zwischen den deutschen Kommunisten und den gefangenen Offizieren Auseinandersetzungen gegeben. Fast alle Emigranten, die aus der Hauptstadt kamen und in den Lagern auftauchten, hatten Deutschland seit 1933 nicht mehr gesehen. Wenn sie mit ihren Landsleuten redeten, schätzten sie vieles falsch ein. Wie deutschnational die Mehrzahl der Offiziere noch immer dachte, begriffen sie erst allmählich. Darin waren sie sich gleich, die Altkommunisten Erich Weinert und Wilhelm Pieck, die Schriftsteller Willi Bredel und Johannes R. Becher, Friedrich Wolf und Alfred Kurella – unter ihnen der unermüdliche Organisator Walter Ulbricht, Schneiderssohn aus Leipzig und ehemaliger Reichstagsabgeordneter, der jetzt im Auftrag der Sowjets für die Auflehnung der Gefangenen gegen Hitler und seinen Krieg arbeitete.

Die emigrierten Kommunisten, das begriff Siedler schnell, bewahrten in ihrer Erinnerung, wie die Republik zusammengebrochen war. Viele waren über Nacht geflohen, waren herumgeirrt in Europa und hatten später in Spanien gegen die Legion Condor gekämpft, mit der Hitler seine Aufrüstung erprobte. Viele der Offiziere hatten dagegen mit der Republik nie etwas anfangen können. Sie dachten antirepublikanisch und verstanden sich als Elite, die eines vor allem zu garantieren hatte: den deutschen Obrigkeitsstaat. Hitler war nie ihr Mann gewesen, sie sahen in ihm das notwendige Übel und unterschätzten seinen die Massen bewegenden Wahn. Doch Hugenberg und die Rüstungsindustrie hatten ihn nicht umsonst unterstützt. Hitler hielt, was er versprochen hatte, obwohl die meisten es nicht wahrhaben wollten: Er führte den Weltkrieg noch einmal, und wahrlich, er wollte es gründlicher machen. Hatte er nicht Europa mit seinen Siegen überrannt? Dann opferte er die 6. Armee.

Lunjowo: Bis hierher waren im Dezember 1941 deutsche Truppen im Nordwesten auf Moskau vorgedrungen. Das Haus, in dem das Nationalkomitee Freies Deutschland seit seiner Gründung im Juli einquartiert war, stand einzeln in der Hügellandschaft. Es war ein Backsteingebäude mit Zentralheizung, fließend Wasser und verhältnismäßig bequemen Zimmern. Hier wohnte und arbeitete der Stab des Komitees, dessen Vorsitzender Weinert war. Das Haus stand dicht an einem parkartigen Wald. Etwa hundert Stufen führten zur Kljasma hinunter.

Da verweilte Siedler oft und schaute aufs andere Ufer. Er fragte sich, was aus ihm geworden wäre, wenn er nicht 1922, sondern zehn Jahre früher geboren wäre. So war er zu jung gewesen, um vor dem Krieg zu erkennen, wohin Hitlers Politik steuerte. Oft stritt er jetzt mit älteren Offizieren, die nichts von allem gewußt haben wollten. Früher war ihm nur die Inkonsequenz aufgefallen, mit der viele Berufssoldaten auf die Nazis schimpften und dann doch mit allem Gehorsam deren Krieg führten.

In Kriegsgefangenschaft hatte er sich auf die Werke von Lenin und Engels gestürzt. Bald sah er keine andere Kraft und keine Idee, die ihm eine positivere Vorstellung von der Zukunft ermöglichten. Unbelehrbare unter den Mitgefangenen drohten ihm an, er werde sich noch wundern, wie schnell er mit dieser Denkart an den Galgen käme, wenn es zum Endsieg kam und man sie hier herausholte.

Als die Offiziere in den Saal strömten, waren es wieder die Generale, vor denen die anderen Spalier standen. Aus fünf Gefangenenlagern rings um Moskau hatte man rund hundert Ausgewählte hierhergebracht, Stabsoffiziere zumeist, aber auch Jüngere im Rang zwischen Leutnant und Hauptmann. Wie viele freiwillig gekommen waren, während andere sich nur kommandieren ließen, konnte Siedler nicht ausmachen, als er sie musterte. Für die Mehrzahl war das Treffen wohl vor allem eine Abwechslung, deren Bedeutung sie nicht abschätzen konnten.

Das Sonnenlicht fiel durch die Fenster, deren Querstreben Schatten auf die Uniformen zeichneten. Alle trugen noch ihre Schulterstücke, die meisten auch die Orden mit den Hakenkreuzen. Je höher die Dienststellung, um so besser waren sie ernährt. Die unteren Dienstgrade hatten den Winter durchhungert, durchfiebert, durchfroren. Inzwischen erhielten die Plennis, die Kriegsgefangenen, an Brot, Fett und Zucker in den Lagern wenigstens genug, um zu überleben.

Wie Siedler wußte, war es für die Mehrzahl der hier Versammelten seit ihrer Gefangennahme das erste Mal, daß sie sich wieder ungezwungen bewegen konnten. Sie erinnerten sich an die Freiheit. Auf ihren Gesichtern war abzulesen, wie sie auflebten. Alte Bekannte trafen einander wieder und berichteten, wie es dem einen oder dem anderen ergangen war. Lebenszeichen oder Todesnachrichten wurden ausgetauscht. In den Reihen an den langen Tischen lärmte Erwartung. Siedler war daran beteiligt gewesen, wie diese Zusammenkunft bis ins einzelne vorbereitet wurde, er hoffte, jemand würde Worte finden für etwas, was neu und wegweisend war. Sie alle waren in großer Spannung. Seit Monaten, manche seit Jahren, waren sie abgeschnitten und hatten nur zu hören bekommen, was die Bewacher durchließen. Endlich mußte etwas geschehen, was sie aus der Lähmung und allen Entbehrungen herausriß und ihnen wieder eine Hoffnung gab.

«Heute passiert etwas», sagte Ibach. «Du wirst sehen, das ist wie beim Kreuzworträtsel, am Ende haben wir eine Lösung.»

Sie saßen nebeneinander in der Fensterecke, dem Podium entgegengesetzt. Vor ihnen nur Köpfe und Schultern, die sich unruhig bewegten, bis vom Präsidiumstisch eine Stimme die Aufmerksamkeit auf sich zog. Mit einem Mal blieben die Köpfe still. Siedler konnte nicht gleich herausfinden, wer da sprach.

In seinen Augen hatte der Bund der Offiziere nur eine

Funktion: er sollte ein Sammelbecken werden, um wenigstens einige Generale und Stabsoffiziere mit dem Nationalkomitee zu verbinden. Denn bisher hatten die ehemaligen Kommandeure sich allesamt zurückgehalten. Die meisten hatten auf Feldmarschall Paulus gehört. Auch im Generalslager hielt er durch und benahm sich weiter, als wäre immer noch die Schlacht zu schlagen. In der Gefangenschaft, behauptete er, könne sich niemand ein Bild machen, was an der Front oder zu Hause geschehe. Um sich aufrührerisch für den Beitritt zum Nationalkomitee Freies Deutschland zu entscheiden, reiche ihr Wissen nicht aus. Seine Haltung sprach sich überall herum.

Die große Mehrheit der deutschen Kriegsgefangenen lehnte die Antifaschulen, die antifaschistische Gruppen ausbildeten, verächtlich ab. Da gab es die verbissenen Nazis, die sich noch hinter dem Stacheldraht zusammenrotteten und jeden zu terrorisieren versuchten, der sich vom allumfassenden Anspruch des NS-Staates befreien wollte. Dann waren da die Gründlichen, dachte Siedler, die sich wie er mit ihrer neuen Lage auseinandersetzten, indem sie die Lagerbüchereien benutzten und sich – meist zum erstenmal – mit Marx, Lenin und dem dialektischen Materialismus beschäftigten. Und es gab die scheinbar Unpolitischen, die sich auch weiterhin von allen politischen Erörterungen fernhielten.

Fest stand für ihn: Solange nicht eine Gruppe der Generale den Aufruf des Nationalkomitees unterstützte, blieb dessen Wirkung unter den Gefangenen wie an der Front gering. Überall in den Lagern, soviel hörte er, in Iwanowo und in Jelabuga an der Kama, in Susdal an der Kamenka, im ehemaligen Kloster Oranki, in Krasnogorsk wie Lunjowo, stritten sich Überlebende um das neue Tauroggen. Nicht wenige orientierten sich an jener Konvention vom 30. Dezember 1812, durch die General Yorck als Befehlshaber des preußischen Korps, das Napoleon zwangsweise in seinem Rußlandkrieg unterstützen sollte, mit dem russischen General von Diebitsch alle Kampfhandlungen beendete. Noch klang den Stalingradern die Parole im Ohr: «Soldaten, haltet aus, der Führer haut euch heraus!» Hitler hatte sie verraten. Jetzt nannten die einen Yorck, Clausewitz und den Freiherrn vom Stein als Kronzeugen. Die anderen, die Ewiggestrigen, beschworen eine neue Dolchstoßlegende, die den Abtrünnigen schon jetzt die Schuld zuschanzte, sofern der Krieg verlorenging.

Es sprachen viele an diesem Tag, unter ihnen die Obersten van Hooven und Steidle. Kaum einer beeindruckte Siedler mehr als Generalmajor Ristenpart. Sein Thema war der Eid, den sie alle als Soldaten geleistet hatten. Ristenpart stand da in der Panzerjacke, er sprach langsam und genau. Wort für Wort hatte er seine Rede ausgearbeitet, er befreite sich nur selten von dem Manuskript, das er auf dem Pult vor sich mit beiden Händen hielt. Wenn er aufschaute, nahm er einzelne unter den Zuhörern in den Blick.

«Wir haben unseren Eid auf die Person Adolf Hitlers geleistet», sagte er, «daran ist nicht zu rütteln. Ja, wir haben den Eid auf Hitler vor Gott in feierlicher Form als ein Gelöbnis gegeben. Ernst, sehr ernst ist es uns daher um die Frage: Dürfen wir diesen Eid brechen, gibt es Gründe, mit denen wir vor unserem Gewissen, vor unserem Gott und vor der Welt diesen Schritt rechtfertigen können? Lassen wir die Fragen unbeachtet, die davon ausgehen, daß der Eid von manchem nicht freiwillig geleistet war, daß es Beispiele in der Geschichte gibt, die den Eidbruch nachträglich als große, als rettende Tat erscheinen lassen. Auch die tiefstinnerliche christliche Auffassung kann das Recht zum Lösen der eidlichen Bindung aus dem Gebot herleiten, nach dem der Christ Gott mehr gehorchen soll als den Menschen.»

Siedler sah sich auf dem Hof der Luftwaffenkaserne stehen, in der er vor zwei Jahren die Grundausbildung erhalten hatte. Damals waren die deutschen Truppen siegreich auf dem Vormarsch zur Ukraine gewesen, sie stießen auf Moskau und Leningrad zu. An allen Fronten zertrümmerten

Panzerarmeen der Wehrmacht, Waffen-SS und Luftwaffe den Gegner und sein Material, scheinbar unaufhaltsam. Siedler hatte in der Paradeaufstellung in Reih und Glied gestanden und die Eidesformel nachgesprochen. Obwohl er keinem Kirchenglauben anhing, hatte ihn bei der Vereidigung ein religiöses Gefühl erfaßt, es war nicht christlich und galt auch keiner Person, gewiß nicht der des Führers. Aber wie er mit seinen neunzehn Jahren da stand, verschworen im Gehorsam, war ihm bei Marschmusik und Zapfenstreich ein Schauer über den Rücken gelaufen. Zum erstenmal war Vaterlandsliebe für ihn zu spüren gewesen wie ein elektrischer Schlag. Sie alle waren zum Opfer bereit und ordneten sich dem Höchsten unter: der unklar heiligen Vorstellung von der deutschen Nation.

«Von dem Verhältnis zwischen Führer und Gefolgsmann, dessen Treue er sich durch den Eid versichert hat, hängt letzten Endes der sittliche Begriff der Treue ab», hörte er Ristenpart sagen. «In Stalingrad haben wahrhaft treue Generale und Offiziere ihrer Tuppe klar und ehrlich gesagt, wie die Lage war. Ich erinnere mich an den Befehl eines Kommandierenden Generals noch lange vor Abschluß der Kämpfe. Der Befehl lautete: ‹Der Führer hat befohlen, daß wir bis zum Letzten kämpfen. Gott befohlen, meine Männer!› Solche Generale und Offiziere haben vor sich und ihren Soldaten die Erfüllung des Fahneneids bis zur äußersten Belastung gefordert, in einer Lage also, wo der Tod gegenüber den körperlichen und seelischen Schrecken in der Tat seinen Stachel verloren hatte.»

Schweigen herrschte im Raum. Die Augen vieler richteten sich auf diesen General, der ihre Skrupel aussprach und eine Auslegung suchte, die es dem einzelnen ermöglichte, eine *anständige* Haltung zu bewahren: Das war es, was sie wollten. Was ist das für ein Mann? fragte sich Siedler. In Stalingrad war Ristenpart Kommandeur der 14. Panzerdivision gewesen und erst im Kessel zum Generalmajor befördert worden. Er sah aus wie Mitte Vierzig. Wahrscheinlich war er auch früher schlank gewesen, aber jetzt in der Gefangenschaft bis aufs äußerste abgemagert, er wirkte zierlich, aber zäh, ein nicht besonders männlicher Mann mit empfindlicher Haut und geringem Bartwuchs, soviel hatte Siedler an ihm beobachtet. Ristenparts Stimme drang hell durch den Saal.

«Wie weit muß die Erkenntnis über die Notwendigkeit, den Frieden herbeizuführen, schon gediehen sein, wenn gerade solche Persönlichkeiten am Handeln nur gehindert werden wiederum mit der Berufung auf den Fahneneid. Denkt man diese Treue bis zum Ende, dann käme man zu dem Schluß: Und wenn Deutschland unterginge, der Fahneneid bleibt unverletzt! In dieser äußersten Konsequenz liegt die Berechtigung, die weitere Bindung an den Eid auch als unsittlich zu bezeichnen.»

Beifall kam auf. Ristenpart hatte nicht nur den Ton getroffen, nach dem viele verlangten, sondern auch den Nerv: So viele, die geschunden waren, dekoriert für den falschen Gehorsam, gedemütigt durch den Mißbrauch ihrer Tradition und ihres Vertrauens, schienen auf einmal wieder zu hoffen, daß es für sie doch noch einen Sinn gäbe, in dem die Pflicht und ihre eigene innere Notwendigkeit übereinstimmen konnten.

Siedler fragte sich allerdings, wieweit nicht gerade manche Generale den Eid als Alibi vor sich hergetragen hatten, nur um nicht ausbrechen zu müssen aus ihrer Haltung, die heldenhaft sein sollte, jedoch für die eigene Armee vernichtend geworden war. Während immer mehr im Saal betroffen zuhörten, Hauptleute, Oberstleutnante, Anwärter einst auf höhere Karrieren, erinnerte sich der Fliegerleutnant an den Auftritt der Stalingradgenerale in Krasnogorsk. Das war an einem Tag Anfang März gewesen. Siedler hatte im Lazarett gelegen. Ibach betreute ihn.

«Das darf doch nicht wahr sein, da kommen die Generale!» Der Obergefreite hatte ein Stück des Eispanzers von der Fensterscheibe gekratzt. Er hauchte in die Lücke und berichtete dem Leutnant, was er sah: «Ein ganzer Haufen. Mensch, die haben Pelzmäntel und Spazierstöcke, Monokel und Orden, lauter Ritterkreuze! Guck, die roten Generalsaufschläge, eine richtige Pfauengesellschaft ist das. Und Koffer, sage ich dir, als ging's zum Urlaub auf die Krim.»

Das Lager 27 befand sich etwa fünfundzwanzig Kilometer südwestlich von Moskau in dem Industrievorort Krasnogorsk. Es bestand aus Wohnbaracken, einer Quarantänebaracke, dem Wirtschaftsgebäude und der Lazarettbaracke. Draußen waren nach Ibachs Beschreibung im Nachmittagslicht zwischen Schneewällen und Eis die Stalingrader Generale versammelt, siebenundzwanzig an der Zahl, dazu waren etwa hundert Offiziere eingetroffen. Sogleich verbreitete sich im Lager das Gerücht, die seien mit Schlafwagen hierhertransportiert worden.

«Das möchte ich sehen!»

Die Pritsche, auf der Leutnant Siedler seit Wochen fiebernd, mit Ausschlag und messerscharfen Kopfschmerzen lag, stand schräg unter dem Fenster. Der Obergefreite half ihm jetzt, sich für einen Augenblick aufzurichten. Siedler blinzelte nach draußen, er hing in Ibachs Armen wie ein Kind. Wahrhaftig, da standen die Befehlshaber der geschlagenen Armee und warteten auf ihre Einweisung. Manche wirkten in ihrem Aufputz aufreizend, doch einige gab es darunter, die sahen aus wie andere Soldaten auch.

«Wieso haben die alle überlebt?» fragte Siedler, er hatte kaum eine Stimme. «So etwas hat es früher in der preußisch-deutschen Streitmacht nicht gegeben. Da ging der Kommandant mit dem sinkenden Schiff unter.»

Er war ein Bündel aus Haut und Knochen, das an allen Gliedern schlotternd zusammensackte. Ibach hüllte ihn wieder in die verschlissenen Decken – eine davon hatte er gerade erst einem anderen abgenommen, der sie nicht mehr brauchte; der war auf der Holzpritsche erstarrt, er wurde bald hinausgetragen. In dem langen Saal lagen lauter vermummte Gestalten. Ihr Atem kräuselte sich in der eisigen

Luft, in der der Geruch von Verbänden, Urin und Erbrochenem hing. Ab und zu erschien eine russische Ärztin. Sie war noch jung. Mit wenigen Medikamenten versuchte sie zu retten, was an diesen Menschen noch zu retten war. Ibach half ihr, er half überall, so gut er konnte.

«Du Fliegerstar», schimpfte er jetzt, «du Paradepreuße mit deinen Sprüchen! Was hast du denn von den Generalen erwartet? Nur einer ist im Kampf gefallen, einer ist verschollen, und einer hat sich umgebracht. Die übrigen kannst du alle hier besichtigen, wenn du nur endlich wieder auf deinen Beinen stehst. Komm, Brüderchen, iß ein bißchen Kasch. Was soll ich sonst mit dir anfangen, du Gerippe!»

Siedler hob den Kopf und schluckte etwas von dem Brei aus Haferkörnern und Weizenschrot, den Ibach ihm auf einem Blechlöffel hinhielt. «Woher weißt du das mit den Generalen?» fragte er.

«Das stand in der Lagerzeitung, dem ‹Freien Wort›.»

«Und das glaubst du?»

«Ja», sagte Ibach, «das schon.» Er wischte seinem Pflegling mit einem Papier über den Mund. Dann holte er Luft und redete sich in Zorn: «Aber die Reste der 6. Armee, halbtot haben sie die in Gefangenschaft gehen lassen. Die sind nur so umgefallen bei dreißig Grad Kälte. Krüppel waren sie doch, verseucht mit Fleckfieber, Typhus und Ruhr. Am Verhungern waren die sowieso. Mehr als dreißigtausend haben sie in den Kellern von Stalingrad so gut wie lebendig begraben: die bekamen überhaupt nichts mehr zu essen, weil sie verwundet waren oder krank und nicht mehr schießen konnten. Wenn die Generale gewollt hätten, daß wenigstens hunderttausend überlebten, Weihnachten hätten sie Schluß machen müssen mit dem Wahnsinn und nicht erst Ende Januar.»

Während Ibach redete, fütterte er weiter. Siedler konnte sich nicht wehren, er schluckte Brei und Worte. «Aber der größte Feldherr aller Zeiten, der wollte beides auf einmal, Stalingrad und den Kaukasus. Zwei getrennte Armeen auf dem Vormarsch, keine im vierten Kriegsjahr mehr vollzählig und jede mehr als zweitausend Kilometer von ihrer Versorgung entfernt, dazu im Rücken Partisanen und überall ein Gegner, der nicht aufgibt, sondern stärker wird – Mensch, als Gefreiter hätte ich dir vorrechnen können: das geht todsicher schief. Aber die Generale konnten nur gehorchen, etwas anderes hatten die nicht gelernt.»

«Doch – einer», sagte Siedler, «Seydlitz.» Ihn verließen jetzt die Kräfte, er spürte wieder das Fieber. Von weither hörte er seine Stimme wie für eine Narkose zählen. «Wenn es nach ihm gegangen wäre…», weiter kam er nicht. Er sah noch Ibach, den Topf mit dem Kasch in der Hand. Seinen eingerollten Körper auf der Pritsche fühlte er kaum noch. «Junge, du mußt umkehren. Du stirbst mir sonst weg», hörte er Ibach brummen.

Krasnogorsk – Lunjowo, dazwischen lagen Monate. Dem Obergefreiten an seiner Seite verdankte er eine Menge, fast alles. Siedler kehrte aus seiner Erinnerung zurück, er sah sich um. Vorn am Kopfende sah er Seydlitz, der General der Artillerie saß aufrecht und etwas steif. Grauhaarig war er und trug einen harten Kopf auf den Schultern. Er war ein Herr aus preußischem Urgestein. Nun befand er sich doch an einer Tafel mit Ibach, dem Überläufer, wenn auch noch um Saaleslänge getrennt. Was mochte in ihm vorgehen? Brach Seydlitz an diesem Tag mit seiner Vergangenheit?

Noch sprach Ristenpart, noch hörte die Versammlung ihm zu. Der Generalmajor auf dem Podium hatte sich freigeredet, hielt sich aber weiter an seine Aufzeichnungen: «Da wir der Ansicht sind, daß jeder weitere Kampf den Untergang unseres Volkes herbeiführt, sehen wir den unter ganz anderen Voraussetzungen geleisteten Eid gegenüber der Person Adolf Hitlers als nichtig an. Weil er wußte, daß unser Gelöbnis uns an ihn kettete, konnte er Pläne ersinnen, die ihn zum ‹Größten aller Deutschen› machen sollten. Für diese Idee wurde das kostbare Blut unserer Kameraden geopfert, nicht für Deutschland! Ist das nicht ein Mißbrauch unserer Treue, ist das nicht ein Pochen auf ein Recht, das er aus unserer sittlichen Auffassung vom Wortlaut einer Eidesformel herzuleiten sich erkühnte? Nie haben wir diesen Eid geleistet, um ihn oder auch uns etwa zu ‹Herren von Europa› zu machen! Wir schworen, die Treuesten zu sein, wenn es einen Kampf für Deutschland zu bestehen gelte. Er aber, dem wir diese Treue gelobten, machte diesen Eid zur Lüge. Nun aber halten wir uns unserem Volke um so mehr verpflichtet. Und aus dieser inneren Verpflichtung heraus nehmen wir uns das Recht, ja wir fühlen aus ihr heraus den Zwang zur Tat. Nach der Lage, in der wir uns befinden, kann unsere Tat allerdings nur in Worten bestehen. Mit diesen Worten aber rufen wir die Generale, Offiziere und Soldaten der deutschen Wehrmacht in die Front gegen den Krieg!»

Diesmal war der Beifall stürmisch. Hitler und Deutschland zu trennen, das war die Formel, die den einen aufgab und das andere nicht losließ. Siedler empfand körperlich, wie es durch die Reihen ging und viele aufrichtete. Sie brauchten eine innere Rechtfertigung für ihr Tun. Hier wurde sie ihnen geboten von einem, der es sich nicht leicht machte und die meisten überzeugte.

Leutnant Siedler mußte sich eingestehen, daß er seit seiner Vereidigung niemals wieder an die Konsequenz gedacht hatte, die das Gelöbnis für ihn persönlich hatte. Daß es etwas geben mußte, das mehr wog als nur ein weltliches Versprechen, leuchtete ihm ein, es war für den Gehorsam notwendig. Wer den Eid brach, war des Todes. Das war eindeutig genug. Besessen von der Fliegerei, hatte er den eigenen Tod immer als Preis angesehen, den zu zahlen er bereit war, wenn es denn sein sollte. Über dieses *Wenn* machte er sich nicht allzu viele Gedanken. Hinter dem Steuerknüppel, die Leuchtspur vor Augen, die den Gegner zerfetzte, war er dem Jagdtrieb erlegen. Sich den Menschen da drüben vorzustellen, hatte er immer vermieden. Er oder ich – das war keine Verstandesfrage, es war ein Duell. Was bei ihm funktionierte, sobald er in der Maschine saß, war Technik, war Sport, er war geübt. Als Flieger erreichte man abends immer noch sein Feldbett in einem Zelt oder einer Baracke. Es kam vor, daß Siedler, wenn er getrunken hatte, vor dem Einschlafen das Licht mit seiner Pistole ausschoß. Er kannte auch niemanden in dem Haufen, der sich über das alles den Kopf zerbrach. *Wenn ich Pech habe, muß ich mir die Kartoffeln von unten besehen,* der Spruch ging um.

Auf einmal erschien ihm alles, was er dabei bisher empfunden hatte, erbärmlich. An der Ostfront hatte er mit seiner Messerschmitt wohl dreißig sowjetische Maschinen abgeschossen, er wußte das nicht genau, weil er die anderen nur brennen oder trudeln sah und sie dabei aus dem Blick verlor. Siedler war der jüngste und erfolgreichste Offizier in seinem Geschwader. Die er abschoß, saßen in Doppelsternratas, Lagg oder Il 2.

Als seine Me 109 über Stalingrad getroffen wurde, hatte er Glück. Er konnte die Maschine im Sturz abfangen und brachte jenseits der Wolga auf einem schneeverwehten Akker eine Bauchlandung zustande. Das Flugzeug fing nicht Feuer. Er spürte nur ein paar Prellungen. Zuerst fürchtete er, sie würden ihn erschlagen, das hatte die Propaganda allen an der Front eingeredet. Aber der Nachschubtrupp, der ihn gefangennahm, behandelte ihn, wie man auf jeder Seite wünschte, daß eigene Gefangene vom Gegner behandelt wurden.

Erst nach Wochen war bei ihm die Allergie ausgebrochen. Wenn er sich nicht täuschte, war daran eine Tetanusspritze schuld, die ihm ein Sanitäter ein paar Tage vor dem Absturz wegen einer Schramme gegeben hatte. Mit Tetanus wurden sie nur so vollgepumpt. Als Siedler im Lager Krasnogorsk in der ersten Zeit der Versorgungsschwierigkeiten fürchterlich hungerte und fror, überfiel ihn das Fieber und stieg gleich auf vierzig Grad. Ein Ausschlag überzog den ganzen Körper und juckte so unerträglich, daß er sich die Hände verbinden ließ, um nicht zu kratzen. Sein Kopf brannte. Immer wieder wurde er bewußtlos. In diesem Zustand befand er sich, als Ibach die Pflege in der Lazarettbaracke übernahm.

Einmal am Tag brachte der Obergefreite Kohlsuppe und nasses Brot. Als Siedler alles wieder von sich gab, fütterte Ibach ihn nur noch mit Kasch. Immer wieder gelang es ihm, davon etwas aufzutreiben. Er war einer, der sich bücken mußte, wenn er zur Tür hereinkam. Hände hatte er wie ein Drucktiegel, aber die Geduld einer Amme.

«Ein Löffel für die Mutter», sagte er und brachte damit ein Lächeln in Siedlers Gesicht; die Fliegerjacke diente dem Leutnant als Kopfkissen. Oft saß Ibach auf der Pritsche und erzählte, Siedler gewöhnte sich an sein Reden und schlief immer wieder darüber ein. Als er endlich über den Berg war, wurden lange Gespräche daraus.

«Wenn einmal die Geschichte dieses verdammten Krieges geschrieben wird», sagte Ibach eines Tages, «hoffentlich lernen sie dann, nicht nur die eigenen Opfer im Gedächtnis zu behalten, sondern auch die der anderen Seite. Die neunzigtausend Gefangenen von Stalingrad – keiner weiß heute, wie viele davon noch leben. Aber eins weiß ich: Im ersten Kriegswinter hier in Rußland haben wir unzählige gefangene Sowjetsoldaten verhungern lassen. Wahrscheinlich waren es Hunderttausende, es war auch keine Absicht. Es kam eben so. Als unser Angriff vor Moskau zusammenbrach, aus war es mit der Versorgung. Wir hatten kein Winterzeug und auf dem Rückzug selber nichts zu fressen.»

Siedler hatte sich aufgerichtet, er sah zum erstenmal durch das abgetaute Fenster in den Vorfrühling, der draußen in einem Sonnenwinkel ein paar Grasbüschel wachsen ließ. «Wenn Krieg ist, sind die Verbrecher los», sagte er. «Dann sind die Gesetze außer Kraft. Was sollen die Phrasen vom Völkerrecht im Krieg? Früher hab ich auch einmal anders gedacht, aber inzwischen hab ich kapiert: für dumm kann man immer nur eine Generation verkaufen, die weiß dann hinterher Bescheid. Aber für die werden die Schulbücher auch nicht mehr geschrieben, sondern für die nächsten, die an die Reihe kommen. Mit uns können sie nichts mehr anfangen. Aber die Jungen, die nichts wissen, wachsen immer nach.»

Ibach sah ihn herausfordernd an. «Sieh mal an», sagte er, «jetzt redest du wie ein Alter! Aber recht hast du, wenn sich daran nichts ändert, ändert sich überhaupt nichts. Außerdem, es sind immer die Regierungen, die Kriege machen, nicht die Bevölkerung. Und wieviel Heimtücke richtet sich dabei gegen das eigene Volk! Für Goebbels müssen die Stalingrader Soldaten tot sein. In seinem totalen Krieg haben nur tote Helden Platz. Uns hier darf es gar nicht mehr geben.»

In der Lagerzeitung hatten sie über seine Rede im Sportpalast gelesen. Goebbels hatte an die Schlacht bei den Thermopylen erinnert. Jetzt zitierte Siedler: «Melde, du habest sie liegen gesehen, wie das Gesetz es befahl.»

«Ich traue ihm zu, daß er auch noch unsere Rotkreuzpostkarten verbrennen läßt», sagte Ibach. «Ein deutscher Soldat ergibt sich nicht. Das Gegenteil soll nicht bewiesen werden.»

Den Leutnant packte wieder der Zorn. Sollten sie all das decken, indem sie immer noch an ihrem Eid festhielten? Wahrhaftig, es war Zeit, damit Schluß zu machen wie mit so viel Verlogenem. Während er zurückdachte, hörte er Ristenpart weiterreden – damals und jetzt, das waren Parallelen in seinem Kopf. Seydlitz, der hier unter ihnen saß, hatte das Ende der 6. Armee bis ins einzelne vorausgesagt für den Fall, daß weder Hitler noch Paulus den Ausbruch befahl. Das hatte sich in Lunjowo herumgesprochen.

«Rettet dem deutschen Volke die Männer der Wehrmacht», rief General Ristenpart jetzt in den Saal und rief es zugleich nach draußen als Appell, der sich fortsetzen sollte, «die deutsche Heimat braucht sie. Erkennt das Gebot der Stunde! Schafft die Grundlage für den Waffenstillstand und den Frieden! Führt die Wehrmacht zurück an die Grenze! Verhindert den Zerfall, die Auflösung des Heeres und des

Reiches! Rettet dem neuen Deutschland die Wehrmacht als Instrument des Friedens. Der totale Krieg muß zur totalen Vernichtung der unterlegenen Seite führen, wenn nicht mit totalen Mitteln der Weg zum Frieden frei gemacht wird. Lassen Sie uns die Repräsentanten des anderen Deutschland sein. Dann wird uns die Welt, jetzt durch Hitlers Taten gegen uns verbunden, einen ehrenvollen Frieden nicht versagen. Es lebe dieser Friede. Es lebe unser Deutschland!»

Er war am Ende. Beifall brauste auf. Viele standen auf und stimmten ihm mit Rufen zu. Jetzt war kein Zweifel mehr, sie würden gemeinsame Sache machen. Während einige ihn umringten und auf ihn einredeten, wehrte er ab und konnte doch nicht verhehlen, daß die Rede ihn selber noch erfüllte. Siedler war nach vorn gegangen. Er beobachtete, wie die Empfindungen im Gesicht des Generals einen Augenblick ganz offen lagen: der war froh, atemlos und bemüht, sich zu beherrschen.

Andere sprachen nach ihm und wollten dasselbe. Zuletzt setzten mehr als hundert Delegierte aus den Gefangenenlagern ihre Unterschrift unter den Aufruf zur Gründung des Bundes deutscher Offiziere, sie wählten General Walther von Seydlitz zu ihrem Präsidenten. Er war umgeben von ihrer Zustimmung und ließ es sich gefallen, dieser Tag hatte ihn überwältigt.

Dann erklärte Major Hetz, einer der Vizepräsidenten des Nationalkomitees Freies Deutschland, er wolle die Erklärung ebenfalls unterschreiben. Auch der Vorstand des Offiziersbunds, dem Ristenpart nun angehörte, solle sein Präsidium vollzählig und außerdem weitere Mitglieder ins Nationalkomitee entsenden. So waren beide verbunden. Dies und nichts anderes war der Sinn der Gründung. Siedler wußte das. Ibach wußte es, wie es jene weiteren dreißig gefangenen Soldaten und unter ihnen einige Emigranten wußten, die das Komitee in Krasnogorsk gegründet hatten. Die übrigen wußten es zumindest nicht so genau, das machte für sie jetzt auch nichts mehr aus.

Von nun an sprachen Generale für das Nationalkomitee.

Sie sprachen über den Sender Moskau. Ihre Ansprachen wurden in Lunjowo mit einem alten amerikanischen Apparat auf Platten aufgenommen und in die Hauptstadt gebracht. Das Erkennungszeichen des *Senders Freies Deutschland* war das Motiv: *Der Gott, der Eisen wachsen ließ, der wollte keine Knechte.* Die Stimmen der Generale gingen durch Europa. Sie bezeugten, daß diese für Stalingrad Mitverantwortlichen lebten und sich gegen Hitlers Krieg auflehnten. Oft hörte man Ristenpart. Siedler arbeitete eng mit ihm zusammen.

Zunächst aber feierten die Offiziere ihren Bund. Sie hatten Wodka und Brot. Lange feierten sie und laut. In den Lärm hinein rief Seydlitz plötzlich: «Wo ist Ibach? Holt ihn her!» Als der Obergefreite, begeleitet von Siedler, vor ihm erschien, stand der ehemals Kommandierende auf und goß zwei Gläser voll, eins hielt er seinem Gegenüber hin. Da standen sie, gleich dickschädlig, mit ihrer ungleichen Herkunft. Vor aller Augen schüttelte der General dem Deserteur die Hand.

«Auf Tauroggen», sagte Seydlitz.

Ibach antwortete: «Auf Lunjowo!»

Als die beiden sich wieder an ihren Tisch setzten, legte Ibach den Arm um Siedlers Schulter und erklärte feierlich: «Heute hat etwas angefangen. Von diesem Tag wird man noch lange reden.»

Mutterkreuz

«Das können Sie nicht tun! Ich bin eine alte Frau und habe drei Söhne an der Front», rief Caroline Ristenpart an der Tür.

«Wir können noch viel mehr tun, als Sie hier nur abzuholen», sagte der ältere der beiden Männer. Sie trugen Zivil, Mäntel wie aus Faltboothaut. «Ich gebe Ihnen fünf Minuten.» Er hielt ihr ein Papier hin. Ohne Brille erkannte sie nur graue Linien.

Es war ein Morgen Anfang September 1944, früh gegen fünf Uhr dreißig. Vor den Fenstern waren Luftschutzrollos herabgelassen. Als es einmal lang geläutet hatte, war sie sich bewußt, was das bedeutete. Sie war allein und fühlte sich wehrlos, als sie im Nachthemd und Morgenmantel durch die Parterrewohnung am Claustorwall ging und öffnete.

Die beiden Männer kümmerten sich nicht länger um sie, sondern durchsuchten im Wohnzimmer den Sekretär und den Bücherschrank. In der Küche nahm sie einen Zettel aus der Schublade und schrieb darauf das Wort: *Gestapo*. Marie wohnte mit ihrer Familie wenige Häuser weiter. Im Augenblick hatte sie Nachtdienst im Notlazarett in der Schule. Am Nachmittag würde sie herüberkommen, um nach ihr zu sehen. Caroline legte die Nachricht ins Kochbuch, das war so verabredet. Dann zog sie sich im Schlafzimmer an und hängte das Mutterkreuz, das im Etui auf der Kommode lag, über das schwarze Kleid. Dort, wohin man mich bringt, kann es nicht schaden, dachte sie. Sorgfältig ordnete sie ihr Haar und sah in den Spiegel: äußerlich sollte man ihr nichts anmerken. Sie hatte Gerüchte gehört, daß sich nach dem 20. Juli Feldmarschall Paulus unter dem Eindruck des Attentats auf Hitler nun auch für das Nationalkomitee Freies Deutschland erklärt hatte. Die Generale um Seydlitz hatten ihre Initiativen verstärkt. Im Reich liefen darüber Vermutungen um, doch wer auch nur in Verdacht kam, mit dem Widerstand gemeinsame Sache zu machen, dessen Angehörige wurden verfolgt. Man nahm viele von ihnen als Geiseln. Dafür gab es ein neues Wort: Sippenhaft.

«Nun machen Sie schon», sagte der ältere Mann, als sie ins Zimmer kam. Er hatte sich eine Zigarette angezündet und betrachtete die Familienbilder an der Wand hinter dem Stutzflügel. Da hing eine Aufnahme Georg Ristenparts, die ihn mit wilhelminischem Bart in Hauptmannsuniform zeigte. Rings um den Vater waren Fotos der sechs Kinder in ovalen Rahmen angeordnet. Zur Rechten befand sich ein Handschreiben des Kaisers unter Glas: *Wir, Wilhelm, von*

Gottes Gnaden. Auf der anderen Seite war die gesamte Familie auf der Treppe ihres Hauses unter dem Rammelsberg in Chamois zu sehen. Das war in besseren Zeiten gewesen. Denn eines Tages, als ihm alles zuviel wurde, hatte Georg Ristenpart des Haus verkauft. Seiner Frau war das unverständlich gewesen, aber sie konnte ihn von dem Entschluß nicht abbringen. Die Kinder waren erwachsen, er zahlte ihnen das Erbe aus, nahm es genau damit und wollte seine Ruhe haben. So waren sie zu zweit zum Claustorwall umgezogen, wo er noch ein Jahr lebte, am Kaffeetisch saß, die Tassen klimpern ließ, trommelte und sang: «Siehste woll, da kimmt er, lange Schritte nimmt er, siehste woll, da kimmt er schon, der verrückte Schwiegersohn.»

Der andere Geheimpolizist war mit seiner Suche inzwischen beim unteren Teil des Sekretärs angelangt. «Was machen Sie denn damit?» fragte er und deutete aufs Innere. In zwei Fächern standen da nebeneinander lauter Sparbüchsen von der Stadtsparkasse.

«Die sind für die Enkel», sagte sie. «Jedes Kind bekommt jeden Sonntag seinen Groschen. Siebzehn sind es.»

Er machte ein erstauntes Gesicht. Caroline warf einen Blick auf das Durcheinander, das er angerichtet hatte. «Stellen Sie nicht noch das Letzte auf den Kopf. Hier hat immer Ordnung geherrscht.»

Sie sah sich noch einmal um und ergriff den Koffer mit dem Notgepäck, der im Flur für den Gang in den Luftschutzkeller bereitstand. Die Beamten nahmen sie in die Mitte.

Draußen wartete im Wagen ein dritter Mann, der die Scheinwerfer durch die Verdunkelungsschlitze aufleuchten ließ, als sie kamen. Ein Nachbar rollte seine Mülltonne über den Bürgersteig, er blickte herüber und gleich wieder weg. Eingekeilt zwischen den Männern saß Caroline auf dem Rücksitz. In den Straßen Goslars wurde es allmählich hell. Das Gefängnis hatte sie, auch als ihr Mann der älteste Richter war, nie von innen gesehen.

Später erschienen ihr die ersten Tage wie ein einziges Dröhnen aus Eisentoren, Stiefelschritten, Kommandos und Verhören. Immer wieder wurde sie aus der Zelle, in der man sie zunächst allein ließ, fortgeholt und durch Korridore und über Treppen in einen Kellerraum gebracht. Da saß jedesmal derselbe Vernehmungsbeamte. Er stellte ihr Fragen von seinem Platz neben der Bügellampe, die er manchmal auf sie richtete. Meist jedoch blieb sie im Halbdunkel und hatte vor sich seine Hände, die auf dem Tisch Notizen anfertigten und Zigaretten mal links, mal rechts hielten, unaufhörlich stieg da Gewölk auf und verteilte sich in der kalten Luft.

«Sie wissen, warum Sie hier sind», eröffnete er das Verhör. Er war wohl Mitte Vierzig. Ein Schmiß zog sich wie eine Lachfalte vom rechten Mundwinkel bis zum Kinn. Er trug eine Nickelbrille mit scharfen Gläsern. Wenn er sprach, bewegten sich die runden weichen Backen. An keinem anderen Ort hätte sie sich mit diesem Gesicht beschäftigt, es wäre ihr nicht aufgefallen.

«Das müssen Sie mir schon erklären», antwortete sie. «Man holt nicht grundlos einen Menschen aus seiner Wohnung und sperrt ihn ein. Nicht in dem Staat, für den meine Söhne als Soldaten kämpfen.»

«Warten Sie ab.»

Caroline nahm ihre Lesebrille und behielt sie auf. Zum erstenmal empfand sie sich dadurch etwas abgeschirmt. Sie konnte die Brille nicht leiden, ebensowenig wie ihr Porzellangebiß und die Kreislaufpillen, die sie manchmal nehmen mußte. «Hinter dem Glas bin ich wie ein Fisch im Aquarium», hatte sie sich einmal gegenüber Marie beschwert. «Aber Mutter», hatte die erwidert, «das ist doch eine segensreiche Erfindung. Stell dir vor, du hättest sie nicht!» – «Ach was, das ist nur die Verbesserung an einem Wrack.» Sie konnte ihrem kleinen, energischen Körper nicht mehr wie früher gebieten, er und ihr eigensinniger Kopf entsprachen einander immer weniger.

Auf einmal erschien ihr die Brille hilfreich. In der Nähe

sah sie alles vergrößert. Der übrige Raum mit den wenigen Gegenständen, den Stühlen, Regalen und der kaum lichtspendenden Glühbirne an der Decke, verschwamm. Von hier aus würde kein Laut ans Tageslicht dringen.

«Wenn wir hier schon gegen meinen Willen miteinander zu tun haben», sagte sie, «sollte ich wenigstens Ihren Namen kennen.»

«Der spielt keine Rolle», seine Antwort kam rasch und wie von selbst, dann überlegte er und schien auf sie einzugehen. «Nun denn, ich bin Doktor Frey, mit Ypsilon.»

Das ist auch besser so, dachte sie, sagte es aber nicht.

«Sie waren doch Parteigenossin», kam er ihr entgegen.

«Ich bin es noch.»

«Wohl nicht mehr lange. Kennen Sie das hier?» Er hielt ihr ein Blatt hin, auf dem ihr die Überschrift und die Schlußzeilen in Blockschrift ins Auge fielen. Was sie entziffern konnte war dies: *Überall spricht man vom Nationalkomitee Freies Deutschland.* Und: *Wer mit Hitler kämpft, kämpft gegen Deutschland! Wer gegen Hitler kämpft, kämpft für Deutschland!* Frey zog das Blatt wieder fort.

«Das habe ich nie gesehen.»

«Landesverrat», stellte er fest. «Außerdem handelt es sich um Hochverrat. Und Ihr Sohn ist einer von denen, die dafür verantwortlich zeichnen: Johannes Ristenpart, Generalmajor. Was haben Sie dazu zu sagen?»

Caroline dachte: Wahrscheinlich hat er Frau und Kinder, und die wissen nicht, was er hier tut. Sie sagte: «Ich weiß nicht einmal, ob er noch lebt. Zwar soll er zu denen gehört haben, die von den Russen zum Schluß in Stalingrad gefangengenommen wurden, aber ich habe nichts mehr von ihm gehört. Das Rote Kreuz übermittelt sonst Bescheide. Es sind jetzt eineinhalb Jahre, ich gebe nichts auf Bilder und Nachrichten...»

«Was für Nachrichten?»

«Sie wissen so gut wie ich, daß mir Flugblätter anonym zugesandt worden sind. Sie wissen auch, daß ich die jedesmal bei der Polizei abgeliefert habe, wie das Vorschrift ist. Sie haben doch gewiß alles da in der Akte vor sich. Aber wo ist ein Beweis? Mit Namen kann man viel machen, mit Fotomontagen auch.»

«Nicht mit der Stimme.»

Das war es, was sie hören wollte. Natürlich war sie längst von Menschen, von denen sie nicht wußte, ob sie ihnen trauen konnte, auf die Reden hingewiesen worden, die Johannes angeblich über den Moskauer Sender hielt. Sie besaß einen Volksempfänger und hörte das Einheitsprogramm vom Heeresbericht bis zum Wunschkonzert. Gewißheit erhielt sie erst durch dies Verhör. Er lebt, dachte sie, und er ist weit fort, sie können ihn nicht bekommen. Plötzlich war sie heiter. Es war ihr gleich, was hier mit ihr geschehen sollte. Johannes war in Sicherheit, sie konnten ihm nichts anhaben, und der Krieg würde nicht ewig dauern. Vor ein paar Tagen hatte sie noch mit Gertrud in Jüterbog telefoniert, die mit den Kindern bisher unbehelligt geblieben war. Man hatte ihr nur die üblichen Fragen gestellt. «Mach dir keine Sorgen», hatte sie gesagt. Caroline hatte geantwortet: «Wenn ich mir keine Sorgen um euch mache, wozu bin ich dann noch auf der Welt?»

«Sagt Ihnen der Name Doktor Korfes etwas?» fragte Frey.

«Nein.»

«Hellmuth Schlömer, Edler von Daniels, von Drebber?»

«Das sind Generale, mit denen mein Sohn zu tun hatte. Näheres weiß ich nicht.»

«Staatsfeinde», sagte Frey, «Verräter sind sie.»

Caroline fragte sich, wieviel der Mann da drüben tatsächlich über Johannes wußte. Es war ihr wichtig, das herauszufinden. Was sie sagte, würde sie dem Ziel nicht näher bringen, aber sie mußte es sagen: «Das wird von der Geschichte entschieden und nicht von irgendwelchen Leuten heute. Es gibt ein paar Traditionen in Deutschland, die waren schon generationenalt, als an die Nationalsozialisten nicht einmal gedacht wurde.»

«Das überlassen Sie gefälligst uns.» Freys Wut war nicht gespielt, er wirkte jetzt auch nicht mehr harmlos. Leute wie er waren es gewohnt, daß man sich vor ihnen fürchtete. «Wenn Sie das wollen», herrschte er sie an, «ich kann ganz anders mit Ihnen verfahren.»

«Drohen Sie mir nicht», sagte Caroline Ristenpart, sie war sehr ruhig. «Sie haben wohl keine Ahnung, wie frei man in meinem Alter sein kann, wenn man will. Sie können vieles mit mir machen, aber wenn Sie versuchen, mich einzuschüchtern, erreichen Sie bei mir nichts.»

Unter dem Tisch sah sie Freys Beine stehen, wie abgeschnitten vom übrigen Körper. Er hatte halbhohe Schnürstiefel an. Am linken fehlten zwei Haken. Die Schnürsenkel waren durch die Ösen gezogen, Schleifen hielten das Leder zusammen. Darüber waren die Hosenbeine hochgeringelt, Kriegsstoff, dessen Falten sich nicht aushingen. Der Boden war ein Estrich. Um die Schuhe herum lief eine Kellerassel, die eilig eine Lichtschneise kreuzte und sich unter einen Aktenständer verkroch.

Als Frey die nächste Frage an sie richtete, geschah es in einem anderen Ton. «Wann haben Sie Ihren Sohn zuletzt gesehen?»

«Ende April vorigen Jahres», antwortete sie. «Hier in Goslar. Er hatte den Marschbefehl nach Osten erhalten. Als Kommandeur an der Artillerieschule in Jüterbog hat er sich lange darum bemüht, an die Front zu kommen. Er hat darunter gelitten, daß die Fahnenjunker, die auf die Kriegsschule kamen, Fronterfahrung hatten, er aber nur aus dem ersten Weltkrieg. Deswegen drängte es ihn hinaus. Darüber hat er oft gesprochen. Er war also froh, daß er nun nach draußen kam, und er ist ziemlich zuversichtlich losgefahren.»

Frey wollte alles noch einmal hören und mehr als das. Es war anders als vor einem Jahr. Damals war der Ortsgruppenleiter mit zwei Zivilisten, die sich als Parteigenossen vorstellten, in ihrer Wohnung erschienen. Sie hatten sich korrekt verhalten. Natürlich hatten sie sich bemüht, sie auszufragen, aber sie wußte nichts. Beinahe höflich hatten sie sich verabschiedet und ihr eingeschärft, sie müsse es melden, wenn sie nur das Geringste über ihren Sohn höre. Damals war noch spürbar, was der Name Ristenpart in Goslar galt. Dennoch, nie hatte ihr vorher ihr Mann so gefehlt. Oft fragte sie sich, wie er auf das Dritte Reich reagiert hätte, wäre er länger am Leben gewesen. Wahrscheinlich wäre er wie sie der Partei beigetreten. Caroline mußte sich eingestehen, daß sie mehr als gutgläubig, daß sie arglos gewesen war. Sie hatte sogar ansehnliche Summen für die Parteikasse gespendet, für das Winterhilfswerk oder den Verein für das Deutschtum im Ausland.

Jetzt war sie Gefangene. Wieder in der Zelle, grübelte sie darüber nach, was sie falsch gemacht hatte. Sie besaß keine Erfahrung für diese Lage, sie war allein. Es erschien ihr unmöglich, alles richtig zu machen, was immer das bedeutete. Doch wenn sie es sich genau überlegte: eigentlich konnte sie niemandem schaden, dazu war sie zu weit entfernt von den Geschehnissen – und zu unwichtig. Der Gedanke beruhigte sie. Sie brauchte nur die Wahrheit zu sagen. Außerdem spürte sie bei jedem Verhör, daß Frey ihr gegenüber in einem bestimmten Punkt unsicher war. Sie war kein Routinefall.

«Wir sind doch keine Staatsgegner», sagte sie einmal, sie überzeugte ihn wohl beinahe, weil sie überzeugt war. Was sie verschwieg, war die Tatsache, daß auch sie zwischen dem Staat und dieser Regierung immer schärfer trennte und auf diese Weise nachvollzog, was Johannes offenbar auf seine Art getan hatte, soweit sie sich das in ihrer Isolation vorstellen konnte.

Es gab Augenblicke, in denen wuchs etwas wie Anarchie in ihr. Nie hatte sie soviel Zeit gehabt, über sich nachzudenken. Ihr Leben lang war alles um sie herum festgefügt gewesen, nun aber verlangte sie plötzlich danach, sich so spät noch davon zu befreien – wenigstens ein Stück. Vor allem entdeckte sie Zorn in sich. Zorn auf die Männer, die immer

Pathos verströmten: *Wer mit Hitler kämpft, kämpft gegen Deutschland!* Wenn Johannes und andere in der Gefangenschaft wirklich einen neuen Anfang machen wollten, warum benutzten sie dann doch wieder die alten Wörter, nur mit umgekehrten Vorzeichen? Mit dem falschen Pathos der Wörter fing immer alles an.

Sie dachte an ihre sechs Kinder, alle von dem Mann, mit dem sie zweiundvierzig Jahre lang verheiratet gewesen war. Einen anderen hatte sie ernstlich nie gekannt. Als sie sich eines Tages klarmachte, wie weit die Erwachsenen, die aus diesen Kindern geworden waren, sich seit langem von ihr entfernt hatten, ihrer Wege gingen, sie nicht mehr brauchten außer als Großmutter für ihre eigenen Kinder, versenkte sie das Mutterkreuz im Etui auf dem Grund ihrer Tasche, sie öffnete es nie wieder. Doch das war erst eine Konsequenz, die sie aus ihrer Lage zog, über die sie sich nicht länger hinwegtäuschen wollte. Wichtiger war, daß sie sich auch ihr Verhalten eingestand, nämlich daß sie sich öffentlich hatte benutzen lassen. Wie hatte sie sich jemals über diesen Orden freuen können! Er war ein einziger Hohn, mit dem die Regierung oder ihre Beauftragten sie und unzählige andere Frauen für die Lieferung von Kindern ausgezeichnet hatten. Der Staat bedankte sich bei jeder Frau, die wenigstens vier Kinder auf die Welt brachte, als sei es schon genug, daß sie sich fortpflanzten, ja als sei es selbstverständlich, daß jede Mutter ihre Kinder für den Staat großzog: Söhne, damit er aus ihnen Soldaten machen konnte, Töchter, damit sie eines Tages Männer pflegten, die dem Staat gehorchten, wie es das Schicksal deutscher Menschen war.

Mein Gott, dachte sie, warum habe ich sie geboren. Damit sie mißbraucht werden für das Unheil zweier Kriege? Das ist zuviel für eine Generation. Was ist in mich gefahren, daß ich mir nichts dabei gedacht habe, außer daß jedes von ihnen Leben war, Leben aus mir. Das Kostbarste, was ich hatte. Ich habe sie großgezogen, zwanzig Jahre, dreißig Jahre, und wegschießen kann man jeden von ihnen in einem einzigen

Augenblick. Ich habe sie erzogen nach dem Bild ihres Vaters, für Gott, dachten wir, und fürs Vaterland. *Gott mit uns*, das stand über allem. Wir Frauen mit unseren Handreichungen, was konnten wir denn tun? Kurz vor der Jahrhundertwende wurden wir unseren Männern übertragen, meine Freundinnen, fast alle Gleichaltrigen, die ich kannte, und ich selber. Wir waren ihr Eigentum, bis zu einem gewissen Grad konnten sie mit uns machen, was sie wollten. Es war schon ein Glück, wenn sie es ritterlich taten, wie sie das nannten, wenn sie etwas Höflichkeit bewahrten und einen Funken Verständnis für den anderen Menschen in uns. Aber wenn es um ihre Prinzipien ging, waren sie eine Wand aus Eisen.

Was konnten wir machen? Wir mit unseren Strickhänden, Haushänden, Klavierhänden, verstrickt in die Legenden, die sie um uns woben. Die Literatur, auch sie zum großen Teil Phantasie der Männer, beschrieb uns als zu Verschonende inmitten der Mythen. Ich lebte darin und sagte ja. Über meinen Mann konnte ich mich nicht beklagen. Was ich wollte, habe ich bei ihm meistens durchgesetzt, aber das galt nur im Haus, in unserem persönlichen Leben, nach außen hatte das keine Wirkung, da ereignete sich die große Verabredung der Männer und bestimmte den Staat, die Schule, das Leben.

Wir Frauen waren zur Pflege erzogen, die Kinder, die Kranken, die Alten fielen in unsere Zuständigkeit. Wir mußten dienen, uns hergeben, ertragen, in Gedanken immer verpflichtet, wenn es Krieg gäbe, beim Roten Kreuz Wunden zu verbinden. Was war das für eine Bereitschaft in uns, dafür zu sorgen, daß vor allem das Männliche wachse und sich bestätige, daß alles sich zuerst nach ihm richte und unsere Töchter sich ihm eines Tages unterordneten wie vorher wir? Diese Zustimmung zu beinahe allem, was über uns stand wie ein Gesetz: dazu gehörte, daß wir die Kinder früh wissen ließen, was Opfer bedeutete, der Dienst an der großen gemeinsamen Sache deutscher Nation und ihr Ruhm. *Lieb Vaterland, magst ruhig sein.*

Aber einmal gegen Ende des ersten Weltkriegs, da war eine Zeit, in der viele Frauen dachten und auch aussprachen: Warum halten wir nicht zusammen? Warum vereinigen wir uns nicht, wir, die wir stärker sind, wenn wir nur wollen! Warum stehen die Mütter der Welt nicht auf, hinweg über alle Grenzen? Warum werfen wir uns nicht dazwischen, damit unseren Männern und Söhnen die Waffen aus der Hand fallen? Warum holen wir sie nicht zurück aus dem Wahnsinn, zu uns! Doch kaum war der Krieg vorüber, wurde so viel davon in so vielen Ländern wieder verschüttet. Inkonsequent war auch ich, unwissend, das habe ich mir vorzuwerfen, aber nicht, daß ich eine Frau meiner Zeit war.

Nur meine Kinder – wie stolz war ich auf sie, meine Söhne, sie aber waren noch so furchtbar jung, als sie hinausgingen, um Helden zu werden, und ich versuchte nur alles, um sie zu stützen, erst aus der Nähe, dann aus der Ferne. Es war das erste Mal, das hätte doch reichen müssen für unser Leben. Daß sie wiederkamen, alle, welch ein Geschenk. Dann kam die Zeit zwischen den Kriegen. Alles war wie vergessen, und alles wurde wieder eingeübt. Nein, ich habe mich dem nicht verweigert, habe Uniformknöpfe angenäht und mir das Mutterkreuz umhängen lassen. Zu spät habe ich bemerkt, was sie vorbereiteten. Und heute trägt Marie wieder das Zeichen, das rote Kreuz, und verbindet wieder Männer, die dulden gelernt haben und nichts anderes tun konnten da draußen, so meinen sie. Was ist das mit dem Gehorsam in Deutschland? Sie gehorchen um des Gehorchens willen, und sei es dem Teufel und dem Tod, davon verstehen sie viel und vom Leben wenig. Ich weiß nicht, ob ich meine Söhne wiederbekomme. Ich weiß nicht, was mit mir passiert. Sind wir denn ein Verhängnis, ist diese Familie ein Fluch?

Sie dachte daran, was alles geschehen werde, um sie aus ihrer Lage zu befreien: Julius wird sich mit Heinrich beraten, wahrscheinlich wird er auch mit seinem Feldmarschall sprechen. Bestimmt wird Heinrich vielerlei anstrengen, um zur Geheimen Staatspolizei vorzudringen, wenn die auch Nachforschungen von Wehrmachtrichtern sicher auf zweifelhafte Weise behandelte. Immerhin hatte er Zugang zu obersten Stellen. Caroline glaubte manchmal zu spüren, daß eine Menge Leute sich um sie kümmerten und lauter Bewegungen um ihretwillen im Gang waren, während sie hier zur Stille verurteilt war. Das alles brauchte Zeit. Inzwischen dachte sie an Näherliegendes: Sie fragte sich, ob Marie wohl nicht vergessen hatte, daß Sandsäcke für den Luftschutzkeller geliefert werden sollten. Den Enkeln Franziska und Cordt konnte sie nun keine Päckchen zum Geburtstag schicken. Auf einmal, als wäre alles andere zu groß, fielen ihr lauter alltägliche Dinge ein.

Das hörte auf, als man eine Frau zu ihr in die Zelle setzte, die redete und redete, doch überhaupt nicht zuhören konnte, dabei hatte sie wohl den Auftrag, aus Caroline Ristenpart etwas herauszubringen, was Frey und andere gebrauchen konnten. Statt dessen erzählte sie immer wieder von ihren Entbindungen, bei denen sie fast verblutet war.

Nichts bewegte sich in den Verhören. Er fragte, sie sagte das Nötigste. Manchmal wechselte Frey die Methode. So fragte er eines Tages, als es wieder einmal um Johannes ging: «Wie war er als Junge? Hatten Sie starken Einfluß auf ihn?»

«Manche Mütter sind wie Seesterne mit Saugarmen, wenn Sie das meinen», sagte sie. «Nein, das war nie meine Art. Außerdem, bei sechsen hat man zu so was keine Zeit.»

«Hatte er irgendwelche Besonderheiten?»

«Er war unmusikalisch», sagte sie. Sie war damals regelrecht empört gewesen, daß ihr das mit einem ihrer Kinder hatte zustoßen können. «Ich habe mir alle Mühe gegeben, aber er ist es geblieben. Er konnte mit Worten umgehen, aber es war fürchterlich, wenn er sang, und es war auch besser, daß er kein Instrument anrührte.» Täuschte sie sich, oder war auf Freys Miene zum erstenmal ein Lächeln zu sehen? Sie ergänzte: «Sonst aber hatte ich immer den Eindruck, daß er empfindlicher war als die anderen.»

«In welcher Weise?»

«Er hatte die dünnere Haut, er mußte sich abhärten. In den Flegeljahren waren seine Brüder von Natur aus Rüpel, er war nie ein Draufgänger. Johannes gebrauchte nicht die Fäuste, sondern den Kopf.»

Plötzlich mußte sie daran denken, wie böse sie gewesen war, wenn er als Halbwüchsiger das Badezimmer für sich beschlagnahmte und stundenlang nicht wieder zum Vorschein kam. Einmal war sie hineingeplatzt, er hatte nicht abgeschlossen, und sie hatte dies gesehen: Mit weißer Haut, das eine Bein in der Wanne, tauchte er vorsichtig die Zehen hinein, um die Temperatur zu prüfen. Vorsichtig und genierlich stieg er dann ins dampfende Wasser. «Susanna im Bade!» hatte sie gerufen. Ja, das war ein wenig herzlos von ihr gewesen, doch der Anblick hatte sie zu sehr verlockt. Johannes hatte einen roten Kopf bekommen. Was besagte das in dem Alter! Es wäre ihr auch nicht wieder eingefallen, hätte sie nicht später noch manchmal beobachtet, wie er sich körperlich zieren konnte. Sie hatte gedacht: Seine Frau wird ihm das abgewöhnen, dazu ist eine Ehe doch auch da.

Caroline sagte: «Als er achtzehn war, kam der Krieg. Von da an haben Sie alles, was Sie brauchen – Leutnant, EK I, Freikorps, Reichswehroffizier und die Beförderungen bei der Wehrmacht.»

«Nur eine Erklärung gibt das nicht ab», entgegnete Frey. «Nicht einmal eine Idee davon.»

«Die müssen Sie in Stalingrad suchen. So ergeht es mir auch. Da liegt wohl der Schlüssel, und da muß etwas geschehen sein, was vorher keiner geglaubt hat. Goebbels hat danach den totalen Krieg erklärt, aber in Stalingrad haben sie den längst gehabt.»

Frey schwieg eine Weile. In ihrer Gegenwart hatte er das, außer wenn er ihr zuhörte, noch nie getan. Er machte sich keine Notizen mehr, sondern sah sie an wie einer, der mit einer angeblich todsicheren Nummer auf etwas Schwerwiegendes gewettet hat und erlebt, wie das Glückslos auf einen anderen fällt.

«Herr Frey», sagte sie, es war das erstemal, daß sie ihn anredete, er bemerkte das sofort, denn er schaute sie verwundert an. «Aus mir werden Sie nichts herausbringen, was Sie nicht schon wissen. Ich weiß doch selber nichts. Meinetwegen sollen die, die das entscheiden, mich hier gefangenhalten. Ich kann meinem Sohn weder nützen noch schaden.»

Die Verhöre wurden eingestellt. Fünf Monate behielt man Caroline Ristenpart im Gefängnis. Es war Sippenhaft ohne Urteil. Sie dachte oft an den Tod und glaubte, ihn nah vor sich zu haben.

«Wo sind wir?»

Es war Nebel im Tal. In all diesen Wochen gab es viel Nebel. Der Nebel drang in die alte Mühle. Manchmal hing er am Morgen über den Liegen der hustenden Kinder. Wenn die Sonne durchkam, stand sie blaß am Himmel, zwischen Felsen und Fichtenhängen, wo Nebel und Wolken und Wasser zusammentrafen oder schon nasser Schnee. Vormittags hob sich der Nebel, aber nie löste er sich ganz auf, die Hänge hielten ihn fest.

Das Schierbachhaus war eine einsame Baude, eine ehemalige Mühle. Soweit Gertrud Ristenpart wußte, befanden sie sich im Adlergebirge, dem westlichen Kamm der Mittelsudeten, einem Teil des Riesengebirges. Natürlich war der Fleck nicht auf dem Atlas verzeichnet, den die Kinder mit wenigen Büchern in einem Schrank gefunden hatten und den sie nun zum Unterricht benutzten. Abends blätterte groß und klein darin. Sie stellten sich vor, wo jetzt die Front verlief, von der nur eins sicher war: daß sie ihnen näher rückte.

Ende Oktober waren sie hierhertransportiert worden, einundvierzig Angehörige bei Stalingrad gefangener Generale und Stabsoffiziere, Frauen und Kinder, die jüngsten zwei Jahre alt, und zwei Männer. Sie kamen aus den verschiedensten Gegenden Deutschlands, von Königsberg bis München. Nicht einmal ihre Bewacher wußten, was mit ihnen geschehen sollte.

Sippenhaft. Der Gestapomann und die Kriminalbeamtin, die sie mit einigen bewaffneten alten Männern bewachten, nannten es «Sicherheitshaft», doch es war Verfolgung *bis ins dritte Glied.* In einem Umkreis von fünfhundert Metern um die Baude durften sie sich bewegen. Unterhalb dieser Grenze war das Tal abgesperrt, Stacheldraht durch die Schlucht gezogen. Da stand bei einer Holzbrücke, die über einen Wildbach führte, noch einmal eine Wache. An Entkommen war nicht zu denken. Außerdem hielten die Kinder und die Alten sie hier fest. Auch dieses kleine Konzentrationslager unterstand dem Reichssicherheitshauptamt.

Kurz nachdem ihre Schwiegermutter aus Goslar angerufen hatte, waren auch bei Gertrud Ristenpart in Jüterbog Gestapoleute erschienen. Sie hatten das Haus durchsucht und ihr unter anderem die letzte Post ihres Mannes abgenommen. Am folgenden Morgen wurde sie verhaftet. Ihre Mutter war gerade zu Besuch bei ihnen, nun mußte sie bei den Kindern bleiben. Angeblich sollte Gertrud nur einige Fragen beantworten, doch man brachte sie nach Potsdam ins Polizeigefängnis, das gegenüber der Garnisonkirche lag. Gründe nannte man ihr keine. Als sie protestierte, erklärte ein Beamter: «Wer hierherkommt, wird erst mal eingesperrt, da hilft Ihnen gar nichts.»

Das Gefängnis war überfüllt. In der Zelle befanden sich schon sechs Frauen. Sie mußten zu zweit auf einer Pritsche schlafen, soweit das überhaupt gelang. Nachts kam Gestapo. Die Männer leuchteten ihnen mit Taschenlampen ins Gesicht. Einmal am Tag gab es Kohlsuppe, in die Soda gemischt war. Bei den Frauen setzte dadurch die Periode aus, bei manchen für immer. In den Verhören wurden sie verhöhnt, man sagte ihnen, ihre Männer bekämen sie nicht wieder zu sehen, auf die warte in sowjetischer Gefangenschaft der Genickschuß.

Gertrud überlegte, wie lange es noch dauern konnte. Aus allen Richtungen fielen die Fronten auf das Reich zurück. Daß der Krieg verloren war, mußte jeder erkennen. Aber noch tönte die Propaganda von Wunderwaffen und Vergeltung, es war unglaublich, was diese Regierung den Menschen vormachen konnte, was diese Menschen in ihrem Wahn zu glauben vermochten. Solange Gertrud noch in Freiheit war, hatte sie durch Freunde ihres Mannes in Berlin gehört, wie die Nazis jetzt überall schärfer zugriffen. Auch der geringste Widerstand bedeutete Galgen oder Fallbeil. Wie viele umgebracht wurden, erfuhr niemand. Die Bevölkerung duckte sich. Angst war allgemein, jeder fürchtete jeden.

Um jene Gegner Hitlers, deren die Geheime Staatspolizei nicht habhaft werden konnte, zu erpressen, nahmen sie nicht nur ihre Frauen und Mütter in Sippenhaft, sie ergriffen nun auch die Kinder.

Vor dem Transport, als sie auf dem Bahnhof auf einer Güterrampe warten mußten, hatte Gertrud im Gedränge plötzlich ihre Kinder entdeckt. Sie trugen Rucksäcke, sogar die Kleinste einen Beutel. Eine blonder als die andere, zwängten sich ihre drei Töchter durch die Herumstehenden und stürzten sich laut rufend in ihre Arme: «Mutti! Mutti!» Gertrud preßte sie an sich, Anna-Marie zehn, Corina acht und Renate erst drei Jahre alt. «Daß wir zusammen sind! Nie gebe ich euch wieder her!»

Gertrud Ristenpart, geborene Perlitz, war damals fünfunddreißig. Sie war eher ein Verstandesmensch als eine gefühlsbetonte Frau, vor allem konnte sie zufassen. Was sie hielt, das fiel nicht. Die Kinder fühlten sich bei ihr beschützt. Sie liebte sie über alles und hätte sich für sie zerreißen lassen, wenn es sein mußte. Zu anderen konnte sie schroff sein, doch für alle, die zu ihr gehörten, strahlte sie Wärme und Kraft aus. Gertrud war in einer deutschen Kaufmannsfamilie im Polnischen aufgewachsen. Da hatte sie eines Tages als angehende Lehrerin den Hauptmann Ristenpart bei Freunden in Bromberg kennengelernt. 1933 wurden sie in der Garnisonkirche in Hannover getraut.

Seit Stalingrad hatte sie indirekt zwei Lebenszeichen von Johannes erhalten. Zwei Wochen nach dem Ende der Schlacht an der Wolga erreichte sie aus Köln ein anonymer Brief. Darin stand: «Aus guter Quelle erfahre ich, daß Ihr Mann sich in russischer Gefangenschaft befindet.» Sie erkannte an der Handschrift die Mutter des Adjutanten ihres Mannes, mit der sie lose in Verbindung gestanden hatte. Gleichzeitig war schwarzumrandete Post eingetroffen: «Wir trauern mit Ihnen um Ihren gefallenen Gatten.» Einige Monate danach hatte sie, wiederum im Briefkasten, ein Flugblatt gefunden, das offenbar ein Unbekannter für sie aufgelesen und eingeworfen hatte. Es nannte die Namen der bei Stalingrad gefangenen Generale, darunter auch Johannes Ristenpart.

«Wo sind wir?» fragte Corina, als sie zum erstenmal im Schierbachhaus aufwachte. Spät abends waren sie mit Lastwagen heraufgefahren worden. Koffer, Rucksäcke, Mäntel, Decken, alles war in der Unterkunft durcheinandergewürfelt. Ein grauer Tag drang durch die Fenster. Die Menschen, die da zusammenkauerten und nach und nach zu sich kamen, sahen einander an.

Früher hätte Gertrud geantwortet: Das ist die Gegend, wo Rübezahl wohnt. Doch die Kinder kannten Schrecken genug. So sagte sie: «In einem großen Gebirge. Wenn wir aufgestanden sind, sehen wir uns um.» Corina und Renate lagen bei ihr. Anna-Marie hatte sich oben im Doppelbett zusammengerollt.

«Kinder», sagte Gertrud, «wir werden uns aneinander ganz festhalten. Wir werden es schaffen.» Nur die Älteste begriff etwas von dem, was sie meinte, sie war eben aufgewacht, ließ einen Zopf von oben herunterhängen und sah mit einem Gesicht auf ihre Mutter, als hätte sie alles verstanden. Gertrud dachte: Es darf nicht über meine Kräfte gehen. Es darf nicht.

Die Baude war früher ein Quartier für Wanderer gewesen, nur im Sommer bewirtschaftet. Sie hatte mehrere Schlafräume. Unten befand sich neben dem Eingang die ehemalige Gaststätte. Unter dem Dach gab es eine geschlossene Tenne, die sich durch das ganze Gebäude zog: daraus wurde ihre Arbeitshalle. Die Gestapo und die Wachen waren in einem Vorbau mit eigenem Zugang untergebracht. Im Inneren blieben die Häftlinge meist sich selbst überlassen, nachts wurden sie eingeschlossen. Die Fenster zu ebener Erde waren vergittert. Kamen sie nach draußen, standen da die Posten mit den Gewehren. Die Kinder, die hinausliefen und auf dem Geröll herumkletterten, nahmen sie schon bald nicht mehr wahr.

Sie alle gewöhnten sich an das Haus, an den Tagesablauf mit Arbeit und kargen Mahlzeiten, an das enge Tal und den Nebel, vor allem gewöhnten sie sich aneinander. Die Frauen und die beiden Männer, die eine Kammer für sich erhielten, richteten sich in der Baude ein, als sollten sie hier das Kriegsende erwarten. Unter ihnen befanden sich Frau Paulus mit Tochter, Schwiegertochter und Enkelkind, Frau von Seydlitz mit zwei Töchtern, Frau Korfes, Frau von Lenski mit der achtjährigen Christiane und dem vierjährigen Gero und Frau Lewerenz mit ihrem kleinen Sohn. Hier aber gab es keine Rangordnung mehr, sie mußten zusammenhalten, ob sie es gelernt hatten oder nicht.

Auf der Tenne, die nur durch einen Luftschacht von unten ein wenig erwärmt wurde, mußten die Frauen täglich acht Stunden Tarnnetze knüpfen, die für die Fliegerabwehr bestimmt waren. Gertrud stellte sich vor, was damit geschehen würde. Russische Gefangene mußten unter diesen Netzen Granaten zu den Geschützen tragen. Die Richtkanoniere waren Hitlerjungen und die Geschützführer Männer im Volkssturmalter. In Wochenschauen hatte sie Bilder gesehen, die heldenhaft wirken sollten und doch nur das letzte

Aufgebot zeigten. Das Material für die Tarnung wurde aus Breslau herangebracht. Die Kinder wollten damit immer Drachen basteln. Während die anderen oben die Seile über Böcke spannten und aus Schnipseln, Schnüren und künstlichen Blättern das Gewebe flochten, bis sie lange Bahnen aufrollen konnten, unterrichtete Gertrud an den Vormittagen unten im Tagesraum die Kinder – nachmittags halfen sie alle oben, so gut sie konnten.

Daß die Kinder etwas lernen durften, hatten der Gestapomann Nieburg und die Bewacherin, die Rabenhorst hieß, nach den ersten vier Wochen erlaubt. «Aber denken Sie bloß nicht, Ihre Kinder dürften je wieder auf richtige Schulen!» hatte die Rabenhorst hinzugefügt. Die beiden drohten immer mit der Zukunft. Hier zählte jeder Tag.

Dreizehn Schüler hatte Gertrud, vom Kindergartenalter bis zur Tertia. Meist saß auch der alte Herr von Knobelsdorff unter ihnen, der mit seinen siebzig Jahren der Senior im Haus war und die Kinder wie eigene Enkel angenommen hatte. Manchmal beteiligte er sich auch am Unterricht und erzählte Geschichten von Kaufleuten, die um die Welt fuhren, von Kaiser und Königen aus dem alten Reich berichtete er oder wie er einmal ein Salzbergwerk besichtigt und sich über das silberne Glänzen in den Schächten gewundert hatte. Renate ritt oft auf seinen Knien.

Die Kleinen malten, oder Gertrud erzählte ihnen in einem Winkel, was sie sich gerade ausdachte, während die Großen rechneten oder Aufsätze schrieben, solange sie noch Papier hatten. Als das ausging, gab es nur noch mündlichen Unterricht. Nie hatte Gertrud aufmerksamere Schüler gehabt. Sie übte Lieder mit ihnen ein, und jeden Tag sangen sie alle zusammen. Nur Religion gab sie nie, eine andere Mutter betete mit den Kindern.

Oft betrachtete Gertrud diese seltsamste aller Klassen, die je um sie herum gesessen hatte. Sie waren wohlaufgehoben gewesen in ihren Familien. Wenn sie diese Gesichter vor sich sah, konnte sie nicht mehr begreifen, wie lange sie diesem

Staat getraut hatte. Als das, was er war, erkannte sie ihn erst, als sie verfolgt wurde.

«Warum sprechen wir so selten über das, woran wir alle immer denken?» fragte einmal Helga. Sie war mit fünfzehn die Älteste und sollte nach Anordnung der Rabenhorst eigentlich auch morgens auf der Tenne arbeiten, aber sie stahl sich immer hinunter. «Was glauben Sie, Frau Ristenpart, wann kommen wir hier heraus?»

Sie fragt nicht, ob, sondern wann, dachte Gertrud. Die Erwachsenen blieben darüber stumm. Auch sie wollte jetzt nichts behaupten, was sie nicht für möglich hielt. Was wußten sie von draußen? Manchmal drang aus dem Vorbau das Radio herüber. Wenn Sondermeldungen kamen, stellte die Wache die Fanfaren laut. Das geschah immer seltener. Die Kriegsereignisse konnten die Gefangenen nur an den Gesichtern der Bewacher ablesen, aus ihrem Verhalten entziffern.

«Im Frühjahr», sagte Gertrud. «Wenn alles zusammenbricht, verlieren sie die Übersicht. Dann kommt unsere Chance.»

Helga war schmal, blaß, dunkelhaarig, ein Mädchen, an dem sofort eines auffiel: die Augen. Augen, die gesehen hatten, wie Menschen auf brennendem Asphalt festklebten. In Hamburg, wo sie zu Hause war, hatte sie die Luftangriffe erlebt und war eine Nacht verschüttet gewesen. Sie bewohnten dasselbe Zimmer. Oft saß Gertrud an ihrem Bett, wenn sie im Schlaf am ganzen Körper zitterte. Was haben wir mit euch gemacht! Es war zum erstenmal, daß Gertrud die Schuld auch auf sich bezog.

«Haben Sie Frau Rabenhorst beobachtet?» fragte Helga. «Die wird immer schweigsamer, früher konnte sie nicht genug reden. Ich glaube, sie hat nur noch Angst, vielleicht mehr als wir.»

«Das ist es», sagte Gertrud und brach ab. Das ist die Gefahr, dachte sie, daß die da oben immer mehr Angst bekommen, dann werden sie noch unberechenbarer. Sie sagte: «Vielleicht vergessen sie uns, die da in Berlin.»

«Das glaubst du selbst nicht», sagte Anna-Marie, die neben Helga saß und sie in vielem nachzuahmen versuchte. Sie warf den Pferdeschwanz, der vornüberhing, in den Nacken. In letzter Zeit war sie aufgeschossen, man wußte bei der Ernährung nicht, wovon. Dürr und hochbeinig lief sie in Kniestrümpfen mit dem zu kurzen Rock herum.

«Doch», sagte Gertrud. «Ich halte das wirklich für möglich. Ich erzähle euch nichts, was ich nicht glaube. Es kann jetzt so viel geschehen. Eine Bombe in das Haus, wo sie alles über uns gespeichert haben, und keiner weiß mehr etwas von uns. Stellt euch das vor: alle Akten verschwunden, verbrannt! In dem Durcheinander kann alles passieren. Und wenn in Berlin Schluß ist, ist überall Schluß. Dann sind alle Kommandos abgeschnitten. Jeder macht, was er will. Unsere Bewacher, da könnt ihr sicher sein, die werden uns nichts tun, schon weil sie vielleicht hoffen, daß wir später für sie aussagen. Sie haben zwar ihre Befehle ausgeführt, aber Unmenschen sind sie nicht. Die werden davonlaufen, sobald sie können.»

«Das Schlimmste ist, daß die Unmenschen Menschen sind», sagte Helga, und Anna-Marie wollte wissen: «Berlin fällt zuletzt. Der Führer und Goebbels machen aus der Stadt eine Festung.»

«Später sprechen wir weiter.» Gertrud blickte auf die Kleinen, die sie fast vergessen hatte. Es war ein Fehler, solche Dinge vor ihnen zu besprechen. Später, das hieß nach der Regel, die im Schierbachhaus unwillkürlich entstanden war, fast immer auch: zu zweit. Anfangs gingen sie hinaus und redeten im Wind. Sie befürchteten, drinnen würden sie abgehört. Erst nach einigen Wochen sagten sie sich, daß es darauf auch nicht mehr ankam.

Als der Unterricht zu Ende war, nahm Herr von Knobelsdorff Gertrud auf die Seite. «Auf Ihnen lastet so vieles», sagte er. «Ich wollte, ich wäre kein alter Mann. Ich wollte, ich könnte Ihnen helfen.» – «Das tun Sie doch.»

«O nein,» sagte er. «Was glauben Sie, ich war einmal ganz

anders. Bäume konnte ich ausreißen, und nicht nur das. Ich habe Geduld lernen müssen. Aber das hier ...»

Gertrud fand sein Alter das Beste an ihm. Einen Fünfundvierzigjährigen von seinem Kaliber hätte sie hier nicht erleben mögen, der hätte nur alles noch schwieriger gemacht. Früher war wohl auch mit Knobelsdorff nicht gut Kirschen essen gewesen. Manche Männer wurden erst im Alter erträglich. In jüngeren Jahren waren gerade unter Adligen und Offizieren so viele auf diese sporenklirrende Weise männlich. Ein bißchen Milde und die Geduld des Alters waren ein Segen.

Sie sah ihm in die Augen und sagte: «Ich kann mir schon denken, wie das früher mit Ihnen war. Aber das ist Ihnen doch klar, daß Sie hier, als Großvater für uns alle, gebraucht werden. Glauben Sie nicht, das sei nur ein Trost. Schauen Sie doch uns an. Mühe geben sich die meisten. Aber Sie spüren doch auch, wie es unter uns von Woche zu Woche mehr knistert. Alles andere wäre auch ein Wunder. Ich staune sowieso, daß wir nicht mehr aneinandergeraten. Vor lauter Sorge, daß es einmal kracht, schweigen wir lieber, und das fällt uns Frauen nun einmal besonders schwer. Und Sie, Herr von Knobelsdorff, lassen Sie mich das Ihnen ruhig einmal sagen: Dadurch, daß Sie da sind, halten Sie zwischen uns allen eine Menge zusammen. Ich wüßte wirklich nicht, was wir ohne Sie machen sollten.»

«Na, dann wollen wir mal hoffen, daß ich noch eine Weile durchhalte», brummte er und stapfte hinaus.

Renate kam und drängte sich um ihre Beine. Gertrud legte beide Hände auf den Kopf an ihrem Schoß. Das Kind lief durch die Tage, stolperte treppauf und treppab und stieß helle Laute aus. Renate entbehrte am wenigsten. Anna-Marie verstand immer mehr, machmal dachte Gertrud: Sie ist gar kein Kind mehr. Corina fragte: «Was ist mit Vati? Was machen die mit uns? Wir haben doch nichts getan. Warum dürfen wir nicht nach Hause?» Gertrud nahm sie jedesmal und drückte sie an sich. Was konnte sie anderes tun?

«Kind», sagte sie, «es wird gut werden, ich weiß das. Eine Weile müssen wir noch hierbleiben. Am Ende kommen wir heil zurück, alle fünf.» Sie wußte selbst nicht, woher sie die Hoffnung nahm.

Außer mit Helga teilten Gertrud und die Kinder ihren Raum mit einer jungen Frau, Ingrid Gerwin aus Neuruppin. Goldschmiedin war sie, unverheiratet, ein stiller Mensch voller Rücksicht. Man hatte sie als Tochter eines Oberstleutnants verhaftet, der sich ebenfalls dem Offiziersbund angeschlossen hatte, doch sie hatte mit ihrem Vater kaum Kontakt gehabt. Ihre Mutter lebte nicht mehr.

«Ich bewundere die Kinder», sagte Frau Gerwin zu Gertrud. «Ich habe solche Angst. Wissen Sie, ich war nie politisch. Aber wenn ich den Hitler im Radio schreien hörte, hat es mir immer die Kehle zugeschnürt.»

In dem Zimmer standen zwei Doppelbetten und zwei Liegen, für jeden gab es einen Stuhl und für alle gemeinsam eine Kommode. Hinter dem Vorhang wurde es morgens kaum noch hell. Oft lag das Tal den ganzen Tag in dichtem Nebel. Anfang Dezember fiel Schnee.

Gertrud kümmerte sich nicht darum, als nach und nach wieder Rangstufen aufkamen. Mit den Generalinnen, wie sie immer noch genannt wurden, war es oft schwierig, und sie war die Jüngste unter ihnen. Frau von Seydlitz hatte unter Druck in die Scheidung von ihrem Mann eingewilligt, aber das hatte nichts genützt, sie war trotzdem von der Gestapo geholt worden. In einem Straflager für weibliche Häftlinge, die für eine Sackfabrik bei Magdeburg arbeiten mußten, wurde sie schikaniert, bevor man auch sie in das Schierbachhaus brachte. Gertrud verstand nicht, wie sich eine Frau in dieser Situation, und sei es auch nur der Form nach, von ihrem Mann lossagen konnte. Sie sprach mit Frau von Lenski darüber, aber die meinte: «Wer will da richten?» Verlassen waren sie alle, niemand wußte einen Ausweg. Warten. Gertrud lebte nur für die Kinder. Daß sie das Notwendigste hatten, war ihr Tagesinhalt. Im Keller fand sie einen Rodelschlitten und richtete ihn her. Nun konnten die Kleinen vor dem Haus den Hang hinunterrutschen. Es gab Augenblicke, in denen die Kinder fröhlich waren. Hungern mußten sie nicht direkt, aber das Essen, das die Frauen abwechselnd in der alten Küche zubereiteten, war nur aus Steckrüben und erfrorenen Kartoffeln zusammengekocht. Manchmal gab es Kürbissuppe.

Mit Winteranfang brach sibirische Kälte herein. Alle rückten noch enger zusammen. Es war zum drittenmal ein Kriegswinter, der die Menschen in ihren Höhlen einpferchte und manchmal sogar die Front erstarren ließ. Oft mußte Gertrud daran denken, daß Johannes in einem seiner letzten Briefe geschrieben hatte: «Hier kämpft selbst die Erde gegen uns.»

Weihnachten kam. Was für ein Weihnachten! Als sie am Abend ein paar Kerzen anzündeten und die Lieder sangen und sogar noch Geschenke wer weiß wie zusammengebracht hatten, eine Puppenwiege aus Brennholz, ein zerlesenes Buch, Honigkuchen und Äpfel aus Paketen, die sie empfangen durften – als sie in dem Haus unter dem Schnee saßen, wurde es ein Abend, an dem sie leiser als sonst sprachen. Sie waren eingemummt in alles, was sie besaßen. Im Vorbau saß die Wache und hatte es wärmer.

Eine der Frauen überreichte Corina geheimnisvoll ein großes, weiches Päckchen, als dessen Inhalt sich unter vielen Hüllen ein häßlicher Holzanhänger herausstellte. Frau Gerwin, die ihre Enttäuschung beobachtete, steckte ihr später eine winzige silberne Kette aus ihrem Schmuckkasten zu, da war Corina glücklich.

Renate lief zwischen allen umher und lachte. Plötzlich streifte sie mit ihrem Schopf eine Kerze. Eine Locke fing Feuer, es knisterte. Gertrud und Anna-Marie sahen es im selben Augenblick. Sie sprangen auf und stürzten auf sie zu. Ihre Hände trafen sich auf Renates Kopf, gemeinsam drückten sie die Flammen aus. Jetzt fing Renate laut an zu weinen. Gertrud hob sie auf, drückte sie fest an sich, bis das Kind nur noch leise schluchzte und schließlich wieder auf die Beine wollte. Anna-Marie stand still dabei und betrachtete ihre Hände – sie hatte sich nicht ernstlich verbrannt. Ein paar Tage sträubten sich bei Renate noch die Fransen, sie sah wie ein gerupftes Küken aus.

Wenn sie nachts unter den Decken lagen und Gertrud den Atem der anderen hörte, diese verschiedenen Menschen so eng beieinander, den leichten Atem ihrer Kinder, Helgas Unruhe und Frau Gerwin, hörte sie oft, wie Schneebretter zu Tal rutschten. Es donnerte. Gertrud konnte nicht beten. Oft faltete sie trotzdem die Hände und versammelte alles in sich auf den einen Punkt: Ich bringe sie durch, komme, was da wolle. Sie stand auf und tastete nach den Kindern, sie vergewisserte sich.

Wenn sie da im Dunkel stand, draußen die Nachtschemen, und niemand sie beobachtete, kamen ihr die Tränen. Woher soll ich die Kraft nehmen? fragte sie sich. Sie kann nicht nur aus dem Willen kommen, die Kraft, die ich brauche. Ja, den Willen habe ich. Aber keinen Halt mehr. Wenn ich sicher sein könnte, daß Johannes lebt, wäre alles anders. Ich will es glauben, aber was weiß ich? Wird es ein Wiedersehen zwischen uns geben, mit den Kindern, die mich in jedem Augenblick an ihn erinnern? Er war ein guter Vater. Warum, um alles in der Welt, denke ich: *war?* Sie dachte an ihre Jugend und daran, wie das Leben war, für das man sie erzogen hatte. Gertrud sah ihren Vater, der im Winter im Fellmantel über Land fuhr und seinen Handel betrieb, er benutzte immer die Bahn. Sie wußte nicht so genau, was er alles unter die Leute brachte: Dünger, Futtermittel, aber auch Jungvieh. Manchmal hatte er sie zu Auktionen mitgenommen. Die Gutsbesitzer, mit denen er verhandelte, sprachen deutsch und die Bauern polnisch. Ihr Vater war groß und kräftig, er trank Schnaps mit den Viehhändlern. In dem Fellmantel kam er ihr vor wie ein Zottelbär. Er trug auch eine Fellmütze. Wenn sie auf seinen Schultern reiten durfte, wärmte die ihr die Schenkel, und der Kopf ihres Vaters war zwischen ihren Beinen.

Sie dachte an den Tag, an dem sie den Hauptmann Ristenpart zum erstenmal getroffen hatte. Das war auf der Hochzeit ihrer Freundin Irene, die wie sie Lehrerin war: Damals in Bromberg heiratete sie einen seiner Freunde. Johannes war ihr Tischherr, er war zwölf Jahre älter als Gertrud und hatte schon Geheimratsecken. Aber schlank war er, eine vorzügliche Erscheinung, fand sie, mit fünfunddreißig noch Junggeselle. Er erzählte ihr von seinen Geschwistern und den Eltern in Goslar. Sie wunderte sich, daß er mit den Fotos so schnell bei der Hand war und ihr die Familie zeigte, aus der er stammte. Johannes sprach von seinem Vater, der schon pensioniert war und darüber klagte, daß das Haus nun zu groß war, in dem die sechs Kinder aufgewachsen waren. Der Hauptmann wirkte auf sie wie einer, der sein Elternhaus noch überall mit sich herumtrug, ein Familienmensch. Sie erinnerte sich, wie sie das zuerst geängstigt hatte. Aber als sie sein Zuhause kennenlernte, fühlte sie sich gleich von allen aufgenommen.

Es war eine Ablösung, dachte sie. Er hat mich aus den Händen meines Vaters entgegengenommen und mich von da an mit seinen eigenen festgehalten. Ich wurde weitergereicht in der Männerwelt von einem Mann zu einem anderen. Das regelte sich alles, und das Leben, das begann, war, wie ich es mir immer gewünscht hatte. Meinen Beruf als Hauswirtschaftslehrerin hatte ich nur als einen Durchgang betrachtet. Johannes hatte zu lange allein gelebt und sich manche Eigenarten zugelegt, die ich ihm allmählich und auch mit ein paar Listen wieder abzugewöhnen versuchte. Darin war ich erfolgreich, aber er machte es mir auch leicht. Er ist keiner, der auf seine Rechte pocht, kein auftrumpfender Mann. Johannes behandelte mich rücksichtsvoll – damit brachte er mich mehr als mit allem anderen dazu, daß ich ihn liebte. Einen zuvorkommenden Ehemann hatte ich immer haben wollen. Natürlich konnte er auch leidenschaftlich sein, aber er hat nie nur an sich gedacht. Als ich die Kinder erwartete, konnte er sich kaum gedulden, bis sie auf der Welt waren. Nun hatte endlich auch für ihn alles seinen eigenen Zusammenhang. Er war stolz auf unsere Familie. Wir lebten in Potsdam, wo er zuerst eine Batterie, später eine Abteilung in der Artilleriekaserne befehligte. Nichts, gar nichts sagte mir voraus, was mir bevorstand, uns allen. Gertrud dachte über alles nach. Sie dachte auch an ihre Mutter, die hinter dem Vater immer zurückgestanden hatte, bis er eines Tages von einem Pferd in den Leib getreten wurde und innerhalb weniger Stunden an seinen inneren Verletzungen starb. Sie zog nach Berlin und hütete oft die Kinder.

Stundenlang stand Gertrud in den Nächten am Fenster und hörte die Schneebretter herabdonnern. Manchmal ächzte der Wald, oder Steine polterten von der Höhe und schlugen im Tal auf. Wenn sie das Fenster öffnete, spürte sie den eisigen Nebel, er wehte ihr wie mit Messerspitzen ins Gesicht.

Eines Tages überschlug sich Corina mit dem Schlitten in einer Grube. Sie konnte nicht aufstehen und weinte vor Schmerz. Der Gestapomann Nieburg telefonierte. Ein SS-Wagen brachte das Kind ins Krankenhaus in die nächste Kleinstadt. Da verlor Gertrud die Fassung und weinte hemmungslos. Sie konnte ihre Tränen auch nicht unterdrücken, als sie Corina in Begleitung eines SS-Offiziers besuchen durfte. Das Mädchen lag in einem Vierbettzimmer auf einer Mütterstation und war da ganz gut aufgehoben. Sie freute sich so sehr, als sie warme Anziehsachen auspackte, die Gertrud ihr mitgebracht hatte.

«Corina», sagte Gertrud, «du mußt schnell gesund werden, vielleicht kommen wir fort.» Sie fürchtete, sie zurücklassen zu müssen, wenn es soweit war. Aber nichts geschah, und als Corina in das Schierbachhaus zurückkam, wurde Gertrud wieder der Mensch, der sie vorher gewesen war.

Ende Januar 1945 veränderte sich ihre Lage mit einem Schlag. Nieburg kam, begleitet von der Rabenhorst, auf die Tenne und erklärte ihnen, ab sofort dürfe niemand mehr die Mühle verlassen. Er begründete das mit keinem Wort, aber sie spürten, wie nervös er war. Etwas mußte an der Front geschehen sein. Die Bewacher bereiteten ihren Aufbruch vor. Die Mütter begriffen, daß der lang erwartete Moment gekommen war. Noch ehe es befohlen wurde, rafften sie alles zusammen und zogen den Kindern an, was sie nur hatten.

Gertrud sagte zu Anna-Marie und Corina: «Ihr behaltet Renate immer zwischen euch. Und nie dürft ihr zurückbleiben. Wir trennen uns nie, in keinem einzigen Augenblick. Wenn euch jemand wegholen will, und ich merke es nicht gleich, fangt ihr an zu schreien.»

Sie hatte den Eindruck, daß die Verbindung nach Berlin abgerissen war und Nieburg allein entscheiden mußte. Alles schien draußen drüber und drunter zu gehen. Der Gestapomann, sonst eher ruhig, schrie jetzt herum. Offenbar versuchte er, Lastwagen aufzutreiben. Schließlich ereignete sich etwas, was unter anderen Umständen ein freudiges Erlebnis hätte werden können – die Kinder fanden es abenteuerlich: Nieburg hatte eine Kolonne von Pferdeschlitten aufgetrieben, mit denen brachte er die Sippenhäftlinge unter Bewachung über die Berge auf der tschechischen Seite zu Tal. Nach Stunden erreichten sie einen Dorfbahnhof, da stand ein alter Vierter-Klasse-Wagen, der wurde für einige Zeit ihr Gefängnis.

Später, in Oberlohma bei Eger, lagen sie vier Wochen auf Stroh in einer Schule. Es gab kaum noch Verpflegung. Was sie bekamen, steckten sie den Kindern zu. Die Erwachsenen sahen aus wie hungernde Gäule, noch unter der Kleidung zeichneten sich die Knochen ab.

«Wo sind wir?» fragte Corina. Gertrud versuchte, es ihr zu erklären. Ein ortsansässiger Arzt wurde herbeigeholt, um sie nachzubehandeln und andere Kinder, die fieberten, zu versorgen. Nieburg hatte ihm gewiß nicht gesagt, was für eine Gruppe er da vor sich hatte. Der Doktor fragte nicht, er gab sich scheinbar mit den Familiennamen zufrieden, die er von den Bewachern gesagt bekam. Sein Hut, sein Mantel, seine Tasche waren schwarz.

In einem unbemerkten Augenblick konnte Gertrud ihn fragen: «Wo steht die Front? Wir wissen von nichts.»

Er blickte sich um, runzelte die Stirn über den faltenverhangenen Augen und sagte leise, doch deutlich, mit dem Gesicht nach unten: «Die Russen sind durch Oberschlesien durch und haben Breslau und Glogau erreicht. Sie stoßen auf Frankfurt an der Oder vor. Berlin ist Festung.»

«Und im Westen?»

«Es hat noch einmal eine deutsche Offensive in den Ardennen gegeben. Die Amerikaner und Engländer haben sie zurückgeschlagen. Es ist ein Ansturm aus Ost und West, das Reich wird immer schmaler. Auf Dresden hat ein fürchterlicher Luftangriff stattgefunden. Dresden gibt es nicht mehr.» Die Rabenhorst kam dazwischen, er verstummte. An Corinas Fuß hatte er den Gips durch einen Verband ersetzt. «So, nun tritt mal ordentlich auf», sagte er. «Na, siehst du.»

In der Nacht berieten die Frauen mit dem alten Knobelsdorff, wie sie sich verhalten sollten, falls sie in Kampfhandlungen hineingerieten. Sie hielten es allerdings für wahrscheinlicher, daß sie weiter ins Reichsinnere transportiert wurden. Knobelsdorff meinte, daß Nieburg wohl versuche, sie loszuwerden, aber anscheinend wolle niemand sie haben, und sie laufenzulassen, wage er nicht. Dazu war es auch zu früh, sie wären nicht weit gekommen.

Eines Tages wurden sie wieder in den alten Wagen verfrachtet und an einen Zug angehängt. Es ging nordwärts, hauptsächlich fuhren sie nachts und standen tagsüber auf Nebengleisen in Waldstücken. Dann tauchte hinter den Sehschlitzen, die mit Holz zugenagelt waren, die Stadt Gera auf.

Es waren Flugzeuge in der Luft. Engländer und Amerikaner beherrschten den Raum über Deutschland. Als einmal ein deutscher Jäger auftauchte, stürzten sich drei Gegner auf ihn, bald trudelte er brennend ab. Die anderen kamen mit ihren schnellen Maschinen, Jagdschutz für Bomber, Tiefflieger. Sie zogen als Silberfische über das Land. Wenn Gertrud ihnen zusah, durch einen Spalt, der ihr ein Stück Himmel freigab, mußte sie an Kunstflieger an einem Flugtag denken, die sie vor dem Krieg gesehen hatte. Wie damals konnte sie die Piloten in der Kanzel erkennen. Aber sie winkten nicht. Sie stießen herab und sprühten Leuchtschnüre auf Dörfer, Züge und einzelne Menschen, die über die Felder rannten oder sich in eine Furche warfen. Es gab keinen Unterschied zwischen Militär und Bevölkerung. Die Sieger schossen auf alles. Deutsche hatten Coventry zertrümmert und London bombardiert. Die Alliierten hatten sich Zeit gelassen, überlegen zu werden. Jetzt starteten sie an der Kanalküste oder in Frankreich und nahmen sich vor, was sie wollten. Ein paarmal kamen sie so dicht heran, daß die Häftlinge fürchteten, nun werde auch ihr Zug beschossen, aber sie blieben verschont. Wo sie vorüberfuhren, sahen sie die Rauchzeichen und Ruinenfelder. Gertrud dachte: Es gibt keinen Krieg, in dem man nur auf die Regierung schießen kann. Die britischen Flieger, die Amerikaner, und es waren wohl auch Australier und Kanadier, sie erschienen ihr, wie sie dahinjagten, als junge Sportler, die mit ihren Maschinengewehren alles zusammenschossen, was sich bewegte. Jetzt am Ende hatten sie leichtes Spiel.

Mehrfach wurde ihr Wagen abgehängt, stand stundenlang auf einem Rangiergleis. Der Ausguck, der gerade an der Reihe war, meldete: «Nieburg geht wieder telefonieren.» – «Wasser!» riefen sie, und manchmal brachten ihnen die Bewacher einen Kübel. Den Gestank im Inneren rochen sie kaum noch. Sie hatten sich bemüht, alles sauberzuhalten, doch den Unterschied zwischen Mensch und Tier konnten sie nur in ihren Gedanken wahrnehmen. Als draußen ein Stellwerkschild von Weimar auftauchte, sagte Knobelsdorff: «Buchenwald.»

Wie lange standen sie dort auf dem Verladebahnhof des Konzentrationslagers? Es waren mehrere Tage. Nieburg verhandelte mit der Lagerleitung, er wollte sie hier abliefern, offensichtlich versuchte er es immer von neuem, aber da mußte es Hindernisse geben. Sie konnten draußen andere

Waggons sehen, die waren verschlossen wie ihrer, sicherlich ebenso vollgestopft mit Häftlingen. Nachts fror es, tagsüber erwärmte die Sonne das Dach, ein Schimmer von Vorfrühling lag auf dem Gelände, über das SS-Männer mit Maschinenpistolen und Hunden patrouillierten. Abgewrackte Fahrzeuge standen herum, Geräte wie auf einem Truppenübungsplatz. Gertrud kam der Gedanke, daß es bei soviel Elend nicht Frühjahr werden konnte.

Am dritten Tag morgens geschah etwas, was ihnen vor Entsetzen die Glieder lähmte. Nieburg und seine Helfer rannten herum und riefen: «Alle Erwachsenen aussteigen!» Sie schlossen die Türen auf: «Los, los!» Die Kinder begannen zu schreien und hörten nicht wieder auf. Mit vorgehaltener Waffe wurden die Mütter von ihnen getrennt. Gertrud klammerte sich an Renate, Corina und Anna-Marie, bis einer sie packte und wegriß. Nieburg schrie den Kindern zu: «Es passiert euch ja nichts!» Die Erwachsenen, unter ihnen Helga, mußten auf der Rampe antreten und warten. Es dauerte stundenlang, die Kinder wurden stiller und wimmerten nur noch. In der Schlange draußen sah einer den anderen an. So sahen Menschen aus. Gertrud glaubte, das sei das Ende. Nieburg war wieder fortgegangen, auch die Rabenhorst war nicht zu sehen. Endlich kamen beide in einem Kübelwagen angefahren, sie wurden am Bahngleis abgesetzt. Nieburg rief: «Alles wieder einsteigen. Das Lager ist überfüllt, wir fahren weiter.» Drinnen griffen sie weinend nacheinander und hielten sich lange fest.

Die Regie, die immer noch Transporte in Gang setzte, gab irgendwo ein Kommando. Mitten in der Nacht hörten sie, wie der Wagen angekoppelt wurde, dann rollten sie wieder. Als es hell wurde, erkannten sie an den Stationen: jetzt ging es wieder nach Süden. Diesmal waren sie an einen Militärzug angehängt, er bewegte sich nur langsam. Als es Abend wurde, sie mußten in der Gegend von Nürnberg sein, und es war schon fast dunkel, bremste der Zug scharf und stand dann in der Nähe eines Waldes. Draußen erschollen Kommandos. Die Soldaten und die Begleitmannschaften rannten auf die Bäume zu. Die Häftlinge blieben eingeschlossen.

Plötzlich dröhnten Flugzeuge, in der Nähe detonierten Bomben, es krachte überall. Gertrud warf ihre Kinder auf den Boden und versuchte sie mit ihrem Körper zu schützen. Neben sich spürte sie Ingrid Gerwin. Auch alle anderen hatten sich zwischen den Gepäckstücken oder unter den Bänken verkrochen. Feuer loderte draußen, ein Stück des Waldes schien zu brennen. Oder war da schon die Stadt?

Niemand sagte ein Wort, nur das Weinen der Kinder war zwischen den Explosionen und dem Knattern der Fliegerabwehr zu hören. Der Angriff schien endlos zu dauern. Dann war er so übergangslos vorüber, wie er begonnen hatte. Sie richteten sich wieder auf, die Soldaten kehrten zurück. Der Zug konnte noch fahren, sie rollten langsam an dem brennenden Fürth vorüber.

Am anderen Morgen erkannten sie im Tagesgrauen die Station Dachau. Es war ein Aufatmen, als sie auf Lastwagen verladen wurden. Nach kurzer Fahrt lieferte man sie an einer Baracke hinter Beobachtungstürmen ab. In dem Stacheldrahtzaun in der Nähe glänzten die Isolatoren der Hochspannung. Nieburg mußte sie angekündigt haben, jedenfalls wurden sie erwartet und erhielten Platz in einem abgeteilten Raum mit einigen Pritschen und genügend Strohsäcken, die auf dem Boden nebeneinander lagen. Sie konnten sich in ihrem Geschirr eine Suppe holen, darin schwammen Dörrgemüse und sogar ein paar Kartoffeln. Es war das erste Essen seit Tagen, außer etwas Brot und Wasser, womit sie unterwegs hatten auskommen müssen. Durch die Unterkunft liefen Ratten, doch gegenüber allem, was hinter ihnen lag, war der Aufenthalt hier beinahe so etwas wie eine Befreiung.

Tatsächlich erwachten in den folgenden Tagen ihre Lebensgeister wieder. Zwar waren einige der Erwachsenen so schwach, daß sie die meiste Zeit nur noch liegend verbringen konnten, aber die Kinder spielten draußen und begrüßten jeden Sonnenstrahl. Die Gruppe Nieburg, wie die Lagermannschaften sie nannten, wurde in einer gesondert stehenden Baracke vor dem Hauptlager zusammengehalten. Offenbar fühlte sich niemand für sie zuständig.

Als sich herausstellte, daß sie wohl einige Wochen hierbleiben würden, sagte sich Gertrud, daß mit den Kindern etwas geschehen mußte. Sie nahm sich zusammen und übte mit ihnen noch einmal das Märchenspiel ein, das sie schon in Oberlohma aufgeführt hatten. Corina spielte das Rotkäppchen. Zu der Wiederholung luden sie auch die Häftlinge aus der Nachbarbaracke ein, unter ihnen eine Prinzenfamilie der Wittelsbacher. Corina warf sich mit solcher Wonne auf den als Großmutter auf einer Pritsche liegenden Wolf, daß ihre Beine hart aufs Holz schlugen. Gertrud rief aus dem Zuschauerkreis: «Dein Fuß!»

Die Prinzenmutter schenkte Corina ein rosa Kleid, das von nun an ihr bestes Stück war. Sie wollte immerzu Prinzessin darin spielen. Gertrud konnte es kaum fassen, daß so etwas noch möglich war. Im Lager starben jeden Tag Menschen und wurden im Krematorium verbrannt. Aber die Kinder hatten das Leben wiedergefunden.

Offensichtlich sorgten sich die Bewacher nur noch darum, wie sie davonkommen konnten. Es gab im Lager jetzt keine Selbstmorde mehr. Keiner der Häftlinge stürzte sich noch in die Hochspannung, niemand trat mehr aus der Reihe, um alles zu beenden: *Auf der Flucht erschossen.* Unter den Tausenden, von denen viele seit Jahren hier gefangen waren und nicht wußten, wie sie überlebt hatten in der Hölle, dem Alltag, in dem sie kaputtgingen, zerrieben wurden, nicht aufgaben, weiteratmeten, preßte jeder, so gut er konnte, noch eine Hoffnung aus sich heraus, damit er durchhielt. Nur jetzt nicht aufgeben und draufgehen, nein, noch einmal mußte man untertauchen, klein werden, unauffällig, eine Kreatur, die sich stumm stellte, umheräugte, aufpaßte, jede Veränderung erspähte, im Gesicht der Posten wie unter den Mithäftlingen, alle Geräusche, den Geruch und das Licht. Wenn Gertrud sie sah, wie sie da noch warteten, gekrümmt vor den Baracken hockten oder herumlagen und flach atmeten, mit letzter Kraft, spürte sie, wie sich in ihr alles bis zum äußersten aufrichtete, um auch das Geringste zu hören, das nicht hierhergehörte, sondern von außen kam, jede Regung, durch die sich ankündigte, daß es soweit war. Vor ihnen lag der Tag, an dem die Amerikaner das Lager erreichen würden. Warum kamen sie nicht längst mit ihren Flugzeugen und landeten auf den Feldern? Immer wieder stießen die Häftlinge einander an und machten sich aufmerksam: War da nicht Geschützdonner, der von fern grollte?

Mitten in der Nacht wurde die Gruppe Nieburg aufgescheucht, noch einmal kam der Befehl, daß sie verladen wurden. Wieder rafften sie ihre Habe zusammen und kletterten auf die Lastwagen, die mit Planen bedeckt waren. Die Fahrt ging stundenlang über eine kurvenreiche Strecke. Wie die Gänge geschaltet wurden und der Motor arbeitete, daran erkannten sie, daß sie aufwärts fuhren. All ihre Sinne konzentrierten sich darauf, sich zu orientieren und zu verfolgen, wohin man sie jetzt brachte. In jedem Augenblick konnte ein Wahnsinnsbefehl sie alle auslöschen. Nieburg trauten sie das nicht zu, aber welche Weisungen hatte er?

Im Morgengrauen kamen sie an einem Lager vorüber, dessen Stacheldraht von Scheinwerfern erleuchtet war. Baracken und Wachttürme standen im Nebel wie menschenleer. Später erfuhren sie, daß dort ausländische Diplomaten am Plansee inhaftiert waren, Franzosen und andere. Die Straße schraubte sich immer höher. Sie wurden vor dem ehemaligen Berghotel Ammerwald ausgeladen. Der Ort lag abgeschieden etwa elfhundert Meter hoch, an der Straße von Reutte nach Ettal, in Tirol.

Die Befreiung mußte nahe bevorstehen. Die Sippenhäftlinge merkten es daran, daß ihre Bewacher nun ganz offen die Flucht vorbereiteten, ihre Rucksäcke standen gepackt. Eine Ärztin, die aus Dachau mit heraufgebracht worden war, sprach mit Frau Paulus: Sobald sich Anzeichen einer

Vergiftung zeigten, sollten sie jedes Essen verweigern. Dazu kam es nicht. Eines Morgens hatte die Gestapo das Weite gesucht. Da konnten die restlichen Bewacher sie nicht mehr halten. Frau von Kutschenbach, Tochter des Feldmarschalls Paulus, machte sich auf und wanderte bergabwärts, um Hilfe zu holen. Wenige Stunden später erschienen Franzosen in einem Jeep und befreiten sie. Noch am selben Tag nahmen Amerikaner die alten Männer fest, die als Wachtposten dageblieben waren. Es war der 30. April. Drunten läuteten die Glocken, als man sie zu Tal brachte.

Bewohner von Reutte umdrängten sie. Als sich herumsprach, daß sie Frauen, Mütter und Kinder von Offizieren waren, die sich in Gefangenschaft gegen Hitler aufgelehnt hatten, und woher sie kamen, brachten sie ihnen zu essen und zu trinken und auch Kleidung. Im Gemeindehaus feierten sie das Befreiungsfest. Fremde Menschen fielen einander in die Arme. Es gab Wein. Ein alter Mann spielte auf der Zither. Im Gewoge all der Leute, die den Frieden bejubelten und so Unterschiedliches erlebt hatten, saß Gertrud mit ihren Kindern und konnte noch nicht begreifen, daß sie gerettet waren.

Die Marktgemeinde Reutte nahm die Familien der Offiziere des Nationalkomitees auf. Die Mehrzahl wurde in einem ehemaligen Erholungsheim untergebracht, andere auf Pensionen verteilt. Vorerst mußten sie dableiben, denn die abziehenden Truppen hatten Brücken und Bahngleise gründlich gesprengt. Als Pioniere die Zerstörungen notdürftig behoben hatten, durften als erste diejenigen abreisen, die in den westlichen Besatzungszonen zu Hause waren. Es stellte sich heraus, daß die Menschen, die so viele Monate aufs Überleben zusammenhalten mußten, nun auseinandergingen, als hätten sie nicht den Vorhof des Totenhauses miteinander durchquert. Einige brachen auf, ohne sich zu verabschieden. Erst nach ein paar Tagen fiel Gertrud auf, daß die oder die nicht mehr zu sehen waren. Knobelsdorff kam und umarmte sie zum Abschied. Gertrud wohnte mit Ingrid Gerwin am Ortsrand in einem Privathaus, da hatte man ihnen im Oberstock zwei Zimmer frei gemacht. Die Gemeinde bezahlte für sie und händigte ihnen auf Anordnung der Amerikaner auch Geld aus. Sie fühlten sich wie zu einem Urlaub abgeordnet, den sie nicht haben wollten.

Es war der brütende Sommer nach dem Krieg. Schon im Mai wurde es so heiß wie sonst im Juli. Sie konnten baden. Oft saß Gertrud in den Wiesen und hatte die Kinder um sich, die aus Dotterblumen und Margeriten Kränze flochten und sich gegenseitig aufsetzten. «Frag noch einmal: Wo sind wir?» sagte sie zu Corina, und als die es tat, antwortete sie: «Im Frieden.» Renate lernte das neue Wort.

Zuletzt blieben nur wenige übrig, die wie Gertrud mit den Kindern nach Jüterbog oder wie Frau Gerwin nach Neuruppin in die sowjetische Besatzungszone entlassen werden wollten. Es gab Schwierigkeiten, die sie nicht verstanden. Warum konnten sie nicht wie die anderen heimfahren? War es nicht mehr dasselbe Land? Wenn Gertrud sich bemühte, das bei dem Colonel herauszufinden, der von einer beschlagnahmten Villa aus das Kommando über die Region führte, wurde ihr klar, daß der auch nichts wußte. Sie stellte sich vor, daß ihre Namen und die Namen ihrer Heimatorte zwischen Behörden hin und her geschoben wurden, die den neuen Mächten unterstanden.

«Wann dürfen wir endlich nach Hause?» fragte Anna-Marie immer wieder. Sie war nun elf Jahre alt und verstand, was mit ihnen vorging. Gertrud dachte nicht daran, untätig dahinzuleben. Sie erreichte beim Bürgermeister, daß Corina und Anna-Marie in die Schule aufgenommen wurden und daß sie selbst dort beim Unterricht helfen konnte. Frau Gerwin fand Arbeit in einer ehemaligen Goldschmiede, wo meist nur billiges Metall verarbeitet wurde. Aber manchmal kamen auch Leute, die einen Familienschmuck umarbeiten ließen. Junge Paare hatten Gold bei ihren Angehörigen gesammelt und ließen es zu Eheringen umschmelzen.

Eines Tages sagte Ingrid Gerwin zu Gertrud: «Ich werde hierbleiben. Ich kann in Lermoos eine Werkstatt übernehmen. In Neuruppin wartet niemand auf mich. Und was mit meinem Vater ist, werd ich wohl noch lange nicht erfahren.» Alle Versuche der Frauen, über die Männer in Gefangenschaft etwas herauszubringen, waren bis dahin vergebens geblieben.

«Glaubst du denn, daß sie dich als Reichsdeutsche hier wohnen lassen?» fragte Gertrud. «Österreich soll neutral werden.»

«Einer wird mich heiraten. Es ist nicht die große Liebe. Aber ich bin auch nicht mehr die Jüngste. Wenigstens ist es einer, der mich braucht, ein Kriegsblinder. Aber glaub nicht, daß es nur Mitleid ist. Ich weiß, daß Mitleid nicht reicht.» Sie war immer noch so still und hatte bis zu diesem Augenblick nichts davon erwähnt. Gertrud nahm sie in die Arme. «Ich wünsch dir Glück.»

Es war ein Novembertag, als sie mit den Kindern den Bus nach Füssen bestieg. Ingrid brachte sie zur Haltestelle und stand dort, bis der Fahrer hupte und sich die Tür schloß. So gab es einen Menschen, der zum Abschied winkte. Ingrid Gerwin hatte ihr Kopftuch abgebunden und schwenkte es, bis der Omnibus um die Ecke bog.

Neunzehn Jahre

Es dröhnte. Ein schwerer eiserner Hall hämmerte in seinem Kopf. Das Hämmern schwoll an und drang auf ihn ein, er konnte sich nicht wehren. Zugleich war da Licht hinter seinen Augenlidern, Licht genau über ihm, es schmerzte.

«Ristenpart, Mensch, wach auf!» Jonas kam zu sich, er wurde sich seiner Lage bewußt. Die Ausmaße der Zelle kannte er auf jeden Fuß. Draußen schlug einer gegen die Tür, der Schlüssel knirschte. Da stand der Fähnrich der Wache und rief: «Komm hoch, Mann! Dein Vater ist am Telefon. Na los! Du kannst dich bedanken, daß ich das überhaupt mache.»

Jonas lief auf Strümpfen im Trainingsanzug, den er in der Kälte zum Schlafen trug, vor dem Fähnrich her auf die Wachstube. Die kannte er von der Einlieferung her. Der Täng, wie sie den Knast nannten, befand sich gleich am Haupteingang der Marinekriegsschule, Kaserne Glücksburg.

Der andere rief ihm nach: «Ich hab nicht gesagt, wo du steckst, kein Wort von hier.» Jonas fiel ein: Es war der 12. Februar. Die Zeiger auf dem Zifferblatt im Wachraum standen auf zwei Uhr fünfunddreißig. Als er den Hörer ans Ohr nahm, war da die Stimme seines Vaters.

«Ich gratuliere dir zum Geburtstag, mein Junge. Halt die Ohren steif. Neunzehn Jahre! Paß auf dich auf.»

«Wo bist du denn? Kannst du das sagen?»

«Mittendrin, es war eine große Sache. Wir haben noch einmal alles versucht. Aber die anderen – du weißt. Ich hab die Leitung nur in der Nacht bekommen, also habe ich dich aufgeweckt.»

«Ich freu mich», sagte Jonas. «Ich bin nur noch nicht ganz da.»

«Wie steht es bei dir? Kommst du klar?»

Jonas konnte sich vorstellen, was sein Vater darunter verstand. «Es geht», log er, «muß ja. Ich weiß nicht, was sie noch mit uns vorhaben. Wir werden wohl hier abkommandiert. Es hat auch keinen Zweck mehr.» Er verstummte, auch am anderen Ende war Schweigen, sie atmeten einander etwas vor. Nach einer Weile fragte die Stimme da in der Ferne: «Was ist denn?»

Jonas dachte sich, daß sein Vater wohl irgendwo westlich der Ardennen im Quartier der Heeresgruppe saß, vielleicht auch in einem Befehlswagen, sicher hingen da Karten an der Wand, die den Frontverlauf mit abgesteckten Nadelköpfen zeigten. Sie konnten sich nur auf dem Rückzug befinden, die deutsche Offensive war abgeschlagen, das räumte selbst der

Wehrmachtbericht ein. Amerikanische Panzerspitzen rückten auf Remagen zu. Daß sein Vater eine Dienstleitung für ein privates Ferngespräch benutzte, war ihm noch nicht vorgekommen, allein das zeigte die Veränderung an. Jonas dachte: Wenn er wüßte, daß ich hinter Schloß und Riegel sitze! Er sagte: «Nichts Besonderes. Der übliche Betrieb hier, sie tun, als hätten wir unermeßlich viel Zeit. Wir machen Bootsdienst wie im Frieden und kriechen sogar noch auf den Rahen des Schulschiffs ‹Schlageter› herum. Und bei dir? Hast du neue Nachrichten aus Hameln? Die Post braucht jetzt so lang.»

In Hameln waren seine Mutter und die Geschwister bei Freunden untergekommen. Zu Hause in Braunschweig hatte eine Sprengbombe alles zerstört und Herta, ihr Hausmädchen, und die Pastorenfrau aus dem Parterre auf der Treppe zum Luftschutzkeller erschlagen. Sie hatten alles verloren, vor einem Jahr.

«Die haben sich ganz gut eingerichtet.» Julius Ristenpart lieferte den Familienbericht. «Franziska und Cordt gehen wieder zur Schule. Gut, daß sie bei Begemanns wohnen, da kann er sich als Arzt um Mutter kümmern, sie braucht ihre Medikamente. Von Lorenz höre ich aus Ungarn.»

So war es immer gewesen. Wenn sein Vater mit ihm sprach, nannte der meist nur Daten und erwähnte, was äußerlich geschehen war. Es fiel ihm schwer, etwas von sich mitzuteilen. Da Jonas ihm gegenüber auch nicht gerade seine Empfindungen herauskramte, hatte sich zwischen ihnen eine Sprechweise herausgebildet, die sich mit Fakten begnügte und das übrige aussparte.

«Wird noch gesprochen?» fragte eine weibliche Stimme, es knackte in der Leitung. Sein Vater sagte: «Also, ich muß jetzt Schluß machen. Bin aber froh, daß ich dich gehört habe. Mach es gut, mein Junge.» Er legte auf.

Während des Gesprächs hatte Jonas an der Wand gelehnt, jetzt setzte er sich auf den Stuhl gegenüber dem Schreibtisch, an dem der Fähnrich der Wache unter einem Bild von Admiral Dönitz die Nacht verbrachte. Der Fähnrich bot ihm eine Zigarette an, das war mehr als Brot. «Du siehst nicht gerade erbaut aus», stellte er fest. «Wo steckt denn dein Alter?»

«Westfront», sagte Jonas. «Das hat mich beinahe umgehauen. War prima, daß du mich geholt hast. Danke.»

Der Fähnrich gähnte, als wolle er die Füllungen in den Backenzähnen vorzeigen. «Wenn du nur mit den Zicken aufhörtest. Ich hab dich nie verstanden. Andere denken sich ihr Teil, du mußt damit herausplatzen. Glaubst du eigentlich, du bist etwas Besonderes?»

«Zum Vergnügen mach ich das nicht.»

«Soll ich dir was sagen?» Der Fähnrich lehnte sich zurück, er stieß mit dem Knie an die Schreibtischkante und brachte den Stuhl in eine Wippstellung, dabei sah er Jonas abschätzend an. «Du kommst mir vor wie einer, der sich mal zu wichtig nimmt und dann wieder zu unwichtig, nur die richtige Einstellung zu dir findest du nicht.»

«Richtig – was soll denn das sein? Ich unterhalte keine so guten Beziehungen zu mir, daß ich mich da auskenne. Weißt du, was richtig ist? Bestimmt ist es nicht das, was die uns hier vormachen.»

«Hau schon ab!» sagte der Fähnrich.

Als der andere hinter ihm abgeschlossen und das Licht von außen gelöscht hatte, dachte Jonas in der Zelle nach. Er saß da in der vierten Woche. Zu scharfem Arrest war er verurteilt, das hatte eine Menge Gründe. Jonas sah zum Schlüsselloch. Da war ein schwacher Schein der Flurbeleuchtung. Eines Nachts, weil kein Kübel in der Zelle war und keiner auf sein Klingelzeichen zur Wache reagierte, hatte er sich durch das Schlüsselloch erleichtert, draußen rauschte es wie in einem Pferdestall. Es war eine der wenigen Gelegenheiten gewesen, wo er sich eindeutig freute, männlichen Geschlechts zu sein.

Jonas verkroch sich unter der schäbigen Wolldecke und legte seinen Mantel darüber. Die Holzpritsche machte ihm nichts aus. Er konnte überall schlafen, zum Beispiel an Bord auf dem Deck mit der Gasmaskenbüchse unter dem Kopf. Aber die Kälte! Es gab in dem Raum keine Heizung. Das Fenster war schmal, ein Rechteck, durch das es hereinzog. Manchmal reichte ihm da eine Marinehelferin einen Topf Magermilchsuppe mit Mehlklumpen herein, der paßte gerade durch die Stäbe. Sie machte den Weg aus der Kantine, wo er sie am Essenschalter kennengelernt und manchmal mit ihr geredet hatte. Sie kam unters Gitter und brachte die neuesten Nachrichten mit. «Freu dich, daß du degradiert bist», hatte sie das letztemal gesagt. «Zwei Fähnrichskompanien kommen jetzt zur Infanterie. Auch die anderen machen den Kurs verkürzt zu Ende. Sie bereiten schon die Abschlußboxkämpfe vor, da kann es nicht mehr lange dauern.»

«Sehen sie also ein, daß es aus ist.»

Als könne er entscheiden, wie lange er da noch sitzen sollte, gab sie ihm den Rat: «Bleib du nur, wo du bist. Hier bist du wenigstens aus dem Blickfeld.» Er reichte den Topf wieder hinunter und hörte sie mit der Kelle klappern, als sie über den Hof davonging.

Zur Infanterie, das war es, was er lange gewollt hatte. Zweimal hatte er sich ergebnislos gemeldet. In den drei Monaten, seit er hier Dienst tat, hatte er niemals richtig Fuß gefaßt. Die Kriegsschule jetzt noch, das ist doch Wahnsinn, dachte er. Der Krieg ist aus, aber sie haben noch nicht Schluß gemacht. An jedem Tag, den sie weitermachen, werden Tausende sinnlos geopfert. In seiner Fähnrichsgruppe hatte er das auf der Stube gesagt und war denunziert worden, er hatte mehr Glück als Verstand, daß nichts Schlimmeres mit ihm geschah.

Das ging seit dem Sommer so, seit sie auf der «Leipzig» fuhren, die Bordzeit dauerte ein halbes Jahr. Am 20. Juli war der Kreuzer aus Gotenhafen, wie Gdingen jetzt genannt wurde, ausgelaufen. Jonas war Seekadett. Er hatte den Platz für seine Hängematte an Backbord unter dem Vorderdeck, da war auch der Spind, in dem er außer seiner Ausgehuniform die Pfeife und den Tabaksbeutel, Carossa-Gedichte, sein Tagebuch und vor allem die Briefe, die Lisa ihm schrieb, aufbewahrte. Sie war seine Jugendliebe und arbeitete beim Reichsarbeitsdienst auf einem Bauernhof in Kathrinhagen. Die Briefe liefen per Feldpost zwischen ihnen hin und her wie ein Blinkfeuer, das außer ihnen keiner sehen konnte, sie aber orientierten sich an nichts anderem.

Als sie an der Halbinsel Hela vorüberfuhren, kam der Befehl durch den Lautsprecher: die Mannschaft solle auf der Schanz antreten. Dort erklärte ihnen der Kapitän das Attentat. Er stand neben der Übungskanone und blickte achteraus über den Drillingsturm Cäsar, in dem Jonas Ladekanonier am mittleren Rohr war, auf die vielhundert Matrosenköpfe.

«Der Führer ist gerettet», rief der Kapitän. «Die Vorsehung hat ihn für Deutschland bewahrt. Von jetzt an grüßt die deutsche Wehrmacht, also auch die Kriegsmarine, mit dem Deutschen Gruß. Daß keiner mir mehr die Hand an die Mütze nimmt! Wir beteuern mit dem Hitlergruß dem obersten Befehlshaber unsere Gefolgschaft.»

Jonas im dritten Glied berührte mit dem Hintern die Reling, darunter rauschte eine leichte See. Er schaute sich nicht um, wer alles in der Reihe stand, und erklärte unbekümmert: «Die haben bestimmt das Beste für Deutschland gewollt.» Mindestens zehn Köpfe weit war er zu hören. Eine Stunde danach wurde er zum Ersten Offizier gerufen, der wußte schon von seinem Ausspruch. «Sie werden sich um Kopf und Kragen reden, wenn Sie so weitermachen», sagte er, doch er kommandierte ihn als Strafdienst nur zum Relingputzen. «Lassen Sie den Blödsinn, Ristenpart. Für so etwas lohnt es nicht.»

Gab es noch Leute, die anders dachten? Jonas konnte sich das schwer vorstellen, aber er bekam es zu spüren. In Glücksburg, wo er am Lehrgang für Offiziersanwärter teilnahm, lag er bald quer zu allem, was die alte Ordnung ausdrückte. Es war seine Schuld. Die Seekadetten sollten dort nach sechs Monaten als Fähnriche ihr Steuermannspatent ablegen. Jonas tat alles andere, nur darauf bereitete er sich nicht vor. Er war kein «Politischer», dazu wußte er zuwenig. Was vor Hitler und den Nazis gewesen war, daran konnte er sich kaum erinnern.

Sein Aufbegehren kam aus dem Bauch. In Jonas gärten ideale Vorstellungen, die verglich er mit der Wirklichkeit, und er wurde zornig. Vor allem stellte sich heraus: er war ein einzelner, der *sich* gehören wollte und nicht zu einem Haufen. Das war ihm nicht klar gewesen, als er sich mit sechzehn freiwillig als Seeoffiziersanwärter meldete und sein Vater, der nichts anderes von ihm erwartete, auf diesem Wechsel querschrieb. Nicht einmal bei der psychologischen Eignungsprüfung, zu der er nach Stralsund fahren mußte, hatten sie das herausgefunden. Jonas wurde für tauglich erklärt, das war ein Irrtum.

Früher hatte er gegen die Hitlerjugend rebelliert. In seinem Tagebuch nannte er sie mit dem Decknamen «Beton». Zu Anfang war er vom Jungvolk begeistert gewesen, von den Fahrten, Geländespielen und Übernachtungen in Scheunen. Noch mit dreizehn Jahren hatte er als Jungenschaftsführer mit rotweißer Kordel am Sportplatz der Braunschweiger Rust-Hochschule hochbeinig vor der Front gestanden und Pimpfe kommandiert. Das war mit einem Schlag vorbei, als er mit vierzehn konfirmiert wurde, von da an drückte er sich um den Dienst. Jonas wendete einen Trick an: Vom Jungbann ließ er sich zuerst zur normalen HJ überweisen, da ging er nur einmal hin und beantragte die Aufnahme bei der Flieger-HJ, dann begehrte er, Mitglied der Marine-HJ zu werden, und schließlich wollte er zu den Funkern, dort kam er niemals an. Fast zwei Jahre lang ließen sie ihn in Ruhe, seine Rechnung ging auf, er war wohl aus der Kartei gefallen. Doch eines Tages, als sie den ganzen Jahrgang überprüften, holten sie ihn mit Polizei. Er mußte zur Strafe auf dem Bann Holz hacken.

Beton war heute wieder unausstehlich, schrieb er ins Tagebuch. Seine Freunde gehörten wie er zu einem evangelischen Bibelkreis, da erfuhr er durch den Jugendpfleger und einen Pfarrer zum erstenmal etwas von der Bekennenden Kirche. Wenn sie im Konfirmandenraum neben der Sakristei saßen oder einander reihum zu Hause besuchten, wurde von Konzentrationslagern gesprochen, der Name Martin Niemöller war wie ein Siegel, hinter dem vieles verschlossen blieb.

Eines Tages fragte Jonas seine Mutter. «Das ist wahr», sagte sie, «es gibt Lager, in denen Menschen gefangengehalten werden, nur weil sie anders denken, als dieser Staat es will. Ich schäme mich. Die Braunen machen mir Angst.» Manchmal sprach sie jetzt, als hätten die Nationalsozialisten den Staat besetzt, als wären im Grunde aber das Land und seine Menschen in Ordnung.

Als sein Vater zu Weihnachten auf Urlaub kam, nahm er den Telefonhörer meist selber ab, wie er es früher auch immer getan hatte. Wenn dann der Jugendpfarrer nach Jonas fragte, holte er ihn immer mit demselben Satz: «Dein Milchmann ist wieder dran.» Er nannte ihn so, weil der Pfarrer eine weiche Stimme hatte.

Das alles betraf Jonas tief. Wieso dann meldete er sich freiwillig? Er war ein einziger Widerspruch.

Als er Soldat war, vergrub er sich immer mehr in seine Konflikte. Über den *Menschenbrei* empörte er sich, wie er die militärische Gemeinschaft in seiner *Denkschrift* nannte, mit der er sich zu rechtfertigen versuchte. Alles geriet ihm pathetisch, ihn trieb ein großer Ernst. Er machte Sachen, die andere für unmöglich hielten. Entweder war er dumm oder kühn, er wollte hier weg. Weil er keinen Ausweg sah, wollte er an die Front. Da, dachte er, müßte es ehrlicher zugehen. Wofür wollte sich Jonas opfern? Er war irre an sich, irre an der Uniform, an allem Widersinn aus Strammstehen und Sichverleugnen. Was wollte er überhaupt?

Gewiß war er keine Frühbegabung, vielmehr ein Spätentwickler. Wenigstens einen Menschen gab es, an dem er nicht irre war. Das war Lisa Marahrens, ihr schrieb er immerzu, schrieb alles von sich, überschwemmte sie. Lisa war so alt wie er, sie kannten einander seit der Tanzstunde, da waren sie fünfzehn gewesen. Eines Tages, als er an einem Fortgeschrittenenkurs teilnahm, war sie zur Aushilfe erschienen, weil Herr Häußler, der Tanzlehrer, herumtelefoniert und sie darum gebeten hatte, ursprünglich hatte sie bei einem anderen Zirkel mitgemacht. Es war die Zeit, in der immer mehr Gleichaltrige plötzlich nicht mehr zur Tanzstunde kamen, weil der Vater gefallen war, bald hörte der Unterricht auf. Die Anzeigen mit den Eisernen Kreuzen füllten Zeitungsseiten.

Damals war Lisa angeradelt gekommen. Als Jonas eintraf, hatte er gesehen, wie sie das Rad an die Wand neben dem Eingang lehnte und das Schloß umlegte. Sie fiel ihm gleich auf. Drinnen hatte er sie aufgefordert, obwohl er eine feste Tanzstundendame hatte und in die auch verliebt war. Vom ersten Augenblick an spürte er: Wenn er Lisa im Arm hatte, war es etwas anderes, sie war nicht so leicht herumzuwirbeln, da mußte er mehr aufwenden als nur Fingerpressen und den Druck der Hand in ihrem Rücken. Lisa hatte ihn bei einer Damenwahl geholt, sie hatte das Haar aus der Stirn geschüttelt und eine krause Nase gemacht. Beim Walzer wollte sie rechtsherum, wenn er linksrum tanzte, beinahe rangen sie miteinander. Jonas sagte: «Du kannst dich ruhig ein bißchen nach mir richten.» – «Meinst du?» Sie drehte sich nach ihrer Laune und bog sich, wenn er ihr nah kam, nach hinten.

Dazwischen lagen mehr als drei Jahre. Lisa war seine Anschrift und seine Hoffnung. In seinen Gedanken lebte Jonas nur mit ihr. Wenn es etwas gab, was an ihm stimmte, hatte es mit ihr zu tun.

Sonst war er eher zum Fürchten. Zum Beispiel blieb Jonas liegen, stand nicht auf aus dem Bett, der Gebärmutter, zog den Kopf unter die Decke, wenn es morgens in der Kaserne pfiff, zog sich dadurch den ersten Rapport zu. Er verweigerte den Befehl in Kleinigkeiten, widersetzte sich beharrlich. Seinen Vorgesetzten gab er lyrische Erklärungen, kein

Vernünftiger konnte ihn begreifen. Ein Anfall! Zum erstenmal wurde Jonas für eine Woche eingesperrt.

Dennoch mochten einige ihn leiden. Sein Gruppenoffizier, Oberleutnant Breyer, ein Reserveoffizier und Jurist, ließ sich auf lange Gespräche mit ihm ein und äußerte sich erstaunt über das, was zum Vorschein kam. Eine Jugend lang hatte man soviel in ihn hineingesteckt, das wollte jetzt heraus. Es kam wirr, aber dringend hervor, Jonas stotterte, dann wieder sprudelte er vor Einbildungskraft. Außerdem stürmte er, Jonas konnte nicht gehen, sondern nur rennen. Wenn er Ausgang erhielt, lief er durch die Kaserne, über die Straße, in den Wald. Lang aufgeschossen, dünn und gerade war er als Strich in der Landschaft unterwegs.

Seine Ansprachen waren ein wimmelndes Chaos aus Philosophie und Literatur. Er hielt sie sich und anderen. Wer sollte das ordnen! Nein, er verdiente nicht, daß man ihn ernst nahm. Er aber nahm sich, jeden Menschen, die Welt ernst wie am Jüngsten Tag. Jonas, ein Wahnsinniger aus dem Walfischbauch. Wurde ihm übel? Zwischen seiner Konfirmation und jetzt dehnte sich diese Strecke, da ereigneten sich Unfälle der Seele und des Leibes, und kein Ende abzusehen.

Es war diese Mischung aus Walter Flex, Bernhard von der Marwitz, Rilke und Houston Stewart Chamberlain, die man in ihm angerichtet hatte, unklar empfand er das selber: Jede Menge *rein bleiben und reif werden, du bist nichts, dein Volk ist alles*, dazu ein gerüttelt Maß Bibelsprüche und mütterliche Grundsätze wie *Wirbelwind und trocknen Kot, laß ihn drehn und stäuben, Wandrer, gegen solche Not wolltest du dich sträuben!* Sie war belesen, o ja.

Sein Vater fütterte ihn mit Militaria, besorgte ihm Linolsoldaten und auch die Erbsenkanone, damit er sie umschießen konnte. Sein Bruder Lorenz und er lagen auf dem Bauch und führten Krieg im Kinderzimmer. Flammenwerfer und Tanks besiegten die Franzosen, die feige waren. Es gab ein Foto von ihnen aus Kassel 1933, da hatten sie Onkel Johannes und Tante Getrud als Frischverheiratete auf Besuchsreise zur Verwandtschaft am Bahnhof abgeholt. Ein Straßenfotograf hatte sie erwischt, und der Onkel hatte dem Mann Geld gegeben. Am anderen Tag bekamen sie mit der Post das Bild zugeschickt, das Lorenz und Jonas, beinahe gleich groß, mit Koppel und Schulterriemen über den kurzen Mänteln zeigte, jemand mußte ihnen das Zeug umgewürgt haben. Zwei deutsche Jungen auf dem Weg in den Gehorsam. Jonas konnte sich nicht leiden, wie er da die Hände in den Taschen hatte, eine Baskenmütze auf dem Kopf, und verlegen vor sich hin pfiff, während hinter ihnen die Neuvermählten eingehakt gingen, der Onkel in Zivil, sie lächelten zufrieden, als sei schon ein Kind unterwegs. Jonas erinnerte sich, daß er das später als Halbwüchsiger beim Betrachten der Aufnahme gedacht hatte. Jedenfalls hatte ihre Mutter noch mehrere Abzüge bestellt und die an die Großmütter und Patentanten geschickt.

Als Jonas zwölf Jahre alt wurde, schenkte sein Vater ihm ein Terzerol mit einer Trommel für sechs Platzpatronen, damit ballerte er in Hannover-Herrenhausen in der Böttcherstraße herum. Die Pfarrerstochter von nebenan, die das neue Baby der Familie im Kinderwagen schob, behauptete eines Tages, er habe sogar in den Wagen hineingeschossen. Das war eine Lüge, doch Pastor Scheel, Bekennende Kirche, kam gelaufen und haute ihm eine runter. Pastor Deiters, Deutscher Christ, sah vom Balkon aus zu und belobigte ihn später: «Ein deutscher Junge läßt sich nichts gefallen.»

Dann bekamen sie das Luftgewehr, es lag unter dem Weihnachtsbaum. Während der Feiertage schoß der Vater mit ihnen auf die Schießscheiben, die man vor einem Kugelfang auswechseln konnte. Die Bleikugeln, die sich in der Mulde des grünen Blechkastens sammelten, waren plattgedrückt. Lorenz schoß am besten. Das Gewehr mußte oft geölt werden, man konnte daraus auch gefiederte Bolzen verschießen, es knallte nur leicht und wurde geladen, indem man den Lauf abknickte, die Kugel ins Schloß drückte und beim Schließen automatisch die Luft anzog. Wenn Jonas daran dachte, hatte er sofort wieder den Geruch in der Nase, das Gemisch aus Schmiere, Eisen und heißer Luft.

Ihre Mutter sagte: «Niemals auf Menschen.»

Zu Ostern schenkte ihm sein Vater, als Jonas dreizehn war, Teneras «Freiheitskriege». Natürlich hatten sie alle Heldensagen gelesen und verschlangen Dahns «Kampf um Rom». Im Bücherschrank wartete ausdrücklich als Zielvorgabe das Werk der Werke auf sie, Clausewitz' «Vom Kriege», und Schlieffen machte in Vaters Schilderungen immer noch den rechten Flügel stark. Wenn er einmal etwas Schöngeistiges las, war es auch wieder etwas Militärisches wie Kleppers Epos vom Soldatenkönig, «Der Vater».

Lorenz hatte an die dreißig Bände Karl May gelesen, Jonas brachte es nur auf acht, dann waren ihm die Wiederholungen aufgefallen, er wandte sich Gustav Freytags «Soll und Haben» zu und entdeckte übertrieben früh Nietzsches «Zarathustra».

Die vormilitärische Ertüchtigung beim Jungvolk billigte ihr Vater, ihre Mutter sah sie nie gern in Uniform herumlaufen. Zwischen den Eltern gab es darüber keine Gespräche, jedenfalls keine vor ihren Ohren. Einmal befreite Julius Ristenpart seinen zweiten Sohn aus einer mißlichen Lage. Jonas hatte nach dem Dienst mit ein paar Jungmädeln im Dunkel zwischen den Schrebergärten Zigaretten geraucht, Marke «Schwarzweiß», vier Stück für einen Groschen. Weil sie keine Streichhölzer hatten, war er auf eine Gaslaterne geklettert, hatte die Glimmstengel oben angezündet und, wie er dachte, weltmännisch hinuntergereicht. Gerade umklammerte er noch den Pfahl mit den Beinen und hielt sich auf Höhe des Lichts an der Querstrebe fest, als eine Jungmädelmutter vorbeikam und losschimpfte. «Unerhört, willst du da wohl runterkommen, sofort. So jung und schon meine Tochter verderben!» Das hörte der Fähnleinführer, der eben auf dem Fahrrad durch die Siedlung nach Hause fuhr. Aufgehetzt durch die Mutter, knallte er Jonas eine ums Ohr, und als der auch noch eine pampige Auskunft gab, nahm er ihm das

Halstuch und den Knoten ab. Das galt als ehrenrührige Bestrafung. Sein Vater erboste sich darüber so sehr, daß er am folgenden Abend mit Jonas vor der Wohnung des HJ-Führers aufzog und den Mund gewaltig aufmachte, doch der junge Mann rannte gleich und brachte Tuch und Lederknoten.

«Sie werden sich bei mir und meinem Jungen für die Ohrfeige entschuldigen», dröhnte Julius Ristenpart. «Auf der Stelle.» Der Fähnleinoberste tat das auch, schluckte und bekam einen roten Kopf. Auf dem Rückweg mußte Jonas daran denken, wie oft er von seinem Vater eins abbekam, der schlug kurz und klatschend, manchmal ging es auch daneben. Jedenfalls hörte er erst damit auf, wenn einer seiner Söhne konfirmiert war, das war offenbar ein Datum, das sich vererbt hatte. Sein Vater gab weiter, was ihm widerfahren war. Nur als Jonas sehr klein war, hatte er ihn «Schneuke» genannt und ihm übers Haar gestrichen, geküßt wurde nie.

In der Schule wie zu Hause hatte Jonas den Rohrstock kennengelernt. In der ersten Klasse in Kassel schlug Herr Nordmayer, sonst ein freundlicher Mann, der immer Knikkerbockers trug, auf den Hosenboden. Sünder mußten nach vorn kommen und sich vor der Klasse über die Bank beugen. In der dritten Klasse in Bonn schlug die Lehrerin mit dem Stock auf die Handflächen. Noch in Untertertia, als sie vierzehn wurden, zog auf dem Braunschweiger Wilhelmgymnasium ihr Klassenlehrer Pullo Kramer einzelne aus der Bank und versetzte ihnen mit der Linealkante abgezählte Schläge auf den Hintern. Er zählte laut und zelebrierte die Handlung, als sei sie eine humanistische Notwendigkeit. Dazu rief er oft auf griechisch den Satz, den sie verdeutschen mußten: «Der nicht geschundene Mensch wird nicht erzogen.»

Auf bestimmte Streiche und Frechheiten setzte es eben eine Tracht, das war gewiß. Die Erwachsenen waren berechenbar, und sie waren sich scheinbar darin einig. Gemein fand Jonas es nur, wenn sie am Nachmittag etwas verbrochen hatten und ihre Mutter dann die väterliche Bestrafung für den Abend ankündigte. Die Stunden dazwischen waren eine Folter, die Schritte des Vaters auf der Treppe wurden zum Signal, daß jetzt das Stockschwingen begann, zu dem er ihnen die Hose herunterzog. Am schlimmsten war es, als Jonas einmal ein noch nicht angeschnittenes Brot nach Lorenz geworfen hatte, der auf dem Küchentisch saß, ihn durch überlegenes Gerede ärgerte, sich dann aber rasch wegduckte. Das Brot fiel durchs geschlossene Doppelfenster und mit allen Scherben aus dem zweiten Stock auf den Hof. «O mein Gott», rief das Hausmädchen Erika. «Warte, wenn die Eltern heimkommen!» Die Striemen dieses Abends spürte er tagelang. Jonas kannte es nicht anders, er nahm seinem Vater das nicht einmal übel, sondern hatte das Empfinden, daß der auch alles andere als mit sich zufrieden war. Den Vater nicht zu lieben, wäre ihm ganz unmöglich erschienen, eine Sünde.

Die Bücher, die seine Mutter ihm in die Hand gab oder auch nur in dem offenen Regal im Eßzimmer zeigte, waren von anderer Art, sie versorgte ihn, wie sie es gelernt hatte, mit deutscher bürgerlicher Bildung, also mit den Klassikern, ziemlich komplett, und sie ließ die europäischen Romane von Balzac und Flaubert bis Dostojewski und Tolstoi nicht aus.

Einmal allerdings fragte er sich, wieso sie meinte, er solle ausgerechnet Albert Schaeffers Entwicklungsroman «Helianth» lesen. Er tat es, weil ihn diese Geschichte dann doch festhielt, aber sie lastete schwer und faulig süß in seinem Kopf. Prinz von Trassenberg, der nach Vollkommenheit strebte, machte auch ihn hochfahrend. Die Idealgestalt der Renate von Montfort ließ Jonas kühl, um so mehr ging ihm das Geschick des Bürgermädchens nach, das zweimal in der Woche pünktlich mit dem Prinzen geschlafen hatte und sich dann auf dem Dachboden erhängte, weil er es an dem mindesten Gefühl fehlen ließ. Dann war da ein Gedicht über eine Entjungferung, das er auswendig behielt, gerade weil es ihn abstieß, es war brünstig und gab ihm eine ziemlich genaue

Empfindung, was Kitsch war. Auch für Stefan Georges Jünglingsdichterkreis konnte seine Mutter ihn nicht gewinnen. Nein, ihm war nicht alles verständlich, was sie daran fand.

Jonas hatte Zeit, über all das nachzudenken. Solange er Lisa noch nicht hatte, waren dreiviertel seiner freien Stunden mit Lesen ausgefüllt. Bücher richteten in ihm das Widersprüchlichste an, oft las er bis zum Morgengrauen. Auch jetzt in der Zelle hatte er eine Lektüre, die ihm den Atem nahm. Zum erstenmal las er die «Buddenbrooks», die Frau eines gefallenen U-Boot-Kommandanten, zu der er zum Holzhacken kommandiert wurde, hatte ihm das Buch geliehen und dazu gesagt: «Lesen Sie das, die Besten sind verboten.» Außerdem hatte Jonas Weinheber-Gedichte bei sich, und immer begleitete ihn eine kleine Ausgabe des Neuen Testaments in weichem Leder, Dünndruck, mit Widmung jenes Jugendpfarrers, des «Milchmanns», und seines Helfers.

Das Resultat von alldem war niederschmetternd. Eigentlich konnte Jonas nur vor sich warnen. Tat er das manchmal, machten ganz unterschiedliche Menschen Gesichter, als könne man ihn nur noch in die Arme nehmen. Das besorgte vor allem Lisa. Zwischen ihnen gab es, wenn sie nicht beieinander sein konnten, diese ferngerichtete Strömung, in Gedanken besaßen sie ihren eigenen Nachrichtendienst, meldeten, wie es ihnen erging, bestätigten einander immer von neuem, daß jeder für den anderen alles war. Manchmal meinte Jonas, nach dieser Frequenz könne er sogar die Uhr stellen.

In gewissen Augenblicken konnte er sich auch ganz natürlich benehmen. Dann verbreitete er Einsicht und wirkte wie ein erwachsener Mann, ruhig, bedächtig, man vertraute ihm Kinder, Meinungen und Ersparnisse an. Wenn er zum Beispiel mit einem Kommißbrot unter dem Arm zu der Witwe jenes U-Boot-Fahrers ging, wo er erst mit den Kindern im Garten tollte und ihr dann in langen Gesprächen seine Welt entwarf, fand sie, er sei ein fabelhaft ernster Junge.

Ihr las er sogar die Denkschrift vor, aber da bekam sie ein Gesicht wie von saurem Apfelwein. Jonas begann: «Der Antrag meiner Streichung als Marineoffiziersanwärter und meine disziplinarischen Bestrafungen haben mir Anlaß und Gelegenheit genug gegeben, meine Handlungsweise zu überdenken und ihre Grundlagen zu prüfen. Um mir selbst eine abschließende Klarheit darüber zu verschaffen und vielleicht meinen Vorgesetzten ein besseres Verständnis für meinen Fall zu geben, gehe ich nun daran, mein Handeln noch einmal, möglichst einfach und objektiv gesehen, zu erklären.»

Jonas hatte die Schrift abends in der Kompanieschreibstube mehrfach mit Durchschlägen abgetippt. Er verteilte sie großzügig. Diejenigen, die das Ganze lasen, verstanden ihn um so weniger. Zum Schluß hieß es darin: «Wir alle haben die Zeit begriffen, haben alle schon geopfert und eine harte Schule durchgemacht. Ich habe mich nicht hineinfinden können in eine Umwelt, welche sich nicht endgültig von Materialismus, Selbstgefälligkeit und unzeitgemäßen Prinzipien zu trennen vermag. Meine Schuld besteht meiner Meinung nach darin, daß ich nicht das Nächstliegende tat, sondern das Fernere erstrebte. Ich betrachte sie als gesühnt.»

Als er mit Vorlesen fertig war, sagte Frau Brettke zunächst nichts, sie sah ihn mit einem Blick an, der ihn an Lisa erinnerte. Die Frau da vor ihm war Mitte Zwanzig, sie hatte vier Kinder und den toten Mann und wußte bestimmt noch nicht, was sie ohne ihn anfangen sollte. Jetzt schaute sie wahrhaftig wie Lisa, Jonas wurde sich nicht klar darüber, was das genau bedeutete, nur soviel spürte er: sie wollte ihn nicht entmutigen und schien doch zu ahnen, daß es nicht lange dauern würde, bis er alles anders beurteilte und sich über das, was er jetzt dachte und tat, nur noch wundern könnte. Er hatte diesen Blick immer nur bei Frauen gesehen, auch bei seiner Mutter, sie waren sich offenbar darin einig, daß man Männer, wenn sie in ihren Uniformen dasaßen und daherredeten, nur allmählich von ihren Ideen abbringen konnte.

«Jonas», sagte Frau Brettke, «versprechen Sie mir, daß Sie jetzt keinen Unsinn mehr machen. Der Krieg wird in wenigen Monaten, vielleicht Wochen zu Ende sein. Sie dürfen einfach nichts mehr tun, was Sie noch zusätzlich gefährdet. Wissen Sie, ich kenne den Kapitänleutnant Ihrer Fähnrichskompanie, er ist ein Freund meines Mannes» – sie sagt: *ist*, fiel Jonas auf –, «der hat manchmal gut und teilnehmend von Ihnen gesprochen. Die Leute, die Ihre Vorgesetzten sind, können doch auch sehen, was los ist. Nur die Fanatiker nicht. Hüten Sie sich vor dem NS-Führungsoffizier, der ist imstande und bringt Sie sonstwohin. Wenn ich könnte, ich würde Sie verstecken, bis es aus ist.»

Ach, du mein Gott, es war eine einzige Anmaßung, was er da geschrieben hatte. Es kam der Tag, an dem Jonas sich dafür schämte, aber das dauerte eine Weile. Jetzt nämlich, in der Zelle, verbrachte er eine hohe Zeit, schrieb Primanergedichte, hungerte, fror, er spürte das kaum, sondern phantasierte über den wahren Menschen und war damit vollauf beschäftigt. Er war ein deutscher Jüngling, wie es ihn um diese Zeit eigentlich nicht mehr geben durfte, manchmal begriff er das wenigstens teilweise. Daß draußen Krieg herrschte, wußte er zu jeder Stunde, aber auch das geriet ihm zu einer Vorstellung, über die er nicht hinausdenken konnte, dahinter ging es nicht weiter, leben wollte er, aber wie? Er war neunzehn und besessen von seinem Widerspruch gegen das meiste. Man konnte ihn nur aus dem Verkehr ziehen, damit er sich nichts antat, anderswo hätte man ihn über den Haufen geschossen.

Der Korvettenkapitän, der Kommandeur der Kriegsschule war, ließ ihn mit Stahlhelm und Koppel in blauer Uniform antreten. Er donnerte ihn zusammen und steckte ihn so lange in den Bau, wie er konnte. Das war ein gutes Werk, da konnte wenigstens nichts passieren. Im März kam

Jonas, nun wieder Matrose, in die Stabskompanie. Dort versah er Hilfsdienst auf der Schreibstube und wartete auf die Engländer, die heranrückten, alle Meldungen und noch mehr die Gerüchte waren voll davon. Einige wollten wissen, aus Mürwik und Glücksburg, den Marinekasernen, solle ein letztes Bollwerk wie Alcázar werden.

Zunächst geschah Unerwartetes: Eines Tages stand Lisa in ihrer Arbeitsdienstuniform am unteren Tor des Geländes und wartete auf ihn. Sie hatte es durchgesetzt und war einfach gekommen. Als einer aus der Schreibstube ihn benachrichtigte, konnte Jonas das kaum glauben. Er saß gerade in seiner Unterkunft am Tisch und schrieb an sie. Als Strafversetzter erhielt er sonst keinen Ausgang, aber als er vor dem Spieß strammstand und hervorsprudelte, was los war, machte der eine Ausnahme bis nachts um zwei Uhr.

Alle verbündeten sich, um Lisa und Jonas zu helfen. Er rannte den Hügel hinunter und sah unten seine *Frau*, es durchfuhr ihn, daß er so und nicht anders an sie dachte. Sie war in den sandbraunen Mantel gehüllt, hatte nur die Tasche bei sich, sah verändert aus unter dem Diensthut mit der Krempe, die sie vorn heruntergezogen hatte, sie lachte mit den Fähnrichen, die am Schlagbaum Wache hielten. Sie wurden Zeuge, wie Jonas Lisa fast umrannte, doch die war Stürmisches von ihm gewohnt und hatte sich fest hingestellt, so fing sie ihn auf.

Da war nun kein Ende des «Lisa»-und-«Jonas»-Sagens unter den Küssen. Umschlungen gingen sie durch den Wald zu «Tante Lene». Das war ein Fähnrichslokal, wo man lange noch Kaffee bekam, «eine Bohne auf den Grund genagelt», und Bratkartoffeln «mit Muckefuck geröstet». Es war noch hell. Unterwegs erzählte Lisa, wie sie es angestellt hatte, daß ihr eine Dienstreise bewilligt wurde.

«Wir haben da einen Feldwebel», berichtete sie, «der ist für uns zuständig, er könnte unser Vater sein. Ich habe ihn ein paarmal gefragt, da hat er immer nur mit den Schultern gezuckt, aber vorgestern, als ich es wieder versuchte, du, plötzlich hat er sich genau erkundigt, in welche Kaserne und auf welcher Strecke ich fahren wollte, eigentlich durfte er das nicht, das ist dir klar.» Sie zog ein Papier mit lauter Stempeln aus der Umhängetasche und schwenkte es, indem sie sich einmal um Jonas drehte. «Ich bin im Dienst. Weißt du auch, was für eine wichtige Person ich bin, daß ich jetzt noch reisen darf?»

«Du bist toll», sagte er.

«Der Feldwebel hat gesagt: ‹Fahren Sie los und treffen Sie Ihren Verlobten. Wer weiß, was noch kommt! Ihr habt euch wirklich eine Jugend ausgesucht, um die braucht euch keiner zu beneiden.› Das waren, glaube ich, seine Worte. Das vergesse ich ihm nicht.»

Lisa war Horcherin bei der Flak, in Baden bei Wien wurde sie ausgebildet und machte nun Dienst in Hannover, von überallher hatten ihn Briefe erreicht. Oft hatte er sich vorgestellt, wie sie auf dem Drehkranz des Geräts saß, zusammen mit einer anderen, und wie sie Tag um Tag auf Bomberpulks lauschen mußten, Lisa mit ihrem Musikgehör. Sie hörten die Anflüge schon von weitem und peilten ihre Position. Einmal hatte sie geschrieben, daß eine Bombe ihre Stellung getroffen hatte. Tote Mädchen lagen in den Gräben, Lisa war mitten im Krieg.

«Es ist verrückt, wenn du jetzt auf den Bahnhöfen wartest und mal den, mal einen anderen Zug bekommst», erzählte sie. «Ich bin durch die Heide gefahren, über Lüneburg und Lübeck, Hamburg war zu. Wir hatten Flak auf mehreren Wagen, und als wir über den Kaiser-Wilhelm-Kanal kamen, schossen die auch. Nur in Flensburg, du, das ist aber eine friedliche Stadt, daß es so was noch gibt. Ich habe gleich den Bus bekommen. Da bin ich. Kannst du mich gebrauchen?»

«Und ob!»

Bei «Tante Lene» war es leer, sie saßen unter den Fotos der früheren Crews, von denen so viele in Schiffsleibern auf dem Meeresboden lagen. Das Fensterkreuz zeichnete sich immer heller vor der Dämmerung draußen ab, bis die Wirtin die Gardine zuzog und Licht machte. Der Raum war nach Art einer Hafenkneipe eingerichtet. Da hing auch ein Rettungsring, «SMS Emden».

Zwischen ihnen war diese Gewißheit. Vor fünfzehn Monaten hatten sie einander zuletzt gesehen. Da war er zwischen dem Arbeitsdienst und der Einberufung zur Marine drei Wochen zu Hause gewesen. Fast jeden Abend hatten sie im Theater oder in einem Konzert verbracht, danach waren sie immer durch die Straßen gelaufen, ein bißchen heimatlos, durch den Park um den Nußberg. Da war eine bestimmte Bank *ihre* Bank. An einem Tag vor Weihnachten hatte Jonas im Landgericht neben dem Dom in einem dunklen Saal einer Verhandlung ihres Vaters zugehört. Der war Sonderrichter, hatte den Vorsitz und verurteilte Feldpostdiebe zu Strafen, die Jonas damals noch erträglich erschienen. Er wollte den Mann kennenlernen, der sein Schwiegervater werden würde. Nur von fern beobachtete er ihn, wie er lang und knochig in der Robe seines Amtes waltete, bedächtig das Barett aufsetzte, bevor er sagte: «Im Namen des Volkes.» Landgerichtsdirektor Marahrens, Blockwart der NSDAP im Wilhelmsviertel, hatte davon keine Ahnung. Jonas sagte auch Lisa nichts davon, selbst nicht an dem Abend, der alles besiegelte. Da hatte er sich endlich Anfang Januar, als er sie heimbrachte, ein Herz gefaßt. Vor der Garnisonkirche hatten sie einander so fest in die Arme genommen, als wollten sie sich nie wieder loslassen.

«Das war auch Zeit», sagte sie hinterher aufatmend, er mußte lachen. Lisa hätte ihm wohl nie den ersten Kuß gegeben, aber als Jonas es tat, spürte er nicht nur, wie sehr es ihr recht war, sondern ihm war auch, als hätte er sich verspätet.

Inzwischen waren sie schon so eingespielt, daß feststand: gewisse Dinge überließ sie ihm, nur blieb die Sicherheit, mit der er sich dann aufraffte, gespielt. In Wirklichkeit bangte er darum, wie vieles er falsch machte und versäumte. Manchmal empfand er eine geradezu lächerliche Unsicherheit, die bis in die Fingerspitzen ging, er mochte sich dann gar nicht und fragte sich, wie Lisa es fertigbrachte, auf ihn so zu wirken, als sei sie viel sicherer, er konnte auch sagen: mehr in sich drin.

«Du hättest mich ruhig einmal fragen können, ob ich auch will», sagte sie jetzt in seine Gedanken. «Du hast immer alles selbstverständlich genommen. Eigentlich bekommt man als Mädchen einen Antrag, das gehört sich so. Ich bin dir einfach zugefallen, darauf hast du dich verlassen, als könnte ich gar nichts machen.»

«Das meinst du nicht ernst.» Jonas war verwundert. Tat er nicht alles für sie? War er nicht, nur um Lisa zu sehen, aufs Torfhaus gelaufen und überallhin? Nahm er sie nicht im Inneren mit sich an jeden Fleck, auf dem er stehen mußte?

«Lisa», sagte er, «wir gehören zusammen. Aber ich habe den Eindruck, wir fahren immer noch wie zwei Züge von weither aufeinander zu. Wir brauchen einen langen Anlauf aus all den Jahren, die der eine ohne den anderen verbracht hat. Weißt du was? Ich bin eifersüchtig auf deine Kindheit. Wenn ich daran denke, was du alles ohne mich gemacht hast, das möchte ich nachholen.»

«Da sagst du mir aber etwas Schönes.»

Wie Lisa vor ihm saß und den Hut über beider Hände legte, die darunter warm wurden und sich verschlangen, glaubte er, nichts könnte sie wieder auseinanderbringen. Auf dem Tisch standen Tassen voll schwarzer Flüssigkeit. Jonas betrachtete Lisa, um sie sich einzuprägen. Er spürte sie immer in sich wie einen Umriß, aber er konnte sie im Traum nicht zum Bild ausfüllen, das geschah mit ganz unwichtigen Menschen, er wünschte es sich von ihr. Manchmal, wenn er aufwachte, mußte er die anderen regelrecht verscheuchen, dann strengte er sich an, von ihr zu träumen, doch es blieb dabei, daß sie ihn berührte, ohne daß er sie festhalten konnte.

Das Haar trug sie hochgesteckt, damit es unter den Hut paßte. Norddeutsch war sie, er liebte ihr schmales Gesicht mit den hohen Backenknochen. Lisa war scheu und eigen, auf andere mochte sie herb wirken, er wußte es besser. Natürlich liebte jeder am anderen auch, wie Lisa sich Jonas und Jonas sich Lisa in Zukunft dachte. Das stand in ihren Briefen, darüber hatten sie oft gesprochen. Ein großer Teil ihrer Gespräche bestand darin, daß sie es sich immer wiederholten und es dabei stets neu hörten. Seit seinem zwölften Lebensjahr war Jonas ständig verliebt gewesen. Diese Leichtigkeit gab es nicht mehr in ihrer Kriegsliebe. Jonas wußte so wenig von einer Frau. Er lernte alles durch Lisa. Seine Schwester, Franziska, war zu jung, um ihm zu sagen, was er eigentlich wissen sollte.

«Was hast du denn da am Auge?» Mehrmals hatte Lisa ihn angesehen, jetzt wollte sie es wissen.

«Sieht man das immer noch? Ich dachte, das sei vorbei. Wir hatten Abschlußboxkämpfe, das heißt: nicht ich, aber die Fähnrichskompanie. Der Kaleu hat mich tatsächlich holen lassen.»

«Na, weißt du», sagte sie.

«Der andere sah schlimmer aus, Farben wie 'n Regenbogen. Ich war gerade mit dem Mittagessen fertig und hatte einen Extraschlag Erbsensuppe verdrückt, als in der Kantine einer von meiner alten Kompanie erschien und erklärte: ‹Der Ko-Chef will, daß du gegen den Besten boxt. Paß auf, es geht um eine Abreibung.›»

Lisa sah ihn an, als könnte sie sich Jonas nicht in Boxhandschuhen vorstellen. Jedenfalls schien ihr der Gedanke zu widerstreben. Er aber berichtete, wie er in den Ring gestiegen war. «Drum herum alle Fähnriche, vorn die Gruppenoffiziere und der Kapitänleutnant. Früher gab es auf der Kriegsschule Fechtunterricht, doch so etwas Feines haben wir nicht mehr, schon lange sind sie beim Boxen angelangt. Es kommt ihnen nur auf die Mutprobe an.»

«Mut?» Als könnte sie daraufhin seine Hände nicht mehr halten, gab Lisa ihn unter dem Hut frei.

Jonas war nicht aufzuhalten. Während er ihr erzählte, was sie nach seiner Meinung wissen sollte, dachte er an den Lederschutz, den er hatte um die Hüfte binden müssen, um unter der Turnhose abzudecken, was keinen Tiefschlag vertrug. In seiner Mitte kam er sich gehörnt vor, das Ding hieß im Fähnrichsjargon «Eierbecher». Erst recht würde er nicht sagen, was ihm im Eifer passiert war, denn die Erbsensuppe bedrückte sein Gedärm, und ein Schlag, der gar nicht so weit unten saß, sorgte für Transport. Jonas hatte die Hose voll, das war einer dieser Augenblicke. In der Pause entschuldigte er sich beim Sekundanten in seiner Ecke, der sagte: «Mensch, hab dich nicht so.» Das erzählte Jonas ihr erst später.

«Geprügelt haben wir uns», sagte er jetzt zu Lisa. «Ich wußte, daß der andere abends mit dem Sportlehrer trainierte. Er ist nicht stärker als ich, aber er kann wirklich boxen. Dreimal zwei Minuten, mehr Runden machten wir nicht, aber das kann eine Ewigkeit sein. Was sollte ich tun? Solange ich Kraft hatte, habe ich ihn angegriffen. Der war richtig ein bißchen verdutzt. Aber dann habe ich die Fäuste nicht mehr hochbekommen und allerlei einstecken müssen, wie ausgewrungen war ich. Am Schluß ist es dann doch passiert, daß der Boxlehrer, der nichts von meiner Degradierung wußte, meinen rechten Arm hochriß und verkündete: ‹Sieger nach Punkten Fähnrich zur See Ristenpart.› Da schaute der Kaleu!»

«Ihr seid wirklich verrückt», sagte Lisa. «Und du machst bei so etwas auch noch mit!» Da konnte Jonas nur noch staunen. So war sie, sorgte sich, daß er zu sehr aus der Reihe tanzte, doch wenn er einem solchen Befehl gehorchte, hielt sie es für selbstverständlich, daß er sich eigentlich auch widersetzen konnte.

«Lisa», sagte er nur und streichelte den braunen Streifen an ihrem Ärmel, der anzeigte, daß sie Kameradschaftsälteste war, der unterste Dienstgrad, wie Gefreiter.

«Erzähl mir, wie es in Braunschweig war», bat er nach einer Weile. «Bist du wirklich auf den Trümmern herumgeklettert, als die noch rauchten? Da hätte doch auch ein Zeitzünder stecken können.» Sechs Wochen nachdem seine

Grundausbildung in Stralsund begonnen hatte, waren große Teile von Braunschweig durch einen Luftangriff zerstört worden. Lisa hatte ihm geschrieben, wie sie in der Bismarckstraße herumgesucht hatte, ob es etwas zu bergen gab. Seine Bücher konnten als einziges gerettet werden.

«Daran habe ich gar nicht gedacht», antwortete sie. «Ich hatte gehört, daß auch in eurer Gegend viel heruntergekommen war. Als ich am nächsten Morgen hinging, hatten sie den Notausgang vom Luftschutzkeller freigeschaufelt. Wo früher die drei Stockwerke gewesen waren, war nur der Himmel, darunter Reste des Parterres und lauter Steine übereinander. Ich erfuhr in der Nachbarschaft, daß im Luftschutzkeller in Nummer eins alle überlebt hatten. Aber nicht eure Haushilfe und Frau Gennrich, weil sie nicht schnell genug in den Keller gelaufen waren. Deine Mutter hatte wohl euer Mädchen auch aufs Land nach Hause geschickt, als sie mit deinen Geschwistern wegen der Angriffe wegfuhr. Die war aber wiedergekommen, weil sie einen Soldaten in der Kaserne hatte.»

Herta Oerke war eine Dreiundzwanzigjährige, die auf dem Boden eine Kammer ohne fließend Wasser bewohnte. Bei ihrer Tür stand das Luftschutzgerät, ein Eimer, die Feuerpatsche und Sand. Fünfunddreißig Mark bekam sie im Monat, zum Geburtstag eine Schürze und zu Weihnachten ein Kleid. Jeden Morgen hatte sie ihn geweckt und ihnen allen die Schulzeit lang Haferbrei vorgesetzt. Sie rief immer alle drei Brüder in einem Atemzug: «Lorenzjonascordt!» Die Schwester kam später dran. Mit sechzehn Jahren war Herta zu den Ristenparts gekommen. Jetzt lag sie wohl in einem Massengrab.

«Ich bin da eingestiegen», sagte Lisa. «Als ich unter dem Mörtel und Staub, den es hereingedrückt hatte, die Kiste entdeckte und deine Bücher darin fand, du, da war es mehr als nur ein Stück von dir! Auch später, aber das weißt du wohl, hat man nichts anderes von euren Sachen noch brauchbar gefunden. Die Bücherkiste wartet auf dich bei uns im Keller, ich hab mir einen Handwagen geliehen und sie hingefahren.»

Shakespeare, Schiller, Kleist und Hebbel waren für ihn gerettet, seine ganze Jugendbibliothek. Vor seiner Einberufung, am letzten Tag, hatte er die Idee gehabt, die Kiste in den abgestützten Kellerraum zu stellen. «Daß du gleich da warst!» sagte er.

Lisa sah ihn an. «Bis hierher sind wir gekommen. Wir müssen auch den Rest noch durchstehen. Versprich mir, daß du nichts Unnötiges riskierst!» Jonas mußte an Frau Brettke denken, sie hatte fast dieselben Worte gebraucht. «Ich bitte dich wirklich darum», sagte Lisa, «du bist niemandem schuldig, daß du dich noch besonders hervortust. Jonas, wir wissen nicht, was noch geschieht. Wenn hier gekämpft wird oder ihr werdet abkommandiert, bitte, tu für dich alles, was du kannst. Manchmal kann man doch selber eine Menge machen, das weißt du.»

«Du aber auch. Im Augenblick bist du mehr Soldat als ich.»

«Ja», sagte Lisa, «das versprech ich dir.»

Auf dem Rückweg durch den Wald gingen sie engumschlungen. Kalt war es und feucht auf der Erde. Als sie sich umarmten, merkte Jonas zum erstenmal, daß Lisa den Boden unter den Füßen verlor und daß er der Grund war. Sie fielen übereinander und lagen im Moos in all ihren Sachen. Sie spürten einander durch die Uniformen und hielten sich fest.

Als es zu kalt wurde, gingen sie hinunter zur Förde. Da kannte Jonas einen Holzbunker, der ein Zollunterstand gewesen sein mochte, bevor Dänemark besetzt wurde, bisher hatte er ihn immer leer angetroffen. Drinnen gab es eine lange Bank, auf der Lisa schlafen konnte, wenn er fortmußte. Er machte Feuer in dem Kanonenofen, der in einer Ecke stand, Reisig holte er draußen. Während sie da saßen und sich wärmten, kam ein alter Mann herein und grüßte nicht besonders überrascht. Er sah aus wie einer vom Volkssturm. Sie sprachen miteinander. Von ihm ging etwas Großväterliches aus, so daß Jonas ihm Lisa ohne Sorge anvertraute.

«Da machen Sie sich mal gar keine Gedanken», meinte er. «Ich werde gut auf sie aufpassen, und warm hat sie es auch.»

Lisa konnte ihn nicht genug loben, als sie einander am anderen Morgen noch einmal kurz vor der Kaserne trafen, der Alte hatte ihr sogar Malzkaffee gekocht. Lisa wollte mit dem Dampfer nach Flensburg fahren. Sie machten nicht mehr viel Worte.

Jonas sagte: «Da hinter der Mauer lag meine Zelle, du kannst sie von hier aus nicht sehen.»

Lisa sagte: «Komm wieder.»

Er sah ihr nach, wie sie zum Anlegeplatz hinunterging. Sie schwenkte ihre Tasche, in der der Dienstfahrschein steckte. Jonas hatte sie nur noch ein kurzes Stück auf den Weg bringen können. Als er sie nicht mehr sah, nahm er die Mauserpistole, die sein persönlicher Besitz war, und vergrub sie unter einem Baum. Dann ging er zurück in die Marineschule.

5

1946/1947 Jeder Backstein gibt dem Leben einen Sinn

Das Fenster

An einem Januartag ging Jonas Ristenpart neben seinem Vater durch Hameln, beide trugen Soldatenmäntel, von denen alles Militärische abgetrennt war. Es regnete, das Pflaster glänzte schwarz. Die Temperatur war knapp über Null, ein eisiger Wind versprühte den Regen und stach auf die Gesichter ein. Jonas hielt auf der Schulter einen Fensterflügel, der sich mit jedem Schritt wiegend bewegte. Der Rahmen war zu zwei Dritteln mit Holz ausgefüllt, in der Mitte war hochkantig ein Glasrechteck eingesetzt. Sein Vater trug eine Aktentasche aus den zwanziger Jahren, die Großvater Ristenpart gehört hatte – die Großmutter hatte sie erst vor kurzem aus Goslar herübergeschickt, als sie erfahren hatte, daß ihr Ältester eine Firma gründen wollte. Als Wertpaket war das Stück angekommen, gewiß hatte es auf allen Stationen Rätsel aufgegeben und begehrliche Blicke geweckt, es pendelte nun an seines Vaters Hand.

An unserem Aussehen muß jeder erkennen, daß wir zusammengehören, dachte Jonas. Sie gingen durch die Deisterstraße, wo sein Vater einen Raum gemietet hatte. Nach vielen Bittgängen zu den Ämtern war ihm endlich auch die gewerbliche Nutzung genehmigt worden. Er wollte ein

Steuerberatungsbüro eröffnen – nach dem vorigen Krieg hatte er sich auch damit durchgeholfen. Briefumschläge hatte er schon drucken lassen, Jonas hatte sie bei der Druk-kerei abgeholt, es waren kleine Formate aus einem blauen Papier, in dem man die Holzfaser an den Fingern fühlen konnte, darauf stand über der Anschrift: Julius Ristenpart, Bücherrevisor. Nun warteten sie auf das Telefon.

Als sein Vater sein Anschuß beantragt hatte, war er von der Post wiedergekommen und hatte berichtet: «Dazu brauche ich die Dringlichkeit, bescheinigt von der Besatzungsbehörde, und die sagen, sie steht mir als ehemaligem Offizier mit meiner angeblichen Belastung nicht zu.» Er hatte einen Holzhändler, einen Rechtsanwalt und einen Orthopäden, die mit ihm zusammenarbeiten wollten, um schriftliche Erklärungen gebeten und eine neue Eingabe aufgesetzt.

Am Haus Nummer 20 angekommen, hielt er die Tür auf, Jonas bugsierte das Fenster nach drinnen. Im Trepenhaus roch es nach Mörtel und Nässe. Behauene Backsteine aus einem Trümmergrundstück waren an einer Wand aufgeschichtet, da mauerte ein entlassener Landser im Durchbruch zur Parterrewohnung, ihren Gruß erwiderte er mit Kopfnicken. Im ersten Stock schloß sein Vater auf. In dem künftigen Büro gab es ein Waschbecken, zwei Stühle und ein Regal, aber noch keinen Schreibtisch. In einer Ecke stand ein eiserner Ofen. Sie heizten ihn mit einer Zeitung und etwas von dem Reisig an, das sie in Rucksäcken aus dem Wald mitgebracht hatten.

Jonas setzte das Fenster ein und bewegte es in den Angeln. Der andere Flügel war ganz mit Brettern vernagelt. Als er beide wegen der Kälte schloß, fiel nur ein Schimmer des Tags herein. Die Decke hatte er am Tag zuvor geweißt, an einer Schnur hing eine 25-Watt-Birne nackt in der Fassung herab. Das Licht brannte nicht, Stromsperre. Oben war eine Papiermanschette mit Spritzern von der Malquaste übriggeblieben. Jonas griff hinauf und riß sie ab. An den Wänden war die Tapete abgeblättert, ein Muster mit Segelschiffen und Wellen, längst verblaßt.

«Wieder ein Stück weiter», sagte sein Vater. «Du hilfst mir wirklich.» Er zog zwei Zigaretten aus dem Etui mit der Gravur seines alten Regiments und gab Jonas eine davon. Sie waren oval, dünn gestopft, etwas Tabak rieselte heraus, strohig schmeckten sie. Martha Ristenpart hatte sie von ihrer Raucherkarte für Mann und Söhne gesammelt, sie waren lange abgelagert.

Jonas betrachtete seinen Vater, der zweifelnd im Zimmer stand. Einundfünfzig war er jetzt, das kam Jonas alt vor, vor vier Monaten war der Vater aus amerikanischer Gefangenschaft in einem Lager bei Attichy heimgekehrt. Die Nachricht hatte Jonas erreicht, als er gerade mit den Ochsen ein Stoppelfeld umpflügte, einer der Arbeiter war übers Feld auf ihn zugegangen und hatte schon von weitem geschrien: «He, Jonas, dein Vater ist gekommen! Sie haben angerufen aus Hameln, er ist zu Hause.» Er hatte das Gespann angehalten und alles stehenlassen, wortlos hatte der andere ihn abgelöst. Jonas stürzte auf den Hof, der Verwalter gab ihm frei. Es war früher Abend, als er auf dem Fahrrad über die Weserbrücke fuhr und in Begemanns Haus in der Papenstraße seinen Vater wiedersah. «Jonas!» sagte der nur, dieses eine Mal umarmten sie einander. Für immer hatte sich ihm das Bild eingeprägt: Sein Vater stand in ihrem einzigen geheizten Zimmer und pellte sich aus seinen Sachen, er hatte die Ruhr gehabt und sah aus wie ein Skelett. Früher war er stämmig gewesen, ein richtiger Vater mit einem Leibesumfang, wie es sich gehörte, nun hatte er Hühnerknochen und eine spitze Nase in dem gebräunten Gesicht, das von dem weißen Körper abstach. Frierend selbst in der Wärme hatte er dagestanden, von seiner Frau und drei Kindern betrachtet. Jonas kam der Gedanke, ihm müßten bei der geringsten Arbeit die Glieder brechen. Sonst versuchte er immer, dem Körper seines Vaters zu entkommen, was ging der ihn an, doch jetzt rief die Gestalt Mitleid hervor, Erbarmen. Jonas wurde Ernährer.

Er hatte großes Glück gehabt. Vermittelt durch Irma Begemann, die einst mit seiner Mutter die Schulbank geteilt hatte, war er in Groß Berkel untergekommen. Ihr Mann war praktischer Arzt und versorgte vor allem die Bevölkerung in den Dörfern, weserabwärts kannte er seine Bauern, da fuhr er mit Sonderzuteilungen britischen Benzins in seinem alten Opel herum. Jonas hatte sich in Holstein bei den Engländern aus dem Gefangenenkral zur Landarbeit verpflichtet und war daraufhin noch im Juni entlassen worden. Nun bewohnte er über dem Kuhstall eine Kammer, die auf den Hof hinausging. Von morgens um sechs bis nachmittags um vier Uhr raffte er hinter der Mähmaschine Weizengarben zusammen, grub Kartoffeln aus, hackte Unkraut in den Rübenfeldern, anschließend half er dem Schweizer beim Melken. Eleve hatte er werden sollen, die Besitzer sprachen von ihrem Gut, tatsächlich war alles viel kleiner: Jonas war Knecht. Zu Fuß brauchte er, wenn er durch den Wald ging, eineinhalb Stunden zur Stadt.

Zwischen dem Hof und der Papenstraße lief die Versorgungsader. Wie alle Landarbeiter erhielt auch Jonas ein Deputat: Mehl, Grieß, Milch und Eier, manchmal auch ein Stück Speck. Außerdem reichlich Rübensaft, den sie in Bottichen in der Waschküche kochten, da roch es nach Malz und heißem Zucker. Die polnischen Arbeiter, die in Freiheit dasselbe taten wie zuvor als Gefangene, brannten davon sogar Schnaps. Erst als einer von ihnen, der von früh bis spät die Flasche am Hals hatte, plötzlich mit einem Aufschrei die Hände auf die Augen preßte und fast nichts mehr sehen konnte, hörten sie damit auf.

Der Zustand seines Vaters spornte Jonas an, er suchte seine Lieferungen zu verdoppeln. Jeden zweiten Tag radelte er nach Feierabend als Furier nach Hameln, auf dem Gepäckträger den Seesack, der auf der «Leipzig» von Ratten angefressen worden war. Mit einer Segeltuchnadel und Bindfaden hatte er einen Flicken aus seinem Drillichzeug daraufgesetzt. Zum erstenmal wurde sein Vater wieder satt.

Wenn ich so in Bewegung bin und meine Besuche in der Papenstraße nicht zu lange ausdehne, geht es zwischen uns gut, dachte er. Es war nun einmal nicht zu leugnen, daß sein Vater sich zum Westwall aufgemacht hatte, als Jonas dreizehn war. Die paar Urlaube zählten kaum, jetzt schien es ihm schwerzufallen, sich an die Tatsache zu gewöhnen, daß er einen Zwanzigjährigen vor sich hatte. Lorenz, der drei Jahre älter war, trieb sich noch bei einer Fahrkolonne deutscher Soldaten in britischen Diensten herum.

Jonas packte immer in der Kochnische aus, was er mitgebracht hatte. Begemanns hatten ihnen ihr ehemaliges Eßzimmer abgetreten, das war nun ihr Tagesraum, sie schliefen in der angrenzenden Veranda, die nicht heizbar war. Nur ein wenig Wärme drang durch die geöffnete Tür. Weil es da einfach zu eng war, fuhr Jonas abends jedesmal nach Groß Berkel zurück. Wenn er wieder erschien, die Milchkanne auf den Herddeckel stellte und Eier aus dem Zeitungspapier wickelte, dirigierte ihn seine Mutter vom Sessel aus. Sie konnte mit ihrer Arthritis nicht mehr aufstehen, doch sie verfolgte alles mit den Augen, behielt den Platz jedes Löffels im Kopf und lenkte die Schritte der Familie durch diese Unterkunft. Zu Cordt und Franziska sagte sie: «Wir können zu viert hier nur bestehen, wenn wir Ordnung halten. Das ist wie in einer Puppenstube.»

Das Fensterglas hatte Jonas gegen Mehl eingetauscht. Ohne Wertsachen oder Naturalien konnte man nichts Brauchbares bekommen. Andernfalls mußten sie hinter dem Bahnhof, wo von früh bis spät ehemalige Landser mit ihren Mützen und Zivilisten mit hochgeklappten Kragen beisammenstanden, das zehnfache Geld wie früher hinblättern. Die Lappen aus der Notenpresse, die gedruckt waren, um Kanonen zu beschaffen, waren inzwischen kaum mehr wert als eine Handvoll Laub.

«Für dich kommt das alles ja schon zum zweitenmal», sagte Jonas. Sie hatten sich hingesetzt, der Rauch ihrer Zigaretten schwebte unter der Lampe. Nur ungenau konnte er sich vorstellen, was sein Vater demnächst in diesem Büro arbeiten wollte. Er wußte nichts von Buchführung, Bilanzen, Abschreibungen und erst recht nicht, was die Leute in dieser Zeit damit anfangen sollten. Doch sein Vater schien zu glauben, das alles käme bald wieder in Gang.

«Das ist mit 1918 nicht zu vergleichen, Jonas», sagte er. «Damals gab es noch einen Rest von Ordnung. Das Reich war erhalten geblieben, wenn es auch in die Hände der Weimarer Politiker fiel. Erst Hitler hat vollbracht, was in den schlimmsten Befürchtungen kaum einer für möglich hielt. Wir haben ihn falsch eingeschätzt, den ‹hergelaufenen Gefreiten›. Wer hat denn voraussehen können, was für eine Vernichtungsgewalt in seinem Gehirn steckte und wie total er Deutschland zugrunde richten würde. Ich jedenfalls nicht. Heute wissen es alle besser, aber jetzt sind wir ganz unten. Wir werden eine ganze Weile so leben müssen, unter der Militärregierung. Anzunehmen ist, daß die Amerikaner bald immer mehr zu bestimmen haben. Sie sind die Hauptgewinner, die einzigen, die keine so schweren Verluste erlitten und ein Riesenland haben, das vom Krieg kaum berührt wurde, trotz Pearl Harbor. Wieviel Macht sie jetzt haben, werden wir noch merken. Aber wünsch mir erst mal, daß unsere britische Besatzung mir mit der Genehmigung nicht noch einen Strich durch die Rechnung macht.»

«Ich denke, die ist erledigt?»

«Ach, denen fällt immer etwas ein.»

Jonas fand, sein Vater sei nicht unterzukriegen, doch manchmal war er ihm unheimlich mit der kerzengeraden Haltung – er hielt sich in einer Weise aufrecht, die schon übertrieben wirkte, nicht nur steif, sondern unbeugsam. Er war mit einem Oberst aus dem Lager in Attichy zurückgekehrt, der Mager hieß und in Braunschweig wohnte. Ein paarmal kam er mit der Bahn herüber, und sie besprachen Geschäftliches miteinander.

Eines Tages nahm Herr Mager Jonas auf die Seite, weil er wohl meinte, daß der es gegenüber alten Soldaten an Respekt fehlen ließ. «Wissen Sie eigentlich, was für einen Vater Sie haben?» hielt er ihm vor und sah ihn unter dem militärischen Haarschnitt bedeutungsvoll an. «Das brachte keiner außer ihm fertig! Die Amerikaner haben uns im Lager ziemlich schikaniert. Es gab einige, die ließen an uns aus, was sie unter preußischem Drill verstanden. Wie Rekruten mußten wir im Zelt den Strohsack zerren, die Decke falten und den Boden beinahe auch mit der berühmten Zahnbürste kehren. Es war ein bißchen lächerlich, doch manche von den Stabsoffizieren ließen sich provozieren und kochten vor Wut, da hatten die Amis, was sie wollten, nur bei Ihrem Vater nicht – ihm konnte keiner was anhaben. Er blieb immer ruhig, sogar gelassen.»

Herr Mager legte ihm die Hand auf den Arm und gab seinem Bericht einen Nachdruck, der Jonas beinahe weh tat. «Ihr Vater war nicht zu vereinnahmen für Haß oder Unterwürfigkeit, er ging immer am Stacheldraht auf und ab, viele Kilometer war er unterwegs, für sich allein. Er sagte sich klassische Gedichte und ganze Dialoge aus Theaterstücken auf, seinen Goethe und Schiller kennt er und noch ein paar mehr. Wir bekamen oft Trockenerbsen oder Bohnen zugeteilt, konnten die aber nicht kochen, sondern mußten sie weichkauen. Das war auch so eine Maßnahme – also, Ihr Vater hat mir imponiert, wie er stundenlang zwischen dem Kauen seine Texte aufsagte. Oft hörte ich ihn am Zaun deklamieren, was muß der für einen Lehrer gehabt haben!»

Auch heute, meinte Jonas, hatte sein Vater noch diesen Lagerschritt, wenn er über den Bürgersteig oder im Garten ging wie einer, der erst wieder lernen muß, wieviel Platz er im Freien hat. Seit er so dünn war, schritt er steif und hölzern umher.

Jonas kniff die Glut von der Zigarette und steckte den Tabakrest in seine Pfeife. Während er sie anzündete, mußte er an seine eigene Gefangenschaft denken. «Hast du gewußt, daß es eine Zigarettenmarke namens ‹Sieg› gab?» fragte er seinen Vater.

«Du machst einen Scherz.»

«Nein, wirklich, ich hab sie gesehen. Stell dir vor, wir waren in einem Areal hinter gewöhnlichen Weidezäunen untergebracht und wurden nicht allzu scharf bewacht. Mit etwa sechzig Mann hauste ich in einer Scheune. Die nächste Stadt war Heide in Holstein. In unserem Lager gab es ein paar Birken und einen Brunnen. In den ersten Tagen, als wir überhaupt nicht verpflegt wurden, hab ich junges Grün von den Zweigen gefuttert.»

Sein Vater wußte, wie gern er breit ausholte, deswegen unterbrach er ihn: «Was hat das mit den Zigaretten zu tun?»

«Warte, eines Tages fand einer von uns in einem Winkel der Scheune mehrere Kisten unter dem Stroh. Wir machten uns sofort daran, du glaubst nicht, was da zum Vorschein kam. Große weiße Zigarettenschachteln mit Hakenkreuzflaggen darauf, Hunderterpackungen. In anderen Kisten steckten haufenweise Flaschen, französischer Kognak und Champagner. Die Zigarettenmarke hieß wahrhaftig ‹Sieg›, die waren wohl für den Endsieg produziert, als irgendwelche Leute noch daran glaubten. Vielleicht hatte sich ein Proviantmeister das alles da versteckt.»

«Das klingt wie gut ausgedacht», sagte sein Vater. «Als Kind hast du manchmal eine erfundene Geschichte so oft erzählt, bis du selber daran glaubtest. Weißt du das nicht mehr?»

«Das ist doch die Höhe, daß du mir nicht glaubst.» Jonas spielte die Entrüstung wie früher, wenn sie nach einer Wanderung auf einer Waldwiese lagen und sein Vater bezweifelte, daß Lorenz und er, wenn sie nach Hause kamen, wirklich keine Schularbeiten mehr zu machen hatten. «Wir haben geteilt, es gab ein Fest. Jeder in der Scheune bekam eine Drittelflasche Kognak und eine halbe Schampus. Du kannst dir denken, daß es nicht lange dauerte, bis wir in dem Schober alle wie verrückt umeinandertanzten. Schließlich kreiste alles in mir. Ich habe nur noch gedacht: Du mußt dich hinlegen. Also packte ich mich auf mein Strohbündel und sah, bevor mir die Augen zufielen, noch die springenden Gestalten. Als ich am nächsten Morgen zu mir kam, hatte mir einer den Tabaksbeutel und meine alte Pfeife aus dem Seesack unter dem Kopf weggeklaut. Damals fingen wir an zu sagen: Kameraden sind Lumpen.»

Sein Vater bedachte ihn mit einem dieser Blicke, die Jonas immer als eigens für ihn gefertigte Fragezeichen empfand. So konnte er ihn auch ansehen, wenn sie abends miteinander Schach spielten und Jonas eine Figur zog, nachdem er zuvor eine andere berührt hatte. Nach seiner Erfahrung hing es ausschließlich von der Stimmung seines Vaters ab, ob er ihm den Regelverstoß durchgehen ließ.

Plötzlich sagte sein Vater: «Ich muß ein paar Dinge mit dir besprechen, Jonas. Es trifft sich gut, daß wir hier einmal in Ruhe zusammen sind.»

Jonas hatte vor Aussprachen, die sein Vater unvermittelt begann, jedesmal Angst. Mit Grauen erinnerte er sich an den Tag seiner Konfirmation, als die Verwandtschaft schon im Flur versammelt war und zur Garnisonkirche aufbrechen wollte. Da kam seine Mutter und sagte: «Dein Vater möchte mit dir sprechen.» Jonas wußte von Lorenz, was jetzt kommen würde. Wahrhaftig saß sein Vater in Uniform im Ledersessel und bat ihn förmlich, gegenüber Platz zu nehmen. Ihm mußte sehr unwohl in seiner Haut sein. Jedenfalls brachte er in wenigen Minuten hinter sich, was er an sexueller Aufklärung für unumgänglich hielt. Es waren nichts als Andeutungen, noch qualvoller wären sie Jonas erschienen, wenn er nicht längst gewußt hätte, was ein Junge mit vierzehn ausfindig machen konnte. Als biologische Information war der Vortrag eine Katastrophe, er gab nicht das mindeste her. Sein Vater konnte ihm auch nicht in die Augen sehen, sondern blickte nach unten auf die eigenen Fingernägel und sprach mit belegter Stimme. Natürlich war Jonas zu beklommen, um das einzige zu tun, was jetzt am Platz gewesen wäre, nämlich sie beide durch ein befreiendes Lachen zu erlösen. Statt dessen litt er, litt nicht nur für sich, sondern auch gleich noch mit für seinen Vater und all die unaussprechlichen Augenblicke, die man sich in der Familie antat, in die er nun einmal hineingeboren war. Die Ausführungen seines Vaters gipfelten in der Aussage: «Eines ist unumstößlich, ein Ristenpart rührt die Frau, die er einmal zu heiraten gedenkt, vor der Ehe nicht an.» Dann folgte etwas, was ihn wie ein Schlag traf und was er sich überhaupt nicht erklären konnte, weil ihm die Äußerung, gemünzt auf die tatsächlichen Verhältnisse, geradezu unsinnig erschien. Sein Vater blickte streng und erklärte abschließend: «Dafür sind die kleinen Bürgermädchen da.»

Sie standen auf. Neben seinem Vater schlich Jonas nach draußen, er rettete sich an die Seite seines Patenonkels Willi, der sein Lieblingsonkel war und ihm schon öfter aus seiner Ratlosigkeit geholfen hatte. «War's schlimm?» fragte der auf dem Gang zur Kirche. Endlich konnte Jonas lachen, sie drückten einander die Hand und liefen ein paar Schritte vor den anderen her. Onkel Willi, der Augenbrauen wie Federbüsche hatte, hielt an diesem Tag sitzend eine wunderbare Tischrede, in der er nur für Jonas sprach, ruhig, genau und vorsichtig, er verletzte ihn mit keinem Wort. 1942 war Onkel Willi in Rußland gefallen.

Sein Vater machte nach der Konfirmationstafel aber etwas wieder gut. Er gab Jonas eine Schachtel Zigaretten und sagte vor den anderen: «So, mein Sohn, von jetzt an darfst du auch zu Hause rauchen.» Jonas nutzte die Gelegenheit und antwortete: «Danke, Vater, ich hab's mir abgewöhnt.» Er war damals ein begeisterter Langstreckenläufer und rauchte nicht.

Er konnte es nicht verhindern, daß in ihm die Erinnerungen wie von allen Seiten über ihn herfielen, wenn sein Vater grundsätzlich mit ihm sprechen wollte. Es war eine lange Strecke von der Kindheit bis hierher, so viel war geschehen, was sie zusammenführte, und noch mehr eingetreten, was sie trennte.

«Jonas», sagte sein Vater, «ich glaube, wir müssen uns alle

darauf einstellen, daß deine Mutter nicht wieder auf die Beine kommt. Ich fürchte, sie wird nie wieder gesund, es ist ernst. Einmal muß ich es aussprechen, weil ihr wissen müßt, was ihr zu erwarten habt, Lorenz und du. Von mir habt ihr nichts zu erwarten. Ich kann nur für eure Mutter sorgen. Natürlich auch für Franziska und Cordt. Bis sie soweit sind, habe ich hoffentlich wieder Boden unter den Füßen. Ihr Großen müßt euch allein durchschlagen. Hast du dir überlegt, was du werden willst?»

Das war es also, Jonas wußte es. Er hatte jetzt wieder das Gefühl, gleichzeitig an zwei Orten zu sein. Hier in dem trüben Raum saß er vor seinem Vater und hörte ihm genau zu, in Gedanken sah er sich bei seiner Mutter. An dem Abend, an dem er als erster aus der Gefangenschaft in ihr neues Zuhause gekommen war, hatte er alles begriffen.

Die Bahnverbindung war noch unterbrochen. Er machte sich aus Braunschweig kommend ab Peine zu Fuß auf und lief mit seinem Seesack auf Landstraßen die siebzig Kilometer an einem Tag. Rechtzeitig vor der Sperrstunde traf er ein, nach einundzwanzig Uhr durften sich Deutsche nicht mehr draußen blicken lassen.

Seine Mutter und die jüngeren Geschwister fand er in dem Haus an der Weserbrücke. Es war ein heller Sommerabend, und sie empfing ihn am Tisch sitzend, aufrecht. Als er draußen Irma Begemann über den Weg lief und sie miteinander sprachen, hörte er schon ihre Stimme. «Ist das Jonas?» Er machte ein paar große Schritte durch den ebenerdigen Eingang. «Dich schickt der Himmel», sagte sie, als er in der Tür stand.

Martha Ristenpart war neunundvierzig Jahre alt, allein konnte sie sich nicht mehr aus dem Stuhl erheben, sondern saß da wie mit gebrochenen Flügeln. Jonas umarmte sie lange. Er strich ihr übers Haar, das wohl Franziska zum Knoten aufgesteckt hatte. Er erinnerte sich, wie sie es früher ganz selten für ihn aufgelöst hatte, als er klein war. Das Haar fiel dann weit an ihr herunter. Manchmal, wenn er traurig war, durfte er darunterkriechen und sich an ihr bergen, drinnen war es wie in einem Zelt.

Jetzt war Jubel in dem Zimmer. Franziska, neun Jahre, kletterte auf ihm herum. Cordt, dreizehn, reckte die Glieder, er rief: «Mensch, daß du da bist, eine Wucht ist das!»

Jonas betrachtete seine Mutter. Ihr Haar mit grauen Fäden war vom Knoten etwas zu straff nach hinten gezogen und ließ ihre Stirn noch höher erscheinen. Die Hände lagen auf dem Kissen, das sie auf dem Schoß hielt. Sein erster Eindruck war, daß sie die Hände endgültig da abgelegt hatte. Seit Franziskas Geburt hatte sie Gelenkrheumatismus, und im Krieg hatte sich niemand richtig um sie kümmern können. Gichtknoten hatten ihre Finger und die Handballen verzogen, sie konnte nur noch mühsam etwas damit halten.

«Sieh mich an», sagte sie, «was aus mir geworden ist. Aber nun bist du da.» Sie schaute auf ihn in dem Augenblick der Freude. Ihr Gesicht war gezeichnet von Schmerzen. Alles, was sie am dringendsten gebraucht hätte, war seit langem nicht zu erreichen: Pflege, eine Kur, Medikamente aus den USA.

«Es ist, als brächen meine Knochen wie Glas», sagte sie. «Kinderkriegen ist nichts dagegen.» Gleich fügte sie hinzu: «Aber bemitleidet wird nicht! Wird schon wieder wern mit der Mutter Beern, mit der Mutter Born is ja auch geworn.» Den Spruch kannte er, sie gebrauchte ihn oft, wenn Wehleidigkeit drohte. Sie wurde ernst und sagte: «Jetzt mußt du für uns sorgen, Jonas. Von deinem Vater und Lorenz ist noch keine Nachricht gekommen. Wenn sie nur leben!»

In den ersten Tagen begriff er immer deutlicher, wie schlecht es ihr ging und daß es kaum eine Hoffnung gab. Er glaubte auch zu erkennen, daß in ihr ein großes Verwundern war. Sie beobachtete genau, was mit ihr geschah. Sie hatte sich immer für lebensvoll und kräftig gehalten und war es auch gewesen – jetzt war sie auf andere angewiesen. Sie war still geworden in dem verwunderten Wissen. Martha saß dort und wartete und war dankbar, wenn etwas Wärmendes sie umgab. Daran wollten sie es nicht fehlen lassen, sofern sie nur konnten.

«Das beste wird sein», hörte Jonas seinen Vater sagen, «wenn du etwas anfängst, was dich rasch ins Brot bringt. Ich habe mich erkundigt, als Kriegsteilnehmer könntest du mit Abitur eine Kurzausbildung zum Volksschullehrer machen, sie haben jetzt ein besonderes Programm. Oder du machst eine Lehre im Buchhandel, wie wäre es damit?»

«Es gibt doch keine Bücher», sagte Jonas und dachte: Es ist mein Kopf, den er sich zerbricht. «Ich danke dir, daß du das überlegst, aber ich habe mich schon entschieden. Ich gehe nach Braunschweig und mache an meiner alten Schule das Abitur nach. Das Reifezeugnis aus der Oberprima, das sie uns nachgeschickt haben, wird zum Studium jetzt nicht mehr anerkannt. Sobald ich einen Platz bekomme, will ich in Göttingen studieren, Geschichte und Deutsch. Vielleicht klappt es zum nächsten Wintersemester. Ich habe noch etwa eintausendfünfhundert Reichsmark vom Wehrsold gespart, zur Zeit brauche ich davon nichts. Mach dir keine Sorgen, irgendwie komme ich durch, ich werde nebenher arbeiten, aber eins steht fest: euch kann ich dann nicht mehr mit Lebensmitteln versorgen.»

Sein Vater sah ihn an, als sei ihm durch Jonas' Erklärung etwas aus der Hand genommen, was er eben noch herumgedreht und abgewogen hatte. «Ich freue mich, daß du weißt, was du willst. Jetzt brauchst du nur noch Glück. Aber es ist wohl noch etwas anderes, was dich nach Braunschweig zieht.» Wieder stand in seinen Augen eine Frage.

Jonas mußte lachen. «Lisa ist in Frellstedt», sagte er. «Du weißt doch, sie wurde mit ihren Eltern von den Engländern aus der Wohnung geworfen. Aber weit ist das nicht.»

Seiner Mutter hatte er nicht gleich eingestanden, daß sein erster Weg Lisa gegolten hatte. Er hatte sogar seinen Entlassungsschein auf ihren alten Wohnort ausstellen lassen. An einem Junitag war er in der Bismarckstraße auf den Trümmern herumgestiegen und hatte kaum noch ein Gefühl für sein verschüttetes Zuhause aufgebracht. Der Häuserblock in der Herzogin-Elisabeth-Straße, wo Lisa bisher gewohnt hatte, war mit einem Drahtzaun und einer Wache abgesperrt gewesen. Er hatte sich im Milchladen erkundigt, wohin sie evakuiert worden waren. Als er in Frellstedt aus dem Zug kletterte, stand Lisa auf dem Bahnsteig und wollte gerade in dasselbe Abteil einsteigen, um in Helmstedt etwas zu besorgen. Er war wie vom Blitz getroffen. Lisa blieb auf der Stelle stehen. Der Zug fuhr an ihnen vorüber. Aus aller Zeit und allem Raum hatten sie einen Tag wie einen Traum miteinander verbracht. Seit diesem Tag beherrschte ihn der Gedanke: das ist Bestimmung.

In seiner Tasche steckte ein Brief von ihr. Seit dem 1. September durften die Bewohner der britischen Besatzungszone nicht mehr nur Postkarten, sondern auch wieder Briefe schreiben, in lateinischer Schrift, damit die Zensoren sie lesen konnten. Oft trafen nun Umschläge mit der Banderole ein: *Opened by Military Censorship – Civil Mails examined.* Jonas und Lisa lieferten ihnen Stoff.

«Nur Knöpfe annähen kann deine Lisa noch nicht», sagte sein Vater. Er hatte den Mantel neben sich und drehte einen Knopf, bis der lang am Faden baumelte, schließlich riß er ihn ab und hielt ihn Jonas vor die Nase.

«Sie war doch aufgeregt damals», sagte er.

Lisa war dagewesen. Lisa bei den Ristenparts, zum erstenmal. An einem Herbsttag, als er wieder von seinen Ochsen kam, hatte er sie vom Bahnhof abgeholt. Nach einem Weg, den sie ausdehnten, war sie mit ihm in das Zimmer in der Papenstraße eingetreten, wie beschichtet mit Scheu. Nein, es war nicht viel aus ihr herauszuholen, Lisa, die wild sein konnte, dort saß sie in sich gekehrt und hielt die Hände auf dem Schoß über den eng zusammengeschlossenen Beinen. Sie trug einen Schottenrock, den ihr Quäker geschenkt hatten. Jonas fand, sie machte ein Gesicht wie in der Kirche, wenn der Pfarrer zu lange predigte. Ein bißchen könnte sie von sich zu erkennen geben, dachte er, aber sie tat ihm den Gefallen nicht.

Diese Begegnung mit seiner Familie fiel ihr schwer. Am liebsten machte sie um alles, was zu ihm gehörte, einen Bogen, wenn sie es nicht mit ihm allein haben konnte, doch einmal mußte es sein. Jonas konnte das auch nicht leiden: auf dem Präsentierteller dasitzen, sich herzeigen vor soviel Erwartung. Lisa verstand sich sofort mit seiner Mutter, von seinem Vater trennte sie spürbar eine innere Entfernung. Es war ein Sonntag, als sie um den Ofen saßen. Eine Zeitlang waren sie zu neunt, denn auch Begemanns kamen mit Tochter Almuth herüber. Jonas hatte das für typisch gehalten, daß sein Vater von den Knöpfen zu reden anfing, als sie sich gerade etwas erwärmt hatten. Er hatte behauptet, alle wären locker, anscheinend gab es für ihn in dem Augenblick nichts Wichtigeres. Unfair war das, wie eine Examensarbeit. Was blieb Lisa anderes übrig? Es war doch naheliegend, also saß sie, kaum war der Gerstenkaffee getrunken, mit gebeugtem Nacken unter der Lampe und nähte der Reihe nach die Knöpfe am Mantel ihres künftigen Schwiegervaters fest. Drum herum alle Gesichter. Martha abwägend, Julius ein Gönner, Franziska neugierig, Cordt gelangweilt und Begemanns als Zeugen der Szene, so ein Klumpen Menschlichkeit. Lisa benahm sich, wie es von ihr erwartet wurde. Als sie ihn gedehnt anblickte, dachte er: Notausgänge unbegehbar, bleib da!

Weil Lisa nichts sagte, drehte er auf. Geschichten von seinen Ochsen gab er zum besten, seit einigen Wochen hatte er ein eigenes Gespann. Es war Ende Oktober. Wenn sie morgens mit der Arbeit begannen, leuchtete ihnen in diesen Tagen für eine Weile noch der Mond.

«Das ist schon ein Gefühl, wenn ein Gespann nach dem anderen im Frühnebel auf die Hügel zieht, die anderen haben Pferde, nur ich bin auf die Ochsen gekommen. Meistens schickt mich der Verwalter jetzt zum Walzen mit diesen Biestern.»

«Mann, Paarhufer sind das», sagte Cordt. «Haben wir gerade in Bio drangehabt.»

«Komm mal raus nach Groß Berkel und spann mit an!» wandte sich Jonas an seinen Bruder und schaute dann wieder in die Runde. «Also, noch in der Dunkelheit nähere ich mich ihnen vorsichtig mit dem aufzulegenden Geschirr. Die aber muffeln vor sich hin und liegen wiederkäuend in ihrem Mief. Ich bitte sie dann höflich, aufzustehen. Ja, man muß mit ihnen reden, das verstehen sie. Aber das heißt noch lange nicht, daß sie sich auch danach richten.»

«Ochsen!» sagte sein Vater, er legte alle Verachtung eines Pferdeliebhabers in das Wort.

Jonas holte Luft, er brauchte nur seine täglichen Erfahrungen auszumalen, und die anderen hörten ihm zu: «Wenn ich nicht gleich brülle, rühren die sich überhaupt nicht. Bringe ich sie aber hoch, legt sich gewöhnlich, bis der eine angeschirrt ist, der andere wieder hin. Bis ich den dann soweit habe, liegt der erste wieder. Himmel, hab ich den einen glücklich aus dem Stall, rennt der andere wieder zur Futterkrippe und sieht mich an, als gönne ich ihm gar nichts. All mein Rufen beantworten sie mit störrischem Gebrumm.»

«Jonas», erklärte seine Mutter, «du tust mir leid.»

«Laß nur, jedesmal kommt bei ihnen ein bestimmter Punkt. Dann schnuppern sie Morgenluft und stürmen hinaus, ich kann sie kaum anspannen, so eilig haben sie es auf einmal. Schließlich sitz ich auf dem Bock der Walze, wir traben durchs Dorf. Falls sie unterwegs noch einmal den Befehl verweigern wollen, drohe ich mit der Peitsche, die sehen sie im Augenwinkel und wackeln mit den Ohren. ‹Pfüo, Osse!› ruft man. Eine Weile macht uns auf dem Feld die Sache sogar Spaß, zumal wir ganz unter uns sind. Aber zu sehr darf ich sie auch nicht antreiben, sonst legen sie sich mitsamt der Deichsel einfach wieder hin. Auf schlechter Straße beim Rückweg schleichen sie wie Bußgänger. Komme ich aber auf Asphalt, das mögen deine Paarhufer, Cordt! Wie Hundertmeterläufer auf der Sandbahn rennen die plötzlich. Ob ihr's glaubt oder nicht.» Jonas machte eine Kunstpause und faßte dann zusammen: «Wenn sie so auf den Stall zulaufen, sind sie regelrecht stolz, nicht nur ich. Meine Ochsen tragen die Köpfe ganz oben und blicken beifallheischend auf die Bevölkerung.»

Als er so weit war, stach Lisa sich in den Finger, das sah nur er, der ihr gegenübersaß. Sie beugte sich noch tiefer und leckte den kleinen roten Punkt von der Hand.

«Das erstemal bei uns, und gleich diese Knöpfe», sagte Jonas zu seinem Vater. In dem Büro ging das Licht an, Ende der Stromsperre. «Kein Wunder, daß die nicht festsitzen. Stell dir vor, du wärst beim Antrittsbesuch bei deinen Schwiegereltern aufgefordert worden, einen Lichtschalter auszuwechseln.»

«Ihr wollt also heiraten», fragte sein Vater, «wovon?»

«Das wissen wir noch nicht.»

«Es kommt aber auch alles auf einmal.» Der Vater stand auf, ging ein paar Schritte auf und ab und blieb dann am Fenster stehen, er sah nach draußen. «Zuallererst muß für deine Mutter etwas getan werden. Es soll in Amerika ein neues Mittel geben, auf Cortisolbasis. Karl in Wolfenbüttel will versuchen, für uns da ranzukommen, wenigstens ist einer von uns Brüdern Arzt. Mit Doktor Begemann kann ich so etwas schwer bereden. Außerdem meint Karl, das geht nur gegen Gold oder Dollar. Mutter wird ihren Schmuck hergeben. Dir kann ich nur raten, dir mit allem etwas Zeit zu lassen. Denk daran, du wirst gerade zwanzig, Jonas. Und was mich betrifft, erst einmal muß ich durch die Entnazifizierung durch, obwohl ich nicht in der Partei war, das weißt du ja. Wir müssen alle einen klaren Kopf behalten.»

Jonas fiel unter die Jugendamnestie, das kümmerte ihn wenig. Wenn er versuchte, sich seine Zukunft mit Lisa auszudenken, wußte er keineswegs, wann sie damit anfangen könnten, ein Leben zu führen wie früher andere. Er empfand sich persönlich geschlagen. Sie hatten den Krieg verloren, und es wäre noch schlimmer gewesen, wenn sie ihn gewonnen hätten. Jetzt stand alles unter dem Befehl der Sieger, die draußen herumgingen, als wollten sie für immer bleiben.

Verboten war vieles, zum Beispiel das Ausgehen bei Nacht, Versammlungen auf der Straße, politische Betätigung ohne Erlaubnis der Besatzungsmacht, das Herausgeben von Gedrucktem ohne Lizenz.

In Jalta und Potsdam hatten die Alliierten auf zwei Konferenzen im Februar und Juli 1945 die *Bestrafung der Betroffenen* beschlossen. Jonas hatte Grund, sich damit zu beschäftigen, er las die Bestimmungen, soweit sie in den Zeitungen veröffentlicht wurden. Schuldige sollten möglichst aus allen staatlichen, politischen, wirtschaftlichen und kulturellen Positionen entfernt werden. Aber wie? Mit entlassenen Häftlingen aus den Konzentrationslagern konnte man so viele Stellen nicht ausfüllen. Es gab nicht genug Sozialdemokraten, Kommunisten, konservative Demokraten aus dem Widerstand und der Verfolgung. Wo sie sich zur Verfügung stellten, wurden sie von den Besatzungsmächten in öffentliche Ämter eingesetzt. Doch für bestimmte Positionen gab es beinahe nur Männer und Frauen, die Hitler gehorcht hatten, als Ministerialbeamte und Studienräte, Generalstäbler und Kirchenräte, Kriminalbeamte, Professoren oder Bürgermeister.

Dennoch lief das Programm der Alliierten nach den einmal verfügten Richtlinien an: die Entnazifizierung, Spruchkammern in der amerikanischen Zone, Spruchgerichte in der englischen, die Einstufung in fünf Kategorien, nämlich Hauptschuldige, Belastete, Minderbelastete, Mitläufer, Entlastete. In der Sowjetzone, hörten sie, wurde von Hauptverbrechern, Verbrechern erster Stufe und Verbrechern zweiter Stufe gesprochen. Als Sühnemaßnahmen wurden Internierung, Gefängnis oder in milderen Fällen Berufsverbot und körperliche Arbeit angeordnet. In Nürnberg begann der Kriegsverbrecherprozeß.

Wer gehörte wozu? Ein Volk wurde durchgesiebt. Jonas

hielt das alles für eine besondere Art von Widersinn. Es mußte wohl etwas Derartiges geschehen. Aber wie konnte irgend jemand glauben, daß sich die Menschen dadurch änderten? Plötzlich wollte niemand mehr Nationalsozialist gewesen sein. Für Jonas war nicht eindeutig trennbar, was Recht oder Unrecht war: für ihn war das nicht abhängig davon, ob einer Amerikaner, Russe, Engländer, Franzose oder Deutscher war. Wer den Krieg begonnen und die meiste Schuld auf sich geladen hatte, daran gab es keinen Zweifel. Die Enthüllungen über die Konzentrationslager hatten in ihm sprachloses Entsetzen hinterlassen. Und doch hatte es Kriegsverbrechen auch auf der anderen Seite gegeben. Dadurch war nichts zu rechtfertigen, Jonas konnte es nur nicht vergessen, er dachte an Dresden. Dann fielen die Atombomben auf Hiroshima und Nagasaki.

Diese Frage war für Jonas lebenswichtig, denn soviel stand fest: In die Familie hatte es eingeschlagen, und zwar in beide, bei Lisa nachhaltiger als bei ihm zu Hause. Jonas wußte, daß sein Vater ständig befürchten mußte, zur Strafarbeit abgeholt zu werden. Offiziere seines Ranges wurden besonderen Maßnahmen unterworfen, wenn sie in höheren Kommandostellen gedient hatten, er hatte eine entsprechende Stellung im Stab der Heeresgruppe West gehabt. Lisas Vater galt als belastet, weil er in den letzten Kriegsjahren in Braunschweig Sonderrichter der NS-Justiz gewesen war. Bald nach dem Waffenstillstand hatte man ihm seine Entlassung mitgeteilt, er bezog ein Minimum an Wartegeld. Daß er auch als Blockwart für die Partei gearbeitet hatte, zählte weniger, das hatten unzählige getan.

«Er hat seinen Beamteneid geleistet und nach seinem Verständnis seine Pflicht getan», sagte Lisa. «Jetzt fühlt er sich von allen verlassen und schüttelt bei jeder Nachricht über die Verbrechen, die offenbar werden, immer nur den Kopf. Meine Eltern verstehen die Welt nicht mehr.»

Wie sollte Jonas urteilen über einen Mann, den er nur von fern kannte, und über eine Frau, die er nur einmal im Theater gesehen hatte? Er ging von Lisa aus, spürte, wie ihre Eltern sie ratlos machten und sie doch an ihnen hing mit allen Stricken der Herkunft, des Vertrauens und auch eines ihr wohl nie ganz erklärlichen Schuldgefühls. Er hatte den Eindruck, sie wehrte sich dagegen und wurde teilweise doch hineingezogen in die Leere, die an der Stelle herrschte, wo früher der Beruf ihres Vaters gewesen war. Was er getan hatte und wie alles zusammenhing, konnte sie nicht ermessen. Jonas dachte: Beide haben wir einen Vater außer Dienst.

Sein Vater wandte sich vor dem Fenster um. Er wurde von der Glühbirne beschienen, in der nur schwach der Draht glomm. Hinter ihm stand der Abend in der Scheibe, schwarze Wolken zogen draußen über den Himmel. Es mußte aus der Tiefe seiner Gedanken kommen, als er sagte: «Glaub mir, mein Sohn, Menschen wie ich, wir zählen jetzt nicht. Aber wir werden in diesem Land bald wieder geachtet sein, verlaß dich darauf.»

Jonas stand wie festgenagelt, er brachte kein Wort heraus. Wie konnte dieser Mann, der sein Vater war, so steif und fest auf sich beharren? Wie konnte er sicher sein in aller Unsicherheit? Er war außerstande, von dieser Haltung auch nur ein Stück nachzuvollziehen. Aber er hatte gestaunt, wie sein Vater schon eine Woche nach seiner Rückkehr aus der Gefangenschaft abends im Zimmer aufgestanden war und erklärt hatte, nun werde er zusehen, daß er zu einem Beruf komme. Er war nach Hannover, Braunschweig und Goslar gefahren und hatte wohl überall alte Verbindungen aufgenommen. Als er wiederkam, unheimlich dünn, raschelte er mit Papieren und tippte viele Schreiben auf der Reisemaschine, die er sich von Begemanns geliehen hatte.

Sein Vater stand in diesem Raum, der sein Büro werden sollte, und sagte herausfordernd: «Mitgeben kann ich euch nichts. Aber ihr kommt aus einer guten Kiste, das ist auch etwas wert.»

Da war es wieder, das Wort. Jonas wußte es nicht, doch er

nahm an, sein Großvater hatte das auch schon zu seinen Kindern gesagt. Eine Jugend lang hatte er es immer wieder gehört, nur halb verstanden, kaum beachtet. Jetzt stürzte in ihm alles zusammen, was sein Vater über seine Mutter gesagt hatte, über die Familie, über sich. Auf einmal spürte Jonas eine Wut aufsteigen, die jahrelang Anlauf genommen hatte und die er nicht mehr beherrschen konnte.

«Weißt du, was du da sagst?» Er schrie es heraus. «Ich kann es nicht mehr hören, das mit der verdammten Kiste. Du hast dir wohl nicht überlegt, ob ich überhaupt auf die Welt kommen wollte, sondern hast mich zum Leben verdonnert, und für deine wertvollen Chromosomen soll ich dir auch noch ewig dankbar sein!»

Sein Vater schaute ohne Begreifen und bewegte nur verneinend den Kopf. Er wurde ganz weiß im Gesicht. «Es ist dir gelungen», sagte er. «Jetzt hast du mich wirklich verletzt. Laß mich allein.»

Lorry

Die Tachonadel zeigte auf sechzig Meilen. Jonas schaute seinem Bruder über die rechte und dem Fahrer über die linke Schulter. Er hockte hinter ihnen auf der Ladefläche unter der Plane und sah durch das Guckloch ins Fahrerhaus, sie konnten sich bei dem Motorgeräusch nur rufend verständigen. Der Lkw hatte wie alle britischen Fahrzeuge Rechtssteuerung. Jonas beobachtete, wie der Scheinwerfer vor ihnen in die Nacht griff, die Kurven schnitt und im oberen Sektor die Baumkronen fächerte. Es war Anfang Juni, dreizehn Monate war der Krieg vorüber, doch Lorenz machte weiter, er war vom Kommiß noch nicht losgekommen. Der Fahrer redete ihn wie früher an: «Herr Oberleutnant.»

Jonas hatte sich über die Unverfrorenheit seines Bruders wieder einmal gewundert. Der hatte ihm doch wahrhaftig eine englische Uniform, eine Montur ohne Rangabzeichen, mitgebracht. Vor dem Haus Landaustraße Nummer 12 hatten sie einander wie verabredet getroffen. Lorenz kam mit dem Lastwagen fast auf die Minute vorgefahren. Das Gebäude war unzerstört, hinter dem Balkon oben links hatten sie bis 1934 als Kinder gewohnt und waren mit ihren Ranzen jeden Morgen durch das Bürgerviertel über die Niederzwehrener Straße zur Schule gegangen.

Dort auf der Ecke hatte es zu der Zeit ein Schokoladengeschäft gegeben, in dem neben der Kasse Nugatriegel in Goldpapier gestapelt waren. In dem Laden roch es nach Zuckerguß, Waffeln und Pralinen, der Duft wurde den Kunden von einem Ventilator um die Köpfe geweht. Eines Tages trat Großmutter Brakebusch mit ihnen durch die Tür, um ihnen gebrannte Mandeln zu kaufen. Lorenz genügte das nicht, er langte, während die Verkäuferin die Mandeln in der Tüte abwog, in die Auslage und ließ eine Handvoll Bonbons in seiner Hosentasche verschwinden. Jonas sah das, es schnürte ihm die Kehle zu. Die Verkäuferin hatte es bemerkt, sie begann zu zetern. Die Großmutter, ganz Dame mit Strohhut und Sommerschleier, warf vor Schreck Geld auf die Theke und stürzte mit fliegendem Mantel unverrichtetersache hinaus. Sie riß Lorenz mit sich, Jonas hinterher, und rief auf der Straße aus: «Mein Enkel, ein Dieb!» Wieder zu Hause, gab es eine Auseinandersetzung zwischen der Mutter und der Großmutter in der Küche. Jonas' Mutter hatte schließlich gesagt: «Aber Mutter, nun hör endlich auf zu behaupten, meine Kinder könnten mein und dein nicht unterscheiden. Ein phantasievoller Junge versucht eben mal so was, deswegen bricht doch die Welt nicht zusammen!» Cordt, eineinhalb Jahre alt, saß auf dem Bügelbrett und begann plötzlich, weil es so laut zuging, zu schreien.

Sommerzeit. Es war lange hell geblieben. Lorenz warf, als er aufstieg, Jonas die Klamotten zu und erklärte: «Zieh das nachher über. Wenn die an der Grenze hinten reinschauen, stellst du dich am besten schlafend.» Jonas sagte: «Verstanden.» Die Plane war hinten geöffnet. Je nachdem, wie der Wagen sich wendete, sah Jonas kleine Ausschnitte der Stadt.

Sie fuhren an der Karlsaue entlang und vorüber am Tennisklub «Rotweiß», wo ihr Vater Mitglied gewesen war. Die Plätze waren noch geschlossen, ein Schuttplatz, verweht und verwachsen. Dort war ihr Vater oft mit langer weißer Hose und Stirnband mit einem Gegner kämpfend herumgesprungen, während Lorenz auf der einen, er auf der anderen Seite die Bälle aufklaubten. Hinterher mußten sie immer auf der Terrasse vor dem Klubhaus vor verschwitzten Leuten Diener machen. Die Erwachsenen tranken Berliner Weiße mit Schuß, sie bekamen Limonade. Die Lorry kroch den Berg hinauf, wo damals schon der alte Weinkeller zum Luftschutzbunker umgebaut worden war. Nicht weit vom Königsplatz stand noch das Verlagshaus der ehemaligen «Kasseler Post», da hatte ihr Vater als Buchhalter gearbeitet. Jonas sah ihn vor sich: In seinem grauen Anzug saß er in dem abgeteilten Raum des Büroleiters und konnte durch die Glaswand mit Holzgevierten seine Mitarbeiter beobachten, noch grauere Männer und ein paar Frauen, die sich alle über Akten beugten. Im Treppenhaus roch es nach Farben, Maschinenöl, Blei und Bier, drunten mahlte die Rotation. Oft hatten sie da gemeinsam ihren Vater abgeholt. Bilder über Bilder schoben sich ihm vor Augen, während sie zwischen Trümmerbergen vorbei an Kloster Ahnaberg nach Nordwesten fuhren.

«Hast du gut gemacht», rief Lorenz aus dem Fahrerhaus nach hinten, es kam nicht oft vor, daß er ihn lobte.

Sein Bruder, fand Jonas, war für das Unternehmen viel geeigneter als er. Trotzdem hatte er mitgemacht, war mit dem Zug vorausgefahren und hatte bis ins einzelne befolgt, was Lorenz ihm eingeschärft hatte. Nun schmorten je zwei Stangen Camel und Chesterfield in dem Rucksack, den er hinter den leeren Benzinkanistern, Sparren und Lumpen verstaut hatte. Fast die fünftausend Reichsmark, die Lorenz ihm anvertraut hatte, mußte er vor der Kaserne in Niederzwehren dafür hinblättern, nur drei Hunderter behielt er übrig. Zwischen Wachgebäude und Straßenbahn, links und rechts schauend, hatte er den Handel mit dem polnischen Soldaten hinter sich gebracht, jeden Augenblick befürchtend, daß eine Streife auftauchte. Der andere bedauerte wohl, daß er den Neuling auf dem Markt nicht noch höher hinaufgehandelt hatte, aber auch ihm brannte der Boden unter den Füßen. Das Herz schlug Jonas heftig. Sein Bruder, meinte er, war aus anderem Holz.

Mit dem Entlassungsschein vom Gefangenencamp, einer Decke im Rucksack, einem Kanten Brot und der Fahrkarte war er gestern bei Hannoversch-Münden aus der britischen in die amerikanische Besatzungszone übergewechselt. Er hatte Glück gehabt, denn als er das Papier, das hier keineswegs galt, bei der Kontrolle vorzeigte, waren die beiden Amerikaner an ihm vorübergegangen, sie hatten den Wagen voll zusammengekauerter Deutscher mit den Hungergesichtern und ihren paar Habseligkeiten gleich wieder verlassen. Es dämmerte, als sie über die Grenze rollten wie in ein anderes Land.

Sein erster Eindruck war: Die beiden Zonen unterschieden sich wie englische und amerikanische Truppen. Jonas hatte in Wilhelmshöhe unter einem Baum übernachtet, in der Nähe eines grell erleuchteten Viertels, in dem hinter Absperrungen und dem Schild «Off limits» Amerikaner hausten, aus den geöffneten Fenstern drangen ihre Stimmen, Gelächter und Jazz. Wenn er in Hameln oder Braunschweig vor den Engländern vom Bürgersteig ging, war da immer die Distanz wie zwischen Eingeborenen und Kolonialsoldaten, *no fraternization*. Die US-Army bewegte sich offenbar sorgloser in der Bevölkerung. Die GIs, die er am nächsten Morgen überall in der Stadt antraf, hatten eine unnachahmliche Art, die meisten waren jung, sie gingen auf Gummisohlen, federnd, schlaksig, saßen in ihren Jeeps, ließen die Beine heraushängen, viele Farbige waren darunter, sie alle grüßten ihre Offiziere nicht, kauten, wo immer sie herumliefen oder standen, und schenkten den Kindern von ihrem Chewinggum.

Wohlgenährt waren die Amerikaner, eine neue Rasse,

Menschen von einem anderen Stern. Fabelhafte Stoffe trugen sie. Wenn sie mit ihren wohlgenährten, muskulösen Körpern, pralle Hintern in den Sommerhosen, am Bahnhof auftauchten oder über den Friedrichsplatz schlenderten, folgten ihnen ausgemergelte Gestalten unter Soldatenmützen, die sie umkreisten und sich zu mehreren auf die Kippen stürzten, die sie wegwarfen. Diese Gerippe in Hängehosen, Gestalten wie vom Winterhilfswerk, nein, viel ärmer, schiefe Absätze, löchrige Zähne und ausgebrannte Blicke. Die anderen hatten Peanuts und Penicillin. Sie warfen Desinfektionstabletten ins Trinkwasser und nahmen sich vor Ansteckungen aller Art in acht. Von Konserven lebten sie, füllten vor ihren Quartieren Mülltonnen mit Resten, in denen Hungernde stocherten.

Alles an ihnen schien auszudrücken, daß sie hier nur zur Ablösung abgesetzt waren, wie aus Versehen, und eigentlich nach Manhattan oder Santa Monica gehörten, New Orleans oder Chicago. Wie es dort aussah, das schienen sie immer in ihren Köpfen zu haben, trugen es mit sich herum und stolperten dabei durch die wüste Enge, die Deutschland war. Kassel, dachte Jonas, ist so zerstört wie Hannover, Köln oder Hamburg, doch sie machen mit ihren Gewohnheiten etwas anderes daraus. Er ging durch die von Schuttwänden gesäumten Straßen, sah Stadtteile von Ruinen, in denen er sich nicht mehr auskannte, und glaubte doch, eine andere Luft zu atmen, als wäre alles hier offener.

Während Jonas hinten auf der Lorry saß und beobachtete, wie die Nacht hereinbrach, hatte er Zeit, den Tag zu überdenken. Vorn unterhielt sich sein Bruder ab und zu mit dem Fahrer, meist schwiegen auch die beiden. Sie fuhren nach Warburg, vorsichtshalber wollte Lorenz über eine Nebenstrecke in die britische Zone zurückkehren. Einige Dörfer, durch die sie kamen, sahen schon wieder wie im Frieden aus, wenn auch wenige Fenster erleuchtet waren.

Was weiß ich davon, fragte sich Jonas, was mit unserem Land geschieht? Er hörte oft Radio und las, weil er wissen wollte, wie es weitergehen sollte, in der «Braunschweiger Zeitung», was die über Anordnungen in den einzelnen Besatzungszonen berichtete, viel war das nicht. Natürlich hatte er von dem Gerücht gehört – drei Viertel aller Nachrichten waren Gerüchte –, daß die Amerikaner demnächst gemeinsam mit den Engländern die von ihnen besetzten Gebiete zu einem Rumpfdeutschland vereinen wollten, bisher hatten sie, soweit er das beurteilen konnte, mit recht verschiedenen Vorstellungen experimentiert: Die Briten hatten im Ruhrgebiet die Kohlengruben und die Stahlindustrie beschlagnahmt, sie regierten mit Zentralgewalt und bestimmten alles. Die ehemaligen Länder des Deutschen Reichs spielten für sie kaum eine Rolle. Auch den deutschen Zonenbeirat in Hamburg behandelten sie als Nebensache, sie hatten ihn zwar eingesetzt, doch praktisch erfüllte er allenfalls beratende Aufgaben und wurde vor wichtigen Entscheidungen von der Militärregierung nicht einmal gefragt.

Die Amerikaner verfügten in ihrer Besatzungszone über keine vergleichbare Zusammenballung von Industrie, offenbar hielten sie auch nicht viel von Demontage. Anders als die Engländer, die selber arm waren und unter den Kriegsfolgen schwer litten, versorgten sich die US-Truppen und ihr Civil Service auch nur begrenzt aus dem Land, sie lebten in dem Überfluß, den sie über den Atlantik heranbrachten, Unmengen von Eipulver, Nescafé, Coca-Cola, Corned beef, Hamburger und Chips, Stars and Stripes, Buicks und Chevrolets, Blue jeans und Nylons, Gospel und Blues, Movies und Musicals, den ganzen American way of live. Sie waren es, die auf die *Bizone* drängten. Vor allem hatten sie sich in den Kopf gesetzt, die Deutschen umzuerziehen, nach ihrem Vorbild natürlich, darauf verwendeten sie eine erstaunliche Energie und ein Sendungsbewußtsein, das selbst den Geschlagenen verwunderlich erschien. Als Jonas zum erstenmal einen Dollarschein zu sehen bekam, war er verblüfft, daß sie sogar auf ihre Geldscheine druckten: *In God we trust.* Die Verbindung von Gott und Geld schien für sie kein Problem zu sein. Dann kamen die CARE-Pakete.

Immerhin ergab die amerikanische Methode, die Deutschen zu regieren, für die Länder Bayern, Hessen und Württemberg-Baden konkrete Vorteile. Soviel hatte Jonas erfahren, daß dort frühzeitig unter Kontrolle der Besatzungsoffiziere Regionalparlamente errichtet und die Verwaltungsbereiche innerhalb der Länder nach und nach auf deutsche Behörden übertragen wurden. Was in der französischen Zone vor sich ging, davon hatte er kaum eine Ahnung, denn weder in Tübingen und Württemberg-Hohenzollern noch in Baden-Baden hatten sie Verwandte oder sonst irgendeinen Kontakt. In dem Sommer, in dem Franziska geboren wurde, 1935, waren Lorenz und er vier Wochen in einem Zeltlager bei Königsfeld im Schwarzwald gewesen, das war seine einzige Kenntnis dieser Gegend. Er hörte nur, daß die Franzosen mit den Amerikanern über die künftige deutsche Lösung in einem ständigen Meinungsstreit lagen. Sie wollten noch mehr Dezentralisation und wollten wohl vor allem aus dem Saarland und ihrer Zone möglichst viel herausholen, es war ihnen schlecht genug ergangen.

Von den Verhältnissen in der Sowjetzone wußte er nichts. In Großmutter Brakebuschs Briefen aus Blankenburg, die er überflog, wenn er zu Besuch in Hameln war, stand nur Persönliches, und aus Jüterbog hörten sie lediglich, daß Gertrud mit den Kindern wieder zurück war, Johannes aber noch auf unabsehbare Zeit in Rußland. Was im Westen über die Sowjetzone berichtet wurde, nahm mehr und mehr die Umrisse von Schreckensbildern an. Jeder war sich der Nächste. Hunger, Kälte, Wohnungsnot, Arbeitslosigkeit, Besatzungstruppen, das alles hatten sie selber.

«Das kannst du doch nicht vergleichen», sagte Lorenz einmal, als sie darüber sprachen. «Sei froh, daß du unter den Engländern lebst oder vielleicht bald unter den Amerikanern. Den Iwan kenne ich.»

«Was heißt das?» fragte er zurück. «Außerdem, wenn das

so ist, warum sind dann die Amerikaner noch im Juli fünfundvierzig, ein Vierteljahr nach Kriegsende, aus Thüringen herausgegangen und die Engländer aus einem Teil von Mecklenburg? Hätten die dann nicht dort bleiben sollen?»

Lorenz wußte es besser. «Das waren doch Abmachungen von früher. Sie sind nur auf die vereinbarten Zonengrenzen zurückgegangen. Dafür bekamen sie ihre Sektoren in Berlin. In Jalta wurden wir geteilt, ganz Europa.»

Überall hatten sich unter Aufsicht der Alliierten die Parteien wieder gegründet oder neu formiert, CDU und CSU sogar unter christlichem Namen und offensichtlich mit dem besonderen Segen Roms und dem Wohlwollen der Amerikaner. Er, Jonas, konnte sich nicht vorstellen, jemals einer Partei beizutreten, die Zwangsmitgliedschaft in der Hitlerjugend saß ihm noch in den Knochen. Lorenz traute er das schon eher zu und wußte doch nicht recht, warum. Vielleicht war es einfach deswegen, weil er immer meinte, sein Bruder sei der besser geratene Ristenpart. Selber fühlte er sich weit vom Stamm. Deswegen strengte er sich an, von zu Hause fortzukommen. Ein Anfang war gemacht.

Seit Ostern wohnte er in Braunschweig. Jonas war bei den Eltern eines Schulfreundes untergekommen, gemeinsam gingen sie in die Sonderklasse für ehemalige Soldaten, die ihr Abitur mit Hochschulreife erwerben wollten, ein halbes Jahr sollte das dauern. Sie waren sechs Mann aus ihrer früheren Klasse, erfuhren, wer gefallen oder verschollen war, und wurden mit Nachholern anderer Gymnasien zusammengewürfelt. Ihre alten Lehrer wußten nicht, was sie mit diesen Oberprimanern anfangen sollten, die über den Tod mehr gelernt hatten als zum Leben gut war. Lisa sah er nun oft, sie arbeitete in Wolfenbüttel im Landeskirchenamt an der Steuerkartei, etwas anderes hatte sie nicht gefunden. Geld verdienen mußte sie, denn ihr Vater hatte unverändert Berufsverbot.

Jonas steckte voll von dem Mißtrauen, das seine Jugend im Dritten Reich in ihm hinterlassen hatte, vielleicht für immer. Zum Beispiel war er überzeugt, daß auch alle Nachrichten, die jetzt verbreitet wurden, in erster Linie einen bestimmten Zweck erfüllten, nämlich sie im Denken und Handeln nach den Vorstellungen der Besatzungsmächte auszurichten. Erst in zweiter Hinsicht erwartete er Informationen, die vielleicht als objektiv gelten konnten – gab es das überhaupt? Zwar war jetzt viel von der Demokratie die Rede, die später einmal auch für sie eingeführt werden sollte, aber was das mit sich bringen würde, konnte er sich schwer vorstellen. Zum Ende der Weimarer Republik war er sieben Jahre alt gewesen. Bruchstücke, Scherben aus jener Zeit hatten sich seinem Kinderblick eingebrannt, nichts davon ergab einen Maßstab, den er nun gebrauchen konnte. Nur neugierig war er auf das, was da kommen sollte: die Demokratie.

«He, Lorenz», rief er nach vorn, «ich hab das immer noch nicht begriffen. Wie ist das jetzt mit euch? Seid ihr halbe Tommys, oder was soll das bedeuten?»

«Frag mich nicht nach Vorschriften.» Lorenz drehte sich um und sprach mit ihm durch das Guckloch, während der Fahrer den Blick nicht von der Straße wandte. «Es gibt einen Ukas, wo alles über uns drinsteht, was wir machen dürfen und was nicht. Zum Beispiel unterliegen wir, wenn einer was ausfrißt, dem britischen Militärrecht. Ich halte mich daran, was wir tatsächlich tun: Hunderte von Landsern, die sich in der Gefangenschaft freiwillig dazu gemeldet haben, fahren mit ihren Offizieren in englischen Transportkolonnen durch Norddeutschland. Wir transportieren alles, was die Tommys brauchen, aber auch Zement, Lebensmittel, Kohlen, Werkzeug und Maschinen für deutsche Städte, wenn da besondere Not herrscht und die Engländer mal wieder ein Loch stopfen müssen. An der Küste haben sie auch Minensuchboote der Kriegsmarine mit den kompletten deutschen Besatzungen wieder in Dienst gestellt.»

Obwohl Jonas einen Teil seiner Kleidung darunter anbehalten hatte, kratzte die Uniform auf seiner Haut. Er schaute an sich hinunter und befühlte den Stoff. Uniformen waren ihm inzwischen körperlich zuwider, er kam sich nicht nur verkleidet vor, sondern auch wie enteignet. Sobald sie über die Grenze weg waren, würde er das Zeug wieder ausziehen.

«Das übelste an der Gefangenschaft war», sagte er, «daß soviel darüber geredet wurde, die Engländer würden uns gleich wieder bewaffnen und mit den Amerikanern den Krieg gegen ihre Verbündeten, die Sowjetrussen, weiterführen. Allzuviel hat daran wohl auch nicht gefehlt.»

«Weiß ich nicht», antwortete Lorenz. «Möglich, daß es solche Pläne gab, jedenfalls machen sie mit uns nur friedliche Sachen. Mädchen für alles spielen wir für sie. Ich wundere mich, wieviel freie Hand sie uns lassen. Das liegt wohl daran, daß ihre Leute wieder nach Hause wollen und sie gar nicht so viele Aufpasser für uns haben.»

Jonas hatte Lorenz zum erstenmal wiedergesehen, als der mit der Lorry am Feldrand aufgetaucht war, während Jonas oberhalb von Groß Berkel mit dem Ochsengespann gerade eine Fuhre Futter holte; er mähte Klee und Kraut. Als der Lkw durch die Bodensenke herankam, dachte er: Was will denn der hier? Dann entdeckte er im Fahrerhaus Lorenz, der die Scheibe herunterdrehte, grinste und rief: «Gut machst du dich als Bauer!» Sie rannten aufeinander zu, rissen sich fast die Arme aus und fanden so rasch kein Ende mit dem Schulterklopfen. Nachher saßen sie auf der Böschung, während der Unteroffizier, der den Wagen in einen Baumschatten gefahren hatte, auf dem Nachbarfeld umherging und speckige Schollen mit den Stiefeln umstieß.

Es war ein Nachmittag Mitte August. Lorenz erzählte, daß er schon in Hameln gewesen war, von dort hatte er sich zu ihm durchgefragt. «Ich wußte nicht, daß es Mutter so miserabel geht», sagte er. «Wenn du nicht hier wärst, müßte ich schleunigst zusehen, daß ich meine Entlassung bekäme. Aber so kutschiere ich lieber weiter, das bringt etwas.»

Was es brachte, ließ er offen. Zwei Jahre hatte Jonas seinen Bruder nicht gesehen, jetzt fragten sie einander aus. Dabei blickten sie über die Felder und Hügel und rauchten

Player's, von denen Lorenz ihm eine Schachtel daließ. Von den Gespannen, die jenseits der Straße über die abgeernteten Flächen zogen, stiegen Staubfahnen auf. Am Himmel flirrten Zirrostratuswolken und kündigten einen Wetterwechsel an. Groß Berkel bestand aus dunkelroten Backsteinen und Baumkronen. Jonas erklärte seinem Bruder das Dorf. «Dahinten siehst du die Weser», sagte er. «Wenn es heiß ist wie heute, reite ich abends hin und schwimme da an dem Knick. Ich darf mir die Hannoveranerstute aus dem Stall nehmen, wenn sie nicht anders gebraucht wird, die reite ich ohne Sattel.»

Da machte Lorenz wieder das Gesicht, das er früher oft für ihn aufgesetzt hatte, jedenfalls hatte Jonas den Eindruck, das war die brüderliche Betrachtungsweise für solche Augenblicke, sie vereinigte Skepsis und Durchschauen, Lorenz lachte ihn gern ein bißchen aus. Laß nur, schien der Blick auszudrücken, ich weiß, du möchtest bei mir jetzt groß rauskommen, aber ich gehe nicht darauf ein, das brauchst du dir nicht einzubilden. Was aus seinem Mund kam, war etwas anderes, es versetzte Jonas in Staunen, denn er hörte ihn tatsächlich sagen: «Ich hab dir einen Anzugstoff mitgebracht. Meinst du, daß du einen Schneider auftreiben kannst, der das nötige Futter dazugibt?»

Das ist Lorenz, dachte er, immer für eine Überraschung gut. Doch wozu brauche ich eigentlich einen Anzug? Er sagte: «Bestimmt finde ich jemanden, der das gegen Naturalien macht. Das ist prima von dir. Danke!» Lorenz war aufgestanden, er ging zur Lorry, klappte mit der Tür und kam mit zusammengefaltetem Stoff wieder, braun und weiß kariertes englisches Tuch, Jonas nahm's wie ein Wickelkind entgegen.

«Dreieinhalb Meter», sagte Lorenz. «Das reicht selbst bei deiner Länge. Mit Weste, wenn du willst.»

«Wo hast du das her?»

«Schon gut. Wir kommen an alle möglichen Sachen heran.»

Wie Jonas da saß und den Stoff auf seinem Schoß hielt, erinnerte er sich: «Weißt du noch, wie du früher Fransen an unsere Indianerhosen genäht hast? Du konntest das besser als Mutter. Ihre Hände waren ja damals schon steif. Warst du geschickt! Selbst Emilie hat dich darum beneidet.»

«Emilie», fiel Lorenz ein. «Was konnte die für Schmandkuchen backen!»

Jonas sah ihr Hausmädchen jener Jahre vor sich. Montags in der Frühe, wenn sie von ihrer Familie aus Landwehrhagen kam, stand Emilie wie ein Sack Äpfel vor der Tür, oben guckten rote Backen heraus, in der Hand hielt sie gewöhnlich einen Eimer voll Kochkäse.

«Weißt du noch», sagte Lorenz, «wie sie den Schupo heiratete und Mutter ihr die ‹Roten Pferde› von Franz Marc schenkte, eine schöne Reproduktion, aber das war völlig daneben. Emilie konnte überhaupt nichts damit anfangen, eigentlich hatte sie sich einen Fleischwolf gewünscht, nur meinte unsere Mutter, zur Hochzeit müsse es etwas Höheres sein.»

Weißt du noch, weißt du noch. Jonas sah seinen Bruder an, aus dem er nie ganz schlau geworden war. Lorenz hantierte mit Überraschungen wie früher mit Knallbonbons. Als Jonas daran denken mußte, erinnerte er sich wieder, wie sein Bruder, als sie klein waren, die Faxen, die er vor ihm machte, begeistert aufnahm und beim Spielen oft ausrief: «Jonas soll noch mal Spaß machen!»

Ein Bruder, dachte er. Was ist ein Bruder? Ein Zufall. Unzertrennlichkeit. Was für ein Zusammenhang! All diese ähnlichen Einsichten, soviel gemeinsames Erinnern. Lauter Gewohnheitsrechte, Mißverständnisse, Verpflichtungen.

Waren sie nicht aufgewachsen wie in einem Parallelogramm der Kräfte? Lange war es her, da hatte Lorenz ihm das Laufen beigebracht, er war gerannt und gerannt. Später bewunderte Jonas ihn dafür, daß er alles immer schon vor ihm gemacht hatte: das Einmaleins und den Konfirmandenunterricht, die Bauchwelle, das Abitur und den Militärführerschein.

Einmal, als Lorenz neunzehn und schon Leutnant war, hatte Jonas ihn in Erfurt in der Artilleriekaserne besucht. Er hatte auf seinem Zimmer gesessen und gelesen, während sein Bruder draußen Dienst machte. Es hatte geklopft. Als er «Herein!» rief, stand ein Mann mit einem Korb in der Tür, der fragte ihn: «Bittschön, Herr Leutnant, möchten Sie nicht ein paar Blumen haben?» Jonas hatte gesagt: «Das bin ich nicht.» Mit seinen sechzehn war er auf die Verwechslung stolz gewesen. Er kaufte einen Asternstrauß für die Stube, die aussah wie eine Zigarrenkiste.

Dann wieder fiel ihm ein, wie sie in ihrem gemeinsamen Schlafzimmer manchmal die halbe Nacht miteinander geredet hatten. Cordt und Franziska waren noch klein, sie schliefen nebenan. Eines Abends, als er dreizehn war, lag jeder in seinem Bett, das Licht hatten sie schon ausgemacht, da fragte Jonas seinen Bruder: «Sag mir, wo geht es hinein in eine Frau?» Lorenz zögerte nicht, sondern erklärte ihm sachlich: «Fühl mal unten deine Beckenknochen, ganz in der Mitte, da wo es nachgibt ist es, nur wird bei Mädchen alles breiter.» Merkwürdig, geschweinigelt hatten sie kaum miteinander, selbst als Lorenz ihn darauf aufmerksam machte, daß ein Junge bei sich melken konnte. Als er dann in der Kirche die Hefte in die Hand bekam, in denen behauptet wurde, das Onanieren höhle das Rückenmark aus oder mache schwachköpfig, fragte er wieder Lorenz, der sagte nur: «Lies doch nicht den Quatsch!»

Es dauerte nicht lange, bis Jonas seinen Bruder überragte. Lorenz war 1,83 Meter, er 1,88. Als er von der Marine kam, war er auch kräftiger. In der Schule waren ihre Rollen nach den Unterrichtsfächern verteilt, dementsprechend hatten sich die Lehrer wechselseitig an ihnen ausgelassen. Der Mathematikpauker Gribenow – er war als ehemaliger Direktor eines Mädchengymnasiums strafversetzt, weil er den Nazis nicht nach dem Mund redete, und durfte nur noch als Fachlehrer unterrichten –, Gribenow lobte immer, wenn er Jonas traf, dessen Bruder. Er sah aus wie ein Rübezahl mit Professorenkopf, stapfte über den Flur und dröhnte: «Der Jonas ist ein fauler Strick, der nichts begreift. Aber der Lorenz Ristenpart hat seine Mathematik im Kopf.» Jonas war gut in Deutsch und Geschichte, sein Bruder in Mathe, Bio und Chemie. Als Junge hatte er ein Radio gebastelt und alle Lötstellen richtig zusammengebracht, sie hörten damit die Berichte von den Olympischen Spielen in Berlin. In der ungeschickten Familie war er der wandelnde Handwerkskasten.

«Achtung», sagte Lorenz mit Ruhe, doch so laut, daß er es auch bei dem Motorgeräusch hören mußte. «Wir kommen an die Grenze. Vor uns ist ein anderer Wagen, das sind Engländer. Der Schlagbaum ist auf.» Der Fahrer, diesmal war es ein Obergefreiter aus Duisburg, schaltete in den niedrigeren Gang und bremste nach einer Weile. Jonas hörte Stimmen, verstand aber nicht, was sie riefen. Über der Plane mußte jetzt eine grelle Lampe brennen, denn hinten flutete Licht über die Lorry. Er legte sich hin.

«Mensch, gib Gas!» sagte sein Bruder zum Fahrer. «Wir hängen uns da an.» Tatsächlich fuhren sie ohne Aufenthalt weiter. Jonas richtete sich auf und sah, wie Lorenz kameradschaftlich aus dem Fenster zu den Posten hinüberwinkte, die ließen sie passieren, als gehörten sie zu dem Transport vor ihnen. Das bewies nur, daß Amerikaner und Engländer einander nicht behelligten, Zivilisten wären zweifellos kontrolliert worden. Als sie durch waren, spürte Jonas noch einmal das Würgen im Hals. Er wollte sich umziehen, Lorenz schien das zu ahnen. «Behalt das Zeug noch an», rief er. «Wir müssen noch zu einem Spritlager der Tommys nach Rheda-Wiedenbrück.»

«Irgendwo sollten wir dann zwei Stunden pennen», meinte Jonas. «Es genügt doch, wenn wir zum Frühstück in Hameln sind.» Er blickte auf die Leuchtziffern seiner Uhr. «Mutters Geburtstag hat schon angefangen.» Sie wurde fünfzig Jahre alt, er freute sich auf die Überraschung.

«Das ging ja gut.» Lorenz drehte sich wieder zu ihm um, er lachte erleichtert und begann zu erzählen: «Vor drei Wochen wären wir wirklich beinahe in die Klemme gekommen. Wir hatten auf eigene Rechnung Kupfervitriol geladen und uns einen Fahrbefehl ausgestellt. Eberhard war dabei, mein bester Freund aus unserem Haufen. Er hatte die Sache mit den Mönchen ausgehandelt, das Kupfervitriol brauchten sie zur Schädlingsbekämpfung für ihre Weinberge. Auf der Hinfahrt hatten wir eine britische Kontrolle passiert, sie ließ uns durch. Unsere Ladung war für das Domvikariat in Trier bestimmt. Als wir die Säcke beim Priesterseminar an einer Klosterpforte ablieferten, war es schon dunkel. Es waren Leute da, die abladen halfen. Als Gegenleistung erhielten wir etliche Kisten Wein, roter war das hauptsächlich. Zurück fuhren wir über den Nürburgring. Die Strecke war in der Nacht kaum befahren, diesmal kamen wir zu einem französischen Posten, der machte keine Anstalten, den Schlagbaum zu öffnen. Mit unserem Papier brauchten wir da gar nicht erst anzufangen. Eberhard und ich, wir sahen einander an. Er stieg aus, holte von hinten eine Kiste Wein und stellte die vor den Posten hin. Ich sehe ihn noch, er machte eine Armbewegung, wie wenn auf dem Theater ein Diener meldet: Es ist angerichtet. Der Franzose stutzte, dann tippte er an die Mütze und akzeptierte das als Passierscheinersatz. Ich kann dir sagen, wir haben aufgeatmet!»

Jonas sagte: «So ein Leben könnte ich nicht aushalten.» Er überlegte, wie selbstverständlich er in Groß Berkel im Nachkriegssommer als Landarbeiter gelebt hatte. Auch jetzt in Braunschweig gab es für ihn keine Sonderrolle, er war mittendrin in dem Elend, das die meisten traf. Er ging durch Trümmerstraßen zur Schule, verdiente sich Geld, indem er täglich ein paar Stunden im Dienst der Stadt Backsteine aus Ruinen klaubte, den Mörtel abklopfte und sie zum Abholen aufreihte. Fast immer fror er, hungerte, hatte nichts zu rauchen, doch er meinte, es sei das, was ihm jetzt entsprach. Eine Menge von dem, was um ihn herum geschah, ging spurlos an ihm vorüber. Das hing mit Lisa zusammen und damit, daß er immer noch staunte, wie er am Leben geblieben war, daraus wollte er etwas machen, etwas, was mehr lohnte als alles, womit er bisher zu tun gehabt hatte. Alle Gleichaltrigen, mit denen er befreundet war, konnten sich nichts anderes vorstellen, als daß sie lange arm sein würden, vielleicht sogar dreißig Jahre, glaubten sie. Sie mußten abarbeiten, was ihr Land in der Welt angerichtet hatte, wiedergutmachen wollten sie, was nur möglich war. Zwar dachten sie europäisch, zuerst aber waren sie Deutsche, also hatten sie auch dafür aufzukommen. Daß es eine «Kollektivschuld» geben sollte, lehnten sie ab. Sie hatten keine Erfahrung außer Kindheit und Krieg. Mit dem Frieden fingen sie erst an. Ihr Land mußte wiedervereinigt, aber niemals durfte es wiederbewaffnet werden, mit dem Staat aus Stahl und Eisen, meinten sie, war es endgültig vorbei.

Wenn ich ehrlich bin, sagte er sich, muß ich zugeben: Jedesmal, wenn ich mit Lorenz zusammen bin, verändere ich mich, das liegt keineswegs nur an ihm. Es imponiert mir, wie er sich durchschlägt, es zieht mich gewaltig an, was er riskiert und wie ich plötzlich mit drinstecke, aber es macht mir auch Angst. Ich habe damit nur zur Hälfte zu tun, eigentlich bin ich das gar nicht, ich bin nur geborgt.

Mit derart gemischten Empfindungen reichte er später seinem Bruder die leeren Benzinkanister von der Lorry, sie tauschten sie, während der Fahrer Ausguck hielt, in dem englischen Spritlager an der Autobahn gegen volle um. Mit ihrem britischen Wagen hatten sie ungehindert heranfahren können, das brauchte nur Frechheit. Sie bedienten sich beinahe in Ruhe, obwohl eine Postengruppe in einiger Entfernung patrouillierte. Jonas wußte, das Benzin war rot gefärbt, jeder Zivilist, der ohne Nachweis damit angetroffen wurde, mußte mit Gefängnis rechnen. Die Amerikaner färbten ihr Benzin blau.

Gegen Morgen fuhren sie in eine Waldschneise und pausierten. Lorenz und er lagen hinten auf der Lorry, der Fahrer kauerte weiter in seinem Sitz, nach einer Weile fing er an zu schnarchen. Zwischen Müdigkeit und Schlaf, den Blick auf Sterne und Wolken gerichtet, erinnerte sich Jonas, wie er seinen Bruder im Frontlazarett Mogilno besucht hatte, das war im Oktober 1944 gewesen. Als er eintraf, lag Lorenz noch im Einzelraum, den sie Sterbezimmer nannten, doch er empfing ihn mit den Worten: «Da bin ich dem Sensenmann aber noch einmal von der Schippe gehüpft.»

Während Jonas die Chrysanthemen, die er zu seiner Überraschung beim Umsteigen in Posen hatte kaufen können, auf das Bett legte, fragte er sich: Muß er wirklich diesen Satz sagen? Die Familie hatte wieder einmal eine Ausnahme durchgesetzt, normal war das nicht, daß einer im fünften Kriegsjahr eine Dienstreise bewilligt erhielt, um seinen Bruder vielleicht zum letztenmal zu sehen. Ihr Vater hatte sich eingeschaltet und mit dem Kapitän der «Leipzig» telefoniert, die nach dem Zusammenstoß mit der «Prinz Eugen» mit zerstörtem Mittelschiff in Gotenhafen im Dock lag. Jonas hatte sein Kommando zur Kriegsschule schon in der Tasche, nun durfte er zunächst in entgegengesetzte Richtung fahren, nach Mogilno an der Strecke nach Thorn.

Sein Bruder war schon einmal verwundet worden. An seiner rechten Hand waren die Mittelfinger nach einer Splitterverletzung halb steif geblieben, seitdem konnte er nicht mehr Querflöte spielen. Jonas wußte, daß Lorenz mit seiner Abteilung, der Division «Großdeutschland», einer Eliteformation des Heeres, im Mittelabschnitt der Südfront in Rückzugskämpfe verwickelt war. Dort hatte es ihn das zweitemal schwer erwischt. Wie eine einzige Verbandspakkung sah er aus. Als sein Bruder die Decke zurückschlug, sah Jonas, seine ganze linke Seite war mit Watte gepolstert und umwickelt, das Bein geschient.

«Wie hast du das abgekriegt?»

Lorenz konnte wieder erzählen, offenbar wollte er auch darüber reden. Er richtete sich auf, hielt sich dürr und durchsichtig in den Schlaufen, die vom Gestänge über dem Kopfteil herabhingen, und blickte aus tiefen Augenhöhlen auf ihn. «Eine russische Handgranate fiel in unseren Schützenpanzer», berichtete er. «Du weißt, die sind oben offen. Wir fuhren durch eine Senke vor. Von den Russen war nichts zu sehen, doch plötzlich schossen sie aus Gräben, die mit Büschen getarnt waren, sie überschütteten uns mit allem, was sie hatten. Bei uns stand im Panzer an jeder Ecke einer hinter der Brüstung und versuchte, die Handgranaten mit dem Spaten zurückzuschlagen, aber wir wurden zusammengeschossen, ehe wir uns richtig wehren konnten. Ich bin noch rausgesprungen, in der Luft muß die Detonation mich erreicht haben, ich hab nichts gespürt. Keine Ahnung, wie lange ich da gelegen habe. In der Nacht entdeckte mich einer von unseren Sanis, der herumging und alle noch einmal umdrehte, da war ich wieder etwas zu Bewußtsein gekommen. Er hat mich zurückgeschleift und dabei alles riskiert. Siehst du, jetzt kann ich als Christbaumwatte gehen.» Er bemühte sich zu lachen, doch das geriet schief. «Drei Wochen haben die hier gemeint, ich würde es nicht schaffen. Mensch, daß du da bist!»

Jonas war eingeschlafen. Als sein Bruder ihn weckte, war es schon hell. Nun lief alles, wie Lorenz sich das ausgedacht hatte: unterwegs hatte er ihm seine Idee erklärt. Bei der Einfahrt nach Hameln ließ er vor einer Kohlenhandlung halten, er nahm ein paar Packungen Chesterfield mit. Als er wieder zum Vorschein kam, winkte er. Der Fahrer fuhr an die Rampe, dort luden sie drei Säcke voll Briketts auf, damit erschienen sie in der Papenstraße und schenkten sie ihrer Mutter.

Die Familie war um sie versammelt. Es war ein Sonnabend. Ihr Vater hatte sich den Vormittag freigenommen. Er arbeitete jetzt als Buchhalter bei einer Schrotthandlung und durfte nicht mehr als dreihundert Reichsmark im Monat verdienen. Unmittelbar bevor er sein Büro als Bücherrevisor eröffnen wollte, hatte ihm die Besatzungsbehörde das untersagt und ihn zu Aufräumungsarbeiten beordert. Zum 1. April hatte er dann die Arbeit bei der Firma Kleuber, Altmetalle, erhalten. Er war sehr still geworden und sah immer noch erbärmlich dünn aus, der Kragen stand ihm weit vom Hals. Daß Jonas sie nicht mehr versorgen konnte, spürten sie alle. Doch dieser Tag machte vieles vergessen.

«Kinder, Kinder», rief die Mutter in ihrem Stuhl und schlug die Hände übereinander, so gut sie konnte. «Was seid ihr für prächtige Kerle, ihr mit euren Kohlen!» Sie saß in einem Kranz aus Blumen und Lichtern. In der Freude war ihr Gesicht auf einmal schön wie auf Bildern aus frühen Jahren.

Jonas saß neben ihr, er betrachtete wieder ihr Haar mit dem Knoten, der Ansatz war geteilt und ließ ihre Stirn wie unter hohen Flügeln erscheinen, in der Mitte richtete sich die Spitze nach unten. Sie nickte ihm zu und beantwortete die Frage, die zu stellen er nicht gewagt hatte. «Es geht so», sagte sie. «Ich habe das neue Medikament bekommen. Ich glaube, es wird helfen. Mut hat selbst der lahme Muck.»

«Martha», sagte der Vater, «eines Tages geht es mit uns wieder aufwärts.»

Franziska hatte über Wochen Fleischmarken beim Schlachter angespart, jetzt überraschte sie die Familie mit einem Rinderbraten, der immerhin so groß war wie eine Kokosnuß. Sie hatte ihn bei Begemanns ins Rohr geschoben und kam damit herein wie eine Fee. Cordt hatte auf den Weserwiesen zwei Arme voll Margeriten gesammelt. Ihr Vater hatte aus Goslar eine Kamelhaardecke und ein Sitzkissen angebracht. Die Fenster standen offen, von draußen kam der Sommer herein, während drinnen die Gläser klangen.

Mitten in der Feier platzte Lorenz noch mit einer Neuigkeit heraus. «Ich habe noch ein Geschenk für dich», sagte er. «Ob ihr es glaubt oder nicht, ich mache eine Lehre hier in Hameln. Im Herbst wird es ernst, dann beginne ich einen bürgerlichen Beruf. Und wißt ihr, wo? Bei der Deutschen Bank.»

Wartestand

«Ach, Herr Ristenpart», rief Lisas Mutter, «kommen Sie herein! Sie sind mir kein Unbekannter mehr.» Sie stand im ersten Stock vor der Wohnungstür, als Jonas, immer zwei Stufen auf einmal, die Treppe hinaufstieg. Es war Mitte Juli.

Er kam aus Göttingen und hatte Semesterferien. Lange hatte er auf diesen Tag hingelebt.

Keine Spur von ihrer ältesten Tochter konnte Jonas an ihr entdecken. Er war schon einmal hier gewesen, als es noch ein Kinderzimmer gab. Nach einem Konzertabend mitten im Krieg hatte er mit Lisa auf niedrigen Stühlen gesessen und eine peinvoll schweigsame Stunde verbracht. In dieser Umgebung war ihm nichts eingefallen, was sich auszusprechen lohnte, und Lisa hatte ihm nicht geholfen. Damals waren sie in noch gar nichts geübt.

Bisher hatte er ihre Eltern in den verschiedenen Notquartieren immer verpaßt. Das war ohne Absicht geschehen, doch war es ihm so recht gewesen. Seit einigen Monaten wohnte die Familie wieder gegenüber den Kastanien am Nußbergpark. Die Engländer, die man dort einquartiert hatte, waren wieder ausgezogen. Als das Wohnungsamt ihnen die Etage zurückgab, waren die hinteren Räume Flüchtlingen zugewiesen worden. Von Lisa, die sich mit der jungen Frau angefreundet hatte, wußte er, daß es ein Ehepaar von pommerschem Adel mit einem Baby war. Den Marahrens waren die drei vorderen Zimmer geblieben, dazu Lisas Dachkammer.

«Lisa ist oben», sagte ihre Mutter. Sie war klein, dunkel und hatte einen runden Kopf, aus dem ihre braunen Augen unsicher auf ihn blickten, ungewöhnlich große Augen, schön, in ihnen lag Schwermut, vielleicht mehr als das, schien ihm, ein stummer allgemeiner Schmerz.

«Bernd», sagte sie zu dem Jungen, der aus dem Flur neben sie getreten war, er hatte ihre Augen und ihr Haar, «geh mal hinauf und sag ihr, wer da ist.»

Jonas hätte das an Stelle ihres Bruders lieber selbst getan, aber als er mit einem Schritt dem Treppenhaus zustrebte, hielt ihn der Hausherr auf. Er kam aus der gegenüberliegenden Tür, hatte gewiß die Stimmen gehört und begrüßte den Besuch. Jonas spürte die hingestreckte Hand in der eigenen, die für einen Moment merkwürdig beweglich, doch kraftlos an seine rührte. Sie sahen einander prüfend an. In ihrem

Vater konnte er Lisa wiederfinden, sie war ihm sogar zum Erstaunen ähnlich. Irritiert stellte sich Jonas ihre Gesichter übereinandergezeichnet vor, weiblich und männlich, die gleichen Linien, die Abweichungen. Nur war Ruprecht Marahrens, Landgerichtsdirektor im Wartestand, ein Fünfziger mit eingefallenen Wangen, die Schädelknochen und der Kehlkopf traten unter der Haut hervor. An den Strafkammervorsitzenden, dem Jonas einmal auf dem Landgericht zugehört hatte, erinnerte der Mann da vor ihm nur noch entfernt. Damals hatte er die Robe ausgefüllt, jetzt schlaffte der Anzug an ihm herab, der Kragen stand weit um den Hals.

«Seien Sie uns willkommen.» Das klang wie ein Haussegen.

Wenn Lisa von ihrem Vater sprach, hörte Jonas heraus: er war gutmütig und leicht lenkbar, vor allem offenbar durch seine Frau. Nicht nur die Hungerrationen hatten ihn verändert, die erzwungene Untätigkeit, die Leere in ihm hatten ihn hilflos gemacht.

Eintreten. Dableiben. Sich stellen. Die ganze Zeit, während sie um den Tisch saßen, Lisas Mutter grüne Bohnen und Salzkartoffeln austeilte – es war, wie sie erwähnte, die Sorte Flava, die Heideboden bevorzugt –, während die Schüsseln dampften und Ulrike, der Nachkömmling, mit Latz im Kinderstuhl wippte und das Gemüse löffelte, war Jonas wie gelähmt. Nichts wollte sich in seinen Gedanken einstellen, das ihm der Rede wert erschien. Lisa, soviel erkannte er, war auch nicht bei sich. Schon ihre Begrüßung war künstlich gewesen, sie hatten sich nicht umarmt, sondern einander nur die Hand gegeben. Sie war ihm keinen Schritt entgegengekommen, in ihren Augen hatte er gelesen: Hab Geduld!

Sie saß ihm gegenüber. So konnte er sie mit ihrem Porträt vergleichen, einer Rötelzeichnung, die zwischen Sofa und Büfett hing. Es war ein idealisierendes Bild in einer Manier, die er Hitlerjugendstil nannte. So waren Soldaten und ihre Frauen unzählige Male gezeichnet worden, kantig, den Blick in die Zukunft gerichtet, opferbereit und stolz. Lisa war viel weicher und bestimmt nicht so nordisch wie auf diesem Bild. Gott sei Dank, dachte er.

Jonas fiel ein, daß sie sich von ihrem Hausmädchen den Verlobungsring ausgeborgt hatte, als sie die neugeborene Schwester im Kinderwagen ausfahren sollte. Mit ihren siebzehn, hatte sie ihm gestanden, genierte sie sich ohne Ring und spielte Soldatenfrau. So schob sie wie andere, die die Lenkstangen festhielten und mit heimlichen Blicken in Nachbarwagen die Babys verglichen, das unerwartete Kind ihrer Mutter den Nußberg hinauf. Als er sich das ausmalte, fiel ihm auch wieder ein, wie sie ihm erzählt hatte, sie, Lisa, sei in den ersten Lebensmonaten rothaarig gewesen. Ihrer Mutter war das nicht angenehm. Einmal hatten Schulkinder in der Straße in den Wagen geguckt, und ein Mädchen hatte unter dem Gejohle der anderen ausgerufen: «Hu, is ja 'ne Foße!» Sie könnte mir ruhig ein bißchen helfen, dachte er, aber Lisa saß wie durch einen Vorhang von ihm getrennt.

«Wie geht es Ihrer Mutter?» fragte ihn Frau Marahrens. «Ich habe gehört, sie hat eine schwere Krankheit?»

Während er Auskunft gab, betrachtete Jonas das Tischtuch. Das Gedeck war geschaffen für Festbraten. Wer etwas trinken wollte, nahm Wasser aus der Kristallkaraffe, die vor dem Hausherrn stand, er reichte sie herum, als wäre Kostbares darin. Lisas Mutter blickte bekümmert auf die Mahlzeit, als wollte sie sich dafür entschuldigen. Das Silber trug die Initialen ihres Mädchennamens: Ch. K., Charlotte Karrenführ. Sie stammte aus Schmalkalden, wo ihr Vater Baurat gewesen war.

«Wenigstens Kartoffeln kriegen wir immer mal von einem Bauern», sagte sie. «Mein Mann hat ihm einmal vor Gericht helfen können, das vergißt er uns nicht. Werden Sie satt, Jonas?» Er nickte. Sie sah ihn an und fügte hinzu: «Sie tun mir leid, als Student mit einer Lebensmittelkarte. Laufen Sie nicht immer nur hungrig herum? Wenn man so gar niemanden hat in einer Stadt.»

«Das geht noch», antwortete Jonas. «Das Frieren war

schlimmer. In den Wintermonaten war mein Zimmer eine Eishöhle. Alles war morgens gefroren, Waschwasser, Lappen, Zahnbürste. Wenn ich nichts mehr zu verbrennen hatte für den Kanonenofen und natürlich kein Holz und keine Kohlen, hab ich alles übereinander angezogen, was ich besitze. Aber pauken, das ging dabei schlecht.»

«Die Natur gibt uns Menschen nichts nach», sagte der Hausherr. «Als sollte das so sein, kommen in elenden Zeiten immer noch solche Winter hinzu. Das war im Krieg so. Und nun der vergangene.»

«Lisa ist auch fast eingefroren, nicht wahr?» Frau Marahrens wandte sich an ihre Tochter. «Ich habe dir immer gesagt, du kannst auch unten schlafen. Aber du wolltest da oben für dich sein, ohne Heizung bei zwanzig Grad unter Null!»

«Nicht in der Kammer, Mutter. Draußen ...»

Ihre Mutter sagte nur: «Ach.»

Das war wohl ein Tag, an den sie oft vorausgedacht hatte. Vielleicht überlegte sie jetzt: Da kommt er und holt mir meine Tochter weg. Das bildete sich Jonas wohl nur ein, weil Lisa ihm erklärt hatte, daß sie das meiste vorwegnahm und zum Beispiel mit vierzig, als Rike noch gar nicht geboren war, in ihrer Umgebung verkündet hatte, nun werde sie alt.

Um auch etwas zu dem Gespräch beizutragen, begann Jonas von seinem Vater zu reden, der beruflich nun wieder zurechtkomme, es gehe aufwärts mit ihm. Was er nicht erwähnte, war die Tatsache, daß sein Vater im Februar auch entnazifiziert worden war. Man hatte ihn als *Entlasteten* eingestuft, das war die Voraussetzung für den neuen Anfang. Von Lisa wußte er, daß sich für ihren Vater nichts geändert hatte.

«Meine Eltern suchen dringend hier eine Wohnung», sagte Jonas. «Vorläufig wohnt mein Vater bei einem Freund aus dem Krieg, Oberst a. D. Mager, der jetzt Nachtwächter bei Kaffee-Heimbs ist, wo es alles mögliche, nur keinen Kaffee zu kaufen gibt.»

«Ich kenne Frau Mager», warf Lisas Mutter ein. «Ich treffe sie manchmal bei der Inneren Mission. Wir verstehen uns.»

Zum 1. Mai hatte Julius Ristenpart die Leitung der Buchhaltung und das Rechnungswesen bei der Braunschweiger Brauerei AG übernommen. Einer der Reserveoffiziere seines alten Regiments war Vorsitzender des Aufsichtsrats der Gesellschaft und hatte ihm die Stellung verschafft. Zum Wochenende fuhr Jonas' Vater nach Hameln. Es war nun einmal so, daß sein Leben weiter durch das Militär bestimmt wurde, wenn er auch seit langem Zivil trug. Nach acht Jahren war er in die Stadt zurückgekehrt.

Jonas erinnerte sich daran, wie er als Dreizehnjähriger neben Lorenz und Cordt an einem der ersten Septembertage 1939 vor dem Blumengeschäft am Altewiekring gestanden hatte, als ihr Vater mit seiner Abteilung zum Westwall ausrückte. Sie hatten den Soldaten zugewinkt, die mit ernsten Gesichtern auf den Zugmaschinen saßen, hinter jeder eine 15-cm-Haubitze. Nein, es war keine Freude, kein Taumel gewesen wie 1914, davon hatte der Vater ihnen oft erzählt, eher machten sie alle, die Menschen am Straßenrand wie die Soldaten, den Eindruck, als müsse gehorcht werden, doch zu gewinnen sei wenig, wenn überhaupt etwas. Auch ihr Vater saß ernst in seinem Kübelwagen, er war viel weiter entfernt, fand Jonas, als nur die paar Schritte. Hinten folgten Munitionswagen und viele feldgrau gespritzte Zivilfahrzeuge, die requiriert waren, alle mit den geschlitzten Verdunkelungsmasken über den Scheinwerfern. Einige riefen dem Zug, aus dem nur Motorenlärm dröhnte, ein «Heil!» entgegen, niemand antwortete ihnen.

Jonas fiel ein, daß ihr Vater ihnen beim Abschied eingeschärft hatte: «Jungens, kauft Seife, überall, wo ihr könnt. Laßt euch von eurer Mutter Geld geben. Seife gibt es noch frei, vielleicht nur noch ein paar Tage, die Kriegsseife später wird fürchterlich, das weiß ich noch von damals.» Sie hatten dann auch kräftig Seife eingekauft, aber wie rasch war der Stoß duftender Seifenstücke im Badezimmer dahingeschmolzen!

«Vaterchen», sagte Frau Marahrens, «kannst du da nicht helfen? Du hast doch vielleicht eine Möglichkeit in der Moltkestraße.»

«Da müßte erst jemand ausziehen», sagte er. «Wie stellst du dir das vor, in diesen Zeiten? Doch wenn das einmal geschehen sollte und das Wohnungsamt mitmacht, natürlich versuche ich alles.» An Jonas gewandt, erklärte er: «Ich bin Hausverwalter einer Erbengemeinschaft. Es ist eines dieser großen Mietshäuser auf der Okerseite. Eine der wenigen Sachen, die ich noch zu tun habe.»

Als er seine Lage erwähnte, war es, als ob die Familie sich duckte. Lisas Mutter hatte sofort Tränen in den Augen. Der Hausherr zog sich auch gleich wieder in sich zurück, als habe er ein Tabu gebrochen. Für eine Weile verbreitete sich Stille um den Tisch, keiner sah dem anderen in die Augen. Der Mann, der Jonas' Schwiegervater werden würde, stand schließlich auf und ging ins Nebenzimmer, die Tür klappte hinter ihm zu, als verschwände er in einer Kulisse.

«Da sehen Sie», sagte Frau Marahrens. Sie legte der Reihe nach die Servietten auf dem Tisch zusammen, als gäbe die ordnende Tätigkeit ihr Halt.

Jonas trat auf den Flur. Sofort umgab ihn der Geruch aus Küchendunst, alten Dielen, Feuchtigkeit im Bad, Nachkriegsseife und Menschenatem. In der Küche stapelten sich Töpfe im Ausguß, die Tür zur Speisekammer stand offen, ein Schuhputzkasten war umgefallen. Im Badezimmer mit dem alten Kupferboiler und der Kohlefeuerung sah er das Durcheinander der Lappen, Bürsten, Kämme, eingeweichte Wäsche in einer Schüssel. Die Körperlichkeit der Dinge, die sie täglich benutzten, berührte ihn fremd. Jonas schnitt seinem langen Gesicht im Spiegel eine Grimasse, er nahm etwas Zahnpasta aus der zerquetschten Tube und spülte sich den Mund. Auf der Toilette fand er den Schlüssel nicht, es gab auch keinen Haken, also mußte er wohl singen, falls er Schritte hörte. Von gegenüber kamen Babygeschrei und

Stimmen, von denen er sich denken konnte, daß sie von pommerschem Adel waren.

In den Zimmern vorn standen Möbel von Generationen, riesenhaft und schwer, zwischen ihnen Ausschnitte von Parkett und Teppichen. Die hohen Fenster ließen trotz der Helligkeit draußen nur gebrochenes Licht durch die Vorhänge hereinfallen. Die Öfen waren Giebelbauten, die fast zur Decke hinaufreichten. Der Stuck mußte dringend geweißt werden. Woher Handwerker oder Farbe nehmen? Über dem Flügel hing ein Ölbild, das eine Allgäuer Landschaft an einem graugrünen Tag zeigte, schwermütig, ein Lichtstreifen am Wolkenrand.

Als Jonas an den Tisch zurückkehren wollte, fing Lisa ihn im Flur ab. Sie umarmte ihn und sagte: «Trag's mit Fassung. Komm, freu dich auf morgen!»

Aber so leicht war die Begegnung mit ihren Eltern nicht abzuschütteln. Die Wochen mit Lisa, die vor ihm lagen, erschienen ihm plötzlich wieder in weite Ferne gerückt. Sie behandelten ihn freundlich, die Marahrens', sogar sehr, doch wie sollte er die einundzwanzig Jahre, die Lisa in dieser Familie verbracht hatte, überspringen? Er konnte sie nicht im Flug nachholen und empfand um so eindringlicher, daß etwas sie hier trennte, was nicht vorhanden war, wenn sie sich an anderen Orten trafen.

Als sie später nebeneinander auf dem Sofa saßen und Lisas Vater ihnen wie einem Brautpaar die Fotoalben der Familie in die Hand drückte, steigerte sich seine Stimmung zum Trotz: Lisa auf dem Eisbärfell beim Fotografen, Lisa beim Ringelreihen, auf dem Schulweg, als Zwölfjährige, dann mit dem Vater am Strand von Kellenhusen, da war sie vierzehn, das ging ihn immer mehr an. Lisa in soviel Lebenslagen, ohne ihn, wie konnte sie nur!

«Fühlen Sie sich wie zu Hause», hatte ihre Mutter ihn aufgefordert. Das war leichter gesagt als getan. Wie manchmal, wenn Jonas die Fremde in sich wachsen fühlte, war es ihm unmöglich, sich an dem zu beteiligen, was die anderen taten.

Er saß nur da und verstummte vollends. Lisa konnte das nicht verborgen bleiben, ihr Gesicht wurde immer besorgter.

Das meiste in dieser Wohnung war anders, als er es gewohnt war. Vor allem beschäftigte ihn der andere Ton. Sie waren auf Moll gestimmt. Er war in Dur aufgewachsen. Gefühle sprudelten bei ihnen heraus wie Kadenzen, bei ihm zu Hause hatten sie sich dreimal auf dem Fuß umgedreht, um sich zu beherrschen. Zum Beispiel konnte Jonas nicht herausfinden, ob hier irgendwelche pädagogischen Prinzipien walteten. Er beobachtete, wie Bernd und Rike durchs Zimmer rannten, während ein ernsthaftes Gespräch geführt wurde, laut ausriefen, wie ihnen gerade zumute war, die Türen warfen und die Treppe mal hinunter, mal herauf trampelten, wofür ihre Mutter mit erhobenem Blick nur die Bemerkung übrig hatte: «Sind eben Kinder.» Es war das Gegenteil von dem, was er bei sich zu Hause erlebt hatte. Gewiß gab es auch hier ein paar protestantische Eckpfeiler, die unumstößlich im inneren Raum der Familie standen, aber um sie herum herrschte Wildnis, dazu eine höhere Temperatur. Jonas wurde klar, wie seine Kindheit ihn manchmal hatte frieren lassen.

Als Rike einmal wieder hereinstürmte, sprang sie mit Anlauf auf seinen Schoß. Sie schüttelte die Zöpfe und betrachtete ihn sich genau. Plötzlich drückte sie sich an ihn, umhalste ihn und gab ihm, was er sich von Lisa wünschte: lauter Küsse. Ihre Mutter, die stickend dasaß, meinte: «Machen Sie sich nichts draus.» Jonas antwortete: «O doch.»

Über allem aber, was sich an diesem Tag ereignete, lag die gleiche Unbeholfenheit, wie sie sich bei Lisas erstem Auftritt bei den Ristenparts in Hameln ausgebreitet hatte, darin gaben sie einander nichts nach. Niemand sprach darüber, schweigend blieb jeder in sich zurückgezogen, dennoch waren sie im Unvermeidlichen vereint. Jonas befand sich mitten darin, er wußte sich nicht zu helfen und dachte: Da erfüllen wir gemeinsam ein Ritual, von dessen einzelnen Handlungen wir kaum etwas wissen, außer daß die meisten

Menschen es eines Tages auf sich nehmen. Wäre es nicht ernst, es wäre komisch.

Über Lisa und ihr Zuhause sprach er gegenüber seinen Eltern nur selten, er hatte immer angenommen, sie hielt es bei ihren Leuten genauso. Ungefähr jedoch wußte die eine Familie über die andere Bescheid, das ergab sich aus ihren wenn auch spärlichen Mitteilungen. So war alles seit einiger Zeit darauf vorbereitet, daß sich die Ristenparts und die Marahrens' aufeinander zubewegten, schleppend zwar, aber es mußte sein, das sahen sie ein. Die Mütter hatten schon Grüße gewechselt, die Väter einander ein paarmal getroffen und sogar das gemeinsame Geigen in Aussicht genommen. Wie wäre es mit dem Doppelkonzert d-Moll? Für alle war es ein Ereignis. Jonas und Lisa hatten so gründlich mit sich zu tun, daß sie sich nur am Rande fragten, was sie da für ihre Eltern heraufbeschworen.

Wahrscheinlich, überlegte Jonas, orientierte sich in dieser Phase jeder von ihnen an Vorgängern in der eigenen Verwandtschaft, nur hatten die, als es bei ihnen soweit war, auch nicht gerade überzeugend ausgesehen. So harrten sie aus, als bräche ein Wechsel der Jahreszeit mit Naturgewalt herein. Jonas und Lisa hatten es bisher vermieden, daheim zu erklären, was werden sollte. Da sie jedoch auch keinen Zweifel aufkommen ließen, daß sie zusammengehörten, vielmehr auf alle übrigen offenbar unzertrennlich wirkten, fanden sie sich von der Mitwelt, besonders von den Eltern, mit einer Vorsicht behandelt, die sie in Watte packte. Nur gelegentlich trat ihnen unvermittelt eine Reizbarkeit entgegen, durch die Mitbetroffene ihnen zu bedeuten schienen: Nun macht schon!

Jonas fand, die ältere Generation kreise ganz um sich selbst. Lisa und ihn behandelten sie obendrein, als seien sie beide von einem Infekt befallen, vor dem es keine Rettung gab. Es war ein Ausnahmezustand, der ihnen zugebilligt wurde – hoffentlich, mochten die anderen denken, werden die eines Tages wieder normal, was immer das bedeutete.

Um sie war diese Zone. Es kam vor, daß alle verstummten, sobald sie zu zweit das Zimmer betraten. Was mit ihnen geschah, schien in beiden Familien gleichermaßen erwünscht und gefürchtet zu sein. So zogen die einen in Hameln, die anderen hier in Braunschweig immerzu Konsequenzen aus etwas, was noch gar nicht eingetreten war. Früher hatte man sich verlobt, da wußten alle, woran sie waren. Jonas und Lisa lehnten das ab. «Überleg es dir noch einmal gut», hörte er seine Mutter sagen. «Ihr seid jung. Du hast noch keinen Beruf. Ich halte viel von Lisa, das weißt du. Aber ihr habt beide noch gar keine andere Erfahrung. Es ist im Leben wichtig, daß man einen Vergleich hat. Du solltest abwarten, Jonas. Ich glaube, für Lisa wäre es auch besser. Ihr lauft euch nicht davon. Oder wenn doch, dann war es nicht das, was ihr heute meint.» Wie in dem Augenblick, als sie ihm das vorgehalten hatte, schüttelte er den Kopf. Lisas Blick traf ihn und fragte: Was hast du nun wieder?

Angeblich, dachte er, versteht sich alles von selbst, in Wirklichkeit ist es eine Zumutung. Ihnen wurde nichts Geringeres zugemutet, als daß sie mit einundzwanzig neue Eltern erhielten. An die eigenen hatten sie sich ihre Kindheit lang gewöhnen können. Überwältigend einfach war das zu Anfang gewesen und dann immer schwieriger geworden. Nun war sie da, die Verdoppelung der Ansprüche, körperlich umgab sie ihn. Schon fragte Lisas Mutter nach seinem Studium, wenn auch noch nicht nach Noten. Er fühlte sich durch ihre Herzlichkeit bedrängt. Alles lief darauf hinaus: Willst du sie, nimm auch den Rest! Sie ist nicht allein bis hierhergekommen, wir hängen an ihr. Nicht so direkt, bat Jonas. Was wollte er? Sie bemühten sich doch, ihn nicht zu überfordern, warteten vielmehr auf ein Zeichen von ihm. Grüßten nicht ihre Augen herüber und gestanden ein, sie waren unberaten wie er? Wahrhaftig, es wurde Zeit, daß er mit Lisa allein sein konnte.

Vorher wurde ein Männergespräch geführt. Es verlief anders, als Jonas befürchtet hatte. Nach dem Nachmittagskaffee verschwanden die Frauen und Kinder, war das Regie? Er sah sich an den Herrenschreibtisch verwiesen, vor dem Lisas Vater auf dem ins Zimmer gedrehten Armsessel saß und ihn mit einer Geste einwinkte, er möge Platz nehmen. Nein, ihm wurde keine Erklärung abverlangt, bevor sie für drei Wochen auf und davon gingen, Lisa und er. Sein künftiger Schwiegervater wollte sich erklären, das fiel ihm schwer. Aus der Schublade fischte er zwei Zigarren, die er wohl aufgespart hatte. Es gab ihnen ein wenig Deckung, als sie sich in Rauch hüllten.

«Jonas», begann Herr Marahrens, nachdem sie eine Weile gewartet und aneinander vorbeigesehen hatten, zum Fenster hin, als könnte von draußen Rat kommen. «Meine Frau erträgt es nicht, wenn ich darüber spreche. Ich weiß nicht, wieviel Sie von Lisa erfahren haben. Doch ich möchte, daß zwischen Ihnen und mir Klarheit besteht. Sie müssen wissen, ich bin ein Beamter im Wartestand. Ich habe Berufsverbot, so heißt das in den Entnazifizierungsgesetzen.»

Jonas versuchte, sich in den Mann hineinzuversetzen, der da vor ihm saß, doch in sich entdeckte er bisher nur widersprüchliche Empfindungen. Da war der Vorwurf, der dieser ganzen Generation zu machen war. Menschen wie Lisas Vater, sein eigener Vater und unzählige in ihrem Alter waren den Anordnungen des Unrechtsstaats bis zur Besinnungslosigkeit gefolgt. Daß sie sich zu Anfang geirrt hatten, konnte man noch verstehen, denn die wirtschaftliche Not war groß. Aber spätestens seit jüdische Geschäfte zertrümmert wurden, seit der Brandstiftung in den Synagogen und den Morden der *Reichskristallnacht* am 9. November 1938 konnte niemand mehr behaupten, er habe nichts gewußt. Das Dritte Reich war offen erkennbar ein verbrecherischer Staat gewesen. Hunderttausende bekamen Menschen auf dem Transport in die Konzentrationslager zu sehen. Die Sprache Hitlers und seiner mächtigsten Minister war mörderisch. Wieso hatten sie das nicht wahrhaben wollen? Jonas konnte das nicht begreifen, aber er war nicht sicher, ob er an ihrer Stelle nicht auch schuldig geworden wäre. Sie waren Gefangene ihrer Herkunft, unfähig, sich der Obrigkeit zu widersetzen, selbst als deren wahre Absichten immer offensichtlicher wurden. Anders als gegenüber seinem Vater, dem er so nah war, daß er ihm oft davonlaufen mußte, meinte er, es müsse einem Fremden gegenüber doch möglich sein, der Sache auf den Grund zu gehen. Aber was ihm dazu einfiel, war vor allem, wie vernichtend Lisas Vater die eigene Lage erscheinen mußte. Sie hatten ihn abgelegt wie Gerichtsakten, für unbrauchbar erklärt. Er erwartete wohl seine Einstufung als Mitläufer, vielleicht aber befanden sie ihn als belastet. Sie brauchten Stellvertreter, auf die sie alles abladen konnten. Am schlimmsten mußte für ihn die Ungewißheit sein, Monat für Monat ohne Entscheidung, nun schon zwei Jahre und wer weiß wie lange noch. Lisa hatte oft davon gesprochen. Herr Marahrens war ein Umriß vor dem Vorhang, ein Scherenschnitt, der Kopf eines großen Vogels, jetzt bewegten sich wieder die Lippen. «Ja, ich war am Sondergericht», sagte er. «Das war der Kern der nationalsozialistischen Justiz. Sondergerichte hat es nicht erst im Dritten Reich gegeben, auch schon in der Weimarer Republik. Ursprünglich sollten sie die Ausführung des Republikschutzgesetzes garantieren, das hatte man nach der Ermordung Rathenaus 1922 verabschiedet. Ab Mitte der dreißiger Jahre wurden die Sondergerichte für die Aburteilung politischer Straftaten eingesetzt. Ich bin erst im Krieg dahin gekommen. Leute, die mehr zu sagen hatten als ich, haben mich dazu abgestellt. Sie nahmen mich, weil ich Parteigenosse war. Mein Gott, ein kleiner Pg., Beiträge habe ich eingesammelt. Andere steckten tiefer drin, und gerade die sind zum Teil heute schon wieder fein raus, weil sie schlauer waren und gewisse Posten anderen zuschoben. Aber es ist wahr, daß Hitler mich wie so viele überzeugt hatte, als er die Arbeitslosen von der Straße brachte. Alles fängt neu an, dachten wir. Deutschland gilt wieder etwas in der Welt.»

Er verstummte und sog an der Zigarre. Von der Straße

drangen durch die geöffnete Balkontür Kinderstimmen herauf, Rollschuhe klapperten unten übers Pflaster, die Turmuhr der ehemaligen Garnisonkirche, in der Jonas konfirmiert worden war, schlug die halbe Stunde. Weil er ziemlich entwöhnt war und als Zigarettenraucher einen Lungenzug machte, wurde Jonas für einen Augenblick schwindlig. Er mußte husten und griff sich an den Kopf, dann versuchte er, ruhig durchzuatmen.

«Später habe ich es natürlich besser gewußt», sagte Lisas Vater. «Ich hätte mich wehren müssen, aber als ich das einsah, war es kaum noch möglich. Ich wußte nicht, wie ich das hätte anfangen sollen, ohne die Familie zu gefährden. Wir bearbeiteten keinen der ganz großen Fälle, die kamen vor den Volksgerichtshof in Berlin, zu Freisler. Unser ehemaliger Oberlandesgerichtspräsident war auch dahin berufen, ich hatte vorher eng mit ihm zu tun. Am Sondergericht Braunschweig hatten wir wenigstens einen Ermessensspielraum. Wenn ich auf einen Heimtückefall erkannte, ließ sich eine Freiheitsstrafe begründen. Wir mußten nicht unbedingt die Volksschädlingsverordnung heranziehen.»

Er sprach langsam und machte Pausen, nur manchmal blickte er auf Jonas, der ihm zuhörte, als sei er sich selber einer Schuld bewußt, die sich auf ihn übertrug. «Heute sind das fürchterliche Worte. Aber damals war das einzige, was ich tun konnte, daß ich manchmal Urteile abzumildern versuchte. Ein paarmal ist mir das auch gelungen, obwohl man mit den Beisitzern aufpassen mußte, jeder kontrollierte jeden. Natürlich ist das keine Rechtfertigung. Zumindest galt unser Sondergericht beim Reichsministerium als zu milde. Als Stalingrad verloren war und alles verschärft wurde, haben sie Richter ausgewechselt und uns genauer überwacht. Es fanden sich beinahe beliebig viele, die Urteile der NS-Justiz begründeten, oft gingen gerade diejenigen, die als brillant galten, dabei voran. Einige von ihnen sind längst wieder im Dienst und machen erneut Karriere.»

Jonas mußte an jenen Tag denken, an dem er den Mann da

vor sich in einer Verhandlung des Sondergerichts erlebt hatte, das war im Dezember 1942 gewesen. Die Erinnerung daran konnte er jetzt nicht unterdrücken. «Ich habe Sie einmal gesehen, im Gebäude des Landgerichts. Sie hatten den Vorsitz. Ich habe die Hintergründe damals nicht verstanden. Es ging um ausländische Zwangsarbeiter, die hatten vor Hunger Feldpostpäckchen aufgebrochen.»

«Ach», sagte Herr Marahrens, sein Blick nahm sofort Abstand. «Was hatten Sie denn da zu tun?»

«Lisa hatte mir von Ihnen erzählt», sagte Jonas. «Eine genaue Vorstellung hatte ich nicht, als ich da hineinging und mich durchfragte. Ich wollte wissen, wer ihr Vater war.»

«Und das haben Sie dann auch erfahren.» Zum erstenmal klang das ironisch, beinahe scharf. Die Stimme da gegenüber zog sich zurück, auf einmal wirkte sie gepreßt.

«Ich kann es verstehen, wenn Sie das verwundert, aber die Verhandlung war öffentlich», entschuldigte sich Jonas.

«Nun ja, jeder konnte zuhören.»

«Lisa und ich, wir waren damals viel zusammen. Sie bereitete sich auf ihr Abitur vor. Ich war vom Arbeitsdienst entlassen und hatte den Einberufungsschein zur Marine in der Tasche.»

«Ich habe wohl gewußt, daß da jemand war», sagte ihr Vater. «Aber Sie kennen Lisa, sie behält viel für sich.»

Eine Zeitlang schwiegen beide, ihre Zigarren waren ausgegangen. Da auch Streichhölzer knapp waren, gingen sie aufeinander zu und zündeten sie beide an einem wieder an. Jonas spürte den Stummel beißend im Mund.

Als sie wieder saßen, sagte Herr Marahrens: «Ich habe Einspruch eingelegt, aber bisher ist nicht einmal die Zuständigkeit klar. Bis Ende vorigen Jahres gab es für die britische Zone das Zentraljustizamt in Hamburg. Was da geschah, bestimmten die Engländer. Inzwischen haben wir wieder ein Land Niedersachsen mit einer neuen Regierung und einem Justizministerium in Hannover, aber die rühren sich noch nicht. Ich werde wohl auf Wiedereinstellung klagen müssen.»

«Bei meinem Vater», berichtete Jonas, «ging es verhältnismäßig leicht. Er ist durch das Spruchgericht gekommen und kann wieder regelrecht arbeiten.»

«Das freut mich», sagte Lisas Vater. Er schaute jetzt nicht mehr auf, sondern saß, den Blick auf den Teppich gerichtet, in dem Drehsessel, indem er ihn manchmal ein Stück zum Fenster kehrte und ihn dann wieder zurückschwenkte. Das war die einzige Bewegung. Während Jonas ihm zuhörte, dachte er: Vielleicht spricht er das nur ein einziges Mal aus und mehr für sich als für mich, aber daran, daß er es tut, kann ich erkennen, wie sehr er Lisa und mich gemeinsam sieht.

Ruprecht Marahrens sagte: «Jetzt wird uns Umdenken verordnet. Wohin das führt, wird sich zeigen. Die Menschen vergessen schnell. Aber wenn Sie meine Meinung wissen wollen, Jonas, ich glaube nicht, daß es Wiedergutmachung gibt. Es ist trotzdem notwendig, daß wir alles anstrengen, um möglichst etwas auszugleichen für die Menschen, die durch uns gelitten haben. Für die Überlebenden oder für die Kinder der Opfer. Nur wird das immer unverhältnismäßig wenig bleiben, da dürfen wir uns nichts vormachen. Solange meine Generation lebt, ist das nicht aus der Welt. Was wir unter dem Nationalsozialismus mit dem Rechtsstaat haben geschehen lassen, stellt uns ein vernichtendes Zeugnis aus. Ich bin nicht sehr kirchlich, dafür ist eher meine Frau zuständig. Doch was sie 1945 im Stuttgarter Schuldbekenntnis ausgedrückt haben, der Rat der evangelischen Kirche, das ist auch meine Ansicht. ‹Durch uns ist unendliches Leid über viele Völker und Länder gekommen. Nun soll ein neuer Anfang gemacht werden.› Aber was war, das bleibt.»

«Sie glauben nicht an die Stunde Null?»

Lisas Vater antwortete: «Die Stunde Null ist eine unsinnige Vorstellung. Nein, wir müssen mit der Geschichte leben, die wir verursacht haben. Sie wurde uns nicht von außen aufgezwungen, sondern kam von innen aus unserem Land, aus der Bevölkerung, vor allem aus den traditionell bestimmenden Kräften der bürgerlichen Oberschicht. Hitler kam mit einer Mehrheit zur Macht.» Er unterbrach sich und dachte nach.

«Was meinen Anteil daran ausmacht», sagte er nach einer Weile, «ich werde mich bemühen, das so weit wie möglich von der Familie fernzuhalten. Ich habe mir nie vorstellen können, einmal mitten im Leben aus allem herausgeworfen zu sein. Aber nun ist das so. Ich werde tun, was ich kann. Meine Frau und ich, wir können uns verkriechen. Aber die Kinder. Ich beziehe dreihundert Mark Wartegeld im Monat. Lisa muß hinzuverdienen, sie kann jetzt nicht einmal einen Beruf erlernen.»

Jonas mußte sich vorwerfen, daß er Lisas Arbeit auf dem Landeskirchenamt bisher nicht von dieser Seite gesehen hatte. Er wußte nur, wie ungern sie dort an der Steuerkartei saß und Mahnungen ausschrieb. Er hatte angenommen, sie mache das vor allem, um die Zeit auszufüllen, bis sie absehen konnte, was aus ihr werden sollte. Sie sprach oft davon und schrieb in ihren Briefen, daß sie versuche, eine Lehrstelle in einer Töpferei oder Handweberei zu finden. Jonas war beschämt. Wie konnte etwas, was sie betraf, so an ihm vorbeigegangen sein! Dennoch fühlte er sich männlich, als er sagte: «Um Lisa brauchen Sie sich nicht zu sorgen.»

Ihr Vater sah zu ihm herüber. Wenn Jonas sich nicht täuschte, war das ein Blick, der mitteilte: Ich will Sie nicht kränken, doch so ernst kann ich Sie in diesem Punkt noch nicht nehmen. Wieder fühlte er sich auf eine Stufe verbannt, über die er hinaus zu sein glaubte. Das war nicht so wichtig. Jonas hörte seinem künftigen Schwiegervater zu, dem er sich wirklich nur dadurch verbunden fühlte, daß es sich eben um Lisas Vater handelte. Der sagte: «Es gibt einige Urteile, unter denen mein Name nie hätte stehen dürfen. Todesurteile. Sie waren gesetzlich. Aber ich kann mich nicht dahinter verstecken, daß ich als Beamter nur meine Pflicht getan habe. Das sagen alle. Ich habe lange gebraucht, bis mir klar wurde, es gibt eine Ebene, auf der Politik sich das Recht nimmt, das sie haben will. Mit jeder Begründung. Die Menschen merken das nicht. Sie vertrauen aus einem unerschöpflichen Vorrat, der nachwächst. Für mich wird das nie erledigt sein, aber von dem Ausmaß des Verbrechens von Staats wegen, von der Vernichtung der Menschen in den Konzentrationslagern, allem Mord und Wahnsinn, glauben Sie mir, Jonas, davon habe auch ich als Sonderrichter bis zuletzt nichts gewußt.»

Er stand auf, Jonas erhob sich auch. Nebeneinander gingen sie zur Tür. Da blieb Ruprecht Marahrens stehen, als gälte es, ihn auf der Stelle zu verabschieden. «Sie sind frei», sagte er. «Ihre Generation ist nicht belastet. Nutzt das aus, lernt durch uns! Aber sprechen Sie darüber besser nicht mit meiner Frau.» Einen Augenblick stockte er, dann kam er Jonas nah, er hatte auf einmal ein bewegtes Gesicht. So übte er sich in einer neuen Tonart: «Laßt Mutter aus dem Spiel.»

Jonas stieg die Treppe zum Dachgeschoß hinauf. Bei jeder Stufe dachte er, wie verlassen der Mann da unten zurückblieb. Lisa mußte seinen Schritt gehört haben, sie stand in ihrem neuen Kleid in der Tür. Es war weiß und blau gewürfelt – aus einem Bettbezug genäht. Über der Brust war es gekräuselt wie bei einem Dirndl, doch hochgeschlossen, es hatte einen gestickten Kragen. Lisa hatte eine Kerze angezündet, obwohl es noch hell war. Sie sagte kein Wort, sah ihm entgegen. Wie zwei Ertrinkende nahmen sie einander in die Arme.

«Du hättest bei Tisch ruhig ein bißchen von dir herzeigen können», warf sie ihm vor, als sie wieder zu Atem kam. «Die sollen doch erfahren, wen ich liebe.»

Dann sah sie, in ihm war etwas anderes.

«Lisa», sagte er und zog sie neben sich, sie saßen auf dem Bett und hielten einander fest, «mein Vater und dein Vater, sie haben Menschen in den Tod geschickt aus Gehorsam. Für einen Wahn.»

«*Haus Gözsy*»

In Jonas' Erinnerung war das Ferienhaus in Ahrenshoop ein Kinderparadies. In dem Fischerdorf, in dem auch ein paar Maler wohnten, hatte er die schönsten Sommer seiner Jugend verbracht. Das «Haus Gözsy» stand am Ortsrand, es gehörte der Familie, in die Onkel Theo, der zweite Bruder seines Vaters, eingeheiratet hatte. Immer, wenn er daran dachte, sah Jonas den Backsteinbau vor sich, ebenerdig, die vier weißen Säulen am Eingang. Sie stützten die Vorhalle, in der sie während des Urlaubs bei jedem Wetter gemeinsam aßen. Im Dach aus Stroh und Schilf waren Mansarden ausgebaut, er wußte nicht mehr, wie viele Räume, manchmal waren dort einschließlich der Unterkunft im Anbau mehr als dreißig Gäste untergebracht. Vor allem war es ein Jugendhaus. Die Erwachsenen blieben in der Minderzahl, einige richteten sich sogar danach.

Hinter dem Hauptgebäude grenzte ein Garten mit Rabatten und Sandwegen an, in der Mitte der Brunnen, ein Vieleck, mit einem weißen Holzrost abgedeckt, aus der Tiefe kam der Geruch von Moos und eisenhaltigem Wasser herauf. An einem Tau hing ein Zinkeimer. Wenn Jonas hinunterspuckte, klang es nach einer Weile hell in dem Schacht. Diesen Teil schloß eine Buchsbaumhecke ab. Durch ein Gatter gelangte man in den Nutzgarten, der sich den Hang hinabzog. Vor den Fluglöchern der Bienenkörbe summten Schwärme. Kürbiskraut wuchs auf dem Kompost, schwere Früchte drückten sich in verwesende Kartoffelschalen, Gemüsestrünke und sonstige Küchenreste, die sich allmählich in Humus verwandelten. Auf halber Höhe stand das Waschhaus, da hatte Jonas im ersten Kriegssommer unterm Dach gewohnt. Nachts jaulten draußen Kater. Auf dem Bettkasten lag das Neue Testament neben Ernst Wiecherts Roman «Das einfache Leben». Darüber trocknete an einem Faden ein großer rötlicher Seestern, den er gefangen hatte. Er roch nach Salz, Tang und Moder.

Oben vor der Hecke befand sich auf der linken Seite eine offene Halle, auch sie von weißen Säulen getragen. An Regentagen holten sie dort, als sie klein waren, Bauklötze aus einer Truhe, die voller Schätze steckte: Burgzinnen und Bocciakugeln, ein rotgelber Ball, dessen Lack rissig war – als er ein Loch bekam, entströmte ihm wie mit Gummilösung vermischte Luft. Bilderbücher und Indianerschmuck, auch eine Ritterrüstung war darunter, den Brustpanzer aus Silberpappe mit Blechscharnieren konnte einer dem anderen umschnüren, das Holzschwert baumelte in einem Lederträger an der linken Hüfte. Solange Frieden herrschte, überlagerten vormittags die Düfte einander, die aus der Küche herüberdrangen, Koteletts mit grünen Bohnen gab es, Labskaus, Entenbraten, Kohl mit Speck oder Dampfnudeln, Grütze und Zuckerbäckerei. Im Krieg erhielt jeder einen Butternapf mit seinem Namen auf einem Einmachschild, der wurde morgens und abends vor sein Gedeck gestellt. Wie sie mit der Ration umgingen, daran konnte man Unterschiede ablesen: Jonas gehörte zu den Sparern, andere schlangen alles auf einmal auf Brotscheiben hinunter. Oft wurden sie zum Nachtisch in die Johannisbeersträucher und Stachelbeerbüsche geschickt. Auf dem Dach nisteten jedes Jahr Störche. Sommer für Sommer fielen auch die Vettern, Kusinen und deren Freunde ins «Haus Gözsy» ein. Sie bevölkerten den Garten, die Dorfstraße, den Strand. Als sie zu Halbwüchsigen aufschossen, eröffneten sie bei schlechtem Wetter in der Halle ein Tischtennisturnier oder tanzten. Jonas hörte wieder das Grammophon, der Tenor schepperte aus dem Trichter den Text von Curt Goetz. «Gib her den Speer, Penelope!» Er erinnerte sich an den Refrain: «Dabei lag sie im Bett von ihm, das war mal wieder nett von ihm.» Damals war ihm das frei erschienen.

Als Jonas sieben Jahre später mit Lisa aus Wustrow kommend in die Dorfstraße einfuhr, war es ein Nachmittag Ende Juli. Ihm schlug das Herz bis zum Hals. Die Sonne stach Schatten aus. Langsam radelten sie mit ihren Rucksäcken auf den Gepäckträgern die alte Kurpromenade entlang. Seit fünf Tagen waren sie unterwegs. Ahrenshoop war vollgestopft mit Flüchtlingen. Jonas erkannte seinen Traum nicht wieder. Zwischen abbröckelnden Häuserwänden standen Wagen aus dem großen Treck, die Deichseln ins Leere gestreckt. Frauen lehnten in den Fenstern und blickten geradeaus. Männer hatten sich auf hartgetretenen Flächen versammelt, wo früher Wasserspeier das Gras sprengten. Sie sahen aus wie Fremdarbeiter im Krieg. Alle Bäume der Dorfstraße waren abgeschlagen, nur Stümpfe markierten noch die Stellen, über denen der Wind in den Kronen gezerrt hatte. Jeder Fleck war wie von Geiern kahlgefressen. Ein Feuer brannte im Freien, zwischen Eisengabeln hing ein Kessel darüber. Kinder schauten sehnsüchtig in den Dampf. Wie viele waren hier gestrandet? Hunderte oder tausend? Sie sehen immer noch aus, dachte Jonas, als könnte es morgen weitergehen. Packen und aufsitzen, wer weiß wohin. Wo einst Sommergäste in weißem Leinen flanierten und das Kurkonzert Strauß-Walzer oder Märsche über Petunienkästen und Auslagen, Kaffeehausbesucher und spielende Kinder hinwegrauschen ließ, war der Nachkrieg ausgebrochen und hauste unter den Menschen.

Wie durch ein unsichtbares Seil gezogen, lenkte Jonas zum «Haus Gözsy» ein. In der Halle hinter den immer noch weißen Säulen saßen sowjetische Offiziere, rauchten Papirossy und hatten durchsichtige Flaschen vor sich stehen. Als Jonas und Lisa auf dem Sandweg standen und lange übers Gatter schauten, kam einer von ihnen die Stufen zwischen dem Phlox herunter. «Haben Sie hier etwas zu suchen?» fragte er, nur der Zaun trennte sie.

«Ich war hier zu Hause», sagte Jonas.

Der Russe war ein Mann im mittleren Alter, sein breites Gesicht unter dem Tellerrand der Mütze, die er zu dem Gang aufgesetzt hatte, wirkte weder abweisend noch zugänglich, nur fremd. «Jetzt ist es ein Erholungsheim unserer Armee, das sehen Sie.» Woher konnte er so gut Deutsch?

Der Offizier drehte sich ohne weitere Erklärungen um und schritt die Platten zur Vorhalle wieder hinauf. Droben setzte er sich in die Runde und fuhr in der Unterhaltung fort, die er unterbrochen hatte. Die Männerstimmen drangen durch den verwilderten Garten. Die Erde war rissig vor Trockenheit.

Was hatte Jonas erwartet? Er fühlte sich wie ausgeleert. Die Beine mußte er durchdrücken, damit sie ihn trugen. Sie schoben die Räder weiter zu dem Hof, der an das Grundstück angrenzte. Den Bauern Petow fanden sie in der Scheune. «De jung Ristenpart», sagte der, als wäre Jonas erst vorgestern um die Ecke gebogen. «Nu is allens anners. Dat worn noch Tiden, as ihr jung Lüt doar störmisch west sid, dat wor noch een Familje.» Und mit Blick auf Lisa: «Kiek mol, en schönes Mäten hast.» Er war ein kleiner Mann, der breitbeinig im Leben stand und sich wohl über nichts mehr wunderte. Das Haar klebte ihm auf der Stirn, er war dabei, Stroh aufzustapeln, und hatte die Gabel in einen Ballen gespießt, darauf stützte er sich.

Bei Petow ließen sie die Räder, er schloß sie in einen Schuppen ein. Mit einem halben Dutzend Eiern und einem Brotknust versorgt, kamen sie an den Strand. Rot lag die Sonne an der Kante zum Hohen Ufer auf dem Wasser, zerschnitten vom Horizont. Möwen kreischten. Jonas und Lisa gingen Hand in Hand. Sie atmeten die Luft, die übers Wasser strich. Das Meer war kaum bewegt, es glänzte in der beginnenden Dämmerung. Der Tag war heiß gewesen, die Wärme staute sich noch vor den Dünen. Sie waren allein.

Da fing Jonas an zu erzählen und hörte so bald nicht wieder auf. Aus ihm purzelte seine Kindheit, Lisa hatte Geduld. Das Ahrenshoop, das es nicht mehr gab, setzte er zusammen und hielt es ihr vor. Was er in sich spürte, war uferlos. Von Onkel Theo und Tante Antonie erzählte er, vom «Haus Gözsy» in so vielen Sommern und natürlich von dem Jungen, der er gewesen war.

«Du hättest mich sehen sollen», sagte er. «Einmal war ich

Kinderschützenkönig. Onkel Theo hat mir in Ribnitz ein Silberkreuz mit meinem eingravierten Namen machen lassen. Das kam an die Schützenkette, jedes Jahr wurde sie an den Sieger weitergegeben. Ich hatte mir damals gerade den Arm gebrochen, rechts überm Handgelenk. Überhaupt hatte ich so dürre Knochen und brach mir immer wieder etwas, bis ich vierzehn wurde. Da drüben auf der Mole bin ich mit nassen Füßen ausgerutscht. Weil ich noch den Gips trug, mußte ich links schießen, aber mit Auflage, das ging. Tante Antonie empfing mich auf der Treppe mit einem Weinpokal, den hab ich auf einmal geleert.»

«Das sieht dir ähnlich.» Lisa sah zu ihm auf. Weil es schnell dunkel wurde, packte sie die Bettbezüge aus, die sie als Schlafsäcke benutzten. Seit sie in Lübeck aus dem Zug gestiegen und die Küste entlanggefahren waren, hatten sie nachts im wärmenden Sand gelegen.

«Nur mit dem Taschengeld bin ich nie ausgekommen», erzählte Jonas. «Ich bekam von zu Hause nicht mehr als das Nötigste mit und mußte einen roten Badeanzug tragen, den ich von Lorenz geerbt hatte, der war mit rosa Wolle gestopft. Ich hatte nie einen Bademantel, die anderen alle, und meine Strandschuhe, die ich mit Schlemmkreide putzte, waren durchgestoßen. Onkel Theo und Tante Antonie luden mich immer wieder ein, weil ich gut zu ihren Kindern paßte. Sie waren reich. Als ich den Unterschied zum erstenmal begriff, fühlte ich mich als der arme Verwandte aus der Provinz. Sie wohnten auch alle in eigenen Häusern in Berliner Vororten, Zehlendorf, Nikolassee, Kleinmachnow. Einmal, auf einer Segeltour – Onkel Theo mietete immer ein Klinkerboot für den ganzen Sommer –, kehrten wir in Bodstedt ein und verzehrten in einer Konditorei Hefezöpfe. Weil die Bedienung nicht rausgeben konnte, borgte er sich von mir fünf Mark und vergaß, sie mir wiederzugeben. Tagelang hab ich gewartet, schließlich mußte ich ihn ansprechen, denn mein Taschengeld hatte ich für jeden einzelnen Tag eingeteilt, ich konnte nicht einmal mehr eine Briefmarke für eine

Postkarte kaufen und hatte doch versprochen, jede Woche zweimal nach Hause zu schreiben. Ich war aufgeregt und verlegen. Als ich nicht lockerließ, gab Onkel Theo mir das Geld. Er machte dazu ein Gesicht, als wollte er sagen: Nun bist du schon die ganze Zeit unser Gast, und dann rechnest du so kleinlich! Da hab ich mich innerlich verkrochen.»

Ihm fiel ein, wie er vor dem Krieg einmal in Berlin mit Onkel Theo Kullerpfirsich getrunken hatte. Sie hatten im Garten gesessen und ins Schwimmbecken geschaut, in dem Tante Antonie strampelte. Das Haus hatte ein flaches Dach und einen Turm wie eine Sternwarte. Onkel Theo nahm die Pfirsiche aus einer Schale, er drehte sie in der Hand und stach ringsum mit der Gabel hinein. In jedes Glas legte er einen und goß Sekt darauf, nach einer Weile begannen die Früchte in den großen Kelchen zu kreisen. Er bot ihm eine Zigarette an, obwohl Jonas erst zwölf war, für ihn war das «Prosit!» ein Ritterschlag.

«Für mich war's das zweite Zuhause. Meist versammelten wir uns in Berlin und fuhren mit dem Zug bis Rostock, die Räder im Gepäckwagen. Ein ganzer Schwarm waren wir, alle im selben Alter. Onkel Theo hatte seinen Spaß mit uns, besonders mit den Mädchen. Er war der Sonnenkönig in unserer Mitte. An seinem Hof gab es eine besondere Sprache und einen regelrechten Kult. Abends schlug er ‹Wilhelm Meisters Lehrjahre› auf, in dem Band fraß sich das Lesezeichen allmählich tiefer. Er las die Szenen, vor allem die Dialoge, wie mit verschiedenen Stimmen, ihm konnten wir ewig zuhören. Nichts tat er lieber, als daß er uns damit aufzog, wenn wir alle durcheinander verliebt waren.»

«Soso.» Lisa bewegte sich neben ihm. Er spürte, wie sie sich drehte und mit dem ganzen Körper eine Kuhle in den Sand drückte. Ihr Kopf lag an seiner Schulter, und ihre Nase steckte irgendwo in seinem Haar. Über sich sah er die Milchstraße. Aus einem Flüchtlingslager hinter den Dünen drang Hundegebell herüber. Der Widerschein eines Feuers bewegte sich in einem Gebüsch auf der Kuppe. Nie vorher hatte Jonas so warme Nächte am Meer erlebt.

«Wenn zwei unzertrennlich waren, kommentierte Onkel Theo: ‹Die haben Mondbrand.› Er gebrauchte das Wort auch als Verbum: mondbranden. Dabei unterschied er zwischen Kindermondbrand und Mondbrand für Jugendliche oder Erwachsene. Die davon befallen waren, schickte er zum Hohen Ufer und erklärte: ‹Da gehört ihr hin und könnt ihn anrufen, den alten Mond. Aber zu bellen braucht ihr nicht. Fallt bloß nicht runter!›»

Jonas sah sich über dem Sandbruch stehen. Vor dem Krieg war am Hohen Ufer eine Küstenbatterie eingegraben worden, die Bunker wurden als Wiesenhügel getarnt. Eines Tages hatte er das Probeschießen erlebt. Ein Räumboot zog das Ziel am Horizont vorüber. Durchs Fernglas, das Onkel Theo ihm mitgegeben hatte, konnte er die Detonationen erkennen. Fontänen sprangen rings um die Schleppscheibe auf, die so weit draußen nicht größer aussah als eine hochgestellte Zigarrenkiste. Das Tau zwischen Schiff und Ziel konnte er nicht ausmachen. Wie brachten sie es fertig, nicht das Boot mit den Matrosen zu treffen? Bei jedem Abschuß hielt er sich die Ohren zu, die Granate wimmerte übers Meer, in ihrem Sog krachte die Luft zusammen. Jonas begriff, was Gewalt war. Das Übungsschießen erlebte er später aus unmittelbarer Nähe, als er Ladekanonier auf dem Kreuzer «Leipzig» war und am mittleren Rohr in Turm Cäsar stand. Die Kartusche wog einen Zentner und die Granate auch. Wenn er den Ansetzer ins Rohr schob und wieder zurückzog, klickte gleich darauf der Verschluß. Der Turm drehte sich, die drei 15-cm-Langrohre wurden automatisch in die Höhe gefahren, beim Abschuß zitterten die Stahlplatten, auf denen sie standen, schon tauchte im Munitionsaufzug die nächste Ladung auf.

«Du sprichst immer nur von deinem Onkel», hörte er Lisa sagen. «Ich möchte auch etwas von der Tante erfahren. Die Welt besteht nicht nur aus Männern.»

«Die hat er in Wien auf einem Maskenball kennengelernt», erzählte Jonas weiter. «Ich habe früher immer von allen Verwandten wissen wollen, das heißt von den Ehepaaren, wann sie sich zum erstenmal gesehen hatten und wie das war. Onkel Theo habe ich natürlich auch nicht mit meiner Neugier verschont. Antonie Gözsy war mit einer Freundin zu dem Ball erschienen, und er hat die ganze Nacht nur mit ihr getanzt. Im Morgengrauen, als er sie zum Bahnhof brachte, denn sie wohnte auf dem Lande, hat er sich bei ihr erkundigt: ‹Bist du eigentlich auch eine Frau zum Heiraten?› Vom Fleck weg sagte sie: ‹Ja.› Sie konnte ziemlich sicher sein, daß er nichts vom Geld ihres Vaters wußte, vielleicht war das für sie auch ein Grund. Der besaß eine Holzfabrik in Niederösterreich und viel Wald. Onkel Theo nannte sich deswegen später ihren Prinzgemahl. Er behandelte die Regentin mit geduldiger Ironie. Am liebsten versammelte er die Gäste um sich und erzählte. Er steckte voller Geschichten wie Sindbad. Wenn junge Mädchen zuhörten, weitete er seine Märchen aus.»

«Du aber auch», sagte Lisa. Sie nahm seine Hand und legte sie unter dem Bettbezug erst auf die eine Brust, dann auf die andere. Sie krochen zueinander. Alles zwischen ihnen brauchte Zeit, das war immer so gewesen. Ganz allmählich wurde Lisa seine Frau. Jonas war zu scheu, um das zu durchbrechen. Sie mußte wissen, daß sie sich darauf verlassen konnte. Als er aus dem Krieg kam und sie in Frellstedt traf, rief sie ihn am Abend auf ihr Zimmer, damit er ihr gute Nacht sagte. Lisa saß in dem Bauernbett in einem frischen Hemd, sie umarmte ihn. Lange behielt sie seinen Kopf an ihrer Wärme. Dann schickte sie ihn nach unten, wo er auf dem Sofa schlafen sollte. Jonas spürte, das mußte sein. Auf einer Harzwanderung hatten sie in einem Heuschober gelegen und einander betrachtet. Am anderen Morgen waren sie im Freibad von Hahnenklee Hand in Hand vom Zehnmeterturm gesprungen, Lisa gleich noch einmal, während er unten schwamm. «Aber ich!» hatte sie triumphierend heruntergerufen, er schluckte. Sie kamen einander immer näher. Allein war er ungeduldig, mit ihr nicht.

Jetzt verstummten sie und lagen nebeneinander. Er hörte ihren Atem. Als er sie so nah spürte, wußte er, es war anders. Lisas Gesicht, das er in der Nacht erkennen konnte, sagte es ihm. Es war der Augenblick, den sie bestimmte.

«Jonas», sagte sie, «Jonas, Jonas.» Er hörte sich bei seinem Namen gerufen. Wie sollte er nicht begreifen, was mit ihnen geschah? Er wunderte sich, wie sicher er das plötzlich wußte. Sie liebten sich zum erstenmal. Staunend erlebte es Jonas. Es war anders, als er es sich vorgestellt hatte, und er fragte sich, was Lisa empfand. Das Neue überwältigte sie beide. Er spürte die Gewalt viel stärker, als er sie immer mit sich allein empfunden hatte, aber sie liebten einander so sehr, daß sie etwas Menschliches daraus machten. Lisa zog ihn zu sich. «Jonas!» So bewußt war er in dem Taumel, daß ihm klar war, was begann. Tausendmal wollte er sie lieben, wenn sie es auch wollte. Jonas fühlte die Gefahr, die ihnen nah war – Lisa vor allem, und er begriff, daß sie immer nah war zwischen Frau und Mann. Sie liebten einander wie auf Leben oder Tod.

Im Morgengrauen schwammen sie weit hinaus und sahen bei der Rückkehr die Bescherung. «Wir hätten gescheiter sein können», sagte Lisa und hob den Bettbezug auf. «Warum sagt einem das keiner so richtig genau?» Jonas half ihr beim Auswaschen, doch mit dem Salzwasser nützte das jetzt wenig. Weil niemand des Wegs kam, hängten sie das Zeug an dem Ast auf, den er heranholte. Über dem Sand wehte die Flagge mit Lisas Blut. Plötzlich mußten sie lachen und tanzten umeinander.

Für zwei Tage verkrochen sie sich strandabwärts, schliefen in der Sonne, wachten auf und fanden einander wieder, schliefen nachts. Sie feierten sich. In Jonas war soviel Ernst, soviel Freude, als wäre er der erste Mann auf der Welt, dem es so erging. Ein Bannkreis war um sie gezogen, niemand störte sie. Einmal richtete sich Lisa auf, sah an ihren

Beinen hinunter und sagte: «Hoffentlich bekomme ich meine Tage.»

Am dritten Morgen ging Jonas die Dorfstraße entlang und schaute nach irgend etwas Eßbarem aus. Er traute seinen Augen kaum, als er von hinten einen Mann sah, der nur Onkel Theo sein konnte. Merkwürdig zusammengeschrumpft war er, doch der Schritt und die Bewegungen der Schultern und Arme waren unverkennbar. Jonas machte lange Beine und überholte ihn.

«Nanu», sagte Onkel Theo.

Sie fielen einander um den Hals. Jonas spürte die Klopfzeichen auf seinem Rücken, die immer zu den Gunstbeweisen dieses Onkels gezählt hatten. «Nun sag schon», fragte er, «wo kommst du her? Was machst du hier? Das ist ja kaum zu glauben!»

«Da muß ich erst Lisa holen», bat Jonas.

Wenig später saßen sie vor dem Café-Restaurant bei der ehemaligen «Bunten Stube», der Laden war verschlossen, die Tür mit Brettern zugenagelt. Lisa bestellte Mineralwasser, die Männer bekamen sogar Dünnbier.

Onkel Theo war der einzige der Brüder seines Vaters, der es einmal zu einem eindruckgebietenden Leibesumfang gebracht hatte. Wenn er in der Badehose am Strand lag, wies die Gestalt viele zottige Rundungen auf. Stand die Sonne nachmittags tiefer, gab sein Schatten zwei oder drei der Jüngsten Platz. Er hatte ihn an ein Flußpferd erinnert. Jonas fand, daß von allem nur die Hälfte geblieben war. Theo Ristenpart hatte die Glatze mit einer Schiffermütze bedeckt, darunter blinzelten die Augen, die er bevorzugt auf Lisa richtete, auch wenn er mit ihm sprach. Die Backen hingen wie leere Taschen über das breite Gesicht herab. Seine neunundvierzig Jahre hatten sich darin eingegraben. Er trug ein Tennishemd, die Arme waren blond behaart und übersät mit Sommersprossen, die sich um die Nase wiederholten.

«Damit ihr's wißt», sagte er, «Toni hat mich verlassen.

Deswegen lebe ich seit ein paar Monaten hier. Natürlich lag es an uns beiden.»

«Im Haus sind doch die Russen», sagte Jonas.

«Nur oben. Schon vor Kriegsende war mir klar, das Haupthaus war nicht zu halten. Also habe ich den Gemüsegarten und das Waschhaus abgetrennt. Wir haben oben die Hecke zuwachsen lassen. Nun gibt es unten von der Seite einen Eingang, da wohne ich. Ihr könnt euch Obst bei mir holen, auch Salat. Wie macht ihr das überhaupt, ihr habt doch keine Lebensmittelkarten von hier?»

«Einiges haben wir mitgenommen», erklärte Jonas. «Lisa kann gut mit Bauern reden. Unterwegs hat sie immer wieder etwas ergattert, einmal wurden wir sogar zu einem warmen Essen in eine Mühle eingeladen.»

Lisa sagte: «Wir haben auch mal Kartoffeln auf einem Feld ausgegraben. Oder Rüben, aber die waren noch klein und hart.»

Es war wieder ein heißer Tag geworden. Auf dem Schuppen gegenüber wellte sich Dachpappe in der Sonne, Teer tropfte herab. Zwischen den Häusern und über den Baumstümpfen flirrte die Luft. In der Straße standen Flüchtlinge in Gruppen und redeten miteinander. Jonas beobachtete seinen Onkel, dem der Schatten unter dem Mützenrand ins Gesicht gezeichnet war, in den Stoppeln ums Kinn perlte Schweiß. Er betrachtete sie beide forschend, der Blick ging von Lisa zu ihm und wieder zurück. «Wenn man euch ansieht, kann man das Elend vergessen», stellte er fest. «Nun sagt bloß, ihr seid mit Erlaubnis über die Grenze gekommen.»

«Was denkst du», wunderte sich Jonas. «Natürlich schwarz. Ich habe einen Kommilitonen aus Lübeck, der hat mir ein paar Schleichwege verraten. Es gibt noch mehrere Stellen, an denen man unbehelligt hinüberkommt. Weil wir die Räder hatten, haben wir es am Strand von Travemünde probiert. Du siehst: es ging.»

«Jonas hat erkundet, wo die Posten standen und wie sie ihre Runde machten», ergänzte Lisa. «Unmittelbar am Wasser gibt es keine Absperrung, es war nicht schwierig. Wie Sonnenuhren haben wir im Sand gesessen und sind immer ein Stück weitergerückt. Als wir uns ausrechnen konnten, es reicht, sind wir losgefahren, im Badezeug, alles übrige hatten wir auf den Gepäckträgern. Zuerst waren es Schilfwege, dann die Küstenstraße. Wir haben nicht viele Russen gesehen, keiner wollte etwas von uns.»

Theo sagte: «Wenigstens haben wir noch dasselbe Geld.»

Jonas mußte an Tante Antonie denken. Alles an ihr war ihm aufgetürmt erschienen, die Locken, die Rüschen, der Busen und erst recht das Gemüt. Eine ungarische Seele aus dem Wiener Waldviertel war sie, nach Berlin verpflanzt und noch immer fremd unter Preußen. Nein, es wollte nicht in seinen Kopf, daß sie sich getrennt hatten. Sie waren ein Doppel, er hatte sie immer nur miteinander erlebt. Besaßen nicht alle, die je das «Haus Gözsy» gekannt hatten, einen Anspruch darauf, daß die beiden wieder zusammenfanden?

«Seid ihr denn geschieden?» fragte er.

«Das noch nicht. Aber es scheint dahin zu kommen, Toni will es so. Sie hat sich einen General genommen. Nur fürchte ich, mit dem wird sie wohl auch kein Glück haben. Was ist ein General nach einem verlorenen Krieg!» Theo wandte sich an Lisa: «Wissen Sie, mit mir war nie viel los. Jonas hat das früher nur nicht gemerkt. Was war ich denn? Ein Kaufmann von Schwiegervaters Gnaden und später E-Offizier, Ersatz, an der Majorsecke hängengeblieben. Im ersten Krieg war ich gerade noch Leutnant geworden und kam spät wieder dazu, erst kurz vor dem zweiten. Meine Frau wollte höher hinaus, aber sie konnte aus mir nicht herausholen, was nicht drinsteckte.»

«Warum sprechen Sie so von sich?» fragte Lisa. «Nach allem, was Jonas mir erzählt hat, waren Sie ganz anders.»

«So?» Falls er sich wunderte, war es wohl nicht gespielt. Jonas überlegte, für was Lisa auf einmal herhalten sollte, sie hatte wirklich nichts damit zu tun. Doch Onkel Theo machte auf ihn jetzt den Eindruck, als habe er das selber schon eingesehen.

«Denken Sie nicht, das ist Selbstmitleid», sagte er. «So etwas kann ich nicht ausstehen. Ich halte mich nur für einen Realisten.»

Lisa gab sich damit nicht ab. Sie machte ein Gesicht, das Jonas an ihr kannte. Manchmal galt es ihm und besagte: So redet nur ein Mann. «Sie sehen bestimmt nicht wie Ersatz aus», sagte sie. «Sie waren doch immer der Mittelpunkt, und das wollten Sie auch.»

Da machte Onkel Theo eine Geste, als müßte er in einer Pantomime die ganze Ungewißheit seiner Lage ausdrücken. Die Arme streckte er weit von sich und rang die Hände, der Hals versank zwischen den Schultern. Für einen Augenblick gab er sich ein so tiefgrämliches Aussehen, daß sie darüber lachen mußten.

Lisa mag ihn, dachte Jonas, und wie sie ihn nehmen kann! Er schaute zu ihr hinüber und freute sich an ihr. Sie trug wieder das weißblau Gewürfelte, es war das Kleid dieses Sommers, eine Auswahl besaß sie nicht. Im Profil wirkte ihr Gesicht noch schmaler. Sie hatte die griechische Nase, auf die sie stolz war. Das Haar fiel im Pagenschnitt mit einer Dauerwelle links und rechts sichelförmig übers Ohr. Braungebrannt war sie. Plötzlich fand er sie erwachsener als sich. Lisa war eine junge Frau, die man sich mit einer Familie vorstellen konnte, einem Zuhause. Und was war er?

«Wie ist es bei euch drüben?» wollte Onkel Theo wissen. «Seid ihr nicht schon auf dem Weg, ein amerikanisches Land zu werden? Was wird aus uns? Ich fürchte, Adenauer setzt sich durch und begnügt sich mit einem Rheinbunddeutschland.»

«Was ist das?» fragte Lisa. «Mein Geschichtsunterricht hat kaum stattgefunden, eigentlich war's gar keiner.»

«Es bedeutet, daß die westdeutschen Länder sich abkapseln und ihren eigenen Staat machen.»

«Glauben Sie wirklich, daß es dazu kommt?»

«Ja. Alles, was ich von Adenauer bisher gehört und gelesen habe, scheint mir zu beweisen, daß er einseitig nach Westen orientiert ist. Er liebt den östlichen Teil Deutschlands nicht, nicht Preußen und schon gar nicht Sachsen oder Mecklenburg.»

«Das erste Rheinbunddeutschland gab es nach dem Dreißigjährigen Krieg», erklärte Jonas. Nicht umsonst studierte er Geschichte und dozierte manchmal Lisa gegenüber gern. «Damals schlossen sich westdeutsche Fürsten unter französischer Vorherrschaft zusammen.»

«Ich denke eher an Napoleon», sagte Onkel Theo. «Der Rheinbund, den er 1806 gründete, sollte seine Herrschaft in Deutschland festigen. Mehr als ein Dutzend westdeutsche Fürsten sagten sich von der Reichsgewalt los und gründeten ihren separaten Länderbund.»

«Eine einzige Tragödie aus Zerfall und Zusammenschlüssen – was ist unsere Vergangenheit anderes?» meinte Jonas. «Die Kleinstaaterei war die deutsche Krankheit. Deswegen konnten bei uns fremde Herrscher soviel ausrichten.»

«Es gibt manche Parallele zu heute», sagte Theo. «In den Freiheitskriegen, als sich Preußen, Russen, Österreicher und auch Schweden verbündeten – damals kam das Reich wieder zusammen. Wißt ihr, daß in der Völkerschlacht bei Leipzig mehr Russen als Preußen oder Österreicher für die Befreiung Europas von Napoleon gefallen sind?»

«Nein», sagte Lisa, «das wußte ich nicht.»

«Für das Nationalkomitee Freies Deutschland, dem mein Bruder Johannes angehörte, hat dieser Hintergrund eine Rolle gespielt.»

Jonas sah fragend zu Lisa, sie nickte. Er verstand sie so, daß auch sie bleiben wollte. Bevor sie sich mit Onkel Theo hierhersetzten, wo es nur Getränke gab, hatte der Hunger sie geplagt. Es war lange her, daß sie die Eier ausgetrunken und Petows Knust verzehrt hatten. Jonas spürte, wie sein Magen rebellierte, Lisa konnte es nicht anders ergehen. Doch nun nagelte das Gespräch sie fest.

«Soviel ist mir klar», sagte er, «für lange Zeit kann ich mir kein anderes Deutschland vorstellen als eins, in dem wir unsere Schuld abtragen und in Armut wieder ehrlich werden. Das ist wohl auch der einzige Weg, auf dem wir wieder zusammenkommen können, die Westzonen und die Ostzone.»

«Das glaub ich auch», sagte Onkel Theo. «Nur hab ich den Eindruck, bei euch betreiben die Besatzungsmächte das Gegenteil. Es gibt eine Menge deutsche Politiker, die ihnen dabei helfen.»

«Sag nicht immer *euch*», bat Jonas. «Immerhin gehören wir noch zusammen.»

«Meinst du? Es gibt nun mal den Unterschied», beharrte Theo. «Die Menschen haben es bei uns schwerer als bei euch. Das kannst du messen. Einmal war das Kriegsende hier noch grausamer als im Westen. Zweitens müssen wir auch mehr bezahlen, zum Beispiel die Demontagen. Die Amerikaner haben in ihrer Zone gleich wieder damit aufgehört. Aber glaubt bloß nicht, daß das die reine Menschenfreundlichkeit war – bestimmt wollen sie etwas dafür haben. Bei uns geht's mit dem Demontieren erst richtig los.»

«Ich weiß nicht», sagte Lisa, «es ist alles so schwierig. Ich versteh das sowieso nicht.»

Jonas sagte: «Sie machen mit uns, was sie wollen. Daran können wir nichts ändern.»

«Es ist aber wichtig, daß wir Einfluß darauf bekommen», sagte Onkel Theo. «Jetzt werden die Weichen für wer weiß wie lange gestellt.» Er blickte in die Dorfstraße, wo sich in der Gluthitze eine Menschenschlange vor einer Feldküche gebildet hatte, jeder hielt einen Napf oder einen Teller und einen Löffel in der Hand. «Wie sollen wir es jemals wieder zu etwas bringen? Seht euch die Flüchtlinge an. Kaum einer gibt zu, daß Hitler und seine Gauleiter sie vertrieben haben. Ohne die Nazis wären sie heute noch da, wo sie herkommen – in Ostpreußen, Pommern oder den Sudeten.»

«Die meisten gehen doch wohl in den Westen, sobald sie können», warf Lisa ein.

«Was das bringt, weiß auch noch niemand», sagte Onkel

Theo. Er nahm die Mütze vom Kopf, blickte aufs Lederband innen und legte sie auf den Tisch. Für eine Weile setzte er seine Glatze der Sonne aus. «Ich bin hier in die CDU eingetreten», fuhr er fort. «Meine Freunde und ich, wir glauben wirklich, daß Adenauer und ein Großteil der West-CDU uns schon abgeschrieben haben. Natürlich verkünden sie öffentlich das Gegenteil. Warum habt ihr die Bizone gemacht?»

«Wir haben überhaupt nichts gemacht», sagte Jonas.

«Na ja, ihr beide – euch mein ich doch nicht! Aber das ist der Anfang der Teilung. Oder wie sollen wir es anders verstehen, daß sie bei euch die amerikanische und die britische Zone zusammengelegt haben? Und in Frankfurt tagt schon euer Wirtschaftsrat.»

«Davon weiß ich nichts. Ich geb mich nicht viel damit ab, was in den Zeitungen steht.» Jonas mußte sich eingestehen, daß er nicht genügend verfolgt hatte, was sich da ereignete, um mit seinem Onkel diskutieren zu können. Er hatte mit seinem Studium zu tun und damit, daß er sich hin und wieder vom Lande Kartoffeln und Mehl beschaffte – dazu radelte er nach Groß Berkel.

«Auf der Potsdamer Konferenz haben die Alliierten die Wirtschaftseinheit für Deutschland festgelegt», sagte Theo. «Es sollte möglichst bald wieder eine zentrale Verwaltung geben. Aber heute ist die Antihitlerkoalition zerfallen. Die Westalliierten blockieren im Berliner Kontrollrat jeden Schritt in eine gemeinsame Richtung.»

«Aber bei uns reden sie viel von den Brüdern und Schwestern», sagte Jonas. «Sie meinen euch.»

«In eure Feierstunden werden wir eingehen», sagte Theo. «Das Potsdamer Abkommen ist keinen Pfifferling mehr wert.»

«Sehen Sie denn überhaupt keine Möglichkeit für die Wiedervereinigung?» fragte Lisa.

«Kaum eine. Hoffentlich irre ich mich. Einer von uns, Pfarrer Hirsch aus Dresden, hat vor einiger Zeit an Adenauer geschrieben. Er hat ihm als dem Vorsitzenden der CDU in der britischen Zone vorgeworfen, daß sie uns in der Ostzone fallenlassen, als wären wir geschiedene Leute. Dabei stehen viele von uns in der Ost-CDU nah beim Ahlener Programm. Damit hat die Union bei euch erst vor ein paar Monaten ein Bekenntnis zum christlichen Sozialismus abgelegt. Ich fürchte nur, daß es in dem Augenblick, in dem es beschlossen wurde, auch schon Legende war. Bei uns dagegen setzt Jakob Kaiser auf die Verbindung von West und Ost.»

Jonas hatte Politik bisher nur als Verfügungsgewalt über die Menschen erfahren. Soweit er sich erinnern konnte, war sie etwas Unausweichliches gewesen. Was wurde jetzt wieder für die, die noch einmal davongekommen waren, ohne ihr Zutun entschieden? Demokratie kannte er nur dem Namen nach. Er hörte wohl die Versprechungen, daß alles anders werden sollte, aber ihm fehlte das Vertrauen. Was Onkel Theo sagte, bestätigte ihn nur in allen Zweifeln. Er wurde zornig. Seit er die Uniform ausgezogen hatte, wollte er nichts als frei sein und wußte doch nicht, wie er gemeinsam mit Lisa dahin kommen konnte.

«Politiker soll man nie danach beurteilen, was sie reden, sondern immer nur danach, was sie tun», sagte Onkel Theo. Er stand auf und breitete die Arme aus, als wollte er sie unter seine Fittiche nehmen. «Ich freu mich, daß ihr da seid. Kommt, wir gehen zum Waschhaus, da kochen wir uns was. Es gibt Huhn, wenn Jonas bereit ist, es zu schlachten, und Lisa es rupfen kann.»

Sie nahmen ihn in die Mitte. Drei Schatten warfen sie auf den Sandweg in der Mittagssonne. So kam Jonas doch noch in den Garten seiner Kindheit zurück.

6

1949, 1953/1954
Geteilte Ansichten

Die Matroschka

Ein grauverhangener Himmel stand über der Stadt, als Johannes Ristenpart um die Mittagszeit in Jüterbog eine Seitenstraße der Unterstadt hinabging und nach den Nummernschildern blickte. Es war Ende August. Vor einem weinlaubbewachsenen Haus blieb er stehen und setzte den Koffer ab. Im ersten Stock lehnte ein Mädchen aus dem Fenster. Es beobachtete ihn gespannt. Als er den Arm hob und zaghaft winkte, rief es: «Vati, Vati!», verschwand und kam gleich darauf die Treppe heruntergepoltert und warf sich in seine Arme. Er stand vor einem fremden Haus und drückte eine Tochter an sich, ohne zu wissen, welche es war.

«Bist du Anna-Marie?» fragte er.

«Nein, wie kannst du das denken, die ist doch fünfzehn. Corina bin ich.»

Als sie ins Treppenhaus kamen, liefen ihm auch die beiden anderen entgegen. Aus Anna-Marie war ein junges Mädchen geworden, aber sie hatte noch Kinderzöpfe. Johannes war überrascht, daß ihm Renate, die er eigentlich gar nicht kannte, am ehesten vertraut war. Er hatte sie zuletzt gesehen, als sie zwei Jahre alt war. Inzwischen war sie acht und ähnelte der Corina, die er im April 1942 verlassen hatte, als man ihn zum Don abkommandierte.

In den letzten Jahren hatte er den Mädchen aus dem Lager immer einen Monat im voraus eine Postkarte zum Geburtstag geschickt und gehofft, daß sie rechtzeitig ankäme. Nun stellte er fest, daß seine Kinder in seiner Vorstellung nicht mitgewachsen waren. Als er sie ansah, waren die beiden Großen ihm fremd, und er sagte sich, daß sie sich gewiß noch viel weniger an ihn erinnern konnten. Was in den sechseinhalb Jahren seiner Gefangenschaft mit ihm geschehen war, davon konnten sie nichts wissen und auch kaum etwas ahnen. Ratlos stand er vor dieser Entfernung, sie wurde ihm um so deutlicher bewußt, als seine Töchter nah um ihn waren. Er hatte sie in sich aufbewahrt, wie sie gewesen waren. Damals.

«Mutti ist noch in der Schule», sagte Anna-Marie. «Wir wußten nicht, wann du kommst. Gestern erst haben wir erfahren, daß du in Berlin eingetroffen bist.»

«Ich hol sie!» Renate rannte los.

Anna-Marie und Corina schleppten gemeinsam seinen Koffer hinauf. Die Wohnung wirkte selbst an diesem grauen Tag hell, die Gardinen waren aus naturfarbenem Stoff, die Wände weiß gestrichen. Er vermutete, daß Gertrud das selbst gemacht hatte. Die Möbel, die er kannte, waren aus dem Haus bei der Kriegsschule hierher versetzt – sie erschienen ihm wie Gegenstände aus einem halbvergessenen Traum, der langsam in sein Bewußtsein zurückkehrte.

«Wir haben vier Zimmer», erklärte ihm Anna-Marie. «Du wurdest immer mitgerechnet. Sonst hätten wir die Wohnung nie bekommen.» Sie gab sich Mühe und die anderen auch. Johannes stellte sich vor, daß Gertrud gestern mit ihnen über seine Heimkehr gesprochen hatte. Er konnte sich denken, wie sie versucht hatte, die Mädchen auf ihn vorzubereiten, aber in ihr selber mußte eine große Ungewißheit gewesen sein, wie sie ihm gegenübertreten sollte. Sechseinhalb Jahre.

Er hätte sich jetzt gern hingesetzt, aber seine Töchter waren aufgeregt, sie mußten ihm auf der Stelle alles zeigen. So begann er, die Räume zu besichtigen, jede Tür öffneten sie ihm. Ein paarmal stießen sie vor Eifer in dem engen Flur mit ihm zusammen, bei der Berührung empfand er wieder, daß sie einander nicht vertraut waren. Was er von jungen Mädchen wußte, stammte aus einer anderen Zeit. Er wollte ihnen zusehen und sie allmählich kennenlernen, das nahm er sich vor. Sie redeten unablässig, er brauchte kaum etwas zu sagen, und er hätte auch nicht so rasch gewußt, was.

«Das ist mein Zimmer», sagte Anna-Marie, als er in einen schmalen Raum blickte, der am Flurende lag. Das Beherrschende darin war ein großes Plakat, das an der Wand gegenüber der Couch hing. Eine Frau mit kurzgeschorenem Haar und aufgerissenem Mund reckte darauf den rechten Arm zum Schwur empor und hielt die Linke auf die Brust gepreßt. *Nie wieder Krieg*, stand quer darüber geschrieben. Am unteren Rand las er: *Mitteldeutscher Jugendtag der Sozialistischen Arbeiterjugend, Leipzig, 2.–4. August 1924.*

«Das find ich gut, daß du das hier hängen hast», sagte Johannes. Sie sah ihn erfreut an, aber auch so, als hätte sie das nicht erwartet.

Corina und Renate hatten gemeinsam ein Spielschlafzimmer. Er entdeckte die niedrigen bunten Kindermöbel wieder, die Gertrud eines Tages angestrichen hatte – die Stühle, den Tisch und die Kommode tomatenrot, die Beine blau. Als sie dazu eine sonnenblumengelbe Gardine angebracht hatte, war ihm das Zimmer wie die Wohnstube eines Harlekins erschienen. Sie hatte Nachbarkinder eingeladen und ein Fest mit allen gefeiert. Er war am Nachmittag aus der Kaserne herübergekommen und hatte sich mitten in die Kinderschar gesetzt und ihnen eine Geschichte vorgelesen, solange seine Frau dem Hausmädchen beim Herrichten der Tabletts half. Es gab Kakao und Krapfen mit viel Marmelade. Er sah auch wieder das Licht vor sich, das schräg ins Zimmer gefallen war, an die Einzelheiten erinnerte er sich plötzlich genau, in den Sonnenstreifen hatten die neuen Farben und die blonden Haarschöpfe der Kinder geleuchtet.

Im nächsten Raum fand er den Eßtisch und die Wohnzimmermöbel wieder. Nebenan das Schlafzimmer, wie früher standen ihre Betten zusammengerückt, auch seins bezogen, glatt und unbenutzt. Nur war alles enger, als sie es damals gehabt hatten. Für die Kinder, fiel ihm ein, war es das schönste gewesen, wenn sie manchmal auf der Ritze zwischen ihnen schlafen durften – das erlaubten Gertrud und er, wenn eins krank gewesen war und Wärme und Liebe brauchte, um wieder ganz gesund zu werden.

«Ein Teil der Möbel ist in unserem früheren Haus geblieben», sagte Corina. «Darin wohnt der sowjetische Kommandant. Die Stühle, die übrig waren, stehen bei uns im Pionierheim.»

Er nickte und setzte sich vor seinen Schreibtisch, der so an der Wand neben dem Fenster stand, daß das Licht, wie er es immer gewollt hatte, von links hereinfiel – daran hatte Gertrud also gedacht. Das Holz war schwer, ein zu breites Stück für dieses Zimmer. Daran hatte er gesessen und ausgearbeitet, was er den Offiziersanwärtern vortrug. Oft verwendete er Beispiele aus der Militärgeschichte. Bücher von oder über Friedrich II., Scharnhorst und Gneisenau, Clausewitz, Treitschke und Schlieffen hatten früher in einem tischhohen Regal greifbar nahe neben dem Schreibtisch gestanden.

Die Möbel, dachte Johannes, kenne ich besser als meine Kinder. Er atmete tief auf. Ihm war, als spürte er die Schichten aus den gelebten Jahren, die sie hier ohne ihn verbracht hatten.

Drei Tage und zwei Nächte hatte er bis Berlin gebraucht – es waren wohl dreitausend Kilometer. Er hatte sie in einer Gruppe entlassener Offiziere zurückgelegt. Aus dem Kloster Oranki südlich Gorki hatte man sie zunächst nach Moskau gebracht, mit einem Militärbus waren sie durch die Stadt transportiert worden. Von einem anderen Bahnhof aus fuhren sie die berühmte Strecke, die aus Wladiwostok kam und bis nach Paris weiterführte. Mit plötzlich ausbrechender Ungeduld hatte er die Stunden von der Ankunft gestern bis zum Morgen hinter sich gebracht. In einem Hotelzimmer war er aufgewacht und hatte nicht gleich gewußt, wo er sich befand. Dann war ihm alles wieder eingefallen: Wenn er dies Berlin sah, mußte er an die Ruinen von Stalingrad denken.

Er hörte Gertrud in die Wohnung kommen. Die Mädchen gingen hinaus. Als seine Frau ins Zimmer trat, sahen sie einander stumm an, sie ging auf ihn zu, und sie umarmten sich, er spürte ihren Körper. «Gott sei Dank», sagte sie.

Gertrud war vierunddreißig gewesen, als sie Abschied genommen hatten – sie dachten, für ein Jahr. Damals war sie die junge, schöne Frau des Kommandeurs, von vielen bewundert, nur für die Kinder und ihn lebte sie. So hatte Johannes sie in seinen Gedanken mitgenommen und trug ihr Bild bei sich – sie war ihm wie aufbewahrt erschienen mit den drei Mädchen da in dem Haus: Sie zuerst glaubte er zu verteidigen, als er zum Don fuhr. Das Unverletzte war von Gertrud gewichen, er sah ihr nicht nur die Jahre an – sie war für ihn noch immer jung –, sondern er sah auch, daß sie ein anderes Gesicht bekommen hatte, die Spuren harter Arbeit und der Entbehrungen lagen darin und der feste Wille, der ihr und den Kindern durch alles hindurchgeholfen hatte. Sie trug eine weiße Bluse mit rundem Kragen und zu dem grauen Rock eine weite weiche Stoffjacke mit aufgesetzten Taschen. Sie war wohl in der Frühe beim Friseur gewesen, das Haar war hochgesteckt, ein paar Locken fielen geordnet rechts und links über die Stirn. Um Nase und Mund hatte sich auf beiden Seiten eine Falte eingezeichnet. Seine Frau schaute ihn an, als wollte sie fragen, was sie zuerst tun sollte.

Die Tür zum Schlafzimmer stand offen. Er ging hinein und zog die schwarze Panzerjacke aus, sie blieb gebeult vor ihm auf dem Stuhl liegen wie eine Rüstung. Gertrud nahm sie wortlos und trug sie hinaus. Er holte aus seinem Koffer die wattierte russische Arbeitsjacke heraus, sie lag obenauf.

Als Gertrud wieder hereinkam, ging sie zu ihrem Nachttisch und öffnete die Schublade. Johannes sah seinen Ehering wieder, sie nahm ihn heraus, griff nach seiner Hand und steckte ihn an den Ringfinger, er saß etwas eng, aber er paßte noch. «Als du ihn damals schicktest, war ich sehr erschrokken. Es war wohl die letzte Kurierpost, die aus Stalingrad herauskam. Als die Gestapo mich holen kam, konnte ich unsere beiden Ringe gerade noch meiner Mutter geben.»

Er küßte sie, sie standen lange wie schwebend.

Dann flüchtete Gertrud sich in die praktischen Dinge. Den Kofferständer klappte sie auf und legte ihm ein neues Hemd hin, das sie für diesen Tag gekauft haben mußte. «Es ist nichts mehr da von deinen alten Sachen», sagte sie. «Als wir aus Reutte kamen, war nichts mehr im Haus außer den Möbeln. Während wir im Lager waren, wurden wir ausgeplündert.» Sie sagte: «Wir müssen sehen, was wir für dich kaufen können. Etwas richtig Brauchbares gibt es noch nicht wieder.» Und sie sagte, als sie später wieder hereinkam und ihn in dem Hemd betrachtete: «Voriges Jahr war es schlimm, als alle behaupteten, du wärst entlassen, und mir schon gratulierten. Da hab ich wirklich geglaubt, es wär soweit. Und dann wieder nichts.»

Es gab zu essen. Die Mädchen erzählten ihm eine Menge unzusammenhängender Erlebnisse aus der Schule. Es wurde ihm nicht recht verständlich. Er wollte sie bitten, ihm ein anderes Mal darüber zu berichten, dann würde er zuhören und es sich merken. Er sah sie an, seine Frau, seine Töchter, und es wurde ihm erneut bewußt, daß er der einzige Mann in der Familie war. Sie gingen hinaus und kamen wieder. Es war schon Nachmittag. Er wurde immer stiller.

Als Anna-Marie gegen Abend für alle Tee machte, er hatte ein Päckchen mitgebracht, stand er auf und holte die Matroschka aus dem Koffer. Er stellte sie vor Renate hin und sagte: «Die ist für dich. Ein bißchen aber auch für uns alle. Ich hab sie selber geschnitzt.»

Die russische Puppe war siebenteilig und so hoch wie die Länge seiner Hand. Viele Wochen lang hatte er daran gearbeitet und immer wieder neu begonnen, wenn ihm ein Stück zerbrach. Sie war aus Birkenholz. Einer der Bewacher hatte ihm manchmal zugesehen und ihm mit den Händen gezeigt, wie er es machen mußte. Johannes hatte immer an der Klostermauer im Gefangenenlager gesessen und die Scheite gekerbt. Sein Taschenmesser mußte er jeden Tag am Stein schleifen. Ruhig hatte er gearbeitet in dem Bewußtsein, unendlich viel Zeit zu haben.

«Ist die schön!» rief Renate, sie begann gleich, die Matroschka auseinanderzunehmen, und baute die sieben Puppen zwischen ihnen auf. Die kleinste war nur erdnußgroß. Lauter Köpfe, die in Bäuche übergingen, und sie standen auf den runden Röcken. Richtige Gesichter hatten sie. Die Matroschka war aus dickerem Holz als gewöhnlich, denn er konnte die einzelnen Teile nicht so dünn ausschälen, wie man es beim Drechseln machte. Als er die sieben Puppen geschabt und geglättet hatte und alle ineinanderpaßten, hatte sich der Wachsoldat mit ihm gefreut und ihm an einem Tag sogar Farbe mitgebracht, drei Sorten. Johannes hatte die Matroschka rot, braun und gelb angemalt. Die Kopftücher hatte er mit dem Pinsel weit über die eingezogenen Schultern hinuntergeführt. Als er die Augen, den Mund und die Nase in die Gesichter malte, versuchte er sich zu erinnern, wie die Puppen seiner Töchter zu Hause ausgesehen hatten.

«Johannes», sagte Gertrud, «was die Zeit aus dir gemacht hat! Ein geschickter Handwerker warst du doch nie.»

«Ich hab sie in dem Sommer in Susdal gemacht, und während ich sie schnitzte, ist mir viel durch den Kopf gegangen. Es war eine ungeheure Ruhe, und ich hatte Zeit zum Nachdenken. Wir kamen ein Jahr nach Kriegsende dahin. Könnt ihr euch vorstellen, daß ich in einer Mönchszelle gewohnt habe?»

«Nein», sagte Renate. Sie steckte die Puppen wieder zusammen.

Johannes konnte sich jeden Stein des Klosters ins Gedächtnis rufen. Als das Nationalkomitee Ende 1945 in Lunjowo aufgelöst wurde, weil es in den Augen der Russen wohl seine Schuldigkeit getan hatte, blieben die Mitglieder des Offiziersbundes noch mehrere Monate dort. Es wurde eine Zeit, in der sich jede Gemeinsamkeit unter den Gefangenen verlor. Jeder mußte zusehen, wie er mit sich zurechtkam. Als aufhörte, was er für den *Sender Freies Deutschland* hatte tun können, empfand Johannes in sich nur Leere. Er stellte fest, daß er kaum noch eine Orientierung besaß. Sie alle zählten die Tage. Gerüchte über ihre baldige Heimkehr beunruhigten sie fast noch mehr, als daß sie ihnen eine Hoffnung gaben. Einzelne, die sich in den antifaschistischen Arbeitsgruppen besonders hervorgetan hatten, kamen gleich zu Anfang fort nach Deutschland, wo es nun, wie ihnen gesagt wurde, vier Besatzungszonen gab, darunter die sowjetische. Es erschien auch viel darüber in der Lagerzeitung. Sonst aber lastete die Ungewißheit schwer auf ihnen.

Im Frühjahr 1946 wurde Johannes zusammen mit einem Teil dieser anderen aus Lunjowo nach Susdal verlegt. Er wurde gefragt und übernahm den Auftrag, von Zeit zu Zeit Kriegsgefangenenlager in Zentralrußland zu besuchen und vor Soldaten und Offizieren über die zurückliegende Arbeit des Nationalkomitees, aber auch über künftige Aufgaben zu sprechen. In den anschließenden Diskussionen teilten sich gewöhnlich die Geister. Es gab weiterhin Unbelehrbare, die den verlorenen Krieg in starrem Festhalten an dem, was sie einmal gelernt hatten, noch in ihren Phantasien zu gewinnen suchten. Ihnen standen die vielen entgegen, die von dem, was sie erlebt hatten, tief betroffen waren und nach etwas Glaubwürdigem suchten, an dem sie in ihrer Verwirrung festhalten konnten. Und es gab die dritte Gruppe, die sich für keinen der beiden Standpunkte erklärte, sondern sich aus allem heraushielt, sich wohl auch ihr Teil dachte, aber auf der scheinbar unpolitischen Tradition beharrte. Für diese Leute war Politik «das schmutzige Geschäft». Wie weit sie sich durch Verzicht auf politisches Denken darauf eingelassen hatten und mitschuldig geworden waren, davon wollten sie nichts wissen.

Für diese Reisen wurde ihm Leutnant Siedler, der sich ihm schon in Lunjowo angeschlossen hatte, als Begleiter mitgegeben, dazu ein Bewacher und der Dolmetscher. In Susdal bereiteten sie ihre Unternehmungen vor. Johannes schrieb für die Lagerzeitung. Das Kloster berührte ihn tief. Die Vorstellung, daß in der Zelle, die er für sich allein hatte, ein Mönch nach dem anderen seine Tage verbracht, in alten Büchern gelesen und Glaubenssätze abgeschrieben hatte, beschäftigte ihn sehr. Er fühlte sich dadurch herausgefordert, seine Lage zu begreifen und für sich etwas daraus zu machen. Zum erstenmal hatte er scheinbar unbegrenzt Zeit für sich. Johannes begann wieder zu lesen, er studierte die Bibliothek, die es im Lager gab.

Susdal war ein alter Bischofssitz. Das Kloster war im sechzehnten und siebzehnten Jahrhundert erbaut worden. Die kleine Stadt lag etwa eine Autostunde nördlich von Wladimir, das wußte er vom Transport her. Sie befanden sich mehrere hundert Kilometer östlich von Moskau. Hinter der Klostermauer, dem Wall einer geschlossenen Festung, konnten sich die Gefangenen unbeschränkt bewegen. Flucht war ausgeschlossen. Der Krieg war aus. Sie konnten nur warten.

«Im Juni und Juli gibt es da die weißen Nächte», sagte er zu Gertrud und den beiden großen Töchtern, Renate war hinunter auf die Straße gerannt. Von dort drangen ab und zu Kinderrufe herauf, das Fenster stand offen. «Auf russisch heißen sie belye notschi. ‹Weiße Nächte›, so hat Dostojewski einen Roman genannt.»

«Ist das wie Mittsommernacht in Schweden?» fragte Anna-Marie.

«Da war ich nie, aber ich glaube, es ist ähnlich, nur ist so tief auf dem Kontinent das Licht wohl noch intensiver. Es wird in diesen Wochen nicht richtig dunkel. Die Nacht ist birkenhell. Einige Zeit konnte ich fast bis Mitternacht unter freiem Himmel lesen.»

Er verstummte. Eines Tages wollte er ihnen erzählen, soviel er konnte, aber nicht jetzt. Es würde nicht das sein, was er gesehen hatte, und er wußte auch nicht, wo er anfangen sollte. Dreitausend Kilometer waren eine weite Strecke und sechseinhalb Jahre eine lange Zeit.

Sie fragten nicht: Was denkst du? Sie warteten und ließen es sein, wie es war. Aber als die Mädchen ihm beim Gutenachtsagen der Reihe nach um den Hals fielen, war das wie eine große Erleichterung. Er betrachtete seine Kinder mit einer gewissen Angst und fragte sich, wie er sie wiedergewinnen konnte. In Susdal hatte er wie in einem unablässigen Strom seiner Gedanken zu ihnen hingedacht, aber manchmal auch gefürchtet, daß er seinen Töchtern, die so lange ohne ihn gelebt hatten, nicht mehr nahekommen könnte. Wie oft hatte er sich das Wiedersehen ausgemalt! Doch es hatte auch Zeiten gegeben, in denen er sich Gertrud und die Kinder plötzlich nicht mehr vorstellen konnte, dann verloren sie sich in der Ferne, es war, als löste sich seine Erinnerung auf. Die Jahre lasteten schwer auf ihm. Seine Kinder zu verlieren, darum hatte er sich gesorgt, und jetzt, wo es soweit war, daß er zu ihnen finden mußte und sie sich Mühe mit ihm gaben, das spürte er, wollte er erst einmal erkennen, wie sie geworden waren – in ihm war diese Vorsicht.

Gertrud und er saßen beieinander und redeten nicht mehr viel. Sie verständigten sich durch kleine Mitteilungen über das Notwendige. Zeit hatte er immer noch sehr viel. Seine Frau stand auf und räumte die Gläser fort. Sie brachte alles in die abendliche Ordnung, wie sie das früher getan hatte. Er holte sich noch ein Glas Wein und trat ans Fenster. Im Dunkel glaubte er, den Doppelturm der großen Stadtkirche zu entdecken, vielleicht aber bildete er sich das nur ein, weil er noch die Richtung in den Augen hatte und die Schatten ahnte. Dann fiel ihm ein, daß die neue Wohnung alles verkehrte.

Gertrud trat neben ihn, umarmte ihn und sagte: «Es wird gut werden, glaub mir. Auch mit uns.» Als sie zu Bett ging, blieb er am Fenster stehen und atmete die Nachtluft, die warm aus der Nässe des Gartens heraufkam. Ich bin noch am Leben, dachte er, ich bin zurückgekehrt. Er dachte an Lunjowo, an die Türme von Susdal und Oranki. Nun befand er sich wieder in dem alten preußischen Dreieck der Schießplätze – Jüterbog, Treuenbrietzen und Zossen. Dahin wollte er nicht zurück, das war eine Gewißheit.

Er sah in die Dunkelheit und spürte, wie sich die Schauplätze seines Lebens vermischten. Hier glaubte er zu sein und dort. Die weißen Nächte kamen zu ihm. Er meinte die Birkenhelle hinter der Nacht zu ahnen und hatte wieder vor Augen, wie die Farben bei Tagesanbruch zunahmen. Die Sonne ging in Susdal im Hochsommer nur kurz unter, und wenn sie früh am Morgen schon wieder im Nordosten aufstieg, war es, als sei sie kaum fortgewesen. Sie schien am Horizont schwebend weiterzugleiten, halbrund in einem rötlichen Ton, der seidig verblaßte und in die weiße Nacht überging. Das Licht fiel durch die Stämme, Birkennacht. Wenn es so war, fühlte Johannes sich nicht mehr gefangen. Es gab Tage, an denen das Licht so klar wurde, daß jeder Baum, jedes Haus und die Türme wie aus dem Inneren ihrer Farben leuchteten. Vor Mittag nahmen sie ihren tiefsten Ton an. Er sah in das Land, das so weit war, und glaubte den Kontinent zu spüren, aus dessen Tiefe der trockene Wind kam. Nie vorher war ihm so bewußt geworden, was es hieß, in einem Land geboren zu sein und zu leben, das ein Erdteil war. Deutschland war ihm groß erschienen, aber nun wußte er, wie klein und eng es im Westen lag, ein Durchgang, Zustrom von allen Seiten, keine Welt für sich. Er wußte, daß er sein Land nie mehr überschätzen würde.

Johannes blickte in die Nacht, die sich um Jüterbog legte. Der Regen fiel leise auf die Bäume und zwischen die Sträucher im Garten. Die Stadt war ruhig, die Steine glänzten schwarz. So hatten sich die Nächte aufgeschichtet zwischen den zweitausendvierhundert Tagen seiner Gefangenschaft. Soviel waren es geworden. Wenn er das im voraus gewußt hätte – was hätte er getan?

Auch Oranki, wo er zuletzt und am längsten aushalten

mußte, war ein Kloster gewesen, das Kloster, aus dem einst Rasputin gekommen war. Aber Susdal war sein Ort. Johannes dachte an die vielen Kirchen mit den Turmspitzen und Zwiebeltürmen und erinnerte sich an das Wehrgemäuer, das abbröckelte und in der Sonne rötlich und altweiß schimmerte. Über den vielen Torbogen mit ihren verschlossenen Türen standen pagodenartige Dächer. Die Birkenwälder draußen unterbrachen eine hügelige Landschaft von Wiesen und weiten Äckern, offen unter dem Himmel. Die Sommer waren heiß. Fünf Monate lag Schnee, erst im Mai kam das Frühjahr.

In Susdal hatte es eine berühmte Kunstschule für Ikonenmalerei gegeben. Johannes sah die Kirchen des heiligen Lazarus und des Antipius vor sich und den dicken, reich mit Mauerwerk verzierten Turm an der Mauer des Erlöserklosters. Er hatte versucht, Genaues über die Geschichte der Mönche in Susdal herauszufinden, aber der Teil der Bibliothek, der den Gefangenen zugänglich war, enthielt nur Werke zur politischen Geschichte, Philosophie, marxistische Wissenschaft und einige der großen russischen Erzähler. So hatte er sich vieles zurechtgedacht und sich bemüht, an Spuren in der Zelle, kleinen Zeichen und Wandeinritzungen etwas über frühere Bewohner zu erahnen. Es lag an dem Ort, daß er sich zum erstenmal seit langem auch wieder fragte, wieweit er sich als Christ sah. Seine Jugend stand wieder vor ihm auf und brachte ihm die Erinnerung an Friedrich Naumann und dessen christlichsoziale, aber ebenso nationale Ideen. Er las wieder in dem Neuen Testament, das er bei sich hatte. Die Worte der Bergpredigt trafen ihn, sie ließen nicht zu, daß er auswich, es war, als müsse er sich neu der Verantwortung stellen, die er für seine Soldaten gehabt hatte. Generale erlitten selten das Schicksal der Soldaten, sagte er sich jetzt. Im Gefechtsstand, erst recht im Hauptquartier gab es meist noch einen Ofen, Wasser, eine Flasche Kognak. Wenn die Front den Generalen auf den Leib rückte, war der Rückzug nah oder die Kapitulation. Das hatte auch für Stalingrad gegolten. Er glaubte, daß er weder besonders mutig gewesen war noch das Gegenteil.

Aber in seinen Augen verlor alles, was er über den Krieg gelernt und gedacht hatte, seine Richtigkeit. Krieg war für ihn Verteidigung gewesen. Im Krieg zog man an eine Front, an der die Heimat zu schützen Aufgabe der Soldaten war. Johannes hatte über die Vernichtung Dresdens gelesen – das war kein Krieg mehr gewesen. Als die erste Atombombe auf Menschen gefallen war – die Lagerzeitung berichtete darüber –, war für ihn das Zeitalter der Kriegswaffen beendet. Und die Piloten, die die Bombe nach Hiroshima flogen, waren mit christlichem Segen aufgestiegen! Vielleicht konnten die Verantwortlichen noch sagen, sie hätten die Wirkung im voraus nicht gekannt, aber drei Tage später war die zweite Atombombe über Nagasaki ausgelöst worden. Mit solchen Waffen, dachte Johannes, war alles, was Soldatentum einmal glaubwürdig gemacht hatte, am Ende – da begann es, daß er sich löste, erst unmerklich, dann bewußt.

Im Hof unter dem Fensterschacht seiner Zelle gab es einen Winkel, in dem er im Frühjahr und Herbst oft gemeinsam mit Siedler in der Sonne saß. Im Sommer suchten sie sich einen kühleren Platz im Schatten eines Torbogens. Der Leutnant hatte sich die Haare lang wachsen lassen, er trug einen blonden Vollbart, der ihn älter erscheinen ließ. Johannes dachte manchmal, wenn er ihn ansah, daß aus dem Fliegeras ein Mönch geworden sei.

Sie sprachen über das, was hinter ihnen lag, und über das, was sie lasen. Oft fragten sie sich, was werden sollte, wenn sie erst wieder zu Hause wären. Das war der weiße Fleck in ihrer Vorstellung, um den sich alles drehte. Der Altersunterschied zwischen ihnen war immer spürbar, aber manchmal war es, als ginge in Siedler mit Anfang Zwanzig etwas vor, was Johannes erst mit Fünfzig erreichte.

«Ich hab immer gedacht, ich besäße eine eiserne Ration an eigener Meinung», sagte der Leutnant. «Aber wenn ich zurückdenke, kommt sie mir wie geborgt vor.» Er schwieg und durchkreuzte mit einem Ast, den er aufgesammelt hatte, eine Ameisenstrecke in der rissigen Erde vor seinen Füßen. Dann begann er wieder: «Eins weiß ich, nämlich daß alles, was ich bisher gedacht und getan habe, nicht mehr stimmt. Heute weiß ich auch, daß es nie seine Richtigkeit gehabt hat, ich habe es nur nicht wahrhaben wollen. Mein Kopf war überfüllt mit der Ideologie, die sie in uns hineinstopften.»

Johannes wartete, und nach einer Weile sagte Siedler: «Wir waren so zu mißbrauchen wie eine Einlage bei der Nationalbank. Unser Idealismus sehnte sich regelrecht danach. Wir hängten uns damit zum Fenster hinaus, die Nazis brauchten nur zuzugreifen. Ich war so ein Musterbeispiel.»

Johannes dachte daran, wie er sich nach dem ersten Weltkrieg verhalten hatte, als er so alt wie der Leutnant gewesen war. Nichts dergleichen war damals in ihm gewesen, aber die Voraussetzungen waren auch verschieden. Er sprach aus, was ihm durch den Kopf ging: «Wir Deutschen wollen immer hoch hinaus und müssen dann klein beigeben. Ziehen Sie die Ungerechtigkeit ab, die in jeder Verallgemeinerung steckt, dann bleibt doch die Frage, was es mit dem deutschen Idealismus auf sich hat. Dieses Wer-immer-strebend-sich-bemüht-Bewußtsein, das so fabelhaft brauchbar ist für große Taten! Aber wenn Untaten daraus werden, wie sehen wir dann mit unserem Stolz aus? Dann stellt sich auf einmal heraus, daß unser Idealismus dem Wahnsinn der Leute an der Spitze sehr entgegenkam.»

«Sagen Sie das mal in den Lagern!»

«Ich weiß, was dann passiert. Aber wir beide wollen uns nichts vormachen, Siedler. Über sich müssen Sie selber urteilen. Was mich betrifft, so wird mir erst allmählich klar, daß ich einigem nie auf den Grund gegangen bin. Einigem, das für mich entscheidend war. Ich hatte eben meinen Idealismus – der war deutschnational und zielstrebig, gottesfürchtig und stramm.»

«Ich war genauso», sagte Siedler, «nur gottesfürchtig nicht.»

Johannes sah viele Stationen vor sich, an denen er unbeirrt vorübergegangen war. «Warum ist mir nie aufgefallen, daß sich meine Grundhaltung kaum verändert hat? Von der Kaiserzeit über die Reichswehr bis zum nationalsozialistischen Reich – ich habe immer das gleiche gedacht. Erst heute begreife ich, daß ich meine innere Ausrichtung von einem Regime ins andere mitgenommen habe. Und die meisten um mich herum haben dasselbe getan.»

Siedler sah ihn abwartend an. «Sie sind jung», sagte Johannes, «Sie können neu anfangen. Aber ich war dreißig Jahre Berufssoldat und habe nichts anderes gelernt. Ich frag mich, ob ich danach überhaupt noch etwas anderes beginnen kann, aber dabeibleiben kann ich ohnehin nicht – was immer später zu Hause wird. Erst einmal werd ich arbeitslos sein, dann muß ich mir etwas Neues beibringen. Aber was?»

Das war die Frage, die er sich in dem Sommer in Susdal immer wieder stellte. Zu Siedler sagte er einmal: «Wissen Sie, was ich mir wünsche? Etwas, was der menschlichen Erfahrung widerspricht, nämlich daß ich mich in meinem Alter noch verändern könnte, ohne vor mir davonzulaufen.»

«Wenn ich nur nicht so ein verdammter Idiot gewesen wäre», sagte Siedler. «Ich war politisch vollkommen naiv, sie konnten mit mir machen, was sie wollten.»

Johannes antwortete ihm: «Wir waren doch unpolitisch aus Tradition, das ganze Offizierskorps. Erst jetzt verstehe ich etwas ziemlich Einfaches, nämlich daß das sogenannte Unpolitische die größte politische Wirkung hat. Weil die Mehrzahl bei uns nicht daran denkt, sich ernsthaft um Politik zu kümmern, überläßt sie die Entscheidung über ihre Zukunft anderen.»

So kamen sie einander näher, der General und der Leutnant. Sie waren aufeinander angewiesen. Vieles, was Johannes zu denken gab, sprach er vor Siedler aus. Aber er war auch oft allein. Wenn er in seiner Zelle über einem Buch saß und von draußen manchmal Stimmen der Mitgefangenen hereinkamen, war in ihm eine Ruhe, die aus dem Kloster zu kommen schien und sich auf ihn übertrug. Er war außer Gefahr. Nie hatte er sich so auf sich selber stellen müssen. Wenn es einen Sinn hatte, daß er sich auf ungewisse Zeit hier befand, mußte er sich über vieles klarwerden. Er dachte oft an die Mönche, die früher zwischen diesen Mauern gelebt hatten, und manchmal konnte er sich nun in seine Gedanken versenken, als sei er einer, auf den etwas von ihnen überkommen war.

Das Lesen konzentrierte ihn auf sich selbst. In der Lagerbibliothek gab es eine Menge deutscher Bücher. Zum erstenmal las er in den Werken von Hegel und Feuerbach, er las Texte des Sozialismus von Marx und Engels bis zu Lenin. Das alles hatte es bisher für ihn nicht gegeben, jetzt mußte er sich eingestehen, daß seine schroffe Ablehnung marxistischen Denkens zumeist auf Unkenntnis beruht hatte. Verständnislos war er Leuten begegnet, die ihren Klassenstandpunkt betonten, und hatte sich doch zur Offizierskaste gerechnet und alle Vorrechte wie die Besitzordnung der oberen Bürgerschicht wie selbstverständlich für sich in Anspruch genommen – der Widerspruch war ihm nie bewußt geworden.

Johannes erinnerte sich, wie er als junger Offizier der Reichswehr zum Besuch einer Ausstellung über die Sowjetunion aufgefordert worden war: Fotos und Dokumente hatten das Blutbad des russischen Bürgerkriegs gezeigt, den Hunger und das Elend der Massen. Aber wenig hatte er darüber erfahren, daß die Westmächte von außen alles versucht und auch Truppen entsandt hatten, um die Revolution in Rußland zu ersticken und die alten Besitzverhältnisse wiederherzustellen – dadurch war die Katastrophe nur noch gesteigert worden.

«Die Idee des Sozialismus als einen Gegenentwurf zur bürgerlichen Besitzordnung gelten zu lassen», sagte er zu Siedler, «das ist den führenden Mächten des Westens nie eingefallen.»

«Aber, Herr General, was sind das für Gedanken – in Ihrem Kopf!»

«Allmählich komme ich dahin. Wie hat es denn in Rußland vorher ausgesehen! Der Unterschied zwischen arm und reich war noch viel krasser als in Westeuropa, und ganz Europa hatte Anteil an den Ursachen der Revolution in Rußland. Was diese Umwälzung geistig bedeutet hat, haben wir nie als Herausforderung angenommen. Dabei hätte die russische Literatur es uns lehren müssen, Tschechow, Dostojewski, Tolstoi, Gorki und so viele andere.»

«Ein Feindbild ist der halbe Krieg», sagte Siedler.

Die Nacht hatte Johannes weit fortgezogen, er schloß das Fenster und sperrte sie aus. Mit zwei Schritten ins Zimmer kehrte er in die Helligkeit zurück. Als er sich umsah, konnte er die Matroschka nicht wiederfinden. Er ging über den Flur und öffnete vorsichtig die Tür zum Zimmer der Mädchen. Da stand die russische Puppe auf dem Stuhl neben Renates Bett. Er hatte es sich denken können, aber jetzt wurde ihm erst ganz bewußt, wie schwer er sich von ihr trennte. Er nahm sie mit ins Wohnzimmer. Da unter der Lampe zog er die Hälften auseinander, steckte sie einzeln zusammen und stellte die sieben Puppen vor sich hin. In den Fuß der größten hatte er die letzte Lagernummer geritzt: UdSSR 7027/I – das war seine Anschrift gewesen. Johannes betrachtete seine Arbeit, die ihn so viele Wochen ausgefüllt hatte. Die Matroschka schien ihn siebenmal anzusehen, sie hatte sechs Hüllen und einen winzigen festen Kern. Lange saß er so, dann brachte er die Puppen in der Puppe zurück. Renate sollte sie neben sich finden, wenn sie aufwachte.

Als er wieder zu ihr ging, sah er, daß sie sich herumgedreht hatte. Sie lag jetzt mit dem Gesicht zum Flurlicht, das durch den Türspalt hinter ihm hereinfiel, und atmete tief. Einen Arm hatte sie über die Bettkante ausgestreckt, so daß er herabhing – den nahm er und legte ihn unter die Decke. Johannes sah seine jüngste Tochter an und versuchte zu begreifen, daß dies Kind im Konzentrationslager gewesen war.

Er löschte die Lichter. Als er sich neben Gertrud legte und nach ihrem Platz tastete, spürte er, daß sie wach war. Er lag ruhig und streckte seine Hand aus, ihre kam ihm entgegen.

In der Mitte zwischen ihnen berührten sich ihre Finger und schmiegten sich aneinander. Sie sagten nichts, sondern lagen so und atmeten gemeinsam in dem Raum. Er spürte, wie etwas von ihrer Wärme zu ihm herüberströmte. So schlief er ein.

Der nächste Tag war ein Samstag. Gertrud erklärte ihm die Geldscheine und Münzen. In Berlin war alles für ihn bezahlt worden. Mit einem Freifahrschein und ein paar Mark hatte man ihn nach Jüterbog fahren lassen. Jetzt sah er zum erstenmal die kleinformatigen Scheine, die das Papiergeld der Reichsmark ersetzt hatten.

«Einkaufen ist schwierig», sagte Gertrud. «Du mußt lange anstehen, und manchmal ist gerade Schluß, bevor du an die Reihe kommst. Aber es gibt wenigstens wieder etwas. Mal dies, mal das.»

Während sie die Scheine vor ihn hinblätterte, die aus den Taschen ihres Portemonnaies zum Vorschein kamen, sagte sie: «Voriges Jahr war es noch katastrophal. Ich weiß nicht, wie oft ich die Kinder hungrig zu Bett geschickt habe. Ohne die Schulspeisung wär's überhaupt nicht gegangen.»

Sie begann zwischen Küche und Wohnzimmer hin und her zu gehen, und er fragte sich, was sie suchte, plötzlich blieb sie vor ihm stehen und sagte: «Nächtelang haben wir Kupongeld geklebt.» Er wußte nicht, was sie meinte, bis sie es ihm erklärte. «Im Westen haben sie im Alleingang die Währungsreform gemacht, damit haben sie uns vollkommen überrascht. Die Deutschen drüben haben es auch nicht vorher gewußt, bis auf ganz wenige. Die Amerikaner haben alles gemacht.»

Sie setzte sich wieder hin. Es war nach dem Frühstück. Gertrud hatte sich freigenommen, und er wollte sie begleiten. Sie hielt die Einkaufstasche in der Hand, er zog sich einen Stuhl heran.

Gertrud sagte: «Das Ergebnis war, daß die alte Reichsmark, die im Westen nichts mehr wert war, zu uns rüberschwemmte, es waren Millionen. Damit sie uns nicht auch noch das bißchen wegkaufen konnten, was wir hatten, mußte unser Geld gekennzeichnet werden. Wir Lehrer wurden auch dazu eingeteilt. Unter Aufsicht haben wir abendelang und bis in die Nacht hinein zerknitterte Scheine mit Spezialkupons beklebt und abgestempelt. So machten sie's überall.»

Johannes wußte nicht, ob diese Mitteilung es auslöste oder was ihn sonst dazu brachte – er spürte, wie ihn auf einmal das Selbstvertrauen verließ. Es war, als würde er ausgeleert. Plötzlich wurde ihm klar, wieviel er nicht wußte. Was er nachzuholen hatte, schien sich in ihm anzuhäufen. Lauter Versäumnisse, dachte er und sagte: «Ich habe nichts, und ich bin nichts.»

Gertrud sah ihn an. «Wenn einer General war, fängt er nicht wieder als Hilfsarbeiter an, das weißt du genau.»

Johannes schwieg.

«In der Berufsschule hab ich vierhundertneunzig Mark im Monat», sagte sie. «Die Miete macht fünfundsiebzig Mark. Es darf dich nicht kränken, wenn ich weiter für uns sorge. Für dich findet sich bestimmt etwas.»

Das Gefühl der Leere verließ ihn auch nicht, als er mit seiner Frau in die Stadt ging. Es hatte sich nicht viel verändert, und es gab auch keine Zerstörungen, soviel er aufs erste sah. Aber als er über den Bürgersteig ging und beim Überqueren der Straßen das Kopfsteinpflaster unter den Sohlen spürte, war ihm, als wäre er krank gewesen, so zögernd trat er auf und so neu und unwirklich erschien ihm alles. Gertrud grüßte einige Bekannte, und er nickte.

Als sie um den Mittagstisch saßen, fragte ihn Anna-Marie: «Findest du etwas Besonderes an mir?»

Johannes betrachtete sie genau, er konnte aber nichts feststellen, außer daß sie ihm unter den dreien am ähnlichsten sah, wenn er sich nicht täuschte. Er schüttelte den Kopf.

«Siehst du, Mutti!»

«Vater würde es sofort merken, wenn es anders wäre.»

«Wovon redet ihr?» fragte Johannes.

Da platzte Anna-Marie heraus: «Darf ich sie mir jetzt endlich abschneiden lassen? Oh, Mutti war so streng. Solange du nicht da warst, durfte ich um Himmels willen meine Zöpfe nicht anrühren. Sie wollte immer, daß du sie noch siehst.» Seine große Tochter sah ihn an, als müsse er auf der Stelle über ihr Glück entscheiden. «Kein einziges Mädchen in meinem Alter trägt außer mir in Jüterbog noch Zöpfe!»

«Das finde ich nicht richtig», sagte Gertrud, «daß du es deinem Vater so erzählst. Johannes, du mochtest doch die Zöpfe an ihr immer so gern!»

Er sah ein, daß ein schwerwiegender Urteilsspruch von ihm verlangt wurde. «Die Zöpfe dürfen ab», sagte er. Die Mädchen freuten sich alle drei.

«Daß du es mir aber nicht selber machst», sagte seine Frau.

Am Nachmittag versuchte Johannes, sich nützlich zu machen. Er ging hinunter und hackte Holz. Das hatte er im Lager manchmal getan. Als er damit fertig war, sah er den Handwerkskasten durch, sichtete das Schuhzeug und untersuchte im Badezimmer den Kohlenofen. Als er einmal über den Flur ging und dort auf Gertrud stieß, schien ihr Gesicht ihm zu sagen, daß er ihr etwas unheimlich war, aber es kam nichts über ihre Lippen.

Am Abend kniete er nieder und legte Holz, das er heraufgebracht hatte, im Badeofen an. Als zuletzt eine von ihnen hier gebadet hatte, war er wohl auf der langen Strecke unterwegs gewesen, überlegte er. Die Emaillierung der Wanne war schadhaft. Eine Handbreit über dem Abfluß war sie abgesprungen, die dunkle Stelle ähnelte dem Umriß des australischen Kontinents in einem Atlas.

Zuerst badete Renate. Wie er es früher bei seinen älteren Töchtern gehalten hatte, seifte er ihr den Rücken, planschte lange mit ihr und rubbelte sie hinterher ab. Sie schnaufte, so gut gefiel ihr das. Im Nachthemd durfte sie am Abendbrottisch sitzen.

Später badete Corina. Johannes war unsicher, was er tun sollte, schließlich ging er auch zu ihr hinein und sagte:

«Komm, ich helf dir wie früher.» Sie beugte sich übers Wasser und umklammerte ihre Knie. Er entdeckte den Leberfleck wieder, der unter dem linken Schulterblatt mit ihr größer geworden war. Corina blieb stumm. Als er ihr den Rücken einschäumte, fühlte er plötzlich, wie sich ihr unter seinen Händen das Gefieder sträubte. Er spürte ihren Widerstand und auch, wie sie sich bemühte, es ihn nicht merken zu lassen. Sie streckte ein Bein aus und angelte mit dem Fuß nach dem Schwamm. Er sah den Flaum in ihrem Schoß und die kleinen Brüste. Auf einmal wußte er, daß sie es nicht anders empfinden konnte, als daß ein fremder Mann sie berührte. «Es ist doch wohl besser, du machst das selber», sagte er und ließ sie allein.

Als er ins Zimmer kam, sagte Gertrud: «Du kannst keine Ruhe finden. Komm, setz dich her.»

Johannes ließ sich nieder, streckte die Beine aus. Sie hatte ja recht. Es nützte nichts, wenn er herumlief. Er dachte daran, wie er sich die Heimkehr immer wieder vorgestellt und versucht hatte, sich darauf vorzubereiten. Es war ihm nicht gelungen. Das überstieg seine Vorstellungskraft. Sein Warten wurde immer neu zur Erwartung auf ein Datum hin, auf einen Punkt. Und jedesmal, bis auf das letztemal, stimmten die Gerüchte nicht, die man ihm zugetragen hatte – er mußte bleiben. Was wußte er von dem, was sich zu Hause zutrug? Manchmal steigerte er sich in seine Angst hinein, Gertrud und die Kinder niemals wiederzusehen. In der ersten Zeit hatte es ihn seine ganze Kraft gekostet, sich davon zu überzeugen, daß die Zeit nicht tot war, in der er gefangen war. Sechseinhalb Jahre hatte er nur unter Männern zugebracht.

Er dachte an die Ruhe, die er schließlich in Susdal gefunden hatte. Nicht mit dem Willen hatte er sie gefunden, sondern durch die Geduld, die für ihn aus dem Leben im Kloster kam. Die wollte er nicht wieder verlieren, aber sie schien dorthin zu gehören, wo er auf sich selbst zurückgeworfen war und man ihn zu sich verurteilt hatte und wo es wenig gab, das ihn von sich ablenkte. Er hatte geahnt, daß er sie nicht würde mitnehmen können. Dreitausend Kilometer lang hatte er gespürt, wie das Heimweh ihn bedrückte: Zu Hause, mitten in der Freude, war alles von neuem ungewiß.

Seine Frau war verändert, selbständiger, stärker – schien ihn nicht wirklich zu brauchen. Sie hatte die Kinder und sich durchgebracht. Als sie geheiratet hatten, vor sechzehn Jahren, hatte sie gleich aufgehört, in ihrem Beruf zu arbeiten, und sie begann erst wieder, als er fortmußte. Sie war ganz für die Kinder da, und das wünschte er sich auch, sie hatten beide keine andere Vorstellung von der Ehe. Danach riß ab, was er von ihr wußte. Alles, was seitdem mit ihr und den Mädchen geschehen war, konnte er sich nur vorstellen – so wie sie sich seine Zeit in den Lagern immer nur denken konnte. Was besagten Feldpostbriefe, Lagerbriefe, Rotkreuzpostkarten! Sie standen neu voreinander.

«Gertrud», sagte er. Sie sah ihn an. «Ja, so ist das mit uns», sagte sie, als hätte er ihr vieles von sich mitgeteilt.

Johannes ging wieder zum Fenster, etwas zog ihn dahin. Er wußte auf einmal, daß dies der Platz war, an dem er oft stehen würde in diesem Sommer, am offenen Fenster. Über die Häuser und über die Kirche gingen seine Gedanken hinaus und griffen weit aus. Sie gingen in die Richtung, aus der er gekommen war.

«Ich werde nach Berlin fahren», sagte er ins Zimmer. «Ich kenne viele Leute dort aus Lunjowo.»

Niederlage

Der Theologiestudent Cordt Ristenpart wartete an einem Herbsttag 1953 auf dem Göttinger Bahnhof. Er war einundzwanzig Jahre alt und hatte eine Niederlage hinter sich, wie er sie sich schwerer kaum vorstellen konnte. Er wartete auf dem Bahnsteig auf seinen Bruder Lorenz, der mit dem D-Zug aus Hamburg kommen sollte. Sie waren für die gemeinsame Weiterfahrt nach München zu Jonas und Lisa verabredet. Cordt wollte seinen Patenjungen Tönnies, den Lisa vor drei Monaten geboren hatte, in die Taufe halten. Er war ihr zweiter Sohn. Lorenz hatte es so eingerichtet, daß auch er an der Feier teilnehmen konnte – er verband das mit einem geschäftlichen Besuch in Augsburg. Eine Lederfabrik suchte einen norddeutschen Vertreter.

Es war kurz vor zwölf Uhr. Der Sommer schien noch einmal zurückgekehrt zu sein. Pastellblau wölbte sich der Himmel über der Stadt, nur die Schatten fielen herbstlich schräg über Straßen und Plätze. Cordt ging in Hemd und Jacke mit der Umhängetasche, ihm war warm. Vor einer Stunde war er aus der Hospitalstraße aufgebrochen, wo er in einem zweistöckigen Haus mit einem verwinkelten Schieferdach das Zimmer bewohnte, in dem Jonas als Germanistikstudent gehungert und gefroren hatte, bis er seinen Studienplatz mit einem Studenten an der Münchner Universität getauscht hatte. Als Cordt bei der Vermieterin nachfragte, hatte sie gerade von seinem Vorgänger erfahren, daß er zum Semesterende ausziehen wollte – sie erinnerte sich gern an Jonas, und das half. Ein Glücksfall. Neben Theologie, Hebräisch und Religionsphilosophie hatte er Carl Friedrich von Weizsäkkers Zyklus «Über die Natur» gehört. Er war einer der ersten, die nicht mehr in Soldatenmänteln an die Uni kamen, und studierte jetzt im sechsten Semester.

Cordt war durch die Innenstadt gegangen und hatte das Patengeschenk abgeholt, das er gestern ausgesucht hatte. Es war ein Silberbecher, in den er den Namen Tönnies und das Geburtsjahr hatte eingravieren lassen, etwas Originelleres war ihm nicht eingefallen. Zu wichtigen Daten wollte er weitere Becher liefern – aus keinem anderen Grund, als daß seine Patentante Frigg es bei ihm so gehalten hatte und ihm das einleuchtete. Vier Silberbecher standen auf dem Eckschrank in seiner Bude, manchmal dienten sie als Weingläser, wenn Freunde ihn besuchten. Sein Taufbecher war in Braunschweig mit allem anderen verlorengegangen, doch nach dem Krieg hatte die Tante, eine Architekturfotografin, die Lieferung wiederaufgenommen.

Er war an dem Kino vorübergegangen, in dem seit Wochen Harald Brauns Film «Königliche Hoheit» – frei nach Thomas Mann – lief. Die Hauptrollen spielten Matthias Wieman, Lil Dagover, Dieter Borsche und Ruth Leuwerik. Er war in einer Vorstellung gewesen und hatte sich überzeugt, wie die Menschen ihre eigene Vergangenheit vergessen wollten – dazu flohen sie bis in die Kaiserzeit. In der Tasche trug er Heinrich Bölls eben erschienenen Roman «Und sagte kein einziges Wort», den er in der Nacht zu lesen begonnen hatte.

Die Leute in den Straßen waren fast alle wieder ordentlich gekleidet, die Schaufenster waren überfüllt mit Angeboten, die vielen das Elend der ersten Nachkriegsjahre unfaßlich machen mußten. In der Auslage eines Feinkostgeschäfts sah Cordt ein Spanferkel, das ein Büschel Petersilie im abgehäuteten Maul hielt, jemand hatte Messer und Gabel in den rosigen Rumpf gespießt. Nebenan warb der Informationsladen einer Bausparkasse für Eigenheime. Glückliche Familien schaukelten auf Hochglanzbildern in Gärten, in denen Rasen und Hecken wie mit dem Lineal geschnitten wirkten. Ein paar Schritte weiter türmten sich im Schaufenster der Stadtsparkasse stromlinienförmige Sparbüchsen. Pfennige, Groschen und Markstücke auf einem Silberstreifen symbolisierten den Weg zum Wohlstand. Darüber hing, ausbalanciert an einer Kordel, die Vergrößerung eines Hundertmarkscheins mit dem Porträt des Kosmographen Sebastian Münster. Sofortkredit für Autokauf wurde angepriesen. In einer Ecke war ein weißes Pappschild aufgestellt, auf dem in schwarzen Kursivbuchstaben der Satz prangte: *Hast du was, dann bist du was.*

Auf dem Weg zur Bahnhofshalle entdeckte Cordt an der eingeschwärzten Fassade die Wahlplakate, sie waren verwittert und teilweise abgeblättert. Ein halbes dutzendmal die Graphik, die eine Uniformmütze mit Hammer und Sichel über dem Schild zeigte, darunter aufgerissene Augen, auf die aus dem Vordergrund gebündelte Bahnen zuliefen. Die Zeichnung war holzschnittartig, im unteren Drittel stand: *Alle Wege des Marxismus führen nach Moskau! Darum CDU.* Dazwischen hingen Plakate, die den SPD-Vorsitzenden als ackernden Bauern mit «Stürmer»-Nase vorführten. Der Text: *Wo Ollenhauer pflügt, sät Moskau! Darum wählt FDP.* An einer anderen Wand sah Cordt eine Karikatur: Helene Wessel und Gustav Heinemann sangen nach einem Notenblatt, auf dessen Kehrseite zu lesen war: *Notgemeinschaft für den Frieden.* Sie standen unter einem Fenster, aus dem sich der deutsche Michel herauslehnte – er deutete mit der Linken auf das Nachbarfenster, aus dem Bajonette und Gesichter von Rotgardisten starrten. Die Unterschrift lautete: *Sie singen vor der falschen Tür.* Darüber war ein Streifen mit der negativen Schrift in rotem Feld geklebt: *Von Moskau bezahlt!*

Der Zug lief ein. Von weitem erkannte er Lorenz, der den Arm und den halben Oberkörper aus dem Türfenster des Speisewagens reckte. Cordt winkte zum Zeichen, daß er ihn gesehen hatte. Im Näherkommen hellte sich die Miene seines Bruders auf, er lachte. Drinnen im Gang begrüßte Lorenz ihn norddeutsch mit Handschlag, er zuckte zurück, als Cordt ihm seine langen Arme um die Schultern löffelte. «Darf ich mal vorbei?» drängte einer, weil sie erst einmal den Zugang versperrten. «Entschuldigung», sagte Cordt. Lorenz zog ihn durch die Schwingtür.

«Klappt ja prima», stellte Lorenz fest und ging voraus an den Zweiertisch, den er für sie besetzt hatte. «Bestell dir, was du magst. Ich lad dich ein.» Draußen schienen sich einzelne Personen und Gruppen, die auf dem Bahnsteig winkten oder schon umkehrten, immer rascher an ihnen vorüberzubewegen. Der Lautsprecher kündigte einen Gegenzug an.

Trotz der Mittagszeit war der Wagen nur etwa zur Hälfte besetzt. Lorenz bestellte eine Flasche Beaujolais. Er empfahl ihm Rumpsteak und hinterher Apfelstrudel. «Das geht auf Geschäftskosten», sagte er. Bis das Essen kam, stopfte er sich eine Pfeife. Cordt sah an seiner rechten Hand die Narben der

Splitterverwundung, die seinem Bruder das Flötespielen unmöglich gemacht hatte. Er konnte sich noch daran erinnern, wie Lorenz früher die Lippen über dem Mundstück der Böhmflöte gespitzt hatte. Bei schnellen Läufen wiegte er den Oberkörper und klopfte mit dem rechten Fuß den Takt.

«Sieh dir das an», sagte sein Bruder und deutete nach draußen, als sie bei Friedland an Wachttürmen hinter dem langen Drahtzaun und Patrouillestreifen vorüberfuhren, «die Sowjetzone!»

Cordt dachte, dahinter liegt die DDR, aber er wollte jetzt keine Auseinandersetzung darüber heraufbeschwören. Er wußte aus Erfahrung, wie gereizt Lorenz reagieren konnte, sobald er sich in einer seiner Grundanschauungen angegriffen fühlte. Im allgemeinen blieb er gelassen.

Er sah seinen ältesten Bruder vor sich, dreißig war er jetzt, energisch, rasch urteilend, korrekt – einer, der Probleme wie Denksportaufgaben anging und vorauszusetzen schien, daß sie lösbar seien, wenn er seinen Verstand anstrengte. Lorenz löste gern Quizfragen und Schachaufgaben. Er arbeitete viel, aber nicht besessen, und hatte sich vor einiger Zeit als freier Handelsvertreter selbständig gemacht. Er verkaufte auf Provisionsbasis Fotoalben, Kalender und Füllfederhalter. Für einige eingeführte Produkte hatte er die Generalvertretung für Hamburg und Schleswig-Holstein. In seinem Büro im Rundfunkviertel am Rothenbaum saß eine Sekretärin, außerdem hatte er einen Untervertreter engagiert. Lorenz ist auf dem Weg, ein erfolgreicher Mann zu werden, dachte Cordt. Sicher hat er CDU gewählt – etwas anderes kommt für ihn wohl nicht in Betracht. Ich werde mich hüten, das Gespräch von mir aus darauf zu bringen.

Sein Bruder hatte den Tweedsakko einmal gefaltet ins Gepäcknetz gelegt, er saß da im weißen Hemd mit einem blaugrauen Seidenschlips. Das dichte dunkelblonde Haar trug er von einem Linksscheitel aus zur Seite gekämmt. Sein schmales Gesicht war, während sie sprachen, lebhaft bewegt. Lorenz lachte leicht, manchmal zuckte Spott um seine Lippen.

Als das Essen kam, fiel er sofort darüber her, als wollte er möglichst bald mit dem Schnitzel zu Rande kommen und die Pfeife wieder zwischen die Zähne klemmen. Wenn er schluckte, bewegten sich die Rasierschatten rechts und links am Kinn und der Kehlkopf. Cordt blickte hinaus und dachte: Mir paßt es auch nicht, wenn er mir beim Essen auf den Mund sieht. Menschen, die Speisen in sich hineinstopfen, sind wirklich kein erfreulicher Anblick.

Er fand, daß er diesen Bruder auch mochte. Jonas stand ihm näher, aber Lorenz in seiner Nüchternheit war für ihn ein Ratgeber in praktischen Dingen. Cordt fragte ihn, wenn er Geld brauchte oder sonst in einer Klemme steckte. Einmal war er von einem Spediteur, bei dem er sich als Werkstudent mit Lagerarbeit regelmäßig einiges dazuverdient hatte, hintergangen worden. Der Mann hatte sich übernommen. Eines Tages erklärte er sich für zahlungsunfähig und wollte ihn mit nichts fortschicken. Er schuldete ihm noch dreihundert Mark – das war für Cordt viel Geld. Er schrieb an Lorenz und bat ihn um Hilfe. Einige Tage später kam der auch, er hatte in Hannover zu tun und machte einen Abstecher. Mit dem Spediteur handelte er den Kompromiß aus, der zwei Drittel der Schuld in bar einbrachte. Fünfzig Mark schenkte er Cordt noch dazu. Der Rest war Lehrgeld, die Spedition ging tatsächlich pleite.

Sein Bruder sah ihn an, als erwarte er von ihm eine Äußerung über das, was sie draußen sahen. Einige Kilometer verlief die Grenze parallel zur Bahnstrecke. In den Wachttürmen konnten sie Köpfe als kleine Punkte erkennen. Um Lorenz davon abzulenken, fragte Cordt ihn: «Hast du etwas Neues von Lisa und Jonas erfahren?»

«Ne», sagte der und zwinkerte zum Zeichen, daß er ihn durchschaut hatte. «Die Frauen haben lange telefoniert. Steht wohl alles nach Wunsch.»

«Das Beamtenkind», sagte Cordt, «gerade rechtzeitig zu Jonas' Beförderung zum Studienassessor.» Er betrachtete die Fruchtbarkeitsphase der brüderlichen Ehen mit einer

Mischung aus Neugier, Neid und Staunen. «Was machen eure Zwillinge?»

«Die sind schuld, daß ich wieder rauche.» Lorenz lachte. «Auf unserer Rhönwanderung voriges Jahr haben Vater und ich gewettet, daß wir's aufstecken. Er hat's auch durchgehalten. Aber als Jenny mit der Offenbarung vom Arzt kam, daß wir Nummer zwei und drei auf einmal kriegen, bin ich umgefallen.»

«Worum ging die Wette?»

«Um 'ne Kiste Schampus. Unser alter Herr war so freundlich und hat mir mildernde Umstände zugebilligt – er war dann mit ein paar Pullen zufrieden. Und heute bringt Henrich mit seinen drei Jahren Conrad und Peter schon das Laufen bei!»

«Lauter Knaben», Cordt betonte das ironisch. «Wann bekomme ich endlich eine Nichte?»

«Dir bleibt die Hoffnung auf Franziska.» Lorenz schenkte ihnen nach. «Prost, Herr Pastor.»

Cordt erwiderte darauf nichts. Sein Studium fiel ihm wahrhaftig schwer. Er zweifelte ständig, ob er jemals einen brauchbaren Pfarrer abgeben werde. Noch zweifelhafter war ihm nur, wie einer ohne solche Bedenken an diesen Beruf herangehen konnte.

Der Wahlkampf ging ihm wieder durch den Kopf. Mit einigen anderen Theologiestudenten hatte er Heinemanns Wahlkampagne in Niedersachsen organisiert. Der frühere Innenminister im ersten Kabinett Adenauer überzeugte ihn, weil er wegen der Rüstungspolitik des Bundeskanzlers zurückgetreten war und weil er als Präses der Synode der Evangelischen Kirche Deutschlands dieselbe Haltung einnahm. Adenauer hatte den Westalliierten die Wiederbewaffnung der Bundesrepublik hinter dem Rücken des Kabinetts und gegen den offenkundigen Mehrheitswillen der Bevölkerung angeboten. Wenn sich diese Politik durchsetzte, begrub sie jede Hoffnung auf Wiedervereinigung – so sah es Cordt.

Er hatte seine Semesterferien vollständig darangegeben. Sie alle arbeiteten ehrenamtlich. Das galt auch für die Bundestagskandidaten der Gesamtdeutschen Volkspartei. Überall fehlte es ihnen an Geld, Material und Freiwilligen, während gegen sie eine massive Propaganda aufgeboten wurde. Die GVP war vor einem Jahr von dem Freundeskreis um Gustav Heinemann, den Wuppertaler Fabrikanten Adolf Scheu, Helene Wessel und Robert Scholl, dem ehemaligen Ulmer Oberbürgermeister und Vater der 1943 hingerichteten Geschwister Scholl, gegründet worden. Geistiger Mittelpunkt war Heinemann. Dazu gehörten auch der junge Studienrat Erhard Eppler, Heinemanns Sozius Diether Posser und Johannes Rau, die Cordt einmal flüchtig kennengelernt hatte. Ziel war die Wiedervereinigung eines nicht wiederaufgerüsteten Deutschland. Es ging darum, die Vergangenheit nicht zu verdrängen, sondern sie aufzuarbeiten. Sie wollten wiedergutmachen, was möglich war.

Ein paarmal war Cordt mit Heinemann durchs Land gefahren und hatte von Oldenburg bis Wolfsburg mit den örtlichen Helfern – meist einer kleinen Schar – dessen Versammlungen betreut. Es kam auch vor, daß er abends in einem Nachbarort als Redner auftreten mußte. Die Zuhörer wunderten sich über seine Jugend. Anfangs zitierte er oft Martin Niemöllers Ausspruch über den neuen westdeutschen Staat: «In Rom gezeugt und in Washington geboren.» Dann begriff er, daß es zu wenige gab, die das hören wollten.

«Du warst doch im Frühjahr bei Jonas und Lisa», hörte er Lorenz in seine Gedanken hinein sagen. «Wie vertragen die sich denn?»

Cordt war im April eine Woche in München gewesen. «Jonas liebt sie einfach zu sehr. Da kannst du nichts machen. Es wäre ein Wunder, wenn Lisa das nicht manchmal ausnutzte. Kennst du die Sesselgeschichte?»

Draußen wurde ihnen gerade das Bahnhofsdach von Bebra übergezogen – so nahm er es wahr. Als Kind hatte Cordt sich gern vorgestellt, daß der Zug stehenblieb und alles außerhalb des Abteils sich fortbewegte, heute noch übte er sich in dieser Umkehr. Lorenz sog an der Pfeife.

«Als ich da war, lebten sie erst ein paar Wochen in der Wohnung in Schwabing. Das war nun nicht mehr die Studentenzeit. Für das Wohnzimmer mußte zur Couch ein Sessel her. Schluß mit den harten Stühlen. Aber kauf mal einen Sessel mit Lisa!»

«Ich nicht», sagte Lorenz. «Mir genügt es, daß sie abgebrannte Streichhölzer zu den neuen in die Schachtel steckt, die sie dir anbietet. Auf größere Sachen laß ich mich nicht mit ihr ein.»

«Sicher hatte sie schon einige Wochen vorher die Möbelgeschäfte beglückt», berichtete Cordt. «Es war wohl zu Beginn ihrer Schwangerschaft. Sie nahm sich Zeit und bekam den Sesselblick, mit dem durchstreifte sie die Branche – so denk ich mir das. Dann müssen sie im Februar die drei oder vier Stücke, die Lisa in die enge Wahl genommen hatte, miteinander durchgegangen sein. Jonas immer hinterher, er ist bei solchen Unternehmungen störrisch, wenn auch bemüht. Ihm ging es sicher mehr um seine Frau als um die Sitzgelegenheit. Aber das war zu diesem Zeitpunkt schon nicht mehr zu trennen. Die Version, die ich kenne, stammt hauptsächlich von ihm. Während er sie mir vortrug, kommentierte sie. Du kennst das, ihre zweistimmige Weise. Nicht alle Leute finden das komisch – ich aber schon.»

Cordt vergewisserte sich mit einem Blick, ob Lorenz die Geschichte weiterhören wollte – der sah ihn an wie manchmal, wenn sie Schach spielten und er auf einen Zug lauerte. «Also, es war ein wirklich schöner Sessel mit hohen Ohrenbacken, zeitlos in der Form, stabil und richtig bequem – so was gab es bei denen bisher überhaupt nicht. Das meiste, was sie bei sich stehen haben, ist doch nur schön, aber halb am Zusammenbrechen. Diesen Sessel kauften sie im Rohzustand. Der Bezug des Ausstellungsstücks gefiel Lisa nicht. Natürlich hat sie eine Sonderanfertigung durchgesetzt.»

«Was willst du», sagte Lorenz. «Die ganze Lisa ist eine Sonderanfertigung. Deswegen lieben wir sie so.»

«Hör auf», sagte Cordt. «Nach einem Marathonlauf

durch die Geschäfte hatten Lisa und Jonas einen herrlichen handgewebten Stoff ausgesucht, naturfarben, mit Noppen versehen in Schwarz und Weiß. An die Möbelfabrik erging nun der Auftrag für den Sessel, aber mit dem Bezugsstoff, den die Handweberei direkt dorthin liefern sollte. Komplikationen eingeschlossen. Es klappte. Nach einem Vierteljahr, gerade als ich hinkam, stand der Sessel nagelneu im Wohnzimmer auf dem Schafwollteppich. Ich fand ihn großartig und hab mich gleich hineingesetzt. Was ich nicht ahnte, war, daß ich im Zentrum der Spannung saß.»

«Willst du Kaffee oder Tee?» fragte Lorenz, als der Ober vorüberging. Sie einigten sich auf Tee.

«Am nächsten Morgen», sagte Cordt, «Jonas war schon weg in die Schule, als ich mich blicken ließ, stand der Sessel in der Ecke hinter dem Sekretär. Er stand da, als schämte er sich. Wie ein riesiger Vogelkäfig war er mit weißem Leinen zugedeckt. Ich wunderte mich, aber fragte nicht. Lisa sah traurig aus. Ihr Zustand hatte sich der ganzen Wohnung mitgeteilt, er übertrug sich auf den kleinen Valentin, auf mich und sicher auch auf das Kind in ihrem Bauch.»

Cordt sah seine Schwägerin vor sich. Niemand konnte sich so total einem inneren Prozeß überlassen wie sie. «Tagsüber war ich fort», sagte er. «Am Nachmittag muß es zwischen den beiden zu einem mittleren Beben gekommen sein. Zu mir sagten sie kein Wort. Aber am Abend stand der Sessel wieder auf dem Teppich. Jonas saß so schwer darin, als hätte er Blei in den Taschen. Er hatte sichtlich die Aufgabe übernommen, ihn auf dem Fleck festzuhalten, nicht etwa, daß er sich darin auch noch wohl fühlen durfte. Im Zimmer war es vulkanisch. Lisa verbreitete nur Schweigen. Ich bin früh zu Bett gegangen.»

Cordt seufzte und fuhr fort: «Einige Tage hab ich das mitgemacht. Morgens stellte Lisa, die ihn kaum tragen konnte, den Sessel in die Ecke und lief mit großen Augen herum. Am Abend holte sich Jonas ihn wieder und behauptete seine Position. Die Bewegung, mit der er das Möbel mitten in den

Raum zurückschleppte und mit Getöse aufsetzte, wurde immer ruckartiger. Sie glich der Austragung einer Disziplin. Beide haben eine solche Ausdauer, daß ich ihre Kinder später einmal nur bedauern kann. Eines Abends fing Lisa an, mir zu erklären, warum der Sessel ein Stilbruch in ihrer Wohnung war. Ich hab sie nicht verstanden. Sie meinte, er passe überhaupt nicht dahin. Innerlich hatte sie ihn schon verstoßen. Nur Jonas hatte sich nicht damit abgefunden, er kämpfte noch. Es war eine Frage der Zeit.»

Er machte eine Pause, dann setzte er zum Finale an. «Lisa versuchte, mich für ihre Partei zu gewinnen, aber ich hab mich da rausgehalten. Ich laß mich nicht gegen Jonas aufbringen. Sie war ein Trauergemälde, und er wurde immer gereizter. Jonas beherrscht sich lange, aber wenn er's nicht mehr aushalten kann – hast du ihn mal jähzornig erlebt? Ich sagte mehrfach zu Lisa: ‹Ich find ihn schön, da kannst du sagen, was du willst.› Aber damit hatte ich nur bewirkt, daß sie sich zu beschuldigen begann. ‹Es ist meine Schuld›, sagte sie, ‹ich habe den Fehler gemacht, ich hätte das wissen müssen.› Nur machte das für uns alle die Sache auch nicht leichter. Du mußt nicht denken, daß so etwas zwischen Lisa und Jonas einzurenken ist. Einer muß klein beigeben, mein Eindruck ist, das ist zu oft er.»

«Was geschah mit dem Sessel?»

«Jonas hat ihn an einen Kollegen in der Schule verkauft, die Sonderanfertigung, natürlich mit Verlust. Er hat ihn auch noch hingefahren und mußte extra einen Dreiradlieferwagen mieten. Du wirst sehen: Wenn wir hinkommen, steht bestimmt noch kein anderer da. Das machen sie einmal und so bald nicht wieder. Ich kenn keine andere Frau, bei der ein Schrank, eine Vase oder eben ein Sessel, irgendein Gegenstand des täglichen Gebrauchs, so absolute Folgen für den ganzen Menschen haben kann. Lisa bewegt die Dinge in sich.»

«Schade, richtig angewendet würde ihre Energie für ein Kunstwerk ausreichen», sagte Lorenz. Das überraschte

Cordt, der nicht gewohnt war, ihn so reden zu hören. Er selber konnte seine Enttäuschung über Jonas' Schwäche nicht verhehlen. «Jonas fand am Ende wohl auch, daß der Sessel nur gestört hatte. Ich hab mich mit ihm deswegen beinah in die Wolle gekriegt. Ich glaub, er läuft heute noch zu Fuß bis Ulm, um Lisa einen Gefallen zu tun.»

Sie waren über Fulda hinaus und sahen die Höhenzüge der Rhön in die Ausläufer des Hessischen Spessart übergehen. Immer wenn Cordt diese Strecke fuhr, hatte er das Gefühl, im innersten Teil Deutschlands zu sein. Jahrhundertstraßen hatten zwischen den Mittelgebirgen Spuren gezogen: Pilgerschaften, Handel und Heereszüge. Autos fuhren auf dem Untergrund alter Salzwege und Römergräben. Tiefgrün war dies Land noch im Herbst, feucht und schwer in der Mitte Europas – eine Landschaft, die unter dem Himmel dampfte, Walddunst und Nebel in den Mulden. Weingrenze. Grenze uralter Befestigungswälle. Wehrtürme, Mauern und Kirchen standen als Feldsteinbastionen inmitten verschachtelter Siedlungen. Das Laub in den Mischwäldern wurde stumpfbraun in den Nachmittag eingesponnen. Es war November. Und Frieden.

«Sie haben wohl nichts dagegen, wenn wir hier sitzen bleiben», bemerkte Lorenz zum Kellner. Der schüttelte den Kopf und sagte: «Solange Platz ist.» Cordt beobachtete, wie mal die Lokomotive mit den ersten Wagen, mal das Zugende in den Windungen der Bahnlinie Tatzelwurm spielte. Er bestellte ein Bier und fand, daß es gut war, mit seinem Bruder zu reisen.

Auf einmal traf ihn Lorenz mit der Frage: «Bist du allmählich darüber hinweg?»

«Worüber?» fragte Cordt.

Lorenz lächelte. «Komm, tu nicht so. Ich seh's dir doch an. Ihr habt aber auch in alle Fettnäpfchen auf einmal getreten.»

Am 6. September hatte die Bundestagswahl stattgefunden. Cordt konnte noch immer nicht fassen, daß Heinemanns

Gesamtdeutsche Volkspartei nur 1,2 Prozent erhalten hatte – genau 318323 Stimmen. Lorenz hatte recht, er empfand die Niederlage so persönlich, als wäre er durchs Examen geflogen, schlimmer noch.

«Was ist eigentlich mit uns Deutschen los, daß wir nicht aus der Geschichte lernen?» fragte Cordt.

«Mein lieber Bruder, die Geschichte ist nicht gleichbedeutend mit der Auffassung, die du von ihr hast.»

Cordt sah ihn fragend an.

Lorenz fuhr fort: «Ihr habt die Grundlagen falsch eingeschätzt. Also paß auf. Der erste Fehler war euer Wahlabkommen mit dem Bund der Deutschen. Wie konntet ihr euch mit den Leuten um den ehemaligen Reichskanzler Joseph Wirth einlassen, nachdem die offen zugeben, daß sie mit der Regierung in Ostberlin zu tun haben? Und das, um die Fünfprozentklausel zu überwinden! Damit habt ihr alle Wölfe gegen euch losgelassen.»

«Ich versteh's nicht», sagte Cordt. «Das Grundgesetz verpflichtet uns zur Wiedervereinigung. Da müssen wir doch wohl miteinander reden. Oder woher soll das kommen?»

Lorenz blickte zur Decke. «Hast du nie verstanden, daß Wiedervereinigung für uns nur heißen kann: die DDR gibt auf, und ganz Deutschland wird westlich?»

«Das ist doch eine Illusion.»

«Aber eine wirkungsvolle.»

«Zynisch bist du gar nicht.»

«Ich bin Realist», sagte Lorenz. «Was habt ihr euch gedacht? Bei zwölf Millionen Ostflüchtlingen im Land, mit dem Koreakrieg im Genick, der Luftbrücke, dem 17. Juni in Berlin, dem Umsturz in der ČSSR, dem kalten Krieg und dem eisernen Vorhang! Was meinst du eigentlich, woher die Menschen ihre Meinung nehmen?»

«Soll ich dir das einzeln auseinanderpflücken? Du weißt, daß ich das kann – wenn wir bei den Tatsachen bleiben. Wenigstens ein Stück. Ob du mir das abnimmst, ist etwas anderes. Aber ich hab keine Lust, mich auch noch mit dir auf die Einäugigkeit einzulassen, die allzu sicher die Welt in gut und schlecht teilt. In einem hast du natürlich recht: Ich hab die Demagogie unterschätzt. Mit jedem plumpen Antikommunismus kannst du bei uns die Mehrheit gewinnen.»

«Du täuschst dich wieder. Das Nein allein überzeugt die Leute nicht. Es war eine Wirtschaftswahl. Sie sehen, daß es aufwärtsgeht, und sie wollen ohne Risiko dabeibleiben. Die Chance sehen sie nur im Westen. Daß Adenauer mit seinen Gegnern nicht zimperlich umgeht und daß er die Angst vor dem Osten zielbewußt einsetzt – zugegeben.»

«Lorenz, ich hab eine Bitte an dich», sagte Cordt. Er spürte auf einmal, wie wichtig ihm das war. «Ich möchte nicht, daß wir beide reden wie CDU und GVP. Oder wie SPD und FDP einander bekriegen. Mit Vater kann ich darüber nicht sprechen. Aber wir beide sind beinahe dieselbe Generation, und wir sind Brüder. Die Frage ist, wie weit einer den anderen auszuhalten bereit ist. Wie ich deine andere Meinung ertrage und du meine. Solange du mich nur ein bißchen rührend findest und ich dich schon wieder auf dem alten deutschen Irrweg sehe, werden wir nie wirklich etwas voneinander erfahren, sondern nur aneinander vorbeireden. Aber wenn wir uns bemühen – es muß doch möglich sein, daß einer den anderen versteht, wenn wir uns gegenseitig schon nicht überzeugen können.»

«Versuchen wir's», sagte Lorenz. Cordt entging nicht, daß sein Bruder ihn forschend betrachtete. Dann sagte er: «Mach nicht so ein trauriges Gesicht.»

«Es macht mich krank», sagte Cordt. «Ich kann nicht schlafen.» Draußen brach die Dunkelheit herein. In der Scheibe spiegelte sich die Stehlampe auf ihrem Tisch, daneben sein Gesicht, breiter als das seines Bruders. Cordt fand, daß er überhaupt nicht wie ein Ristenpart aussah. Als Halbwüchsiger hatte er sich ein paarmal gefragt, ob er das Ergebnis eines Fehltritts seiner Mutter war, aber das traute er ihr nicht zu. Dann hatte er in einem alten Fotoalbum bei ihren Eltern entdeckt, daß es in ihrer Familie zumindest einen Vorgänger für ihn gab – das war ihr Vetter Willi, der im Krieg gefallen war. Cordt konnte sich nur flüchtig von Jonas' Konfirmation her an ihn erinnern. Er bewegte den Kopf mit dem kurzen struppigen Haar und beobachtete im Fensterglas seine zusammengewachsenen Augenbrauen, die ihn, wie er glaubte, ziemlich düster erscheinen ließen. Einmal, als er sich beim Rasieren im Spiegel genau ansah, war ihm zu seinen Brauen die Zeile des Psalmisten eingefallen: *Unter dem Schatten deiner Flügel.* Ein Sakrileg.

«Ich überleg gerade, wie unsere Verwandtschaft wohl gewählt hat», sagte er. «Sicher zu drei Vierteln CDU. Von Jonas und Lisa weiß ich, daß sie auf unserer Seite waren.»

«Na schön», sagte Lorenz. «Lassen wir das. Ich beurteile die Familie nicht nach politischen Maßstäben.»

«Das könnte aber nichts schaden. Es kehren nämlich immer die alten Verhaltensweisen wieder, als wären wir in zwei Lager geteilt: die unerschütterliche Mehrheit und die aussichtslose Minderheit.»

«Wie alt bist du?»

«Es kommt nicht auf das Alter an, sondern auf die Betroffenheit», sagte er.

Cordt wußte sehr gut, wie selbstbezogen und hochfahrend er sein konnte. Das war der Widerhaken in seiner Theologie. «Dabei haben wir eine Menge gemeinsam», fuhr er fort. «Sind wir nicht nach denselben Grundsätzen erzogen worden? Die Regeln hießen bei uns doch immer nur: froh, stark, tapfer und dankbar. Unsere empfindlicheren Regungen zu verschließen, das haben wir seit Kindertagen hart und perfekt gelernt.»

«Dann warst du woanders zu Hause als ich», sagte Lorenz. «Aber ich will dir das nicht nehmen.» Er runzelte die Stirn und fragte geradeheraus: «Was ist denn deine Alternative zur Wiederaufrüstung? Kannst du mir die mal konkret erklären?»

«Die Note des Kreml vom März zweiundfünfzig.»

Lorenz schluckte, es fiel ihm sichtlich schwer, sich zu beherrschen.

«Das ist nicht dein Ernst.»

«Doch», sagte Cordt. «Wie du dich erinnerst, hat die Sowjetunion freie Wahlen in ganz Deutschland, einen Friedensvertrag und die Wiedervereinigung unter der Bedingung angeboten, daß wir nicht wiederaufrüsten und kein Bündnis eingehen.»

«Wenn du daran glaubst, ist dir nicht zu helfen.»

«Aber man hätte wenigstens verhandeln können. Adenauer hat die Note nicht einmal beantwortet. Von Anfang an war er total auf die einseitige Westbindung fixiert.»

Lorenz beugte sich vor: «Ob nun die Europäische Verteidigungsgemeinschaft nach allen Mühen mit Frankreich noch zustande kommt oder ob wir direkt in die NATO aufgenommen werden – eine Politik, die sich diesem Kurs widersetzte, hätten die Amerikaner und die Engländer keinen Augenblick bei uns zugelassen. Für wie souverän hältst du uns?»

«Das ist der Punkt», sagte Cordt. «Wir stecken in einer ungeheuren Abhängigkeit. Die Internationale aus Coca-Cola, General Motors und Texaco, United Fruit Company, Hollywood und Mickey Mouse, aus CIA, H-Bombe und New York Chase Manhattan Bank – will die etwa nicht die Welt beherrschen?»

«Das hast du hübsch zusammengestellt. Sicher sagst du das auch nicht zum erstenmal. Ich hör dich richtig auf einer Versammlung. Aber das wollten wir nach deinen eigenen Worten vermeiden. Komm also auf unsere Ausgangsbasis zurück, wenn ich dich bitten darf.»

Cordt mußte vor sich selbst zugeben, daß Lorenz da recht hatte. «Tatsache ist», sagte der, «daß kein anderes Wirtschaftssystem so funktioniert. Schau dir doch an, wie alle sozialistischen Länder herumkrebsen. Es klappt bei denen einfach nicht. Ich glaub nicht an Programme, sondern an Fakten, und nicht an Theorien, sondern an die Praxis.»

«Das weiß ich», sagte Cordt. «Das macht dich so effektiv.»

«Im Gegensatz zu dir bin ich in Rußland gewesen und hab eine Menge gesehen. Zugegeben, aus einem verteufelten Grund. Ich habe damals geglaubt, daß wir einem russischen Angriff zuvorkommen mußten.»

«Die Frage liegt nah, was die nächste Generation das nächste Mal glauben wird. Was denkst du, wieviel sowjetische Soldaten in deutscher Kriegsgefangenschaft umgekommen sind?» Cordt hatte auf das Stichwort nur gewartet.

«Weiß ich nicht», antwortete Lorenz. «Ich weiß nur, daß es von unseren Soldaten über eine Million waren und daß sie vor Hunger und an Seuchen krepiert sind.»

«Das bleibt bei uns unvergessen», sagte Cordt, «aber was auf der anderen Seite geschah, wollen die meisten gar nicht wissen. Es waren bei den Russen mehr als drei Millionen tote Kriegsgefangene, sieben Millionen Zivilisten, die ums Leben kamen, und über zehn Millionen Gefallene.»

«Woher hast du die Zahlen?»

«Es gibt Untersuchungen. Das Dritte Reich war kein Geheimvorgang. Wer will, kann sich Informationen beschaffen, zum Beispiel bei uns an der Uni im Seminar für Zeitgeschichte.»

An den Lichtern draußen und den Schildern der Stellwerke erkannte Cordt, daß sie sich auf der Höhe von Fürth und Nürnberg befanden. Der Zug lief holpernd über die Gleise, ab und zu fegte ein entgegenkommender vorüber und tauchte alles in ohrenbetäubenden Lärm. Um die Tische saßen hauptsächlich Männer, die nach Geschäftsreisenden aussahen. Sie hatten viele Bierflaschen vor sich und redeten rauchend aufeinander ein. Eine junge Frau sprach mit einer Dame, die offensichtlich ihre Mutter war – sie hatten spiegelgleiche Gesichter, nur das eine wirkte graviert. Aus der Küche kam der Geruch von Sauerkraut. Wenn der Koch ein

Stück Fleisch in die Pfanne legte, hörte Cordt es prasseln. An der Theke wartete der Ober darauf, daß ihm Speisen durchgereicht wurden. Er unterhielt sich mit dem Schaffner, der bei ihm stehengeblieben war und den Fahrkartenblock mit dem Kursbuch unter den Arm geklemmt hatte. Cordt erinnerte sich, daß er nur zehn Monate nach Gründung der Bundesrepublik mit einem renovierten Mitropawagen der neuen Speisewagengesellschaft gefahren war, in dem man alles wie im Frieden bestellen konnte. Als er hörte, daß die Lebensmittel in England noch rationiert waren und wie das meiste dort darniederlag, fragte er sich, wer in diesem Krieg wirtschaftlich gewonnen und wer verloren hatte.

«Cordt», hörte er seinen Bruder sagen, «ich versteh dich wirklich nicht. Du reibst dich immer nur an uns, nie an den anderen. Es gibt kein Volk auf der Welt, das sich seine Untaten konsequent eingesteht. Die Briten nicht ihre Konzentrationslager im Burenkrieg. Die Amerikaner nicht, daß sie ihren Staat auf die Ausrottung der Indianer gegründet haben, die Franzosen nicht ihre kolonialen Gemetzel. Wieso verlangst du von uns, was andere nicht über sich bringen? Theodor Heuss hat mit Recht für uns Deutsche eine Kollektivschuld abgelehnt, er hat von der *Kollektivscham* gesprochen.»

«Mit deinen Vergleichen kann ich nichts anfangen», sagte Cordt. «Ich bemühe mich, vorbehaltlos herauszufinden, in was für einem Land ich lebe. Soviel ich mich erinnern kann, hatte der Nationalsozialismus einen doppelten Weltfeind Nummer eins: das Judentum und den Bolschewismus. Alle Wiedergutmachung, die von der Bundesrepublik ausgeht – und das ist weiß Gott wichtig –, meint nur das eine, sie richtet sich nur nach dem Westen, in der Hauptsache auf Israel. Oder sie erreicht Menschen, die aus dem Osten zu uns herübergekommen sind. Der Gedanke an Wiedergutmachung gegenüber der Sowjetunion – wenn du den nur aussprichst, wirst du bei uns auf der Stelle für verrückt erklärt.»

«Haben wir mit den Ostgebieten nicht genug gebüßt?»

«Es war unser Krieg, und wir haben ihn verloren. Daran sind in erster Linie diejenigen schuld, die Hitler ermächtigt haben. Wenn wir nun wiederaufgerüstet werden und du brauchst für das neue Heer einen General, mußt du jemanden nehmen, der Hitler wenigstens als Oberstleutnant gehorcht hat.»

«Da müssen wir durch», unterbrach ihn Lorenz.

«Aber was bedeutet das für das Bewußtsein der Bevölkerung! Adenauer umgibt sich heute schon mit Generalen, die vor kurzem noch in Kriegsverbrecherprozessen vor den Richtern standen.»

«Der Zivilist!» sagte Lorenz. «Merkwürdige Informationen hat man euch in die Hand gedrückt. Woher hast du die? Wen meinst du?»

«Zum Beispiel Feldmarschall Manstein. Erich von Lewinski, genannt von Manstein, wurde 1950 von einem britischen Militärgericht zu achtzehn Jahren Haft verurteilt. Seit einem halben Jahr ist er wieder frei, und schon wird er als Berater für die Vorbereitung der neuen Panzerwaffe gebraucht. Auf welches Feindbild werden die Truppen wohl orientiert? Gegen diese Entwicklung haben Heinemann und wir von der GVP anzugehen versucht.»

«Mit welchem Ergebnis, das siehst du ja», sagte Lorenz.

«Und das Neueste, daß Adenauer mit Globke einen Mann als obersten Beamten ins Kanzleramt holt, der als Ministerialrat im Reichsinnenministerium einen Kommentar zu den Nürnberger Rassegesetzen mitverfaßt hat – wie soll das unsere Demokratie fördern?»

«Gegen den läuft eine Kampagne. In mir kommt immer der Verdacht auf, wenn sich die öffentliche Empörung so auf einen Fall konzentriert – wer weiß, was alles dahintersteckt.»

Cordt mußte daran denken, daß Gustav Heinemann gegen Ende des Wahlkampfes bei ihm auf seiner Göttinger Studentenbude eine Nacht verbracht hatte. Sie mußten so sehr sparen, daß er sogar die Hotelkosten vermied, wo das möglich war. Nicht daß das etwas gegen das Etikett half: *Von Moskau bezahlt!* Klein, schmal und erschöpft war Heinemann mit ihm die Treppe hinaufgegangen und hatte mit ihm das Sofa aus der Wohnküche ins Zimmer getragen. Cordt war Vorsitzender der örtlichen GVP. Er fand es schwierig, mit Heinemann zu reden, der so knapp argumentierte, daß einem anderen rasch der Stoff ausging. Seine Antworten waren trocken wie Edelzwicker, die Präzision gefürchtet. Cordt hatte das oft erlebt. Mit dem Juristenkopf und der Erfahrung als Essener Oberbürgermeister wie als Innenminister reduzierte Heinemann jedes Problem auf den Kern, den beschrieb er, sagte, was zu tun und zu lassen sei, und fragte: «Was haben wir noch?» Cordt sah ihn im Bett liegen, während er sich auf dem Sofa ausgestreckt hatte. Heinemann hatte die Hornbrille mit den kreisrunden Gläsern aufbehalten und las unter der Nachttischlampe noch Papiere für morgen. Plötzlich sagte er: «Die dominierende Weltanschauung vieler unserer Landsleute kennt nur dreierlei – viel verdienen – Soldaten, die das verteidigen – und Kirchen, die beides segnen.» – «Bitte sagen Sie das zum Schluß nicht auch noch öffentlich», entfuhr es Cordt. «Später», sagte Heinemann. Er löschte das Licht.

Cordt war sich bewußt, daß Heinemanns Rücktritt wegen der Wiederaufrüstung ihn politisiert hatte. Wie für viele andere, deren Zahl er freilich – wie sich dann herausstellte – bei weitem zu hoch angesetzt hatte, was das für ihn ein Signal gewesen. Die bevorstehende Wiederbewaffnung empfand er als eine große Gewalt, die unbeeinflußbare Kräfte über das Land und die Bevölkerung brachte. Sie widersprach in seinen Augen der menschlichen Notwendigkeit, das zu verarbeiten, was geschehen war und was Deutsche in Europa angerichtet hatten. Daß die Wähler diese Politik auch noch gutgeheißen hatten, wenn vorwiegend wohl auch, weil sie ihren materiellen Interessen folgten, bestärkte ihn im Wissen um die Ausweglosigkeit. In ihm war eine Trauer, von der er meinte, er könne sie nie wieder ganz verlieren. Bei Kriegsende war er erst dreizehn Jahre alt gewesen. Jetzt fühlte er sich endgültig und auf eine beschämende Weise erwachsen.

«Ich finde es unerträglich, wie du Ost und West gleichsetzt», sagte Lorenz. «Für mich liegen Welten dazwischen.»

«Vom christlichen Standpunkt aus kann ich nicht anders», antwortete Cordt. «Die kirchliche Haltung ist leider damit nicht gleichbedeutend. Die Kirche ruht sich auf Luthers Zwei-Reiche-Lehre aus. Wenn die Politik gefährlichen Unsinn begeht, schicken die Bischöfe ihre Schäflein doch wieder nur beten.»

Lorenz klopfte die Pfeife im Aschenbecher aus. Er tat das so heftig, daß Cordt fürchtete, die Steingutschale zerbräche. In seinem Bruder hatte sich wohl eine Menge aufgestaut, das nun herauswollte. Aber er warf ihm nur einen Satz entgegen: «Geh doch nach drüben!»

«Genau das werd ich auch tun», sagte Cordt. «In einem Jahr, wenn ich hoffentlich mit dem Studium fertig bin, werde ich beantragen, daß ich als Vikar in der Brandenburgischen Landeskirche arbeiten kann. Wenn ich schon Pfarrer werde, will ich mit einer Gemeinde dort leben, wo es schwieriger ist. Aber ich opfere mich nicht. Ich empfinde den Sozialismus als eine ungeheure Herausforderung für uns Christen.»

Lorenz sah ihn an, als sei ihm eben klargeworden, daß er ihn nun nicht mehr erreichen konnte. «Ich sehe das alles anders», sagte er. «Wir haben noch nie einen so freien und demokratischen Staat gehabt wie diesen.» Er sagte es leise, nicht mehr kampflustig. Es war, als spräche er mit einem Kranken.

«Aber Brüder bleiben wir», sagte Cordt. «Das darf uns nicht verlorengehen.»

In München erwartete sie Jonas. Er stand am Bahnsteigende. Valentin ritt auf seinen Schultern. Als sein Vater etwas zu ihm hinaufsagte, winkte er in die Richtung, aus der sie kamen. Aber er erkannte sie erst, als sie vor ihm standen – da lief ein vertrautes Lächeln über sein Gesicht. Cordt begrüßte seinen Neffen, indem er ihn bei einem der winzigen Schuhe ergriff und den Fuß schüttelte. Sie stiegen in ein Taxi und fuhren in die Destouchesstraße, wo Lisa mit dem Neugeborenen auf sie wartete.

Doppelkonzert

An einem Sonntagnachmittag im Mai saß Jonas in der Wohnung seiner Schwiegereltern auf dem Sofa, er hielt Valentin auf den Knien und blätterte mit ihm das Buch durch, das er als Kind so geliebt hatte, «Hans Wundersam». Sein Finger fuhr über die Himmelstreppe, die der Engel den Wandersmann hinaufzog. Dem dreijährigen Valentin waren die Bilder nun auch schon vertraut, er senkte jedesmal den Kopf zur Seite, wenn er wollte, daß sein Vater das Blatt umwendete. Als sie beim Höllenpfuhl mit den vielen Teufeln und ihren Spießgabeln angekommen waren, sagte er: «Huuuh!» Jonas konnte ihm die Verse nicht vorlesen, denn sie hörten Hausmusik. Wenn er aufschaute, sah er Lisa, die am Flügel ihren Vater und seinen Vater zu Bachs Doppelkonzert d-Moll in der Triobearbeitung begleitete.

Sie waren beim Vivace. Lisa spielte leidlich vom Blatt. Die Väter waren freudig bei der Sache, wenn auch alles andere als perfekt. Julius Ristenpart hatte gewissenhaft geübt – das sah Jonas an den vielen Notizen, die sich sein Vater mit Bleistift in die Noten mit der Überschrift «Violono II» eingetragen hatte. Er schlingerte mit dem Bogen durch die Sechzehntel, hielt aber den Takt. Ihm gegenüber fiedelte Ruprecht Marahrens drauflos; weder mit den Läufen noch mit den Tempi nahm er es allzu genau, übersprang immer mal ein paar Noten, fand aber jedesmal wieder hinein. Er war der musikalischere von beiden und rettete sich schwungvoll über die Schwierigkeiten. Lisa hatte Mühe, die verschiedenen Temperamente der Väter beisammenzuhalten, fürs Einüben zählte sie die Einsätze laut.

Tönnies schlief im Reisekorb in dem hinteren Zimmer, wo die Familie von pommerschem Adel gewohnt hatte. Lisas Mutter schlich über den Flur, um das Kind nicht zu wecken. Dann hörte Jonas sie in der Küche räumen, bald drang Kaffeeduft durch die Wohnung.

«Noch einmal bei Tutti», sagte Vater Julius, als sie abgebrochen hatten, weil er den Anschluß verlor. Er blickte zu Vater Ruprecht, beide sahen auf Lisa, die nickte, und die Geigen setzten unter den gegeneinander geführten Bogenstrichen wieder ein.

Jonas hatte Pfingstferien. Auf Lisas Drängen hatten sie sich zum Elternbesuch aufgemacht. Sie waren im Liegewagen bis Kreiensen gefahren, damit die Kinder Ruhe hatten und sie vor ihnen. Vor drei Tagen waren sie in Braunschweig angekommen. Seitdem pendelte Jonas zwischen der Wohnung am Nußbergpark und seinen Eltern in der Moltkestraße. Lisas Vater hatte ihnen eines Tages tatsächlich die dritte Etage in dem von ihm verwalteten Haus an der Oker vermieten können.

Bei den Marahrens' war äußerlich wieder alles wie früher. Der Hausherr war Landgerichtsdirektor, sein Wartestand war im fünften Jahr mit der Wiederaufnahme ins Richteramt beendet worden. Er hatte nicht darum prozessiert, sondern sich geduldet. Nachdem er erfahren hatte, daß bei der Neubesetzung von Stellen im Land Niedersachsen ein Huckepackverfahren angewendet wurde, war ihm das klüger erschienen, denn auf einen unbelasteten Richter, der neu hinzukam, wurde immer auch einer eingestellt, der zunächst durch die NS-Justiz als belastet gegolten hatte.

Seit einiger Zeit bewohnten sie das Stockwerk auch wieder allein. Die Einquartierung war ausgezogen, und Lisas Vater konnte Arbeitsraum beanspruchen. Er arbeitete die Schriftsätze meist zu Hause durch und schrieb seine Urteile nebenan am Schreibtisch, der mit Akten beladen war. Oft versuchte er, sich Klarheit über einen Fall zu verschaffen, indem er ihn lange seiner Frau vortrug – nicht um sie entscheiden zu lassen, vielmehr ordnete er seine Gedanken im Aussprechen. Ihr war das vertraut. Für Lisas Mutter schien die alte Ordnung wiederhergestellt – zwar ging sie weiter mit traurigen Augen umher, aber die Dinge standen für sie nun wieder auf dem rechten Platz. Wenn Jonas sich nicht täuschte, war das für seinen Schwiegervater anders – für ihn blieb wohl immer der Riß in seinem Lebenslauf zurück. Er war aus der Bahn geworfen und würde nie mehr unberührt von allem, woran er beteiligt gewesen war, in die alten Gleise zurückfinden. Hier in diesem Zimmer hatten sie zum erstenmal miteinander darüber gesprochen. Wie damals war es ein sommerlicher Tag, und wieder stand die Balkontür zum Park hin offen.

Die beiden Väter waren sechzig, sie waren rehabilitiert und schon lange nicht mehr so hager. Beide trugen Anzüge mit Westen und sahen wohlerhalten aus, noch keineswegs alt. Wie jeder seinen Part geigte und sich ins Zeug legte, danach verglich Jonas sie miteinander. Wenn es etwas gab, woran er sie am deutlichsten unterscheiden konnte, war es das Geigenspiel. Der eine, sein Vater, spielte akkurat und bemüht. Er traf die Töne genau und hatte ein gutes Gehör, aber einen kleinen Strich. Der andere, Lisas Vater, verwandelte sich, sobald er die Bogenfaser mit Kolophonium eingestrichen und die Geige unters Kinn geklemmt hatte, in ein leibhaftiges Paradox: Er wurde auf der Stelle ein niedersächsischer Zigeuner. Ruprecht Marahrens konnte zu Bauernhochzeiten aufspielen. Unter seinem Strich klang es voll aus dem Schallkörper. Wenn er sich Mühe gab, brachte er perlenreine Töne zustande. Eine seiner Geigen hatte sein Vater selbst gebaut.

Jonas wußte von Lisa, daß ihr Großvater Dorflehrer und Kantor in Süpplingen gewesen war, einer, von dem die Leute sagten: «Bei unserem Kantor, da tanzen die Tassen im

Schrank.» Er spielte viele Instrumente. Einiges davon hatte sein Sohn geerbt. Lisas Vater war ein Musikant. Mehr als einmal hatte sie Jonas erzählt, wie sie als Kind in der Kantorswohnung unterm Tisch gesessen hatte, wenn musiziert wurde. Die Tischdecke hing lang herab, und sie konnte die Schuhe und Hosenbeine der Männer sehen. Oft spielten sie Beethovens «Erzherzog-Trio», ihr Großvater, ihr Vater und ein Freund aus der Nachbarschaft. Er war ein strenger Herr, der Dorflehrer, Theosoph und Vegetarier, ein Mann von Grundsätzen, nicht nur am Klavier, und auf der Orgel gab er den Ton an. Von ihm hatte ihr Vater auch die Freude am Gesang. Er hatte einen schönen Bariton und sang gern Loewe-Balladen, am liebsten «Tom der Reimer», sein Brautlied, das er oft ihrer Mutter vorgesungen hatte, als die eine junge Schönheit war und er um sie warb.

Bei seinem Vater war das anders. Jonas erinnerte sich, wie der sich nach dem Krieg eines Tages aus dem Familienbesitz in Goslar, der immer noch ein paar Schätze enthielt und von Großmutter Caroline gehütet wurde, wieder eine Geige mitgebracht hatte. Als Jonas einmal nach Hameln kam, spielte der Vater wieder. Er ging in die Veranda, wo ihre Betten standen, und übte dort stundenlang. Es war ihm ein Bedürfnis und schien ihm zu helfen. Danach wirkte er meist ausgeglichener. Er führte Selbstgespräche auf der Geige, wenn er auch nur nach Noten spielte, Händel, Bach und Schubert. Seine Finger mußten erst wieder geläufig werden, unermüdlich wiederholte er Passagen, die ihm schwerfielen. Jonas hatte den Eindruck, daß für seinen Vater die Geige zu dem Instrument wurde, an dem er sich wiederaufrichtete.

Er, Jonas, hatte einige Jahre Klavierunterricht gehabt und Lisa zuliebe später auch eine Zeitlang Geigenstunde genommen, damit sie zusammen spielen konnten – daraus war nie etwas geworden, er fand, sie spielte zu gut für ihn, und er konnte sie nicht einholen. Schließlich steckte er es auf. Aber früher hatten sie auch oft Trio gespielt, Lorenz Querflöte, ihr Vater Geige, und Jonas begleitete sie am Klavier. Damals hatte er Freude daran gehabt, er war damit aufgewachsen und konnte es sich nicht anders vorstellen.

Lisa und die Väter wiederholten den ersten Satz, nun spielten sie freier. Wenigstens eine Ahnung von dem Klang holten sie heraus, den der Hochfürstlich Anhalt-Cöthenische Capellmeister in dies Konzert hineingeschrieben hatte. Jonas hörte das Vivace mit seinem inneren Ohr, wie es gemeint war, er glaubte es in der originalen Besetzung zu hören – mit zwei begleitenden Violinen, Viola und Cembalo, streng und jubelnd, erfüllt von der Gesetzmäßigkeit der Schöpfung, an die Bach so spürbar geglaubt hatte.

Valentin rutschte von seinen Knien, er legte sich mit dem Buch auf den Teppich, drehte sich auf den Bauch und stützte den Kopf in die Hand wie ein Alter. Jonas betrachtete seinen Sohn. Lisa hatte ihm das blonde Haar lange nicht schneiden lassen, es reichte bis auf die Schulter und hatte den gleichen Pagenschnitt, wie sie ihn trug. Als sie mit den Vätern zum Largo überging und die Geigen im Wechsel wiegend und linear den Dialog mit dem Continuo weiterführten, den der Klavierpart ihnen zugrunde legte, begannen seine Gedanken zu wandern. Er hatte das Empfinden, daß sich die Menschen, an die er dachte, mit ihm durch die Helligkeit und die Ruhe dieser Musik bewegten. Es war ein Kreisen, in dem der eine auftauchte und der andere fortgezogen wurde. Er sah die andere Wohnung vor sich und mußte daran denken, wie hoffnungslos der Zustand war, in dem seine Mutter dort lag.

Als er sie zum erstenmal wiedersah, fand er sie so verändert, daß er sich zusammennehmen mußte, um sich nichts anmerken zu lassen. Die Gemeindeschwester war gerade bei ihr und kämmte sie. «Gut, daß Sie kommen», sagte sie. «Da können wir ihre Mutter mal in den Stuhl setzen, und ich kann das Bett frisch beziehen.» Martha saß aufgerichtet mit schwach angewinkelten Knien, sie war so gebettet, daß ihr Rücken von den Stützkissen an der oberen Bettwand gehalten wurde. Ohne fremde Hilfe konnte sie sich kaum noch bewegen. Jonas sah die rotgeränderten Augen, das war noch nie so gewesen, nun waren sie blutunterlaufen, als wären in den Augäpfeln lauter kleine Adern geplatzt. Er faßte sie an ihrem Zopf, der eben neu geflochten war, und küßte sie auf die Stirn.

«Du kannst mich nicht für voll nehmen, ich bin ganz verpennt», sagte sie.

«Macht doch nichts.»

«Sie geben mir jetzt immer so schwere Mittel. Eigentlich will ich das nicht, aber anders halt ich's nicht mehr aus.»

Sie war so verzogen und steif, daß er nicht wußte, wo er anfassen sollte. «Du mußt mich schon richtig nehmen, Jonas», sagte seine Mutter. Zu zweit hoben sie den leicht gewordenen Körper auf. Dann konnte er sie allein auf seinen Armen halten. Er trug sie zum Sessel, der vor dem Fenster stand, und setzte sie dort ab. Als er sie noch etwas vorrückte, konnte sie hinaussehen. Während die Schwester das Laken und die Bezüge erneuerte, hielt Jonas seine Mutter fest.

«Lebend werd ich da nie wieder hinunterkommen», sagte sie und sah auf das andere Ufer, wo unter den Bäumen am Theaterwall viel Gebüsch wuchs. In der Oker, deren Wasser in diesem Arm fast stillstand, schwamm ein Kahn. Ein junges Paar saß darin, der Mann ruderte durch die Wasserlinsen, während das Mädchen auf der hinteren Bank die Knie umschlungen hielt und ihn beobachtete.

«Wenn es noch ein bißchen wärmer wird, setzen wir dich auf den Balkon», sagte Jonas.

«Das wird schön. Ich bin so begierig auf die Sonne.»

Als Jonas die Gemeindeschwester später zur Tür brachte, sagte sie: «Ihre Augen gefallen mir gar nicht.» Sie kam jetzt jeden zweiten Tag morgens für eine Stunde. Den Haushalt führte eine Wirtschafterin, Frau Leuschner. Julius Ristenpart hatte sie angestellt, als er für die Brauereigesellschaft Prokura erhielt und sein Gehalt aufgebessert wurde. Die Hauptlast lag dennoch auf Franziska. Sie besuchte jetzt die zwölfte Klasse auf dem Mädchengymnasium am Domplatz hinter der Burg Dankwarderode. Was sollte werden, wenn sie nächstes Jahr Abitur machte? Jonas fragte sich zum erstenmal, ob seine Mutter das erleben würde.

Er ging wieder zu ihr. Sie hatte die Augen geschlossen, hörte ihn aber gleich und richtete den Blick auf ihn. «Ihr müßt alle unter mir leiden», sagte sie. Er roch den schweren süßlichen Geruch in dem Krankenzimmer, aber auch einen frischen Hauch – sie zog die Verteidigungslinie mit Uralt Lavendel um sich, die Flasche stand immer auf ihrem Nachttisch.

«Mutter, bitte sag das nicht. Wir lieben dich.» Er strich mit seiner Rechten über ihre Hände, die nebeneinander auf der Bettdecke lagen. Sie hatte die gehäkelte weiße Jacke an und erwartete zwischen den frischbezogenen Kissen den Tag, als könne Geduld ihr helfen. In ihre geäderten Augen war ein heller Schimmer getreten, sie versuchte zu lächeln. Früher hatte sie ihn oft so strahlend angesehen.

«Franziska ist fabelhaft», sagte sie. «Ich wüßte nicht, was ich ohne sie anfangen sollte.»

Jonas hatte gegenüber seiner Schwester ein Schuldgefühl, aber er konnte daran nichts ändern, daß die Pflichten so ungleich zwischen ihnen verteilt waren. Lorenz und er hatten nun einmal ihre eigenen Familien. Franziska hatte es wie selbstverständlich auf sich genommen, daß die Krankheit der Mutter ihr einen großen Teil ihrer Jugend nahm. Cordt studierte in Göttingen. Ihr Vater hatte lange Arbeitstage. Er löste sie an den Wochenenden ab, so gut er konnte. Franziska war der einzige Mensch, der für die ständige Pflege in Betracht kam. Sie war damit aufgewachsen.

«Bring mir eure Kinder», bat seine Mutter ihn. «Wenn ich sie schon nicht in die Arme nehmen kann, wenigstens sehen möcht ich sie, die kleinen Pökse. Mein Gott, war das schön, als ihr so klein wart und ich noch eine gesunde Frau!»

Den Ausdruck *Pöks* kannte Jonas nur von ihr, er hatte immer angenommen, daß der aus ihrer Familie stammte. Lorenz, Cordt und ihn hatte sie, solange sie klein waren, in zärtlicher Stimmung auch gern so genannt. Immer nur die männlichen Nachkommen.

Weil es so gut ging, spielten die Väter und Lisa das *Largo, ma non tanto* gleich noch einmal. Der langgezogene Satz war für sie leichter zu bewältigen. Vater Ruprecht legte viel Gefühl hinein. Auch Julius nahm das *dolce* wörtlich, das nach dem *espressivo* in dem Notenheft der Edition Breitkopf vorgeschrieben war. Es sah aus, als kreuzten sie ihre Bögen miteinander. Die Jacken hatten sie abgelegt und standen nun da in den Westen, vorn Anzugstoff und hinten Seidenfutter. Lisa versenkte sich so sehr in die breiten Griffe der Begleitung, daß ihr Haar immer wieder vornüberfiel, sie schüttelte es zur Seite. Über dem Continuo, das sie mit der Linken in den Bässen anschlug, schwebte fließend, klar und festlich das Motiv in den Variationen.

Er hörte, daß Tönnies in dem Zimmer am Flurende, wo er die Tür einen Spalt offengelassen hatte, zu weinen begann. Als er sich aufmachte, um nach ihm zu sehen, begegnete er auf Höhe der Küche seiner Schwiegermutter, die dasselbe tun wollte, aber mit großen Augen stehenblieb, als sie ihn hingehen sah. Er nahm Tönnies auf und fühlte, daß er naß war. Auf der Kommode, die zum Wickeln hergerichtet war, nahm er ihm das Moltontuch und die Windel ab. Tönnies strampelte vor Vergnügen, als er so befreit dalag. Jonas küßte ihn auf den Bauch. Er roch den leicht säuerlichen Geruch des Babys. Dann nahm er sein Kind auf den Arm, machte die paar Schritte zum Badezimmer und warf die Windel in den Korb. Die Wanne und der Kohlebadeofen waren teilweise rostig, große Stücke der Emaillierung waren abgesprungen. An einer Leine hingen Windeln, die Lisa gewaschen hatte. Es war düster und feucht in dem Raum, der nur von einer schwachen Glühbirne unter der Decke beleuchtet wurde. Jonas erinnerte sich, wie er zum erstenmal hier gestanden hatte. Nun, wo sie wieder hatten, was sie brauchten, sollten die Schwiegereltern das Badezimmer einmal gründlich erneuern lassen, fand er. Sie erwarteten, daß der Hauswirt sich darum kümmerte – wie in alten Zeiten.

Er ging zurück und wickelte Tönnies in die frischen Windeln, dabei spielte er mit dem kleinen Körper und freute sich, als das Kind zu ihm emporlachte, die blauen Augen mit den seidigen Babywimpern strahlten ihn an. Bei Valentin war er unsicher gewesen und hatte in den ersten Wochen kaum gewagt, ihn mit sich herumzutragen, weil er fürchtete, er könnte etwas falsch machen oder ihn gar verletzen. Bei Tönnies traute er sich von Anfang an. Er hatte sich dieses Kind so sehr gewünscht – soviel er wußte, hatte er es noch intensiver als Lisa gewollt.

Muß ich mich eines Tages schuldig fühlen, daß du lebst? fragte er sich, als er auf Tönnies hinunterblickte und schmerzhaft spürte, wie sehr er diesen kleinen Menschen liebte. Wirst du gern auf der Welt sein oder nicht? Es gab Augenblicke, in denen er Lisa darum beneidete, daß sie ihn in sich gehabt hatte. Auf einmal durchzuckte ihn wieder der Gedanke, der ihn schon ein paarmal verfolgt hatte: Zeugen war auch Töten – auf siebzigjährige Distanz. Er versuchte, diese Vorstellung abzuschütteln, kam aber von dem Gedanken nicht los, daß die erste Windelzeit ein Kinderspiel ist, die zweite, vor dem Tod, ein Elend. Er hoffte, sie bliebe ihm einmal erspart. Angst empfand er kaum, aber er besaß auch nicht die Demut, die sich in alles schickte.

Wortlos drückte ihm Lisas Mutter die Milchflasche in die Hand, als er mit dem Baby auf dem Arm wieder an der Küche vorüberging. Er nahm sie und prüfte im Weitergehen die Temperatur, indem er das Glas an die Backe hielt. Drinnen setzte er sich auf seinen alten Platz auf dem Sofa. Tönnies trank angestrengt und richtete dabei den Blick auf die Musizierenden.

Jonas dachte an die Nacht, in der Lisa diesen zweiten Sohn geboren hatte. Sie hatte an dem Augustabend in der Küche gestanden und seine Hemden gebügelt. Wie damals bei Valentin fing die Geburt damit an, daß Lisa plötzlich das Fruchtwasser verlor. Sie blieb ruhig stehen und blickte an sich hinunter, solange es aus ihr herauslief. Das Bügeleisen stellte sie beiseite und zog den Stecker aus der Dose. Er holte ihr eins der Badetücher. Dann griff er nach dem Lappen und wollte aufwischen, aber das machte sie lieber selber, so schwer es ihr fiel, sich zu bücken.

«Soll ich das Taxi gleich bestellen?» fragte Jonas.

«Warte, bis ich fertig bin.» Sie erledigte, was jetzt zu tun war, es war nicht viel. Die Wehen hatten noch nicht eingesetzt, aber wenn es vor sich ging wie beim ersten Mal, mußte das bald geschehen. Lisa war in dem Entbindungsheim am Dom-Pedro-Platz angemeldet. Der Koffer stand bereit. Als Valentin geboren wurde, hatten sie beide alles versucht, daß er bei ihr bleiben durfte – es war ihnen abgeschlagen worden. Diesmal wußten sie von vornherein, es war nicht möglich. Lisa hatte sich ausbedungen, dritter Klasse zu liegen. «Eine Geburt ist keine Krankheit», sagte sie. «Ich bin im Gegenteil sehr gesund.» Für die Differenz zu den Kosten der Privatstation wünschte sie sich ein Kleid. Jonas rechnete ihr vor, daß sie beides bezahlen konnten. Er hätte ihr das Kleid gern geschenkt. Aber da war nichts zu machen, sie hatte es sich so in den Kopf gesetzt.

Als das Taxi unten wartete, ging sie noch einmal durch die Wohnung. «Es ist da, was du brauchst», sagte sie. «Iß etwas.» Er stützte sie auf der Treppe. Als der Fahrer sie etwas besorgt betrachtete, wie sie an Jonas' Arm hing, erklärte Lisa ihm beim Einsteigen: «Es passiert schon nichts. Fahren Sie bitte langsam.» Er drehte sich um, war freundlich und meinte: «So kommen wir alle mal auf die Welt.» Jonas saß neben ihr und hielt ihre Hände.

Am Eingang der Klinik wurde ihm Lisa gleich abgenommen. Sie verschwand hinter der Tür in dem Aufgang und drehte sich nicht noch einmal um. Er war total überflüssig. Als Valentin geboren wurde, hatte Jonas sich darüber erregt, daß er ausgesperrt wurde. Es sei reichlich Zeit, hatte die Stationsschwester ihm erklärt. In fünf oder sechs Stunden solle er einmal anrufen, vorher sei bestimmt nichts zu sagen. Als er dann zum Telefon griff, war es längst geschehen. Lisa hatte für ihre erste Entbindung nicht einmal drei Stunden gebraucht. Die Schwangerschaft war für sie schwierig gewesen, aber die Geburt war wie ein Sturz. Lisa hatte sich an dem Lachgas berauscht. Valentins ersten Schrei hatte sie nicht gehört, erzählte sie ihm später. Aber dann das Glück, als man ihr das Kind in den Arm legte und ihm nichts fehlte. Monate hatte sie hinterher gebraucht, bis sie nach dem großen Blutverlust wieder zu Kräften kam.

Jonas dachte die ganze Zeit an sie, als er die kilometerlange Strecke zurück zur Wohnung zu Fuß hinter sich brachte. Auch die nächsten Stunden bemühte er sich, nur an sie zu denken. Das war das einzige, was er tun konnte, meinte er. Seine Gedanken liefen wie in parallelen Bahnen durch die Stadt zu ihr. Er war allein. Valentin war schon seit einer Woche bei Freunden auf dem Lande untergebracht. Es war ein Uhr in der Nacht, als die Hebamme anrief und sagte: «Ein Sohn ist geboren.»

Als er Näheres wissen wollte, blieb sie einsilbig. Sie erklärte ihm nur, es sei alles in Ordnung. Jonas machte die zweite Flasche Wein auf und saß noch lange auf. Lisa erzählte ihm später, wie die Hebamme reagiert hatte, als das mit der Flasche Eau de Cologne passierte. Die Wehen kamen bald in kürzerem Abstand. Die Hebamme hatte nebenan noch eine andere Geburt zu betreuen, sie ging – solange noch keine Preßwehen kamen – zwischen beiden hin und her und verbreitete eine große Ruhe. Als sie wieder einmal draußen war, verlangte es Lisa danach, etwas für die Luft in diesem Raum zu tun. Sie kletterte vom Entbindungstisch und griff nach ihrer Tasche. Als sie das Eau de Cologne herausnahm und sich ein paar Spritzer auf Gesicht und Körper verteilte, fiel die Flasche auf den Steinboden. Sie zerplatzte. Eine Wolke von Duft erhob sich. Lisa mit dem dicken Bauch sammelte alle Scherben auf und erreichte auch den Abfallständer. Ehe die Hebamme hereinkam, lag sie wieder, als wäre nichts geschehen, auf dem Tisch. Aber wie es duftete! «Kein Wort hat sie gesagt, nur etwas geschnuppert hat sie», pries Lisa ihre Helferin, die eine ältere Frau war. «Sie verstand etwas und hat mir sehr geholfen.» Jonas erinnerte sich genau an ihre Stimme: «Ein Sohn ist geboren.»

Er nahm Tönnies hoch, legte ihn an die Schulter, auf die er vorher ein Mulltuch gebreitet hatte, und ging ihn wiegend auf und ab. Behutsam klopfte er dem Säugling den Rücken, damit er aufstoßen konnte. Wenn Lisa es tat, fand er immer, daß Tönnies wie ein überanstrengter Mönch über ihre Schulter blickte. Als er aufgestoßen hatte, lag er zufrieden an ihm. Jonas spürte, wie sein Sohn auf die Musik lauschte.

Es klingelte an der Tür. Das war Franziska, die von Lisas Mutter zum Kaffee gebeten war. Frau Leuschner vertrat sie wohl in der Moltkestraße. Als sie hereinkam, stürzten sich die Väter und Lisa gerade ins Allegro. Franziska ging zu Jonas, sie streichelte Tönnies auf seinem Arm und sagte: «Ist der wonnig!» Sie bückte sich zu Valentin hinunter, strich ihm über den Kopf und setzte sich an den Wohnzimmertisch, auf dem eine geklöppelte Decke lag, darauf stand eine Vase mit kardinalroten Tulpen.

«Nein, nein, nein, so schnell kann ich nicht», sagte ihr Vater. Sie mußten abbrechen, weil ihnen alles durcheinandergeriet. Julius stand wie entwaffnet am Notenpult und ließ in der linken Hand die Geige, in der rechten den Bogen sinken, so sah er wie verlängert aus. «Da siehst du, was sie mit mir anstellen», sagte er. «Tag, Franziska.»

Jonas drückte seiner Schwester das Baby auf die Knie. Er setzte sich auf einen Hocker neben Lisa, um ihr umzublättern. Von da beobachtete er, während er die Noten mitlas, aus den Augenwinkeln die Väter, die angestrengt, doch entschieden den Läufen nachjagten. Das Allegro war in diesem Tempo wirklich zu schwer für sie. Die Ketten aus Sechzehntel und dann die Doppelgriffe! Aber sie gaben nicht auf, sondern geigten mutig voran durchs Crescendo. Noch mehrmals kippten sie aus der Partie, weil Julius aus dem Takt kam oder Ruprecht ihm enteilte und beide nicht mehr genug auf Lisa hörten, die manchmal auch nur noch die oberen Töne der vierklängigen oder fünfköpfigen Akkorde erwischte.

Er blätterte um und sah Franziska, die dem Spiel gespannt zuschaute, sie hatte vor allem ihren Vater im Blick. Er tat ihr wohl leid, denn um ihre Lippen rührte sich, wenn Jonas sich nicht täuschte, die Bereitschaft zu einem Zwischenruf. In letzter Zeit wurde er von Braunschweiger Bekannten darauf angesprochen, daß seine Schwester der Lisa immer ähnlicher werde. Für ihn war Franziska das Mädchen, das er auf den Schultern über den Theaterwall zum Kindergarten getragen hatte, als er vierzehn und sie vier Jahre alt war. Ihre damalige Wohnung lag nur etwa zweihundert Meter von der jetzigen entfernt. In der Stadt gab es lauter Wege, auf denen sich seine Erinnerungen mit Franziska trafen, aber die Bilder, die ihm erschienen, waren nicht mitgewachsen. Er war oft ungeduldig mit ihr gewesen, dann wieder konnte er sich in brüderlicher Zuneigung auf sie stürzen und sie mit Zärtlichkeit überfallen. In den Jahren, in denen sie heranwuchs, war er bei den Eltern nur noch zu Gast gewesen. Er nahm sich vor, seine Schwester kennenzulernen, wie sie heute war: groß und schmal und sehr ernst.

Die Väter warfen sich fortissimo dem Ende entgegen. Pünktlich auf den Schlußtakt, denn sie kannte das Doppelkonzert genau, kam Mutter Lotte herein und sagte: «Jetzt habt ihr euch aber etwas verdient.» Sie gingen durch die Doppeltür, deren einer Flügel offenstand, und setzten sich um den Kaffeetisch. Die zehnjährige Rike wurde von der Straße heraufgerufen. Bernd, der wie Franziska achtzehn war, kam aus seinem Zimmer – er versuchte, wie ein Mitschüler mit ihr zu reden. Es gab Marmorkuchen und Aprikosentorte. In einer Kristallschale türmte sich Schlagsahne. Außer nach dem Kaffee duftete es nach Kakao.

«Na, siehst du, Julius, es geht doch ganz gut.» – «Nun lob mich mal nicht zu sehr, Ruprecht. Aber Lisa, du hast deine Sache gut gemacht.» Sie waren etwas erschöpft. «Wie steht's bei dir an der Schule, Jonas?» – «Einigermaßen. Ich bin zur Zeit am Pestalozzi-Gymnasium. Das liegt an den Isarauen, so ein alter Kasten.» – «Du kommst zu selten an die Luft,

Franziska, ganz blaß siehst du aus», sagte Lisas Mutter. «Valentin, möchtest du noch ein Stück?»

Während die Väter sich noch eine Weile dabei aufhielten, ihr Spiel zu beurteilen, dachte Jonas: Eigentlich passen sie gar nicht zueinander. Es war unfair, was Lisa und er in ihrem Leben angerichtet hatten. Zuerst hatten sie die Eltern zusammengebracht. Mühsam hatten die vier in den Fünfzigern begonnen, einander zu duzen. Die Unbilden der neuen Verwandtschaft hatten sie, ohne viel zu klagen, auf sich genommen. Was blieb ihnen auch anders übrig. Dann, dachte Jonas, sind wir auf und davon und haben sie im Stich gelassen. Nur weg von allem, was mit unserer Herkunft zu tun hatte – die halbe deutsche Landkarte haben wir zwischen uns und die Familie gelegt. Sie aber leben als unsere Hinterlassenschaft nur zweieinhalb Kilometer getrennt und bekommen immer wieder miteinander zu tun, während wir in München längst das Weite gesucht und gefunden haben.

Immer wieder waren sie davongegangen und hatten ihren Kopf durchgesetzt, Lisa wie er. Jonas mußte daran denken, wie sie einige Zeit nach ihrer Rückkehr aus Ahrenshoop von zu Hause ausgerückt war. «Ich bin abgehauen, ich habe es nicht mehr ausgehalten», hatte Lisa geschrieben und ihm wenigstens einiges erklärt. Damals glaubte sie, einen Grund zu haben: Sie deutete ihren Eltern an, daß sie vielleicht ein Kind bekäme. Daraufhin waren Charlotte und Ruprecht Marahrens nur noch so stumm und bedrückt durch die Wohnung gegangen, daß Lisa fand, hier war für sie keine Luft mehr zum Atmen.

Eines Morgens – August 1947 – hatte sie ihre Lebensmittelkarte aus der Küchenschublade genommen und einen Zettel hinterlassen, auf dem sie mitteilte, sie käme erst wieder, wenn sie sich im klaren wäre. Von der Arbeit auf dem Landeskirchenamt in Wolfenbüttel hatte sie sich freigenommen und war mit gepacktem Rucksack abgereist. Sie fuhr mit einer Freundin nach Worpswerde, dahin wollte sie immer schon einmal. Sie lebten bei einem Bauern in der

Scheune, sahen den Lastkähnen zu, die auf den Kanälen durchs Moor fuhren, aßen Fallobst aus den Gärten. Lisa wartete, und Jonas dachte an sie – er war unsicher, aber zugleich gefaßt und voller Überlegungen, wie er sich mit einundzwanzig als Vater ausnehmen würde. Er empfand eine große Verantwortung und war auf beinah feierliche Weise entschlossen, für das Leben mit Lisa und dem Kind das Nötige zu verdienen – wenn sie denn eine Familie werden sollten. Zum Beispiel hatte er schon den Brief entworfen, mit dem er Lisas Vater – merkwürdigerweise nur ihn – um das Einverständnis zu ihrer Verlobung bitten wollte. Er verbrachte die Tage in Kassel, wo er während der Semesterferien in einem Musikverlag arbeitete. Jonas war Hilfsarbeiter beim Wiederaufbau und konnte dort auch im Keller wohnen. Das hinderte ihn daran, zu Lisa zu fahren.

Sie schrieben einander fast jeden Tag. Einmal schilderte sie ihm, wie sie lange vor dem Haus gestanden hatte, in dem Manfred Hausmann wohnte. Er kam heraus und hatte sich einige Zeit über den Gartenzaun hinweg mit ihr unterhalten. Das sah Lisa ähnlich. Sie war hartnäckig und hatte den Autor des «Lampioon» kennengelernt, aber als sie vor ihm stand, wußte sie nicht, was sie sagen sollte. Viel wichtiger war, daß sie Jonas eines Tages ein Telegramm schickte, in dem stand: «Sterne sind gefallen.» Das fand er reichlich poetisch, aber er konnte gar nicht sagen, wie erleichtert er war.

Zur Beruhigung für die Eltern hatten sie sich dann doch verlobt. Als Jonas, begleitet von Lisa, das nächste Mal in Braunschweig seinen Vater besuchte, zeigte der ihm einen Brief, den er gerade nach Hameln aufgeben wollte. Er deutete auf einen Satz, und Jonas las: «So laß uns den Kindern ihre Umarmung verzeihen, Martha.» Gerade weil es so wirkte, als gehöre es in ein anderes Jahrhundert, empfand Jonas das als eine unerträgliche Zudringlichkeit. Er ging schweigend hinaus.

«Wie geht es ihr denn?» fragte Lisas Mutter Franziska. Die saß ihr am Kaffeetisch gegenüber und hielt die Ellenbogen aufgestützt, die Hände waagrecht gegeneinandergekehrt, darüber hinweg schaute sie sinnend in die Runde. Sie antwortete nicht gleich, sondern überlegte.

«Weißt du, Lotte, da gibt es nicht viel zu sagen», erwiderte ihr Vater an ihrer Stelle. «Aber wenn du dienstags nachmittags bei ihr bist, laß dir doch mal etwas anbieten. Ich bin dir wirklich dankbar, daß du jede Woche zu ihr gehst. Martha freut sich über deine Besuche. Aber wenn du doch einmal etwas annehmen wolltest! Sie läßt jedesmal von Frau Leuschner Kaffee aufsetzen. Du willst offenbar keine Umstände machen und lehnst immer ab – jedenfalls hör ich das so. Glaubst du nicht, es wäre für alle leichter, wenn du ihn einfach trinkst?»

Sie sah ihn an und sagte: «Wenn du meinst.»

Jonas war ziemlich sicher, daß seine Schwiegermutter sich auch das nächste Mal weder Kaffee noch Kuchen vorsetzen lassen würde. Es fiel ihr nun einmal schwer, das scheinbar Selbstverständliche anzunehmen. Alles Zureden nützte nichts. Eher bekam man in einem Geduldspiel die Maus in die Falle als ein Stück Kuchen in Mutter Lotte hinein, wenn sie zu Besuch war. Sie aber verwöhnte ihre Besucher über die Maßen. Ihm fiel ein, daß seine Mutter ihm eines Tages gesagt hatte: «Ich geb's jetzt auf. Lotte kann nun mal nicht anders. Die Menschen müssen verbraucht werden, wie sie sind.»

Der Hausherr stand auf und holte einen Kognak aus dem Büfett. Er stutzte, als er die Flasche in die Hand nahm, und hielt sie gegen das Licht, dabei sah er seinen Sohn Bernd fragend an. «Na, da hat mal wieder einer probiert.»

«Ich war's nicht», sagte Bernd.

Sein Vater fragte: «Wer dann?» Darauf erhielt er von niemandem eine Antwort.

Da rettete sich Jonas in die Geschichte vom Danziger Goldwasser. Wie oft, wenn ein Familiennachmittag über ihn hereinbrach, beendete er plötzlich seine Einsilbigkeit und wurde übertrieben redselig. «Das wollte ich dich immer schon mal fragen», sagte er zu seinem Vater. «Ich hab nämlich früher darüber gestaunt. Warst du so großzügig, oder hast du's tatsächlich nicht gemerkt?»

Julius Ristenpart wartete ab, worauf er hinauswollte.

«Deine Flaschen im Eckschrank – hast du den Pegelstand eigentlich nie kontrolliert?» Jonas sah den Dreieckschrank vor sich, der im Wohnzimmer stand und immer abgeschlossen war. Es war ein Möbel aus Birnbaumholz mit eingelassenen Gevierten und vielen Leisten. Im oberen Teil standen hinter Glas Sektkelche und Römer, Rotweingläser und Schnapsbecher. Unten bewahrte sein Vater hinter den fensterlosen Schranktüren die geistigen Getränke auf. Vor dem Krieg war da eine Batterie versammelt. Jonas hatte herausgefunden, wo der Schlüssel lag. Er weihte Lorenz ein, und manchmal begutachteten die beiden die neuen Einkäufe ihres Vaters, probierten sie durch und bedauerten, daß diese oder jene Flasche noch nicht angebrochen und also tabu war. Wieso kaufte er so viel? Sonst wurde doch bei ihnen am meisten gespart. Hinterher putzten sie sich immer die Zähne, denn ihre Mutter hatte eine feine Nase. Wie oft er an den Schrank ging, wenn er allein in der Wohnung war, hielt Jonas auch vor seinem älteren Bruder geheim. Cordt und Franziska waren für solche Abenteuer noch zu klein.

«Diese Qual!» sagte er. «Wenn du wenigstens durchschnittliche Vorräte gehabt hättest wie andere Leute, Weinbrand oder Korn. Aber deine Flaschen waren die reine Poesie.»

«Hört, hört», sagte sein Vater.

«Ich seh sie noch vor mir im Schrank. Bis in die Tiefe waren sie gestaffelt, lange Hälse oder dicke Bäuche, kantig oder rund, sie waren dunkelgrün wie Kirchenfenster oder braun, glasklar oder mattschwarz. Dazu die Etiketten, meist in Gold. Hast du dir nie die Verantwortung überlegt, die du als Vater gegenüber deinen Söhnen hattest? Es war eine einzige Versuchung!»

«Jonas», warnte Lisa. Aber er bremste nicht ab.

«Als ich zwölf war, schwärmte ich noch für Eierlikör. Der Grand Armagnac war mir zu stark, und Cointreau mochte ich sowieso nicht, der war mir zu süß und klebrig. Solange ich nicht hinaufreichte, holte ich mir einen Stuhl, um an den Schlüssel zu kommen. Ihr müßt nämlich wissen», er wandte sich an die anderen in der Runde, «Vater legte ihn immer nur oben auf die Kante, wo unser Mädchen, Herta hieß sie, selten Staub wischte. Ein besseres Versteck zu finden, hast du dich gar nicht bemüht. Das erschwert den Tatbestand der Verführung Jugendlicher. Schwiegervater, was meinst du als Jurist dazu?»

«Das ist in der Tat belastend, Julius.»

«Jonas», sagte Lisas Mutter in übertriebenem Ton. «Ich muß mich wundern, wie du mit deinem Vater sprichst.»

Franziska mischte sich ein: «Einmal hast du mir auch was eingeflößt. Hab ich mich geschüttelt! Unheimlich war mir das hinterher, als hätte ich Hummeln im Bauch.»

«Anders Cordt, er wuchs allmählich hinein», sagte Jonas. «Es kam die Zeit, wo er mithalten konnte.»

Lisas Vater reichte noch einmal den Kognak herum. Er schwenkte den Rest in seinem Glas. «Als ich Reserveoffizier war, bin ich ganz schön trinkfest gewesen, das ist lange her.»

Jonas nahm das als Stichwort und wandte sich wieder an seinen Vater: «Als du Major geworden warst, gabt ihr eine Gesellschaft. Kannst du dich erinnern? Vorher weihtest du Lorenz und mich in die Hierarchie der Flaschen ein, wir sollten Mundschenke sein. Du erklärtest uns, was für die Damen gedacht war, und brachtest uns bei, wie man die Stanniolkappe mit einem glatten Schnitt abtrennt, bevor man den Korken zieht. Mutter hatte für diesen Abend das neue schwarze Seidenkleid bekommen. Es war lang und machte sie so schlank. Ich glaub, sie hat es nur dieses eine Mal getragen.»

«Wie du das noch weißt», wunderte sich sein Vater.

«Damals hab ich zum erstenmal Danziger Goldwasser bei dir gesehen. Um die Flasche war für mich gleich ein Geheimnis. Du hieltest sie ans Licht und zeigtest mir, wie die Goldplättchen darin schwebten. Ich konnte nicht glauben, daß es richtiges Gold war, und dachte, du machst einen Scherz. Aber später hab ich mich überzeugt. Es wurde meine Leidenschaft. Ich las damals den ‹Faust› und mußte an die Szene in der Studierstube denken. Die Flasche wurde meine Phiole. Ich holte sie immer wieder aus dem Schrank und drehte sie auf den Kopf. Die hauchdünnen Goldblättchen sanken in der klaren Flüssigkeit, die sich träge, fast ölig in der Flasche bewegte. Das glitzernde Geringel regte meine Phantasie mächtig an, und wenn ich einen Schluck trank, brannte es herb und süß zugleich in meiner Kehle. So schmeckt Gold, dachte ich. Es war beklemmend. Ich hütete mich, eines der Plättchen runterzuschlucken – es würde immer in mir bleiben und in meinem Körper wandern, fürchtete ich.»

«Ausgerechnet das Danziger», sagte sein Vater. «Das war nun wirklich was Kostbares.»

«Einmal hast du mich beinah erwischt. Ich hatte wieder die Flasche in der Hand und ließ das Gold schweben. Da ging draußen dein Schlüssel im Schloß, so drehtest nur du ihn herum. Ich hörte auch gleich deinen Schritt, du kamst auf das Wohnzimmer zu. Ich konnte eben noch die Schranktür anlehnen und den Schlüssel mit dem winzigen Bart in meiner Hosentasche versenken, aber die Flasche hielt ich auf dem Rücken und begrüßte dich besonders forsch, als du hereinkamst. Ich stand vor dem Fenster. Du legtest die Post auf den Sekretär. ‹Habt ihr viel auf?› hast du gefragt. Es war eine deiner Standardfragen – weißt du noch, daß du sie oft stelltest, wenn du etwas zu mir sagen wolltest, aber eigentlich mit deinen Gedanken woanders warst? Jedenfalls hatte ich immer den Eindruck. Du räumtest eine Weile auf dem Sekretär herum. Mir war, als glühte die Flasche in der Hand auf meinem Rücken. Dann hörtest du Mutter nebenan und gingst zu ihr.»

«Offenbar hätte ich mich mehr um dich kümmern müssen», sagte sein Vater. «Man ahnt ja nicht, was in so einem Jungen vorgeht.»

«O doch», sagte Lisas Mutter.

Jonas dachte daran, wie er sich bemogelt hatte. Er versuchte immer, sich den Stand des Goldwassers an der Beschriftung zu merken. Aber er konnte keine Kerben in das Etikett ritzen, das wäre aufgefallen. Es gab darauf so viele Buchstaben und Zeilen, daß die Markierung in seinem Gedächtnis ihn oft trog. Er spürte wieder die Lust und die Pein. Der Eckschrank war für ihn zum Schrein geworden. Die Flaschen standen darin wie Altargerät. Jonas war ein Dieb. Er litt darunter, aber er konnte nicht davon lassen.

«Manchmal ist es mir schon aufgefallen», sagte sein Vater. «Aber merkwürdig, ich hab nicht so genau darauf geachtet.»

«Na, dann wollen wir mal wieder, nicht wahr, Julius?»

Die Väter gingen hinüber, und Lisa setzte sich wieder vor die Tasten. Die Familie folgte ihnen und verteilte sich auf Sofa und Sessel. Valentin spielte mit Tönnies, der auf dem Teppich strampelte. Die Väter zogen die Jacken aus. Sie nahmen die Geigen rechts und links vom schwarzspiegelnden Flügel, den Lisa beim Begleiten geschlossen hielt. Ihre Mutter hatte in der Mitte eine genoppte Decke darübergelegt. Noten waren ausgebreitet. Vivace da capo. Das Doppelkonzert d-Moll füllte den Raum und drang hinaus zum Balkon.

7

1957–1959 Die absolute Mehrheit

St. Nikolai

Cordt hatte seine Kirche gefunden. Er war Pfarrer an St. Nikolai in Luckau, einer Kreisstadt im Bezirk Cottbus. Vor drei Jahren war er hier Vikar geworden und hatte unter Superintendent Borm von Anfang an Dienst wie ein Pastor tun müssen. Denn kaum war er nach seinem ersten theologischen Examen, noch mit dem Ausweis der Bundesrepublik, in Luckau eingetroffen und in die evangelische Landeskirche Berlin-Brandenburg unter Bischof Dibelius aufgenommen, suchte einer der älteren Pfarrer das Weite. Der ging über Berlin in den Westen und hatte Helfer, die seine Familie folgen ließen.

An einem Samstagvormittag im Oktober 1957 bereitete Cordt Ristenpart sich auf seine erste Predigt als Pfarrer vor, er sollte am anderen Morgen den Hauptgottesdienst halten. Es war der 19. Sonntag nach Trinitatis, eine Woche vor dem Reformationsfest. Auf Drängen seines Superintendenten, der sich bei der Landeskirche dafür verwendet hatte, sollte Cordt in Luckau bleiben, und er wollte das auch. Das zweite Examen hatte er in Berlin abgelegt. Die Ordination für eine feste Pfarrstelle war ihm überraschend schnell zugesagt worden, denn in der Kirche wurde jeder Mann gebraucht.

Bevor er drüben im Pfarrhaus daranging, seinen Text aufzuschreiben, sammelte er wie so oft seine Gedanken, indem er im Mittelschiff der Hallenkirche auf und ab schritt. Cordt liebte diesen Raum und das Bauwerk, das in sieben Jahrhunderten gewachsen war. Zu Anfang hatte an dieser Stelle, der einstigen Dorfaue von Luckau, eine hölzerne Johanniskirche gestanden. Die älteste urkundliche Erwähnung der Kirche aus Stein stammte aus dem Jahr 1281. Dort wird berichtet, daß der Bischof von Meißen dem Adel und den Patriziern, den Ständen und allen Bürgern, die zu dem Bau beitragen wollten, Ablaß der Sünden versprochen hatte.

Alte Städte hatten meist eine Marienkirche und dazu eine Nikolaikirche. In Luckau waren die beiden Schutzheiligen früh in einem Gotteshaus vereinigt worden. St. Nikolai war der Patron der Handelsstadt. Cordt war der Geschichte nachgegangen. Nicht viele Aufzeichnungen waren in der Pfarrbibliothek noch erhalten. In der Hand trug er ein Exemplar der «Chronik der Stadt Luckau im Markgraftum Niederlausitz», verfaßt von Professor Julius Vetter, 1871. Sie reichte ursprünglich bis ins Jahr 1860 und war in einer Neuauflage ergänzt und fortgesetzt durch Professor Adolf Petersen, verlegt bei Fr. Meißner, vormals E. F. Kutzscher, Luckau 1904. An mehreren Stellen hatte Cordt Zettel in das Buch gelegt.

Er hatte sich auch in die handschriftlichen und einige neuere maschinengeschriebene Darstellungen vertieft, die im Pfarrhaus zusammengetragen waren. Am ergiebigsten blieb die Chronik. Cordt wollte die Stätte seines Wirkens ergründen, die von soviel Geschichte zeugte. Durch die Eingangshalle zwischen den beiden Wehrtürmen, die mit vielen vermauerten Fensternischen und droben den Schallfenstern für die Glocken an das übermächtige Dach gelehnt standen, waren Kaiser und Könige geschritten, Karl IV. und Ferdinand II., Zar Peter der Große, auch Napoleon – seine Truppen hatten St. Nikolai als Magazin und Lazarett benutzt. Hier waren das Volk und die Heerscharen aus und ein gegangen, auf die sich die Mächtigen, die angeblich die Geschichte machten, mit ihren Taten und Untaten stützten.

Wallenstein war mit seinen Landsknechten durch Luckau gezogen. Brand, Plünderung, Elend und Mord waren das Los der Bevölkerung gewesen. Immer wieder führten die Heereszüge von Nord nach Süd oder umgekehrt durch die Stadt. Teuerung und Hungersnot waren in der Chronik verzeichnet, zum Beispiel 1626, als das Getreide durch Regengüsse auf den Feldern verdarb. Elf Jahre später vernichteten Schweden den Weinanbau, den es bis dahin auf den westlich gelegenen Hügeln gegeben hatte. Sie verwüsteten die Ernte auf den Ackerflächen, die sich durch die Spreeniederung nach Nordosten zogen, wo das Land durch das Flüßchen Berste entwässert wurde.

Im Mai 1644 war auch die Nikolaikirche abgebrannt, das Dach eingestürzt. Danach hatte die Kirche in der Spanne eines Menschenalters ihr heutiges Aussehen erhalten. Die Inschrift über der Sakristeitür überlieferte: «1658 ward der Kirchen halbes Oberteil gewölbet.» Damals war das Gewölbe zwischen Triumphbogen und Chor um vieles höher errichtet worden. Der Dachstuhl umfaßte mit den Türmen nun die Fläche von mehr als einem Morgen. So steil war die Anordnung der Ziegel, daß sich Schnee nicht dort halten konnte – wenn es schneite, gingen ringsum Lawinen nieder. Die Türme waren stehengeblieben wie früher, zu niedrig für den hohen Rücken. Von fern sah St. Nikolai aus wie eine hingebuckelte Katze mit aufgerichteten Ohren, braunrot gesprenkelt.

Die beiden übereinanderliegenden Räume zu Häupten der Kapelle hatten einst als Kornböden gedient. Dort bewahrten die sieben Priester der Kirche den ausgedroschenen Roggen und Weizen auf, den ihnen Bauern aus der Umgebung für ihren Unterhalt lieferten. Als wäre bei dem Brand auch alles Katholische verflogen, wurde St. Nikolai zur evangelischen Predigtkirche umgebaut. Barock zog in die Gotik ein, spielerische hölzerne Einbauten, sie verstärkten noch die Akustik. Die gedrehten Stützen der Emporen, die reichen Kartuschen und Verzierungen an Orgel und Hauptaltar, der Figurenschmuck der Epitaphien überwölbten und schmückten den Innenraum. Lauben säumten das Mittelschiff und rahmten die Kanzel. Weil die Kirche nicht heizbar war, brachten die Luckauer in der kalten Jahreszeit Holzkohlenbecken mit zum Gottesdienst.

Cordt war hinter den Hauptaltar getreten, er stand vor dem Ölgemälde eines der Kirchenherren von einst. Aus dem vergoldeten Rahmen sah ihn über dem Talar und dem Beffchen streng und gottesfürchtig Karl Heinrich Rahner an, Superior und Pastor primus, er war 1864 in seinem sechzigsten Amtsjahr gestorben. Zwischen diesem Lutheraner und seinem Superintendenten, fand Cordt, bestand eine Ähnlichkeit. Die große Bibel mit dem Goldkreuz hielt Rahner in der Linken, die Rechte hing halb geöffnet herab, wie bereit, ausgestreckt zu werden, einem Menschen entgegen oder zum Abendmahlskelch. Mit dem weißen Backenbart, der breiten Stirn und den braunüberschatteten Augen blickte der Superior von St. Nikolai durch Zeit und Raum, als wäre er auf Erden immer nur als Diener Gottes gewandelt.

Cordt wollte von der Predigtperikope abweichen, die für diesen Sonntag vorgegeben war. Mit Superintendent Borm hatte er darüber gesprochen, und der war einverstanden. Eigentlich war Markus I, Vers 32 bis 39 an der Reihe, *die Rivalen Gottes*, von der Vertreibung der Dämonen handelte der Text. Aber es war erlaubt, die Bibelstelle für die Predigt auch situationsbezogen zu wählen. Das tat Cordt. Er wollte sich mit Lukas 15 beschäftigen, der Geschichte vom verlorenen Sohn, Vers 11 bis 32. Das war zu anderer Zeit das Evangelium für den dritten Sonntag nach Trinitatis, aber nun lag ihm dieser Text für den morgigen Tag am Herzen. Er wollte ihn mit der Ursage von Kain und Abel im 4. Kapitel des ersten Buchs Mose verbinden, das Alte mit dem Neuen Testament und beide mit der Luckauer Chronik – aus aktuellem Grund. Cordt war in großer Sorge um den Frieden. Was war das für ein Jahr, in dem in West und Ost schon wieder gerüstet wurde, als stünde Krieg bevor!

Er ging um den Altar zurück und setzte sich ins Kirchengestühl, die Chronik auf den Knien. Über das umgitterte Taufbecken mit der versilberten Platte sah er auf den Tisch des Herrn. Die gewundenen Stützen zu beiden Seiten des Altargemäldes ließen ihn an die Säulen des Baumeisters Goldoni im Petersdom denken. Hier hatte er manches Mal gestanden und die Gemeinde an Festtagen des Kirchenjahrs gesegnet. An den gewöhnlichen Sonntagen wurde in der Christuskapelle im Vorbau gepredigt. Dort standen das Harmonium, auf dem Karin oft spielte, die kleine Kanzel und ein eigenes Taufbecken.

Cordt sah die halb abgebrannten Kerzen auf dem Hauptaltar, sie waren weiß wie die Decke, über der sie in Zinnhaltern aufragten. Rechts und links die Asternsträuße, die seine Frau dort hingestellt hatte, und in der Mitte das Bündel aus Gerstenähren und Rohrkolben – einige der lederbraunen Kolben waren aufgeplatzt, Samenbüschel ragten heraus, und einzelne weiße Pollen waren über das Tischtuch hingeweht. Sie erinnerten noch an das Erntedankfest. Cordt dachte an Karin und an das Kind, das sie erwartete. Er dachte auch daran, daß am Nachmittag Johannes und Gertrud aus Berlin herüberkommen wollten.

Das brachte ihn wieder auf seine Predigt. Er wollte davon sprechen, wie sich immer alles wiederholt hatte, wie oft Krieg gewesen war. Vom Unfrieden der Brüder wollte er predigen und davon, daß man unterscheiden mußte, was Gottes Fügung und was Menschenwerk war. Stationen aus Luckaus Chronik gingen ihm durch den Kopf. Ihm fiel ein, wie in der polnischen Zeit König Wladislaus auf Drängen von Luckauer Bürgern alle Juden aus der Stadt vertrieben hatte, auf daß sie *zu ewigen Zeiten nicht wiederkehren sollten.* Das war Anno 1499 gewesen. Er schlug nach und vergewisserte sich, daß 1533 die papistische Messe abgeschafft wurde. Bald darauf waren zum erstenmal ein evangelischer Pastor und ein lutherischer Schulrektor mit ihren Ämtern betraut worden. 1604 war die Pest über die Stadt hereingebrochen und bis 1613 mehrmals wiedergekehrt. 1618 begann *der schreckliche Dreißigjährige Krieg, welcher unter den Städten der Lausitz am meisten Luckau verheerte.*

Unter allen Machtwechseln war die Not fast gleich geblieben. Kriege und Seuchen, Brand, Folter und Hungersnot hatten einander abgelöst. 1756, zu Anfang des dritten Schlesischen Kriegs, hatten preußische Werbeoffiziere im Gefolge Friedrichs II. die kräftigsten Söhne der Stadt in den Wirtshäusern betrunken gemacht und sie anderntags mit ihren Unterschriften, die sie ihnen vorwiesen, zum Kriegsdienst gepreßt. 1763 war der Hubertusburger Friede glanzvoll in der Nikolaikirche gefeiert worden – bis dahin hatte Luckau zumeist preußische Besatzung.

«Für die Einwohner sollten nun schwere Leidenstage kommen», las Cordt die Stelle, die er auf das Jahr 1813 in der Predigt zitieren wollte. «Sie sollten die Greuel des Krieges in vollem Maße erfahren. General Bülow rückte am 3. Juni, um den von Hoyerswerda über Calau mit 20000 Mann vordringenden Marschall Oudinot aufzuhalten und Berlin zu dekken, wieder eiligst mit 15000 Mann heran und stellte sein Zentrum mit dem schweren Geschütz vor der Sandoer Vorstadt auf, den rechten Flügel (Russen) in Sando und Wittmannsdorf, den linken auf der Straße nach Wierigsdorf und längs des Ackergrabens. Zur Verteidigung der inneren Stadt war das 4. Reservebataillon bestimmt, welches in den Toren und Mauern Schießscharten anlegte. Oudinot griff am 4. Juni von Freesdorf und Cahndorf aus zunächst die Calauer Vorstadt, darauf auch die Stadt selbst an. Die tapfere Besatzung trieb die Stürmenden nach hartem Kampf zurück; aber nun ließ Oudinot auf die Vorstadt und die vor ihr liegenden Scheunen Granaten werfen, wodurch eine große Feuersbrunst entstand.»

Durch Entscheidung des Wiener Kongresses fiel außer anderen Teilen des Königreichs Sachsen auch die Niederlausitz an die Krone Preußen, und am 3. August 1815 huldigten die Stände dem König Friedrich Wilhelm III. in Merseburg;

auch die Stadt Luckau war bei dem feierlichen Wechsel der Obrigkeit durch eine Deputation vertreten. Danach hatte es endlich fünfundzwanzig Jahre Frieden gegeben. Die Lukkauer dankten es ihrem König und mehr noch der unvergessenen Königin Luise.

Krieg war keine Fügung, das wollte Cordt sagen. Kriege brachen nicht aus, sie wurden befohlen. Seine Kindheit war Krieg gewesen. Nie wieder, wenn es in seiner Möglichkeit lag, wollte er diese Ohnmacht spüren. Er erinnerte sich, wie es gewesen war, als seine Mutter ihm sagte, daß alles, was sie in Braunschweig besaßen, in einem einzigen Augenblick vernichtet worden war. Ihr Hausmädchen Herta und Frau Pastor Gennrich wurden auf der Treppe erschlagen. Cordt war zwölf und dachte, daß er von allem getrennt wurde, was bisher für ihn greifbar gewesen war. Lange verfolgte ihn das Bild seiner Spielsachen, die unter den Steinen zerquetscht neben toten Menschen lagen. Hinter dieser Vorstellung war nur noch eine große Leere, ein Nichts in seinem Traum.

Cordt besaß damals einen eigenen Volksempfänger. Als sie wegen der Luftangriffe nach Jüterbog zu Tante Gertrud flüchteten, hatte er den mitgenommen, der kleine Apparat paßte in den Koffer. In dem Haus bei der Artillerieschule schlief er allein in einem Zimmer. Nachts, wenn er aufwachte, stellte er leise das Radio an und hörte die Stimmen, die durch die Luft zu ihm drangen. Bomberpulks wurden gemeldet. Warnung vor feindlichen Verbänden, die über das Reich zogen und nach Berlin einschwenkten, hinweg über Jüterbog. Er hörte sie brummen, sie übertönten die Stimme der Frau, die so sprach, als ginge sie das nichts an. Vor Angst kroch er unter die Decke und zog den Kasten mit dem stoffbespannten Schalloch zu sich heran. Fast steckte er das Ohr hinein. Drinnen wisperte es von dem Unglück, das über die Menschen kam. Dazwischen Heldentöne, Marschmusik. In einer Nacht, die Cordt nie vergessen würde, hörte er, daß Lancasterbomber drei Talsperren auf einmal angegriffen und im Tiefflug mit Lufttorpedos die Staumauern gesprengt hatten. Es mußte eine helle Nacht gewesen sein, er lag hinter dem Verdunkelungsrollo. Eder, Möhne und Sorpe ergossen sich über die zusammenbrechenden Dämme in ihre Täler und ertränkten die Menschen. Er stellte sich vor, wie sie von der meterhohen Flutwelle weggerissen wurden. Da war er vor Entsetzen zu seiner Mutter gerannt und hatte sich an sie gepreßt. Sie konnte ihn lange nicht beruhigen. Franziska, die mit ihr in dem Zimmer schlief, wachte auf und fing an zu weinen. Das Kind, das er war, und der Schrecken, sie trennten sich nicht wieder, solange Krieg war. Dann kamen die fremden Soldaten. Glocken läuteten in Hameln. Er lief über die Straße und sah die Engländer, die Sieger. Es sei Frieden, sagten die Erwachsenen. Später erfuhr Cordt, daß in jener Nacht der zerstörten Staudämme elftausend Menschen ertrunken waren.

Cordt saß in seiner Kirche und dachte, daß er es nicht fassen konnte, wie schon wieder in aller Welt gerüstet wurde – und auch in beiden Deutschland. Wenn es eines gab, dem er sich verschrieben hatte, dann war es die Arbeit für den Frieden, der nicht von allein kam, sondern in jedem einzelnen einkehren mußte, an jedem Tag. Deswegen war er Pfarrer geworden, deswegen vor allem. Er nahm die Bergpredigt, wie Urchristen sie verstanden hatten. Aber wieder, ein erwachsener Mann, lag er nachts schlaflos, lag neben seiner Frau Karin und hörte sie atmen. Immer mehr wurde ihm bewußt, mit wie wenigen Menschen er sich innerlich verwandt fühlte und wie er sich überwinden mußte, um ein Christ zu werden, denn daß er es schon war, glaubte er nicht.

Nein, ich glaube nicht, daß Gott es einmal sein wird, der uns Menschen auslöscht, dachte er. Die Menschheit selber wird es sein, die sich aus Haß, Begierde und Neid zugrunde richtet. Zum erstenmal ist es in Menschenhand gegeben. Wir haben es vollbracht. Er dachte an Karin und fühlte sich von ihr begleitet. Im vorigen Jahr hatten sie geheiratet. Eines Tages, als er gerade ein Jahr in Luckau war, war sie mit einer Jugendgruppe ihrer Kirche aus Bremen zum Besuch der Nikolai-Gemeinde eingetroffen. Sie verbrachten eine Woche in der Stadt, pflegten alte Leute, versorgten Kinder und Kranke, an vielen Stellen versuchten sie sich nützlich zu machen. Zum Abschluß feierten sie ein Kinderfest mit Lampions und Kostümen, die sie geschneidert hatten, mit Streuselkuchen, Musik und Tanz.

Cordt und Karin hatten sich von den anderen abgesondert, sooft sie Gelegenheit dazu fanden. In langen Gesprächen auf ihren Gängen um die alte Stadtmauer hatten sie Zuneigung zueinander gefaßt. Sie war damals gerade dreiundzwanzig, ein Jahr jünger als er. Organistin war sie, schmal, dunkelhaarig, eine verschlossene junge Frau, aber ihm teilte sie sich mit. Es war noch viel Zögern in ihnen, als Karin wieder abreisen mußte. Erst danach wurde ihm klar, was mit ihm geschehen war. Dann waren Briefe in immer dichterer Folge zwischen ihnen hin und her gegangen. Schließlich hatte Cordt sie in Bremen besucht, ein kirchlicher Auftrag hatte ihm die Reise ermöglicht. Ihre Eltern lernte er nur flüchtig kennen. Er staunte, wie sicher Karin sich in der Entscheidung fühlte, die er für sich schon getroffen hatte. Sie überwand mit ihrem zähen Willen die Hindernisse, füllte die Formulare aus, schlug sich durch die deutsch-deutsche Bürokratie. Nach einigen Monaten kam sie zu ihm über die Grenze. Alles ließ sie hinter sich, und sie glaubten, daß es nur für immer sein konnte. Hier in St. Nikolai vor dem Hauptaltar hatte Superintendent Borm sie getraut. Der Küster und eine Lehrerin waren die Trauzeugen.

«Predige nicht so ernst», sagte Karin manchmal. «Du machst es ihnen zu schwer. Die Menschen wollen auch etwas Helles von dir hören.»

Cordt wußte, daß er der Gemeinde manchmal zuviel zumutete. Aber morgen konnte er nicht anders, er mußte davon sprechen, was ihn erfüllte und beunruhigte, so daß er kaum noch an etwas anderes denken konnte. Von der Gefahr mußte er sprechen, aber auch von der Hoffnung, sie zu überwinden.

Was war das für ein Jahr, dachte er, das so vieles wiederbrachte, was sie nie wieder hatten haben wollen, zuerst und zumeist im Westen. Im Februar hatte die evangelische Kirche in der Bundesrepublik mit der Regierung den neuen Vertrag über die Militärseelsorge geschlossen, und alles fing wieder von vorn an, wie es immer gewesen war. Cordt hatte das nicht noch einmal für möglich gehalten. Wenigstens in dem Punkt war er sicher, daß sich das in dem Staat, in dem er lebte, nicht wiederholen konnte. Er hatte noch gesehen, wie seine Brüder das Koppelschloß trugen, auf dem stand: *Gott mit uns.*

Er stand auf und ging hinüber zum Pfarrhaus, weil er ein paar Aufzeichnungen für seine Predigt brauchte, die auf seinem Schreibtisch in der Mappe lagen. Das Haus am Kirchplatz war tonbraun wie St. Nikolai. Es hatte nur zwei Stockwerke, in denen vier Familien wohnten. Unter dem Dach gab es ein paar Kammern und den Wäscheboden. Karin wollte gerade einkaufen, sie kam ihm auf der Treppe entgegen, er hielt sie mit seinen Armen auf. «Soll ich dir tragen helfen?» fragte er. Sie sagte: «Ich hole nur Kleinigkeiten.» Er sah ihr aus dem Flurfenster nach, wie sie im weiten Kleid mit dem Umhang zur Kaufhalle ging, wie eine Landfrau.

Oben in dem Zimmer, aus dem man zur Kirche hinüberschaute, lagen seine handschriftlichen Auszüge aus vielerlei Quellen auf der Tischplatte. Obwohl es ein bedeckter Tag war, fiel ein schwacher Schatten vom Fensterkreuz darauf. Cordt setzte sich. Er fand den Aufruf und las ihn wieder: «Seit dem gestrigen Tag steht unser deutsches Volk für das Land seiner Väter, damit deutsches Blut zu deutschem Blut heimkehren darf. Die deutsche Evangelische Kirche stand immer in treuer Verbundenheit zum Schicksal des deutschen Volkes.» Das hatte der Geistliche Vertrauensrat der Deutschen Christen am 2. September 1939 zu Hitlers Kriegsbefehl öffentlich erklärt und geschlossen: «So vereinigen wir uns auch in dieser Stunde mit unserem Volk in der Fürbitte für Führer und Reich.»

Cordt schaute auf zu der Graphik, die über seinem Schreibtisch hing. Es war ein Holzschnitt von Ernst Barlach, der Johannes in der Grotte auf Patmos beim Aufzeichnen der Offenbarung zeigte. Für Cordt war die lauschende, auf den Fels gelehnte Gestalt inmitten der fließenden Konturen das Inbild des Horchenden, der seine Gesichte und was er in sich hörte aufzuschreiben versuchte. Gleich zu Anfang seiner Zeit als Vikar hatte er den signierten Handdruck in Luckaus ältester Buchhandlung Friedrich Meißner, gegründet 1827, in deren Verlag auch die Chronik erschienen war, zwischen Regalen hängen sehen und sich so lange nicht zufriedengegeben, bis der Inhaber ihm das Blatt verkaufte. Dieser Johannes war für ihn der Geistliche in der Urgestalt. Mensch und Gestein verflossen ineinander in scheinbar äußerster Vereinfachung. Es war ein Bild, das Cordt ruhig werden ließ, wenn er es betrachtete. Wenn er mit der Vorstellung, daß ein Mensch fromm werden konnte, etwas anzufangen vermochte, dann mit diesem Johannes vor Augen. Zu der Zeit, als der Rat der Deutschen Christen den Kriegsbeginn begrüßte, lebte Barlach nicht mehr. Bis kurz vorher hatte er als ein *Entarteter* und Verbannter in Güstrow gelebt.

Nein, Cordt wollte sich nicht beruhigen. Nicht Ruhe, sondern Unruhe war für ihn die erste Bürgerpflicht gewesen, solange er noch mit einem westlichen Bürgerbegriff gelebt hatte. Inzwischen wußte er, wie viele Wörter diesseits und jenseits der Teilung nicht mehr dasselbe bedeuteten. Damit ging er täglich um. Materialismus zum Beispiel war für ihn in seinen Göttinger Studententagen in erster Linie eine Weltanschauung gewesen, die das Materielle obenan stellte, Besitz und äußeren Erfolg. Jetzt verstand er darunter die Philosophie des Marxismus. Aber was immer die Begriffe besagten, nichts bewegte ihn heftiger, als was er am eigenen Leib, im eigenen Kopf erfuhr. Die Kirchentrennung war für ihn Wirklichkeit.

Die Evangelische Kirche Deutschlands, die EKD, die sich noch für die Landeskirchen in beiden deutschen Staaten verantwortlich erklärte, hatte mit dem Militärseelsorgevertrag in seinen Augen nichts anderes getan, als daß sie die Wiederaufrüstung im Westen sanktionierte und dadurch die Trennung besiegelte. Da nützte es wenig, wenn Otto Dibelius, sein Berlin-Brandenburger Landesbischof, den er als gestrengen Statthalter kirchlicher Obrigkeit erlebt hatte, in seiner Eigenschaft als Vorsitzender des Rates der EKD öffentlich beteuerte: «Wir bleiben unter dem Evangelium zusammen.» Das war Wunschdenken, meinte Cordt. Außerdem war Dibelius, der eindrucksvoll predigen konnte, einst kaisertreu wie nur ein Protestant es vermag, in der Weimarer Zeit Mitglied der Deutschnationalen Volkspartei und auch später, im Dritten Reich, noch im Widerstand der Bekennenden Kirche ein Mann ständischer Rangordnung, kein Republikaner. Er erlaubte heute nicht einmal, daß Pfarrfrauen seiner Landeskirche zum Beispiel während der Ernte arbeiten durften, um zum Hungerlohn ihrer Männer etwas hinzuzuverdienen – das entsprach nicht seiner Auffassung von den Pflichten der Angehörigen der Geistlichkeit.

Frau Borm, die ihn zu Anfang mitbeköstigte, hatte Cordt gegenüber geklagt: «Warum läßt Dibelius das nicht zu? Sechshundert Mark hab ich im Monat. Damit muß ich Mann und Kinder und Haus durchbringen. Wenn alle vier Wochen der Konvent tagt, kommen dreißig Pfarrer aus dem Kirchenkreis in das eiskalte Haus, keine einzige Pastorin darunter. Sie zahlen jeder zwei Mark für das Essen, das ich ihnen koche, aber das reicht nicht.»

Sie war eine mütterliche Frau Mitte Vierzig. Zufassen konnte sie und machte nicht viel Aufhebens von ihrer Tageslast, aber manchmal ging alles über ihre Kräfte, dann verzweifelte sie beinahe und brauchte jemanden, bei dem sie sich aussprechen konnte. Eine Zeitlang war das Cordt.

«Warum schießt die Kirche da nichts zu?» fragte er.

«Die Kirche? Die ist selber arm, das wissen Sie doch. Und was sagen Sie zu dem Haus, das sie uns gegeben haben? Wir müssen darin leben, weil mein Mann Superintendent ist – die acht großen Zimmer und fast nichts drin! Schauen Sie sich doch um. Das ist selbst für den Konvent zu groß. Ich weiß nicht, wie ich das bewirtschaften soll.»

«Stellen Sie uns alle an», sagte er.

«Ach, Männer! Ihnen glaub ich's, solang Sie Vikar sind. Aber mein Mann – anspruchslos ist er, nur von Geld versteht er nichts und hat auch seine lutherischen Prinzipien. Ich würde weiß Gott gern arbeiten, trotz der Kinder, so klein sind die nicht mehr. Der Bischof kennt unsere Lage – was wir verdienen im Gegensatz zu den Pastoren im Westen. Aber ein Einsehen hat er nicht.»

Wir bleiben unter dem Evangelium zusammen. Eine Anmaßung war das, dachte Cordt. Nein, sie waren verlassen, und sie wurden es durch die Politik der Westkirche immer mehr. Die da drüben meinten, sie könnten alles mit Geld regeln. Spenden schickten sie, auch eine regelmäßige Unterstützung. Cordt fand das nicht einmal gut, denn es hielt sie abhängig und forderte sie nicht heraus, ihren eigenen Weg zu suchen. Er spürte den Riß, als gehe der mitten durch ihn hindurch. Er litt darunter, und er suchte den Zusammenhalt zu bewahren, wo er nur konnte, aber nicht mit wehmütigem Blick nach Westen. Wieder kroch er fast in das Radio – wie damals in Jüterbog, das nur fünfzig Kilometer entfernt lag. Morgens und abends hörte er westliche Sender, Nachrichten und Zeitungsschau. Täglich las er das ND, «Neues Deutschland», und meist auch «Union» oder «Morgen», die oft die Hauptmeldungen im selben Wortlaut brachten. Aus den unterschiedlichen Angaben ermittelte er seine eigene Einschätzung. Wieder drangen die Stimmen zu ihm, er konnte sofort erkennen, wer aus Ost oder West sprach, nicht nur am Inhalt, auch am Tonfall. Er war dabei, etwas Russisch zu lernen, und konnte manchmal dem Sinn nach erfassen, was die sagten.

Cordt hielt Anschluß, manchmal war es ein verzweifeltes Bemühen. Er schaltete sich ein, er brauchte das, um zu atmen und zu denken. Wie könnte er sonst predigen? Er hörte deutsch und deutsch in allen Gegensätzen, hörte englisch, russisch, ein babylonisches Gewirr. Seit er in der DDR lebte, lernte er, genauer auf die Worte zu hören und zwischen den Zeilen zu lesen. Viele Menschen hier konnten das, sie waren politisch informierter als die Mehrzahl im Westen, das hatte ihn zu Anfang überrascht. Cordt hatte sich eingestehen müssen, wie weit auch seine Ansichten über Ostdeutschland aus Vorurteilen bestanden hatten. Inzwischen dachte er anders und mißtraute allen fertigen Urteilen.

Sich selbst sah er als einen christlichen Sozialisten. Seine Vorstellung vom Urchristentum war nah an der Ursprungsidee des Kommunismus.

Cordt begann, seine Predigt zu schreiben. Als Karin hereinkam und ihn fragte, ob er etwas essen wolle, sagte er: «Nein, du, es gibt doch nachher was, wenn die Berliner kommen.» Früher hatte er auch seine Hausaufsätze immer im letzten Augenblick geschrieben. Bestimmt mußte er in dieser Nacht noch an der Predigt arbeiten.

In der «Biblischen Handkonkordanz» hatte er nachgeschlagen, was unter den Stichworten *Bruder* und *brüderlich* in der Heiligen Schrift stand, es waren mehr als hundert Textstellen. Zum Beispiel fand er in Jeremia IX, Vers 4: «Ein jeglicher hüte sich vor seinem Freunde, und traue seinem Bruder nicht, denn ein Bruder unterdrückt den andern, und ein Freund verräth den andern.» Er benutzte die Lutherübersetzung in einer Ausgabe der Preußischen Haupt-Bibelgesellschaft, Berlin 1906. Sein Arbeitsbuch. Vorn war eine Familienchronik eingebunden, *Ich aber und mein Haus wollen dem Herrn dienen*, viele Seiten mit Nachdrucken alter Stiche und Raum für Eintragungen: *Kinder, Taufen, Pathen* und *Pathenkinder, Konfirmationen, Eheschließungen, Sterbefälle*. Bisher waren nur Karin und er als Eheleute darin vermerkt. Die Bibel stammte aus der Familie seiner Frau, niemand hatte von den leeren Seiten Gebrauch gemacht. Nun wollte Cordt es der Reihe nach tun.

Wenn sie am Leben blieben. Er dachte wieder an die Bedrohung und daran, daß eines sich immer wiederholte: Die Fähigkeit der Menschen, sich *nicht* zu erinnern, war unerschöpflich. Das Nicht-mehr-daran-denken-Wollen war eine Sucht, eine Droge, niemals stärker als nach einem verschuldeten und verlorenen Krieg. Zum zweitenmal erfüllte sich für die Deutschen in weniger als fünfzig Jahren der Kreislauf aus Rüstung, Krieg, Niederlage und Wiederaufrüstung. Angst tötete das Gefühl für die Bedrohung durch eigene Waffen und ließ im Bewußtsein nur die des Gegners übrig. Für Russen, Franzosen, Engländer war es bisher etwas anderes gewesen, wenn sie an den Krieg dachten. Aber nun rüsteten die Alliierten von 1945 gegeneinander.

Was war das für ein Jahr, dachte Cordt, diese zwölf Monate seit dem Ungarnaufstand und nachdem Franzosen und Engländer in den israelisch-ägyptischen Krieg am Suezkanal eingegriffen hatten. Ein Weltkrieg hatte gedroht, bis die Großmächte die Kleineren zum Einhalten zwangen. Dann machten wieder Deutsche von sich reden. Im März behauptete Adenauer: «Die taktischen Atomwaffen sind nichts weiter als eine Weiterentwicklung der Artillerie.» Achtzehn Göttinger Naturwissenschaftler widersprachen ihm: «Jede einzelne taktische Atombombe oder Granate hat eine ähnliche Wirkung wie die Atombombe von Hiroshima.» Die Nobelpreisträger Otto Hahn, Max Born, Werner Heisenberg, Max von Laue und andere Professoren versuchten die Menschen aufzuklären: «Wir kennen keine technische Möglichkeit, große Bevölkerungsmengen vor dieser Gefahr zu schützen.» Dennoch hatte der Bonner Bundestag im Mai die Atomrüstung der Bundeswehr beschlossen. Das ging selbst den Westalliierten, vor allem Frankreich, zu weit.

Atemlos hatte Cordt die Ereignisse verfolgt. Von seinem Radio und den Zeitungen kam er nicht los. Als wäre es unaufhaltsam, wurde die Bundesrepublik Mitglied der NATO, die 1949 gegründet worden war. Die Deutsche Demokratische Republik gehörte zum Warschauer Pakt, der 1955 entstand. Im Ernstfall mußten Deutsche auf Deutsche schießen, aber auf keiner Seite gestand man sich das ein, jeder sprach nur von der Bedrohung durch den anderen und von der eigenen Sicherheit. In Westdeutschland gab es wieder die allgemeine Wehrpflicht, in Ostdeutschland bisher nicht. Vor wenigen Wochen erst hatte diese Politik der Regierung Adenauer in der Bundestagswahl die absolute Mehrheit gebracht.

Wenn Cordt daran dachte, wußte er nicht weiter. Er schrieb: «Sind wir in der Rolle des verlorenen Sohns? Sie nennen uns feierlich im Parlament ihre Brüder und Schwestern. Aber bei ihren Finanzämtern können sie uns von der Steuer absetzen, wenn sie ihre Gaben für uns entrichtet haben. Wie stehen wir zueinander? Da ist keiner, der sich im Haus des Vaters als der Bessere fühlen könnte. Wir sind nicht die Daheimgebliebenen. Wir sind unterwegs, verloren und noch nicht wiedergefunden. Der Jüngste und der Älteste, Abel und Kain in ihrer Bereitschaft. Das ist unsere Erinnerung an die Zukunft. *Land, Land, höre des Herrn Wort.*»

Er wollte alles in einem begreifen, Mose, Lukas und die Offenbarung. Es war zuviel. Johannes, der Lauschende, der Seher von Patmos, Barlachs Johannes sah auf ihn herab. Zu Anfang, erinnerte sich Cordt, hatte er manchmal gepredigt, als wüßte er nicht, wie ihm geschah. Als er so bald über Land fahren und als Vikar auf den Dörfern predigen mußte, wurde er fortgetragen von der Möglichkeit des Worts. Von Mal zu Mal war er zögernder geworden. Im dritten Jahr durfte er bei besonderen Anlässen auch schon das Abendmahl austeilen, das lag nicht an ihm, es wurde gebraucht, und es gab die Erlaubnis, wenn die Kirche zuwenig Pfarrer hatte.

Wenn er bedachte, wie viele Pastoren vor ihm an diesen Orten gepredigt hatten, was alles gesagt war, lastete das übermächtig auf ihm. Das Wort, das geschrieben war, machte ihn sprachlos. Er war kein Mensch ausholender Gesten. Seine leiblichen Brüder, Lorenz und Jonas, konnte er wohl umarmen. Aber unter Fremden war er befangen, seine Bewegungen wurden eng. Lieber deutete er nur an, was er ausdrücken wollte. Doch wenn er draußen in einer Dorfkirche sprach, vor sieben Menschen oder fünfzehn, spürte er auch, daß sie in ihm den Stellvertreter sahen. Sie brauchten es, daß er sich überwand. Wenn er ihnen die Hand entgegenstreckte und manchmal die ausgebreiteten Arme, war er einer, der weitergab, was zu geben war. Er lernte es allmählich, Menschen zu segnen und zu dienen. Das alles war größer als er. Oft kniete er in Gedanken, und manchmal tat er es wirklich. In ihm war soviel Bemühen. Wie sollte er damit fertig werden?

Auf dem Tisch lagen die Zettel, die Buchstaben und Sätze, seine Textauswahl. Diese ungeheuren Worte, er hatte Angst vor ihrer Macht. *Da sprach der Herr zu Kain: Warum ergrimmest du? Und warum verstellen sich deine Gebärden?* Cordt hörte in sich, was er immer wieder gelesen und vor sich hin gesprochen hatte. *Kain, wo ist dein Bruder Abel?* Er hörte die Verdammung. *Kain ging von dem Angesicht des Herrn, und wohnete im Lande Nod, jenseits von Eden, gegen Morgen.* Wie sollte er es aushalten, die Worte der Bibel und seine Worte zu verbinden? Mußten sie nicht auseinanderfallen, seine kümmerliche Sprache und die Worte der Schrift? Plötzlich war ihm, als müßten sie da drüben in St. Nikolai laut und tönern zu Boden fallen, seine Sätze, wenn er sich so übernahm. *Ich will mich aufmachen, und zu meinem Vater gehen.* Was hatte er sich für einen Beruf zugetraut? Einen Beruf, der von einem Menschen nicht zu leisten war, schon gar nicht von einem, der so jung war wie er. *Denn dieser mein Sohn war todt, und ist wieder lebendig geworden; er war verloren und ist gefunden worden.* Er dachte, ich kann es nicht, und er versuchte zu beten. Warum sah er vor seinem Inneren zwei Dinge verbunden, von denen eins von so weit herkam und das andere so gegenwärtig war? Er sah die apokalyptischen Reiter, aber er sah sie vor dem *eisernen Vorhang*. Er versuchte, das Bild wegzudrängen. War es zulässig, daß er in seiner Predigt Jahrtausendworte und biblische Bilder so auf die Gegenwart übertrug? Einen Augenblick lang dachte er: Nachdem dies gesagt ist, kann niemand mehr schreiben.

Cordt stand auf, über knarrende Dielen ging er auf und ab. Im Flur hörte er Karin räumen, sie machte sich wohl an der Kommode zu schaffen, in der die Tischdecken und Tücher lagen. Durchs Fenster sah er, daß die Wolken ein Stück aufgerissen waren. Als Kinder hatten sie, wenn der Himmel blaue Flecken freigab, oft gesagt: «Jetzt kann man Husarenhosen schneiden.» Die Oktobersonne fiel in einem Streifen auf das Kirchdach. Vielleicht wollte Karin in dem geschützten Winkel decken, in dem sie auch um diese Jahreszeit manchmal noch im Freien sitzen konnten.

Er sah die dichtbeschriebenen Blätter auf dem Schreibtisch und überdachte, was er von alldem verwenden könnte. Es war zuviel, und es war zuwenig. Eigentlich müßte er von vorn anfangen. Als er sich das vorstellte, sah er den Wagen mit dem Berliner Kennzeichen vor dem Haus vorfahren. Im Grunde paßt das jetzt überhaupt nicht, dachte Cordt. Aber als sie den Besuch am Telefon ausgemacht hatten, war er noch überzeugt gewesen, er werde mit der Predigt vorher fertig sein. Das war typisch für ihn, daß er nun in die Klemme geriet und sich nicht einmal anmerken lassen durfte, wie es in ihm aussah. Er hörte, daß Johannes einmal kurz hupte, und ging hinunter.

Seit Cordt in Luckau lebte und auch nach ihrer Heirat hatten sie Johannes, Gertrud und deren drei Töchter ein paarmal in Berlin getroffen. Aber es war das erste Mal, daß die beiden hierher zu ihnen kamen. Sie versuchten, miteinander auszukommen, und das gelang ihnen bis zu einem gewissen Grad. Es war naheliegend, daß sich einer um den anderen kümmerte – sie waren nun einmal die von der übrigen Familie abgeschnittenen Ristenparts. Denn Onkel Theo aus dem

«Haus Gözsy» hatte, nachdem Toni sich auch von ihrem zweiten Mann hatte scheiden lassen, in einem Stadium reiferer Einsicht, das wohl beiderseitig Irrtümer aufholte, seine Frau wieder geheiratet. Eines Tages waren sie wie so viele Hals über Kopf in den Westen gegangen. Cordt wußte von Johannes, daß die erneut Vermählten sich nur noch wie hereingeweht in der Wohnung am Treptower Park von ihnen verabschiedet hatten. Plötzlich hatten die Brüder einander nichts mehr zu sagen gewußt.

Bei der Begrüßung sah Gertrud an Karin herunter. «Wann ist es denn soweit?»

«Wohl in sechs Wochen.»

«Wie seid ihr gefahren?» wollte Cordt wissen.

«Über Potsdam und Jüterbog», sagte Johannes. «Wir wollten das einmal wiedersehen. In den Kasernen der Artillerieschule haben sich die Russen eingerichtet.»

Cordt sah oft sowjetische Soldaten. Die Mannschaften blieben meist hinter ihren Zäunen und Kasernenmauern, sie traten im täglichen Leben der Bevölkerung kaum in Erscheinung. Nur manchmal, wenn er zu den Dörfern unterwegs war in dem alten DKW seines Superintendenten oder häufiger mit einem Gespann, mit dem ein Bauer ihn abholte, sah er sie in Kolonnen zu den Übungsplätzen fahren. Sie rasteten in den Wäldern und drängten sich rauchend um ihre Fahrzeuge, schmale junge Männer, die vor allem wohl Heimweh hatten – Tausende von Kilometern lag ihr Zuhause entfernt. Sehr jung sahen sie aus, in die Fremde geraten, Entbehrungen standen in ihren Gesichtern. Soviel Cordt wußte, erhielten sie als Wehrpflichtige von hier aus überhaupt keinen Heimaturlaub, sondern blieben rund eineinhalb Jahre in der DDR. Ein paarmal hatte er versucht, einige von ihnen einzuladen, bisher war ihm das nicht gelungen. Zwischen den russischen Soldaten und den Menschen in den Ortschaften gab es so gut wie keinen Kontakt. Nur die Offiziere in ihren olivbraunen Uniformen und den Mützen mit dem hohen Tellerrand und breiten Schulterstücken tauchten im Stadtbild auf, sie grüßten und wurden gegrüßt, wenn sie Geschäfte betraten. Cordt lernte Russisch auch, um sich mit Angehörigen der sowjetischen Streitkräfte verständigen zu können. Die Kinder lernten es in der Schule.

«Kommt herein!» Sie gingen durch den ummauerten Hof, wo Karin den Tisch unter dem Walnußbaum gedeckt hatte. Ein Hauch von Wärme hatte sich in dem Winkel gefangen. An der Wand blühten noch Stauden von Tränenden Herzen. Nach Norden schloß die Stadtmauer den stillen Platz ab. Cordt öffnete das Holztor und trat die Stufen hinab ins Freie, die anderen folgten ihm. Von da waren es nur ein paar Schritte zum Wassergraben, dem nicht mehr anzusehen war, welche Rolle er einmal für die Verteidigung der Stadt gespielt hatte. Den Wall entlang standen Büsche und Bäume herbstgelb leuchtend in der Sonne, die gerade in einem Bündel durch die ziehenden Wolken fiel. Sie gingen den Weg ein Stück und blickten gemeinsam über die Mauer zurück. Am Pfarrhaus wuchs wilder Wein, aus den Ranken wehte rotes Laub herab. Wie dicht danebengerückt ragten die Doppeltürme der Nikolaikirche zum Dachfirst auf. Es roch nach feuchter Erde.

«Habt ihr es schön hier», sagte Gertrud.

Als sie bei Tee und belegten Broten um den Gartentisch saßen und die Sonne auf einen Mauerabschnitt über ihnen fiel, so daß ein warmer Widerschein sie berührte, bemerkte Gertrud: «Na, was sagt ihr zum Sputnik? Ist das nicht fabelhaft?»

«Das tut den Amerikanern einmal gut», sagte Johannes, «daß sie nicht immer technisch die Nase vorn haben.»

«Sie werden alles tun, um das aufzuholen», sagte Cordt. «Ihren Wirtschaftsapparat und die Forschung werden sie dafür einspannen. Was es wirklich bedeutet, können wir wohl schwer beurteilen. Ich fürchte, jede menschliche Erfindung, die uns technisch so voranbringt, wird eines Tages doch nur wieder für die Rüstung genutzt.»

«Na, hör mal.» Johannes faßte die Teetasse zwischen

Daumen und Mittelfinger spitz an und winkelte dabei den kleinen Finger ab. «Seit Hiroshima sind die Amerikaner immer nur überlegen gewesen. Jetzt holt die andere Großmacht auf.»

Cordt sah auf Karin. An ihrem Antwortblick glaubte er zu erkennen, daß sie sich über ihn Gedanken machte. Sie mußte wissen, wie schwer es ihm fiel, hier stillzusitzen und droben die angefangene Predigt liegen zu haben. «Fabelhaft ist es jedenfalls», sagte sie und wechselte das Thema, um ihm zu helfen. «Wißt ihr, daß Cordt morgen zum erstenmal als Pfarrer predigt?»

«Das erfahr ich eben», sagte Johannes. «Cordt, warum hast du nichts davon gesagt? Ich wär gern dabeigewesen.»

«Wollt ihr hier übernachten?» fragte Karin.

«Du, wir haben gar nichts mit», sagte Gertrud. «Wir müssen auch wirklich zurück.»

Cordt dachte noch darüber nach, daß Johannes *ich* gesagt hatte, nicht *wir*. Da wandte sich Gertrud an ihn und sagte: «Hoffentlich macht es dir nichts aus, aber ich bin aus der Kirche ausgetreten.»

«Nein», sagte er. «Es ist schwierig genug, drin zu bleiben.»

Johannes erklärte: «Mir bedeutet Kirche noch etwas, mehr als nur die Erinnerung an früher.»

Er läßt offen, ob er sich noch dazurechnet, dachte Cordt, aber das konnte er sich schwer vorstellen, denn sein Onkel, das wußte er, war wie Gertrud Mitglied der SED. Er war Mitglied der Staatlichen Plankommission, die dem Ministerrat unterstand. Johannes hatte eine leitende Funktion im Ministerium für Schwermaschinenbau.

«Es will euch niemand bekehren», lenkte Cordt ab.

«Na, dann predige mal schön morgen», sagte Johannes.

Cordt brachte das Gespräch auf die Familie und hörte von Johannes, daß sein Patensohn Lorenz in Hamburg der CDU beigetreten war. Seinen Bruder Julius in Braunschweig schätzte er ebenso ein. «Wenn er überhaupt noch schreibt, spüre ich immer, wo er die Lücken stehenläßt», sagte Johannes. Dann sprachen sie von Anna-Marie, die Architektur studierte, von Corina, die eine Schauspielschule besuchte, und davon, wie lange Renate noch bis zum Abitur brauchte, wenn alles gut ging.

Cordt sah sich diesen Onkel an. Johannes hatte den Stuhl zurückgeschoben und lehnte den Kopf an die Mauer. Er schien etwas zu frösteln, es wurde Zeit, daß sie hinaufgingen. Johannes wirkte, als wäre er nicht ganz anwesend. Das war bei ihm häufig so, fand Cordt. Sooft er ihn erlebt hatte, konnte er überhaupt nicht ungeteilt dabeisein, wenn sie nur von persönlichen Dingen sprachen. Er machte immer den Eindruck, daß sein Beruf ihn festhielt und daß er eigentlich Wichtigeres zu denken hatte. Bestimmt legte er Wert auf Familie, aber er hatte nicht einmal mit seiner eigenen Geduld. Mit den Jahren nahm das wohl noch zu, jedenfalls solange er in seinen Pflichten steckte. Er ist jetzt einundsechzig, dachte Cordt. Das Militärische würde er nie ganz loswerden. Es hatte mehr als dreißig Jahre seines Lebens ausgemacht. Das Haar trug er kurz geschnitten wie früher, der Ansatz war weit zurückgewichen. Die Nase war schmal und scharf, die Lippen dünn, aber das Gesicht wurde durch die Falten um die Augen und die hängenden Lider gemildert, das Kinn war etwas fliehend und weich. Cordt konnte ihn sich immer noch in Uniform vorstellen, Befehle erteilend.

«Du hast doch Informationen», fragte er ihn, «wie beurteilst du die Lage?»

«Wirtschaftlich, oder wie meinst du das?»

«Allgemein.»

«Wenn sie im Westen wenigstens bereit wären, gelten zu lassen, daß wir es anders versuchen und daß wir Zeit dafür brauchen, viel Zeit. Aber sie messen alles bei uns mit ihren Maßstäben, als wäre es ein Verbrechen, andere zu haben. Gleiche Startchancen hatten wir nie. Und überall in der Welt, wohin wir kommen, machen sie uns um jeden Preis Konkurrenz.»

«Die Brüder sind Rivalen», sagte Cordt. Ihm war, als riefe die Predigt nach ihm.

«Als wir anfingen, gab es in der DDR nur drei veraltete Hochöfen», sagte Johannes, «aber eine Menge metallverarbeitender Industrie. Das Zwanzigfache an Eisen und Stahl hätten wir gebraucht. Die im Westen hatten auch ihre Schwierigkeiten, aber sie erhielten viel schneller wieder Zugang zu Rohstoffen.»

Gertrud warf ein: «Seit das Deutsche Reich bestand, war es nie so gedacht, daß Ostdeutschland für sich allein auskommen sollte. Es gab die Arbeitsteilung zwischen den Regionen.»

«Aber dann waren wir plötzlich von allen Verbindungen abgeschnitten», sagte Johannes.

«Mein Vater schreibt so stolze Briefe», warf Karin ein. «Wie alles bei ihnen vorangeht. Mit mir hat er Mitleid. Es will nicht in seinen Kopf, daß ich das nicht brauche.»

«Wir wissen doch, wie es bei uns ist», sagte Cordt. «Das braucht uns doch keiner zu sagen. So wie die behaupten, ist es jedenfalls nicht.»

«Wenn es nach ihnen geht, sind wir bestenfalls ein Provisorium», meinte Johannes. «Sie wollen nicht, daß wir zu Erfolg kommen. Für sie sind wir eigentlich sogar alle berechtigt, Bürger der Bundesrepublik zu werden. Wir haben Anspruch auf ihren Paß.»

«Ich weiß nicht, warum wir anderen das Schauspiel bieten», sagte Cordt. «Ich kann mir nicht vorstellen, daß sich Engländer oder Franzosen, Polen oder Ungarn so benehmen würden wie wir. Die Alliierten brauchten nur mit der Teilung anzufangen, da rissen wir uns schon selbst auseinander.»

Johannes sagte: «Es ist dieser besinnungslose Antikommunismus, mit dem sie uns aus der Bundesrepublik überziehen. Das KPD-Verbot, der Alleinvertretungsanspruch, die Hallsteindoktrin. Alles angeblich gerechtfertigt durch das Grundgesetz.»

«Gesetze», sagte Cordt. «Die Rechtsprechung richtet sich

in fundamentalen Fragen immer nach der herrschenden Politik.»

«Sieh an», sagte Johannes, «unser Pfarrer ist Anarchist.»

«Nein. Aber mir steckt noch in den Knochen, was sie bis 1945 mit Gesetzen gemacht haben.»

«Und ich spüre in meiner Arbeit, wie sie uns zu isolieren versuchen. Ich hab mit dem Aufbau des Exports von Industrieanlagen zu tun. Ein unglaublich schwerer Anfang ist das. Jedes Land, das auch nur daran denkt, mit uns Beziehungen aufzunehmen, wird von der Bundesrepublik mit dem Abbruch diplomatischer Beziehungen bedroht. Bei Entwicklungsländern wenden sie auch Repressalien an.»

«Wirklich?» fragte Karin.

«Ja. Außerhalb der sozialistischen Länder können wir vorerst nur mit Handelsvertretungen ankommen. Zum Beispiel versuchen wir das jetzt in Ägypten, seit die unter Nasser eine Volksrepublik haben. Aber was meinst du, wie sich die Bundesrepublik dazwischenzudrängen versucht!»

«Aber ihr kommt doch voran. Oder nicht?» sagte Gertrud.

«Es könnte schneller gehen. An vielen Orten könnte es das, wenn die Bundesrepublik uns gegenüber eine offene Haltung praktizierte oder unsere Bemühungen wenigstens nicht störte. Es ist, als wollten sie uns wirtschaftlich ruinieren. Und dann fallen sie über unsere Handelsbilanz her und erklären aller Welt, wie überlegen sie sind.»

Karin sagte: «Es erscheint ihnen wohl absurd, daß man sie und uns vergleichen könnte. Eigentlich denken sie, uns gibt es gar nicht.»

«Zu den Fehlern, die wir machen», sagte Johannes, «gehört, daß viele Marxisten den Einfallsreichtum und die Erneuerungskraft des Kapitalismus unterschätzen.»

Cordt war wieder mitten in seiner Predigt. Alles, was sie sagten, gehörte dazu. «Wenn die Bundesrepublik ein wirklich demokratisches Land wäre», sagte er, «bewohnt von Christen, die auch so handelten, wäre vieles für uns leichter.»

Johannes und Gertrud sahen ihn verwundert an. Nur Karin verstand ihn gleich.

Davon sprach er am nächsten Morgen auf der Kanzel. Die halbe Nacht hatte er unter der Stehlampe gesessen und seine Predigt umgeschrieben. Wort für Wort hatte er sie nun vor sich, als er zu Häupten der Gemeinde stand. Er konnte sie beinahe auswendig, und es fielen ihm neue Gedanken ein. Mehr als hundert Menschen waren gekommen, um an seinem Gottesdienst teilzunehmen. Es hatte sich herumgesprochen, daß der Vikar, der Pfarrer geworden war, an St. Nikolai bleiben sollte. Er gehörte nun zu ihnen.

Sein Blick ging über die Köpfe zum Taufbecken und dem hochgeschwungenen Altar mit dem Schnitzwerk, den Tafelbildern und den gewundenen Säulen, die vergoldet waren. Das Licht brach durch die hohen Fenster herein, einige waren glasklar, andere besetzt mit Einlegearbeiten, karminrot und türkisfarben oder himmelblau. Unten saß Karin zwischen Herrn und Frau Borm. Sie hatte wie er kaum geschlafen, sondern ihm mehrfach Tee gebracht. Angestrengt sah sie aus und hatte das von innen gedehnte Gesicht, das ihren Zustand beschrieb – die letzten Wochen fielen ihr schwer. Der Superintendent erinnerte ihn wieder an Superior Rahner. Die in den Bänken verteilt saßen, waren zumeist Frauen über vierzig. Sie saßen in Mänteln und schauten, viele unter Kopftüchern, erwartungsvoll zu ihm auf.

Cordt hörte, wie seine Stimme in der Kirche zunahm, ihm war, als füllte sie auf einmal den Raum bis unter das Gewölbe. Er hatte die Verse aus Lukas 15 verlesen und sprach von den Brüdern. Einer schien verloren, der andere hielt sich für den guten, aber keiner war im Recht. Cordt war ruhig. Er spürte, was es bedeutete, auf dieser Kanzel zu stehen, einer von den Predigern.

In ihm war eine große Befreiung. Vieles kam zusammen, was ihm half, Menschen, Gedanken und Bilder. Vor seinem Inneren stand Johannes, wie Barlach ihn in Holz geschnitten hatte, er hörte und sah. Cordt predigte vom Vater. «Mein

«Sohn, du bist allezeit bei mir, und Alles, was mein ist, ist dein. Du solltest fröhlich und gutes Muths sein; denn dieser dein Bruder war todt, und ist wieder lebendig geworden.»

Er sprach von Kain und von Abel, und er sah die Reiter, fern, sie ritten vorüber. Er blickte in die Gesichter der Menschen, die ihm zuhörten, und staunte, daß er das war, der da sprach.

Die Abfindung

Julius Ristenpart ging am Wilhelmgymnasium vorüber, der Schule, auf die seine Söhne der Reihe nach gegangen waren. Er kam aus dem Geschäft, wie er die Brauerei nannte. Sonst strebte er um diese Zeit nach Hause, aber was sich ereignet hatte, machte ihn ziellos. Meist brach er morgens zu Fuß auf, ging die halbe Stunde und war einer der ersten im Büro. Abends ließ er sich gewöhnlich von einem Fahrer der Geschäftsleitung in die Moltkestraße bringen. Es war November, und das Wetter entsprach dem Kalender. Seit fünf Uhr nachmittags brannten in den Häusern die Lichter. Der Bürgersteig war mit einem Niederschlag aus Luftfeuchtigkeit, Abgasen und Ruß überzogen. Braunschweig hatte oft dieses niederdrückende Klima, unter dem Martha so gelitten hatte. Aber er hatte hier nun einmal seine berufliche Existenz.

Während er langsam einen Fuß vor den anderen setzte, wurde ihm klar, daß er jetzt keinesfalls Anna gegenübersitzen wollte. Sie würde erwarten, daß er irgend etwas von sich sagte oder auf sie einging. Er wollte mit keinem Menschen sprechen. So entschloß er sich, in den Gewandhauskeller zu gehen. Da konnte man, bevor die Abendgäste in größerer Zahl eintrafen, ruhig in einer Ecke sitzen. Am Völkerkundemuseum würde er in die Straßenbahn steigen und in die Innenstadt fahren. Als er das Gebäude als dunklen Kasten da stehen sah, erinnerte er sich, daß ihm ein Wärter einmal das Skelett aus einem Hockergrab erklärt hatte. Er behauptete, am Gebiß könne man noch feststellen, daß dieser Mensch in der frühen Bronzezeit an Kiefervereiterung gestorben sei.

Julius betrat eine Telefonzelle und wählte die Nummer. Als Anna sich meldete, sagte er: «Bitte warte nicht mit dem Essen auf mich. Es kann spät werden. Du weißt, wir haben den Steuerprüfer da.»

«Ja. Aber iß bitte was.»

«Ich lasse mir etwas aus der Kantine holen.» Das kam öfter vor. Für die Spätschicht gab es einen Schalter, an dem sie Getränke, Tabak und Kleinigkeiten aus der kalten Küche kaufen konnten.

«Hast du Ärger?»

«Nicht mehr als sonst. Bis später.» Wie es seine Gewohnheit war, wartete er, bis sie aufgelegt hatte. Als er den Hörer auf den Haken hängte, sah er, wie die Scheibe in dem Sprühregen glitzerte, der eingesetzt hatte, dahinter lag schwarz der Park. Nur von der Seite fiel der Schein einer Laterne auf das Glas. Er gab einer Frau, die draußen gewartet hatte, die Tür in die Hand.

Als er auf der vorderen Plattform des Anhängers stand und die Tram quietschend in die Kurve vor dem Theater zum Steinweg einbog, fiel ihm wieder der Unfall ein. Ein Mann, der aufspringen wollte, war am Trittbrett abgeglitten, als die Bahn schon anfuhr. Er wurde mitgeschleift und stürzte so, daß er zwischen Vorderwagen und Anhänger geriet. Der Schrei war ihm bis ins Mark gegangen. Julius hatte an der Klingelleine gerissen. Der Zug hielt und hielt nicht, dann endlich. Er war ausgestiegen und vor den Menschen, die sich um den Wagen drängten, davongelaufen. Jahre war das her, aber er mußte immer wieder daran denken.

Vor Dankwarderode stieg er aus, weil er das Bedürfnis verspürte, noch ein Stück zu gehen. Er konnte seine Gedanken am besten im Gehen sammeln. Der Mensch war in seinen Augen ein Geher, kein Läufer. In seinem Leben war er bisher wohl schon eine Strecke gegangen, die dreimal dem Erdumfang entsprach. Er hatte das einmal überschlagen. Julius war ein Zahlenmensch. Daten, Summen und selbst statistische Ziffern konnte er sich zuverlässig merken, er besaß dafür ein Gedächtnis, das ihm manchmal unsinnig erschien. So wußte er zum Beispiel aus seiner Kindheit noch die erste Telefonnummer, die das Haus Ristenpart seinerzeit in Goslar erhalten hatte. Oder er erinnerte sich an Geburtstage seiner Kusinen und Vettern, die er zum Teil seit den dreißiger Jahren nicht mehr gesehen hatte, manche waren schon tot. Die Gehirnzellen, die diese Daten gespeichert hatten, könnten etwas Nützlicheres tun, meinte er. In letzter Zeit fiel ihm auf, daß er sich Zahlen aus seinen frühen Jahren viel schärfer eingeprägt hatte als manches, was ihm jetzt begegnete. Aber er konnte auch heute fast immer auswendig sagen, wie die Bilanz der Brauereigesellschaft in den Hauptpositionen aussah.

Er zog beim Gehen das rechte Bein nach und ging, wenn er erschöpft war, etwas gebeugt. Bis zum vorigen Sommer hatte er noch Tennis gespielt und war dabei auch gern gerannt. Dann hatte ihn eine Meniskusverletzung, die zwar ausheilte, aber eine Unsicherheit zurückließ, davon abgehalten. Anna wollte ihn immer ermuntern, daß er es wieder versuchte, aber zum erstenmal traute er sich das nicht mehr zu.

Julius mußte sich eingestehen, daß es ihm leichter gefallen wäre, Martha zu sagen, was dieser Tag für ihn und damit auch für seine Frau entschieden hatte. Martha war tot. Vor drei Jahren und einem Monat war sie gestorben, und sie hatte das gewollt, sie konnte nicht mehr leben. Ein Jahr danach hatte er Anna geheiratet, Anna Kupfer. Sie stammte aus Freiburg im Breisgau und war die Tochter eines Kapitäns der Kriegsmarine, der wie Julius zum Stab der Heeresgruppe West gehört hatte. Er lebte zurückgezogen in Badenweiler, da hatte Julius ihn eines Tages besucht. Anna hatte ihren Verlobten im Krieg verloren, sie war unverheiratet geblieben und hatte als wissenschaftliche Mitarbeiterin am Institut für Immunbiologie gearbeitet, ursprünglich war sie Apothekerin. Zu Anfang war es eine Vernunftehe gewesen, die auf

Sympathie beruhte. Anna war zweiundzwanzig Jahre jünger als er.

Während er durch die Straßen ging, hinter dem Dom, vorüber an Altstadthäusern, von denen der Bombenkrieg nur ein paar übriggelassen hatte, und an Verschlägen, die Baustellen verdeckten, empfand er sich wie ausgeleert. Julius wußte sich keinen Rat. Seit Martha nicht mehr lebte, fühlte er oft diese Entfernung zu Menschen und Dingen, auch zu sich selbst. Zuerst war ihm das bewußt geworden, als sie noch in dem Zimmer lag, das an seines grenzte, in dem Bett, aus dem sie nicht mehr aufstehen konnte. In ihren letzten Monaten war es immer stiller zwischen ihnen geworden. Sie verständigten sich meist ohne Worte. Julius wußte, was zu tun war. Martha wußte, daß niemand mehr etwas für sie tun konnte. Damals hatte er zum erstenmal gespürt, wie die Kälte in ihn einzog. Es war keine Kälte gegen Martha, das gewiß nicht. Es hatte auch nichts mit seinem Willen zu tun, sondern entstand in ihm als ein körperlicher Vorgang, der erst allmählich bis in seinen Kopf stieg und Einsicht forderte. Ihm war, als kühlte er aus und verlöre unaufhaltsam das Wichtigste, einen menschlichen Antrieb, der ihn wärmte und ihn in Gang hielt.

Auch Martha, glaubte er, zog sich von ihm zurück. Er konnte ihr nicht folgen, manchmal verlor er den Kontakt zu ihr. Es war Pflicht, was ihn aufrecht hielt. Wenn er abends die Wohnung betrat, den Schlüssel auf die Garderobe legte, die Küchentür öffnete und zu Frau Leuschner hineinschaute, nickte die ihm zu und hatte schon das Abendbrot auf dem Tablett für ihn hergerichtet, damit er sich neben seine Frau setzen konnte. Sie trug es hinüber und deckte ihm immer auf dem kleinen Tisch, den sie vor das Bett rückte.

Nach dem Händewaschen, wenn er die Jacke gewechselt, den Schlips aber anbehalten hatte, war er zu ihr gegangen und hatte gesehen, wie sie sich allmählich entfernte, während sie dalag. Von Woche zu Woche war sie weiter fort, und über den Zwischenraum hinweg, der von ihr zu ihm wuchs, grüßte sie ihn mit dieser Entschiedenheit, die sie in der letzten Zeit in allem besessen hatte. Sie wehrte Gespräche ab, wollte nicht mehr berührt sein, außer durch seine vorsichtige Nähe, wenn er sich über sie beugte. «Mein Lieb», sagte er.

Während das Leben in ihr abnahm, war ihm, als wiche auch aus ihm das Verlangen, den Zusammenhang mit der Umwelt aufrechtzuerhalten. Seine Arbeit verlief wie selbsttätig. Mit anderen sprach er nur das Nötigste, telefonierte mit Lorenz und Jonas, um sie zu unterrichten. Franziska bereitete sich auf das Abitur vor. Sie sorgte nachmittags für ihre Mutter. Wenn er kam, saß sie meist in ihrem Zimmer und wiederholte den Stoff der Oberstufe, Fach für Fach. Er verlor sie aus den Augen und manchmal sogar aus dem Gedächtnis, bis sie über Praktisches miteinander sprechen mußten, den Arztbesuch, die Gemeindeschwester, Medikamente, Geld. Sie hatten es aufgegeben zu hoffen, sie könnten sich gegen den Tod verbünden. Das Ausweglose vereinte sie und ließ manchmal eine plötzliche Nähe zwischen ihnen entstehen, die alle Kälte in ihm bannte. Dann warf sich Franziska in seine Arme, und er spürte wieder, daß er eine Tochter hatte, die er heftiger liebte als je einen seiner Söhne.

Sonst aber fühlte Julius sich nicht mehr als die Person, die er gewesen war. Er kam sich abhanden und war darüber nicht einmal beunruhigt, es geschah mit ihm. Teilnahmslosigkeit ergriff ihn, wenn er sich zusah. Der Mensch im Spiegel war nicht er. Etwas Unpersönliches begann ihn auszufüllen und ließ ihn vor sich selber als eine Figur erscheinen, die ihren Dienst verrichtete, die er aber nicht weiter in Anspruch nehmen konnte. Mitten in diesem Zustand hatte ihn Marthas Tod getroffen. Sie ging endgültig fort. Alle um sie herum, ihre erwachsenen Kinder, sein Bruder Karl, der Arzt, sie alle umstanden abwechselnd das Sterbebett. Danach blieben sie auch in der Wohnung zusammen, als der Sarg hinausgetragen wurde und sie auf die Beerdigung warteten. Jonas war ihr vielleicht zum Schluß am nächsten gewesen. Julius war Marthas Mann, aber gerade ihn hatte sie nicht mehr an sich herangelassen, als sollte er sie im Gedächtnis behalten, wie sie früher gewesen war. Manchmal hatte sie ihm Zeichen gegeben, Zeichen, die ihm sagten, daß sie es nicht wollte, aber nicht anders konnte. Nein, sie ließ ihn nicht mehr an sich heran, aber sie entließ ihn nicht. Sie versammelte wohl ihre Gedanken bis zuletzt um sie beide, wie sie miteinander gelebt hatten, zweiunddreißig Jahre lang.

Er war über ihren Tod nicht hinweggekommen, sondern lebte weiter wie neben sich her. Nun erst wurde ihm voll bewußt, wie stark er immer auf Martha angewiesen gewesen war und wie sehr er sich daran gewöhnt hatte, daß sie alles, auch das Kleinste, für ihn mitbedacht hatte, solange sie die Kraft besaß. Julius lernte sich in der Einsamkeit kennen, die nie sein Los gewesen war. Das Wort Witwer wurde von anderen auf ihn angewendet. Eine Zeitlang trug er beide Ringe, bis ihn störte, daß Fremde ihn in einem Lokal oder auf einer Parkbank ansprachen: «Sie als Witwer.» – «Unter uns Witwern.» Von da an ging er wieder nur mit seinem Ring und ließ Marthas Ring auf seinem Nachttisch liegen. Frau Leuschner blieb zunächst bei ihm, er spürte es kaum. Er aß und trank, als wäre er nicht wirklich anwesend. Nie hatte er so viel geschwiegen.

Franziska bestand das Abitur, sie verließ ihn und besuchte in der Nähe von Karlsruhe eine Dolmetscherschule. Sie wollte möglichst bald auf eigenen Füßen stehen. Julius war für das Alleinsein ungeeignet. Die Kälte und die Verlorenheit nahmen in ihm noch zu, manchmal bekam er Angst vor sich. Dann lief er aus der Wohnung fort, in der alles ihn an Martha erinnerte, ging durch die Stadt, fuhr zum Wochenende in den Harz und wanderte, schloß sich aber niemandem an.

Er war vor dem Gewandhaus angekommen und betrat den Keller. In den Nischen unter dem Gewölbe saßen, wie er angenommen hatte, nur wenige Menschen. Er konnte für sich bleiben und bestellte sich als erstes ein Pils vom Faß. Der Pächter kannte ihn, er ließ es sich nicht nehmen, ihn zu begrüßen.

«Wie stehen die Geschäfte, Herr Ristenpart?» Er wartete eine Weile, die Hände vor dem Bauch gefaltet.

«Es geht.»

«Das Weihnachtsbier ist gut, besonders der Bock.»

Julius schaute auf. Der andere spürte wohl, daß der Prokurist der Brauerei, an die er seit langem durch den Liefervertrag gebunden war, diesmal ungestört sein wollte. Nach einigen Bemerkungen über die verkaufsoffenen Sonntage, die bevorstanden, und den in der Adventszeit zu erwartenden Andrang der Gäste zog er sich zurück.

Julius hatte ihm kaum zugehört. Er betrachtete den Schaum in seinem Glas, das Gespräch des Vormittags ging ihm wieder durch den Kopf. Was hatte er falsch gemacht? Er meinte, daß er sich nichts vorzuwerfen brauchte. Die Entscheidung, die ihn traf, entzog sich seinem Einfluß. Sie taten nur so, als hätte er mitzubestimmen. In Wirklichkeit konnte er daran nichts ändern. Er, Julius Ristenpart, sollte abgefunden werden, das verletzte seinen Stolz. Bei Angehörigen der Geschäftsleitung war das die Art, auf die man sich eines Menschen entledigte, wenn Mächtigere meinten, er habe ausgedient. Nein, er wurde nicht entlassen. Aber sie stellten ihm den Stuhl vor die Tür und legten noch zwei Jahre die vollen Bezüge sowie eine Pauschale für die ihm zustehende Gewinnbeteiligung darauf. Finanziell erfüllten sie den Vertrag.

Gegen elf Uhr hatte Oldendorff ihn zu sich gebeten. Er war der Bevollmächtigte der Aktiengesellschaft, der starke Mann im Vorstand. Größere Geschäftsvorgänge zeichnete Julius mit ihm gemeinsam. Oldendorff rief ihn an und sagte: «Ristenpart, könnten Sie zu mir herüberkommen? Ich wäre Ihnen dankbar.» Das war seine Art. In der Form war er entgegenkommend, in der Sache, wenn es darauf ankam, kompromißlos.

Julius nahm an, es handle sich um die laufende Buchprüfung. In seinem getäfelten Büro war nur an den Aktenschichten zu erkennen, was in seiner Abteilung vorging, aber in den Vorzimmern auf beiden Seiten und dem Hauptraum des Buchhaltungstrakts herrschte Chaos. Der Wirtschaftsprüfer und seine Leute erarbeiteten den Bericht für die Hauptversammlung. Im Frühjahr lief die Amtszeit des Vorstands ab. Es ging um die Bilanz. Die Versammlung der Aktionäre und der Aufsichtsrat hatten die Weichen für die nächsten fünf Jahre zu stellen. Julius wurde überschwemmt von Zahlen. Er dachte daran, daß Martha oft den Kopf über ihn geschüttelt hatte. «So ein trockener Kram», sagte sie. «Wie hältst du das aus?» Sie hatte gestaunt, daß er sich nicht nur damit auskannte, sondern den Zahlen sogar noch Leben abgewinnen konnte.

«Was willst du», sagte er einmal, als sie darüber sprachen. «Es hängen Menschen davon ab. Das ist der Organismus, ohne den sie nichts zu bewegen und zu arbeiten haben.» Manchmal erinnerte ihn das an Generalstabsarbeit: Kolonnen, Zahlen, Organisation.

«Ich hab Sie zu mir gebeten, weil ich namens der Gesellschaft etwas mit Ihnen erörtern muß», erklärte Oldendorff, als Julius ihm nicht vor dem Schreibtisch, sondern im Ledersessel am Rauchtisch gegenübersaß. Der Bevollmächtigte war der Nachfolger jenes Reserveoffiziers aus seinem Regiment, der ihn nach dem Krieg in der Firma untergebracht hatte. Julius kam es vor, als wäre das viel länger her als acht Jahre.

Mit Oldendorff hatte er nie, wie es im geschäftlichen Umgang hieß, *gekonnt*, aber sie hatten sich arrangiert. Julius hatte den Eindruck, daß der Vorstandsvorsitzende ihn akzeptierte, wenn sie auch kaum je ein persönliches Wort miteinander gesprochen hatten. Sie waren dafür zu verschieden. Oldendorff war Unternehmer und Zivilist, den ehemaligen Offizier Ristenpart hielt er wohl nur für begrenzt nützlich, sein Herkommen mußte ihm fremd bleiben.

Oldendorff war um die Fünfzig, ein Mann von mächtiger

Statur, ihm gegenüber fühlte selbst Julius sich nur mittelgroß. Wenn Oldendorff durch den Betrieb ging, das Sudhaus besichtigte, die Gäranlagen oder das Kühlschiff, hatte er etwas von einem Elch an sich. Die Schultern hielt er vorgebeugt und schaufelte über den Hof, wo Arbeiter standen und vor ihm auseinanderwichen. Sein Schädel hatte in der Mitte einen kahlen Streifen, rechts und links stand ihm grau und gebüschelt ein Haargeweih ab. Man konnte ihn für einen Dirigenten oder Redakteur halten. Die Gesellschaft hatte sich zu einem der großen Brauereikonzerne in Niedersachsen entwickelt, in letzter Zeit wurden zunehmend kleinere Unternehmen auf dem Lande aufgekauft. Oldendorff leitete die Firma, wie er auch ein Automobilwerk, eine Zeche, eine Versicherung oder vielleicht ein Ministerium geleitet hätte. Der Mann paßt in die Politik, dachte Julius. Er sah ihn an und wartete.

«Wir kennen uns gut genug, ich brauche nicht um die Sache herumzureden», sagte Oldendorff. «Sie wissen, daß im Vorstand ein Wechsel bevorsteht. Ich werde wieder beauftragt, dafür gibt es Absprachen. Wenn es soweit ist, will ich die Geschäftsleitung verändern und den Betrieb umorganisieren. Das gilt auch für die Buchhaltung. Wenn wir mit der Entwicklung Schritt halten wollen, müssen wir uns etwas einfallen lassen.»

«Was bedeutet das konkret?» Julius hörte sofort heraus, was auf ihn zukam. Er hatte bei anderen miterlebt, daß sie plötzlich ausgebootet wurden. Aber daß es ihn gegen seinen Willen treffen könnte, hatte er sich bis zu diesem Augenblick nicht vorstellen können. Vor zwei Jahren wäre ihm ein verfrühtes Ende seiner Tätigkeit sogar recht gewesen. Doch wie sollte er das Anna erklären?

Da sagte Oldendorff: «Ich möchte Sie bitten, einer Vereinbarung zuzustimmen, die Sie voll entschädigt, aber einem Jüngeren Platz macht. Sie sind bald dreiundsechzig. Ohne wirtschaftlichen Nachteil früher in den Ruhestand zu gehen – das kann Ihnen eigentlich nichts ausmachen, Ristenpart.»

Das war es also. Julius hatte zunächst diesen einen Gedanken: Was für ein Glück, daß er voriges Jahr darauf gedrungen hatte, seinen Pensionsvertrag zu ergänzen. Anna war darin aufgenommen worden. Die Zusatzpension, die alle leitenden Herren der Gesellschaft sich in gemeinsamem Interesse bewilligt hatten, sollte eines Tages zu sechzig Prozent auch für sie gelten. Das war angesichts des großen Altersunterschieds nicht selbstverständlich gewesen, aber er hatte es durchgesetzt. Wenigstens daran konnte er sich halten.

«Sie haben nach dem 131er Gesetz doch auch Ihre Offizierspension», stellte Oldendorff fest. «Ohne diese Regelung für die Ehemaligen hätte der Bundestag die Wiederaufstellung von Truppen gar nicht in Angriff nehmen können. Sie profitieren davon.»

«Dafür habe ich dem Staat auch zur Verfügung gestanden», sagte Julius. «Das habe ich mir erdient.»

Oldendorff sah ihn an, seine Haarbüschel ragten vor der Standuhr auf, die an der Wand aufgestellt war, ihr Glas spiegelte in Julius' Blickwinkel über der Sessellehne den Hinterkopf seines Chefs. Vielleicht kalkulierte er gerade, wie lange sein Prokurist aktiver Offizier gewesen sein konnte und was ein solches Gesetz, das viele Tausende betraf, gesamtwirtschaftlich bedeutete. Das traute Julius ihm zu, denn als Mann der Wirtschaft hatte Oldendorff immer nur Unverständnis für den Beamtenstatus gezeigt. «Na also», sagte er, «für Sie ist gesorgt.»

Er ist mir nur deswegen überlegen, weil er hier nun einmal mehr zu sagen hat, dachte Julius. Aber es gibt auch einen Punkt, an dem er mich nicht erreichen kann. Er empfand für diese Situation nur Verachtung und fragte sich, wie es dazu hatte kommen können. Im Grunde war es immer so gewesen. Sein Los war die Abhängigkeit, wenn er auch zunehmend Stellungen eingenommen hatte, die ihm gewisse Freiheiten ließen. In Wahrheit wurde auf allen Stufen Unterordnung verlangt. Nach seiner Erfahrung gab es unter Vorgesetzten oberen Ranges nicht so viele Unterschiede. Zum Beispiel benahmen sich Kommandierende Generale oder Feldmarschälle genauso rücksichtslos gegenüber ihrem Führungskorps, wie es Industriemanager im Verhältnis zu ihrem Stab taten. Die Schauplätze wechselten, nicht die Methoden. Wer die Macht hatte, ließ sie an den Menschen aus und kümmerte sich gewöhnlich nicht um die Folgen. Das galt noch dazu als vital, dynamisch und robust. Darauf flogen Geldgeber wie Parteien, sie bevorzugten Dickhäuter mit zweckgerichteter Intelligenz. Es gab Ausnahmen, aber Julius hatte nur wenige getroffen. Also hatte er sich seine Gegenwehr zurechtgelegt. Ehe er sich aufgab und sich dem Gefühl überließ, unterlegen zu sein, besann er sich auf seinen Stolz – der war ihm nie verlorengegangen. Merkwürdigerweise, dachte Julius. Aber es traf zu.

Nobel geht die Welt zugrunde, das war sein Ausdruck für diese Haltung. Plötzlich dachte er mit einem Anflug von Trotz: Ich werde alt werden, ich will mich schadlos halten. Das stand im Widerspruch zu der Kälte, die er empfand. Er hatte die Tätigkeit in der Brauereigesellschaft nie sonderlich geschätzt. Wie die meisten Männer, die er kannte, verdiente er sein Geld durch eine ungeliebte Arbeit. Sie verschaffte ihm eine gewisse Geltung und die Selbstachtung, die er für notwendig hielt. Es mußte sein. *Nach dem Gesetz, wonach du angetreten.* Julius hatte sich weder bedauert noch überschätzt. Von seiner Herkunft hatte er immer viel gehalten, das war ihm mitgegeben, und er hatte es bewußt betont.

«Sie gehören zur alten Garde», sagte Oldendorff. «Ihre Verdienste werden noch gebührend gewürdigt werden. Aber ich glaube nicht, daß die Umstellung auf EDV Ihnen liegt. Ich war in Amerika. Es ist bahnbrechend, was General Electric oder IBM dort zuwege bringen. Der Elektronik gehört die Zukunft auch im Büro. Es hört auf, daß sich überall Menschen über Papier beugen. Die elektronische Datenverarbeitung, programmierte Rechner werden die Geschäftsabläufe kalkulierbarer machen. Neue Perspektiven tun sich auf. Wir werden als eine der ersten Gesellschaften dabeisein.»

Julius konnte eine Glühbirne auswechseln, das war auch alles. Wenn ein Steckkontakt nicht funktionierte, rief er nach dem Monteur. Er sah ein, daß er aus einer anderen Zeit stammte. Wie es seine Art war, fühlte er sich nicht altmodisch, sondern abgerückt von dem technischen Kreislauf. Sollte der anderen imponieren. Er war Laie. Aber ob die neuen Rechenanlagen die Arbeit menschlicher machten, daran zweifelte er.

«Ich brauche ein paar Tage Bedenkzeit», sagte er. «Darauf muß ich bestehen.»

«Aber gewiß. Wir werden nichts überstürzen. Ich hab nur schon einmal die Vereinbarung, wie sie mir auch in Ihrem Interesse angebracht erscheint, vorbereiten lassen. Sehen Sie sich das in Ruhe an, Ristenpart. Und kommen Sie zu mir, wenn Sie alles überdacht haben.»

«Wen haben Sie als meinen Nachfolger vorgesehen? Kann ich ihn einarbeiten? Ein Vierteljahr sollte dafür wohl zur Verfügung stehen, wenn die Gesellschaft den Wechsel nicht zu sehr spüren soll.»

«Machen Sie sich darüber keine Gedanken. Übergeben Sie nur alles Mutschmann. Wir werden sehen.»

Nicht einmal das. Mutschmann war sein erster Buchhalter. Das gehört auch zu der Art, wie sie mit den leitenden Angestellten umgehen, dachte Julius. Die Firmenleitung ließ den Nachfolger auf dem trockenen sitzen. Lieber nahmen sie Nachteile für den Betrieb in Kauf, als daß sie eine geordnete Übergabe herbeiführten. Kontakt mit dem Vorgänger war geradezu unerwünscht. Sollte der neue Mann zusehen, wie er zurechtkam. Er hatte nach veränderten Richtlinien zu arbeiten und sollte keine abgelagerten Erfahrungen übernehmen, so sah das wohl der Vorstand.

«Ich werde mich beraten lassen», sagte Julius.

«Wie Sie meinen.» Oldendorff rief seine Vorzimmerdame und ordnete an, daß Mühlhaus, sein Chauffeur, ihn in fünf Minuten in die Stadt fahren sollte, er sei mit dem Vorstand der Hausbank zum Arbeitsessen verabredet. Das mußte seine Sekretärin natürlich wissen, aber er wollte wohl vor Julius die Beendigung des Gesprächs begründen. Der Bevollmächtigte erhob sich, schaufelte die Schulter vor und gab ihm die Hand. Zuletzt überreichte er ihm eine Akte. Auf dem Deckel stand nichts, nur das Firmenzeichen war eingeprägt, ein alter Zapfhahn, den der Graphiker zum Signet stilisiert hatte. Auch die Briefbogen trugen das Zeichen.

Banausen! dachte Julius. Als er wieder in seinem Büro saß, wollte er von niemandem gestört werden. Lange ließ er die Arme über die Seitenlehnen seines Schreibtischstuhls herabhängen. Er sah auf die Wand, wo zwischen der Täfelung nur Ordner und Steuergesetzbücher die Regale füllten. Wie durch eine Kulisse hindurch blickte er auf die Zeit, die er hier verbracht hatte. Nein, es waren nicht nur schlechte Jahre gewesen. Vor allem hatte er sich nicht unterkriegen lassen. Auch nach dem zweiten Krieg war er wieder auf die Beine gekommen und hatte es noch einmal zu etwas gebracht. Er hatte seine Pflicht getan, das war für ihn eine Gewißheit, auf die er nichts kommen ließ. Es erfüllte ihn auch mit Befriedigung, daß er sich sagen konnte: sie hatten nicht nur ihn benutzt, sondern er auch sie. Bis ins Innerste hatte er das Geschäftliche nie an sich herankommen lassen. Er meinte, daß ihn die Haltung, die er sich als Offizier erworben hatte, davor immer bewahren würde. Nur wenn er an Anna dachte, wurde er unsicher. Ihr gegenüber empfand er seine Lage als unerwartet und irregulär, ja als unmännlich. Er wußte noch keineswegs, wie er ihr das beibringen sollte. Die Akte hatte er in seinem Schreibtisch verschlossen. Der Termin für sein Ausscheiden war noch offen, aber es würde wohl auf den 1. April hinauslaufen. Für ihn konnte es sich auch als Befreiung erweisen, wenn er aus dem Kühlhaus herauskam, als das ihm die ganze Brauerei erschien. Für sie war das etwas anderes, glaubte er. Anna hatte sich gewiß nicht vorgestellt, mit ihren gerade vierzig Jahren einen Pensionär zum Mann zu haben.

Julius sah auf, weil er spürte, daß der Kellner schon eine Weile vor ihm stand. Er hatte die Speisekarte durchgeblättert und sich für Seezunge mit Kräuterbutter und einen halbtrockenen Mosel entschieden. Der Ober notierte, was er bestellte, und wedelte mit der Serviette davon. Auf einmal hatte Julius Appetit, er konnte das Essen kaum erwarten. Er aß gern in Lokalen, in denen man sich auf eine gewisse Qualität verlassen konnte. Manchmal, wenn er spürte, daß er aus dem Lot zu geraten drohte, wurden sie für ihn zur Zuflucht. Es war etwas sehr Äußerliches, das mußte er sich eingestehen, aber die Umgebung wurde für ihn zu einem Rahmen, in dem er sich wieder festigte. Dazu gehörte, daß ihm serviert wurde und er dafür bezahlte. Er hatte die Wahl, und das bedeutete für ihn mehr als nur, daß sich an ihm ein Ritual erfüllte. Er lud auch Anna gern zum Essen in einem guten Restaurant ein. In all den Jahren, in denen er sich kaum von zu Hause forttraute, hatte er das vermißt. Aber es war ihm vorgekommen, als hätte er Martha hintergangen, wenn er es ohne sie tat. Selten nahm er sich das heraus.

Er beobachtete, wie sich der Kellersaal allmählich füllte. In Gedanken verteidigte er schon seinen Vierertisch und empfand das Bedürfnis, sich auszubreiten. Ein Junge, der die morgige Ausgabe der «Braunschweiger Zeitung» druckfrisch anbot, kam ihm gerade recht. Er gab ihm ein zu großes Trinkgeld. Aber er las nicht einmal die Überschriften, sondern legte das Blatt nur quer über die Tischdecke und schob den Aschenbecher weit von sich.

Julius rauchte seit sechs Jahren nicht mehr. Er wußte noch das Datum, an dem er damit Schluß gemacht hatte, und dachte daran, wieviel Überwindung ihn das zu Anfang gekostet hatte. Bis dahin war er ein leidenschaftlicher Raucher und zweifellos auch davon abhängig gewesen. Manchmal hatte er sich deswegen verachtet. Als er nach jener Wanderung durch die Rhön, die er mit Lorenz unternommen hatte, mit den Anzeichen des Entzugs, aber zum Durchhalten entschlossen nach Hause zurückkehrte, hoffte er, Martha würde ihn unterstützen. Doch nachdem er schon drei Abende innerlich vibrierend bei ihr gesessen und sich bezwungen hatte, rief sie ihm am vierten, als er eintrat, wie früher entgegen: «Julius, setz dich mit deiner Zigarette zu mir!»

«Aber Martha», hatte er sich entrüstet, «hast du das überhaupt nicht bemerkt? Ich komme mir vor wie ein Held, und du rufst nach meiner Zigarette! Seit zwei Wochen hab ich keine mehr angerührt. Ich höre auf.»

«Da tust du dir aber etwas Gutes an.» Endlich ergriff sie Partei in dem Zweikampf, den er mit sich führte.

Julius dachte an Anna und an Martha, und ihm war, als sähe er sie beide plötzlich als *einen* Menschen. Er wußte, daß er seiner zweiten Frau das nicht antun durfte, aber manchmal war in ihm diese Sicht, als wären sie für ihn in einer doppelt belichteten Fotografie vereint. Als er ein Junge war, hatte ihm Tante Henriette, die Berliner Musiktante, einmal zum Geburtstag eine Box geschenkt. Es war eine einfache Kamera, bei der man nur Zeit- oder Momentaufnahme und zwei Belichtungen einstellen konnte. Eines Tages hatte er aus Versehen den Rollfilm nicht weitertransportiert und das Negativ zweimal belichtet. Das Ergebnis auf dem Abzug hatte ihn fasziniert. Seine Mutter und seine Schwester Marie waren übereinander kopiert. Beide waren in Sepiabraun nur wie ein Hauch zu erkennen, sie gingen ineinander über. Wie sie da vor dem Haus zwischen den Phloxbeeten standen, waren sie eins geworden. Im Hintergrund, einzeln und darum deutlicher zu erkennen, saß Luise auf der Treppe und hielt einen Korb im Schoß. Julius entdeckte das Geheimnis der Doppelfotografie. Fortan versuchte er, seine Mutter und die halbwüchsige Marie noch manchmal übereinander auf denselben Filmabschnitt zu bannen, aber so gut wie zuerst aus Zufall gelang ihm das nie wieder. Die Aufnahme hatte er noch als Artillerist im Krieg mit sich herumgetragen.

Der Ober brachte den Wein und goß ihm den Probierschluck ein, nachdem er das Etikett vorgezeigt hatte. Julius tat, was von ihm erwartet wurde. Er trank ein wenig, bewegte Gaumen und Lippen, dann nickte er und sah zu, wie das Glas zur Hälfte gefüllt wurde. Die verwischte Fotografie verließ ihn nicht, sie schwebte vor seinem Inneren wie ein Traumbild, das Realität geworden war, eine zweifache Beschichtung. Martha und Anna verflossen in seiner Vorstellung miteinander. Er mußte sich hüten, Anna damit zu verletzen.

Ihm fiel ein, wie Jonas ihn ein halbes Jahr nach Marthas Tod besucht hatte – das hatten Franziska und Lorenz seit der Beerdigung ein paarmal getan, für Jonas aber war es eine ziemlich weite Reise.

Unter seinen drei Söhnen stand Lorenz ihm am nächsten, daran gab es für Julius keinen Zweifel. Bei ihm entdeckte er viele Gemeinsamkeiten. Sie waren auch häufig zusammengetroffen, sogar im Krieg. Zweimal hatten sie an der Ostfront im selben Abschnitt gelegen – in seinen Gedanken gebrauchte er den Ausdruck: *Wir haben zusammen gefochten.* Es war ihm eine Freude gewesen, seinen Ältesten, den Leutnant, in seinem Gefechtsstand in der Nähe von Woronesh zu bewirten. Lorenz hatte schon das EK I und war Zugführer. An einem heißen Mittag hatten sie sich nebeneinander bei einem Tieffliegerangriff in den Graben geworfen. Julius hatte sich erinnert, wie er 1916 seinen Vater als Hauptmann in Belgien getroffen hatte, es war eine direkte Linie. Im Frühjahr vor der Invasion hatte Lorenz, nun Oberleutnant und Batterieführer, auf einer Dienstreise einen Abstecher zu ihm nach Schloß Fontainebleau gemacht, wo der Stab der Heeresgruppe einquartiert war. Gemeinsam hatten sie vor der Wandkarte gestanden, und Lorenz hatte ihn gefragt: «Sag mal, könnt ihr das halten – wenn die kommen?» Julius hatte ihm die Befestigungen an der Kanalküste erklärt und davon gesprochen, daß sie alles vorbereiteten, um die Alliierten gehörig zu empfangen. Wie fest er damals schon überzeugt war, der Landung könnten sie nicht lange standhalten, sprach er nicht aus. Er wollte den jungen Offizier nicht noch mehr beschweren, Lorenz wußte sicher ohnehin genug. Mit ihm gab es diese Übereinstimmung, das war so geblieben. Mit Leib und Seele waren sie beide aktive Soldaten gewesen und hatten sich auch im Kaufmannsberuf noch daran gehalten.

Jonas war ihm dagegen oft fremd. Was er dachte und tat, wußte Julius entweder nicht, oder es war ihm nicht geheuer. Bei ihm mußte er immer darauf gefaßt sein, daß er ihm erneut demonstrierte, wie weit er sich von zu Hause entfernt hatte. Die Herkunft der Ristenparts bedeutete für ihn wohl nur etwas, woran er sich rieb. Das störte Julius in seinem Familiensinn. So manches Mal kamen von diesem zweiten Sohn Nachrichten, die ihm als Vater nicht nur Unannehmlichkeiten bereiteten, sondern ihn regelrecht vor den Kopf stießen. Das war zum Beispiel so gewesen, als Jonas auf der Marineschule degradiert und eingesperrt worden war. Julius hatte das später immer übergangen. Es gab mehreres, worüber er mit Jonas nicht sprach, weil er meinte, es führe doch zu nichts. Wie Jonas ihm gegenüber zum Beispiel von seiner Schule sprach und von seinen pädagogischen Vorstellungen, die er dort zu verwirklichen suchte, das blieb für Julius ein Widerhaken in ihrer Beziehung zueinander. Völlig unverständlich war ihm, daß Jonas zu den Sozialdemokraten tendierte, dieser Arbeiterpartei. Als Studienrat war er gewerkschaftlich organisiert. Für Julius war das ein Widerspruch in sich. Mit den Gewerkschaften hatte er weiß Gott nie etwas im Sinn gehabt.

Manchmal aber, wenn sie einander trafen, spürte Julius überrascht, wie dieser Sohn auf ihn eingehen konnte und offenbar wirklich ihn meinte, wenn er nach ihm fragte oder ihm etwas von sich mitteilte. Julius fühlte, daß er dann oft unsicher wurde, weil ihn die plötzliche Nähe unerwartet traf, wie eine Regelverletzung. Er fürchtete sich ein wenig vor Situationen, in denen Jonas sehr direkt mit ihm sprach. Er selber nahm sich lieber zurück und drückte in Beispiele übertragen aus, worum es ihm ging. «Na, hör mal», konnte er sagen, «als einer mit dem Kopf durch die Wand wollte, fiel nicht einmal ein Stein heraus.» Oder Julius zitierte, wenn ihm Jonas zu grundsätzlich wurde, einen Satz, den er Bismarck zuschrieb: «Ein Mann mit Prinzipien ist wie ein Reiter mit einer langen Lanze in einem engen Gehölz.»

Sehr fern war ihm Cordt, der weitab in Luckau lebte und ihm selten schrieb, Briefe, die Julius auch nur zögernd beantwortete. Was wußte er von diesem dritten Sohn? Cordt war für ihn wie aus dem Fernglas verschwunden, er konnte ihn nicht mehr vor sich sehen. In seinen Beruf als Pfarrer konnte sich Julius nicht hineinversetzen. Er respektierte ihn, aber wenn er ehrlich war, mußte er sich eingestehen, daß er mit der Geistlichkeit immer seine Schwierigkeiten gehabt hatte. Sie galten als Diener Gottes. Julius spürte einen generellen Zweifel, ob das nicht zu hoch gegriffen war. Sein Verhältnis zur Kirche hatte er nie geklärt. Er zahlte die Steuer und nahm bei den großen Anlässen des Lebens die Vormundschaft von Pastoren wie eine Fügung hin, aber er hätte sich nie ausdrücklich als Christen bezeichnet. Wenn er an Cordt dachte, war dies sein Sohn im Talar, doch er blieb ihm entzogen und wurde durch den Kirchenraum noch ungreifbarer. Karin, Cordts Frau, kannte Julius nur von Fotos. Er fragte sich, wie sie dort lebten, in der Zone, von der er sich nicht vorstellen konnte, wie einer da frei atmete.

Mit den Söhnen, fand er, war es ohnehin schwieriger als mit Franziska, die mit ihm machen konnte, was sie wollte. Wenn sie ihn besuchte, waren es Festtage. Sie verwandelte die Wohnung vor seinen Augen und verbreitete um sich alle Zeichen junger Fraulichkeit, die ihn väterlich verwirrten. Julius genoß das, er fühlte sich dann jünger. Er nahm es nie als selbstverständlich hin, daß er diese Tochter hatte, und er kostete es aus, ihr Vater zu sein und den Mann in sich nicht verbergen zu müssen. Es erfüllte ihn mit allen kleinen Aufregungen dieser Beziehung, die für ihn einzigartig war. Wenn er spürte, wie Franziska mit zärtlichem Wissen mit seinen Ungeschicklichkeiten umging, für die doch nur sie den Anstoß gab, war er als Vater verliebt in sie. Manchmal fühlte er sich in die Zeiten zurückversetzt, als er mit Martha verlobt war und im Kreis ihrer Freundinnen zum Berater in Mädchenfragen wurde. Wehe, dachte er, wehe, wenn einer kam und ihm Franziska wegzunehmen versuchte, der ihr nicht ebenbürtig war!

Jonas hatte ihn angerufen, von Hamburg aus. Während ihm die Seezunge nun vorgesetzt wurde und er die zerlaufende Butter und ein wenig Zitrone über den gekochten Fisch verteilte, erinnerte er sich an alles, was mit diesem Besuch seinen Anfang genommen hatte. Er trank einen Schluck, goß nach und stellte die Flasche in den Eisbehälter zurück. Danach hatte er verlangt, weil der Mosel ihm etwas zu warm erschienen war, und der Ober hatte den Kübel eilfertig gebracht. Plötzlich fühlte sich Julius gar nicht mehr so entfernt von sich, sondern war es zufrieden, hier zu sitzen, noch nicht aufstehen und fortgehen zu müssen. Vor allem wollte er seine Rückkehr nach Hause so lange hinauszögern, bis Anna schlief oder es jedenfalls nicht mehr zu einem Gespräch zwischen ihnen kommen mußte.

Jonas hatte an einer Lehrertagung teilgenommen und war gerade bei Lorenz und Henny, von dort aus hatte er angerufen und gefragt, ob er auf der Rückfahrt bei ihm Station machen könnte. Er wollte über Nacht bleiben und am nächsten Mittag nach München weiterfahren. «Ja, es paßt gut, komm nur her!» Schon am nächsten Abend hatte er diesen Sohn, nachdem er unten stürmisch geläutet hatte, die Treppe heraufkommen sehen. Jonas nahm immer zwei Stufen und schwenkte den Koffer. Julius fühlte sich umarmt. Er wurde als Vater in Anspruch genommen, das freute ihn.

Als Jonas sich in dem Zimmer einrichtete, in dem früher Franziska gewohnt hatte, empfand Julius dennoch, wie etwas sich in ihm veränderte. Er konnte sich das wieder nicht erklären, überhaupt stellte er in letzter Zeit häufig fest, daß mit ihm etwas geschah, was er weder genau bestimmen noch in Ursache und Wirkung für sich wie auf andere deuten konnte. Früher hatte er es immer abgelehnt, sich von Gefühlen beherrschen zu lassen. Das war das mindeste gewesen, was er sich abverlangt hatte: über sich selbst nicht im unklaren zu sein. Aber nun konnte er es nicht mehr aufhalten, daß vieles durch ihn hindurchging, was widersprüchlich oder für ihn gar nicht faßlich war.

Zum Beispiel freute er sich jetzt, daß Jonas gekommen war, zugleich aber hoffte er, daß sein Sohn nichts von ihm wollte, was über die eigene innere Zurückhaltung hinausging. Nein, er sollte nicht in ihn dringen, es besser gar nicht erst versuchen. Wie schon manchmal empfand er auch, daß Jonas einen anderen Atem mitbrachte. Julius war nicht gern eng mit einem anderen Mann zusammen, selbst wenn es sich um den eigenen Sohn handelte. Das verstärkte sich in ihm mit den Jahren, er wurde heikler – so hätte er früher gesagt. Er selber achtete peinlich darauf, daß auch er körperlich keinem anderen zu nah rückte. Das war für ihn überhaupt nur bei wenigen Menschen erträglich, mit Anna zum Beispiel.

Den Abend verbrachten sie beim Wein und sprachen lange miteinander. Jonas rauchte ihm das Zimmer voll. Er erzählte aus München und aus Hamburg, von Lisa und Henny und den Enkeln. Julius hatte das Empfinden, daß er mit Familiennachrichten angefüllt wurde. Wieder reagierte er darauf mit widerstreitenden Gefühlen, denn zum einen wollte er tatsächlich etwas von ihnen erfahren, zum anderen langweilte ihn das schnell. Er stellte fest, daß die übernächste Generation ihn nicht mehr so lebhaft interessierte. Den Enkeln strich er gern über den Kopf, aber es verlangte ihn selten danach, länger mit ihnen zusammenzusein. Eigene Kinder zu haben, das hatte ihm um so mehr eingeleuchtet, je deutlicher ihr Dasein von dem der Erwachsenen getrennt blieb. Julius liebte seine Enkel, und das nicht nur pflichtgemäß, aber er wußte auch, daß er für so kleine Kinder nicht geschaffen war, sie machten ihn ungeduldig, und das nahm zu. Er hatte sich entschieden, deswegen nicht immer nur ein schlechtes Gewissen zu haben – er stand dazu. Niemand konnte ihm abverlangen, daß er sich verleugnete. Er war kein Großvater aus dem Bilderbuch.

In der Nacht hörte er, wie Jonas aufstand. Er bewegte sich über den Flur, ging zur Toilette und holte sich dann wohl in der Küche noch etwas zu trinken. Seit Frau Leuschner ihm erklärt hatte, sie fände, daß er sie nicht mehr brauche, und bald darauf in einen Arzthaushalt übergesiedelt war, war es in der Wohnung sehr still geworden. Eigentlich waren es nun für Julius zu viele Räume. Aber noch hörte er, wenn er nachts wach lag, in seinem Inneren Marthas Atem, der in den letzten Wochen so schwer gegangen war. Sie war fort. Wenn er sich fragte, was von ihr für ihn spürbar blieb, hatte es nichts mit dem Friedhof zu tun. Hier um sich konnte er sie ahnen, fast körperlich, das löste sich noch nicht auf. Aber ihn fror. Manchmal waren seine Glieder fühllos, er meinte, selbst wenn er sich verletzte, würde er es nicht spüren.

Ihr Zimmer hatte er unverändert gelassen – bis auf das Bett, das zusammengelegt war und in einzelnen Teilen im Besuchszimmer hinter einem Vorhang stand für den Fall, daß einer der Söhne mit seiner Familie käme. Julius hatte es nicht mehr ansehen können. Wo Martha gelegen hatte, war es leer. Die Eindrücke der Glasuntersetzer, auf denen die Rollen unter den Bettfüßen gestanden hatten, zeichneten sich noch in den Dielen ab. Jonas hatte gestern lange da gestanden.

Als sie am Morgen nach dem Frühstück noch am Tisch sitzen blieben und Julius schon meinte, es sei alles gesagt, sah Jonas ihn an und setzte an, um zu sprechen. Julius wartete, er spürte den Zwiespalt in sich, aber etwas in Jonas' Gesicht machte es ihm nicht mehr so schwer, es war etwas Gemeinsames zwischen ihnen, wenn er sich nicht täuschte. Julius wunderte sich, daß dieser Sohn immer noch so jung aussah, obwohl er nun das dreißigste Lebensjahr erreicht hatte.

«Kommst du zurecht?» fragte Jonas.

«Ach, weißt du», sagte Julius, «ich kann es nicht gut. Ich war nie allein, seit meiner Jugend nicht. Deine Mutter hat immer dafür gesorgt, daß Menschen zu uns kamen. Solange sie konnte.»

Da sprach Jonas es aus: «Es wäre in Mutters Sinn, wenn du wieder heiratest. Das mußt du ja auch wissen.»

Julius schwieg.

«Sie hat einmal mit mir darüber gesprochen», sagte Jonas. «Sie hoffte für dich, daß du es eines Tages tätest.»

«Mein Gott, Jonas. Das braucht doch Zeit. Es ist alles eben erst gewesen.»

«Aber du sollst wissen, daß jeder von uns dich verstehen würde, da bin ich sicher. Ich finde, du solltest es dir überlegen.»

«Wenn ich wirklich einmal auf die Idee käme», sagte Julius, «ich wüßte nicht, wen ich finden sollte.»

Die Vorstellung war ein paarmal in ihm aufgestiegen, aber er hatte sie bisher zurückgedrängt. Er war von sich irritiert gewesen, als er an einem Abend, der wohl drei Monate zurücklag, auf einmal in Gedanken näher damit umgegangen war. Sogar Namen waren in seinem Kopf aufgetaucht, er hatte sie wieder fortgeschickt. Ein anderes Mal aber hatte er die Fotoalben aus dem Schrank genommen, um sich an Menschen von früher zu erinnern, wenn er auch keine Ahnung hatte, wohin ihn das führen sollte. Die Wohnung war so leer gewesen, daß er sich zusammennehmen mußte, um sich nicht im Alleinsein zu verlieren. Wenn er das befürchtete, trank er zwei Klare oder einen doppelten Kognak und atmete tief durch.

«Es müßte jemand sein, der aus deiner Welt kommt», sagte Jonas. «Ich kann mir nicht denken, daß eine Frau zu dir paßt, die davon nichts weiß.»

«Da hast du recht.»

Soviel hatte Julius über sich herausgefunden, daß für ihn das Alleinsein nicht nur ein Zustand war, der ihn vor sich selber hilflos erscheinen ließ. Er fühlte sich auch nicht nur überflüssig, sondern es war, über all die Jahre hinweg, für ihn auf einmal wieder ähnlich wie in der Zeit nach dem ersten Krieg. Damals war ihm das Alleinsein manchmal wie ein persönliches Versagen vorgekommen, so als sei er ungeeignet, einen Menschen zu finden und sich an ihn zu binden. Als er Martha dann gefunden hatte, war alles wie eine Antwort darauf gewesen. In seinen Augen hatten sie eine gute Ehe geführt. Nur diese furchtbare Krankheit hatte ihn ratlos gemacht und ihn immer schweigsamer werden lassen. Martha hatte sich damit abgefunden und es wie eine Bestimmung gesehen, das wußte er. Für ihn gehörte es nicht zu dem, was er begreifen konnte. Manchmal dachte er, daß es wie im Krieg war – der eine kam um, der andere nicht.

Als er noch daran dachte, sagte Jonas: «Anna Kupfer.»

Julius konnte es zuerst nicht glauben, denn als er ein einziges Mal an einem Namen haftengeblieben war, der ihn streifte, war es ihrer gewesen. «Wie kommst du auf sie?» fragte er. «Du kannst sie doch überhaupt nicht kennen.»

«Nein», sagte Jonas. «Aber du hast mir einmal von ihr erzählt, weißt du das nicht mehr? Du hast davon gesprochen, wie du sie bei ihrem Vater kennengelernt hast, als du einmal im Schwarzwald warst. Es hat wohl seinen Grund, daß mir das wieder eingefallen ist.»

Das war mehr als zwei Jahre her. Auf einer Geschäftsreise in die Schweiz hatte er Kapitän zur See a.D. Kupfer, einen ehemaligen Kriegskameraden, besucht und sich zwei Tage bei ihm aufgehalten, am zweiten war seine einzige Tochter, Anna, aus Freiburg herübergekommen. «Eigenartig», sagte Julius, «an sie hab ich auch schon gedacht, und da sprichst du von ihr, ohne daß du sie kennst.»

Als Jonas wieder fort war, hatte das weiter in ihm gearbeitet, und er wußte nicht, was er tun sollte. Auf diese Situation gab es keine Vorbereitung, aber er hatte den Eindruck, daß er jetzt handeln und es versuchen sollte. An einem Abend war er wieder mit Wettermantel und Baskenmütze lange durch die Straßen gegangen und hatte nachgedacht. Als er in die Wohnung zurückkehrte, vergaß er zu essen. Er setzte sich hin und schrieb einen Brief. Nicht an Anna schrieb er, sondern an Kapitän Kupfer. Er nahm den Kontakt wieder auf. Julius berichtete von sich das Nötigste und bat ihn unumwunden um die Anschrift seiner Tochter. Die Antwort kam nach einer Woche. Mit dem Brief, den er Anna schrieb, ging er tagelang um.

Soviel war ihm klar: Wenn er entgegen seiner Auffassung von allen Formen mitten im Trauerjahr überhaupt an sie schreiben konnte, lag es daran, daß Martha sich in langen Jahren Schritt für Schritt von ihm entfernt hatte. Sie war ihm fortgenommen worden, er hatte innerlich im voraus damit gelebt, und ehe das Ende kam, hatte Martha selbst davon gesprochen. Weil es so war, spürte Julius in sich eine Bereitschaft, die er auch in Gedanken an Martha gelten ließ. Er fand die Worte, und Anna antwortete ihm bald. Als sie einige Briefe gewechselt hatten, meldete er sich bei ihr an. Er hatte mit keinem seiner Söhne, auch nicht mit Franziska darüber gesprochen, sondern reiste mit seinem einsamen Entschluß nach Freiburg.

Julius holte Anna ab, und sie fuhren mit der Kleinbahn hinauf nach Hinterzarten. Von dort wanderten sie zum Titisee. Es war Ende April und begann warm zu werden. Sie hatten Glück mit dem Wetter. Anna war wohl durch ihren Vater über vieles unterrichtet. Sie war neununddreißig und sah jünger aus. Zuallererst sagte sie ihm, daß sie nicht mehr daran gedacht hätte, noch zu heiraten. Julius machte die Erfahrung, daß es in seinem Alter auch nicht leichter war als in jungen Jahren, einer Frau einen Antrag zu machen, im Gegenteil. Sie gingen durch Tannenwald und kamen über Lichtungen, manchmal blickte Julius auf seine Wanderkarte. Auf verschiedenen Aussichtsplätzen standen sie herum. Wenn sie ausschritten, war ihm, als redeten sie hinter seinem Spazierstock her. Diese weite Strecke, die jeder schon hinter sich gebracht hatte – wie sollten sie sich darüber hinwegsetzen, das war unmöglich! Sie holten Erkundigungen voneinander ein. Das brauchte Zeit. Aber nachdem sie in einem holzverschalten Hotel Zimmer an Zimmer übernachtet hatten, kamen sie sich am zweiten Tag ein wenig näher. Julius lernte Anna kennen. Sie war ruhig und brachte allem, was in seinem Leben bis dahin gewesen war, viel Verständnis entgegen. Er war erleichtert. Wenn er fragte, fiel ihm an ihren Antworten auf, daß sie es kaum gewohnt sein konnte, von sich zu sprechen. Von ihrem Beruf redete sie wenig, er war wohl der Unterhalt, nicht der Inhalt ihres Lebens. Einmal erwähnte sie, daß sie die Arbeit am Institut auch aufgeben könnte, ohne daß es ihr allzu schwer fiele. Das fand er voreilig, aber dann merkte er, daß sie es anscheinend gar nicht auf ihn bezog, sondern ihm nur etwas von sich mitteilen wollte. «Es gibt für mich Wichtigeres», sagte sie. Was das war, sagte sie nicht.

Julius glaubte, daß er auch etwas zu bieten hatte: Höflichkeit und Sicherheit. Aber was konnte das für sie bedeuten – angesichts aller Ungewißheit, die sie empfinden mußte, wenn sie sich auf ihn einließ? Er fragte sich, was in ihr vorgehen mochte, und schloß, weil nichts anderes für ihn so nah lag, von seinem inneren Zustand auf sie. Sie waren zwei erwachsene Menschen. Es war wohl so, daß ihre und seine Lebenslage zueinander paßten. Darin lag Vernunft, fand er. Wenn sie einander nur sympathisch waren, ließ sich daraus etwas machen. Für sich konnte er das ihr gegenüber sagen. Aber zugleich begann ihn zu stören, daß das schon eine so zielgerichtete Überlegung war. Wollte er das denn wirklich?

Julius ließ es geschehen. In seiner Grundeinstellung zu Frauen gab es eine ziemlich genaue Zweiteilung, an die er sich hielt: Er hatte geschrieben, war angereist und hatte sie eingeladen. Erklärt hatte er sich nicht, wie sollte er auch, dafür war es viel zu früh. Aber er war hier mit ihr unterwegs. War das nicht deutlich genug? Damit war seine Aktivität aber auch erschöpft. Das übrige überließ er ihr. Sie mußte es wissen, sie war eine Frau. Durch seine Mutter und Martha war er daran gewöhnt, daß die Frau ein Zeichen gab, wenn sie die Zeit für gekommen hielt, daß der Mann das entscheidende Wort sprach.

Es hatte ihn beruhigt, daß es zwischen Anna und Martha im Äußeren keine Ähnlichkeit gab. Sie war mittelgroß, dunkelblond und hatte ein rundes, kräftiges Gesicht mit klaren Augen, deren Iris von Blau ins Grünliche spielten. Das Haar trug sie zurückgekämmt und eingeschlagen, es wurde rechts und links über dem Nacken mit zwei kleinen Spangen zusammengehalten. Wie sie sich bewegte und sprach, das erinnerte ihn ein wenig an seine Schwester Marie, mit der er sich immer gut verstanden hatte. Anna war nach keiner bestimmten Mode gekleidet, eher wie Frauen seiner Generation in ihrem Alter gegangen waren. Aber das wirkte an ihr gewiß nicht überholt, vielmehr zeitlos, fand er, und das gefiel ihm.

«Ist hier noch frei?» Julius wurde in seinen Gedanken gestört. Vor ihm stand ein Mann im Kammgarnanzug, hinter dem seine Begleiterin wartete. Noch während er antwortete: «Ja, natürlich», ergriff das Paar von seinem Tisch Besitz. Von da an widmete er sich nur noch dem Nachtisch und dem Wein. Julius war ein mäßiger Trinker, aber manchmal trank er abends eine Flasche und setzte noch einen Kognak darauf. Er tat es, wenn er anders keine Ruhe fand.

Die beiden ihm gegenüber sprachen zu laut. Er hörte nicht hin, glaubte aber an ihren Gesichtern zu erkennen, daß sie miteinander uneins waren. Sie hatten wohl gestritten und stürzten sich nun auf die Mahlzeit, Verdruß in den Mienen.

Er zahlte und sagte einen Gruß über den Tisch, als er aufstand. Wieder machte er sich zu Fuß auf, obwohl es leicht regnete und ein kalter Wind ihm ins Gesicht schlug. Er ging an dem Platz vorüber, wo früher das Welfenschloß gestanden hatte. Zuletzt war eine Junkerschule der Waffen-SS darin untergebracht gewesen. Die Ruine aus dem Bombenkrieg war nicht wieder aufgebaut, sondern abgetragen worden.

Julius dachte an Oldendorff und diesen endgültigen Tag. Was sie ihm antaten, sollte ihn nicht weiter beeindrucken – das war sein Entschluß. Es war wieder anders in Deutschland. Wie er es hatte kommen sehen, zählten Menschen wie er wieder. Der Oberst a.D. wog die Abfindung auf, und mehr als nur das. Damit konnte er Anna allemal vor die Augen treten.

Leipziger Straße

Johannes Ristenpart saß an seinem Schreibtisch im Ministerium für Schwermaschinenbau. Er saß dort an einem Nachmittag im Dezember und sah die Niederschrift des Berichts durch, den er über seine Ägyptenreise diktiert hatte. Johannes war Leiter der Delegation gewesen, die mit Beauftragten der Regierung Nassers über die Lieferung eines Walzwerks aus der Deutschen Demokratischen Republik nach Heluan verhandelt hatte, ein Projekt für zukünftige Jahre.

Draußen lag Schnee. Er saß beim Licht der Deckenbeleuchtung und einer Schreibtischlampe. Der Raum war viereckig und wirkte mit der hohen Decke wie ein Würfel. Er enthielt außer dem Schreibtisch ein Wandregal, den schweren Eichenschrank mit Verzierungen und eine Sitzecke, die den abgenutzten Teppich zum Teil verdeckte. Die Einrichtung stammte noch aus der Zeit, als in diesem Gebäudekomplex Görings Reichsluftfahrtministerium untergebracht gewesen war. Zwischen den Möbeln hingen die Bilder von Pieck und Grotewohl und ein Ölgemälde, das Arbeiter im Braunkohlenkombinat Senftenberg beim Tagebau darstellte; es handelte sich um ein Original, das in einem Wettbewerb der Betriebsgruppe ausgezeichnet worden war. Im Sitzen konnte Johannes die Ruinen an der Leipziger Straße sehen, schwarze, halb eingestürzte Fassaden, leergeräumte Flächen, auf denen der überfrorene Altschnee in der Dämmerung wie Asche aussah, und die wenigen Häuser, die den Luftkrieg und die Schlacht um die Reichshauptstadt überstanden hatten. Sie alle trugen die Spuren von Einschüssen.

Nicht weit von hier, beim Schnittpunkt mit der Friedrichstraße, lag der Checkpoint Charlie, der Grenzübergang für Ausländer zwischen dem amerikanischen und dem sowjetischen Sektor. Auf der Ecke dort, in dem einzigen Lokal der Gegend, das noch aus der Vorkriegszeit übriggeblieben war, trank er manchmal eine Molle, bevor er abends nach Hause fuhr.

Der Bericht umfaßte mehr als dreißig Seiten. Johannes war damit nicht unzufrieden. Zu Beginn hatte er eine politische Einschätzung der Situation abgegeben, die er in Kairo vorgefunden hatte. Es folgten technische und wirtschaftliche Daten, die Erläuterung des Projekts im einzelnen und schließlich seine Anmerkungen über das Währungsgefälle zwischen West und Ost auf dem Schauplatz der Vereinigten Arabischen Republik Ägypten – das hatte sich Johannes bis dahin nicht so kraß vorgestellt.

Es war für ihn ein nachhaltiges Erlebnis gewesen, als er mit einigen Journalisten des ägyptischen Rundfunks und verschiedener Tageszeitungen in der Halle des Hilton Hotels gesessen und anschließend versucht hatte, an der Kasse bei der Rezeption Geld zu wechseln. Der Kassierer hatte die Scheine, die Johannes ihm hinhielt, geringschätzig angesehen und erklärt: «We like the good German Mark but not the bad one. Sorry, I'm not allowed to change it.» Dabei hatte er nur einen kleinen Betrag wechseln wollen, weil ihm im Augenblick Bargeld fehlte. Sonst hatte die Handelsvertretung, die die DDR seit einiger Zeit in Kairo unterhielt, den Tausch der Valuta übernommen. Es gab dafür andere Wege mit Hilfe zwischenstaatlicher Vereinbarungen. Aber wie die Vertreter der Bundesrepublik mit ihrer D-Mark West die Szene nicht nur im Hilton beherrschten, sondern an zweiter Stelle nach den Amerikanern mit dem Dollar auftraten, als hätten sie die Welt in der Tasche, das war ihm eine Lehre gewesen.

Johannes hatte in Shephards Hotel gewohnt und von dort nachts über den Nil geblickt, auf die Lichter der Boote, die Al-Tachrir-Brücke und die Silhouetten der Häuser und Kuppeln, dazwischen lag der Strom, träge wie fließendes Blei – tagsüber war er lehmbraun und zog nach Norden, besetzt mit Dhaus.

Sein Bericht, das wußte er, würde nicht nur dem Minister vorliegen, sondern auch Mitgliedern der Plankommission. Natürlich war die Außenpolitik beteiligt. Der Parteisekretär des Ministeriums hatte danach gefragt. Vermutlich würde der Report, wenn Sachverständige ihn begutachtet und aus unterschiedlichen Blickwinkeln Ergänzungen vorgeschlagen hatten, bis zu Ulbricht hinaufgehen. Es konnte sein, daß er dann aufgefordert wurde, dem Ersten Sekretär noch mündlich Einzelheiten vorzutragen. Das war ein paarmal geschehen.

Es war ein langer Weg gewesen. Als Johannes aus Oranki zurückkehrte, stand er vor dem Nichts. Gertrud war stellvertretende Leiterin der Berufsschule in Jüterbog; sie ernährte die Familie und war auch politisch im Vorstand der Vereinigung der Verfolgten des Naziregimes für Brandenburg aktiv. Aber was sollte aus ihm werden, einem, der nichts gelernt hatte, als Soldat zu sein? Ehemalige Offiziere, schon gar ein General, der Hitler gedient hatte, waren wohl den meisten Menschen in der Sowjetzone verhaßt. Er konnte nicht überall erklären, was er in Lunjowo getan hatte. Mit seinen damals dreiundfünfzig Jahren mußte er neu anfangen.

An jenem Tag, an dem er gemeinsam mit Lenski und weiteren Offizieren des ehemaligen Nationalkomitees Freies Deutschland von Wilhelm Pieck empfangen worden war, hatte sich für ihn die Richtung entschieden, mehr nicht. In dem Gespräch, das im Haus der Gesellschaft für Deutsch-Sowjetische Freundschaft stattfand, fragte Pieck ihn, ob er in der Volkspolizei Dienst tun wolle. Johannes hatte das abgelehnt. Seit den Tagen von Susdal war ihm klar, daß er nie wieder eine Uniform anziehen wollte. Pieck hatte Heinrich Rau dazugerufen, der Wirtschaftsminister für Brandenburg gewesen war und nun die Wirtschaftskommission leitete. Die Gründung der Deutschen Demokratischen Republik stand als Antwort auf die Gründung der Bundesrepublik Deutschland unmittelbar bevor. Dem General a.D. Ristenpart, das bekam Johannes zu spüren, trauten die Verantwortlichen offenbar zu, daß er sich in organisatorische Aufgaben beim Neuaufbau der Schwerindustrie einarbeiten könnte. Er kam spät dazu. Unzählige Hände klaubten seit Jahren Steine aus dem Schutt. Es gab davon so viel, daß man glauben konnte, diese Generation werde mit dem Aufräumen nie fertig werden. Von Rostock bis Dresden suchten heimgekehrte Arbeiter in zerstörten Fabriken und beschädigten Fertigungshallen heraus, was an Maschinen noch verwendbar oder wiederherstellbar war.

Johannes hatte zugesagt und war in den folgenden Wochen oft von Jüterbog aus zu Besprechungen hinübergefahren – im Frühjahr 1950 zog die Familie nach Berlin. Sie erhielten in der Puschkinallee eine leidlich erhaltene Wohnung zugewiesen. Ihr neues Zuhause lag auf der Nordseite des Treptower Parks unweit der Spree. Gertrud war als Referentin an das Hauptschulamt versetzt worden.

Zu der Zeit veränderten mehrere Ministerien im Wirtschaftsbereich die Aufteilung ihrer Arbeit. Johannes begann seine neue Tätigkeit wie eine Herausforderung an den Verstand. In Susdal und Oranki hatte er gelesen, was die Lagerbibliothek hergab. Nun las er Fachbücher, beschäftigte sich mit Hochofentechnik und Hüttenwerken, beobachtete vor Ort, was er gelernt hatte, und fragte jeden, der ihm erklären konnte, was er wissen mußte. Er las über Erzverarbeitung, Kohle und Eisen, Legierungen und Stahl und versuchte sich an einer Einführung in den Maschinenbau. Weil er meinte, daß er es einmal gebrauchen könnte, besserte er sein Schulenglisch auf. Das alles tat er, wie er sich immer bemüht hatte, seinen Beruf auszuüben. Mehr zu wissen und vor allem, es genauer im Kopf zu behalten als manch anderer, das war für ihn in der Offizierslaufbahn nicht in erster Linie eine Sache des Ehrgeizes gewesen, vielmehr eine Temperamentsfrage. Ihn interessierte, daß bei seiner Tätigkeit etwas Sinnvolles herauskam. Das verlangte er zuerst von sich. Wenn er – wie damals seine Untergebenen – seine Mitarbeiter heute in der Regel zuvorkommend behandelte, dann um der Sache willen. Er glaubte mit unausrottbarer Hoffnung immer neu, daß es die gemeinsame Sache sei. Johannes hatte lange gebraucht, bis er einsah, wie mißbrauchbar jemand mit diesen Eigenschaften war. Skepsis, die ihn selber total einbezog, hatte er erst in der Gefangenschaft gelernt.

Als sich nach vielen Durchgängen herausstellte, das ein eigenes Ministerium für Schwermaschinenbau zweckmäßig war, wurde er dort zum Leiter der Abteilung für Maschinenexport ernannt. In Zukunft sollten ganze Industrieanlagen produziert und, zumeist in Entwicklungsländer, ausgeführt werden. In dieser Mission war er in Indien, Indonesien und auch in Syrien gewesen. Seit Ägypten eine Volksrepublik geworden war, was immer das konkret bedeutete, standen die Aussichten für die DDR dort besser als zuvor. Johannes erfuhr das während der zehn Tage, die er in Kairo verbrachte, auf beinah jeder Station der Unterhandlungen.

Die täglichen Gespräche fanden entweder im Wirtschaftsministerium in der Hauptstadt oder in Heluan statt. Der ursprüngliche Kurort, der eine halbe Autostunde südlich von Kairo lag, war eine Baustelle. Hier entstand das Industriezentrum des neuen Ägypten. Ein Großkraftwerk, eine Autofabrik und eine Flugzeugfabrikation waren neben Zementwerken und Düngemittelerzeugung angesiedelt. Johannes zweifelte, ob dieser Aufbruch der Schlote ihm mehr imponieren oder Furcht einflößen sollte, und nun war es sein Auftrag, möglichst dazu beizutragen, daß der alte arabische Badeort Helwân ein Ruhrgebiet wurde.

Am Rande der Aufgaben seiner Delegation wurde er als ehemaliger General von den Gastgebern zur Besichtigung der Militärakademie eingeladen. Ein junger Offizier holte ihn in einem offenen Wagen ab und brachte ihn zur Kriegsschule am Wüstenrand. Dort saß er mit dem Kommandeur unter einem Nasser-Bild und trank zum fünften Mal an diesem Tag süßen schwarzen Kaffee aus einer winzigen zylinderförmigen Porzellantasse. Das Porträt des Staatschefs hing hier mit besonderer Berechtigung. Das erklärte ihm der Oberst, ein dunkelhäutiger Ägypter, mit dem er sich einigermaßen auf englisch verständigen konnte. Nasser und die

Führungsschicht der Revolution waren auf der Militärakademie erzogen worden. Ihr *Komitee der Offiziere* hatte gegen König Faruk geputscht, und im *Rat der Revolution* hatte sich Nasser als der erste Mann im Staat durchgesetzt.

«Die Ägypter haben ihr Selbstvertrauen wiedergefunden», sagte der Kommandeur, der eine Ordensspange auf der Khakibluse trug. «Es handelt sich weniger um eine Revolution als um eine Wiedergeburt. Sehen Sie, Ägypten hat immer eine maßgebliche Rolle in der arabischen Welt gespielt. Daran knüpfen wir an.»

Als Johannes erwähnte, daß er mehrere Jahre Kommandeur der Offiziersausbildung an der Artillerieschule in Jüterbog gewesen war, ließ es sich der Oberst nicht nehmen, ihn gründlich herumzuführen. Dabei stellte er fest, daß er zu allem, was ihm vorgeführt wurde, kaum noch eine gültige Beziehung hatte. Strammstehende Offiziersanwärter und andere, die über den Kasernenhof turnten oder an schwerem Gerät exerzierten, gab es überall auf der Welt. Johannes sah sich auf seine frühere Rolle festgelegt. Er hatte sie nicht verlernt – dafür war sie zu lange seine Hülle, aber auch der Kern seines Handelns gewesen und hatte ihm, wie er meinte, zur Übereinstimmung mit sich selbst verholfen. Aber nun wurde ihm klar, daß sich das Militärische in ihm verkleinert hatte. Der Maßstab, den er anlegte, erschien ihm verändert wie im Raster einer Reproduktion, die auf ein geringeres Format reduziert war. Das wurde ihm hier auf dem Übungsplatz, der einem Feldlager glich, zum erstenmal so entschieden bewußt.

Er ging neben dem Kommandeur, als wäre er da an seiner Seite, zugleich aber sah er sich vor seinem inneren Auge auf mehrfache Distanz gerückt. So trat er neben sich und wurde sich rückwirkend fremd. Die Fähnriche erschienen ihm wie Figuren mit lenkbaren Gliedern. Auf Kommando der Gruppenführer sprangen sie über Geländer, robbten zwischen spanischen Reitern, drangen weiter vor gegen den imaginären Feind. Sie bewegten sich merkwürdig zuckend. Es war die Zeremonie der Unterordnung. Früher war sie ihm selbstverständlich gewesen.

Johannes erinnerte sich, wie er in den feldgrauen Breeches und den von seinem Burschen gewienerten Reitstiefeln über den Kasernenhof geschritten war in einer Haltung, für die ihm jetzt nur noch das Wort *Stolzieren* geeignet vorkam. Der Drill war ihm nicht übertrieben, sondern als Ausdruck äußerster Manneszucht erschienen. Preußisch aufrecht war er durch seine Soldatenwelt dahingegangen. In der anerzogenen Betrachtungsweise, die er in sich nur bestärkt hatte, bis ihm die Einseitigkeit nicht mehr bewußt wurde, waren das Exerzitien eines militärischen Mönchtums gewesen. Der Dienst an der nationalen Sache wurde ritualisiert, er war getragen von Mythen, die nicht von der Vorstellung ließen, daß Soldaten durch ihren Beruf zur Elite der Nation gehörten und das Vaterland ihnen Dank schuldete.

Nein, er verleugnete das nachträglich nicht, er stand dazu. So war es für ihn gewesen, das konnte und wollte er nicht in sich auslöschen. Aber er spürte, wie sich sein Blick verändert hatte. Was für ihn vergangen war, wurde wie in einem Kaleidoskop neu zusammengefügt. Kasernentore würden ihm immer offenstehen. Er wußte, wie es dahinter aussah. Ein für allemal hatte er gelernt, was ihn befähigte, wie ihresgleichen aufzutreten. Er kannte die Worte, die da gebraucht wurden. In ihm war dieser Vorrat an Zugehörigkeit. Aber er war ein General in Zivil. Weil er die Technik kannte, auch die Technik der neuen Waffen, glaubte er, daß das Soldatische, wie er es begriffen hatte, zumindest in Europa nie mehr anwendbar war. Hier in Ägypten mochte es für eine Zeit noch anders sein.

Der Oberst überreichte ihm eine Medaille zum Gedenken an diesen Besuch. Johannes war froh, als der Leutnant ihn zum Hotel zurückbrachte. Die Medaille steckte er nachdenklich in eine Seitentasche seines Koffers. Er sah wieder hinaus durch einen Spalt im Vorhang, der die Sonne abschirmte. In wenigen Tagen war ihm der Blick vertraut geworden. Über dem Strom, den Dächern und Baumkronen schwebten Milane. Es war spät im November, aber für seine Begriffe noch sommerlich warm. Johannes dachte an die nächste Verabredung. Draußen arbeitete die Stadt.

Ägypten sah sich in der Gunst beider Großmächte, die am Nil rivalisierten. Drei Generationen Kolonialmacht waren beendet. Die neue Regierung hatte die Suezkanalgesellschaft verstaatlicht. Die Gebühren flossen nun der Vereinigten Arabischen Republik zu. Die Aktionäre waren teilweise entschädigt worden.

Johannes spürte in Kairo die Ablehnung vieles Britischen, die eine Reaktion auf die Vergangenheit war. Er bedauerte, daß er nicht Zeit genug hatte, Afrikas größte Stadt kennenzulernen. Oft ging er von Shephards Hotel zu Fuß über den Tachia-Platz und einmal über den Basar bis zur Mohammed-Ali-Moschee und der Zitadelle. Er sah die Elendsstadt, in der Tausende durch die Augenkrankheit Trachoma geblendet waren und am Straßenrand bettelten. Auf dem Basar kaufte er in dem alten Zirkuskarren eines Händlers Rosenöl. Im Inneren duftete es nach Veilchen, Jasmin und Heliotrop, Mirabellen und Moschus. Er ließ sich vier Sorten für Gertrud und die Töchter in Flakons abfüllen und trat wie betäubt ins Freie.

Kinder folgten ihm überall. «Hallo, Mister, American? You want shoeshine?» Wenn er den ersten, die an ihm hingen, ein paar Piaster gab, schlossen die übrigen nur um so enger auf. Er war ratlos. Die Armut stieg in Slumvierteln wie Hochwasser, sie drang in Keller und Ruinen, von denen kaum zu glauben war, daß dort Menschen lebten. Jede Hoffnung riß sie mit sich. Johannes mußte an Kalkutta denken, die elendste Stadt, die er gesehen hatte. Wie dort zwischen Bewohnern von Marmorpalästen und Sterbenden an der Howrah-Brücke kein Gedanke eine Verbindung herstellen konnte, standen in Kairo Botschaften und Residenzen, Banken und alter Kolonialreichtum beziehungslos neben Seuchenquartieren und der Fron der Fellachen.

Er kam durch Gegenden, in denen es aussah, als seien dort Bomben eingeschlagen. Wüst und leer war es wie in Berlin auf den Feldern vernichteter Stadtteile. Nur war Kairo eine Wüstenstadt, der Ort, an dem vor mehr als dreitausend Jahren babylonische Kriegsgefangene ein kleines Babylon gegründet hatten. Es war die Stadt, aus der kein Brief nach Israel abging und niemand mit Haifa oder Tiberias telefonieren konnte. Kein Flugzeug startete nach Tel Aviv. Stündlich eiferte die Stimme der Araber, *Sood el Arab*, aus dem Rundfunkhaus gegen den Staat der Juden. Von Westberlin aus verbreitete der amerikanische Sender RIAS über DDR und Warschauer-Pakt-Länder sein Gerücht von der Teilung der Welt in Gut und Böse. Friedlosigkeit erfüllte die Luft und verwirrte sich in vielen Sprachen.

Johannes empfand immer deutlicher, daß er Zeit und Ort oft nicht genau unterscheiden konnte, das gelang ihm nur oberflächlich. Je älter er wurde, um so mehr beschäftigte ihn eines: die Gleichzeitigkeit. Während er hier in Berlin am Schreibtisch saß und seinen Bericht korrigierte, verhungerten Kinder am Nil und wurde in Vietnam Krieg geführt. Soviel stand für ihn fest: Betroffenheit allein konnte dagegen nichts ausrichten. Aber er lehnte es ab, die Gleichzeitigkeit zu übersehen, sondern dachte und fühlte, sosehr er konnte, was zur selben Zeit an verschiedenen Orten geschah.

Wenn er an früher dachte, war ihm, als seien seine Gedanken meist geradlinig verlaufen. Manchmal waren sie wie mit dem Lineal gezogen auf ein Ziel ausgerichtet gewesen, das ihm unzweifelhaft erschien. Das hatte es ihm verhältnismäßig leicht gemacht, zu befehlen und auch zu gehorchen. Spätestens seit Susdal war nichts in seiner Vorstellung mehr ungebrochen. Er konnte nicht absolut trennen, was gegenwärtig geschah und was vergangen war. Wenn er dankbar war, daß er satt wurde, lag darunter, daß es eine Zeit gegeben hatte, in der Hunger ihn fast umgebracht hatte. Er konnte es auch nach so vielen Jahren nicht als selbstverständlich hinnehmen, daß Gertrud, die Kinder und er überlebt hatten.

Das mußte einen Sinn haben. Gerade als er dies begriff, kam er aus der Gefangenschaft. Die Gleichzeitigkeit der Ereignisse blieb in ihm, er erfuhr sie immer neu. Nun, mit dreiundsechzig, meinte er manchmal, daß er endlich erwachsen sei. Das Vieldeutige empfand er nicht, als würde er zerstreut. Wenn dies zu seinem Alter gehörte, war es auch eine Kraft.

Er trat ans Fenster. Da lag sein Berlin. Viel zu langsam ging der Wiederaufbau voran. Johannes kannte die Pläne. Hinter dem Alexanderplatz waren Häuserblöcke an der Karl-Marx-Allee im Moskauer Stil hochgezogen. Auch in der Leipziger Straße sollten neue Wohnviertel entstehen. Der Großteil der früheren Innenstadt lag östlich des Brandenburger Tors. Wie die Ruinen Wilhelminischer Prunkbauten wiederaufrichten? Es fehlte an allem, was in Westberlin offenbar reichlich vorhanden war: Geld, Material, Arbeitskräfte. Es gab diesen Mangel an Menschen, den Aderlaß nach Westen.

Ministerpräsident Chruschtschow hatte verlangt, daß der Viermächtestatus aufgekündigt und Westberlin zur Freien Stadt erklärt werden sollte. Das war aussichtslos. Aber früher oder später, dachte Johannes, mußte der Westen die Wirklichkeit anerkennen. Ostberlin war auf dem Weg, die Hauptstadt der DDR zu werden. Noch gab es die sowjetische Stadtkommandantur und die Treffen der Hohen Alliierten Kommission. Willy Brandt konnte als Regierender Bürgermeister von Berlin-West behaupten, für ganz Berlin zu sprechen, aber den Tatsachen entsprach das nicht. Moskau übertrug der Deutschen Demokratischen Republik immer mehr Befugnisse. Nach der vollzogenen Teilung war das nur konsequent.

Johannes mußte daran denken, daß er nie einen der Westsektoren betreten hatte. Zu Anfang war ihm das nicht möglich gewesen, weil sie in Jüterbog wohnten. Aber auch später hatte zweierlei ihn davon abgehalten: er war Beauftragter dieses ostdeutschen Staates, und er wollte nicht einmal den Anschein eines Verdachts erwecken, er könnte sich wie so mancher aus dem Nationalkomitee und dem Offiziersbund nach Westen absetzen.

Wie zerstört Berlin war, hatte er kaum begreifen können, als er es zum erstenmal sah. In den Zentrumsvierteln des Westens, hörte er, war es kaum anders. Es konnte doch nicht wahr sein, daß militärisch Verantwortliche das hatten geschehen lassen! Wahnsinnige hatten die Vernichtung Berlins und der Bevölkerung zugelassen und sie auch noch als Verteidigung ausgegeben. Das konnte kein Krieg mehr gewesen sein. Das war Mord vor dem Selbstmord. In den schlimmsten Vorstellungen in Lunjowo hatte er sich das nicht ausmalen können. Generale, Männer seines Berufs, hatten den Amokbefehl des Diktators wie Sklaven ausgeführt. Johannes empfand das auch wie eine ihm übertragene Schuld.

Früher war Potsdam, seine Garnison, wie ein Vorort Berlins gewesen, und er hatte sich als Berliner gefühlt. Oft war er die Havelseen mit dem Boot hinuntergefahren oder am Ufer geritten. In Berlin hatte er getanzt und eingekauft, war ins Theater gegangen und mehr als einmal verliebt gewesen. Wie oft hatte er vor Café Möhring auf dem Kurfürstendamm gesessen und alles und jeden genau betrachtet: die Droschken und die Kleider, Offiziere, Geschäftsleute, Menschen aus vielen Ländern, Mütter mit ihren Töchtern in langen Röcken und Schnürstiefeln, mal trugen sie Regenschirme über dem Arm, mal einen Sonnenschirm und manchmal auch einen Fächer in der Hand. Er betrachtete sie alle, die sich in Mußestunden in den Cafés und vor Restaurants als Boulevardschauspieler versuchten, aufeinander einredeten, gestikulierend, weit ausgreifend, so sind wir, dies ist die große Welt! Vor ihnen auf den runden Tischen perlte Sekt in Kelchen, oder Bierschaum zerging am Glasrand und auch als Geflock in ihren Schnurrbärten. Nirgends gab es knusprigere Schrippen als bei Möhring, er aß sie am liebsten mit Butter und etwas Salz. Eines Tages, als er wieder einmal nach einer verbummelten Nacht dort frühstückte, sah er zum erstenmal einen Zeppelin; der schwebte hoch über der Gedächtniskirche, die Motoren seitlich unter dem Silberrumpf wirkten zu klein, wie ohne Proportion – damals hatte er gedacht: ein fliegender Dinosaurier. Das Brummen entfernte sich in Richtung Tiergarten, er blätterte wieder in der «Vossischen Zeitung».

Johannes saß mit dem Rücken zur Wand. Er war sich bewußt, daß hinter ihm, wenn er in Gedanken die Linie durch die Büros seiner Abteilung weiterführte und sie hinter dem Haus der Ministerien ein Stück verlängerte, die Grenze alles anhielt. Die Leipziger Straße war eine Sackgasse geworden. Drahtverhau versperrte den Zugang zum alten Potsdamer Platz, der fast immer der Ausgangspunkt seiner Unternehmungen gewesen war. Dort war er in den dreißiger Jahren oft aus dem unterirdischen S-Bahnhof aufgetaucht und durch die Straßen gegangen, die ihm mit geschwärzten Fassaden oder Ruinen auch heute zugänglich waren: Wilhelmstraße, Unter den Linden, Friedrichstraße – da war er Zeuge des 17. Juni 1953 geworden. Wenn er sich nicht täuschte, gab es über die Ereignisse dieses Tages verschiedene Legenden, und es gab eine Wirklichkeit, die niemand bis ins letzte kannte und die deswegen auch keiner vollständig für sich beanspruchen konnte.

Frau Globig, die in seinem Vorzimmer arbeitete, öffnete die Tür einen Spalt und sagte, ohne hereinzukommen: «Der Genosse Jentsch möchte Sie sprechen.» Er nickte, und der Parteisekretär trat auch schon ein, indem er an ihr vorbei den Türflügel mit der ausgestreckten Linken weiter aufschob. Johannes drehte sich um, vom Fenster weg, er spürte Jentschs Hand in der seinen. «Sie haben doch etwas Zeit?» fragte er, und sie nahmen am Rauchtisch Platz.

«Es gibt da nämlich eine Sache, die einige Bedeutung hat», sagte der Parteisekretär, der sich vor allem um die SED-Mitglieder zu kümmern hatte, die Mitarbeiter des Ministeriums waren. Er begann ein Gespräch oft etwas geheimnisvoll, das kannte Johannes an ihm. Jentsch benahm sich manchmal, als gehe es um eine Verschwörung, um etwas, in das Johannes nicht ganz eingeweiht war. Dabei gab es wohl nicht allzu vieles, was sie voneinander nicht wußten. Kommunisten, wie Jentsch einer war, hatten eben nicht selten die Angewohnheit, immer erst einmal in Andeutungen zu sprechen. Das war in den Jahren, in denen sie im Untergrund gearbeitet hatten, eine Vorsichtsmaßnahme gewesen, die ihnen zur zweiten Natur geworden war. Wo sie sich aufhielten, schienen sie sich zu vergewissern, wer in Hörweite war und wie sie beobachtet werden konnten – das verlernte mancher nicht wieder.

Johannes kannte einige von ihnen näher, er hatte vor diesen Leuten Respekt. Viele hatten in Spanien gekämpft und sich danach als Emigranten meist in einer Reihe von Ländern durchgeschlagen. Noch mehr waren im Reich geblieben, und viele von ihnen waren in Widerstandsgruppen gegen die Nationalsozialisten ebenso todesmutig gewesen wie die Männer und Frauen der Weißen Rose und des 20. Juli 1944. Nicht wenige hatten die Jahre im Konzentrationslager nur überstehen können, weil sie untereinander in einer Weise zusammenhielten, die es mit allem aufnahm. Auch Sozialdemokraten hatten ihnen ihr Leben zu verdanken, oder sie hatten sich, die erbitterten Gegner bis 1933, in gegenseitiger Hilfe durchgebracht. Johannes hatte nie verstanden, daß sich manche von ihnen, wie Kurt Schumacher, nach 1945 daran nicht mehr erinnern wollten, sondern wie in einer totalen Umkehr dieser Erfahrung um so wütendere Antikommunisten geworden waren.

Jentsch war Jahrgang 1902, er war in einem Außenlager des KZ Buchenwald gewesen und hatte vierhundert Meter tief in einem Salzbergwerk gearbeitet, davor war er Maschinensetzer in einem Betrieb in Frankfurt an der Oder gewesen. Im Mai 1945 schloß er sich in Mecklenburg der Gruppe Sobottka an, die wie die Gruppe Ulbricht in Berlin und die Gruppe Ackermann in Sachsen damit anfing, die totgesagte KPD wiederaufzubauen und sozialistische Kader zu bilden. Immer zehn Kommunisten aus dem Untergrund und zehn ehemalige Kriegsgefangene aus dem NKFD, dem Nationalkomitee Freies Deutschland, bildeten gemeinsam eine Basis für die Organisation in einem künftigen Staat.

«Der Bericht wird morgen fertig», sagte Johannes.

«Deswegen komme ich nicht. Wir haben eine Bitte an Sie, Genosse Ristenpart.» Johannes war auch daran gewöhnt, daß Jentsch meist *wir* sagte. Er meinte die Partei, zu deren Spitze er eine direkte Verbindung hatte.

Johannes wartete ab. Jentsch beugte sich zu ihm vor, er war ein kleiner, stämmiger Mann mit tiefen Furchen in dem breiten Gesicht, die sich wie Sicheln von der Nasenwurzel bis zum Kinn zogen. Sein graues Haar lag kurz und geschlossen um seinen Kopf wie eine Kappe. Er kam noch ohne Brille aus und rauchte, als ernähre er sich davon.

«Was glauben Sie, wie viele Offiziere der Bundeswehr Sie von früher persönlich kennen?» fragte der Parteisekretär.

«Das kann ich nicht sagen. Ich hab darüber nicht nachgedacht. Aber unter den älteren Aktiven vom Oberstleutnant aufwärts müßten es etliche sein. Vielleicht eine ganze Menge.»

«Denken Sie, daß es Ihnen möglich wäre, mit einzelnen Kontakt aufzunehmen?»

«Wie soll das vor sich gehen?» Johannes war darauf nicht vorbereitet. Wieder einmal griff sein Soldatenberuf nach ihm. Ein General blieb immer ein General, die anderen waren einfach nicht bereit, ihn daraus zu entlassen, da konnte er sich noch sosehr anstrengen, seine Vergangenheit ruhen zu lassen. Er überlegte, wie überhaupt eine Beziehung zu Berufssoldaten der Bundeswehr zustande kommen konnte, es gab doch keine Brücke dahin.

«Wissen Sie, daß die evangelische Kirche, die EKD, uns einen Militärseelsorgevertrag angeboten hat?» fragte Jentsch. «Sie wollten ihn auf dieselbe Grundlage stellen, wie sie es in der Bundesrepublik getan haben.»

«Ja», sagte Johannes. «Aber das kann doch als Ansatzpunkt wahrhaftig nicht in Frage kommen.» Er mußte an

Cordt in Luckau denken und daran, wie der sich über die neue Militärseelsorge und Dibelius ausgesprochen hatte. Was war das für eine Idee: Pfarrer sollten in beiden deutschen Staaten mit Soldaten beten, doch wohl für die entgegengesetzte Sache! «Was haben Sie sich vorgestellt?» fragte er.

Jentsch sah ihn an und sagte: «Vielleicht könnte man ein Treffen ehemaliger Offiziere der deutschen Wehrmacht vorschlagen. Ganz offiziell. Hier in Berlin oder an einem neutralen Ort.»

«Ist das Ihr Ernst? Das wird sich kaum verwirklichen lassen, ich jedenfalls halte es nicht für aussichtsreich.»

«Es käme auf einen Versuch an», sagte Jentsch. «Noch gibt es gemeinsame Grundlagen. Oder nicht? Voraussetzung muß sein, daß von deutschem Boden nie wieder ein Krieg ausgehen darf. Das gilt nicht nur bei uns, sondern auch in der Bundesrepublik und ist Bestandteil ihres Grundgesetzes. Es gibt doch auch in Westdeutschland ernst zu nehmende Antifaschisten unter den früheren Offizieren, die reaktiviert worden sind.»

«Natürlich», sagte Johannes. «Aber ich hab unter den Namen der Generale, die in den Zeitungen genannt werden, auch andere wiedergefunden. Von einigen weiß ich genau, daß sie Seydlitz, Lenski oder auch mich als Verräter bezeichneten. Das sind Leute, die zum Teil noch im Gefangenenlager mit ‹Heil Hitler› grüßten.»

«Das wissen wir. Um die geht es nicht, die können wir doch nie erreichen. Aber denken Sie darüber nach, was sich machen läßt. Wie wäre es mit einem Aufruf ehemaliger Offiziere in der Deutschen Demokratischen Republik an die Offiziere des zweiten Weltkriegs in der Bundesrepublik? Sie gehören in die Front gegen den Krieg.»

«Genosse Jentsch», sagte Johannes, dem das zu schnell ging, «Sie wissen genau, wie schwer es ist, ein Thema zu finden, das überhaupt eine Chance haben könnte, im Westen gehört zu werden.» Er dachte: Erst einmal müßte ich mich viel gründlicher damit beschäftigen. Je länger wir uns auseinanderleben, um so aussichtsloser wird es, noch eine gemeinsame Sprache zu finden.

«Wir müssen etwas unternehmen», sagte Jentsch.

Sie dachten immer in Gruppen und glaubten an Erklärungen, Johannes hatte das manchmal bestaunt. Er wußte, daß seine bürgerliche Herkunft für sie immer ausschlaggebend blieb. Er akzeptierte diesen Klassenstandpunkt auch, der nun einmal die grundlegende Erfahrung jedes einzelnen war, so oder so. Zum Beispiel würde Jentsch wohl nie einen Gedanken für sich so formulieren, wie Johannes es tat: Er sagte sich manchmal, daß Sozialismus, wie er ihn verstand, nicht nur Geduld erforderte, sondern für ihn auch etwas, was ganz aus dem bürgerlich-christlichen Denken herkam – Demut. Das war seine persönliche Erfahrung, über die er nicht sprach. Für ihn lag darin die herausfordernde Frage: Wie sozial bist du wirklich in deinen Voraussetzungen und im Handeln? Die Silben *sozial* waren für ihn das Wichtigste, nicht der *Ismus*, so sehr er sich als Sozialist sah und so weit er damit inzwischen wohl auch gekommen war. Was er meinte, war das Gegenteil von Elitedenken, Besitzanspruch und Egoismus. Und es war nicht theoretisch, sondern praktisch nachprüfbar. Aber die Auseinandersetzung um das, was mehr als nur individuell war, konnte er mit sich nie zu Ende bringen.

Warum erinnerte er sich gerade jetzt an den Tag, an dem Bauarbeiter vor dem Haus der Ministerien angerückt waren? Während der Parteisekretär weiter davon sprach, wie das Bündnis ehemaliger Offiziere etwas zur Entspannung beitragen konnte, hatte Johannes plötzlich vor Augen, wie die Delegation der Demonstranten ins Haus gekommen war und verlangt hatte, Regierungsmitglieder zu sprechen. Die anderen warteten murrend draußen. Die Straße war angefüllt von ihnen. Sie hatten sich, die Nachricht verbreitete sich wie über eine Zündschnur, in den Straßen um den Alexanderplatz gesammelt. Es waren immer mehr geworden, als sie die Leipziger Straße hinunterzogen. Das war am 16. Juni. Industrieminister Fritz Selbmann, *sein* Minister, behielt die Nerven. Er sprach ruhig mit den Arbeitern und telefonierte dann mit Ulbricht, Johannes stand dabei. Selbmann meinte, der Erste Sekretär müsse herkommen und mit den Arbeitern sprechen, aber der lehnte das zu diesem Zeitpunkt ab. Inzwischen überblickte kaum noch einer die Lage. Waldemar Schmidt, der Polizeichef, war dem Vernehmen nach dafür eingetreten, von der sowjetischen Besatzungsmacht Militärhilfe zu erbitten. Jendretzky, der erste Berliner Bezirkssekretär, wollte nicht derjenige sein, der das mitverantwortete. Er suchte eine Lösung, indem er mit den Demonstranten diskutierte. Schließlich kam vom Politbüro die Nachricht, die Erhöhung der Arbeitsnormen, gegen die vor allem Bauarbeiter und Metaller protestierten, sei zurückgenommen. Es regnete. Erst allmählich und keineswegs unter dem Anschein, als seien sie zufrieden, hatten sich die Arbeiter aus den Straßen um das Ministerium zurückgezogen.

«Das ist das eine», sagte Jentsch. «Ich hab noch etwas anderes.» Er legte eine Pause ein und benutzte sie, um sich eine neue Zigarette anzuzünden. Im Aschenbecher lagen nun schon mehrere seiner Kippen. Frau Globig steckte den Kopf durch den Türspalt herein und fragte: «Möchten Sie Tee?» Jentsch sagte: «Eine gute Idee.» Sie hatte ihn schon aufgegossen und brachte die Kanne, Tassen und Zucker gleich auf einem Tablett.

Als sie hinausgegangen war, setzte Jentsch neu an und sagte: «Man hat mich beauftragt, Sie zu fragen, ob Sie eine Artikelserie übernehmen wollen. Wir denken an eine Folge für Radio DDR, die in Auszügen vielleicht auch im ‹Neuen Deutschland› erscheinen könnte. Oder in einer unserer Zeitschriften. Schreiben Sie über Stalingrad und das Nationalkomitee. Das ist leider schon wieder hochaktuell.»

Johannes war diesmal nicht überrascht. Er hatte von sich aus ein paarmal daran gedacht, etwas darüber zu Papier zu bringen. Nicht um über sich zu schreiben, sondern weil er dazu beitragen wollte, junge Leute zu informieren. Er sagte:

«Es wächst eine Generation nach, die nichts mehr davon weiß, wenn wir es ihr nicht sagen.»

«Das ist es.»

Johannes überlegte. «Ich erinnere mich zum Beispiel, wie im Winter vierzig auf einundvierzig Gerüchte aufkamen, daß der Angriff auf die Sowjetunion geplant werde», sagte er. «Ich habe damals auf der Kriegsschule aus Überzeugung beteuert, daran könne nichts Wahres sein.»

«Wie kamen Sie darauf?» fragte Jentsch.

«Ich wurde in meiner Ansicht immer wieder bestärkt, nicht zuletzt dadurch, daß wir noch Mitte Mai einundvierzig in Jüterbog den Besuch einer sowjetischen Offiziersdelegation erhielten. Immerhin hatten wir mit Rußland den Nichtangriffspakt geschlossen. Ich war aus Berlin angewiesen worden, diesen Offizieren alles zu zeigen. Ich sollte ihnen unsere neuesten Geschütze vorführen und auch die Schießverfahren erklären. Erst später ist mir klargeworden, welche Absicht damals dahintersteckte.»

«Die Sowjets wußten auch nicht viel.»

«Anscheinend aber doch einiges», sagte Johannes, «denn bei dem kleinen Abschiedsessen, das ich ihnen zu geben hatte, fragte mich der Leiter der Delegation geradeheraus. Er war ein Oberst der Panzerartillerie, der ganz gut deutsch sprach. ‹Was meinen Sie›, fragte er, ‹werden wir uns in einigen Wochen im Krieg gegenüberliegen?› Ich muß ihn verdutzt angesehen haben. Er sagte: ‹Schweizer Zeitungen schreiben so was.› Als wir uns verabschiedeten, konnte ich mir kaum vorstellen, daß er recht behalten sollte.»

Jentsch sagte: «Die Aufmarschpläne gab es seit langem.»

«Davon wußte ich nichts Genaues. Das gehört immer zur Generalstabsarbeit, gegenüber allen Seiten vorbereitet zu sein.»

Jentsch sah ihn an, als frage er sich, ob Johannes meinte, daß das auch für die gegenwärtige Lage zu gelten habe. «Und als es losging», fragte er, «wo waren Sie da?»

«Zunächst hörte ich's am Radio, wie andere auch. Am

21. Juni um fünf Uhr dreißig stellte ich die angekündigte Sendung an. Goebbels verlas die Proklamation zum Angriff auf Rußland. Also doch! Ich glaubte an einen Präventivkrieg und daran, was uns erzählt wurde, nämlich daß die Bolschewisten den Vertrag gebrochen hätten. Zwei Stunden später sprach ich vor vierhundert Offiziersanwärtern. Ich sagte ihnen nur wenige Worte in dem Sinn, daß jetzt die schwerste Aufgabe vor uns liege.»

«Hitlers größter Fehler», sagte Jentsch. «Aber es war mehr als nur das.»

«Ich hab den Krieg gegen das riesige Land von Anfang an nicht für gewinnbar gehalten», sagte Johannes. «Aber gehorcht haben wir alle.»

Es war wohl das, was der Parteisekretär erwartet hatte. «Das zum Beispiel sollten Sie schreiben», sagte er. «Die Menschen wollen wissen, wie es wirklich war.»

«Aber wenn ich den Zusammenhang mit der Gegenwart herstellen soll, brauche ich Material. Anders kann ich das nicht.»

«Sicher», sagte Jentsch. «Sie bekommen die notwendigen Unterlagen. Eine hab ich Ihnen gleich mitgebracht. Es wird nötig sein, auf die Rolle der SPD besonders einzugehen – darauf, wie sich ihre Haltung zwischen dem Münchner und dem Godesberger Parteitag einmal wieder grundlegend gewandelt hat. Die Mehrheits-SPD, das sind und bleiben Revisionisten. Sehen Sie sich das an.»

Johannes nahm den Zeitungsausschnitt, den Jentsch ihm hinhielt. Er legte das Papier auf den Tisch, las aber gleich den Anfang, indem er schräg daraufsah. Helmut Schmidts Münchner Rede von 1956 wurde zitiert: «Die Aufstellung einer Armee von 500000 Mann auf der Grundlage der allgemeinen Wehrpflicht wird den Weg zu einer wesentlichen Verminderung der Rüstungen der anderen Staaten erschweren.» Weiter hatte er gesagt: «Die Einschmelzung der beiden Teile Deutschlands in feindlich einander gegenüberstehende Militärblöcke vertieft die Spaltung Deutschlands, führt zu weiterer Entfremdung und schafft neue Hindernisse für die Wiedervereinigung unseres Landes.»

Bald darauf, erinnerte sich Johannes, hatte Helmut Schmidt als Reserveoffizier geübt. Nachdem Adenauer in der Bundestagswahl 1957 die absolute Mehrheit für seine Politik gewonnen hatte, zogen sich die Sozialdemokraten von der Antiatombewegung zurück. Sie gaben ihren Widerstand gegen die Wiederaufrüstung auf. Godesberg brachte das Bekenntnis der SPD zur Bundeswehr und zum Verteidigungsauftrag. Von Verteidigung sprachen wieder alle.

«Das ist brauchbar», sagte Johannes.

Als der Parteisekretär gegangen war, stand er am Fenster und überdachte das Gespräch. Es hatte ihn nicht mehr an seinen Bericht über Kairo denken lassen, der noch auf dem Schreibtisch lag; daran würde er morgen weiterarbeiten. Ihm war inzwischen klar, daß er wenigstens teilweise tun würde, was sie von ihm erwarteten. Er wollte es versuchen. Über das Schicksal der 6. Armee an der Wolga wollte er schreiben und über Lunjowo. Über den Aufruf ehemaliger Offiziere, wenn es dazu kommen sollte, mußte er gründlich nachdenken.

Johannes blickte in die Leipziger Straße, auf den Schnee in den Trümmergrundstücken, der nun fast so dunkel wie der Abend dalag. Er sah sich dort unten gehen, einen Tag nachdem die Bauarbeiter aus der Stalinallee vor dem Haus der Ministerien gegen die Normen aufbegehrt hatten. Es war vieles zusammengekommen, Berechenbares und Unberechenbares. Am Abend hatte er damals den Radiosender im Amerikanischen Sektor, RIAS, und westdeutsche Nachrichten mehrerer Rundfunkanstalten gehört. Wer glaubte, was die sagten, mußte meinen, nicht nur im östlichen Berlin, sondern überall in der Deutschen Demokratischen Republik – sie sagten: SBZ, Sowjetische Besatzungszone – herrsche heller Aufruhr. Wer ihnen zuhörte, konnte auch glauben, aus dem Westen werde man zu Hilfe kommen, falls am nächsten Tag wieder Arbeiter auf die Straße gingen.

Der 17. Juni war ein Mittwoch. Am Vorabend hatte Ulbricht in seiner Rede vor Parteifunktionären im Friedrichstadtpalast die Aufhebung der Normen bekräftigt, die am 28. Mai für die VEBs, die Volkseigenen Betriebe, um mindestens zehn Prozent heraufgesetzt worden waren. Im Grunde hatte schon eine Veröffentlichung vom 11. Juni das Einlenken bei den Normen festgelegt. Dabei handelte es sich um eine politische Kursänderung, die zunächst aber nur Eingeweihten verständlich werden konnte. Der neuernannte Hohe Kommissar der Sowjetunion für Deutschland, Wladimir Semjonow, hatte die Verfügung aus Moskau mitgebracht. Sie war kommentarlos im «Neuen Deutschland» abgedruckt worden.

Johannes wußte genug von den Hintergründen, um sich Sorgen zu machen. Der Winter war schwer gewesen. Es hatte weder ausreichend Kartoffeln und Fleisch noch genug Kohlen gegeben. Viele hungerten und froren wie in der ersten Nachkriegszeit. Die Leistungen der Arbeiter sollten steigen, die Löhne nicht. Überall stieß man auf eine Bürokratie, die den Menschen nicht weiterhalf, sondern sie im Leerlauf der Anordnungen müde und verzweifelt machte. Die Bevölkerung war entmutigt, viele reagierten aufgebracht. Es waren gerade Kommunisten unter den Arbeitern, die die Fehlplanungen am heftigsten kritisierten.

Im März war Stalin gestorben. Malenkow war Ministerpräsident, der kommende Mann hieß Chruschtschow. Die Ungewißheit über die Machtverhältnisse im Kreml spiegelte sich in Auseinandersetzungen im Politbüro, das im *Haus der Einheit*, dem Sitz der Parteiführung, fast ununterbrochen tagte. Vordergründig ging es um die Demonstrationen der Arbeiter, im Hintergrund um die beiden unterschiedlichen Richtungen: Auf der einen Seite sollten die Investitionen für die Leichtindustrie erhöht werden, um das Leben der Bevölkerung durch mehr Konsumgüter zu verbessern und dadurch eher mit dem Westen konkurrieren zu können. Die andere Seite wollte der Schwerindustrie nach wie vor den

Vorrang geben, was noch eine lange Pause der Entbehrungen für sehr viele bedeuten konnte. Am 17. Juni morgens brachten die Zeitungen die Zugeständnisse an die Arbeiter, aber es war zu spät.

Johannes geriet in den Mittelpunkt des Geschehens. Er gehörte zu denen, die aus den Ministerien auf die Straße gingen, um mit den Arbeitern zu reden. In geordneter Lage in einem Betrieb hatte er das oft getan. Aber als er den Schutz des Gebäudes verließ und sich der Menge entgegenstellte, wurde ihm alles entzogen, was ihm sonst eine Sprache gab. Dafür war er ungeeignet, und er konnte sich auch keinen anderen vorstellen, der mit bloßen Worten dagegen angekommen wäre. Sein Vorsatz verlor sich. Um ihn wogte es, er wurde mal in die eine, mal in die andere Richtung gezogen. Schließlich erfaßte ihn eine breitere Strömung. Er versuchte mit den Armen zu rudern, aber was half das! Johannes verhielt sich wie einer, der abgetrieben wird und, auch wenn er das Ufer nicht mehr erreichen kann, wenigstens den Menschen auf der Böschung zuruft, daß er noch aushält. Es war sehr schwül. Die Arbeiter, die durch die Leipziger Straße drängten, waren von einem Gewitterregen klatschnaß.

Johannes arbeitete sich bis zur nächsten Ecke vor. Er wurde in die Friedrichstraße abgeschoben. Da war es nicht so voll. Er ging weiter und kam an dem Haus vorüber, in dem der Schriftstellerverband sein Quartier hatte. Dort stand eine Gruppe von Männern, die versuchten, die Tür zu öffnen. Drinnen standen andere hinter Holz und Glas. Sie hielten sich hinter der Verriegelung eng beieinander. Die innen und die außen starrten einander an.

Er passierte die Behrenstraße. Von da an sah er sich wieder eingekeilt in eine Menge, die ihn weitertrug. Jetzt konnte er kaum noch ein Bein vor das andere setzen. Manchmal kreiselte die Gruppe, die ihn mitzog. Einige stolperten über Bordsteine. Krampfhaft bemühte er sich, andere und sich selber aufrecht zu halten, denn wer umfiel, konnte nur unter die Füße aller geraten.

Ein paarmal versuchte Johannes, einzelne neben sich anzusprechen. Aber wenn er ansetzte: «Genossen, Kollegen!», schnitt ihm immer einer das Wort ab. «Was bist denn du für einer?» – «Was willst du uns hier erzählen?» – «Halt's Maul!» Der Sog war mächtiger. Um ihn brodelte es immer mehr. Über dem Gedränge lag ein gleichmäßiger Ton vieler Kehlen, aus denen einzeln kaum ein verständliches Wort kam, vielmehr fielen die Stimmen und Laute, das Geschrei und das Klirren eingedrückter Glasscheiben, Pfiffe und Parolen über den Köpfen zusammen wie das Mahlen eines metallischen Stroms, der jeden überstimmte und alle umschloß.

Johannes gelang es, sich an der Häuserwand entlangzuschieben, dort herrschte am wenigsten Druck. Als er an der Ecke Unter den Linden angekommen war und ein Stück Richtung Brandenburger Tor weitergestoßen wurde, fand er plötzlich Halt an einem Mauervorsprung. Da klammerte er sich an und konnte beobachten, was auf beiden Fahrbahnen und auf dem Mittelweg geschah. So weit er sehen konnte, wogte ein Menschenmeer. In seiner Umgebung war es zum Stehen gekommen, nur die Köpfe bewegten sich in unterschiedlicher Höhe vor Erregung hin und her, sie schauten sich um, Haarsträhnen über verregneten Gesichtern, die aussahen, als wären sie erschrocken über das eigene Tun. Vom Marx-Engels-Platz her kamen noch neue Kolonnen. Sie liefen in ganzer Breite auf Linie der Friedrichstraße auf und drängten sich zusammen, so eng sie konnten. Johannes sah Qualm aufsteigen. Irgendwo mußte ein Kiosk brennen. Fetzen bedruckten Papiers flogen angeschwärzt durch die Luft. Autos waren umgestürzt, bei einem drehte sich noch das Rad. In der Masse bildeten sich Strudel, in deren Mitte einzelne krakeelten, die sich offenbar darum rissen, Anführer zu werden.

Bei den neu Ankommenden stellte Johannes fest, daß immer aus den hinteren Reihen Entschlossenheit vordrängte, sich vorn aber Zögernde zurückstemmten. Keiner wollte der erste sein. Sprechchöre gingen im allgemeinen Lärm unter.

Johannes hatte den Eindruck, neun Zehntel der Demonstranten seien Männer. Er sah keine Polizei, aber über allem lag die Erwartung, daß es nur noch kurze Zeit dauern konnte, bis etwas Unwiderrufliches geschah. Es war in der Luft zu greifen, jeder mußte es spüren, meinte er. Die Besatzungsmacht würde einschreiten. Das war sein schlimmster Gedanke, während er dort stand und sich festhielt: daß dann aus dem Westen Truppen eingreifen konnten! Er stellte sich vor, was geschehen würde, wenn am Brandenburger Tor oder am Potsdamer Platz russische und amerikanische Panzer aufeinanderstießen und ohne Überblick, aus Unsicherheit und Angst einer zu feuern begann. Es war immer seine Befürchtung, daß sich aus der Lage in Berlin oder anderswo an der Grenze zwischen den beiden deutschen Staaten, ohne daß es an diesem Punkt und in diesem Augenblick von einer Seite beabsichtigt war, der große Konflikt entwickeln konnte. Weil einige durchdrehten. Weil die Feindbilder eingeübt waren. Weil der kalte Krieg erklärt war und in jedem Moment, in dem bei einem der Verantwortlichen der Verstand versagte, der heiße Krieg losgehen konnte. Das konnte das atomare Verglühen aller auslösen. Hoffentlich wußten sie das in jeder Sekunde, dachte Johannes. Wenn sie sich nur immer klarmachten, daß Europa durch Hitlers Krieg geteilt war und noch alle gegenwärtige Ost-West-Politik daraus folgte. Keiner durfte daran denken, die Machtverhältnisse zwischen den Blöcken in einem Augenblick, der ihm vielleicht günstig erschien, mit Militärgewalt zu verändern. Wer damit begann, nahm das Ende Europas in Kauf.

Johannes hatte noch Kommentare von Westsendern im Ohr. Die Wirkung glaubte er zu einem Teil vor sich zu sehen. Soviel er erkennen konnte, kamen von Westen immer mehr Gruppen hinzu. Wer schickte sie? In seiner Nähe führten sich ganze Trupps auf, als seien sie zum Randalieren und Umsichschlagen herübergekommen. Er sah Ratlose, Verängstigte, Hysterische. Er sah empörte Arbeiter, auch hier Tausende, sie bildeten den Kern. Nicht durchs Brandenburger Tor nach Westen wollten sie, wohin einige selbsternannte Anführer sie zu locken versuchten – sie wollten wieder zum Haus der Ministerien, das riefen sie und machten sich gegenseitig Mut. Johannes sah Neugierige und Sensationslüsterne, Krawallmacher, Schlägertypen und unter ihnen viele, die seiner Meinung nach nur aus dem Westen kommen konnten, so wie sie aussahen und sich verhielten. Er beobachtete einige, die Steine auf Autos und Fenster warfen, sie trugen Lumberjacks und Hosen, die es nur in den Westsektoren zu kaufen gab. Aber was besagte das? Ganz Berlin war für Berliner zugänglich. Wie viele arbeiteten hüben und drüben und wechselten täglich über die Sektorengrenze? Berlin war der große Umschlagplatz.

Es war die Grenzstadt zwischen den Welten. Im Westen sagten sie: die Frontstadt. Es gab keine Intrige, keine geheime Mission, keinen Wucher und keine Spionage, die hier nicht zu haben war. Johannes konnte sich in Europa keine andere Stadt denken, in der so viele Agenten, Zuträger und Beobachter, Dunkelmänner, Opportunisten und Geschäftemacher im Dienst von Geld und Machtinteressen standen. Alles andere und alle übrigen gab es auch, und sie waren in der Überzahl. Aber an diesem Tag, dachte er, waren alle Kreaturen auf dem Plan.

Wer holte die rote Fahne vom Brandenburger Tor? Soviel er beurteilen konnte, kam zu der Zeit auch nur vom Westen einer heran. Aber als er die Linden hinunterblickte und ihm zum erstenmal bewußt wurde, daß die Fahne dort nicht mehr wehte, fragte er sich nicht mehr, wer es getan hatte. Die Panzer kamen. Sie kamen von Osten. Über Plätze und Nebenstraßen rollten sie heran. Es war das Geräusch, das er kannte, es erinnerte ihn an Stalingrad. Mit einem Schlag teilte es sich den Menschen mit, durch die Menge ging ein Beben. Er hörte Schüsse aus Richtung Potsdamer Platz, es waren Pistolenschüsse, Gewehrschüsse, keine Kanonen. Als er zwei, drei, vier Panzer um die Ecke an der Neuen Wilhelmstraße biegen sah und andere von allen Seiten zu kommen schienen, ließ er sich vom Mauersims fallen und preßte sich an die Wand.

Nun geschah Unglaubliches. Die Menschen, die in unabsehbarer Zahl in der einstigen Prachtstraße Unter den Linden gestanden hatten, wurden auf einmal wie fortgesogen. Sie stürzten auseinander, wo eigentlich kein Platz war, tauchten in der Friedrichstraße in halbverstopfte U-Bahn-Schächte, retteten sich, indem sie Fenster zerschlugen, in fremde Häuser oder Dienstgebäude. Die am weitesten außen gestanden hatten, waren als erste in Seitenstraßen davongerannt. Einzelne blieben liegen. Nun tauchten auch Sanitäter auf, die nach ihnen sahen. Johannes hielt sich lange hinter dem Mauervorsprung. Als er feststellte, wie sich Straßen und Plätze leerten, und als er den Panzern nachblickte, die das Pflaster hinunterrasselten, die Panzerführer stehend im Turmluk, machte er sich auf. Niemand hielt ihn an. Zu Fuß traf er eineinhalb Stunden später zu Hause ein.

Der Militärkommandant des Sowjetischen Sektors von Groß-Berlin, Generalmajor Dibrowa, rief am 17. Juni ab dreizehn Uhr den Ausnahmezustand aus und erklärte, wer sich dem widersetze, werde nach sowjetischen Kriegsgesetzen bestraft. Ausgangssperre herrschte von einundzwanzig bis fünf Uhr. Ansammlungen von mehr als drei Menschen wurden untersagt. Für eine Zeit wurde Berlin-Ost eine stumme Stadt.

Es war nicht alles geschehen, was im Westen behauptet wurde. Aber es war auch nicht alles nur aus dem Westen gesteuert, wie man im Osten erklärte. Soweit Johannes es bezeugen konnte, feuerte niemand Panzergranaten in eine wehrlose Menge oder walzte sie nieder. Einzelne kamen um, und die einzelnen waren viele. Die aus dem Westen kamen, nahmen ihre Toten mit zurück. Es wurden keine Helden ausgerufen, und es gab auch keine.

Johannes schloß das Fenster, das er geöffnet hatte, um den Zigarettenrauch des Parteisekretärs hinauszulassen. Schneeluft war hereingekommen. Es war später als sonst, als er das

Haus der Ministerien verließ. Wieder war ihm, als blieben alle Bilder gleichzeitig auf seiner Netzhaut, die einen vordergründig, die anderen dahinter. Er nahm den Bericht und verschloß ihn in der Schublade. Als er auf der Tischplatte Ordnung machte, fiel sein Blick auf die Fotos. Er hatte immer Familienbilder auf seinem Schreibtisch stehen. Aus den Rahmen sahen ihn Gertrud und die Töchter an. Daneben seine Mutter, die vor vier Jahren gestorben war.

Ihm fiel ein, wie er sie an einem Herbsttag bald nach seiner Heimkehr in Jüterbog am Bahnhof abgeholt hatte. Sie war damals einundachtzig gewesen. Klein und gebeugt war sie aus dem Zug gestiegen und hatte ihn auf dem Bahnsteig umarmt. Sie blieb eine Woche, rauchte viel, trank Bier und auch gern einen Schnaps und benahm sich nicht wie eine Dame, die noch vom Kaiser empfangen worden war. Sie hatte einen Philosophenkopf bekommen. Sie sprachen über alles, nur nicht über Politik. Johannes dachte oft an sie.

Hinter ihrem Bild stand die Matroschka. Renate hatte sie ihm eines Tages zurückgeschenkt, als sie merkte, wie sehr er an ihr hing. Die Farbe war abgeblättert. Manchmal nahm er sie auseinander und stellte die sieben Puppen vor sich hin. Als er das Licht ausmachte, dachte er an die Nächte von Susdal.

8

Lorenz

Daß die Bundeswehr mich an früher erinnert, war vorauszusehen. Wenn sich noch so vieles verändert hat: die Uniform, der Dienst, die Ausrüstung und auch die Denkweise – seit ich hier aus und ein gehe, in der Kaserne «Zur Freiheit» in Schleswig, kann ich nicht verhindern, daß die Vergangenheit mich verfolgt. Niemand kann von seinem Lebenslauf ein Stück amputieren, ich habe das gar nicht erst versucht. Heute beginnen die Wehrpflichtigen und die Berufssoldaten ganz anders. Ich bin im Krieg Soldat geworden und kannte den Frieden bisher nur als Zivilist.

Als ich vor drei Wochen zum erstenmal wieder an einer Wache vorbeiging, den Koffer in der Hand, war ich gespannt, wie ich das empfinden würde. Äußerlich war es ein gewaltiger Unterschied, als ich den Wagen vor der Kaserne parkte, meine Sachen nahm und mich am Tor meldete: Lorenz Ristenpart, Bürger der Bundesrepublik, Kaufmann, verheiratet, drei Kinder, Mitglied der CDU. Ich kam freiwillig wie einst, einberufen als Oberleutnant, mit dem Vorsatz, nach der Übung Reservehauptmann zu werden.

Während ich in der Wachstube auf den Leutnant wartete,

der mich einweisen sollte, mußte ich an den Tag denken, an dem ich im Frühjahr 1941 mit dem Pappkarton in die Erfurter Artilleriekaserne einrückte. Damals war ich achtzehn. Die Artillerie hatte ich nur gewählt, weil es die Waffengattung meines Vaters war. Ein bißchen habe ich auch geglaubt, ich bekäme mit Mathematik zu tun, die mich interessierte. Ich weiß noch, wie mein Bruder Jonas immer auf den Dienst in der HJ geflucht hat, aber wenn ich ehrlich bin: ich habe ihn gern gemacht. Ich sehe mich noch mit der weißen Kordel als Stammführer beim Jungvolk. Als ich zum erstenmal auf Urlaub kam, bin ich gleich vom Bahnhof zu einem Heimabend und später erst nach Hause gegangen. Ich war trainiert, mir fiel der Kommiß nicht schwer. Jetzt werde ich bald vierzig.

Als der junge Offizier, der mich abholte, auf den Schlagbaum zukam, dachte ich daran, wie ich eines Tages im Herbst sechsundvierzig die Militärbaracke der britischen Fahrkolonne bei Münster verlassen habe. Ich trug die Uniform des ehemaligen Heeres und hatte mehr Erfahrung auf dem Schwarzmarkt als mit ehrlicher Arbeit. Meine Banklehre in Hameln wollte ich beginnen. Heute bin ich selbständig und habe es in meinem Beruf ein Stück weitergebracht. Wir haben mehr, als wir zum Leben brauchen. Ich kann es mir leisten, auch an anderes zu denken. Die Kinder sind im Schulalter, und Henny findet zum erstenmal wieder zu sich. Für mich ist es Zeit, daß ich nicht nur an das eigene Fortkommen denke. Ich halte mich für einen ziemlich nüchternen Menschen, aber ich bin überzeugt, daß der einzelne auch für die Gemeinschaft einstehen muß. Als einer, der mit Kommunalpolitik zu tun hat, weiß ich, wieviel dazugehört, daß Wasser aus der Leitung kommt, der Fischmarkt seine Regeln hat und die S-Bahn den Berufsverkehr transportiert. Ich habe es gern, wenn die Dinge funktionieren und jeder auf seinem Platz das Seine tut. Und erst in einem so komplizierten Industriestaat wie der Bundesrepublik! Für mich ist es der vernünftigste Staat, den Deutsche bisher zustande gebracht haben. Wenn ich ihn nicht für verteidigenswert hielte, wäre ich nicht hier.

Heute ist Samstag. Der Wandkalender über dem Tisch zeigt den 20. Oktober, heute früh habe ich das Blatt abgerissen. Eigentlich wollte ich gestern nachmittag zu meiner Familie nach Hamburg fahren, aber auf einmal bekamen wir Ausgangssperre. Seit zwölf Uhr stehen wir in Alarmbereitschaft – sicher ist das wieder so eine Übung. Oder ob wirklich zwischen den Russen und Amerikanern etwas nicht stimmt? Im Grunde stimmt zwischen ihnen überhaupt nichts, doch alle Welt hat sich damit eingerichtet. *Wir leben auf einem Pulverfaß* – das ist längst überholt, die Technik ist viel weiter, aber wir gebrauchen noch die alten Bilder; alle Vergleiche hinken. Auch unsere Panzerartillerie hier in Schleswig kann im Ernstfall Atomgranaten verschießen. Wenn ich mir vorstelle, daß vielleicht die gesamte NATO im Augenblick ihre Feuerbereitschaft versammelt, B-52-Bomber mit H-Bomben in der Luft kreisen, Polaris-U-Boote im Mittelmeer untergetaucht fahren und daß die Sowjets das gleiche tun, weil sie sofort reagieren – nein, besser, ich stelle mir das nicht vor.

Mir genügt es, daß meine Wochenendpläne durchkreuzt sind. Hoffentlich wird morgen wieder ein normaler Tag. Das Zimmer, das sie mir zugewiesen haben, ist ein schmaler Schlauch. Ich liege auf dem Bett. Es dämmert. Ein Rest des Tageslichts bricht sich in dem Glas des Bildes, ein Mohnblumenaquarell von Emil Nolde, das an der gegenüberliegenden Wand hängt. Es ist die einzige Spur von persönlichem Geschmack in diesem Raum. Der Oberleutnant, den ich zu vertreten habe, befindet sich gegenwärtig auf Jahresurlaub, irgendwo im Süden. Normalerweise schläft er nicht hier, sondern hält sich nur in den Dienstpausen manchmal hier auf, hab ich mir sagen lassen. Nachmittags um fünf Uhr geht er mit der Aktentasche nach Hause. Wenn mein Blick von dem Nolde aufwärts zur Decke wandert, streift er den rostigen Fleck an der Stelle, wo unter dem Waschbecken einen

Stock höher Feuchtigkeit durchsickert und ab und zu ein Tropfen herabfällt. Ich habe das dem Spieß mitgeteilt, aber bisher geschieht nichts.

Ein Divisionsbataillon sind wir. Natürlich haben sie hier in der Kaserne nicht gerade auf mich gewartet. Sie behandeln mich eher wie einen, der einen Monat daransetzt, um mal zu sehen, wie es wieder bei den Preußen ist. Der Kommandeur hat mich gleich nach meinem Beruf gefragt. Selbständige melden sich offenbar selten. Ich habe die Herbstkollektion noch an den Mann gebracht und mir den Oktober ausgesucht, weil da in meinem Laden nicht viel los ist. Die Nachbestellungen kann das Büro ohne mich erledigen. Im November fasse ich bei den Großkunden noch einmal nach. Ich verlege mich ohnehin mehr auf Artikel, die von der Saison unabhängig sind. Das Schreibwarengeschäft geht immer besser. Ich verkaufe jetzt auch italienische Schreibmaschinen und habe dafür einen zusätzlichen Vertreter eingestellt.

Henny hat zuerst ein Gesicht gemacht, als ich ihr sagte, was ich vorhatte. Aber dann hat sie eingesehen, daß es für mich wichtig ist, und die Jungen haben sich darauf gefreut, mich mit ihr zu besuchen. Zweimal waren sie schon da und haben Aal und Krabben vom Fischmarkt mitgebracht, auch Wacholderschinken und Beaujolais. Henny meint es manchmal zu gut mit mir, daran bin ich gewöhnt. Die Jungen waren neugierig wie Ponys, überall steckten sie die Köpfe hin, im Handumdrehen war die Kaserne ihr Spielplatz. Henrich ist zwölf, und die Zwillinge sind zwei Jahre hinterher. Das Kinderkriegen ist zum Glück vorbei, die ersten Jahre waren bunt genug.

Wie es wieder riecht! Ich bringe das nicht aus dem Zimmer, habe schon alles versucht. Das dringt durch die Türritzen. Der Männergeruch in der Kaserne ist gleichgeblieben. Dies Gemisch aus Schweiß, Leder, kaltem Rauch und ungelüfteten Klamotten, Eisen und Desinfektionsmitteln, immer Alkohol in der Luft, und dann all die Sexualität. Auch die Geräusche sind zur Dienstzeit die alten: das Klappern der

Waffen, die Pfiffe und Kommandos, das Getrampel der Stiefel auf dem Gang frühmorgens. Heute gibt es keine Knobelbecher mehr mit genagelten Sohlen, sondern weiches Oberleder und Hartgummi – das dröhnt auch.

Die anderen verbringen den Nachmittag im Kasino und werden wieder bis spät zusammenhocken. Ich habe keine Lust, hinüberzugehen. Es ist immer das gleiche, die Trinkerei und die Reden, die Mannschaften in der Kantine und die Offiziere unter sich, einen Rest der alten Trennung gibt es noch. Heute darf sich keiner vollaufen lassen, wegen der Alarmbereitschaft, darauf wird streng geachtet. Sie schenken erst gar keinen Schnaps aus, nur Bier und Wein. Es kann jederzeit der Befehl kommen, daß wir ausrücken müssen – Richtung Lübeck, nehm ich an. Wer weiß, was die mit uns noch vorhaben, sie könnten das Ganze allmählich abblasen, wir sind doch nicht im Herbstmanöver der NATO. Den Gedanken, daß es mitten in Deutschland ernst werden könnte, denkt keiner gern zu Ende – genau um das zu verhindern, sind wir da. Von Hamburg bis zur Grenze bei Zarrentin ist es nur ein Sprung. Wenn ich mir vorstelle, daß Henny und die Söhne eines Tages im Keller sitzen könnten, und niemand weiß dann, was kommt!

Wer will Zivilbevölkerung und Militär auseinanderhalten? Wir verlassen uns vollständig darauf, daß die Abschreckung mit den Atomwaffen klappt. Die Geschütze, die wir haben, entsprechen unserer ehemaligen 15-cm-Kanone mit Langrohr. Heute haben wir 155 und 203 mm Kaliber, Haubitzen und Mörser, Artilleriepanzer M 109. Wo sie die Atommunition gelagert haben, weiß ich nicht. Die Rekruten exerzieren mit Übungsgranaten wie früher. Oft muß ich mit ihnen ins Gelände, wir fahren nach Langsee raus, da haben wir einen Übungsplatz. Die Unteroffiziere nehmen mich nicht für voll, sie denken wohl: So ein Reservist wie der, was will er uns schon sagen – vielleicht schaut er nächstes Jahr mal wieder herein.

Ich habe mich erkundigt, wieso die Kaserne «Zur Freiheit» heißt. Sie wurde unter Adolf gebaut wie all die Kästen mit den nichtssagenden Fronten und dem Paradeplatz in der Mitte. In den zwanziger Jahren befand sich an dieser Stelle ein Vergnügungspark, der «Zur Freiheit» hieß, und der Name ist geblieben. Ich stelle mir vor, wie sich hier Kettenkarussells gedreht haben und Kinder mit Zuckerwatte herumliefen, sicher wurde auch Spickaal verkauft, dazu Klarer, und sonntags wird es Strauß-Walzer und Tanz gegeben haben. Das Kasinogebäude steht unten am Wasser. Tagsüber hat man den Blick über die Schlei, die breit wie ein Meerarm ist, und es gibt sogar ein Stück Strand. Im Sommer muß es schön sein, da zu sitzen und nach Fahrdorf hinüberzusehen, drüben verläuft die Straße nach Eckernförde.

Nicht weit von hier haben mich im Mai fünfundvierzig die Tommys gefangengenommen, es war eine wehrlose Übergabe nach dem Waffenstillstand, unsere Kapitulation war bedingungslos. Jonas war in seinem Kral bei Heide nur ein paar Kilometer von mir entfernt, aber wir haben damals nichts voneinander gewußt. Die Gegend ist für mich voller Erinnerungen, ich muß jetzt oft daran denken. Als Jonas erfuhr, daß ich mich zur Bundeswehr gemeldet hatte, sind wir aneinandergeraten.

Ich hatte die Bestätigung noch nicht lange erhalten, da kam er nach Hamburg und nahm an einer Tagung der Lehrergewerkschaft im Besenbinderhof teil, an dem Wochenende wollte er bei uns in Othmarschen übernachten, und wir freuten uns auf ihn. Am Samstagabend kam er ziemlich spät aus der Stadt, wir warteten und hatten, weil der Abend ein bißchen kühl wurde, Feuer im Kamin gemacht. Wir verbrannten Fichtenholz von einer Dachreparatur, und die Latten prasselten, immer wieder mußte ich kleine Glutstücke zurückkehren, die aus dem Feuer sprangen. Als Jonas klingelte und wir ihn hereinholten, stellte Henny gleich Krebssuppe und Jever Pils zwischen uns. Vorher hatte sie mich gewarnt: «Erzähl das bloß deinem Bruder nicht brühwarm. Er wird's schon noch erfahren. Ihr bekommt euch sonst doch nur in die Wolle.» Aber bis der Kamin verloschen war und wir zu Bett gingen, hat keiner von etwas Schwierigem angefangen. Es gibt Themen, die wir meiden, wenn es verträglich bleiben soll. Henny fragte meinen Bruder ausdauernd nach Lisa und den Kindern, und er holte auch brav die Fotos raus. Wir haben von allem möglichen gesprochen, nur nicht von dem, was schon so lange zwischen uns steht.

Am nächsten Morgen ist es dann passiert. Henny räumte in der Küche, und die Jungen spielten zwischen den Birnbäumen Fußball. Jonas hatte es nicht eilig, zu seinem Kongreß zu kommen, wir beide saßen noch am Frühstückstisch auf der Terrasse hinter dem Haus. Auf einmal fing er von den Ostermärschen an, er konnte es nicht lassen.

Da hab ich das klargestellt. «Damit du's weißt», sagte ich, «ich geh zum Bund, als Reservist.»

Mein Bruder behielt den Zigarettenrauch lange in der Lunge und blies ihn dann mit Nachdruck aus. Er saß da vor mir in der Schafwolljacke, die Lisa ihm gestrickt hat, und sah mich aus seinem schmalen Gesicht fast mitleidig an. «Wenn du's nicht lassen kannst», begann er, hielt sich aber noch zurück. Es war Mitte Mai, im Garten blühte es unverschämt, die Forsythien, die Kirschen und Äpfel, alles auf einmal. Jonas sagte: «Ich hab das Gegenteil von dir gemacht. Als es wieder losging, hab ich ans Amt Blank geschrieben und mich als Wehrdienstverweigerer vormerken lassen. Das haben die mir auch bestätigt.»

Die Kinder knallten mit dem Ball, der immer mal gegen einen der Bäume prallte. In den Nachbargärten saßen sie auch draußen, endlich war das Frühjahr da, und die Bienen summten. «Was ich dann nicht verstanden habe», sagte Jonas, «war, daß eines Tages doch einer von der Marine bei mir erschien und wissen wollte, ob ich keine Neigung hätte, wieder aktiv zu werden. Da hat einer vom anderen nichts gewußt.»

«Die waren aber schiefgewickelt», sagte ich. «Das hätt ich ihnen vorher sagen können. Ausgerechnet du!»

«Da siehst du, was die noch alles über uns gespeichert haben vom Krieg», sagte er. «Der Kapitänleutnant, der mich in Zivil fragen kam, wußte alles bis ins kleinste. Daß ich degradiert worden war und eingebuchtet. Das wäre jetzt vielleicht sogar nützlich, meinte er.»

«Du wirst dich nicht gerade hingestellt haben, als hättest du das bei vollem Verstand gemacht.»

«Keineswegs», sagte Jonas. Mir fiel wieder auf, wie blau seine Augen sind. Er rauchte immerzu. «Ich war damals viel zu jung mit neunzehn.» Er blieb noch bei seiner Feststellung. «Ich habe bestimmt nicht durchgeblickt und vor allem Glück gehabt. Bei dem Korvettenkapitän, der unser Kriegsschulkommandeur war, hab ich mich wenigstens schriftlich bedankt. Er hat mir den Hals gerettet.»

«Wahrhaftig, Jonas.»

Mein Bruder holte Luft, als wollte er noch eine Menge sagen. Zunächst aber guckte er so merkwürdig um mich herum und rutschte auf seinem Stuhl hin und her.

«Was hast du?» fragte ich.

Er sagte: «Du sitzt so in den Blüten. Der ganze Kirschbaum – ich halt das nicht aus, dein weißgerahmes Haupt!» Er stand auf und setzte sich auf einen anderen Stuhl. «So», sagte er, «jetzt hast du den Kompost hinter dir, das ertrag ich.» Wir lachten, und die Stimmung zwischen uns wurde versöhnlicher. Aber jetzt wollte ich es wissen.

«Was hast du dir vorgestellt?» fragte ich ihn. «Meinst du, ein Land wie die Bundesrepublik, das so an der Bruchstelle nach Osten liegt, glaubst du, daß ausgerechnet wir von der Verteidigung des Westens ausgenommen werden, aber alle Vorteile garantiert behalten, die das für uns mit sich bringt?»

«Da liegst du bei mir falsch», sagte Jonas. «Ich sag dir doch – wir haben den Ostermarsch mitgemacht. In München sind wir über den Stachus gezogen, ein paar Tausend waren wir immerhin. Valentin und Tönnies sind auch schon mitgegangen.»

«Ach, das haben die bestimmt freiwillig gemacht!» Ich konnt's mir nicht verkneifen, ihm das vorzuhalten. Jeder nimmt doch seine Kinder dahin mit, wonach ihm der Kopf steht. «Ich seh euch richtig vor mir. Du und Lisa und eure Freunde, wenn ihr loszieht und viele die Kinderwagen in der Demonstration mitschieben, ist das bestimmt ein rührender Anblick, der manchen bewegt. Ich glaub nur nicht, daß er bewegt, worauf es euch ankommt. Wer wünscht sich nicht Frieden, aber sieh dich um – von Vietnam bis Afrika und Lateinamerika, in wieviel Ländern ist Krieg in der Welt!»

«Einmal muß Schluß sein», sagte er. «Wir Deutschen haben für alle Zeiten genug mit Kriegen zu tun gehabt. Es ist von den Alliierten nicht zu verantworten, daß sie uns wiederaufgerüstet haben. Als hätten sie nicht begriffen, was das Militär in diesem Land bedeutet hat, was wir damit angerichtet haben.»

«Wir sollten also unsere Sicherheit geschenkt kriegen?»

Jonas warf mir einen zornigen Blick zu und sagte: «Es gibt für uns genügend andere Möglichkeiten der Beteiligung, wenn es denn sein muß. Zivildienst, Entwicklungshilfe, finanzielle Lasten, all das könnte man uns abverlangen – wie die Dinge liegen, sogar in West und Ost.»

«Na, du glaubst doch nicht, wir könnten aus der Geschichte aussteigen.»

«Die Amerikaner, die Engländer und auch die Franzosen, eines Tages haben sie entdeckt, daß sie vor einem noch mehr Angst hatten als vor deutschem Militär – vor einem wiedervereinigten Deutschland unter sowjetischem Einfluß.»

«Dafür gibt es auch Gründe.» Ich sah nach, ob noch Kaffee in der Kanne war, und schenkte uns beiden den Rest ein. «Das ist eine phantastische Vorstellung. Wir, die Bewohner der Bundesrepublik, melden uns ab und machen bei der Auseinandersetzung zwischen Ost und West nicht mehr mit. Während alle um uns herum sich nach dem einen oder dem anderen Block orientieren und begreifen, daß alles andere für sie tödlich wäre, sollen wir leben, als gingen uns die verfeindeten Systeme nichts an.»

«Österreich, die Schweiz, Schweden», warf er ein.

«Du kannst uns nicht mit Ländern vergleichen, an deren Neutralität ein internationales Interesse besteht. Wir liegen im Zentrum der Spannung und sind zu wichtig, als daß wir uns heraushalten könnten. Den Traum vom wiedervereinigten, nicht wiederaufgerüsteten Deutschland, den schlag dir aus dem Kopf. Dafür gab's in der Realität nie eine Chance.»

«Wir haben es nicht ernsthaft versucht», sagte Jonas. «Mit Franzosen oder Engländern hättest du das nicht machen können wie mit uns.»

«Nach einem total verlorenen Krieg kannst du mit den Verlierern alles machen.»

«Nein, das glaub ich nicht.» Mein Bruder machte auf mich jetzt den Eindruck wie einer, der an einem Verkehrsunfall beteiligt ist und es nicht glauben kann, sondern meint, er könnte die Autos wieder auseinanderrücken und den Schaden ungeschehen machen. Ich kenne ihn so. Jonas weigert sich manchmal einfach, zu sehen, wie die Dinge sind. Er sagte: «Wenn die Deutschen in allen vier Besatzungszonen nichts dringender gewollt hätten, als wieder zusammenzukommen, wäre auch eine andere Lösung dringewesen.»

«Ja, die Russen hätten uns geschluckt. Oder es hätte Krieg gegeben, weil die Westalliierten das nicht zugelassen hätten.»

«Das alte Lied», entgegnete er. «Schaff dir einen Weltfeind Nummer eins, und du fürchtest ihn.»

«Willst du etwa nicht wahrhaben, was die Sowjets auf dem Balkan gemacht haben? Sieh dir die Tschechoslowakei an, vor allem die DDR. Es war das eindeutige Bis-hierher-und-nicht-Weiter, das die Westmächte ihnen auf unserem Boden entgegengesetzt haben. Darauf wurde die Bundesrepublik gegründet...»

«...und die Teilung besiegelt», unterbrach er mich. «Es gibt sogar heute noch Leute, die uns einreden wollen, das sei der einzige Weg zur Wiedervereinigung. Das klingt wie: Wir müssen aufrüsten, um abzurüsten.»

«Wo wären wir ohne das Verteidigungsbündnis und vor allem ohne den wirtschaftlichen Anschluß an den Westen?» fragte ich ihn. «Wir alle haben davon profitiert. Und deine Sozialdemokraten haben nach anfänglichem Zögern sogar mitgemacht.»

«Es sind nicht ‹meine›. Ich hab sie gewählt, das ist aber auch alles.» Er rührte mit dem Löffel in der Zuckerdose, ohne es zu merken. Ich hörte, wie Henny in der Küche vor sich hin summte, das tut sie manchmal. Sie mußte bei unserer Lautstärke etwas mitbekommen, zog es aber wohl vor, sich nicht darum zu kümmern.

«Es gab doch bald keine andere Möglichkeit mehr für einen vernünftig denkenden Menschen», sagte ich. «Von Korea bis zur Berliner Blockade und dann der Mauer ereignete sich aber auch alles, was die Menschen bei uns immer nur in diese eine Richtung drängte. Jede andere politische Vorstellung landet unter fünf Prozent.»

Jonas wurde heftiger. «Fällt dir gar nicht auf», hielt er mir entgegen, «daß die Konservativen sich gleichbleiben und daß ihr euch immer auf dasselbe hinausredet? Nach jeder Katastrophe fangt ihr von vorne an, als wäre alles ein grandioser Betriebsunfall gewesen.»

«Jetzt hör aber auf!»

«So ist es doch. Nach dem Krieg kommt die Wiederaufrüstung. Ihr könnt von eurer Idee der Stärke einfach nicht loskommen – Waffen, Gehorsam, Tapferkeit, das ist es, was ihr immer wieder braucht. Wenn es dann kracht und alles in Stücke geht, seid ihr überrascht und habt das nicht erwartet. Es ist angeblich auch keines Menschen Schuld, sondern kommt wie ein Naturereignis. Kriege gelten bei euch als Völkergewitter, deswegen kann man dagegen auch nichts machen!»

«Sag mal, wie redest du eigentlich?» fuhr ich jetzt auf. «Mit Pazifismus kannst du die Menschen nicht überzeugen. Tritt doch mal vor die Leute hin und versuch's, ob du dafür eine Mehrheit bekommst. Es ist die Urangst, die in ihnen steckt. Darum verlangen sie nach Sicherheit und glauben an die Politik, hinter der auch die bewaffnete Macht steht. Schließlich gibt es etwas Wichtigeres als das Leben, davon laß ich mich nicht abbringen.»

«Das versteh ich nicht», sagte Jonas und schaute mich tatsächlich verständnislos an. «Wenn das menschliche Leben nicht das Wichtigste ist, gibt es keine Zukunft.»

«Noch wichtiger ist die Freiheit», sagte ich. »An ihr hängt alles, was den Menschen ausmacht.»

Jonas fragte: «Freiheit? Wofür? Zum Geldverdienen? Oder für etwas Geistiges, das unter keinen Stahlhelm paßt? Die Bundesrepublik ist ein Teil, aber kein Ganzes. Vor allem ist sie keine Nation, sondern ein Zweckverband.»

«Wenn du es so siehst.»

«Für mich ist sie eine Erwerbsgesellschaft mit beschränkter Haftung», sagte er. «Und die Freiheit ist nicht so beliebt, wie ihr in Festreden behauptet. Angenehm ist den meisten die Freiheit in Form der Freizügigkeit oder die Freiheit, zu reden, was einer denkt, und zum Beispiel Besitz anzusammeln – das ja. Aber die Grundfreiheit, nach der angeblich alle Gewalt vom Volk ausgeht, die ist immer schwierig und viel zu anspruchsvoll, als daß jedermann sie wirklich haben wollte. Demokratie ist ein großes Wort.»

«Jonas», versuchte ich es noch einmal, «ich kann dich auch nicht mehr begreifen. Es hat doch nicht aufgehört, daß der Starke den Schwachen frißt. Den Darwinismus der Rüstung kannst du nicht allein beenden, wenn die andere Seite sich nicht darauf einläßt. Wie willst du überleben? Mit Moral und ohne Waffen! Neutralität in unserer Lage wär eine Illusion.»

«Glaub ich nicht», beharrte mein Bruder. «Im Gegenteil, die Welt wär sicherer, wenn Ost und West in Zentraleuropa auseinanderrückten und durch eine entmilitarisierte Zone getrennt würden, die international garantiert werden müßte.»

Da gab ich's auf und sagte: «Ihr Phantasten macht einem das Leben wirklich schwer!» Er zuckte die Schultern und dampfte aus seiner Zigarette, die er im Mund behielt.

Als Henny auf die Terrasse kam, machte sie zuerst ein Gesicht, als wollte sie uns einladen: Kinder, kommt in die Küche, ihr könnt den Kuchen probieren. Dann las sie an unseren Mienen ab, was mit uns los war. Sie schüttelte den Kopf, drehte sich halb herum und sagte, indem sie in den Garten blickte: «Also doch.» Es war erstaunlich, wieviel sie in die beiden Worte legte.

Sie ging wieder ins Haus, kam aber nach einer Weile, in der sie offenbar über uns nachgedacht hatte, erneut zu uns an den Tisch und sagte zu Jonas: «Du kannst meinen Wagen haben, dann bist du bei dem Sonntagsverkehr viel schneller am Besenbinderhof. Hast du heute abend noch ein bißchen Zeit für uns?»

Er antwortete: «Das hatte ich mir so gedacht. Ich fahr erst gegen dreiundzwanzig Uhr ab Altona mit dem Liegewagen.»

«Dann bringen wir dich hin», sagte ich und fing einen Blick von Henny auf, der besagen mochte: Na, endlich!

Unter den jungen Soldaten, die ihre Wehrpflicht hier bei der Panzerartillerie ableisten, sind einige, von denen ich den Eindruck habe, daß sie es mit Jonas aufnehmen können. Sie erinnern mich an meine Auseinandersetzung mit ihm, die nie ganz aufhört. Wir Brüder können uns nur darauf einigen, daß wir verschiedener Meinung sind. Das Entsprechende gilt wohl auch für ein paar von den Rekruten, obwohl es bei ihnen mir gegenüber nicht so deutlich herauskommt, weil sie mich als Vorgesetzten zu akzeptieren haben. Aber wir diskutieren miteinander.

Die Wehrpflichtigen fragen mich, wie der letzte Krieg war, und manchmal auch, ob es für uns wohl der letzte war. Wer will das wissen? Es sieht nicht so aus, finde ich. Die Rekruten, wenigstens einige, machen sich darüber eine Menge Gedanken. Das hatte ich so nicht erwartet, es ist bestimmt kein schlechtes Zeichen. Kadavergehorsam, das ist vorbei. «In einer Demokratie zählt der Gehorsam, der aus Überzeugung geleistet wird», sagt ihnen der Kommandeur. Ich habe das mehrfach von ihm gehört, und er meint das auch. Obwohl – ich mach mir nichts vor: das ist auch so eine Übertreibung. Das Militär ist auf Gehorsam aufgebaut. Innere Führung, Bürger in Uniform – schön und gut! Wenn's drauf ankommt, wird befohlen und gehorcht, das ist in jeder Armee der Welt so. Über Befehle kann man nicht diskutieren und abstimmen.

Unter den Wehrpflichtigen fallen die Abiturienten auf, das war immer so. Neulich fragte mich einer: «Warum machen Sie das? Wo Sie's doch offensichtlich nicht nötig haben.» Wir waren mit Schützenpanzern und Haubitzen von draußen hereingekommen. Vor der Fahrzeughalle ließ ich wegtreten. Ich antwortete ihm: «Weil es Leute geben muß, die Kriegserfahrung haben und sich trotzdem wieder hinstellen.»

Eilers heißt der, er ist so ein Langer mit schwarzem Haar, trägt immer nur die Gasmaskenbrille. Er erinnert mich an einen Schauspieler, den ich mal den Soldaten in Borcherts «Draußen vor der Tür» habe spielen sehen. Sehr ernst ist er, will Jura studieren. Ich kann ihn mir als Rechtsanwalt vorstellen, kaum in der Rolle des Staatsanwalts. Im Unterricht provoziert er mich manchmal, mir ist das nur recht. Ich bin nicht hierhergekommen, um mir die Sache leicht zu machen. Vor ein paar Tagen fragte er mich vor versammelter Mannschaft im Lehrsaal: «Wie stehen Sie heute zum Gehorsam im zweiten Weltkrieg? Sie haben ihn mitgemacht. Wenn das ein Unrechtsstaat war, kann doch das Ausführen von Befehlen nicht Recht gewesen sein.»

Natürlich zielte das auf die Frage nach der Tradition der Bundeswehr. «Das war komplizierter», sagte ich. «Glauben Sie keinen einfachen Antworten.» Ich meine zwar nicht, daß man Erfahrungen weitergeben kann, aber ich habe den Rest der Stunde darangesetzt, um es trotzdem zu versuchen. Während ich sprach und die Männer mich ansahen, merkte ich, wer bereit war, mitzudenken, und wer abschaltete. Seitdem gibt es eine kleine Gruppe, die nach Dienstschluß mit mir diskutiert. Sie haben mich bei meiner schwachen Stelle erwischt, ich debattiere gern. Wenn ich ehrlich bin, kann ich ihnen nur sagen, was ich gesehen und gedacht habe, als ich so alt war wie sie.

Dabei wird mir klar, daß ich mich selber herausfordern wollte, als ich mich wieder meldete und hierherkam. In all den Jahren hat das in mir gesteckt wie ein Granatsplitter, der sich manchmal rührt, aber nicht herauskommt. Jetzt trage ich wieder Uniform und will mir darüber klarwerden, was es damit auf sich hat. Das hat mehr mit früher zu tun, als ich angenommen habe.

Was die Russen für Soldaten waren, wollten einige der Wehrpflichtigen wissen. «*Die* Russen gibt es nicht», hab ich ihnen geantwortet. «Sowenig, wie es *die* Deutschen oder *die* Amerikaner gibt. Aber eines war klar: Ein paar Tage an der Front genügten für jeden, damit er einsah, daß die Russen ganz anders waren, als unsere Propaganda sie schilderte. Oder einer mußte fanatisch und deswegen blind sein.» Als ich sie da vor mir hatte, drüben im Unterrichtsgebäude, die Gruppe Bundeswehrsoldaten, die mich an mich erinnerten und doch so anders waren als wir früher, habe ich ihnen mehr erzählt, als ich wollte. Ich weiß auch nicht, was über mich kam. Wie am Stammtisch über Kriegserlebnisse geredet wird, das haß ich. Ich wollte ihnen etwas mitteilen, hab's wenigstens versucht.

Nach ein paar Monaten Grundausbildung kam ich im Juli einundvierzig mit einem Ersatzhaufen von unserem Erfurter Regiment in die Ukraine. Da war eine Kesselschlacht im Gange, und wir machten viele Gefangene. Zum erstenmal sah ich Russen angreifen.

In einer Nacht waren wir mit der Infanterie vorgegangen, unser vorgeschobener Beobachter, ein Leutnant, und ich. Als es hell wurde, dehnte sich vor uns die Steppe, so weit man sehen konnte. Das Gras war nicht hoch. Wir lagen an einer Böschung, die mit Gebüsch bestanden war und uns Deckung gab. Neben uns nur Infanteristen mit Maschinengewehren, leichtem Gerät und ein paar Pferden, die sie hinter Bauernhäusern abgestellt hatten. Die einzeln stehenden Gehöfte waren strohgedeckt und noch heil. Kalkweiß standen sie im anbrechenden Morgen. Die Infanteristen fingen an, sich Schützenlöcher zu graben. Ich hob für unseren Beobachtungsstand eine Mulde aus. Zwischendurch ließ ich das Kabel fürs Feldtelefon ablaufen, einer vom Fernmeldetrupp zog's nach hinten zu einer Anschlußstelle. Unsere Sturmgeschütze konnten jeden Augenblick eintreffen.

Plötzlich sagte der Leutnant neben mir seltsam ruhig: «Da kommen sie. Mensch, paß auf!» Als ich in die Richtung sah, in die er zeigte, konnte ich sie nicht gleich erkennen. Dann entdeckte ich kleine Gestalten, die im Feld zu springen schienen und sich auf uns zubewegten, sie waren etwa dreihundert Meter entfernt. Wahrscheinlich hatten sie die Nacht im Gras verbracht und mußten uns gehört haben. Ich sah sie durch die Steppe laufen, die nach einem Regen ein endloses Grün war.

Der Leutnant kurbelte am Telefon, aber wir hatten noch keine Verbindung. Also nahm er die Leuchtpistole und schoß zweimal Signal nach hinten. Die Leuchtspur setzte nur blasse Zeichen in den Morgen. «Verdammt», sagte er.

Die Russen liefen in drei weit auseinandergezogenen Reihen, es mußten Hunderte sein. Sie waren völlig ungedeckt und warfen sich uns ohne Panzer, Artillerievorbereitung oder Luftunterstützung entgegen. Noch dehnte sich zwischen ihnen und uns Schweigen. Ich hatte den Eindruck, daß sie nur langsam vorankamen. Verrückterweise fiel mir eine Lerche auf, die am Himmel schwirrte. Eins der Pferde wieherte. Wer nicht auf die Russen sah oder auf unsere Waffen, sondern den Blick höher richtete, konnte denken, daß die Landschaft in tiefem Frieden dalag. Haufenwolken standen unbewegt im Blaßblau. Ich weiß noch, ich hatte den törichten Gedanken, ich müßte rufen: *Bleibt stehn, dreht um!* Es dauerte eine Weile, bis ich begriff, daß dies der Krieg war und was gleich geschehen mußte. Während sie auf uns zukamen, spürte ich weniger Angst, fühlte vielmehr das Unerbittliche, das sich vollzog.

Jeder von ihnen mußte sich sagen, daß er in wenigen Augenblicken ein toter Mann oder verwundet sein würde, aber nichts hielt sie auf. Die Infanterie und wir ließen sie herankommen. Sie hatten die Bajonette aufgepflanzt, die Vorderen hörten wir keuchen. Offiziere waren unter ihnen nicht auszumachen, die liefen wohl mit wie die anderen. Bei uns hatte jeder den Finger am Abzug, die MG-Schützen hielten die Hand am Hebel für Dauerfeuer.

Es waren braungrüne Gestalten, die uns entgegenrannten und manchmal über Büschel oder einen Erdriß sprangen. Je näher sie kamen, um so genauer konnte ich ihre Gesichter erkennen, die manche mit Erde eingerieben hatten, damit sie nicht hell wie Schießscheiben über dem Uniformkragen herausstachen. Innerhalb der Reihen liefen alle auf gleicher Höhe, ich sah keinen einzigen, der zurückblieb. Plötzlich hörte ich links auf unserer Seite Panzerketten. Ein Sturmgeschütz war auf die Böschung gefahren und begann im Direktschuß zu feuern. Die Granaten rissen Lücken in die beiden hinteren Reihen, die erste war schon zu nah an uns herangekommen. Da feuerten auch wir, was die Karabiner und Maschinengewehre hergaben. Die Russen schossen im Laufen, indem sie ihre Gewehre an der Hüfte hielten, es ging meist ungezielt über uns hinweg. Einige warfen Handgranaten. Auch wir hatten Verluste. Aber sie hatten keine Chance.

Ich sah sie der Reihe nach fallen. Einer brach neben dem anderen zusammen. Manche schrien, andere sackten lautlos in die Knie und fielen nach vorn oder rückwärts. Mir flakkerte es vor Augen. Ich habe geschossen, aber nicht gesehen, ob ich traf. Nur einmal, als einer in gerader Linie vor mir nur noch ein paar Schattenlängen entfernt war, zielte ich genau und drückte ab. Er griff sich an die Brust und schlug lang ins Gras.

Nachher habe ich sie liegen sehen, auch ihn. Nach wenigen Minuten brach das Schießen ab. Nur noch vereinzelt krachte es, einzelne Menschen wimmerten. Als wir das Feld abgingen, sah ich die Gefallenen. Ich stieß auch auf den, den ich getroffen hatte. Jedenfalls glaubte ich, daß er es sein mußte. Er war wohl schwer verwundet. Die Augen waren das einzig Helle an ihm. Er kann nicht älter als ich gewesen sein. Wehrlos lag er vor meinen Füßen und hatte einen kurzgeschorenen Schädel, der Stahlhelm war ihm vom Kopf gefallen. Wir sahen einander an. Er hielt die Mündung seines Gewehrlaufs unters Kinn und umklammerte auf dem Bauch mit beiden Händen den Abzug. Ich sehe noch, wie das Bajonett an seinem Gesicht vorbeiragte. Gewiß hatte er nicht mehr die Kraft, auf mich zu zielen. Wer weiß, ob er's getan hätte. Ich glaube, nicht. Als ich noch einen Schritt vorwärts machte und mich zu ihm hinunterbeugen wollte, löste sich der Schuß. Mit letzter Kraft hatte er abgedrückt, und sein Kopf wurde von innen vor meinen Augen zerschmettert. Vor Entsetzen konnte ich mich nicht mehr auf den Beinen halten, sondern fiel neben seinem Körper ins Gras, da hab ich mich in die Erde verkrallt. Dann muß ich wie irr auf allen vieren herumgekrochen sein und merkte erst nach einiger Zeit, daß ich immerzu Büschel ausriß, als raufte ich Haare.

«Ristenpart!» Ich hörte, wie der Leutnant mich anrief, und spürte plötzlich seine Hand auf meiner Schulter. «Mann», sagte er, «kommen Sie hoch!» Er hatte nach mir gesucht und brachte mich wieder auf die Beine. Als erstes gab er mir Schnaps aus seiner Feldflasche. Dann schickte er mich mit dem Befehl nach hinten, im Regimentsgefechtsstand zu berichten. Unterwegs hatte ich nur das eine Bild vor mir.

Bei uns hieß es, die Russen machten keine Gefangenen. Das stimmte nicht, aber es tat seine Wirkung. Was wurde ihnen über uns gesagt? Im Kessel hatten sie kaum noch schwere Waffen. Es wurde erzählt, daß sie nur noch von Sonnenblumenkernen und Wasser lebten, aber sie wehrten sich noch tagelang. Am Ende blieben unzählige Tote liegen, und wer in Gefangenschaft geriet, war meist verwundet.

«Damals hab ich begriffen, daß sie ihr Land verteidigten», sagte ich den Wehrpflichtigen. «Und wie! Ihren Widerstandsgeist hatten wir unterschätzt. Wir waren bei ihnen eingedrungen, doch für uns war's *Vorwärtsverteidigung* – so hieß das. Zumindest wir, die wir damals sehr jung waren, haben geglaubt, daß es sein mußte, um dem Angriff der Sowjetunion zuvorzukommen.»

«Und heute?» fragte Eilers, er sah mich durch die Gasmaskenbrille voller Widerspruch an. «Was stimmt heute von allem, was wir zu hören bekommen? Machen die da oben uns nicht wieder etwas vor?»

«Ich würd mich hüten, das gleichzusetzen», antwortete ich. «Heute wäre es umgekehrt. Wir sind ausschließlich zur Verteidigung da. Das Grundgesetz verbietet jeden Angriffskrieg.»

«Wenn's danach ginge», sagte er, «dann wären alle Handlungen ebenso untersagt, die das friedliche Zusammenleben der Völker stören. Krieg ist aber die Auflösung von Gesetzen.»

«Täuschen Sie sich nicht», sagte ich. «Wir leben in einem Rechtsstaat. Das ist der Unterschied, für den es die Bundesrepublik zu verteidigen lohnt. Ihre Generation, Sie sind die ersten Soldaten, deren Sinn und Aufgabe nur noch darin bestehen kann, den Krieg zu verhindern.»

Wie ich da vor ihnen stand und sie fragten, war ich gefordert. Es ist schon gut, daß einige von ihnen nicht lockerlassen. Es ist auch gut, daß ich hier oft allein bin und Ruhe zum Erinnern habe. In der Kaserne, im Dienst draußen oder im Unterricht vergleiche ich mich mit dem, der ich früher war. Spätabends, wenn ich in diesem Zimmer liege, die Tropfen von der Decke ins Waschbecken fallen und die Zeit vergeht, kreisen meine Gedanken. Zwischen dem Einüben in die neuen Waffen und der Anpassung an die neuen Gewohnheiten sind es die alten Bilder, die vor mir wiederauftauchen. Die aktiven Offiziere drüben im Kasino meinen es gut mit mir, aber unter ihnen ist kaum einer, der ähnliche Voraussetzungen hat wie ich. Nur wenige waren im Krieg, die meisten sind jünger. So rede ich tagsüber mit den Rekruten und abends mit mir.

Ich sage mir: Das war doch ich, der eines Tages im Berliner Sportpalast stand. Ich habe mir das lange nicht mehr vor Augen gehalten, aber ich weiß noch, es war der 14. Februar 1942, an dem Hitler zu uns sprach. Wir waren acht- oder zehntausend, lauter junge Leutnants, die gerade erst befördert und nach Berlin kommandiert waren. Wir hatten alle nur kurze Fronterfahrung – ich aus der Ukraine. In einigen Tagen war mein Geburtstag, an dem ich neunzehn wurde. Wir waren frischrasierte Jugendliche, aber wie wir uns fühlten! Wir dachten, unsere ersten Toten hätten aus uns Männer gemacht.

Ich habe es damals so empfunden, als ob der Führer mitreißend sprach. Er redete eineinhalb Stunden. Göring leitete den Appell ein und übernahm auch das Schlußwort. Den Reichsmarschall kannten wir von fast soviel Bildern wie Adolf Hitler – der war unser oberster Befehlshaber, auf ihn, den Führer, waren wir vereidigt. Ich sah ihn zum erstenmal leibhaftig. Ich hatte so meine Art von Untertreibung und dachte, daß ich so leicht nicht zu beeindrucken wäre. Aber zuerst fuhr es mir in die Glieder und dann in den Kopf. Ich weiß nicht mehr, was er sagte. Ich weiß nur noch, wie's auf mich wirkte und auf alle anderen wohl auch. Ich kann mir nicht vorstellen, daß damals einer darunter war, den alles kalt ließ. Wie angewurzelt standen wir und hätten in diesem Augenblick alles für Führer und Reich getan.

Nur einmal vorher hatte ich das Gefühl der Gemeinschaft besonders heftig erlebt. Das war bei Kriegsbeginn, als wir im Wilhelmgymnasium in Braunschweig in der Aula versammelt standen und der Direx die ersten Sondermeldungen verkündete. Wir sangen das Deutschlandlied, nur von Geigen begleitet, da ist's mir über den Rücken gelaufen. In Obersekunda war ich, Jonas in Untertertia, und Cordt ging noch auf die Volksschule. Ein Jahr später habe ich mich freiwillig gemeldet, mit siebzehn, und kam gleich nach dem Abitur in die Artilleriekaserne nach Erfurt. Aber das war alles nichts gegen den Sportpalast.

Goebbels hatte vorgesorgt. Hitler brauchte nur abzurufen, was der Reichsminister für Volksaufklärung und Propaganda uns eingetrichtert hatte. Unsere ganze Erziehung war wie ein Bogen, der uns auf dieses Ziel abschoß. Ich sehe uns noch da stehen, kerzengerade und barhäuptig angetreten, wie zum Gebet. Es war mitten im Krieg. Wir marschierten auf der Straße der Sieger – glaubten wir. Auch wenn es vor Moskau im Winter zum erstenmal rückwärts gegangen war. Das Frühjahr stand mit neuen Offensiven bevor. Wer von uns Jungen konnte wissen, wie das enden würde?

Als der Führer unter den Klängen des Badenweiler Marschs in die Halle kam, ging es wie ein Ruck durch die Reihen. Er trug die feldgraue Uniform, die er bei Kriegsbeginn angelegt hatte und die er erst wieder nach dem Endsieg mit der braunen Uniform vertauschen wollte. So schritt er an uns vorüber durch den Gang und die Stufen zur Tribüne hinauf. Unsere Blicke flogen ihm entgegen. Das war der Augenblick, in dem er unseren Gehorsam besiegeln wollte, und das war ihm auch gelungen. In mir war etwas wie Hingebung. Ich habe gespürt, wie ein Stolz in mir aufstieg, der mich emportrug in dem Bewußtsein, dazuzugehören, ein deutscher Soldat, ein Offizier.

Wenn ich mir heute eine Schallplatte mit einer Führerrede anhöre, kann ich die Macht nicht mehr begreifen, die er über uns hatte. Heute höre ich das hysterische Geschrei, und es widert mich an. Aber ich bin derselbe Mensch, nur zwanzig Jahre älter, und damals war ich mitten darin. Ich konnte mich dem nicht entziehen, nicht der Beschwörung des Augenblicks und nicht dem Schulterschluß, der durch unsere Reihen ging. Ja, wir wurden im Bewußtsein zusammengeschmolzen. Es muß auch eine Übertragung von Energie gewesen sein, also ein körperlicher Vorgang, anders kann ich's mir nicht erklären. *Führer, befiehl, wir folgen.* Da waren die Losungen, die wir tausendfach wiederholt hatten, eine Jugend lang, und der Marschtritt, den wir schon als Zehnjährige im Jungvolk gefaßt hatten. So etwas kommt nicht auf einmal.

Hitler sprach stampfend. Wie er da vor uns stand, ich war vielleicht zwanzig Schritte von ihm entfernt, vibrierte seine Gestalt. Manchmal überschlug sich die Stimme, er hämmerte aufs Pult ein und reckte die Faust. Halb wurde mir bewußt, daß es einen Widerspruch gab zwischen der Lehre von der nordischen Herrenrasse und dieser dunklen Erscheinung mit dem spatenblattförmigen Schnurrbart. Aber ich machte mir das nicht richtig klar, sondern war mitgefangen und schwamm mit meinem Gefühl in der Woge, die durch die Halle lief. Wenn die Mehrzahl eines Volkes erst einmal von einem Führer besessen ist, kann der alles mit ihm machen, ihm jeden Widersinn zumuten, die unwahrscheinlichsten Versprechungen. Die Leute glaubten an Wunder.

Wir waren ein Typ, eine Garde, kurzgescheitelt, federnd, trainiert, junge Gestalten, die, selbst wenn sie noch weiche Züge hatten, alles daransetzten, die Gesichtsmuskeln anzuspannen, damit ein männlicher, schneidiger Ausdruck in die Züge trat. Wehrertüchtigt waren wir von Anfang an und jetzt bereit zu jedem Gehorsam, siegesbesessen und überzeugt, daß es Frauen gab, die zu uns paßten, und daß wir sie uns eines Tages durch Tapferkeit verdienen konnten.

Hitler schrie, es gellte, er verhöhnte die Feinde und enthüllte vor uns Großdeutschlands Zukunft. Ich sehe noch die Köpfe, Mann an Mann. Heer, Marine, Luftwaffe. Zehntausendmal Opferbereitschaft, die er haben wollte – und die er bekam. Es war, als wäre nun die Kette der Generationen geschlossen, als wären wir zu unserem Choral von Leuthen oder zu unserem Deutschlandlied von Langemarck angetreten. Da war dies rhythmische Werfen der Sätze, die er uns entgegenschleuderte. Hitler zwang uns seine Frequenz auf, würde ich heute sagen, nachdem ich weiß, was Schallwellen ausrichten können. Übers Gehör ins Gehirn! Dazu gehörte, daß wir längst auf ihn ausgerichtet waren, auf seinen Ruhm, seine Einmaligkeit, die Vorstellung, er sei ein Übermensch und durch die Vorsehung über Deutschland gestellt. Der Führer war für viele wie unser Tenno, sie trugen in sich die

Kamikaze-Bereitschaft. Wir standen stramm und schwiegen, vor dem Meer von Fahnen. Als unser oberster Befehlshaber zum Schluß rief, daß wir nun hinausgehen sollten fürs Vaterland: «Meine Leutnants!», war das besitzergreifend. Ich nehme an, daß über die Hälfte derer, die dort standen, gefallen sind. Die Lebensdauer junger Frontoffiziere wurde immer kürzer.

In der Nacht danach traf ich in Braunschweig ein. Wir hatten jeder eine Woche Sonderurlaub erhalten, bevor die meisten gleich wieder an die Front kommandiert wurden. Als ich in der Bismarckstraße vor dem Haus stand, ging die Klingel nicht. Vom Hof aus warf ich kleine Steine an das Fenster, hinter dem Jonas liegen mußte. Er hörte mich auch bald und machte auf. Wir umarmten einander. Cordt und Franziska ließen wir schlafen. Aber Mutter war sofort wach. Im Ofen vorn im Wohnzimmer war noch Glut, wir legten Briketts nach. Damals herrschte noch keine Not. Ich hatte eine Flasche Weinbrand mitgebracht, und wir redeten von zwei Uhr bis in den Morgen.

Mutter saß in den Kissen, wir hatten sie in Decken gehüllt. Ihr Gesicht schien vor Freude zu leuchten, wie immer, wenn einer von uns nach Hause kam. Ich glaube, ich habe mächtig aufgedreht, berichtete vom Sportpalast, und je eifriger ich beschrieb, wie es dort gewesen war, um so länger wurde der Blick, mit dem unsere Mutter mich ansah. «Hauptsache, du kommst durch! Der Hitler überzieht.» Das war aber auch alles, was sie in meiner Gegenwart über ihn sagte. Natürlich spürte ich, daß sie anders dachte und es mir nicht schwer machen wollte. Aber wie dachte sie? Ich verstand mich mit Vater besser, Jonas sich mit ihr. Das war so zwischen uns. Wir konnten's nicht ändern. Wieviel sind wir nebeneinander hergegangen, ohne wirklich miteinander zu sprechen! Das war nicht unsere Art. Besonders die Männer in der Familie konnten ihre Gefühle nicht ausdrücken, oder sie wollten es nicht. Das überließen sie den Frauen. Vater sprach nie von sich, außer von dem, was im Äußeren mit ihm geschah und was wir ohnehin miterlebten, sein Inneres herzuzeigen war ihm nicht gegeben. Ich habe lange die Zurückhaltung von ihm und seinen Brüdern übernommen, das erschien mir auch soldatisch. Wenn einer von uns gefallen wäre, hätten die übrigen vieles von ihm nie erfahren.

Mutter hatte damals keine Post von Vater, aber einen Anruf von dem Arzt seines Bataillons, der verwundet und in ein Heimatlazarett transportiert worden war. Von dort hatte er sich vor ein paar Tagen gemeldet. Sie lagen im Mittelabschnitt fest. Vor Moskau hatten sie beim Rückzug ihre Geschütze sprengen müssen und kämpften als Infanteristen in Schnee und Eis.

Dies Nachhausekommen im Krieg! Ich hab's mir gewünscht, aber auch immer gefürchtet. Bei unserem Haufen draußen schien alles klar zu sein. Da wußte ich, woran ich war und auf wen ich mich verlassen konnte. Wenn ich auf Urlaub kam, wußte ich nicht weiter. Es veränderte sich alles. Es war, wie wenn das Alphabet plötzlich dreimal soviel Buchstaben bekommen hätte, und ich wußte nicht mehr, wie ich mich verständigen sollte. Im Zug, im Laden um die Ecke, überall unter den Leuten – reden konnte ich nur das Alltägliche, was darunter lag, blieb der Fremdsprache im eigenen Land überlassen. Ich habe das übertönt mit den Sprüchen, die wir alle drauf hatten. Auch zwischen meiner Mutter und mir blieb das meiste ausgespart, trotzdem kamen wir uns so nah wie nie zuvor, allein deswegen, weil wir wußten, daß es das letzte Mal sein konnte. Sie versuchte, mich zu umfangen und zu begleiten mit allem, was in ihr war, das hab ich gespürt. So sind wir einander zum Abschied mit einer Heftigkeit in die Arme gefallen, die ich nicht an mir kannte.

Jonas blieb in sich verkrochen, er wurde gegen Morgen, als graues Licht hereinfiel, immer durchsichtiger. Überlang war er, schmal, unruhig, immer in Bewegung. Er war umgetrieben von irgend etwas, was ich nicht begriff. Ich hatte den Eindruck, es war eine innere Begeisterung, die von einem zum anderen wechselte, von Versen, die er reichlich schrieb, zu Mädchen und wieder zurück. Ich erinnere mich, wie zum erstenmal der Name Lisa über seine Lippen kam, damals schon, er hatte sie mit fünfzehn kennengelernt. Mitten im Krieg sprach er von der Tanzstunde. Jonas hatte selbst ein Gesicht wie ein Mädchen, fand ich, er war nicht Fisch und nicht Fleisch.

Wie bin ich durchgekommen? Heute, wo sie die Orden von damals wieder flottmachen, ist eine Revision der Vergangenheit an der Tagesordnung, und auch ich finde, daß sie erforderlich ist. Soldatische Eigenschaften gelten offiziell wieder etwas, aber das bringt mich mit mir selber noch nicht aus dem Schneider. Ich will wissen, was mit mir los war. Warum habe ich mich so verhalten und nicht anders? Wenn ich darüber nachdenke, wird mir klar, daß ich mich immer an die einzelnen gehalten habe. *Wie* einer war oder mir vorkam, *wie* ich ihn in einer bestimmten Situation kennenlernte, das gab für mich den Ausschlag.

Ohne Ansehen der Person – das ist ein juristischer Begriff, der behauptet, daß es um Gleichbehandlung geht und daß das gerecht sei. Aber wo gibt es gleiche Voraussetzungen und gleiche Behandlung in Wirklichkeit? Das meiste richtet sich immer nach dem einzelnen Menschen, und das ist gut so. Das war es, was mir durchgeholfen hat, das Ansehen der Person – nur das.

Sobald ich mir das zu erklären versuche, fällt mir der 20. Juli wieder ein. Damals, vierundvierzig, befanden wir uns in Rumänien, in den Ausläufern der Karpaten am Pruth. Unsere Geschütze standen unter Tarnnetzen in einem lichten Waldstück. Als Elitetruppe waren wir aus der Front herausgezogen und wurden mit Material, Waffen und Ersatz aus der Heimat aufgefrischt, soweit es das noch gab.

Es war am frühen Abend. Weil so viele gefallen waren, wurde ich als Oberleutnant Batterieführer. Gemeinsam mit einem Gleichaltrigen, der die Nachbarbatterie befehligte, hörte ich Radio, es war die übliche Marschmusik. Zwischen den Russen und uns herrschte im Augenblick Ruhe. Auf einmal kam die Sondermeldung durch. Als wir hörten, daß Oberst von Stauffenberg das Attentat auf Hitler in der Wolfsschanze verübt hatte und Offiziere in Berlin gegen die Reichsregierung losschlagen wollten, konnte ich es nicht fassen. Der andere reagierte wie ich. Mir kam's als Verrat an unserer Sache vor, die ohnehin in Not war. Offenbar war der Führer nur leicht verletzt, er sollte in Kürze im Rundfunk sprechen.

Das Wichtigste schien uns zu sein, daß wir unseren Kommandeur verständigten. Gemeinsam gingen wir zu ihm. Als wir über ein Wegstück vor seine Unterkunft kamen, sahen wir den Major in der Sonne stehen. Er schaltete gerade seinen Empfänger ab, also hatte er wohl alles gehört. Atemlos standen wir vor ihm. Da schlug er mit der Faust auf den Kasten und sagte laut: «Verdammte Schweinerei, meine Herren, daß das nicht geklappt hat!»

Wir kannten uns überhaupt nicht mehr aus. Was war in ihn gefahren? Major Breitbach war Berufsoffizier wie wir, auch erst Ende Zwanzig. Er trug das Ritterkreuz, das er sich in einer Panzerschlacht verdient hatte. Überaus hager war er und hatte ein Gesicht, das schmal wie ein Messer war. Wir respektierten ihn, denn er war ein vorbildlicher Offizier, der uns nie einer Gefahr ausgesetzt hatte, wenn es nicht sein mußte. Ich mochte ihn, und er imponierte mir sogar – das konnte ich nicht von vielen sagen. Wie er da vor uns stand und seine Augen in der Helle nur noch Schlitze waren, schien ihn nicht zu stören, wie leichtsinnig er war. Er lieferte sich uns aus. Gleich setzte er noch eins drauf und sagte: «Der Krieg ist nicht mehr zu gewinnen, das wissen Sie auch. Wenn der Hitler nicht Schluß machen kann, müssen's andere tun.»

Breitbach ordnete an, daß die Mannschaften durch die Batterieführer unterrichtet werden sollten. Wie das zu geschehen hätte, überließ er jedem einzelnen. Mit dem Auftrag schickte er uns zu unserer Einheit zurück. Er hat nie wieder mit uns darüber gesprochen. Ich weiß nicht, ob er sich am

Ende doch fragte, ob einer von uns ihn melden würde. Genau deswegen haben wir uns tagelang die Köpfe zerbrochen, und die Zweifel verließen uns über Monate nicht. Wir grübelten, ob es unsere Pflicht wäre, mit dem Regimentskommandeur zu sprechen. Seit einiger Zeit gab es bei der Truppe auch einen NS-Führungsoffizier, aber der war ein Hundertachtzigprozentiger, ihm mißtrauten wir.

Unser Abteilungskommandeur war einer, der vor uns offen mit dem Widerstand sympathisiert hatte – das reichte aus. Wenn er so dachte, wie viele mochten es außer ihm sein? Mich brachte das vollständig durcheinander. Was noch hatte ich alles falsch eingeschätzt? Wieweit mußte ich lernen, umzudenken? Und vor allem: Was war die Wahrheit, falls es die eindeutig gab? Ich wurde mißtrauisch gegen alles und jeden.

Warum habe ich es nicht getan? Wieso hat auch der andere nichts gegen den Major unternommen? Weil er ein anständiger Kerl war! Wenn ich ehrlich bin, war es das. Es gab keinen anderen Grund für mich. Damals war ich noch so eingestellt, daß ich einen, der mich weniger überzeugte, vielleicht gemeldet hätte. Wahrscheinlich sogar. Das ist für mich eine unheimliche Vorstellung, daß es davon abhing. Breitbach traute ich nicht zu, daß er zu seiner Haltung gekommen war, ohne daß er vieles wußte, was uns entging. Es war das Ansehen der Person, das mich bewahrte und ihn. Gott sei Dank. Bei unserem Kommandeur konnten wir uns darauf verlassen, daß er uns durchbrächte, so gut es ging. Aber nun kamen wir uns wie Mitwisser vor. Einer versprach dem anderen, daß jeder es für sich behalten wollte, doch ich war nicht sicher, was der andere tun würde, und er fragte sich wohl auch, ob ich es aushielte zu schweigen. Plötzlich gab es Mißtrauen auch zwischen uns. Erst zum Schluß stellte sich heraus, daß wir beide uns daran gehalten hatten.

Von nun an beurteilte ich vieles anders, behielt das aber für mich. Später konnte ich mich selbst nicht mehr verstehen, sondern fragte mich, warum ich es nicht fertigbrachte,

Major Breitbach einmal unter vier Augen anzusprechen. Das hätte doch nahegelegen, und vielleicht hätte ich von ihm vieles erfahren können. Aber ich war sein Untergebener und erzogen, den Abstand zu einem Vorgesetzten zu wahren. Lieber wären wir nebeneinander gestorben, als daß wir die bestehenden Grenzen eingerissen hätten. Jeder war ein einzelner in dem verschworenen Haufen. Ich lief herum wie einer, der sich selber suchte. Einundzwanzig war ich! Wenn ich an den Sportpalast dachte, war es, als hätte da ein anderer an meiner Stelle gestanden. Manchmal hatte ich jetzt das Gefühl, als würde der Boden unter mir weggezogen, ich rannte nur noch von einem Ort zum anderen, es war eine Flucht. Ich konnte nicht mehr einsehen, was wir taten, und in der Ungewißheit, die nun alles erfaßte, wurde ich leichtsinnig. Nach unserer Verlegung an den Mittelabschnitt der Ostfront wurde ich zum zweitenmal und diesmal schwer verwundet. Aber kein Wort von meinen Zweifeln habe ich Jonas gesagt, als er mich im Frontlazarett Mogilno besuchte. Ich lag da, verdammt schwach, und freute mich, als mein Bruder plötzlich auftauchte, wenn ich auch nicht recht begriff, wer ihn dahinbeordert hatte. Meinen Konflikt habe ich für mich behalten, ich glaubte nicht, daß mir irgend jemand helfen konnte, und für lösbar hielt ich ihn ohnehin nicht – außer daß der Krieg zum Ende kam und ich noch lebte, doch damit rechnete ich nicht.

Als ich später erkannte, wie sehr Jonas sein Problem auf der «Leipzig» hatte und erst recht auf der Kriegsschule, habe ich mich gefragt: Warum bloß haben wir nicht miteinander gesprochen? Was war das für eine verbissene Stummheit! Nein, wir hatten es nicht gelernt, uns mitzuteilen. Aber das war wohl nicht der einzige Grund. Wir waren auseinandergerissen, einer wußte zu wenig vom anderen. Wenn wir öfter zusammengewesen wären, ich glaube nicht, daß es bei unserem Schweigen geblieben wäre. Wir können doch heute miteinander reden – wenn auch manchmal nur wie über einen Graben. Aber damals! Mißtrauen gab es nicht zwischen uns, und dafür hätte es auch nicht den geringsten Grund gegeben, wir haben uns früher immer verstanden. Nur – was jeder mit sich abmachte, darüber brachten wir viel zu lange kein Wort heraus.

Es ist dunkel geworden, ich habe mir eine Flasche Wein aufgemacht, sitze am Tisch in dem schmalen Zimmer und sehe zu, wie sich das Licht der Stehlampe im Glas und in der Scheurebe aus Franken bricht, es ist ein guter Tropfen. Immer noch haben wir Alarmbereitschaft, ich frage mich wirklich, was das soll. Soviel ich davon verstehe, geben sie sonst keinen blinden Alarm, sondern lassen auf die Vorwarnung auch eine Übung folgen. Diesmal scheint die untere Führung, von der wir unsere Befehle erhalten, selber nicht zu wissen, was los ist. Wir liegen auf dem Sprung und können jeden Augenblick herausgerufen werden. Unser Kommandeur hat uns durch Rundruf wissen lassen, daß noch kein Ende in Sicht ist. Anscheinend handelt es sich um eine Maßnahme der NATO, und damit liegt das auslösende Moment wohl in den USA.

Der Mann, der jetzt Oberbefehlshaber unserer verbündeten Landstreitkräfte in Mitteleuropa ist, General Hans Speidel, war früher Chef des Stabes der Heeresgruppe B, zu dem Vater gehörte – er war für die Artillerie in der Küstenverteidigung im Westen verantwortlich. Friedrich Ruge, damals auch als Admiral bei Feldmarschall Rommel in Fontainebleau, wurde Inspekteur der Bundesmarine. So sind viele aus Vaters Umgebung hohe Tiere bei der Bundeswehr geworden, und sie waren in seinem Alter. Aber er wollte ein für allemal nicht mehr. Das ist vielleicht das einzige, was er mit seinem Bruder Johannes drüben in der DDR nach dem Krieg gemeinsam hat.

Was müssen das für ihn für Konflikte gewesen sein! Ich überlege mir manchmal, daß Vater bei der Heeresgruppe das meiste erfahren haben muß, was damals im Hintergrund vorging. Drei Befehlshabern hat er gedient, die im Selbstmord endeten, Rommel, von Kluge und Model. Ich weiß, daß mein Vater kein Nazi war, er war Soldat nach den Begriffen von früher. Das war sein Lebensberuf, darin stimmte er mit sich selbst überein. Deswegen hat er vor dem Krieg die Position bei den Vereinigten Leichtmetallwerken aufgegeben, um wieder aktiver Offizier zu werden. Er hat in Kauf genommen, daß er von einem Tag auf den anderen weniger als die Hälfte verdiente, und Mutter hat das mitgemacht. Soweit ich es beurteilen kann, war er immer für seine Leute da, von vielen seiner Soldaten habe ich das bestätigt erhalten. Sie gingen für ihn durchs Feuer – das sagt man so, aber in seinem Fall hat es wohl manchmal gestimmt. Zehn Jahre Krieg liegen hinter ihm. Zweimal hat der Staat bankrott gemacht, und zweimal hat Vater von vorn angefangen. Er spricht fast nie darüber, aber neulich kam er einmal von sich aus darauf, ich habe gestaunt.

Das war auf Amrum, als ich ihn vor zwei Wochen da besuchte. Ein schöner Tag war's auf der Insel, und Vater fühlte sich prächtig. Mit Anna verbrachte er in Norddorf einen Urlaub in der Nachsaison. Holsteinwetter war's an dem Wochenende. Ich habe mir Zeit genommen und bin mit dem Wagen von hier aus durchs Land gekutscht, auf Nebenstrekken. Treibende Wolken waren am Himmel, und Sonnenstreifen fielen über die Weiden und über die Felder, auf denen die Wintersaat wie Rasen stand.

Als das Schiff bei Flut von Dagebüll ablegte, hab ich eine kleine Seereise gemacht. Ich hatte Zivil an und stand mit Pullover und Jacke im Wind, der kühl übers Wasser strich, es roch nach Tang, Salz und Öl. Im Schutz der Deckaufbauten war es in der Sonne noch mild. Ich gehe gern herum auf einem Boot, stand lange achtern über der Schraube, unten das quirlige Wasser, gischtgrau. Möwen folgten uns kreischend, es waren nicht viele Leute an Bord. Es war nicht übel, dazustehen und allein zu sein. In solchen Augenblikken überfällt mich ein Gefühl, daß es gut ist, auf der Welt zu sein. Ich stehe nur da und atme, schaue in die Weite und spüre mich von Kopf bis Fuß. Ich denke nach, was ich getan habe und was ich versäumt habe, und glaube, daß nicht alles umsonst gewesen ist. Es ist ein bißchen egoistisch, daß ich diese Momente gern für mich auskoste. Links ließen wir Oland und Langeneß liegen, rechts zog Föhr vorüber. Die Wellen gingen ganz schön hoch, und die Sicht war herbstlich klar, nur die Ferne war eingesponnen in das blasse Blau, das Himmel und Wasser nicht trennte.

Wir schaukelten in den Hafen von Wittdün, da stand mein Alter auf der Mole und sah nach Ferien aus. Die Baskenmütze hatte er auf und grüßte, als legte er die Hand an einen Schirmrand. Den Offizier sieht man ihm immer noch an. «Tag, mein Jung», sagte er. «Wie geht's dir?» Seine Begrüßungen sind immer die gleichen, fünf oder sieben Varianten, und ich weiß oft schon im voraus, welche aus der Stimmung heraus diesmal drankommen wird. Wir genehmigten uns erst mal einen auf die Freude, saßen eine halbe Stunde in einer Kneipe oben am Damm und tranken ein Bier und einen Köm. In zwei Jahren feiern wir seinen Siebzigsten, da müssen wir uns etwas ausdenken und alle nach Tübingen fahren. Wenn er so in Schuß bleibt, glaubt ihm keiner das Alter. Natürlich wollte er gleich etwas von der Bundeswehr hören.

Mit dem Bus fuhren wir ans andere Ende. In Norddorf hatte er mit Anna ein Zimmer in einem ebenerdigen Haus mit Strohdach gemietet, und Quartier gab es für mich da auch. Als wir reinkamen, standen wir gleich in der guten Stube und wurden unter die Fittiche der Vermieterin genommen. Sie war eine Kapitänswitwe, die sich zwischen einem Bild mit Leuchtturm, einem Segelschiff in der Flasche, Häkeldeckchen, Dünenmalerei und Mahagonimöbeln hin und her bewegte und sich erkundigte, wie sie's uns recht machen könnte. Die Zimmerdecken waren niedrig, und alles stand voll Krimskrams. Aus meiner Stube ging der Blick in den Garten, in dem Sonnenblumen und Astern in herbstlicher Wildnis standen – die sah ich zuerst schwarzgrau in dem Schimmer, der aus dem Fenster ins Dunkel fiel. Am anderen Morgen bekamen sie Farben und wiegten sich im

Wind. In meinem Bett mit gedrechselten Knäufen lag ein Plumeau aufgetürmt, so eins für eine Polarnacht mit Grog und Kupferwärmflasche. Also, ich hab mich da gut gefühlt.

Anna hat sich sehr zurückgehalten. Ich bin froh, daß Vater sie hat. Um den Hals bin ich ihr nicht gefallen, das erwartet sie auch nicht. Sie hatte wieder so ein hochgeschlossenes Kleid an und sah jung aus, wie eine junge Frau aus Vaters Generation, aber sie könnte fast unsere Schwester sein. Anna hat sich mit uns eingerichtet und wir uns mit ihr. Abends gingen wir in ein Restaurant in der Dorfstraße.

Vater ist ein Strandläufer, das habe ich an dem Sonntag einmal wieder zu spüren bekommen. Gleich beim Frühstück in der guten Stube, es gab selbstgemachte Marmelade und Kaffee aus einer Schnutenkanne mit Schwanenhals, erklärte Anna: «Nun lauft mal ordentlich los, ihr beiden. Ich bleib lieber hier und ruh mich aus.» Sie hatte sich das bestimmt zurechtgelegt, besonnen, wie sie ist. Ein bißchen macht sie's wie unsere Mutter früher. Sie bugsiert ihn schonend durch seine Gemütsklippen und bereitet den Boden für seinen Tageslauf. Er küßt ihr die Hand, wenn er geht, und manchmal auch, wenn er kommt. Nur an seine Gedanken kommt sie wohl auch nie ganz heran.

Wir gingen die Promenade von Norddorf hinunter und dann den Weg zum Strand, der sich geradeaus anschließt. Es war wie in einem alten Seebad aus meiner Kinderzeit. In den Sand waren Bretter mit Fußleisten eingegraben, damit man einen Halt bekam, daneben ein einfaches Holzgeländer. Faschinen und Strandgras hielten die Dünen, über deren Kuppen der Wind wehte. Ich atmete tief, als wir aufwärts gingen und nach ein paar Schritten zum erstenmal an dem neuen Morgen das Meer sahen. Auf der Höhe blieben wir einen Augenblick stehen. Vor uns lag die Nordsee, scheinbar endlos, das Wasser verschwamm so fern am Horizont, daß ich mir einbildete, wir könnten die Erdkrümmung sehen.

Vater wanderte vor mir her. Er hatte den Mantel wie eine

gerollte Decke über die Schulter gelegt und zog den rechten Fuß nur wenig nach. Das Meer hatte kaum Schaumkämme. In langen Linien lief die Dünung auf den Sand und schlug leicht über. Es klang, wie wenn einer mit hohlen Händen klatschte. Ich stellte mir vor, wie Tausende von Menschen im Sommer den Strand bevölkert hatten, Burg an Burg. Jetzt kam uns nur selten ein Mensch entgegen. Die Sonne kam durch, und die Schatten fielen wie hingetuscht. Kein Schiff war zu sehen. Die Helligkeit spiegelte sich im Wasser.

Wir wandten uns nach links und schritten aus, nach einer Weile nahmen wir die Schuhe mit den Strümpfen in die Hand und den Kniepsand zwischen die Zehen. Stundenlang kann man dort laufen und übers Watt zurück, der Streifen zwischen Meer und Dünen ist streckenweise einen Kilometer breit. Auf der Höhe, wo im Inneren der Ort Nebel liegt, zieht sich zwischen Geest und Strand die Aufforstung hin, größtenteils Kiefern auf Sandgrund mit Heidekraut. Zuerst gingen wir schweigend, einer hörte den Gang des anderen und den Atem. Wenn ab und zu eine Möwe schrie, kam es mir wie Lärm vor.

Nach ziemlich langer Zeit begann Vater: «Ich freue mich, Lorenz, daß du wieder dienst. Wenigstens einer von euch. Ihr seid so verschieden.» Während ich noch darüber nachdachte, daß er *dienst* gesagt hatte und nichts anderes – für mich klang das wie aus einem Buch von früher –, fing er an, von sich zu sprechen.

«Weißt du», sagte er, «in Gedanken bin ich jetzt viel bei den Kameraden von einst. Es ist unerhört, was sie geleistet haben! Es ist wahr, daß es oft die Besten waren, die gefallen sind.» Er zögerte und ging wieder eine Weile stumm neben mir her. Ich wartete ab.

«Bei dir glaube ich, daß du mich verstehst», sagte er dann. «Ich denke an meine Abteilung, die Divisionsartillerie, die in Stalingrad untergegangen ist. Ich hatte sie aufgestellt und war ihr erster Kommandeur. Die Männer vertrauten mir und ich ihnen. Mit ihnen war ich verwachsen. Wir waren eine großartige Truppe, als wir hinauszogen! Kaum einer von ihnen ist zurückgekehrt.»

Seiner Stimme war anzumerken, was in ihm vorging. «Wäre ich damals nicht zu dem Lehrgang für Artillerieführer nach Berlin kommandiert worden, ich wäre unter ihnen gewesen. Später beim Stab war es nie wieder so, das Verhältnis von Mann zu Mann.»

Ich dachte an die Tage, an denen wir uns an der Front im Osten getroffen hatten, dreimal in zwei Jahren. Hinter den Stellungen seiner Batterien waren wir auch so nebeneinander gegangen, und einmal lagen wir bei einem Tieffliegerangriff Seite an Seite im Graben und drückten die Gesichter ins Gras der Böschung, bis es vorüber war. Ich dachte auch an den Februar vierundvierzig, als ich ihn in Schloß Fontainebleau besuchte, ich hatte drei Tage Sonderurlaub bekommen und hatte mich einer Kurierfahrt anschließen können. An einem Morgen stand Vater mit mir in einem Renaissancesaal vor der Wandkarte und erklärte mir, wo an der Kanalküste und am Atlantik die Befestigungen lagen, die die Invasion aufhalten sollten. Es gab so viel, was wir gemeinsam hatten. Ich glaube, mich zu kennen. Manchmal bin ich zu nüchtern, aber auf dem Weg am Strand, als ich spürte, wie es Vater zumute war und er aus sich herauswollte, es war nie so zwischen uns gewesen. Das vergaß ich nicht.

Er blieb stehen und wandte sich zu mir. Sein Blick ging nicht wie sonst oft um mich herum, als sähe er im Hintergrund etwas, was ihm wichtiger wäre, oder als könnte er nur in der Ferne etwas genau erkennen. Er war dicht vor mir und sah mir in die Augen, seine waren graublau, sie schimmerten, es stand Wasser darin, und die Augäpfel waren von Äderchen durchzogen. «Ich habe an ihnen gehangen», sagte er. «Und das bleibt so. Ich werde mich nie damit abfinden, daß alles vergeblich gewesen sein soll.»

Wir gingen weiter, bis wir an einen Priel kamen. Vater trat ins Wasser und prüfte, wie tief es war, in der Spiegelung konnte das täuschen. Als er feststellte, daß es flach blieb, zogen wir die Hosenbeine ein Stück hinauf und wateten durch. Drüben sagte er: «Manchmal frage ich mich jetzt auch, was mein Leben bedeuten sollte. Es ist doch so, daß jeder für etwas Bestimmtes herhalten muß. In meinem Alter zieht man Bilanz.»

«Du bist nicht alt», sagte ich.

«Doch, Lorenz. Das wirst du bald merken, und ich bin es zufrieden. Ich komme schon damit zurecht. Jeder sollte sich bemühen, sein Dasein ohne Murren und unverzagt zu Ende zu leben. Ich hoffe, daß meine letzte Stunde eines Tages nicht meine schwächste sein wird.»

Das sprach er aus, und von jetzt an war er freier, als hätte sich etwas in ihm gelöst. «Natürlich denke ich darüber nach, was ich alles falsch angepackt habe», sagte er. «Zu Anfang war es eine Menge. Aber je älter ich wurde, um so mehr wurde mir klar, daß der Mensch den Weg gehen muß, auf dem er angetreten ist. Ich war Offizier aus Veranlagung. Das andere zählt kaum, auch wenn es viele Jahre eingenommen hat. Als Offizier habe ich meine Pflicht erfüllt, so schwer und bitter es am Ende war.»

«Du brauchst dir nichts vorzuwerfen», sagte ich.

«Es gibt keinen, der das nicht muß», sagte Vater. «Aber ich meine das nicht so, wie es jetzt Mode ist. Ich habe nichts zu widerrufen. Ich habe gehandelt, wie ich konnte und wie ich mußte.»

Er atmete tief und sagte: «Die Nazis brauchten unser Soldatentum. Unsere Tradition haben sie für sich beansprucht und alles, worauf die stand. Mindestens hundertdreißig Jahre war das gewachsen. Die neuzeitliche Armee hatte ihre Grundlage in den Befreiungskriegen.»

Er machte eine Pause. Dann brach es aus ihm heraus: «Der Hitler ist damit umgegangen, als wäre das für ihn bestimmt gewesen – das war es niemals. Er hat es sich gestohlen. Unsere Tragik war, daß wir das nicht frühzeitig erkannt und ihn zum Teufel gejagt haben. Aber unsere militärische Leistung, die ist historisch und bleibt für sich bestehen.»

Da wurde mir klar, daß er Hitler im Laufe der Jahre von seiner persönlichen Geschichte abgetrennt hatte wie einen Fremdkörper. Für ihn war das offenbar notwendig. Viele in seiner Generation haben das so mit sich ausgemacht. Das ist der Unterschied zwischen Vater und mir. Er war ein Mann von fast vierzig Jahren, so alt wie ich jetzt, als das Dritte Reich begann. Für mich fiel das erste Denken mit der Machtergreifung zusammen, ich kannte vorher nichts, wovon ich mir ein klares Bild machen konnte. Die Weimarer Republik ist für mich wie ein Bilderbuch aus meiner Kindheit. Für Vater war die gute Sache, an die er glaubte, auch in dem Krieg, der immer ungerechter wurde, scheinbar gut geblieben, und nur die Begleitumstände waren schlecht. Vielleicht aber hatte sich das auch alles in seinem Bewußtsein verschoben, und er hatte sich seine Vergangenheit so zurechtgelegt, wie sie ihm entsprach.

«Was meinst du, Lorenz», fragte er, «wolln wir nach Nebel rübergehen? Ich finde, ein Frühschoppen wäre nicht unangebracht.»

«Einverstanden.»

Wir gingen jetzt quer über den Strand, weg vom Meer und auf den waldigen Mittelstreifen der Insel zu. Am Waldrand setzten wir uns auf Baumstümpfe, um die Schuhe anzuziehen. Er zog eine Tafel bittere Schokolade heraus, die bei ihm immer schon zum Wandern gehörte, und hielt mir einen Riegel hin. «Ihr müßt bei früheren Zeiten wieder ansetzen», sagte er und war noch in seinen Gedanken. «Hitler hat in unserer Militärtradition nichts zu suchen, den laßt heraus, aber glaub mir, ohne Tradition geht es auch bei der Bundeswehr nicht.»

Vater beschattete seine Augen mit der Hand und sah mich wieder an. «Hast du daran gedacht, vielleicht auch wieder aktiv zu werden?» fragte er, doch ich war ziemlich sicher, daß er sich nicht vorstellen konnte, was das im einzelnen für mich bedeutet hätte.

«Kommt überhaupt nicht in Frage», sagte ich und fügte,

als er mich verständnislos ansah, erklärend hinzu: «Ich bin in meinem Beruf zu weit und denke nicht daran, meine Selbständigkeit aufzugeben. Du weißt ja auch, daß ich voriges Jahr zur Bürgerschaft kandidiert habe. Das war in ziemlich aussichtsloser Position, aber in vier Jahren – vielleicht klappt es dann. Mich reizt es schon, Innenpolitik in einem Stadtstaat zu machen.»

«Da wünsch ich dir viel Glück!» Für Vater war das damit abgeschlossen, er blickte an sich hinunter und machte eine ordentliche Doppelschleife in seine Schnürsenkel. Als er wieder aufschaute, sagt er: «Ich denke jetzt auch viel an meinen Vater, deinen Großvater. Er war ein gestrenger Herr. In seinem letzten Jahr wurde er wunderlich.» Er verstummte und schien dem Gedanken nachzuhängen, wieweit es zwischen seinem Leben und dem seines Vaters eine Entsprechung gab.

Es war ein warmer Winkel, in dem wir saßen, und wir blieben eine Weile dort. Vater machte auf einem Sandstreifen zwischen den Büschen die Beine lang, er legte den Mantel unter und streckte sich aus. Auf dem Rücken liegend, sagte er in die Luft: «Nächstes Jahr will ich mit Anna eine Frankreichreise machen. Die alten Stätten möchte ich noch einmal wiedersehen. Die von vierzehn und die von neununddreißig. Ich brauche nur meiner Erinnerung nachzufahren. Mit eurer Mutter habe ich das nie gekonnt.»

«Wollt ihr auch nach Fontainebleau?»

«Auf der Rückfahrt», sagte er. «Zuerst wollen wir die ruhmreiche Strecke fahren – Metz, Verdun und über die Champagne nach Flandern. Ich will auch nach Maubeuge, da in der Nähe ist im Oktober achtzehn noch kurz vor Schluß mein Freund Karl Ruloff gefallen, ihn habe ich nie aus dem Gedächtnis verloren.»

Er schwieg so lange mit geschlossenen Augen, daß ich mich fragte, ob er eingenickt sei. Plötzlich setzte er sich auf, das war das Zeichen für unseren Aufbruch. Er blickte durch das Gehölz in die Richtung, in der Nebel liegen mußte.

Vater sagte: «Ich möchte dahin, wo die Tapferkeit geblieben ist.»

Das kann nur einer wie er sagen. Für ihn gibt es Dinge, die es für mich so nicht mehr gibt. Das geht mir wieder durch den Sinn, während ich hier meinen Dienst mache. Vater sagte: *du dienst.* Die Kaserne ist ruhig geworden. Ich sitze in dem Zimmer wie in einer Hörmuschel. Alles ist auf die Nacht gerichtet. Es kann nicht sein, aber mir ist, als könnte ich die Flut in der Schlei steigen hören.

In die Ruhe platzt die Nachricht, daß die Russen auf Kuba eine Raketenbasis aufbauen. US-Aufklärer des Typs U-2, die gleichen, von denen eine Maschine über Rußland abgeschossen wurde, haben die Arbeiten auf einer gerodeten Fläche der Insel fotografiert. Kennedy hat Chruschtschow mit dem Einsatz von Atomwaffen gedroht, wenn die russischen Schiffe, die mit Raketen nach Kuba unterwegs sind, nicht umkehren. In Washington tagt der Krisenstab. Jetzt hängt alles von den Entscheidungen zweier Männer ab.

Ich blicke zur Decke, es sieht so aus, als ob sich der Fleck da oben vergrößert. Ich denke an Henny und die Kinder, die Gedanken jagen einander. Es darf nicht sein, es darf nicht sein!

9

1962–1965
Eine Bitterfelder Hoffnung

Am Treptower Park

Das Haus, in dem Johannes und Gertrud seit einigen Jahren im ersten Stock wohnten, stammte aus der Zeit vor dem ersten Weltkrieg. Wie andere Häuser am Treptower Park war es während der Luftangriffe und auch bei den letzten Kämpfen um die ehemalige Reichshauptstadt erhalten geblieben. Es hatte eine bimssteingraue Fassade, hohe Fenster, ein Schieferdach und Kanten aus Feldsteinquadern. Nahe dem Ehrenmal für die in der Schlacht um Berlin gefallenen Sowjetsoldaten stand es da für eine Tradition, die sich wohl nur noch die älteren Bewohner vorstellen konnten.

Als Jonas und Lisa an einem Sonntagnachmittag im Juni dort durchs Treppenhaus hinaufstiegen, gingen sie wie so oft hintereinander. Vor der getäfelten Tür mit Drechselarbeiten und Messingbeschlägen blieb Jonas stehen, er drehte sich um und sagte zu Lisa, die vom Treppenabsatz über die ausgetretenen Stufen zu ihm heraufsah: «Nun komm schon.» Er klingelte erst, als sie neben ihm stand. Wieder einmal spürte er, wie sich ihr Zögern auf ihn übertrug. Drinnen kamen Schritte über den Flur.

«Da seid ihr ja», sagte Gertrud. «Na, dann kommt mal herein!» Sie betrachtete Lisa und fügte hinzu: «Ich freue mich, daß ich dich kennenlerne.»

Jonas hatte Gertrud zuletzt vor zwanzig Jahren in Jüterbog gesehen, als er während der Osterferien zu Besuch in Berlin war und von dort aus für zwei Tage hinüberfuhr. Das war kurz bevor Johannes sein Kommando an die Ostfront erhielt. Damals hatte er sie wie verklärt vor Augen gehabt, eine blonde Frau mit einem geradlinigen Gesicht, eine Mädchenmutter, umgeben von noch blonderen Köpfen, Anna-Maries Zöpfen, Corinas Locken und den gebauschten Kleidern seiner Kusinen. Durch die Gruppe, die in seiner Erinnerung sehr hell war, kroch auf allen vieren Renate und versuchte, sich an Gertruds Rock aufzurichten. Johannes war in feldgrauen Breeches, Reitstiefeln und der knappsitzenden Uniformjacke durch das Haus an der Artillerieschule geschritten, als wäre das alles sein Besitz und zu Vorbildlichem ausersehen.

Während Einzelheiten in seinem Gedächtnis auftauchten, die Treppe mit Säulengeländer, der Garten, die Lage der vorderen Räume, und wie sie sich durch den Tag bewegten in ihrer Ordnung, die ihm mal fremd, mal vertraut war, sagte er sich, daß er nur von außen wahrgenommene Bilder in Erinnerung hatte, aber nichts von ihnen wußte.

Nun war Gertrud Mitte Fünfzig. Breiter geworden, kam sie Jonas kleiner vor als damals. Das weißgraue Haar trug sie seitlich und im Nacken hochgesteckt, Hals und Schulteransatz ragten aus der Bluse mit beträchtlicher Oberweite. Wie sie vor Lisa und ihm herging, eine Tür auf dem Gang schloß und die letzte am Ende des dort verbreiterten Flurs öffnete, konnte Jonas sich vorstellen, daß sie ebenso zielgerade durch die Berufsschule schritt, die sie leitete. Gewiß zog sie auch da eine Spur von Entschiedenheit nach sich und sprach mit Schülerinnen wie Lehrkräften, indem sie ihnen die Energie mitteilte, die alles an ihr ausdrückte, die Stimme, die Gesten, das feste, großflächig gewordene Gesicht.

«Johannes», sagte Gertrud ins Zimmer hinein, wie um ihrem Mann den Besuch anzumelden, den er ja erwartete, denn Jonas und Lisa hatten sich vor einiger Zeit von München aus schriftlich für diesen Tag angekündigt. Im Transit waren sie nach Westberlin gefahren, wohnten bei Freunden in Nikolassee und hatten gleich hinter der Grenzschleuse vom Bahnhof Friedrichstraße angerufen. Der Hausherr kam über den Teppich auf Lisa und Jonas zu, die in einigem Abstand voneinander stehenblieben. Schmal war er und hielt sich vorgebeugt, sofort fiel Jonas die Ähnlichkeit mit seinem Vater auf, dem vierzehn Monate älteren Bruder, aber auch mit Großvater Ristenpart und gleich mehreren männlichen Verwandten: Sie alle hatten die großen kantigen Nasen, die mit den Jahren in den langen Gesichtern schärfer gezeichnet erschienen, schmale Lippen, auch das kurzgescheitelte Haar war ihnen gemeinsam, das über den Schläfen hoch zurückwich, und die von Lidfalten verhangenen Augen, die wie ferngerichtet blickten, weiter als nur auf das Gegenüber, auf einen Hintergrund, den nur sie zu sehen schienen. Jonas beobachtete, wie der Onkel Lisas Hand eine Weile in beiden Händen hielt. Dann spürte er die hingestreckte Rechte in seiner eigenen Hand, es war eine überraschend leichte Berührung.

Während die Frauen aufeinander einsprachen, wie seid ihr gefahren, ihr wohnt aber schön, Kaffee oder Tee, warum habt ihr die Kinder nicht mitgebracht, dann hätten wir doch keine Ruhe, unsere sind alle drei aus dem Haus, vielleicht schaut Renate nachher herein – während solche Erkundigungen zwischen ihnen hin und her liefen, umrundete Johannes den Tisch, als käme es ihm darauf an, nicht nur seinen gewohnten Platz einzunehmen, sondern auch seinen Standort für die nächsten Stunden zu bestimmen. Jonas sah sich um. Er stand in dem Wohnzimmer mit hoher Stuckdecke und Möbeln, die ihm zum Teil noch aus Jüterbog zu stammen schienen, während die übrigen vielleicht von Gertrud bei der Auflösung älterer Haushalte nach und nach erworben waren, ein Ohrensessel, Bugholzstühle, eine Vitrine und der Eckschrank mit Türen, in denen geschliffene Glasfüllungen zwischen Mahagonileisten den Blick auf Weingläser freigaben – das erinnerte ihn an den elterlichen Eckschrank in Braunschweig, in dem mit den vielen Flaschen auch das Danziger Goldwasser aufbewahrt wurde, ehe das Haus über allem zusammengebrochen war.

Der runde Tisch stand frei im Raum. Jonas zählte sechs Kaffeegedeck. Eine Kirschtorte und ein Marmorkuchen waren auf Platten angeschnitten. Die Anordnung der Kuchengabeln, der silbernen Zuckerdose, die von Kinderhänden bestickte Kaffeehaube mit Sonne, Haus und Blumen, die sandfarbenen Servietten und dazwischen ein großer Strauß Margeriten – das alles ließ ihn an so viele Nachmittage denken, an denen Familie, immer nur Familie seine Kindheit bevölkert hatte, und wie damals mischte sich in den Duft von Gebäck und Kaffee ein immer gleichbleibender Geruch von Reinigungsmitteln und Mottenkugeln. Jonas atmete ihn ein und blickte zur Decke, von der ein Kronleuchter über den Tisch herabhing. Die Lampenschnur war durch die Glieder einer Kette gezogen, kerzenförmige Glühbirnen ragten am Ende der einzelnen Glieder aus den Halterungen.

Das Fenster zur Linken ging auf einen Hof hinaus, der von Kastanienbäumen umrahmt wurde. Nachbardächer bildeten Winkel zwischen den Tüllgardinen, die wie ein Theatervorhang gerafft waren. Rechts sah Jonas durch eine geöffnete Tür in das angrenzende Zimmer auf einen Schreibtisch, der quer zum Fenster stand. Daneben schlafften Stoffbahnen unter einer Leiste herab, sie waren auf beide Seiten gezogen, in der Mitte bauschte ein Luftzug die Stores vor dem angelehnten Fensterflügel, und draußen bewegten sich in der Sonne Baumkronen des Treptower Parks.

Aus einer Ecke, die Jonas nicht einsehen konnte, tauchte nun sein Bruder Cordt auf, er hatte sich aus wer weiß welchem Grund bisher verborgen gehalten. Cordt, kleiner und stämmiger als die meisten Ristenparts, steckte in einem dunkelblauen Anzug und hatte die Krawatte mit einem kleinen Knoten eng um den Hals gezogen. Jonas fand ihn verändert, konnte aber nicht gleich erkennen, woran das lag – außer daß sie beide fünf Jahre älter geworden waren, seit Cordt zuletzt im Westen gewesen war, damals, bevor er die Pfarrstelle in Luckau erhielt. Sie sahen einander an und zögerten, dann gingen sie aufeinander zu. Im Näherkommen sah Jonas vor sich die kaum gebändigten Haarwirbel, die Cordts Kopf umstanden, die zusammengewachsenen Brauen, sie erschienen ihm noch dichter als früher, das weiße Gesicht mit den Bartschatten ums rasierte Kinn. Zuerst machte sein Bruder auf ihn einen fast mürrischen Eindruck, doch plötzlich hellte sich seine Miene auf, es begann in den Augen und lief um Nase und Mundwinkel, schließlich lächelte er. Lisa kam hinzu, als sich die Brüder an der Türschwelle trafen. Cordt zog auch sie mit einem rudernden Arm heran und hielt sie beide an sich gedrückt. Als er sie wieder losließ, sagte er: «Karin läßt euch grüßen, unsere Tina ist erst vor drei Wochen geboren, da wollte sie lieber mit ihr zu Hause bleiben.»

«Und davon wußten wir nichts!» sagte Jonas. Er dachte daran, wie früher ihre Mutter Familiennachrichten übermittelt hatte und sie sich alle darauf verließen. Solange sie ihre Hände gebrauchen konnte, schrieb sie und stellte Verbindungen her, unterrichtete einen über den anderen, sie war Knotenpunkt einer ausgedehnten Korrespondenz. Jonas bewahrte noch manche Briefe von ihr auf, er hatte sie in Bücher gesteckt, die er zu der Zeit las, als die Post eintraf, und immer einmal wieder fielen ihm die Blätter entgegen, wenn er in der Bibliothek etwas suchte, er las das Datum und sah die Schrift, die früher so fließend gewesen war und dann immer mehr wie Spreu übers Papier verteilt aussah, hingekratzt, aufgelöst, Zeugnis ihrer Anstrengung, Mitteilung aus dem Widerstand gegen den Verfall. Lange vor ihrem Tod waren diese Lebenszeichen abgerissen. Damals studierte Cordt noch in Göttingen. Zu ihrer Beerdigung war er als Vikar aus der Niederlausitz gekommen. Die Brüder waren keine Briefschreiber.

«Cordt», sagte Lisa, «ach, du!» Nun nahm sie ihn in die Arme, und Gertrud fragte: «Wie geht es denn Karin? Was macht das Baby?» Für eine Weile wurde der junge Vater von den Frauen beschlagnahmt. Beschreibungen eines Lebensanfangs sollte er geben, Mutter, Kind und Begleitumstände, möglichst getreu, bis er sich wehrte und versicherte: «Bestimmt ist es das schönste Kind der ganzen DDR.»

Johannes hatte sich inzwischen hingesetzt, er war sicher gewohnt, sich im Mittelpunkt zu befinden und nicht an der Peripherie, auffordernd blickte er zu ihnen hoch. Nun folgten sie ihm, nur ein Stuhl blieb frei. «Für Renate», erklärte Gertrud. Nachdem beim Erzählen mit Luckau der Anfang gemacht war, redeten sie erst einmal von der Familie. Während Kuchen und Kaffee herumgereicht wurden, ergänzten sie Lebensläufe, die für die einen hüben oder die anderen drüben wie abgeschnitten waren: lebt noch, sind gestorben, verheiratet, pensioniert, wohnen jetzt in Uelzen. Hört ihr von Theo? Er schlägt sich als Vertreter einer Versicherung durch, Leben, Feuer, Autos und das Wetter, das hat Antonie sich auch einmal anders vorgestellt, aber sie klagt nicht, und es ernährt sie, sie bauen jetzt sogar in Freudenstadt. Jonas erfuhr, daß Corina geheiratet hatte, die zweite Tochter als erste, gradweg von der Schauspielschule. Sie lebte mit ihrem Argentinier, der hier in Berlin studiert hatte, in Leipzig. Emilio Blanda hieß er, in seinem Land hatte er zu einer revolutionären Gruppe gehört und es eines Tages fluchtartig verlassen müssen, jetzt arbeitete er als Dolmetscher für die Exportwirtschaft. Ein Kind hatten sie, Gabriele.

Lisa schaute von einem zum anderen. Jonas schickte sich ins Unvermeidliche, er beteiligte sich sogar freiwillig am Austausch von Fotos, an allem Bereden und Herzeigen, wobei sich doch nur herausstellte, wie wenig sie voneinander wußten. Orte, Namen, Berufe, Karrieren und Fehlschläge. Nur kurz erwähnte Jonas seinen Vater, den er am Stammtisch ehemaliger Offiziere und Generale in Tübingen vermutete, und Anna, von der Johannes und Gertrud nur gehört hatten. Sie fragten nicht weiter, sondern überließen es ihm auszuwählen, was er berichten wollte. Mitten in dem Hin und Her von Auskunft, Erinnern und Kennenlernen dachte er, er müsse das alles beschleunigen und hinter sich bringen. Was sollte das? Grüße waren nicht auszurichten, die anderen wußten nicht einmal, daß Lisa und er sich nach hierher aufgemacht hatten, und die Jahre waren nicht einzuholen. Ohne es recht gewahr zu werden, nahm er noch ein Stück Torte und gab die Platte weiter an Cordt.

«Nehmt nur ordentlich», sagte Gertrud. «Die Kirschen sind aus Anna-Maries Garten, eingemacht vom vorigen Jahr. Was Feineres gibt es bei uns nicht.»

Johannes griff das Stichwort auf: «Es gibt einiges, auf das wir verzichten müssen, aber darauf kommt es nicht an.» Er bezog das wohl auf Lebensmittel und vielleicht auf Gewohnheiten, aber nicht auf Politisches. Jonas dachte: *noch nicht.* Wenn sie es ernst miteinander meinten, konnten sie darüber nicht den ganzen Nachmittag hinweggehen; er wollte wirklich etwas von ihnen erfahren.

Eine Weile schwiegen sie. Gertrud schien, wie sie in die Runde blickte, die Stimmungslage abzuwägen, sie kam offenbar zu dem Ergebnis, daß das allgemeine Befinden eine Bekräftigung vertragen könnte. «Jedenfalls ist es schön, daß ihr einmal da seid», sagte sie. «Man verliert sonst jeden Kontakt.»

«Ich frage mich, was mit uns los war», versuchte Jonas zu erklären. «Siebenhundert Kilometer sind keine allzu große Entfernung. Aber das Studium, der Beruf, die Kinder, zu Anfang konnten wir uns einfach nicht rühren.» Er brach ab.

«Du brauchst dich nicht zu entschuldigen», sagte Johannes.

Da mischte sich Lisa zum erstenmal ein: «Danach ist uns aber zumute, und zwar uns beiden. Wir kommen hierher und fallen euch ins Haus. Ich weiß nicht, wie das bei euch ist. Aber nach einer so langen Zeit, in der man nichts voneinander gehört hat, wüßte ich in meiner Familie überhaupt nicht, wo ich wieder anfangen sollte.» Jonas war von seiner Frau überrascht, sie bemerkte jetzt wohl, daß es so wirken konnte, als wollte sie sich ausschließen, denn sie fügte hinzu: «Ich hab keine Verwandten in der DDR – nur durch Jonas gehör ich dazu.»

Gertrud sah sie erfreut an und nickte, und Cordt ging sofort auf sie ein: «Dann macht es wahr und besucht uns in Luckau. Ihr könnt doch kommen, auf Verwandtenbesuch. Ich hab manchmal darauf gewartet und Karin auch. Schreibt acht Wochen vorher, damit ich die Aufenthaltserlaubnis beantragen kann.»

«Du hast recht», sagte Jonas. Er fühlte sich schuldig, und er wußte, warum. Viel zu lange hatte der andere deutsche Staat für ihn nur in westlichen Nachrichten existiert. Immer hatten sie Gründe vorgeschützt, die es verhinderten, daß sie nach drüben aufbrachen. Seit sie damals mit den Rädern an der Küste nach Ahrenshoop gefahren waren, zwei Sommer nach dem Krieg, hatten sie keinen Schritt mehr über die Grenze getan. Es traf zu, daß sie in der ersten Zeit alle Kräfte für sich brauchten, sie hatten kein Geld, keine Wohnung, keine Möbel und konnten sich nicht frei bewegen. Aber seit einigen Jahren galt das nicht mehr. Inzwischen hatten sie Stempel aus Italien, Frankreich, England im Paß, Bestätigungen aus drei Himmelsrichtungen, nur eine fehlte, als hörte die Welt da auf.

Sie alle waren nicht hinübergefahren, sein Vater nicht und nicht Lorenz, keiner der Brüder, bisher. Ausreden gab es reichlich und auch offiziell. Wie alle Menschen in der Bundesrepublik wurden sie ständig mit Gerüchten, Behauptungen und abschreckenden Meldungen, wie es dort zuginge, eingedeckt. Allem waren sie ausgesetzt, was sich unter Westdeutschen gegen die DDR zusammenbraute, den Staat, den die Politik in den drei Westzonen und dann in Bonn mit hervorgerufen hatte, indem sie sich von Anfang an nur nach Westen ausrichtete. Aber nun, wo es ihn gab, versuchten Parteien und Meinungslenker ihn ungeschehen zu machen.

Wie Schildbürger setzten sie ihn zwischen Anführungszeichen oder nannten ihn «das Phänomen».

Jonas dachte an das Datum, das den Punkt seines Umdenkens bezeichnte: Das war der 13. August vor zehn Monaten. Da hatte er sich entschieden, die Entfremdung für sich nicht länger hinzunehmen. Lisa und Jonas sprachen seitdem oft darüber. Sie wollten Versäumtes nachholen.

«Ihr müßt unbedingt nachher das Ehrenmal ansehen», sagte Gertrud. «Es ist nur ein Sprung, drüben im Park.»

«Wir sind da vorbeigekommen», sagte Lisa.

«Ach, dann habt ihr es schon gefunden. Ist es nicht großartig? Was sagt ihr dazu?» Sie schaute von Lisa zu Jonas und wieder zurück.

Nun war es an ihnen, zu antworten, aber das fiel ihnen schwer. Wieder ließen sie Zeit vergehen, die Pause dehnte sich. «Es ist – kolossal», sagte Lisa schließlich, das war auch alles, was von ihr kam. Es war, als schlösse sich in ihrem Gesicht ein Fenster. Jonas kannte das nur zu gut an ihr, von einer Sekunde zur anderen konnte seine Frau sich verschließen.

Manchmal warf er ihr vor, daß sie die Wahrheit, oder was sie dafür hielt, unbedingt behandelte, als gäbe es für sie keinen Ausweg und sie müsse gerade durch, weil es ihr am wichtigsten war, daß sie zu sich selber stand. Nein, gefällige Antworten waren von ihr nicht zu haben, auch jetzt nicht – wenn sie schwieg, war das viel. Lieber zog sie sich innerlich zurück, meldete sich ab aus der Situation, die sie nicht teilen wollte und schon gar nicht auf sich beziehen. In Gesellschaft konnte Lisa ihn regelrecht sitzenlassen, sie nahm keine Rücksicht auf das Vordergründige, mit dem er sich abmühte, weil einer von beiden es seiner Meinung nach tun mußte. Ihr Rückzug aus so einem Stück Wirklichkeit, das kläglich genug war, erschien ihm als die Art, mit der sie sich eine Sonderrolle leistete. Doch jedesmal, wenn er mit ihr darüber zu sprechen versuchte, wollte sie das nicht wahrhaben. Er, Jonas, war der Tölpel, der sich anstrengte, der einen oder dem anderen entgegenzukommen. Lisa bewegte das nicht einmal oberflächlich.

Er hielt sich auch jetzt, wie so oft, noch in der Zone auf, in der es ihm darauf ankam, Störungen zu vermeiden, jedenfalls erschien es ihm nicht angebracht, daß er etwas von sich gab, womit er ihnen zu nahe trat. Keine Beunruhigung sollte von ihm ausgehen, Beunruhigung, die hier nicht sein mußte und jetzt keinen Sinn ergab. Über das Ehrenmal, das lag in der Luft, konnten sie sich nicht einig werden. Jonas dachte daran, daß er gekommen war, um von ihnen zu hören, wie sie auf dem weißen Fleck seiner Landkarte lebten, da übersprang er lieber den Einwand, der ihm auf der Zunge lag, er hielt sich zurück und betrachtete die Kaffeetafel. Sein Blick blieb an den Margeriten haften. Er sagte: «Eindrucksvoll ist es.»

Da begann Gertrud das Ehrenmal zu erklären, als wollte sie Lisa und Jonas führen: «Es wurde gleich nach dem Krieg gebaut, nach den Plänen eines russischen Bildhauers und eines Architekten, noch bevor die DDR gegründet wurde. Fünftausend gefallene Sowjetsoldaten liegen unter dem Rasen. Habt ihr die Frauenfigur richtig angesehen? Mutter Heimat heißt sie und ist aus einem Granitblock von fünfzig Tonnen gemeißelt.»

Auf dem S-Bahnhof Treptower Park waren Jonas und Lisa ausgestiegen und ahnungslos auf das riesige Denkmal gestoßen, auf die steinernen Portale, wo in deutscher Sprache stand: «Ewiger Ruhm den Helden, die für Freiheit und Unabhängigkeit gefallen sind», und auf russisch wohl das gleiche. Er sah vor sich wieder die Reliefs auf den Quadern und Sarkophagen, die in Spalieranordnung den Ehrenhain umstanden, die Promenade unter Trauerbirken, die roten Granitwände und die Bronzefiguren kniender Rotarmisten. Sie waren beklommen weitergegangen, alles war ihnen gigantisch erschienen – wie ein Anspruch auf Unvergänglichkeit.

«Gigantisch», hörte er sich sagen, das war ein mögliches Wort, zweideutig zwar, aber auslegbar auch als Zustimmung, es kam aus ihm heraus, ehe er es bedacht hatte. Manchmal rutschten ihm so die Wörter davon, wenn er verlegen wurde und gewiß war, daß er auf Lisa nicht rechnen konnte. Sie überließ ihm die Szene, während sie auf ihre Hände blickte und er wußte, daß sie sich innerlich wand.

Er dachte daran, wie sie gestern mit den Kindern die Gedenkstätte Plötzensee gesehen hatten. Lisa und er waren hineingegangen und hatten, während Valentin und Tönnies im Hof warteten, vor den Galgen und Haken gestanden, an denen fast zweitausend Widerstandskämpfer der Roten Kapelle und des 20. Juli 1944 hingerichtet worden waren. Was zwischen diesen Wänden geschehen war, überstieg seine Vorstellungskraft. Jeder einzelne Gedanke daran war, als müßte er ihn sprengen, doch er stand weiter da und atmete. Als sie hinauskamen in die Helle, nahmen sie stumm ihre Kinder bei der Hand.

Jonas sprach es nicht aus, aber ihn bedrängten alle zu Denkmälern gehauenen Steine, die er gesehen hatte. Ruhm und Ehre sollten sie bezeugen und die Nachgeborenen auf das Vorbild verpflichten. Für die Sowjets, sagte er sich, war es anders, sie waren überfallen worden und hatten auf Tod oder Leben gekämpft und gesiegt. Er konnte nur daran denken, daß Heldengedenkstätten seine Kindheit verstellt und ihm beigebracht hatten, was ihn erwartete, wenn er erwachsen war. Lisa und Jonas waren sich darin einig, daß sie nach dem Krieg, den sie erlebt hatten, kein deutsches Ehrenmal mehr ertragen konnten, außer, es galt dem Widerstand.

Johannes schob seinen Teller beiseite und stütze das Kinn in die rechte Hand. Dann sah der General a. D. seinen Neffen aus dem Westen skeptisch an, vielleicht spürte er etwas von dem Zwiespalt, der Jonas zu schaffen machte. Jedenfalls wechselte er das Thema und wurde direkt: «Ich wundere mich, daß ihr nicht nach der Absperrung der Grenze fragt.»

«Die Mauer», sagte Jonas. «Da würde mich allerdings interessieren, was du dazu sagst.» Er hatte nicht erwartet, daß sein Onkel davon anfing, aber er hatte wohl unterschätzt, wie sehr der es gewohnt war, eine politische Ansicht vor Ge-

genmeinungen zu vertreten. Noch war er mit sechsundsechzig Jahren im Ministerium tätig; soweit Jonas wußte, in einer Stellung, die der eines Ministerialdirektors in der Bundesrepublik entsprach.

«Ob ihr es glaubt oder nicht, seit die Grenze geschlossen ist, stabilisiert sich die DDR, wirtschaftlich und auch sonst. Das ist vielen Politikern im Westen klar, auch wenn sie es nicht öffentlich zugeben. Es war höchste Zeit, daß wir nicht mehr um die Ergebnisse unserer Arbeit gebracht werden.»

«Wie meinst du das?» fragte Lisa.

«Zunächst einmal wurde es unerträglich, daß Leute, die auf Kosten unseres Staates, also vor allem der Arbeiter, studiert hatten, kaum waren sie in ihrem Beruf fertig ausgebildet, in den Westen gingen, um dort Spitzeneinkommen zu verdienen, zum Beispiel Ärzte. Wer so handelt, lehnt jede soziale Verantwortung gegenüber denen ab, die ihm die Ausbildung ermöglicht haben. Zum anderen wurden wir Stück um Stück aufgekauft.»

Als Lisa ihn fragend ansah, erklärte er das: «Ein Westberliner konnte bei uns zum Beispiel für einen Stundenlohn Sachen in einem Wert kaufen, für den einer hier vier bis fünf Stunden arbeiten muß. Sobald etwas Lohnendes in den Geschäften auftauchte, stürzten sich Westmarkverdiener darauf, und über den Umschlagplatz Berlin übertrug sich das auf weite Wirtschaftsbereiche beider Staaten. Den Ausverkauf im großen beziffern wir auf dreißig bis fünfzig Milliarden.»

«Kein Staat könnte auf die Dauer so existieren», unterstützte ihn Cordt zu Jonas' Überraschung. «Immer mehr Menschen hier meinen, daß längst etwas dagegen geschehen mußte. Solange die Unterschiede zwischen Ost und West derart kraß sind, würde der Aderlaß anders als durch Abriegelung kein Ende nehmen.»

«Aber ihr seid doch eingesperrt», sagte Jonas.

Da wurde Gertrud scharf: «Wenn man eure Sender hört, muß man glauben, bei uns sei die Hölle los!»

«Bevor du urteilst, Jonas», sagte Johannes, «solltest du fragen, ob die DDR eine andere Wahl hatte. Reden und Tun sind in der Politik bekanntlich zweierlei. Die Westmächte, vor allem die USA, haben in der Sicherung der Grenze, wie es bei uns heißt, letzten Endes auch eine Entschärfung der Berliner Situation gesehen. Sie haben sich mit der Sowjetunion arrangiert, und Adenauer wußte das, deswegen hat er sich nicht gerade beeilt, nach Westberlin zu gehen und seine Beteuerungen loszuwerden.»

Cordt hielt ihm entgegen: «Das stimmt zwar, aber du wirst nicht erwarten, daß ich die menschlichen Folgen gutheiße.» Zu Lisa und Jonas sagte er: «Es ist schwer für uns, daß wir nicht hinüberkönnen und uns bewegen, wie wir wollen. Nur sollten wir uns nicht einbilden, das würde allein von Deutschen entschieden. Den Ost-West-Konflikt, der nicht nur Europa halbiert, werden wir nicht lösen. Die Grenze geht mitten durch uns hindurch.»

Jonas sah sich mit Lisa auf dem Bahnhof Friedrichstraße vor der Grenze stehen. Sie waren vom S-Bahnsteig die Treppe hinuntergegangen und hatten ihre Pässe an der Absperrung abgegeben. Sie mußten zwischen verschlossenen Türen warten und wurden durch ein System von Gängen geschleust. Als Westdeutsche durften sie passieren, für Westberliner galt das noch nicht wieder. Als ihnen der Durchlaß geöffnet wurde, traten sie in die andere Welt. Als Junge war er da gelaufen, er hatte die Zahl der Bahnhöfe bewundert und ihre Größe, Lehrter, Anhalter, Potsdamer, Friedrichstraße, Stettiner, Hochbahnen und Tiefbahnen, von einem zum anderen war er gefahren, aufgetaucht, untergetaucht, atemlos vor Neugier, ein Provinzkind in der Weltstadt, ein rennender Punkt in der Geschäftigkeit. Im Doppeldeckerbus saß er auf dem vorderen Sitz und sah von oben Zeitungsstände und Kinoreklamen vorbeifliegen, ein Kaufhaus, die Gedächtniskirche, unterwegs vom Kurfürstendamm zu Unter den Linden, vorüber an Parks, die ihm endlos erschienen.

Zum erstenmal nach dem Krieg sah er die Straßen und

Plätze wieder. Er kannte sich nicht mehr aus. Nachdem er mit Gertrud telefoniert hatte, gingen sie die Friedrichstraße hinunter und querten die Clara-Zetkin-Straße, sie lasen Schilder an Kreuzungen, berühmte Namen. Da erzählte ihm Lisa, daß sie eine einzige Erinnerung an Berlin hatte: Auf einer Ferienfahrt nach Usedom waren sie in der Reichshauptstadt umgestiegen. An einer Station war sie nicht mehr in die U-Bahn hineingekommen und blieb auf dem Bahnsteig stehen, während sie sah, wie die Eltern davonfuhren und ihr erschreckt hinter den Scheiben Zeichen gaben. Sie stand allein in der großen Stadt unter der Erde und spürte, wie die Tränen in ihr aufstiegen. «Ich hab gewartet, und dann stieg Vater aus einem Zug und holte mich.» – «Es gibt also doch noch etwas, was ich nicht von dir weiß», sagte Jonas.

Fensterhöhlen und Mauerreste ragten in den Himmel, Wilhelminische Prachtbauten waren als Gerippe stehengeblieben, in den Ruinen wuchs Unkraut. Sie gingen durch das Schweigen und begegneten wenigen Menschen, ab und zu tuckerte ein Trabant vorüber. Schließlich stießen sie auf einzelne belebte Inseln, mit zunehmender Entfernung von der Mauer bevölkerte sich die Stadt, doch noch mehrmals kamen sie durch Viertel, die grau dalagen, unaufgeräumt, verlassen, als wären die Bewohner für immer evakuiert. Der Stadtplan in seiner Hand gab davon nichts wieder, er verzeichnete nicht die andere Zeitrechnung, die hier zu gelten schien. Als sie die Füße vom Pflastertreten schon brennen spürten und ihre Augen sich leergesehen hatten an verschütteter Vergangenheit, fanden sie Neubauten am Alexanderplatz und die Zuckerbäckergiebel langgezogener Wohnblocks an der Karl-Marx-Allee. Sie erkundigten sich nach der nächsten S-Bahn-Station und fuhren zum Treptower Park.

«Nie hab ich so deutlich empfunden wie an diesem Grenzübergang, daß ich von Amerika nach Rußland komme.» Jonas war noch in seinen Gedanken, die anderen schienen sich über ihn zu wundern.

«Wenn du das so siehst», sagte Johannes. «Ich nehme an, du kennst beide nur vom Hörensagen.» Er setzte sich zurück und verschränkte die Arme vor der Brust, eine Haltung, die Jonas an ihm kannte, der Onkel hatte sie früher oft eingenommen, wenn er ihm etwas erklärte, meist dauerte das lange. Aber diesmal hatte er die Worte gedehnt und verstummte jetzt, er blickte vor sich hin.

Cordt sah sehr weiß aus, die Augenbrauen standen wie ein Querstrich über seinen Augen. Jonas beobachtete Lisa, deren Gesicht noch verschlossen wirkte. Auf dem Tischtuch schob er seine Hand ein Stück zu ihr hinüber, aber sie bemerkte es nicht, und er zog die Hand wieder bis zum Tassenrand zurück. Er spürte jetzt, wie Gertrud ihn betrachtete, er hatte den Eindruck, daß sie ihn mit dem Jungen verglich, der er gewesen war, und sich an etwas Bestimmtes erinnerte. «Weißt du was, Jonas?» sagte sie und sah auf einmal jünger aus. «Als Kind wolltest du immer wissen, was die großen Leute dachten. Du hast oft danach gefragt, und mir kam es vor, als ob du wirklich etwas von den älteren Menschen ahntest.»

Jonas wußte nicht, was er darauf sagen sollte. Während er noch darüber nachsann, wie sie gerade darauf kam, veränderte sich ihr Gesicht wieder, sie schlug einen praktischen Ton an und sagte: «Johannes, willst du uns nicht etwas Kräftiges vorsetzen? Ich glaube, das können wir alle gebrauchen.»

Der Hausherr stand auf und holte von nebenan eine Flasche Wodka, er brachte auch Rotwein mit und drückte ihn seiner Frau in einem Korbhalter in die Hand. «Der kommt aus Bulgarien», sagte er. Sie beide verteilten Gläser und Getränke nach Wunsch. Lisa nahm Wein, Jonas den Klaren. Während sie einander zutranken, empfand er, wie ahnungslos er war, was ihr Leben hier anging, aber er wußte nicht, wie er es anfangen sollte, das zu ändern. Schließlich half er sich damit, daß er es aussprach: «Ich weiß überhaupt nichts über die DDR», und er bat: «Sagt doch etwas von euch.»

Zuerst schwiegen sie darauf, bis Cordt ihn fragte: «Was willst du wissen? Wie schwer es ist, Christ und Sozialist zu sein?» Aber dann griff er die Bitte auf. «Als ich hier anfing, war ich ein Bürger der Bundesrepublik mit Arbeitserlaubnis. Ich hatte nur einen Besucherzettel, der gelegentlich verlängert wurde. Der Referent für Kirchenfragen beim Rat des Bezirks forschte nach, wieso ich auf Dauer in der DDR leben wollte. Schließlich wurde ich beim Volkspolizeikreisamt überprüft und bekam meinen vorläufigen Ausweis, ein weißes Papier, später erst den blauen DPA, den Deutschen Personalausweis, mit dem ich in die Deutsche Demokratische Republik eingebürgert wurde – ich hatte es erreicht.»

Die anderen hörten ihm zu, und Cordt berichtete weiter: «Es gab nur ein paar Friedenspfarrer, zu ihnen gehörte mein Superintendent, da hatte ich Glück. Ich nannte sie damals gleich so, weil sie unvoreingenommen waren. Aber im ganzen war die Berlin-Brandenburgische Landeskirche in der DDR eine Institution, die sich als Statthalter des Westens im Sozialismus verstand. Sie amtierte ‹gesamtdeutsch›, wie im Wartestand. Dieselben Leute, die noch kurz zuvor die westlichen Demokratien mit ihrem Liberalismus verächtlich gemacht hatten – darauf stieß ich in manchen Aufzeichnungen –, konnten sich nun nicht genug hervortun, um sie als *den* Maßstab zu verkünden, das einzige, was für sie zählte. Für sie war ich bald der ‹rote Vikar›, und als ich Pfarrer wurde, hörte bei einigen im Konvent und auch in unserem Kirchenvorstand mir gegenüber jede Höflichkeit auf.»

«So hab ich mir das gedacht», sagte Gertrud. Sie schien darüber Genugtuung zu empfinden.

«Die alten Gegensätze zwischen Deutschen Christen und Bekennender Kirche mit ihren Flügeln brachen wieder auf. Aber die Menschen in der Gemeinde ließen mich spüren, daß ich gebraucht wurde, wenn es auch wenige waren. Was ich schlimm fand, war die Art und Weise, wie wir von der Kirche in der Bundesrepublik finanziell abhängig blieben und damit natürlich auch sonst. Es gab Quellen in Westberlin, immer mal wieder fuhr unser Verwaltungsmann hin und kam mit neuen Geldscheinen zurück. Ich hab mich dagegen gesträubt, daß wir uns am Schwarzumtausch beteiligten, aber das wurde fast offiziell so gehandhabt. Erst jetzt ist das anders geworden.»

Das war ein Stichwort für Johannes. «Wenigstens haben wir die Trennung von Kirche und Staat gleich zu Anfang verwirklicht. Niemand treibt bei uns den Kirchen von Staats wegen das Geld ein.»

Cordt nickte ihm zu. «Aber Dibelius tat so, als könnte man die alte Obrigkeit aus Thron und Altar wiederherstellen – im neuen Bündnis zwischen Kanzler und Kanzel. Er war unser Bischof und war's auch im Westen. Ich war von all dem weit weg, war durch Karl Barth geprägt, durch die Bruderschaften und beeindruckt von dem, was Dietrich Bonhoeffer hinterlassen hatte und was Martin Niemöller sagte. In Göttingen war Hans Joachim Iwand mein Lehrer, er war radikal in der Bekennenden Kirche gewesen, von den Nazis ausgewiesen, Reichsverbot erhielt er und lehrte in Riga. Er starb vor zwei Jahren, ich bewunderte ihn, er war der beste Luther-Kenner der Neuzeit, völlig firm im deutschen Idealismus und den Irrwegen von dort bis zur Kirche und ihrem Versagen im Faschismus. Iwand war ein frommer Mann, auch einer, von dem man sagen konnte, daß er gütig war, und er setzte sich dagegen zur Wehr, wie die Amtskirche nach 1945 großenteils die politische Restauration im Westen mitmachte – das trug ihm Feinde ein. Er war es, der mich im Herbst zweiundfünfzig in die Verhandlungen zur Gründung der GVP Gustav Heinemanns brachte.»

«Einmal hab ich ihn gehört», sagte Lisa, «als ich Jonas in Göttingen besuchte, vor deiner Zeit. Er war ein Magnet, nicht nur für Theologiestudenten.»

Jonas erinnerte sich, wie sie nebeneinander im Hörsaal gesessen und Iwand gelauscht hatten, sie saugten auf, was er sagte. Für einen Moment leuchtete in ihm die Begeisterung wieder auf, mit der Lisa und er damals alles gehört, gelesen, diskutiert und in sich aufgenommen hatten, was nach dem Krieg auf sie einstürmte; sie lernten, so meinten sie, Humanität zum erstenmal. Und sie wurden sich klar, wie sehr sie vorher von dem Wissen und der Geschichte ausgeschlossen waren, die sie nun anders begriffen, so daß alles in ihnen neu entstand, ihre Gedanken und die Bilder, die sie von der Zukunft entwarfen, nicht träumerisch, sondern mit großem Ernst. Jonas wechselte einen Blick mit Lisa, er war sicher, daß sie sich jetzt mit ihm in Gedanken traf.

«In Luckau», erzählte Cordt, «war ich zuerst ziemlich auf mich gestellt. Aber bald kam ich in Kontakt mit der Brüdergemeine in Herrnhut, und von da aus tat sich mir eine Welt auf; sie hatten alte Verbindungen ins Böhmische und Tschechische, zu den Hussiten und ihrer Tradition – Hus war für seine Landsleute ein Spracherneuerer wie für uns Luther, so verschieden die Reformatoren sonst auftraten.»

Cordt griff zum Glas, er trank den Rest Wodka. «Auf diesem Weg lernte ich Josef Hromádka kennen, den tschechischen Theologen, er hatte während des Kriegs in Princeton gelehrt und war nach Prag zurückgekehrt – euch wird er kein Begriff sein.»

Als sie ihm das nur stumm bestätigten, versuchte Cordt, ihnen den Mann zu erklären. «Ein großer Kopf der tschechischen Brüderkirche, in der sich lutherisches und reformiertes Bekenntnis vereinigt haben, und sicher ist er ihr wichtigster Sprecher nach Westen. 1948, auf der ersten Tagung des Rates der Weltkirchen in Amsterdam, gab es zwischen ihm und John Foster Dulles ein Streitgespräch, das berühmt wurde. Dulles war noch nicht US-Außenminister, wurde aber von vielen schon so angesehen. Er setzte Christentum und Westen gleich. Hromádka warb um Verständnis für den Sozialismus, in dessen Grundidee er Übereinstimmungen mit dem Christentum sah. Darüber stritten sie, und die geistlichen Herren sollen je nach Herkunft schockiert und begeistert gewesen sein.»

Jonas kannte seinen Bruder nicht wieder, früher hatte er

nie erlebt, daß Cordt so auf sie einredete. Dieser sah von einem zum andern und streckte ihnen ein paarmal sogar die Hände über dem Tischtuch entgegen, als wollte er sie alle mit sich fortziehen – dahin, wo seine Erinnerung sich aufhielt, während er hier erzählte. «Zu meiner Zeit in der Bundesrepublik war Hromádka als Kommunist verschrien. Von ihm stammt der Satz: ‹Wo steht in der Heiligen Schrift geschrieben, daß alles bürgerlich sein muß, was christlich ist?› Als ich hierherkam, wußte ich hauptsächlich das von ihm, aber bald war er, wie vorher Iwand, für mich *der* Kopf, an dem ich mich orientierte, theologisch wie politisch. Die beiden waren sich sehr nahe, und als sie einander kennenlernten, wurden sie enge Freunde, sie arbeiteten gemeinsam in der Christlichen Friedenskonferenz. So hab ich sie vereint erlebt – auf der Versammlung von Kirchenleuten aus aller Welt, in Prag.»

«Ich verstehe, daß du dir vor allem von den Kirchen Aussöhnung erhoffst, Cordt», mischte sich jetzt Johannes ein, der ihm bisher nur aufmerksam zugehört hatte. «Aber die Kirchen können im Ost-West-Konflikt auch nicht aus ihren Schatten heraustreten. Ich glaube, du überschätzt ihre Wirkungsmöglichkeit, was die reale politische Macht anbelangt.» Er hielt die Arme weiter vor der Brust verschränkt, beugte sich nun aber vor, als wollte er Cordt so nah wie möglich kommen – der sah ihn voller Widerspruch an.

«Die Prager Friedensökumene war eine notwendige Antwort auf den kalten Krieg. Bisher hab ich dreimal an ihren Versammlungen teilgenommen, sie finden jedesmal in Prag statt. Was da für ein Geist weht und wie dort gesprochen wird! Das gibt es sonst nirgends zwischen Ost und West: Die Kirche ist der einzige Ort, an dem das heute noch möglich ist, der Ort, wo Amerikaner und Russen, Westdeutsche und Ostdeutsche, Engländer, Franzosen, Ungarn und Polen unvoreingenommen miteinander reden, dazu Afrikaner, Lateinamerikaner, Christen aus Asien. Und wenn einer den anderen ‹Bruder› nennt, empfinden sie auch so.»

«Schwestern nicht?» fragte Lisa.

«Doch, aber es sind bisher nur wenige Frauen darunter. Leider.»

«Ich hör davon zum erstenmal», wunderte sich Jonas.

«Sicher ist es gut, daß es diese Treffen gibt», wandte Johannes ein. «Aber sag mir mal konkret, was ihr erreicht. Was bewirken diejenigen, die daran teilnehmen, in ihren Ländern, wenn sie wieder nach Hause kommen?»

«Mußt du gleich vorzeigbare Ergebnisse haben? Ist Hoffnung nichts? Oder die Tatsache, daß sich geistig etwas bewegt! Wenigstens wird in Prag mit dem Berührungsverbot gebrochen. Der eiserne Vorhang öffnet sich ein Stück.»

«Aber die Kirchen bleiben eingebunden in die Machtverhältnisse ihrer Länder.» Johannes gab sich nicht zufrieden. «Im Westen wirst du von ihren Amtsträgern an der Spitze kaum ein Wort gegen die Rangordnung hören, die dort gilt. Und bei uns – muß ich dir sagen, wie sehr die Kirchen bei uns oder in der Sowjetunion in einer Randposition stehen?»

«Kirche in der DDR ist dringender als Kirche in der Bundesrepublik», Cordt sagte das so heftig, daß kein Zweifel blieb, wie wichtig ihm das war. «Wieso können wir nichts tun? Die Kirche ist der einzige große Zusammenhalt von Menschen, der bei uns unabhängig vom Staat besteht. Gerade deswegen haben wir erhebliche Möglichkeiten, wenn wir klug handeln. Ich persönlich erhoffe mir, daß wir in der Kirche lernen, auf die sozialistisch gedachte Gesellschaft zu antworten. In der Spanne zwischen Idee und Wirklichkeit liegt für uns ein Handlungsraum.»

«Wenn ihr euch in Prag trefft», fragte ihn Gertrud, «wie ist das zwischen Deutschen und Deutschen. Sind die anderen immer noch so überheblich?»

Jonas fühlte sich herausgefordert. «Ich seh schon, es ist leicht, sich mit euch auf Kritik am Westen zu einigen – Kritik am Osten, an der DDR, da schweigt ihr.»

Gertrud sah ihn an, als zweifle sie an der Möglichkeit einer Verständigung, aber während sie noch zu überlegen schien, was sie erwidern sollte, ging Cordt auf ihre Frage ein. «Jedesmal, wenn ich nach Prag komme, geh ich in die Pinkassynagoge – das ist die Gedenkstätte beim alten Judenfriedhof. Die jüdische Bevölkerung wurde unter der deutschen Besatzung fast ausgelöscht. Die Namen der Opfer sind da an die Wand geschrieben. Mit den Westdeutschen gab es das letztemal darum Streit.»

Cordt vergewisserte sich mit einem Blick, ob die anderen das auch hören wollten, doch sie schwiegen und warteten. «Ich weiß nicht, wer die Idee zuerst aufgebracht hatte, jedenfalls war angeregt worden, daß die Westdeutschen und die Ostdeutschen gemeinsam einen Kranz an der jüdischen Gedenkstätte niederlegen sollten. Darin wurden wir uns auch bald einig, nicht aber in einem anderen Punkt: Wir aus der DDR hatten vorgeschlagen, daß als zweites dazu auch eine gemeinsame Erklärung gehören sollte, die Schritte zur Entspannung zwischen den beiden deutschen Staaten empfahl – nach westlicher Meinung gab es aber nur *einen* deutschen Staat.»

«Natürlich!» sagte Gertrud.

«Der Text griff eine Formulierung auf, die Walter Ulbricht unlängst gebraucht hatte. Als einige aus der Bundesrepublik das bemerkten, saßen sie wie eingeeist. Andere versuchten zu vermitteln, aber sie fanden kein Gehör. Die Westdeutschen zogen sich zurück und berieten. Als sie wieder im Sitzungsraum erschienen, sagte einer ihrer Sprecher: ‹Nein.› Nun ergriffen auch einige unserer Delegierten Partei, darunter ich. Wenn nicht der zweite Vorschlag angenommen wird, fand ich, so bietet der erste ein schlechtes Alibi. Ohne Lösung trennten wir uns.»

«Es ist dafür gesorgt, daß wir Deutschen auf internationalen Konferenzen allen anderen Nationen Schwierigkeiten machen», sagte Johannes. «Aber wie war das innerhalb der Gruppe aus der Bundesrepublik? Die waren doch bestimmt nicht alle einer Meinung.»

«Natürlich nicht. Manche wollten gern mitmachen, das sagten sie uns später.» Cordt brach das Thema ab. Er wandte sich wieder an Lisa und Jonas. «Jetzt reden wir von uns. Was wissen wir voneinander? Ihr müßt eben wirklich mal kommen, aber dann bitte nicht nur für zwei Tage – die reichen uns nie.»

Der späte Nachmittag sank in den Raum. Jonas sah die Lichtstreifen, die von der Parkseite im Türausschnitt durch das angrenzende Zimmer fielen, sie schienen jetzt auf den Baumkronen zu liegen und brachten Schatten mit. In ihrer Runde wechselte die Kaffeetafel mit dem Abendgedeck, während sie sitzen blieben. Gertrud war ein paarmal hinausgegangen und mit Platten wiedergekehrt, die sie beladen hatte, als wollte sie vorführen, was es in der DDR alles gab. Für die Frauen kam vom Wein aus Sofia die nächste Flasche auf den Tisch, die Männer tranken jetzt Bier. Jonas spürte, wie seine Anspannung nachließ und ihm die Glieder schwer wurden. Neben ihm war Renates Stuhl noch leer, auch da hatte Gertrud einen anderen Teller gedeckt. So saßen sie und ließen den Tag vergehen. Jonas dachte: Wir probieren unsere Muttersprache aus. Als die Reihe wieder einmal an ihm war, berichtete er von seiner Schule.

«Weißt du was von Bitterfeld?» fragte ihn Gertrud. «Als Deutschlehrer solltest du eine Ahnung davon haben!»

Er fand, das klang ein bißchen streng, sie war doch nicht seine Direktorin, aber er antwortete ruhig: «Das Industriegebiet haben wir auf der Herfahrt liegen sehen. Über die Bitterfelder Konferenz haben unsere Zeitungen einiges gebracht. Was ist daraus geworden?»

«Es geht in erster Linie gar nicht um die Schriftsteller, die sich da getroffen haben», sagte Cordt, «jedenfalls nicht in meinen Augen. Der Bitterfelder Weg ist ein Programm, und das ist für viele zu einer Hoffnung geworden, auch für mich.»

Jonas sah wieder die Rauchzeichen rechts der Autobahn, zwischen den Abfahrten zur Parallelstrecke, die von Delitzsch über Bitterfeld nach Wolfen und Raguhn verlief – dahin durften sie nicht abbiegen, sie waren im Transit. Er hatte sich das auf der Karte angesehen, während Lisa dies Stück fuhr. Das Bild der Schlote fiel ihm wieder ein, die Schnüre aus Qualm in

Windrichtung wehen ließen und bis zum Horizont eine Schleppe auslegten. «Ein paar Namen kenne ich, einige Titel, nicht viele», sagte er. «Es ist wohl auch erst ein Anfang.»

«Das will ich meinen», sagte Cordt, während Johannes sich nicht am Gespräch beteiligte, er saß jetzt in sich gekehrt. Auf einmal spürte Jonas wieder den Druck im Nacken, den er an der Grenze empfunden hatte, als müsse er sich ducken. Lisa war es viel heftiger so ergangen, er konnte sehen, wie sie auf dem Beifahrersitz kauerte und immer mehr in sich zusammensank. Oft reagierte sie so, wenn in ihrer Nähe etwas geschah, was sie weder aushalten noch ändern konnte, so daß sie stumm wurde.

Sie bemühten sich beide, die Kinder nicht merken zu lassen, was in ihnen vorging. Unter dem Wagendach saßen sie, hinter den Scheiben, eng alle vier zwischen Mänteln, Taschen und Decken, die Lisa um sie herum verstaut hatte. Nur Jonas hatte sein Fenster heruntergekurbelt, er reichte die Pässe hinaus. Schrittweise hatten sie sich eingereiht hinter Nummernschildern aus Zürich, München und Nürnberg, Wien oder Westberlin. Stoßstange an Stoßstange im Geschiebe aus Blech, Motorvibrieren und Auspuffqualm.

«Warum dauert es so lange?» fragte Valentin. «Nach Italien geht es viel schneller.»

«Das ist noch vom Krieg», sagte Jonas, er spürte, daß es ihm unmöglich war, seinen Kindern zu erklären, was die Erwachsenen angerichtet hatten.

Der Grenzer verglich die Paßbilder mit den Gesichtern und nickte, er gab die Papiere zurück und winkte sie auf der Transitspur durch. Nebenan war die Zufahrt zur Einreise in die DDR, da standen sie lange, Koffer wurden ausgepackt. Jonas trat aufs Gas, er fuhr mit der Kolonne an, sie holperten über Schlaglöcher. Lisa und er sprachen ablenkend mit Valentin und Tönnies, aber der rief: «Guckt mal den Turm!» Da sahen sie alle die Ferngläser, die von oben unter Mützenschirmen auf sie herabäugten, in den Linsen spiegelte sich das Licht. Bei Hirschberg kreuzten sie das Niemandsland, fuhren vorbei an gerodeten Streifen, an Gräben und Zäunen, spanischen Reitern und Stacheldraht.

Von Hof kommend, fuhren sie Richtung Hermsdorfer Kreuz. Es war ihr erster Wagen, ein gebrauchter VW, milchkaffeebraun, Jonas hatte ihn vor zwei Jahren billig erstanden. Winker hatte er noch und keine Scheibenwaschanlage, darum nahm er über Land die Wasserflasche mit. Die Jungen hatten Platz auf der Sitzbank vor dem Heckmotor, der den Käfer lärmend auf den großen Rädern trieb. Wenn Jonas schneller als hundert fuhr, konnten sie sich nur rufend verständigen; hier war das ohnehin nicht erlaubt.

Als die Warnschilder, die Postenhäuser und tagtote Scheinwerfer hinter ihnen lagen, atmeten sie auf. Lisa stopfte sie erst einmal mit Broten voll, sie pellte Eier. «Wollt ihr noch Saft?» Während sie sich zu den Kindern umdrehte und aus dem Butterbrotpapier auf ihrem Schoß mehr als genug verteilte, folgte Jonas einem Omnibus, im Rückspiegel sah er Pkws, Lkws. Allmählich kamen aus den Zufahrten Wagen mit DDR-Kennzeichen hinzu, Wartburg, und Trabants, ab und zu ein sowjetischer Wolga. Sie sahen in den anderen Fahrzeugen Familien oder einzelne sitzen, Schultern und Köpfe. Nachdem sie die Autobahn Leipzig–Halle unterquert hatten, nahm der Verkehr noch einmal zu. An einem Halteplatz wechselte Lisa ans Steuer, und bald tauchten die Schlote von Bitterfeld auf.

Bitterfeld, dachte er im Vorüberfahren, was ihm dazu einfiel, war dies: Im April 1959 hatte in der Kulturhalle des Elektrochemischen Kombinats die Tagung von einhundertfünfzig Schriftstellern und doppelt soviel schreibenden Arbeitern stattgefunden. Seitdem gingen Schlagworte, aber auch neue Begriffe um: *Kumpel, greif zur Feder! Kunst hilft Kohle.* Planstellen für Schriftsteller in Betrieben wurden ausgeschrieben. *Den Gegensatz zwischen Kunst und Leben überwinden.* Das Thema Arbeitswelt wurde neu entdeckt, in Betrieben gab es Schreibwettbewerbe, und einige behaupteten sogar, in der DDR sollte eine *Literaturgesellschaft* entstehen. Jonas hatte Ausschnitte aus Zeitungen gesammelt, die darüber berichteten, und er zitierte vor seinen Schülerinnen einige Artikel aus Zeitschriften, die sich gründlicher damit befaßten, wie er immer versuchte, in den Deutschunterricht einzubeziehen, was gegenwärtig mit der Literatur und ihren Autoren geschah.

«Ein Stück Kulturrevolution», sagte Cordt. «Auf einmal hörte man überall etwas vom Bitterfelder Weg. Literatur wurde zum ‹Lebensmittel›, hieß es – na, das war natürlich eine dieser Übertreibungen», er machte mit der rechten Hand eine Bewegung zum Kehlkopf, als wollte er etwas hinunterschlucken und müßte nachhelfen. Der Wirbel über seiner Stirn stand aufrecht, er sah skeptisch und durchdringend zu ihm herüber, Jonas konnte sich vorstellen, wie sein Bruder von der Kanzel herab sprach und seine Zuhörer manchmal im unklaren ließ, wie ernst er etwas meinte, doch er sagte ohne Umschweife: «Die Bitterfelder Konferenz hat die Stimmung in der DDR verändert.»

«Wenn so etwas bei uns geschieht», ergänzte Gertrud, «dann befassen sich eben nicht nur der Schriftstellerkongreß und die Kulturkommission damit, sondern auch das Zentralkomitee, und das ist nicht nur immer alles ‹gelenkt›, wie es bei euch heißt.» Sie sah Jonas an, und er dachte: Warum verteidigt sie sich? Ich habe doch gar nichts eingewendet.

Während er sich vornahm, darüber nachzudenken, erklärte Cordt: «Es gibt einen Ausspruch, den Ulbricht in Bitterfeld getan hat, der machte die Runde – wenn ich mich nicht täusche, hat er etwa dies gesagt: Die Partei, die für den Fortschritt steht und soviel Neues geschaffen hat, diese Partei sollte etwas dagegen haben, daß in unserer Literatur Konflikte ausgetragen werden, wie sie im Alltag die Regel sind? Das wäre ein Widerspruch in sich. Es ist gut, daß er das gesagt hat, denn darauf kann man sich immer wieder berufen.»

«Ich glaube, die Menschen reagieren bei uns auf solche Zeichen anders als bei euch», sagte Gertrud, «sie sind politischer, sie lesen und hören genauer...»

«…zwischen den Zeilen», warf Cordt ein, und Jonas dachte, daß die meisten in Westdeutschland überhaupt jeden Vergleich weit von sich weisen würden.

Transit. Nicht stehenbleiben, außer auf den abgesonderten Rastplätzen für Westpassanten. Keine Berührung mit den Anwohnern – *no fraternization*, so hieß das nach dem Krieg in der amerikanischen Zone. Auf der ganzen Strecke hatte Jonas das Gefühl, daß er sie durchbringen müsse, die Kinder, Lisa und sich. Sie brauchten länger, als er gerechnet hatte. In einer Baracke tranken sie Tee, die Jungen Apfelsaft. Hier war die Trennung aufgehoben, aber man redete nicht miteinander. Jonas stand an der Theke, er las die Preise, die angeschrieben waren, sie kamen ihm vor wie im Westen gleich nach der Währungsreform, aber er wußte nicht, was einer hier verdiente. Die Münzen wogen leicht in seiner Hand, wie die flachen Knöpfe aus dem Flohspiel, das Valentin und Tönnies so gern mit ihnen spielten – sie schnippten auf einer Decke die roten, gelben und blauen Knöpfe in die Büchse. Er gab jedem der beiden einen DDR-Pfennig, und sie steckten ihn in die Hosentasche. Jonas meinte, daß er von jedem einzelnen in der Raststätte sagen konnte, ob er nach West oder Ost gehörte, er sah es nicht nur an der Kleidung, mehr noch in den Gesichtern.

Als sie den Berliner Ring erreichten, dämmerte es. Auf der Transitbahn wurden sie vom Verkehr nach Berlin, der Hauptstadt der DDR, wie es beschildert war, getrennt und rollten wieder über die doppelte Grenze, am Westsektor wurden sie gleich durchgewinkt. Ein Gewitterregen war gefallen, der Asphalt glänzte. Sie fuhren in die erleuchtete Stadt, alles glitzerte von Chrom, Lack und Reklamen.

«Wir haben Spielraum gewonnen», sagte Cordt. «Nicht nur im Denken, sondern konkret im Handeln, es wurde auch Zeit.»

Es klingelte, Gertrud ging hinaus, sie kam gleich darauf mit Renate herein. Der Raum veränderte sich, als sie eintrat. Jonas und Cordt standen vor ihrer Kusine auf. Sie war Medizinstudentin, eine Einundzwanzigjährige, die ihrem Vater einen Kuß auf die Stirn gab, Lisa im Begrüßen genau betrachtete und ihren Vettern die Hand gab, als wären die außer Konkurrenz. Während sie sich setzte und gleich nach dem Brotkorb griff, den ihre Mutter ihr reichte, konnte Jonas mit den Augen von ihrem Vater nicht loskommen, dessen Gesicht ein Spiegel wurde. Jetzt war nichts mehr an ihm abwesend, die Gestalt straffte sich, er setzte sich gerade hin. Johannes schaute unverwandt zu ihr, und es trat eine Freude in seine Züge, die ihn jünger machte, sein Gesicht wurde heller, wie von innen her, er war ungeschützt in den Anblick versunken, für ihn schien es nichts Wichtigeres zu geben, als dieser jungen Frau zuzusehen. Es war, als staunte er, daß sie seine Tochter war. Jonas beneidete ihn in Gedanken. Als er sich Renate zuwandte, fand er sie sehr blond, sie trug das Haar lang und offen, es war vom Waschen gewellt und fiel zu beiden Seiten auf den Rücken herab, dazwischen war ihr Gesicht, schmal und so ausschließlich mädchenhaft, daß Jonas auf der Stelle spürte, wie er wehrlos wurde.

«Was bedeutet für dich der Bitterfelder Weg?» fragte er sie unvermittelt.

«Wir haben gerade darüber gesprochen», erklärte ihre Mutter.

Renate zögerte keinen Augenblick. «Ich finde es toll, daß eine Autorin, die ich sehr mag, Brigitte Reimann, ins Kombinat ‹Schwarze Pumpe› nach Hoyerswerda geht, um in einer Brigade zu arbeiten und darüber zu schreiben. Und sie tut es nicht zu Besuch, sondern will lange da mit ihnen leben.»

Sophie hat geholfen

Jonas hatte einen Traum, er träumte ihn in Farben und mit Titel. Lisa und Jonas waren zu Gast in einem alten Palast. Sie wurden von Chinesen empfangen, die in vielen Verbeugungen vor ihnen wippten, sie alle trugen Seidengewänder mit Perlenstickerei. Man geleitete sie zu einem Baldachinbett, das groß wie eine Dschunke war und angefüllt mit prächtigen Seidenkissen. Kaum saßen sie beide dort im Buddhasitz, wurde ihnen in Schalen grüner Tee gereicht. Lisa wie er blickten zur gegenüberliegenden Wand, als wüßten sie, was sich ereignen sollte, und nach einer Weile öffnete sich da ein rubinroter Vorhang. Was dahinter zum Vorschein kam, erschien ihm wie ein Weltwunder. Eine dunkle Stimme sagte aus dem Hintergrund: «Chinese Movie.»

Falte für Falte wehte in ganzer Breite der Bühne weiße Seide wie Rahsegel von einem Mast herab. In jeder Stofftasche, die sich bildete und nach unten enthüllt wurde, stellten buntgekleidete Puppen mit schwarzen strengen Frisuren Szenenfolgen dar. Jedesmal setzte sich ein Bildabschnitt, der herabsank, im folgenden Streifen fort – acht Bahnen waren es von oben nach unten. War das unterste Bild aus der herabfallenden Stofftasche entstanden, wurde von der Spitze eine neue Seidenbahn mit ebensoviel Gestalten niedergesenkt, und die an Deck angekommen waren, verschwanden im Schiffsbauch. Schicht um Schicht entwickelte sich vor ihnen in der Tiefe und Breite die Vorführung aus Seide und Porzellan. Jonas spürte in sich eine Helle, die wie Musik war, und er sah, wie sich die Puppen im Wechsel gruppierten, einige saßen, andere standen, sie folgten rascher aufeinander, als sein Auge sie trennen konnte, so war alles im Fluß.

Auf einmal bemerkte er, daß Lisa nicht mehr neben ihm war. Erstaunlicherweise empfand er keine Unruhe deswegen, aber sie fehlte ihm. Der Raum war ein Saal, mit Brokat gepolstert, der Stoff schimmerte im Halbdunkel, während die Seidensegel und die Puppen auf der Bühne in ein Lichtermeer getaucht waren. Obwohl Jonas Lisa vermißte, breitete sie in ihm ein Wohlgefühl aus, er spürte eine Heiterkeit, die sich in ihm ausdehnte, und er wünschte sich, daß es lange so bliebe. Er wurde auch nicht in Angst versetzt, als direkt vor ihm der Kopf eines alten Chinesen auftauchte, der ihm bedeutete, er solle den Mund öffnen. Jonas zögerte, doch dann traute er dem Alten. Der Chinese begann, ihm den Rachen zu punktieren. Während er noch darüber staunte, mit welchem Geschick der Alte goldene Nadeln in seine Kehle führte, ohne ihm den geringsten Schmerz zu bereiten, zog sich der Kopf wieder von ihm zurück. Er flog fort, war nun ohne Körper und rollte wie der Vollmond über den Schiffsrumpf. Eine Weile konnte Jonas ihn zwischen den Segeln nicht mehr sehen, und als er ihn wiederentdeckte, hatte der Kopf den Bug erreicht, da wurde er wie von unsichtbaren Händen angehalten und verwandelte sich in das Haupt der Galionsfigur, die weiblich war. Über den weißen Brüsten erschien Jonas das Antlitz entrückt und streng, eine Pagodenfigur, und er sah, wie die Nase golden leuchtete – da wußte er plötzlich, daß es der Bronzekopf der Sophie Scholl aus seiner Schule war.

Jonas wachte auf, es war noch dunkel. Während er sich auf den Traum besann und sich erst allmählich wieder in seiner Umgebung zurechtfand, hörte er, wie sich Lisa nebenan umdrehte und tief atmete, sie lag in ihrem Zimmer, die Tür zwischen ihnen war geöffnet. Auf dem Leuchtzifferblatt seiner Armbanduhr konnte er erkennen, daß es ein Viertel nach sechs Uhr war. Er mußte bald aufstehen, doch er nahm sein Kopfkissen, ging zu Lisa hinüber und legte sich neben sie. Sie drehte sich schlafend ihm entgegen und lehnte den Kopf an seine Schulter, so hielt er sie bei sich, und während er sich noch aus seinem Traum löste, fiel ihm alles wieder ein.

Lisa, glaubte er, war ihm abhanden gekommen, zumindest ein Stück, doch sie beteuerte, daß es nicht so war, und erwartete von ihm, er sollte einsehen, daß er sich irrte. Er hielt sich an die Tatsachen. Je nachdem, in welcher Stimmung er sich befand, konnte er sich damit abfinden, oder er wollte alles andere als das. Jonas war noch nicht soweit, daß er sich zugab, wie unsicher ihn Lisas Bitte gemacht hatte. Im

Grunde war das alles eher komisch als traurig, aber wie so oft konnte er sich nicht entschließen, wie er es betrachten sollte. Äußerlich nachprüfbar war dies geschehen: Lisa und er hatten ihre Doppelcouch auseinandergenommen, sie war geblieben, und er war mit seinem Teil ins Nebenzimmer gezogen, wo auch sein Schreibtisch stand.

Bisher hatten sie immer nur nebeneinander geschlafen, für Jonas war das so selbstverständlich gewesen wie daß er Lisa liebte, aber nun verlangte sie von ihm das. In einem wichtigen Punkt, der sie beide betraf, wünschte seine Frau das Gegenteil von dem, was er sich wünschte. Das mußte er einsehen, so schwer es ihm fiel. Jonas gab nach, weil er wußte, daß er nichts anderes tun konnte. Er durfte Lisa nicht zwingen, aber er fühlte sich gezwungen, das blieb sein Widerspruch.

Er dachte daran, wie das Möbel einige Monate nach ihrer Hochzeit bei ihnen eingetroffen war, Lisas Eltern hatten es ihnen geschenkt. In mehreren Kisten und einem Bretterkäfig wurden die einzelnen Stücke von einem Spediteur angeliefert. Der Mann lehnte sie nur im Hauseingang an die Wand und ließ sich die Fracht quittieren. Jonas holte Hammer und Zange, er riß Nägel heraus und zerrte an den Leisten. «Bitte, sieh dich vor», sagte Lisa, «du machst noch die Polster kaputt!» Gemeinsam hatten sie das Gestell mit dem Bettkasten, den Ausziehteil und die Polsterkissen hinaufgetragen und ein Fest daraus gemacht, daß sie ihr Bett zusammensetzten. Bis dahin hatten sie nur für Lisa ein Feldbett aus US-Bestand, Jonas schlief mit Decken auf dem Fußboden. Als sie fertig waren und Laken spannten, umarmten sie einander, sie fielen quer über die Errungenschaft und kümmerten sich nicht mehr um diesen Tag.

Auf der Doppelcouch hatte Jonas so viele Nächte neben seiner Frau verbracht, daß er sich nicht davon trennen mochte, auch als sie mehr Platz hatten und andere Möbel kauften. Da hatten sie gelegen, fast immer waren sie beide gesund gewesen, nur einmal wurde er schwer krank, als er den Blinddarmdurchbruch bekam und Lisa ihn ins Krankenhaus brachte, sieben Wochen blieb er da. Nach jedem Umzug hatte es eine Weile gedauert, bis die Maße ihres neuen Zimmers ihnen vertraut wurden. Oft hatten sie die Räume gewechselt, nicht freiwillig, sondern notgedrungen, lange hausten sie nur in Untermiete, der immer neue Ausblick von ihrem Lager war ihnen vorübergehend vertraut geworden. Auch als sie zum erstenmal eine richtige Wohnung bezogen, wollten sie kein Schlafzimmer, darin waren sie sich einig, tags war die Couch ein Sitzmöbel, oft saß da Besuch. Nachts lagen sie darauf, liebten sich, waren zart, konnten voneinander nicht loskommen, viel weniger als am ersten Tag. Die Kinder hatte er in ihrem Leib gespürt und es beibehalten, daß er die Hand dahin legte. Unter der Lampe lasen sie halbe Nächte und fanden kein Ende, wenn sie sprachen. Sie hatten gelacht und oft auch gestritten, vierzehn Jahre waren sie dabei älter geworden, und Jonas meinte, daß sie noch immer jung waren.

Vor wenigen Wochen hatte Lisa begonnen, davon zu sprechen, daß sie ihren eigenen Raum brauchte. Sie fing es vorsichtig an, aber er wurde gleich heftig. «Nicht, wie du meinst», sie hatte ihn bittend angesehen, «versteh mich doch nicht falsch. Ich kann nur nicht schlafen, wenn du quer liegst, überhaupt, du brauchst soviel Platz.» Er fühlte sich zurückgesetzt, er war gekränkt.

«Jonas», sagte Lisa, «ich bitte dich wirklich, mach nicht etwas daraus, was nicht stimmt», und sie nahm ihn in die Arme, aber er guckte trotzig über ihre Schulter, zum Fenster hinaus, nein, er war jetzt nicht ihrer Meinung, da konnte sie machen, was sie wollte. Was stand nicht alles für ihn auf dem Spiel!

Jonas hatte lebenslängliche Vorstellungen, soviel Gewohnheit wirkte in ihm mit und was ihm beigebracht worden war, das Bett seiner Eltern ragte durch sein Bewußtsein und selbst noch einige Verästelungen biblischer Sitten eherner Vorfahren, die danach gelebt hatten, daß Ehepaare zusammengehörten, auf Gedeih und Verderb, in jene Kissenlandschaften, in denen gezeugt, geboren, gestorben wurde. Spätestens als er sich in seinen Gedanken dahin verirrte, mußte er sich eingestehen, wie sehr er aus der Zeit geraten war. Plötzlich fand er das lächerlich, sich töricht dazu, aber das machte die Sache auch nicht besser, denn er konnte nicht hindern, daß ihm so vieles durcheinandergeriet. Zuerst zählte für ihn ihr eigener Anfang, und der war so gewesen, daß er sich darauf verlassen konnte: Es sollte bleiben, wie es war. Nun kam Lisa und wollte es anders. Das war keine Kleinigkeit, Jonas bezog alles auf sich.

Auf einmal empfand er es so, daß sie ihn viel bürgerlicher hinstellte, als er war – warum bildete er sich auch das noch ein? Aber er war mit sich schon so im unreinen, daß er alles zusammenmengte, zum Beispiel auch seinen Vorwurf, daß Lisa ihm manchmal vor anderen Vorhaltungen machte, das sollte sie bleibenlassen, oder daß sie, was doch Männersache war, ihren Hochzeitstag vergaß, sie tat es so beharrlich, daß er ihr einmal, als er wieder mit Blumen kam und sie aus allen Wolken fiel, scherzhaft sagte, nun werde er auch nicht mehr daran denken.

«Sieh doch», sagte sie, «es ist viel schöner, wenn nicht alles selbstverständlich wird.»

«Was bedeutet denn das! Soll ich in Zukunft bei dir anklopfen?» Schon während ihm das herausrutschte, fühlte er sich elend, weil er genau die Dummheit hervorbrachte, mit der einer sich nur selber Leid antat. Aber nun war Vernunft für ihn so fern wie der Jüngste Tag, und weil er sich einmal so hineingeritten hatte, platzte er mit lauter ungeklärten Empfindungen heraus, die er Lisa entgegenschrie, er schrie sich ins Unrecht und wußte später selbst nicht mehr, was er ihr alles an den Kopf geworfen hatte.

«Du bist kindisch», sagte sie und ließ ihn in seiner Schwäche stehen, wenigstens darüber täuschte er sich nicht.

Seine Frau wurde still, einige Tage berührte sie das Thema nicht, aber sie wäre nicht Lisa gewesen, wenn sie nicht darauf zurückgekommen wäre und ihre Absicht in einem seiner milden Augenblicke durchgesetzt hätte. Für sie ging es um etwas, was unbedingt notwendig war. Jonas hatte letztzten Endes immer ein Einsehen, er brauchte nur Zeit.

Eines Nachts, nachdem sie sich Zimmer an Zimmer bei geöffneter Tür eingerichtet hatten, auf Zuruf erreichbar, lag er wach und hörte Lisa atmen. Da auf einmal war er es zufrieden, und es kehrte Ruhe in ihn ein. Ihm wurde bewußt, wie er sich selber veränderte. Immer mehr wurden die Nächte seine Zeit. Lisa brauchte viel Schlaf, Jonas lag oft wach, manchmal überlegte er dann, wie sie bis hierher gekommen waren. Die Kinder, Lisa und er waren unter einem Dach, das war gut, und Jonas war dankbar, daß sie gesund waren und daß es eine Zeit war, in der man sie in Frieden leben ließ.

Jetzt wurde Lisa in seinen Armen wach, er küßte sie aufs Haar. Als sie sich an ihn schmiegte, war er nur zärtlich gestimmt, doch sein Körper wollte davon nichts wissen. Jonas spürte, wie sich eigensinnig ein Verlangen rührte, das nun wirklich keinen Sinn ergab, denn er mußte zum Unterricht. Er lehnte bei sich die Verantwortung für diese Zudringlichkeit ab, von der Lisa etwas merken mußte. Also drehte er sich zur Seite und gab einen jener knurrenden Laute von sich, mit denen er ihr manchmal mitzuteilen versuchte, daß er das nicht ändern konnte, Willkür war es, Biologie ohne sein Mittun. Auch langjährige Ehe, fand er, schützte nicht vor gelegentlicher Schweigsamkeit in diesem Punkt. Lisa schien zu begreifen. «Mein Lieber», sagte sie. Jonas stand auf, um Kaffee zu machen. Als das Wasser kochte, kamen Lisa und die Jungen in die Küche. «Hoffentlich habt ihr gut geschlafen!» sagte er.

An diesem Morgen ging Jonas wie meist den Weg zu Fuß, es war nicht weit von der Destouchesstraße zur Karl-Theodor-Straße bis auf Höhe des Luitpold-Parks. Ende November war es und noch so dunkel, daß die Autofahrer fast alle mit Licht fuhren, wenn auch die Straßenbeleuchtung schon gelöscht war. Über Nacht hatte es geregnet, und auch jetzt war die Luft noch so feucht, daß er winzige Wasserperlen im Gesicht spürte. Verwehte Blätter klebten am Rinnstein, die Wolkendecke hing so niedrig, als sei sie aus den Schornsteinen hervorgequollen. Jonas schritt aus, er atmete die kalte Luft und dachte, daß es wohl bald schneien würde. Sonst war er in Gedanken noch halb in der Wohnung, aber auch schon in der Schule. An Lisa dachte er, seine unbedingte Frau. An Valentin, der nun Stimmbruch bekam und sie manchmal zum Lachen brachte, wenn seine Kehllaute sich überschlugen. Er schloß sich nicht leicht an Gleichaltrige an, war viel allein und las. Als sie ihn im Sommer mit einer Jugendgruppe auf eine Berghütte geschickt hatten, war er da ausgerückt und per Anhalter zu Lisas Eltern nach Braunschweig gefahren, die ihn bedauerten und verwöhnten. An Tönnies dachte er, der so an Lisa hing und sie an ihm, als seien sie beide auf einen Ton gestimmt. Sie musizierten oft miteinander, Lisa spielte auf dem alten Klavier, das sie angeschafft hatten, nun erfüllte es unter Lisas Händen nicht nur ihre Wohnung, sondern auch das Haus bis hinunter zur Straße mit seinen Klängen. Jonas hörte das oft, wenn er nach Hause kam.

Tönnies hatte seit vier Jahren Geigenunterricht bei einer Lehrerin, die ihn rasch voranbrachte, er übte auf der Dreiviertelgeige, die sein Urgroßvater, der Dorfkantor, einst für seinen Ältesten gebaut hatte, und war, behauptete Lisa, unter den Ristenparts jetzt der musikalischste. Valentin spielte Cello, Jonas hatte immer den Eindruck, daß er das nur widerstrebend tat, dabei konnte er es recht gut, jedenfalls entließ seine Mutter ihn nicht aus dem Trio. Zum Siebzigsten hatten sie im Juli Großvater Marahrens mit Haydn und Mozart gratuliert, Jonas hatte sie in den Räumen seiner Schwiegereltern alle ausgiebig fotografiert, und wenn sein Vater im Dezember siebzig wurde, wollten sie in Tübingen ein Gleiches tun. Jonas hatte es gern, wenn seine Familie musizierte, aber er beteiligte sich höchstens mit dem Umblättern der Noten daran.

«Passen Sie doch auf!» herrschte ihn ein Passant an, der gerade den Regenschirm aufspannte, denn es tropfte wieder aus dem grauen Himmel herab. Oft erging es Jonas so, daß er vor lauter Gedanken den Blick für das Nächstliegende verlor. Er war in den anderen hineingerannt, entschuldigte sich auf der Stelle und gleich doppelt und überquerte die Belgradstraße. Seine Überlegungen griffen nun voraus in die Deutschstunde, die er vor sich hatte. Über Bitterfeld wollte er sprechen. Seit jenem Nachmittag bei Johannes und Gertrud am Treptower Park war ihm das wichtig geworden. Er war Betreuungslehrer der Schulbibliothek. Soweit ihm das möglich war, verfolgte er, was an neuen Büchern in der Deutschen Demokratischen Republik herauskam, und bestellte manchmal frühzeitig Exemplare über eine Versandbuchhandlung in Westberlin, die sich auf den Handel mit DDR-Verlagen spezialisiert hatte. Bücher waren drüben billig. So hatte Jonas auch von der Literatur des *Bitterfelder Wegs* besorgt, was er bekommen konnte.

Im Näherkommen sah er den Schuttberg, der längst bewachsen und ein Teil des Luitpold-Parks geworden war. Bald würden Kinder dort Abhänge hinabrodeln, unter denen soviel Trümmer aus dem zweiten Weltkrieg lagen, gewiß waren auch Gebeine darunter, die man nie aufgefunden hatte. Jonas benutzte nicht den Lehrereingang, sondern ging durch die Haupttür, weil ihm sein Traum wieder eingefallen war und er die Wirklichkeit wiedersehen wollte: In der Vorhalle begegnete er dem Bronzekopf der Sophie Scholl – nach ihr hieß das Gymnasium. Die Nase leuchtete wie die der Galionsfigur.

Auf dem Weg zum Lehrerzimmer beobachtete Jonas, wie einige der Schülerinnen, die hereinkamen, dicht an dem Kopf vorübergingen, die Tasche links nahmen und rechts mit einem kräftigen Strich die Nase wischten, manche betrachteten hinterher ihren Handballen, als wäre ihnen da etwas zugewachsen, was sie für den Tag brauchten. Der Kopf der Widerstandskämpferin war aus der Mauernische dunkel in den Raum gerichtet, nur die Nase schimmerte. Jonas sah die beschatteten, wie blinden Augen, es war ein Kopf, keine Büste, anders war es nicht denkbar. Er hatte Fotos von ihr gesehen und fand das Gesicht hier wieder, kenntlich und fremd, die Stirn, das kurze Haar. Zweiundzwanzig war sie gewesen, als sie enthauptet wurde.

Durch die Flügeltür strömten sie herein, Hunderte von Schülerinnen, die Halle war erfüllt von ihren Stimmen, ihrem Gekicher und Getrampel auf den Treppen. Unten neben dem Eingang holten sich viele von ihnen Stärkung: Groß und klein tat es, sie machten, gleich wenn sie eintraten, eine halbe Drehung, gingen zum Bronzekopf und berührten die Nase, die Kleinsten konnten kaum hinaufreichen, sie knicksten, bevor sie die Augen aufschlugen und die Hand ausstreckten.

«Warum macht ihr das?» hatte er sich zu Anfang erkundigt, als er gesehen hatte, daß auch zwei aus der Elften es taten, deren Klassenlehrer er damals war.

«Och, nur so», sagte die eine, die sonst nie auf den Mund gefallen war, aber jetzt hatte sie offensichtlich keine Lust, darüber zu sprechen.

«Ist es, weil sie politisch mutig war?»

«An Politik denke ich dabei überhaupt nicht zuerst», antwortete ihm die andere, eine Physikertochter, die manchmal ausgefallene Aufsätze schrieb, «aber stark – das war sie.»

Da sagte Jonas: «Sophie hat geholfen.» Er fühlte sich ernüchtert und zugleich katholisch gestimmt. Seit mehr als einem Dutzend Jahren lebte er in Bayern, doch der Katholizismus eröffnete sich immer neu für ihn.

Nun ging er der Frage erst richtig nach. Während Sophies Nase in der Halle von Monat zu Monat blanker wurde, fand er heraus, daß der Kopf für viele Schülerinnen wie ein Marterl war, der Ort, wo Dankgebete sich mit Fürbitten und Hoffnung mischten. Sophie war Schutzpatronin, ein Teil der Mädchen wandte sich an sie, wenn eine Schulaufgabe zu schreiben oder eine mündliche Prüfung zu bestehen war. Immer aber, zwischen Aberglauben, Scherz, Fürmöglichhalten und Tieferem, blieb um den Bronzekopf der Sophie Scholl diese stille Zone.

Jonas hängte seinen Mantel in den Garderobenschrank. Im Lehrerzimmer waren die meisten früher daran als er, er grüßte und erhielt Antwort, seine Mappe verstaute er im Fach und ergriff, was er als erstes brauchte. Dann ging er hinauf in den Ostflügel und dort den langen Gang entlang bis fast zum Ende. Die Schule war in Leichtbauweise mit Parterre und einem Oberstock als Karree errichtet, sie hatte einen Innenhof, in dem die Rasenfläche mit Büschen, Kiesweg und Brunnen einen Ruhepol bildete – dahinter schaute er, während er droben auf seine Klasse zuging, er hörte seinen Schritt und roch den Schulgeruch, der nicht mehr so muffig war wie zu seiner Schülerzeit: Er atmete die Heizungsluft hinter geschlossenen Fenstern und den Zitronenduft eines Reinigungsmittels. Als er den Klassenraum betrat, kam auf sein «Guten Morgen» eine gedehnte Erwiderung, keineswegs alle beteiligten sich daran. Jonas blickte in die Gesichter von Mädchen, die achtzehn oder neunzehn waren.

Draußen blieb es so grau, daß sie Licht brauchten. Die Morgenstunde schien ihnen allen noch in den Gliedern zu sitzen, und auch er fühlte sich auf einmal durch seinen Gang nicht erfrischt, sondern ermüdet, am liebsten hätte er sich auf eine Bank zwischen sie gesetzt und nur so mit ihnen geredet. Zugleich mußte er wieder an Lisa denken, er fragte sich, was sie im Augenblick wohl machte, wahrscheinlich saß sie noch im Bademantel unter der Küchenlampe und las die Zeitung oder löste das Kreuzworträtsel. Sie kam morgens schwer in Gang, aber dann hatte sie in einem fort zu tun bis zum Abend, es war nicht nur der Haushalt, sie machte Schulaufgaben mit den Kindern, übte mit ihnen und brachte sich selbst in der Musik voran. Diese Mädchen waren ganz anders, als Lisa es damals gewesen war, in ihrem Alter waren sie beide Soldaten gewesen, und sie hatten schon gewußt, daß sie heiraten würden. Nie konnte er von damals auf heute schließen.

Jonas nahm sich zusammen, er begann seine Doppelstunde. An jedem einzelnen Tag war das für ihn ein Angehen, er hing an seinem Beruf, aber mit der Erfahrung wurde der nicht einfacher. Jonas wußte, daß er nur lehren konnte, was er gelernt hatte, und das war ein niemals endender Prozeß. Wenn in ihm nichts vorging, ging auch nichts von ihm aus, er half sich dann mit Routine, doch er konnte kaum etwas vermitteln und hatte das Empfinden, seine Klasse im Stich zu lassen. Zum Glück gab es Zeiten, in denen er spürte, daß es anders war.

«Wer hat inzwischen Christa Wolfs ‹Geteilten Himmel› gelesen?» Es meldeten sich drei. «Claudia, wie war Ihr Eindruck, wollen Sie uns davon erzählen.»

Jonas legte den Lehrplan nicht allzu eng aus, wenn er auch bis zum Ende eines Schuljahres erreichen mußte, daß möglichst viele das Abfragbare wußten. Er drängte darauf, daß sie auch Neuerscheinungen lasen, er machte sie auf bestimmte Bücher aufmerksam, und sie teilten die untereinander auf. Wer von ihnen etwas Neues gelesen hatte, berichtete vor der Klasse, damit alle etwas mehr erfuhren.

Während Claudia die Geschichte der Werkstudentin Rita Seidel zusammenfaßte, deren Freund in den Westen geht und sie auffordert, nachzukommen, während Jonas ihr zuhörte und den Eindruck hatte, daß die meisten es taten, schweifte sein Blick durch die Reihen. Er mochte diese Klasse. Jonas gestand sich das nicht gern ein, aber jede Schulklasse hatte für ihn ihren eigenen Charakter, wie einzelne Schülerinnen. Es gab Klassen, in denen er nur mit Überwindung unterrichten konnte – dann versuchte er das zu *versachlichen*, so nannte er das bei sich. Mit dieser Dreizehnten war es auch früher für ihn nie so schwierig gewesen wie mit einigen anderen Klassen. In den drei Jahren, seit er die Mädchen kannte, waren sie immer mehr sein Gegenüber geworden, und er hoffte, daß das auch für sie galt. Jonas konnte zum Beispiel recht gut mit Zwölfjährigen umgehen, aber er freute sich auf eine Klasse, die er so weit begleitet hatte, und er fürchtete den Bruch, wenn sie fortgingen und er sie aus den Augen verlor.

Als die Schule gegründet wurde, hatten einige der Mädchen noch Petticoats getragen, das war vorbei. Jetzt trugen sie taillierte Konfektionskleider mit engen Röcken bis über die Knie oder Rock und Bluse, einige auch Kilt und Twinset. Fast alle hatten sie Frisuren mit kurzem Haar, gescheitelt, kraus oder im Pagenschnitt. Nur eine trug Blue jeans und einen Pulli, sie hatte ihr Haar zu einem Pferdeschwanz zusammengerafft. Jonas konnte sich noch erinnern, wie sie ausgesehen hatten, als die meisten zur Tanzstunde gingen.

«Was war für Sie das Wichtigste?» fragte er Claudia.

«Wie Rita den Westen sieht und daß sie freiwillig zurück über die Grenze geht.»

«Es ist auch die Geschichte einer Entzauberung», sagte Ingeborg, die in der hintersten Reihe saß und von dort manchmal Einwürfe machte, die dazu führten, daß die anderen sich zu ihr umdrehten. «Ihre Liebe hört auf, ehe der Himmel sich teilt.»

«Aber sie sagt doch: ‹Der Himmel teilt sich zuallererst!›» Das war Ulrike, die einen Verstand für Mathematik hatte und gern eingriff, wenn eine Ansicht ihr unlogisch vorkam. «Rita kommt wieder in ihre ‹rußerfüllte Stadt›, heißt es wörtlich – wie das meiste in der Geschichte ist das gewiß auch sinnbildlich gemeint.»

«Sicher», bestätigte Claudia, und sie diskutierten miteinander, wie Jonas sich das immer wünschte.

Er ging durch den Mittelgang bis zur Wand, da kehrte er um und hatte die Klasse nun anders herum vor sich. Einige saßen vorgebeugt, über ihre Schultern las er Bankinschriften, die mit Messern eingeritzt und mit Tinte oder Farbstiften ausgemalt waren: *Mischa, Mausi, Bussi, Nils.* Neben Ingeborgs Platz hing an der Fensterwand ein Zettel mit dem Satz: *Die Botschaft hör ich wohl, allein mir fehlt der Glaube.* Jonas mußte daran denken, daß es eine Zeit gegeben hatte, in der er sich nicht so weit unter die Schülerinnen gewagt hatte – damals stand er vor der Klasse und hielt Abstand. Nach dem Studium, als angehender Lehrer, geriet er mitunter ins Stottern. Für die Mädchen war es eine Kleinigkeit, ihn dahin zu bringen. Sie spielten dann mit ihm das Augenspiel: *den Referendar verwirren!* Es bestand darin, daß einige oder eine ganze Gruppe ihm so lange in die Augen sahen, bis er nicht mehr wußte, wohin er seine wenden sollte. Jonas war verheiratet, war Vater, aber was nutzte das! Er konnte noch rot werden wie ein Anfänger, und so jung sah er aus, daß viele ihn unter die Erstsemester rechneten. Zwischen den Schülerinnen der Oberstufe und ihm gab es, so gesehen, kaum eine Distanz. Sie kannten kein Mitleid. Einmal bat er Lisa scherzhaft: «Komm mit und beschütz mich!» Aber *die* Sprache wollte sie nicht verstehen, sondern stellte sich sofort auf die Seite der Mädchen, und er stand allein an der Wand, ein Mann. Wenn er so eine Mädchenklasse betrachtete, fiel ihm manchmal auf, wie ein einziger Sonnenstrahl, der durchs Fenster hereinfiel, ein Lachen oder ein Wort, das eine aufbrachte, sie alle elektrisieren konnte, ihm blieb dann nichts anderes übrig, als innerlich vor ihnen zu flüchten. Wie vertrug sich das mit seinem Lehrerberuf! Der beruhte unter anderem doch auf der Annahme, einer könne das aushalten – bis er soweit war, brauchte er Jahre, da ging er nicht mehr so von sich aus, sondern lernte auch ihre Nöte verstehen.

«Hätt ich das Buch vorher gekannt, ich wär mit rübergegangen in Berlin, bestimmt.» Alle wußten, was Ulrike meinte. Vor den Sommerferien hatten sie eine Klassenfahrt nach Berlin unternommen; sie wurde staatlich gefördert und kostete für die einzelnen nicht viel, fast alle waren mitgefahren. Jonas erinnerte sich, wie sie der Reihe nach an der Potsdamer Straße auf dem Podest gestanden und über die Mauer geschaut hatten, das war Pflicht. Der Senatssprecher, der sie führte, erklärte ihnen die Straßenzüge, in die sie hineinsehen konnten, er deutete auf die Grenzposten, von denen auch sie in diesem Augenblick beobachtet wurden. Nur wenige von ihnen waren hinübergefahren, Jonas hatte mit ihnen darüber gesprochen, aber er hatte auch sagen müssen: «Auf eure Kappe», denn das war im Programm nicht vorgesehen. Sie waren Unter den Linden entlanggegangen. Als sie zurückkehrten, erzählten sie nicht viel, breite Straßen hätten sie vorgefunden, noch viele Trümmer und kaum Geschäfte, sie hatten nur eine Stunde drüben verbracht.

«Was willst du da?» Angelika sagte das laut durch die Klasse und meinte Ulrike. «Ich hab's erlebt, mir reicht das für immer.» Sie war mit ihren Eltern, kurz bevor die Grenze undurchlässig wurde, aus Meißen auf und davon gegangen, oft kam sie darauf zurück. Nur weniges hatten sie in Tragtaschen und Rucksäcken mitnehmen können, als einer sie im Thüringer Wald schwarz durchs Niemandsland brachte und sich dafür mit einer goldenen Uhr bezahlen ließ.

Manchmal mußte sich Jonas ins Gedächtnis rufen, daß sie 1945 oder 1946 geboren waren und von der ersten Nachkriegszeit und allen Ursachen der Teilung selbst nichts wissen konnten. So waren sie auf das angewiesen, was man ihnen erzählte. Während sie noch über Berlin sprachen und sich stritten, ob man hinübergehen sollte, fiel ihm jener Nachmittag im Fernsehstudio Freimann wieder ein, der mit der deutschen Grenze zu tun gehabt hatte. Alles hatte damit angefangen, daß die Redaktion des Schulfernsehens über das Direktorat anfragte, ob einige Fachlehrer bereit seien, am Programm beratend mitzuwirken. Jonas hatte sich für seine Fächer, Deutsch, Geschichte und Sozialkunde, gemeldet. Wochen vergingen, und er dachte schon nicht mehr daran, da wurde er von einem Redakteur ins Funkhaus gebeten, erhielt einen Probeauftrag und fand sich bald darauf nachmittags in Freimann wieder, auf dem Gelände an der Floriansmühlstraße. Es kam so weit, daß er nicht nur Ratschläge erteilte, sondern auch das Handwerk der Medienmacher erlernte, weil es ihm Spaß machte. Jonas holte Filmrollen aus dem Archiv, ließ sie kopieren und saß dann im Schneideraum, um das Material zu verwandeln. Er lernte aus der Praxis, bald stellte er seinen ersten Film fürs Schulfernsehen her, der auch für das Studienprogramm übernommen wurde, eine halbe Stunde über das Leben und die Wirkung von Joseph Goebbels, aus Wochenschauaufnahmen des Dritten Reichs und Inserts, abgefilmten Fotos. Es gab eine regelmäßige aktuelle Sendung, «Zwischen den Schlagzeilen», für die er Beiträge lieferte. Eines Tages rief ihn wieder der Redakteur an, um ihm einen Vorschlag zu machen.

Im Vorführraum sahen sie einen einstündigen Film an, der mit Förderung durch das Bundesministerium für gesamtdeutsche Fragen produziert war und dem Schulfernsehen über die Landeszentrale für politische Bildung empfohlen wurde. Er war zu lang. Der Titel lautete: «Grenzsoldat in der SBZ.» Jonas hatte bis dahin nicht erlebt, daß eine Ministerialbehörde so unmittelbar auf den Unterricht Einfluß nahm. Der Redakteur hieß Königshofer, ein Mann um die Sechzig, war früher auch Lehrer gewesen und hatte umgesattelt, als das Fernsehen auf die Schule kam. Sie saßen nebeneinander unter dem Lichtstrahl, der aus dem Vorführschacht zur Leinwand griff, und ließen über sich ergehen, was vom Ministerium für Schülerköpfe bestimmt war. Vor ihnen erschien in immer neuen Einstellungen die Grenze der Deutschen Demokratischen Republik, des Staats, den es seit fünfzehn Jahren gab, aber er wurde immer noch Sowjetische Besatzungszone genannt.

Am *Zonenrand* hatte die Kamera mit Teleobjektiv über die Bewegungen der Grenzer drüben gewacht. Jonas sah Posten hinter Stacheldraht und am *Todesstreifen*, der in Bildern angeprangert wurde, dazu die ansagende Stimme im Ton einer Wochenschau. Einzelne Szenen wurden nah herangeholt, lange hatte das Objektiv auf Gesichtern und Uniformen verharrt. Wie der Dienst im Unterholz, auf Rodungen, an der Mauer ans Licht gebracht wurde, Gitter, Stolperdrähte, Wachttürme – das war kaum anders gemacht, als käme es aus dem Ministerium, mit dessen Propaganda sich Jonas für seinen Goebbels-Film so lange befaßt hatte. Mit der gleichen Methode hatten Kriegsberichterstatter sowjetische Gefangene und die Bevölkerung in zerschossenen Dörfern gedreht. Waren Kameraleute am Werk, die das Handwerk damals gelernt hatten und ihre Arbeit unter den neuen Vorzeichen fortsetzten?

Jonas wurde heiß und kalt, während er im Dunkel saß und die Bilder ihn bedrohten. Er sah Grimassen unter Mützenschirmen, Hundepatrouillen, marschierende Stiefel, Fernglasaugen, und das alles in einer Technik geschnitten, die den Eindruck noch verstärkte. Sie schauten beide Rollen an. Als das Licht wieder anging, standen sie auf und waren noch etwas benommen. Königshofer fragte ihn: «Wollen Sie das für uns machen? Mehr als die Hälfte müßten Sie kürzen, wir können nur achtundzwanzig Minuten gebrauchen. Der Lehrer will auch noch seine Zeit haben.»

Jonas hatte im Dunkel nachgedacht. «Was das für ein Streifen ist, wissen Sie genau.» Er mußte sich beherrschen, ihm war übel. «Unter einer Bedingung kann ich das übernehmen, nämlich daß ich aus diesem Film nur eine Viertelstunde verwenden muß und Sie mir ein Team geben, damit ich auf unserer Seite bei den Grenzwächtern ergänzende Aufnahmen drehen kann. Eine Gegenüberstellung wäre doch interessant.»

Der Redakteur erregte sich. «Wir leben in einem freiheitlichen Rechtsstaat.» Er gebrauchte die Formel, die jede Diskussion abbrach, mit ihr ließ sich verdrängen, was der Behauptung widersprach. «Also Sie wollen nicht. Nun, dann findet sich eben ein anderer.»

Jonas erfuhr, daß sein Nein nichts änderte, außer daß er sich besser fühlte. Aber er erhielt weiter Aufträge. Königshofer ließ auf die eigene Liberalität nichts kommen, nur sparte er ihn nun bei bestimmten Themen aus.

Wochenlang ging ihm das nach. Jonas war fassungslos, mit welcher Glätte das ablief. Überall gab es Leute, die sich anpaßten und an der großen Verabredung mitarbeiteten, daß der westdeutsche Staat so und nicht anders zu sein hatte. Was nutzte es, wenn er innerlich dagegen in Aufruhr stand? Er sprach mit Lisa darüber, sie konnte ihm nicht helfen, aber betroffen war sie auch. «Wer die Bilder und die Sprache besetzt, besetzt die Köpfe», sagte er zu ihr. «Ich muß etwas tun.»

War er ein hoffnungsloser Fall? Er konnte sich nicht einbilden, allein oder mit wenigen dagegen etwas auszurichten, aber wie vor zwanzig Jahren bei der Marine sagte er sich wieder: Er würde nie aufgeben, er würde weiter daran glauben und darauf setzen, daß es anders sein konnte, und da mußte er bei sich anfangen.

«Sie nehmen einen sehr betont individuellen Standpunkt ein», hatte Königshofer ihm noch wie erklärend gesagt und damit wohl ausdrücken wollen, daß er selber nicht machen konnte, was er wünschte, sondern seine Weisungen hatte.

Darin hat er sogar recht, dachte Jonas, bisher war er das gewesen: ein Individualist. Alles hatte er vom einzelnen erwartet, nichts vom Staat – den hatte er eine Zeitlang für ungefährlich gehalten. Es dauerte einige Jahre, bis er begriff, wie auch dieser neue Staat seine Obrigkeit, seine Paragraphen, seine Sprachregelung über alles stellte.

«Die reden immer von Freiheit», sagte er zu Lisa, «aber in Wirklichkeit tun sie alles, damit die Leute Konsum mit Freiheit verwechseln. Und wenn sie nach Osten sehen, kennen sie nur das Feindbild vom Dienst.»

Der Film war der Anlaß. Jonas konnte nicht so tun, als ginge ihn der nichts an. Er dachte daran, daß er nicht von ungefähr Lehrer an dieser Schule geworden war. An das Sophie-Scholl-Gymnasium hatte er sich gemeldet, weil es neusprachlich und sozialwissenschaftlich war und nicht staatlich, sondern städtisch: eine Gründung, mit der sich für viele ein aufklärerischer Vorsatz verband, für sie enthielt der Name etwas von ihrem Ziel.

Jonas schrieb an den Landesvorstand der Lehrergewerkschaft und löste eine Anfrage im Landtag aus. An der Schule versammelte er die Lehrerinnen und Lehrer, die wie er dachten, es waren in der Regel dieselben, die auch bei den Ostermärschen dabei waren. Sie nahmen sich vor, öffentlich zu protestieren, falls der Film in ihrem Gymnasium auftauchte. Sie wollten aufpassen, wann er gesendet würde, und andere darauf hinweisen, damit sie ihn übergingen. Einiges ließ sich tun. Zum erstenmal überlegte er ernsthaft, ob er einer Partei beitreten müsse, denn es war zu wenig, was sie mit ihrer Lehrergruppe bewegen konnten. Aber er zögerte noch.

10

Jonas

Daß ich das Grab meiner Mutter einmal würde suchen müssen, habe ich nicht für möglich gehalten. Die Jahre verändern einen Friedhof rascher als eine Stadt. Gärtner haben Büsche gerodet, neue Wege gezogen und andere Parzellen angelegt, Bäume und Sträucher sind gewachsen. Als ich zum Haupteingang hineinging und an der Kapelle vorüberkam, nahm ich den Weg unter den Eichen, auf dem wir damals hinter dem Karren hergeschritten sind. Ich fand auch noch die lange Kurve, wo es unter hochgestreckten Zirbelkiefern abwärts geht, aber dann wußte ich nicht weiter. Wo sind wir abgebogen? Meine Erinnerung war wie zugewachsen. Ich schaute mich um und sah vor mir wieder unseren Zug, Vater hinter dem Sarg zwischen Franziska und Cordt, sie hakten ihn unter. Cordt war im Talar, er hatte in der Kapelle gesprochen und segnete unsere Mutter aus. Nach ihnen gingen Henny und Lorenz eingehakt, dann Lisa und ich, unsere Hände berührten sich. Die anderen folgten uns in langer Reihe, Verwandte, Vaters Kriegskameraden, eine Abordnung der Brauerei, Freunde und Nachbarn.

Wo war der Sammelplatz für verwelkte Kränze geblieben, an dem ich mich sonst orientiert habe? Eine Zeitlang irrte ich umher, ich querte Wegeinschnitte und blickte an Hecken entlang auf Zypressen, ein paar Tage alte Grabhügel sah ich, auf denen Schleifen im Blumengedörr leuchteten. Im hinteren Teil weitet sich der Friedhof, er wird eine Landschaft, die an diesem Oktobermorgen von Streifen der hereinfallenden Sonne durchglänzt ist. In Wiesenstücken hängen Spinnweben, die im Gegenlicht von Tauperlen schimmern, sie bilden Dreiecke wie Segel von Kinderschiffen, zwischen ihnen reckten Herbstzeitlose die Totenhälse. Auf vielen Gräbern stehen in Steckvasen Asternsträuße, violett, weiß oder rötlichblau, auf anderen Chrysanthemen, goldbraun, oder weißrote Eisbegonien. Dahlien und Sonnenblumen sind vom ersten Nachtfrost geknickt. Der Friedhof wird eingewintert. Da und dort arbeiten ältere Leute an der Grabstätte ihrer Angehörigen.

Durch Zufall stand ich plötzlich vor dem Stein, ich war unwillkürlich auf ihn zugelaufen. Vater hat ihn nach einem Jahr setzen lassen und uns, seinen verheirateten Kindern, jedem ein Foto geschickt. Nun sitze ich davor auf der kleinen Bank und weiß mit dem Grabstein nichts anzufangen, er ist mir zu geradwinklig, zu glatt behauen. Ich sehe das eingefurchte Kreuz, das lang ausgezogen und golden eingefärbt ist, und lese den goldenen Namen: Martha Ristenpart, geb. Brakebusch, Geburt und Tod, dazwischen achtundfünfzig Lebensjahre. Als wir sie hier zurückließen, war dieser Teil des Friedhofes ein neu erschlossener Acker, sie lag allein. Längst sind ringsum Gräber angelegt worden. Damals hatte Weite sie umgeben, nun ruht sie in Reih und Glied.

Ich bin aus Pflichtgefühl hergefahren und weil sich herausstellte, daß Lorenz nicht konnte. Franziska ist weit weg in Kalifornien, Cordt kann aus Luckau nicht kommen. Vater zieht es mindestens einmal im Jahr aus Tübingen her, wenn er in der Artilleriekaserne zum Gedächtnis des alten Regiments spricht und Überlebende trifft. Als er hier war, hat er die Oktoberrose setzen lassen, das sagte er am Telefon – schön sieht sie da aus. Es ist Mutters zehnter Todestag.

Wenn wir vorausgesehen hätten, daß auch der letzte von

uns, Vater, Braunschweig verlassen würde, hätten wir sie besser in Goslar begraben – auf der Ruhestätte der Ristenparts ist noch viel Platz. So besucht nur Lisas Mutter manchmal das Grab, sicher geht sie dann reihum zu den anderen, sieht nach ihren Eltern, die im Westteil liegen, und nach den Gräbern gestorbener Freundinnen. Seit langem liest sie morgens die Todesanzeigen in der Zeitung. Ich sehe sie vor mir, wie sie durch das Totenreich geht, an windigen Ecken die Hand am Hut, leicht gebückt geht sie und erscheint mir etwas verwischt wie auf einer unscharfen Fotografie. Nachher werde ich zu ihnen gehen, zu meinen Schwiegereltern, das habe ich Lisa versprochen. Als ich aus dem Liegewagen stieg, gab ich den Koffer an der Aufbewahrung ab, trank Kaffee, mein erster Weg führte hierher auf den Hauptfriedhof an der Helmstedter Straße.

Achtundzwanzig war ich, als meine Mutter starb, und ich fühlte mich endgültig wie ausgesetzt. Acht Tage vor ihrem Tod, als ich sie zum letzten Mal lebend sah, Vater hatte mich gerufen, schaute sie mich mit leuchtenden Augen an, aber zugleich war sie so entfernt, nicht mehr erreichbar. Was immer Söhne für eine Geschichte mit ihren Müttern haben, ich gehe meiner nach. Ich seh uns hier stehen, nachdem Cordt das Vaterunser gebetet hatte, aufgereiht standen wir am Grabrand, waren einzelne und gehörten zusammen, dieses eine Mal alle und ganz, während die anderen fremd auf uns zutraten und Hand um Hand ihr Beileid bei uns einklinkten. Es begann zu regnen, und sie hatten es plötzlich eilig fortzukommen. Ich sah, wie sie Schirme aufspannten und in ihren Mänteln wie Friedhofsdohlen über die Wege zu flattern schienen. Nun war das Grab nur noch für uns offen. Ich schaute noch einmal hinunter und sah den Sarg halbverdeckt unter Erde und Blumen, da dachte ich, daß dies der letzte Blick sein sollte, der sie berührte. Ich nahm die Schaufel aus dem Erdhügel neben den Bohlen, die rechts und links noch über der Grube lagen, und ich grub meine Mutter ein. Lorenz half mit dem kleinen Spaten, mit dem einer nach dem anderen aus der Trauergemeinde Erde hinuntergeworfen hatte. So nahmen wir den Totengräbern ein Stück Arbeit ab. Unsere Frauen warteten bei uns, auch Cordt.

Vater stand mit seinen Geschwistern etwas abseits, und sie redeten jetzt miteinander. Alle außer Johannes waren gekommen, Theo aus Freudenstadt, er sah im Älterwerden nun oft verwundert aus und hatte dieses schutzlose Gesicht, als könnte er die Zeit nicht fassen, die vergangen war. Anna-Marie aus Goslar, sie starb ein Jahr darauf und sagte vor ihrem Tod, daß sie an Mutters Grab den Schmerz in der Brust zum erstenmal gespürt habe. Ernst aus Steinhude, der asthmaschwer atmete, er hatte zum Steuerberater für Landwirte umgesattelt, und Karl, den Mutter den *Hiob* nannte, weil Nachrichten, die von ihm kamen, ihr oft wie im Trauerrand erschienen, er hatte viel zu tun als Arzt in Wolfenbüttel und pflegte seine kranke Frau. Mutter brachte sie alle noch einmal zusammen. Sie standen fröstelnd herum und sahen aus, als bräuchten sie jetzt einen Schnaps. Als auch wir das Grab verließen, ging Franziska zwischen Lisa und mir. Cordt schritt allein in seinem schwarzen Gewand voraus, der Regen lief auf seinem Rücken die Stoffbahnen herab. Als ich mich noch einmal umdrehte, sah ich, wie die Männer auf den Erdhaufen zugingen und die Bohlen fortnahmen. Ich bin nicht oft hier gewesen. Die Sonne ist höher gestiegen, ich beginne sie zu spüren, ihr Schein liegt warm auf meinem Gesicht. Von der Oktoberrose kommt Duft herüber. Ich zupfe am Efeu und habe die weißen Astern dazwischengesteckt. Nein, das Grab ist nicht der Ort, an dem ich meine Mutter suche. Was sie für mich ist, habe ich in mir. Nichts spricht hier zu mir, weder der Stein noch die Erde, meine Gedanken sind weit fort.

Heute früh, als ich hörte, wie der Kurswagen in Kreiensen umgehängt wurde, stand ich auf und zog hinter mir die Abteiltür zu, um die anderen nicht zu stören, die noch zu schlafen schienen. Ich setzte mich auf einen der Klappsitze im Gang und las im grauen Morgen wieder in dem Tagebuch, das meine Mutter über mich geführt hat. Lange hatte ich es nicht in der Hand gehabt, aber nun für diese Reise aus der Schublade geholt. Vier Bücher hat Mutter angefangen, für jedes Kind eines, aber nur dieses hat den Krieg überdauert, weil sie es als einziges damals mit nach Jüterbog nahm. So hat sie die zweite Hälfte neu angefangen und uns allen gewidmet.

Allerlei aus dem Leben unserer Familie zur Erinnerung für unsere Kinder aufgezeichnet, hat sie auf dem Vorblatt im April 1945 nachgetragen, sie war mit Cordt und Franziska in Hameln, dort rückten gerade die Amerikaner ein, in Berlin war noch Krieg. Wenn ich umblättere, lese ich ihre erste Eintragung, die vom 2. Mai 1926 stammt, da war ich zweieinhalb Monate alt. Ich sehe die klare Schrift einer Dreißigjährigen, die gesund war, energisch, lebenstüchtig. Es war die Zeit, in der ihr Leben nach Inflation, Rentenmarkzeit und Berufswechseln meines Vaters allmählich neu geordnet wurde und sie sich ein zweites Kind wünschen konnte: mich. Dazu fällt mir ein, daß sie mir, als ich halbwüchsig war und auf neue Weise nach mir zu fragen begann, einmal das Foto eines jungen Mannes im Soldatenrock zeigte, der nicht mein Vater war. Er war ein ganz anderer Mensch, breit, weich und gewiß empfindsam, er trug die Uniform, als wäre es Zivil, kluge Augen hatte er. Meine Mutter sagte einen Satz, der mir klarmachte, daß sie uns, zumindest in bestimmten Augenblicken, ausschließlich als *ihre* Kinder betrachtete, denn sie behauptete: «Es hat nicht viel gefehlt, und er wäre dein Vater geworden.» Die Vorstellung, daß ich durch einen anderen Mann derselbe geworden wäre, überhaupt ich, ließ mich tief erstaunen. Sie schien das so zu empfinden. Vielleicht habe ich in diesem Moment zum erstenmal etwas von einer Frau verstanden. «Er ist gefallen», sagte sie und sah mich auf eine Weise an, daß ich begriff.

Meine Mutter schrieb Sütterlin, wie alle damals, aber sie hatte eine so gerundete Schrift, daß es aussieht wie lateinische Buchstaben. Manchmal kam sie lange nicht zum Schreiben und trug dann mit eiliger Hand nach, was ihr über mehrere Wochen oder auch Monate mitteilenswert erschien – in der ersten Zeit aber schrieb sie alle paar Tage. Wenn ich den Deckel mit den Lederecken aufschlage, ist mir, als fühlte ich noch ihre Fingerspuren. Es ist ein Querformat in einem gelbgrauen Einband, bezogen mit einem Papier, das aussieht, als wäre es einst in Wasser getaucht worden und als hätte man grauschwarze Tuschkleckse darauf zerlaufen lassen, überzogen mit Firnis, der längst abgegriffen ist, der Rücken wieder in gelbliches Leder gefaßt. Schlage ich den Band auf, knistern die Blätter vor Vergangenheit.

Wie war sie gestimmt, wenn sie wieder daranging, an einem Tag und an einem anderen? Sicher las sie manchmal nach, was sie geschrieben hatte, und dann hat sie wohl ihre Unzulänglichkeit empfunden, von der sie oft sprach. Selten war sie mit sich zufrieden, weder mit ihrer Ausdrucksweise noch mit ihren Gedanken, sie wollte es besser machen – das war einer ihrer Wesenszüge. Sie bemühte sich und sagte auch mir oft, wie wichtig es sei, sich zu bemühen, jedem und allen sollte ich damit begegnen, vielen Dingen, meinen Geschwistern, fremden Menschen, ihr und mir.

Die Babydaten sind wie alle anderen. Was sie notiert hat über Gewicht, Länge, Augenfarbe und Haare, Schlafen und Schreien, erstes Lachen, frühe Plapperversuche, ist das in Kinderstuben Übliche. Zu dieser Zeit finde ich aber eine Stelle, die mich meint: *Wie mag er werden? Ich freue mich auf ihn.* Da war ich ein Vierteljahr, und da fängt es an. Ihr Gefühl, wenn sie mich zu sich nahm, nannte sie *Strömesenden*, so lauschte sie in mich hinein und füllte mich mit sich an. Ihre Membrane wurde ich, sie schien durch mich zu atmen, wie ich in ihr gelebt hatte. Für eine Zeit wurde ich ihr Medium für ein und alles. Ich gehörte meiner Mutter, und sie formte mich nach ihrem Bild.

Im zweiten Jahr kam ich zum erstenmal nach Ahrenshoop: *Von Juni bis September sind wir im «Haus Gözsy». Jonas lebt sich schwer ein, sein Wesen ist zutraulich und bockbeinig.* Ich erfahre, daß ich damals selten an den Strand gekommen bin, mein Platz war in der *Box*, hinten im Blumengarten oder auf dem Rasen. Wenn ich lese, was sie über uns berichtet, sehe ich sie in meiner frühesten Erinnerung, sie war sehr tätig, mit unserem Hausmädchen Emilie wirtschaftete sie in unserer Kasseler Wohnung in der Uhlandstraße, es war im zweiten Stock, und die Treppe war aus Holz, sie hatte Beschläge an den Kanten, je schwerer ich wurde, um so lauter hallte mein Trampeln, wenn ich hinunterlief, bis hinauf zum Dachboden. Aus dem Parterre roch es, als würde da nie gelüftet.

Ich sehe mich dort viel allein, das lag daran, daß Lorenz schon zur Schule ging, ich war vier Jahre alt. Einmal, als ich vom Spielen kam, stand meine Mutter in der Speisekammer, die sich gleich links neben der Wohnungstür befand, sie war schmal und lang, die Regale auf beiden Seiten waren überfüllt, da gab es eine Mehlkiste, Steingutgefäße für Grieß und Gewürze, Schüsseln und Töpfe, ich erinnere mich vor allem an Schmand und Kochkäse: Wenn Emilie am Montag früh von dem Bauernhof aus Landwehrhagen kam, wo sie zu Hause war, brachte sie beides in Eimern mit, in denen früher Rheinischkraut gewesen war, manchmal sammelten wir darin auch Blaubeeren. Im Juli brachte Emilie reichlich von der Ernte aus den Johannisbeersträuchern mit und im Oktober Äpfel, die Schafsnasen hießen, sie waren an den Blütenenden stumpf wie Schnauzen, und wie sie rochen, der ganze Bauerngarten kam ins Haus! Hinten in der Speisekammer ging ein kleines Fenster auf den Hof, in meinem Gedächtnis ist es trüb, ich weiß nicht, ob da ein Vorhang oder eine Milchglasscheibe war, jedenfalls hatte es einen Einsatz aus Fliegendraht. Ich stolperte auf meine Mutter zu und wollte ihr wohl von irgendeinem Ereignis auf der Straße berichten, aber mir blieb der Mund offenstehen.

Ich hatte sie überrascht, und sie konnte in dem, was sie tat, nicht mehr einhalten. Sie hielt eine Mausefalle in der Hand, einen länglichen Gitterkäfig, die Tür war zugeschnappt, drinnen hüpfte eine Maus. Ich sah den Arm meiner Mutter, der nackt und in einer Abwärtsbewegung begriffen war, sie bückte sich und versenkte die Falle in dem Eimer Wasser, den sie zu diesem Zweck aus der Küche geholt haben mußte. Es blubberte. Meine Mutter sah mich an. In diesem Augenblick gab es einen Kampf zwischen uns. Etwas in mir wollte ihr widerstehen, ich wollte die Falle aus dem Wasser reißen und damit davonrennen, aber ihr Blick war viel stärker, ich konnte mich unter ihm nicht rühren und brachte es nicht fertig. Es war ein Moment, in dem ich mit ihr rang, nur zwischen unseren Augen ging das vor, sie sagte nichts, ich war sprachlos. Dann drehte ich mich um und stürzte wieder das Treppenhaus hinunter. Mir schlug das Herz bis zum Hals. Niemandem konnte ich sagen, was meine Mutter getan hatte.

Etwa um die gleiche Zeit, es war Sommer, sehe ich mich bei ihr in der Küche auf dem Bügelbrett sitzen. Das Brett lag quer über dem Tisch, der vor dem Fenster stand. Meine Mutter tröstete mich. Im Parterre wohnte ein alter Mann, der nach meiner Erinnerung allein lebte. Er konnte nur am Stock gehen; wenn er mich sah, blieb er manchmal stehen und sprach freundlich mit mir. Alle Kinder, auch die kleinsten, spielten damals auf der Straße, es gab kaum Verkehr, und schon gar in diese Nebenstraße kam höchstens der Postbote mit dem Fahrrad. Der alte Mann trug, wenn die Sonne schien, einen Strohhut, die Jacke hatte er meist geöffnet, während er mit mir redete, betrachtete ich die Uhrkette, die in einer Tasche seiner Weste verschwand. Meine Neugier wurde dadurch geweckt, daß sie nicht aus dem Gold gefertigt war, das ich kannte, sondern aus Rotgold, es leuchtete wie Kupfer. An diesem Tag führte ich ihm meinen Roller vor, der neu war. Ich hatte ihn von meinem Patenonkel Willi geschenkt erhalten – der hatte meinen Geburtstag im Februar vergessen, es aber nun wiedergutgemacht, als er uns besuchte. Onkel Willi fuhr mit mir in einer Droschke, an der links außen neben dem Fahrersitz eine Messinghupe mit Gummiluftball angebracht war, in die Stadt und kaufte mir meinen ersten Roller, der ganz aus Holz war, er hatte Räder aus Hartgummi, und die Verkäuferin hatte meinem Onkel auf seine Frage bestätigt, daß es keinen besseren für Kinder in meinem Alter gab. Ich glühte vor Stolz. Onkel Willi hatte eine ruhige Art, und er konnte so auf mich eingehen, daß ich ihm immer entgegenflog, wenn er zu uns kam. Er schrieb mir Ansichtspostkarten aus Berlin, die Mutter mir vorlas, er war mein bester Onkel.

«Der ist aber schön», stellte der alte Mann fest, als er meinen Roller betrachtet hatte, er blieb stehen und sah mir zu. Das spornte mich an, ich stieß mich mit dem linken Fuß kräftig ab, während der rechte auf dem Trittbrett stand. Immer schneller trat ich und spürte, wie der Lenker zwischen meinen Händen zu wackeln begann. Es ratterte jedesmal, wenn ich die Rinnen der Gehsteigplatten überfuhr, und wenn ich noch mehr beschleunigte, würde es ein einziger klappernder Takt werden. Einmal schaute ich mich um, da passierte es. Ich fuhr den Rinnstein hinunter und stürzte kopfüber, erst kippte der Roller, dann schlug ich hin und fiel mit der linken Hand in eine Scherbe Flaschenglas, die in der Gosse lag. Ich weinte. Der alte Mann hielt mir seinen Stock hin, ich sollte mich daran aufrichten. Als ich aufstand, entdeckte ich meine aufgeschlagenen Knie, aber er deutete auf meine Hand. Jetzt sah ich es. Über den Wurzelknochen des Zeigefingers zog sich ein Schnitt, auf dessen Grund es weiß aussah – noch blutete es nicht, und ich sah meinen Knochen. Da schrie ich auf, das Bluß schoß hinein, ich rannte von der Stelle fort, ließ den alten Mann hinter mir und den Roller. Meine Mutter hörte mich durch die Tür, sie öffnete, sah alles mit einem Blick und nahm mich auf, zum Bügelbrett trug sie mich, dort wickelte sie ein Leinentuch um meine Hand, und sie nahm mich fest in die Arme.

Der alte Mann wurde mein erster Toter. Er hatte immer gern auf der Bank am Feld gesessen und den Eisenbahnzügen zugesehen, die unten in der Senke in den Hauptbahnhof einliefen – die Hallen konnte man von der Anhöhe sehen. Wir nannten den unbebauten Platz nur das Feld, es war eine große Wiese, auf der die größeren Kinder Fußball spielten, uns Kleine verjagten sie, der Abhang zu den Gleisen hinunter war unser Revier. Eines Tages lief ich dort und sah den alten Mann wieder auf seiner Bank sitzen, er war etwas zur Seite gesunken und schien mit offenen Augen zu schlafen. Den Strohhut hatte er aufbehalten, der Stock lehnte neben ihm, und eine Zeitung lag auf seinen Knien. Er saß so merkwürdig steif, und damit er nicht umfiel, faßte ich ihn an, um ihn zu wecken. Aber er rührte sich nicht, sondern sank nur noch mehr zur Seite, jetzt wurde mir unheimlich, ratlos stand ich da und sah mich um, ob ein Erwachsener in der Nähe war. Nach einiger Zeit kam eine Frau den Weg herunter. Sie sah den Mann und nahm mich beiseite. «Lauf du mal zu deiner Mutter, ich kümmere mich um ihn.» Das tat ich auch, und später sah ich aus dem Fenster, wie ein Wagen in die Straße kam. Zwei Männer trugen den alten Mann auf einer Bahre, sie schoben ihn auf den Pferdewagen. Ein Rappe zog ihn fort. Am Nachmittag hörte ich meine Mutter mit Nachbarn sprechen. Sie kam herein und sagte: «Nun ist der alte Mann gestorben.»

Zu der Zeit gab es einen Schornsteinfeger, der auf den Dächern gegenüber die ganze Straßenzeile entlang von Erker zu Erker sprang und auf jedem einzelnen Dach in die Höhe kletterte, um Ruß zu ernten. Er war schwarz wie der Mohr aus dem «Struwwelpeter», springen konnte er wie der Trapezkünstler, den ich einmal in einem Zirkus gesehen hatte. Wenn ich ihn da oben sah, preßte ich die Nase ans Fenster, so oft er nach kurzem Anlauf von einem Dachvorsprung zum anderen durch die Luft flog, war ich wie gebannt. Soweit ich mich erinnere, waren die Erker in dichtem Abstand nebeneinander gebaut. Trotzdem war es kühn, was er tat. Meine Mutter bewunderte ihn auch, manchmal stand sie neben mir, sie nahm meine Hand, und wir hielten gemeinsam den Atem an. Der Schornsteinfeger hatte meist einen Jungen bei sich, der ihm den Eimer und einiges Gerät die Treppenhäuser hinauf- und hinuntertrug, während er sich nicht herabbemühte, sondern manchmal uns Kindern zuwinkte, bevor er sprang. Mir schien, daß er das nur zu seiner Lust tat. Eines Tages kam er nicht mehr, und der nach ihm war ein ganz normaler Schornsteinfeger, der seinen Weg durchs Treppenhaus nahm.

Als ich sechs Jahre alt war, lief ich einem Zug Nationalsozialisten in die Kasseler Altstadt nach. Sie trugen Braunhemden, Koppel und Schaftstiefel. Vorneweg marschierte eine Blaskapelle, sie hatte mich angelockt, einer haute auf die Pauke, daß es klang wie eine Kanone. In einer Straße, die von Hausgiebeln überragt wurde, sah ich, wie ein Mann aus einer Tür hervorstürzte, er hielt, während er auf den Zug zurannte, einen Hammer in der erhobenen rechten Hand. Stumm schlug er damit einem Uniformierten in Reih und Glied auf den Kopf. Der SA-Mann kippte aus der Kolonne wie ein Kartoffelsack von einem Güterwagen. Plötzlich stürzten immer mehr Männer aus den Häusern. Es gab eine gewaltige Schlägerei. Ich sehe noch heute die Straße voller Gestalten, die sich prügelten, und höre Schreie, dumpfes Fallen, das Schleifen von Nagelstiefeln auf dem Pflaster. Eine Frau, die in der Nähe stand, steckte mich unter ihren Mantel und zog mich in einen Hausflur. Dort blieb sie mit mir stehen, ich spürte ihren warmen Körper nah bei mir und fühlte mich geborgen, während draußen Pfiffe, Getrampel und Schreie die Straße erfüllten. Als es vorüber war, rannte ich nach Hause und kam atemlos da an. Ich erzählte meiner Mutter nichts, denn sie hatte mir verboten, so weit fortzulaufen.

In ihrem Tagebuch lese ich über die vielen Ohrenentzündungen, die ich damals hatte, und sofort erinnere ich mich: Das tat sehr weh, und wenn ich im Bett lag, konnte sie mir nicht einmal vorlesen, weil sie mir die Ohren mit Watte verstopft und dazu zwei schwarze Klappen darübergebunden hatte, wenn das Mittelohr auf beiden Seiten entzündet war. Sie sprach dann laut mit mir, wenn ich sie verstehen sollte, und so versprach sie mir eine gebratene Taube; wenn ich erst wieder gesund wäre, wollte sie mir eine vom Markt mitbringen, Emilie würde die herrlich herrichten, mit Nüssen, Rosinen und Äpfeln. Von der Taube war oft die Rede, und sie vertröstete mich damit so lange, bis ich sie nicht mehr haben wollte.

Einmal ging meine Mutter mit mir wieder in die Schlachterei, wo ich von einer Verkäuferin oft eine Scheibe Mortadella geschenkt bekam. Als ich diesmal die Wurst zerkaute und mich umblickte, während meine Mutter sich Portionen abwiegen ließ, sah ich seitlich hinter dem Ladentisch ein aufgeklapptes Spanferkel in einer Schüssel in seinem Blut liegen. Zum erstenmal begriff ich bis ins Innerste, woher das Fleisch auf unserem Tisch kam. Von da an aß ich lange keines mehr, nicht einen Bissen konnte meine Mutter in mich hineinbekommen. Ich weigerte mich beharrlich und erklärte: «Weil ich die Tiere so liebhabe.» Das wiederholte ich so oft, bis sie einsah, wie unglücklich ich war. Nun ersparte sie mir Fleisch, das erstreckte sich über viele Monate, wenn nicht mehr als ein Jahr. Sie wartete ab, bis ich eines Tages von selber «Beamtenstippe» verlangte, die es bei uns oft gab, darin war das Fleisch so klein gehackt und in Mehlsauce verrührt, daß ich mich selbst täuschen konnte.

Damals in Kassel schrieb Mutter regelmäßig in das graugelbe Buch, was sie an mir beobachtete und natürlich auch, was die Brüder betraf. *Lorenz hat eine liebe artige Zeit. Er ist nur sehr leicht eifersüchtig auf Jonas, der öfter gekost wird, weil er noch kleiner ist.* Als wir beide einmal eine Grippe hatten und in unserem Zimmer um die Wette husteten, beschwerte sich mein Bruder, daß er im Bett gewaschen wurde. Ich erinnere mich daran genau, weil das, was er sagte, später bei uns zum geflügelten Wort wurde. Mutter ging auf ihn nicht ein. Ich sah aus meinem Bett, wie sie ihm kräftig mit dem Waschlappen Gesicht und Hände abrieb und seinen Kopf fast in die Schüssel tauchte. Dabei wird sie gesagt haben, was sie uns oft vorhielt: «Das wäre noch schöner, wenn alle Kinder ihren Willen haben wollten, einstweilen tut ihr, was die Erwachsenen sagen. Später kannst du das tun, was du willst.» Lorenz antwortete weinerlich: «Dann schimpfen unsere Frauen!» Mutter lachte und küßte ihn, sie lachte so herzlich, daß alles wieder gut war.

Lorenz war viel geschickter als ich. Er konnte basteln wie ein Handwerker. Mit neun Jahren baute er allein einen Drachen, ich seh ihn noch vor mir. Lorenz stach mit einer glühenden Nadel Loch um Loch in die Holzstäbe, an denen er Draht befestigen wollte. Er kochte Leim, klebte Firnispapier über den Rahmen, glich die Gewichte aus und knüpfte unzählige Papierschleifen in den Drachenschwanz. Als er losging, um Schnur zu kaufen, begleitete ich ihn. «Zweihundertdreißig Meter», verlangte Lorenz, da staunte der Kaufmann. Wir liefen zum Feld, und der Drachen stieg hoch, er knatterte im Wind, wir schickten Post hinauf. Mutter sah zu und freute sich. «Wie sollen wir ihn nennen? Sturmvogel! Oder Franzos, weil er rot und blau ist.» Sie war übermütig. «Oder nach euch beiden, Lo-Jo!»

Ich bewunderte meinen Bruder, aber ich machte es ihm schwer, weil ich mich auf seine Geduld verließ. Meine Mutter kreidete mir Untaten an, die ich gegen ihn verübte. *Meist vertragen sie sich gut, oft sind sie sogar brüderlich liebevoll zueinander. Nur neigt Jonas zu Gewalttaten, kleiner Überfälle muß man immer gewärtig sein. Er ist sehr heftig. Heftig ungezogen und manchmal gewaltig lieb!*

Wenn ich Fotos aus diesen Jahren betrachte, sehe ich uns in linksgeknöpften Hessenkitteln mit Ledergürteln, kurzen Hosen und langen Strümpfen – wie ich die haßte! Sie waren oft gestopft und wurden von einem Leibchen gehalten. Wie bei Mädchen! dachte ich. Bis ich in die Schule kam, mußte ich auch Knieschoner aus Leder tragen, weil ich soviel in der Stube herumrutschte und oft stolperte und hinschlug. In einer Aufnahme sehe ich uns zu viert unter dem Druck der «Roten Pferde» von Franz Marc sitzen, so weit reichte bei uns die Moderne. Meine Mutter sitzt neben ihrer Freundin

Frigg, meiner Patentante, auf dem Sofa, wir rechts und links mit ergebenen Gesichtern, als sähen wir voraus, daß wir uns ein Leben lang so betrachten könnten, wir werfen Blitzlichtschatten an die Wand, und ich sehe die nackten Dreiecke meiner Oberschenkel zwischen Strümpfen, Gummiband und Hosenrand, jetzt noch kann ich mich darüber empören. Zwischen uns steht auf einem viereckigen Tisch, der gedrechselte Beine hat, eine kleine Stadt aus Bausteinen. Mutter trägt eine weiße Bluse mit kurzen Ärmeln und einer dunklen Schleife, dazu ein Trägerkleid. Sie hatte zugenommen und war weicher geworden. Heute sehe ich, daß sich darin schon ihre Krankheit ankündigte. Das Haar wird von einem Knoten nach hinten gezogen.

In *meinem* Tagebuch hat sie manchmal auch etwas von sich notiert, sparsam zwar, aber einiges scheint durch, was damals in ihr vorging. Ihr Leben teilte sich in mehrere Kreise auf, in dem innersten waren wir aufgehoben, *die Kinder*, und ich bezog meine Mutter hemmungslos auf mich. Daneben gab es den Kreis, der für sie *die Freundinnen* hieß, dazu gehörte Frigg, aber auch Dagmar, Lilly und Irma. Sie waren die Schulfreundinnen, die sie für das Leben behalten hatte, und sie, Martha, war der Mittelpunkt, an dem sie verknüpft blieben. Sie spannte ein weites Netz und nahm viele bei sich auf. Was die fünf Freundinnen füreinander bedeuteten, enthüllte sich mir erst nach und nach: In einem waren sie einander ähnlich, nämlich darin, daß sie nicht bereit waren, sich in allem nach den Männern zu richten. Zwei blieben unverheiratet, die anderen gingen auch nur zögernd eine Ehe ein. Meine Mutter war diejenige unter ihnen, die zuerst Kinder hatte, sie lebte an dem Schnittpunkt zu dem dritten Kreis, der nur für meinen Vater bestimmt war. Sie ordnete sich ihm bei. Ich hörte von ihr selten ein kritisches Wort über ihn, aber schon früh empfand ich, daß sie anders war, nicht nur als eine Frau. Sie hob sich von ihm ab in dem Maß, in der er unverrückbar an seiner Auffassung von Männlichkeit festhielt, die aus dem vorigen Jahrhundert kam. Es dauerte sehr lange, bis ich begreifen lernte, daß zwischen seinen Grundsätzen und ihrem Bemühen, sich für Neues und andere zu öffnen, ein Widerspruch bestand. Mein Vater ging aufrecht durch unser Dasein, alles schien sich nach ihm zu richten, in Wirklichkeit orientierte er sich in vielem, das nicht seinen Beruf betraf, nach meiner Mutter. Trotzdem bewegten sie sich oft in gegenläufigen Bahnen. Daß wir Kinder in erster Linie den Eindruck von Harmonie von zu Hause mitnahmen, lag daran, daß die Eltern vor uns sehr beherrscht waren – das nahm eher noch zu, als Cordt und dann Franziska dazukamen.

Mein jüngerer Bruder stand schon im Korb im Elternzimmer, als Mutter am 5. März 1933 eine ihrer letzten Eintragungen aus diesem Lebensabschnitt niederschrieb: *Heute ist Wahltag, und man ist in großer Spannung, ob die schwarzweißrote Front Hitler–Hugenberg–Papen–Seldte die Mehrheit bekommen wird. Am 27.2. wurde der Reichstag von den Kommunisten angesteckt. Die Kinder sind ganz «Heil Hitler».*

Ich schaue auf die Fläche, die ihr letzter Ruheplatz geworden ist. Gemessen an ihrer Jugend hat sie sich in ihrem Leben sehr bescheiden müssen. Im Äußeren ist für sie das meiste immer nur enger geworden, zum Schluß konnte sie sich nicht mehr rühren, aber sie wehrte sich auf ihre Art. Ich weiß, daß ich sie noch bis vor einigen Jahren verklärt habe, und ich ahne, was das für Lisa mit sich brachte. Ich glaube nicht, daß es meine Schuld war. Heute sehe ich die Grenzen und Fehler meiner Mutter genauer, ich nehme sie, wie sie war, und versuche, sie aus sich heraus zu verstehen. Wie ich mit ihr zusammenhänge, das verändert sich – je älter ich werde, um so mehr kann ich mich in sie hineindenken.

Dies Grab hat sie nicht verdient – so verlassen. Sie sähe gern die Blumen an einem Tag wie diesem, den Oktoberglanz, der durch die Zweige bricht, alles ist überflutet von Helligkeit. Ich sitze hier und denke, daß ich mir ein Fortleben nach dem Tod nicht vorstellen kann. Trotzdem habe ich in der ersten Zeit nach ihrem Tod, wenn ich nachts wach lag, und manchmal auch tags, wenn ich allein war, die Gegenwart meiner Mutter erfahren, es reichte so weit, daß ich mit ihr sprechen konnte. Noch jetzt, während in meinen Gedanken soviel von uns wiederaufersteht, spüre ich sie fast greifbar um mich.

Zwei Menschen vor allen anderen gibt es in meinem Leben, Martha und Lisa, meine Mutter und meine Frau. Sie haben einander abgelöst und ergänzen sich. Wenn sie nicht aneinandergeraten sind, liegt es auch daran, daß sie Abstand zwischen sich legten, daran habe ich meinen Anteil. Sie mochten einander. Lebenslinien. Lisa wurde vier Monate nach mir geboren. Als wir nach Bonn zogen, ging sie hier in Braunschweig zur Schule, nicht weit von dieser Stelle. Lange bevor wir zusammentrafen, waren die Richtungen eingeschlagen, die uns zueinanderführten. Was damals mit uns geschah und aus uns wurde, war von der Zeit, die Geschichte machte, nicht mehr zu trennen. Meine Mutter schützte mich davor, so gut sie konnte, aber sie stieß mich manchmal auch tiefer hinein. Beides gehörte zu ihr.

Als Hindenburg starb, hängte sie die schwarzweißrote Fahne mit dem Hakenkreuzwimpel aus dem Fenster. Das war die Beflaggung, die viele Bürgerliche damals sehen ließen, um anzuzeigen, daß sie nicht direkt für die Nazis waren, eher noch kaiserlich dachten, jedenfalls deutschnational. Wir wohnten in der Bonner Argelanderstraße unter dem Venusberg. Es war Sommer, und die Kirchenglocken läuteten, als der Tod des Reichspräsidenten bekanntgegeben wurde. Meine Mutter weinte, ich war ratlos von ihrer Trauer erfaßt. «Nun hat der Hitler niemanden mehr über sich», sagte sie.

Die Räume meiner Kindheit gehen in meiner Erinnerung ineinander über, ich kann sie mir einzeln ins Gedächtnis rufen oder sie zusammensetzen wie zu einem Schachtelturm, manche sind durch bestimmte Ereignisse miteinander verbunden. Am hellsten und größten ist die Wohnung in Hannover, so daß sie alle anderen in sich aufzunehmen scheint; sie lag im Dachgeschoß eines Hauses an der Böttcherstraße bei der Herrenhäuser Kirche. Das viele Glockenläuten störte anfangs meinen Vater, er sagte ein paarmal: «So fromm bin ich nicht.» Dann gewöhnte er sich daran. Für uns Kinder war alles in dieser Wohnung und der Umgebung so, daß wir eine Weite um uns fühlten, als lebten wir auf dem Lande. Wir hatten einen Dachgarten, er war nur durch das Zimmer zu betreten, das Lorenz und ich miteinander teilten, da war Erde aufgeschüttet, und wir pflanzten Tomaten. Im anderen Teil der Wohnung gab es vor dem Eßzimmer einen Balkon, mit Begeisterung kletterten wir auf einem Mauersims, der zwischen beiden verlief, vom Dachgarten aus hinüber, bis unsere Mutter es sah und uns beschwor, es nie wieder zu tun. Von da an kletterten wir nur noch in der Höhe herum, wenn sie nicht da war. Draußen hatten wir ein fast unbegrenztes Spielgelände, denn am anderen Ende der Kirche schloß sich an den Vorplatz ein Gebiet an, wo es Schrebergärten, aber auch noch unbebaute Flächen gab.

Cordt war nun schon so weit, daß wir ihn auf die Schaukel heben konnten, die Vater für uns im Flur anbringen ließ. Einmal tat es Lorenz, der zwölf war, mit einer Zigarette im Mund – die fiel, als er ihn schaukelte, in Cordts Haar und verbrannte einige seiner Locken. Unser kleiner Bruder schrie. Mit Schere und Kamm richteten Lorenz und ich ihn wieder her, und tatsächlich beklagte er sich nicht, als die Eltern nach Hause kamen.

Franziska wurde geboren, es war wieder Sommer, ein Julitag. Ich erinnere mich jetzt, wie meine Mutter mit Frigg darüber sprach. Ihre Freundin hatte uns wieder einmal besucht, und sie redeten viel und lebhaft miteinander – ich verstand mehr davon, als sie wohl dachten. Mutter erwähnte, daß ihr immer wieder übel geworden war, als sie im Winter in Hannover eine Wohnung für uns gesucht hatte. Ein Makler fuhr sie im Auto durch die Stadt, und sie mußte ihn ein paarmal bitten, anzuhalten. Ich stellte mir meine Mutter vor, wie sie sich am Straßenrand erbrechen mußte, und dazu den wartenden Mann.

Lorenz und ich durften unsere Schwester in der Klinik besuchen. Mutter lag mit einer anderen Frau in einem Zimmer, in dem alles weiß war. Während sie mit uns sprach, war ihr Kopf in den Kissen hochgestützt, und die Hände hielt sie auf der Decke verschränkt, sie sah zufrieden aus. Uns schickte sie zu einer Glastür am Ende des Flurs, da sollten wir klopfen und unseren Familiennamen sagen. Ich sah durch das Glas lauter kleine Gitterbetten. Als eine Stationsschwester uns Franziska hinter Glas zeigte, war ich sehr enttäuscht, sie war so winzig und verhutzelt und machte nicht einmal die Augen auf. Als sie in unsere Wohnung einzogen, richtete Mutter es so ein, daß ich und manchmal auch schon Cordt kleine Wächterämter bei Franziska zu versehen hatten. Lorenz hatte andere Aufgaben, er war Gymnasiast. Wenn ich zusah, wie meine Mutter das Neugeborene stillte, erschien es mir wieder nur als ein kleiner Wurm, den ihr Körper umschloß, aber es trank. Ich betrachtete alles genau, weil ich wissen wollte, wie es bei mir gewesen war.

Ich ging in die vierte Volksschulklasse. Eines Tages fragte mich der Rektor: «Willst du auf eine Schule des Führers gehen? Du kannst auf eine Napola kommen, das ist eine Nationalpolitische Erziehungsanstalt, die brauchen solche wie dich!» Er erkärte mir, daß das eine Auszeichnung wäre. Ich war stolz und erzählte es meiner Mutter. «Nein, Jonas, das ist nichts für dich. Du kannst dich jetzt nur auf mich verlassen. Später wirst du es einsehen. Glaub mir, ich *weiß* es.» Ich spürte, daß es ihr schwerfiel, und ahnte, daß sie nicht wußte, wie sie mir das erklären sollte.

Sie sprach mit dem Rektor. Für mich blieb, daß ich mich allein gelassen fühlte, und das äußerte sich so, daß ich mir nun gar nichts mehr zutraute. Ich wollte jetzt auch nicht mehr auf das Gymnasium kommen, sondern wie die meisten meiner Klassenkameraden auf der Volksschule bleiben. Überhaupt wollte ich nicht soviel lernen und andauernd

Schulaufgaben machen müssen wie Lorenz, und schon gar nicht wollte ich später studieren. Es war mir sehr ernst damit. Zum erstenmal weigerte ich mich offen, leidenschaftlich. Wochen vergingen, mein tränenreicher Widerstand ließ nicht nach.

Es war ein Tag im Januar, als sie mir von einem Elternabend im Ratsgymnasium zu erzählen begann. Der Direktor und einige Lehrer hatten Eltern künftiger Schüler Auskunft gegeben. Es war die Schule, die Lorenz in der Quarta besuchte. Meine Mutter saß in unserem Schlafzimmer, wo seit einiger Zeit auch die Wickelkommode stand. Den Stuhl hatte sie an die Tür zum Dachgarten gerückt und bewegte mit einer Hand den Stubenwagen, damit Franziska einschlief. Die Tür war einen Spalt geöffnet. Draußen lag Schnee, und in dem steckte im restlichen Glanz unser Weihnachtsbaum, einige Kerzenstümpfe und das Lametta hatte Mutter darangelassen. Er lehnte etwas schräg an der Brüstung, die Zweige waren verschneit, Schnee zog sich auch über Reste von Engelshaar und eine rote Christbaumkugel, die auf einer Seite zerbrochen war. Ich war froh, daß die Tanne nun nicht mehr nadelte, weil alles an ihr festgefroren war, und ich sah besorgt den Tag voraus, an dem es tauen würde. Ich bettelte jedes Jahr, daß unser Baum lange blieb.

«Zum Schluß hat der Direktor gesagt, daß er die neuen Schüler schon einmal kennenlernen möchte. Er nimmt sich Zeit und spricht mit dir, wenn du zu ihm gehst. Du bekämst an der Volksschule einen Tag frei und könntest selber sehen, wie dir das Gymnasium gefällt. Wär das nichts, Jonas?»

Das wirkte. Vor mir erschien der schulfreie Tag. Ich würde allein in die Stadt fahren und spazierengehen, wo ich wollte – alles andere würde sich finden. Am nächsten Tag sprach ich mit meinem Klassenlehrer und fühlte mich auf einmal wichtig – das Gymnasium ging vor! Es kam der Morgen, an dem ich eine Stunde nach Lorenz mit der Straßenbahn zum Café Kröpcke fuhr und am Opernhaus vorüberschlenderte. Mein Atem dampfte im Frost, ich sog die Luft tief ein. Als ich losfuhr, hatte ich noch geglaubt, ich könnte am Gymnasium vorbeigehen und mir irgendeine Ausrede ausdenken, doch als ich in die Nähe kam, zog die Eingangstreppe mich mächtig an.

Ich sehe mich auf dem Gang zum Direktorzimmer, im Vorraum mußte ich warten. Nach einer Weile wurde die Tür von innen geöffnet, zwei rundgesichtige Männer in dunklen Anzügen standen da und schauten auf mich, der eine machte eine einladende Geste. Der Raum sah aus wie eine Bibliothek. Die Männer ließen sich in Ledersessel fallen, sie griffen gleichzeitig nach ihren Zigarren, die im Aschenbecher qualmten. Ich machte einen Diener, grüßte zusätzlich mit Deutschem Gruß und stieß heraus: «Heil Hitler, ich bin Jonas Ristenpart, ich möchte mir den Betrieb hier mal ansehen.» An diesen Satz erinnere ich mich, weil seine Wirkung durchschlagend war. Die Männer schlugen sich auf die Schenkel, sie konnten sich in ihren Sesseln vor Lachen kaum beruhigen. Am meisten ärgerte mich, daß sie mich mit ihrem Gelächter auch noch ansteckten. Als sie endlich damit aufhörten, unterzog mich der Direktor einem kurzen Examen, er fragte ein paar Rechenaufgaben ab, die ich konnte, und wollte wissen, wie ich *ein bißchen* schrieb, *Wasserstoffsuperoxyd* oder *Tiger.* Den Tiger machte ich falsch, ich buchstabierte ihn mit ie, alles andere wußte ich richtig, auch als er zu Erdkunde überging. Der zweite Mann hörte nur zu. Ich saß ganz vorn auf der Stuhlkante. Ein paarmal lachten sie noch, wenn ich antwortete. Dann war ich auch schon wieder draußen. Meine Mutter sagte mir später, ich sei aufgenommen.

Nicht ganz zwei Jahre danach hatte ich auf dieser Schule meinen großen Tag. Es war meine Lügenzeit. Was sich in meinem Schülerdasein ereignete, war mir oft zu langweilig, ich schmückte es aus und erwarb mir eine gewisse Unabhängigkeit von Tatsachen. Häufig verstrickte ich mich, denn die Wirklichkeit holte mich ein und lieferte den Gegenbeweis zu meinen immer kühner werdenden Behauptungen, aber das machte mir auch nichts mehr aus: Meine Einbildung wurde immer farbiger, und sie rankte sich weit ausgreifend durch eine Welt zwischen Tag und Traum. Es war in der großen Pause, ich war auf dem Hof von Mitschülern umgeben und sagte zu ihnen: «Ich habe Hitler berührt!» Da staunten sie und wollten es genau wissen. Also berichtete ich von der Großkundgebung zum Erntegedenktag in den Bückebergen. Im Wagen einer Nachbarsfamilie aus der Böttcherstraße hatte ich mitfahren dürfen. In Wahrheit hatte ich eingekeilt als winziger Punkt unter einer Million *Volksgenossen* gestanden und nur gesehen, wie sich in weiter Ferne eine Gestalt in brauner Uniform vorbeibewegte, während alle um mich in Begeisterung gerieten, schrien, taumelten. Damit gab ich mich nicht zufrieden, sondern drängte mich vor, und nun auf dem Schulhof vollzog sich, wozu meine Kraft auf dem Festfeld nicht ausgereicht hatte, jetzt ging meine Vorstellung mit mir durch und brachte mich voran. Rechts und links schob ich mich an Leibern vorbei und drängte weiter, einmal kroch ich auf allen vieren, über mir nur Hosenbeine, Mäntel, Röcke, und ich richtete mich wieder auf, schwitzte, kämpfte, gebrauchte meine Ellenbogen wie noch nie. «Das hättet ihr sehen sollen, wie sie endlich nachgaben! Ich kam näher an ihn heran, jetzt konnte ich sein Gesicht sehen, aber er ging zu schnell, nicht nur seitlich mußte ich drücken, sondern mich auch den Hang hinunterdrängen, um ihm nachzukommen. Ich mußte durch, jetzt, wieder zwängte ich mich mit aller Kraft voran und hatte plötzlich nur noch zwei, drei Reihen vor mir, war schon mitten unter den Armen und Händen, die sie ihm entgegenstreckten. Ein letztes Bücken und Drängen, und der Arbeitsdienstmann an der Absperrung staunte, wie ich unter den Balken durch und an ihm vorbei auf die Hand des Führers zuflog, am Ärmel berührte ich ihn, einen Moment sah er mich an. Was für ein Blick er hat! Ein Blick – das kann ich euch sagen!»

Da in der Pause auf dem Hof, mit meiner Fünf in Latein und der Vier minus in Mathematik, Versetzung gefährdet, war ich der Schüler, den die anderen bei der Hand faßten – sie hatte Hitler berührt. Wenig fehlte, und ich glaubte das selbst. Nur hütete ich mich, vor meiner Mutter dasselbe Spiel zu versuchen.

Ich beobachte eine Amsel, die in einer Schale auf einem Nachbargrab badet. Das Grab ist verwildert, vergilbte Gräser und Farne sind darauf hochgewachsen, vermischt mit Efeu. In der Schale hat sich Regenwasser von Vortagen angesammelt, und die Amsel hat sich in einem Sonnenwinkel hineingetraut, sie planscht und plustert sich auf, steigt heraus und spritzt bis zu mir herüber. Der Tag hat eine Klarheit, wie sie in Braunschweig selten vorkommt. Wenn solches Wetter war, ging es Mutter etwas besser. Die Birken leuchten gelb, und das Kreuz auf ihrem Stein wirkt noch tiefer ausgezogen, wie aus Blattgold.

Ich denke an die Zeit, in der sich alles zu verändern begann und ich endlich auch meine Lügengeschichten aufgab. Vater wurde wieder aktiver Soldat und hierher nach Braunschweig versetzt, bald zogen wir ihm nach. Lorenz und ich kamen auf das Wilhelmgymnasium, da waren die Anforderungen geringer – ohne Mühe holte ich auf. Aber die Schule wurde mir gleichgültig. Ich war dreizehn.

Es gab eine Veränderung, die unser Dasein mehr als alles andere bestimmte: Wir hatten nun keine gesunde Mutter mehr, und das begriffen wir Kinder erst nach und nach. Ich hatte lange keinen Blick dafür. In den Jahren, an die ich mich erinnern konnte, war sie nie schlank gewesen, aber sie war groß und wirkte stattlich – das hörte ich andere über sie sagen. Nun brauchte sie andere Kleider, sie wurde schwer und konnte sich an manchen Tagen nur unter Schmerzen bewegen. In den Gelenken fing es an. Ihre Arme und Beine wurden aufgeschwemmt und kraftlos. Sie sprach davon, daß sie das ähnlich auch früher schon manchmal gespürt hatte. «Ach was», sagte sie wie so oft. «Wird schon wieder wern mit der Mutter Beern, mit der Mutter Born is ja auch geworn.» Aber so war es nicht.

Mit dem Krieg hatten wir gerechnet. Seit den Einmärschen, bei denen noch nicht geschossen wurde, war mein Vater in ständiger Alarmbereitschaft. Als Hitler den Feldzug gegen Polen befahl, war alles darauf vorbereitet. In dem gelbgrauen Buch meiner Mutter lese ich: *Wieder fällt dieses große Geschick «Krieg» in unser Leben, das mit einem Schlage das Leben völlig umgestaltend ergreift.*

Für mich waren es nicht nur Aufregung und Angst, die der Krieg mit sich brachte, vielmehr trat unerwartet ein, was ich mir früher immer gewünscht hatte. Ich hatte meine Mutter nun oft für mich allein. Vater kam gleich fort. Lorenz folgte ihm bald. Cordt und Franziska waren «die Kleinen», die noch im Tageslauf der Kindheit lebten. Ich war halbwüchsig, Mutter richtete sich auf mich ein. Die Abende gehörten uns. Ich sehe uns im Wohnzimmer, wo unser einziger Dauerbrandofen stand – den heizte ich mit Anthrazit und legte nachts ein Brikett darauf, das ich in feuchtes Zeitungspapier gewickelt hatte. Mit Kohlen mußten wir sehr sparen. In den übrigen Räumen standen Kachelöfen, die viel schluckten und langsam warm wurden, wenn sie dann auch die Glut anhielten und die Kacheln lange nachwärmten. In meiner Erinnerung ist es meist dunkel und kalt draußen. Es waren zwei Jahre, bis Lisa in meinem Leben auftauchte. In dieser Zeit lebten Mutter und ich wie ein ungleiches Paar. Wir entsprachen einander. Sie entdeckte mich, und indem sie das tat, lernte ich immer Neues in mir kennen. Meine Mutter bestärkte mich in meinem Ernst, und wir konnten miteinander lachen. Damals fielen bei uns noch keine Bomben, und es herrschte keine Not. Der Krieg war weit fort.

Ich ging ins Theater, sooft ich konnte, es waren von unserer Wohnung nur ein paar Schritte dahin. Meist kaufte ich mir von meinem Taschengeld eine Stehplatzkarte und setzte mich nach der Pause auf einen freien Platz, den ich erspäht hatte. Mutter konnte bald nicht mehr mitgehen. Sie ließ sich von mir erzählen, und sie füllte meine Leseleidenschaft aus, indem sie mit mir Winterabende lang Dramen mit verteilten Rollen las, sie alle weiblichen, ich alle männlichen. Shakespeare, Schiller, Kleist und Hebbel stellten die Szenen um unseren Ofen, wenn wir ihre Figuren verkörperten, ich deklamierte laut, Mutter trug ihren Text verhalten vor. Ich sehe sie in ihrer gehäkelten Jacke dort sitzen, sie hielt ein Kissen auf den Knien, darauf lag das Buch. Sie las meist aus einer gebundenen Ausgabe, ich aus einem Reclamheft. Mutter und Sohn spielten die klassischen Tragödienpaare. Sie war Königin, Hofdame, Mätresse und Bürgertochter, ich war Prinz, Feldherr, Intrigant oder Narr.

An den Tagen überhörte meine Mutter gründlich, wie ich die Türen warf und auch sonst geräuschvoll lebte. Sie hatte sich offenbar entschieden, meinen Flegeljahren zu begegnen, als gäbe es die nicht, und tatsächlich erreichte sie damit, daß sie mir bald vergingen. Wenigstens ab und zu benahm ich mich wie einer, der mit sich zurechtkam. Das geschah auf der hellen Seite dieser Tage. Oft gab es nur die Schattenseite, der ich in meiner wilden Körperlichkeit ausgeliefert war; ich versuchte, sie mit mir abzumachen.

Ich schloß mich im Bad ein und betrachtete meinen Körper. Lang und dünn, wie ich war, mit der Hühnerbrust und meinem weichen Gesicht mißfiel ich mir von Kopf bis Fuß – und dieser Körper beherrschte mich! Meine Mutter ahnte gewiß manches, doch wenn sie Andeutungen machte, erklärte ich sie in meinem Inneren für unzuständig. Dann lag zwischen uns eine Generation. Sie lebte auf der anderen Hälfte der Welt. Was wußte sie von mir! Ich hatte eine Bodenkammer, in die ich floh, wenn ich allein sein wollte. Das war nun häufig der Fall.

Ein paarmal versuchte meine Mutter es mit Worten, doch was aus ihr herauskam, machte es mir nicht leichter. Einmal sagte sie: «Du wirst später lernen, wie eine Frau ist, wenn du ein Mann und verheiratet bist.» Ein anderes Mal erklärte sie mir, als ob mir das etwas nützen konnte. «Als ich jung war, habe ich deinen Vater auch manchmal abblitzen lassen» –

noch als sie das aussprach, schien es ihr Selbstvertrauen zu bestärken. Ich erinnere mich auch, daß sie mir eines Tages zu bedenken gab: «Es ist wirklich zu viel, was die Natur einem Mann mitgibt. Bei den Tieren ist es weiser eingerichtet, sie haben ihre Brunft. Das würde bei uns Menschen auch genügen.»

Zwischen ihr und mir war eine Nähe, die über vieles erhaben schien. Aber es gab auch Berührungen, die sie zu lange bestehen ließ. Noch bis ich dreizehn war und darüber hinaus ließ sie mich manchmal im Bett meines Vaters an ihrer Seite schlafen. Sie meinte, es sei nötig, daß wir zusammenrückten, denn der Kriegswinter war hart, und ich hatte es in meiner Kammer ein paarmal erlebt, daß am Morgen das Wasser in meiner Wärmflasche am Fußende des Bettes gefroren war. Da holte Mutter mich neben sich. Franziska und Cordt schliefen im angrenzenden Zimmer. Wenn Mutter als letzte zu Bett ging, ließ sie die Türen vom Wohnzimmer her und auch die zu meinen Geschwistern offen, damit die Temperatur «überschlagen» wurde, wie sie das nannte.

Um die Zeit fragte ich meine Mutter einmal: «Hast du an den großen Fisch gedacht, als du mich Jonas nanntest?» Es kam mir nicht in den Sinn, daß es mein Vater gewesen sein konnte, der sich den Namen für mich wünschte. Mutter bemerkte das, sie wollte ihn einbeziehen. «An Ninive hab ich gedacht. Der Jonas in der Bibel ist einer, der die Menschen vor einem großen Unheil warnt.» Und sie fügte hinzu: «Dein Vater mochte den Namen aber auch.»

Als ich sechzehn war, es sollte mein letzter Sommer zu Hause werden, reiste meine Mutter in Begleitung einer Krankenschwester, die ohnehin die Strecke nach Salzburg fahren mußte, zur Kur nach Bad Gastein. Ich sollte sie nach drei Wochen dort abholen. In ihr gelbgraues Buch schrieb sie: *Gastein bringt mir zum erstenmal seit 1913 wieder die Alpen. Obwohl ich gar nicht laufen kann und es viel regnet und kalt ist, erhole ich mich. Die Bergwelt ist gerade das Rechte für mich und die Höhenluft wunderbar.*

Sie wohnte im «Grünen Baum» im Kötschachtal und war viel allein. Es war der dritte Kriegssommer. Wer überhaupt noch eine Kur machen konnte, mußte viele Einschränkungen hinnehmen. Wie hofften wir, daß die Bäder und Packungen mitsamt der Diät in Mutters Befinden die Wende brächten! Als ich eintraf, hatte sie sehr abgenommen und konnte am Stock wieder etwas leichter gehen, wenn auch keine lange Strecke. Sie empfing mich froh und schien nun wieder zu sein wie früher. Ihre Unternehmungslust war erwacht, zwei Tage konnte wir anhängen. Jetzt, wo sie mich hatte, wollte sie unbedingt hinaus, aber um keinen Preis wollte sie, daß ich sie in einem der Rollstühle fuhr, die man dort mieten konnte. Für den Abschiedstag bestellte ich einen Pferdewagen, der uns in die Höhe fuhr. Von einem Aussichtsplatz blickten wir hinunter auf die Täler, die wie weite Treppen aufeinander folgten. Der Regen hatte sich verzogen. Es war schön da, und es war gut zwischen uns. Nur waren unsere Gedanken durch die Nachricht überschattet, daß ihr Vetter Willi, mein Patenonkel, im Osten gefallen war. Er war ihr sehr vertraut gewesen, fast war es eine Jugendliebe. Mutter sprach auf dem Aussichtsplatz lange über ihn. Ich sah ihn vor mir, Onkel Willi, mit den Augenbrauen wie Federbüschen, ich dachte an seine Ruhe und hörte die tiefe Stimme. Eine Zukunft konnte ich mir nicht vorstellen, es war Krieg.

An unsere Rückfahrt nach Braunschweig erinnere ich mich mit einem Schuldgefühl. Die ganze Zeit war es kalt gewesen, jetzt reisten wir an einem glühenden Tag, es war so heiß, daß man denken konnte, die Schienenstränge müßten sich verziehen. Ausnahmsweise hatte Mutter mich zwei Fahrkarten erster Klasse besorgen lassen, sie wollte besser sitzen, und ich sollte sie betreuen. Kriegsbahnhof nach Kriegsbahnhof ließen wir hinter uns, sahen Truppentransporte und überfüllte Bahnsteige. Wir hatten nicht mit der

Hitze gerechnet und nichts zu trinken mitgenommen. Als wir schon einen halben Tag unterwegs waren, bekam meine Mutter, wie sie sagte, «einen höllischen Durst». Sie malte sich ein Bier aus, das ich ihr beim nächsten Aufenthalt besorgen sollte, und es gab auch dünnes Kriegsbier an einem Kiosk auf dem Bahnsteig in Bebra, aber da bildete sich sofort eine lange Schlange, und es waren Leute, die kräftigere Ellenbogen hatten als ich. Bei jedem Halt hatte sich die Hitze unter den schwitzenden Menschen im Abteil weiter aufgeladen – so auch jetzt. Ich dachte an meine Mutter, wie sie da saß und auf mich wartete. Um das Bier stand ich an und schaute vom Uhrzeiger auf den Zug, vor dem die Lokomotive dampfte. Ich schaffte es nicht. Als der D-Zug anfuhr, sprang ich auf und kam mit leeren Händen ins Abteil. Mutter saß eingeklemmt zwischen Reisenden, die zugestiegen waren. Sie sah mich und wurde zornig. «Nein aber auch! Wozu habe ich dich mitgenommen! Untüchtig bist du, nicht einmal ein Bier kannst du ergattern.» Ich nahm es hin wie Groll gegen alle meine Versäumnisse. In Göttingen holte ich Wasser.

Einige Wochen später stand ich mit Lisa an einem Nachmittag vor dem Haus in der Bismarckstraße, ich zeigte ihr, wo wir wohnten. Seit dem Winter kannten wir einander, und dies war der Herbst, in dem es wichtig wurde. Meine Verliebtheiten bis dahin zählten nicht mehr. Ein paarmal hatten wir das Viertel umrundet, und ich hatte auf Lisa eingeredet, ich wünschte mir, daß sie mit hinaufkäme. Längst wollte ich, daß meine Mutter sie kennenlernte, aber wie Lisa dazu stand, das hatte ich weder sie noch mich gefragt. Ich hatte im Gegenteil ohne ihr Wissen mit meiner Mutter gesprochen und uns angekündigt. Es war um die Kaffeezeit, und Mutter saß nun wohl im Wohnzimmer unter der Lampe und fragte sich, wo wir blieben. Auf den Gedanken, daß Lisa sich weigern könnte, war ich nicht gekommen und konnte das auch nicht verstehen. Ich wäre ohne weiteres mit zu ihren Eltern gegangen, doch es fiel mir nicht einmal auf, daß sie davon nie sprach. Erst später verstand ich, daß ich zu vieles «ohne weiteres» annahm. Lisa wußte schon viel von mir, sie wußte, was meine Mutter für mich war – auf diese Macht wollte sie sich nicht einlassen. Ich versuchte es noch einmal, aber wenn sie etwas nicht wollte, war sie schon damals «unbedingt». Sie sah kurz nach oben, Lisa und das erleuchtete Fenster hatte ich in einem Blickwinkel, dann drängte sie fort. Sie hat nie gesehen, wie mein Zuhause war. Das Grundstück hat sie erst betreten, als das Haus in Trümmern lag und sie meine Bücherkiste aus dem Luftschutzkeller holte.

Es war spät, als ich damals allein in unsere Wohnung kam. «Schade», sagte meine Mutter, mehr nicht.

Gastein hatte vieles in ihr aufgerührt, die Kur wirkte nach, aber sie hatte nur stärkere Schmerzen. Es kam mit ihr sehr früh dahin, daß Menschen, die sehen konnten, ihr nicht mehr gute Besserung wünschten, dazu ging es ihr zu schlecht. Mutter wechselte den Stock gegen Krücken aus. Sie hielt sich auf den Beinen, solange sie konnte, aber ihre Gelenke verformten sich und konnten sie eines Tages nicht mehr tragen. Das Leben im Stuhl war schon lange ihr Los, nun ganz und gar, da saß sie und hielt sich wieder aufrecht. Als sie mit Franziska und Cordt nach Jüterbog aufbrach, um den Bombenangriffen zu entkommen, war es ein Transport mit Rollstuhl und Rotkreuzhelfern auf den Stationen. Da war ich Soldat. Ich war siebzehn, als ich von zu Hause fortmußte, und ich kehrte immer nur noch für einige Tage zurück.

Zwei Jahre vor ihrem Tod bricht das gelbgraue Buch ab. Die letzte Eintragung setzt an, als begänne sie neu: *Noch einige Schultage, dann Ferien und Freizeit für Franziska, die mit Freundin und Rädern eine Hollandreise vorhat. Paß, Visum, Gulden, alles wird beschafft. Es ist so verlockend, in die Freiheit und neue Welt zu fahren.*

Es ist Mittag, ich stehe auf und gehe. Festlich liegt der Friedhof da. Die Wege sind wie parallele Bahnen, in den

Schatten ist es kalt, in den Lichtschneisen wärmt die Sonne. Der Kies knirscht unter meinen Schuhen, ich atme die kühle Luft.

Nach dem Krieg sammelten wir uns nach und nach wieder um unsere Mutter. Vater kam als letzter. Ich sehe sie an einem Tag, als ich sie allein antraf. Sie saß in ihrem Stuhl und weinte über sich, weinte darüber, daß sie nichts mehr tun konnte, und sie hörte nicht auf, als ich bei ihr blieb. Ich breitete die Arme um meine Mutter. Sie weinte still vor sich hin, und ich konnte nichts für sie tun, als ihr immer wieder über das Haar zu streichen, ganz vorsichtig, die geringste Berührung konnte sie quälen. Da wußte ich, daß es nichts mehr zu sagen gab. Es ging dem Ende zu, und sie wußte es. Von ihr zu mir war immer eine Kraft ausgegangen, und ein Vertrauen. Es war soweit, daß ich ihr wiederzugeben hatte, was ich konnte.

Der Autor über sich selbst:

Im Februar 1926 wurde ich in Potsdam geboren. Ich wuchs in einer bürgerlich-deutschnationalen Familie auf. Sie hatte seit langem Offiziere, Richter, Kaufleute, Lehrer und auch einige Politiker gestellt. Die Männer waren von Pflichtauffassung und Gehorsam preußischer Art geprägt, also mißbrauchbar. Mit siebzehn Jahren wurde auch ich Offiziersanwärter in Hitlers Krieg. Arbeiter lernte ich erst als Soldat kennen. Stalingrad war der Wendepunkt. Durch die Kapitulation 1945 wurde die Familie geteilt. Zwei Brüder der Väter-Generation standen einander in meinen Augen wie die beiden deutschen Staaten gegenüber. Das ist eine autobiographische Wurzel des Romans. Die andere stammt aus meiner Erfahrung in der Bundesrepublik, zunächst als Verlagsbuchhändler, ab 1960 im freien Literaturberuf, Wohnort München. Von 1969 bis 1974 war ich Vorsitzender des Verbands deutscher Schriftsteller (VS), der sich der Industriegewerkschaft Druck und Papier anschloß. Acht Jahre, von 1972 bis 1980, vertrat ich das Allgäu als Bundestagsabgeordneter (SPD) in Bonn; danach kandidierte ich freiwillig nicht wieder.

Nach früheren Romanen («Ein Mann mit Familie», «Schachpartie»), Essaybänden und einem Weltreisebuch («Mit einem deutschen Paß») hatte ich politische Sachbücher geschrieben («Die Einsamkeit des Politikers», «Die lieblose Republik – Aufzeichnungen aus Bonn am Rhein»). 1982 begann ich mit der drei Jahre währenden Arbeit an dem Roman «Die Brüder», in dem ich deutsche Geschichte in diesem Jahrhundert aufzuarbeiten versuche. Die DDR lernte ich als Besucher kennen. Das Ziel wurde deutlicher: beizutragen zu Verständnis und Aussöhnung zwischen Deutschen und Deutschen in unseren Zugehörigkeiten zu Ost und West.

Inhalt

Lebensbilder im Verlag der Nation

Tilly Bergner
Der unbekannte Beaumarchais
Ein spannendes und informatives Lebensbild des Textautors von „Figaros Hochzeit"
320 S., 48 Abb., DM 19,80;
ISBN 3-373-00348-2

Jürgen Borchert
Hoffmann von Fallersleben
Ein Lebensbild des Verfassers der deutschen Nationalhymne
240 S., 25 Abb., DM 29,80;
ISBN 3-373-00467-5

Kurt Arnold Findeisen
Der goldene Reiter und sein Verhängnis
Die berühmte Dresdener Romanchronik um August den Starken – 13. Auflage!
304 S. + 32 S. Bildteil, DM 29,80;
ISBN 3-373-00451-9

Heinz Haufe
Entdeckungsreisen in Australien
Ludwig Leichhardt – ein deutsches Forscherschicksal
208 S., ill., DM 19,80;
ISBN 3-373-00428-4

Jutta Hecker
Wieland
Ein Lebensbild mit zeitgenössischen Schattenrissen, 4. Aufl.
192 S., DM 16,80;
ISBN 3-373-00376-8

Curt Hotzel
Tat und Traum des Bildschnitzers Veit Stoß
Der bewegte Lebensroman des durch seine Werke in Nürnberg, Bamberg, Münnerstadt und Krakau berühmten spätmittelalterlichen Meisters
280 S., DM 29,80;
ISBN 3-373-00497-7

Deszö Kosztolany
Nero
Das grandiose, von Thomas Mann gerühmte Geschichtsbild in vierter Auflage
248 S., Pb., nur DM 9,80;
ISBN 3-373-00042-2

Hans-Heinrich Reuter
Fontane
Die maßgebliche, unverzichtbare Fontane-Biografie – endlich wieder lieferbar!
2 Bände, 1204 S., ill., DM 98.-;
ISBN 3-373-00492-6

Joachim Specht
Die Lady im Busch
Daisy Bates – vierzig Jahre unter Australiens Ureinwohnern
208 S. + 16 S. Abb., DM 29,80;
ISBN 3-373-00431-4

Johannes Tralow
Mohammed
Die spannende, lebenssprühende Romanbiografie des Glaubensgründers in dritter Auflage
436 S., DM 29,80;
ISBN 3-373-00409-8

Jakob Wassermann
Alexander in Babylon
Ein Lebensbild Alexanders des Großen aus der Feder eines der großen jüdischen Autoren der Vorkriegszeit
224 S., TB, DM 4,80;
ISBN 3-373-00398-9

Sigrid Wegner-Korfes
Weimar-Stalingrad-Berlin
Das Leben des deutschen Generals Otto Korfes, der dem Kaiser, Hitler und der DDR diente
304 S. mit 39 Abb., DM 48.- ;
ISBN 3-373-00463-2